徵聖立言

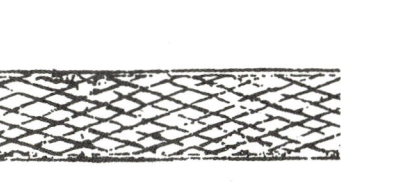

《文心雕龍》體道思想研究

歐陽艷華 著

本書爲澳門大學重大學術研究計劃
"漢唐時期的文學總集與文學思想"的結項成果

序

　　研究《文心雕龍》的學問統稱爲"龍學"。《文心雕龍》雖然是一本古書,但内容豐富,直至今天,依然存在發掘不盡的普世性學術的意義。不論世界哪一角落的學術機構,大凡有嚴肅的文學與文化研究,都會在不同的層次牽涉到《文心雕龍》的相關内容,事實是"龍學"已經融入二十世紀的學術殿堂,成爲世界性的顯學。

　　四百年前的澳門,建立過遠東第一所西式大學"聖保禄學院",傳播西方文化,是中西文化交流的重要通道。這樣的一個歷史驛站,就是川流不息,來來往往。隨着時代變化,物換星移,一般都難免運化於歷史的煙塵,但事實卻不是如此。澳門依然挺立當下,文化通道開敞,更成爲東方的重要地標。這動人的本色,並非不可思議。可以肯定強韌的生機與高明的智慧,並保持原有中西文化共融的精神,是這世界性城市得以長旺的關鍵。

　　歐陽艷華博士生於斯、長於斯,得以禀受獨特的氣質與智慧,再加上自身的善良、聰穎、勤奮、有禮,品學兼優,真正是地靈人傑。她在澳門大學攻讀大學本科、碩士、博士期間,表現極爲優秀,經過漫長的完整而嚴格的學術鍛煉,對於現代學術研究的體認極爲當行,兼且身處中西文化成熟共融的文化語境之中,對文化之間的交流與互動,自有非比尋常的深層次真實體會。歐陽博士在澳門研究這部世界性的學術經典,獲得如此出色的成果,無疑是學術生命自身的因緣，但"龍學"可以在澳門開展，也足以透露一個大時代的"氣運"之轉移。

歐陽博士是澳門首位"龍學"博士，這本厚重的《徵聖立言──〈文心雕龍〉體道思想研究》，便是原創研究的學術精品。歐陽博士把《文心雕龍》放置在思想與文化交流互動的歷史語境之中，詳細考察其中的核心意識。這種動態的歷時性文理研究，溝通了當下的文學研究與思想研究，對文獻作出準確的歷史解讀，從學術成見與積習的紛紜之中，重新展示客觀的歷史事實，從而提供當下的啓示。歐陽博士的研究，開啓了"龍學"思想研究的方向，把《文心雕龍》重新接通於中國文化與思想主流的語境之中，從而超越向來視之爲"文書寫作指引"的工具性觀念的成見窠臼。因文見道，道以人弘，人、文、道三者，共同構成本書的關懷向度，宗歸於聖德與人心，顯示文學主體的上達的可能性及其無尚的意義，有倫有脊，更超越所謂"問題意識"之類的門面假動作。這兩項超越，無非在回歸學術自身的真實意義，從而體現了新世紀"龍學"的研究視野與高度，是新世代優秀學者的重要學術貢獻，擲地有聲，意義非凡。因爲這一研究成果對"龍學"的開拓貢獻至巨，所有參與評審考核的中外學人，包括北京大學中文系教授及香港樹仁大學中文系主任張少康教授、臺灣大學中文系原副主任蕭麗華教授、倫敦大學亞非學院原研究院副院長及中文系主任傅熊（Bernhard Fuehrer）教授，都予以極高的評價，並熱切肯定這是近年來罕見的"最優秀"的博士論文。這些名重天下的正直學人對學術懷抱誠摯的尊重，一生奉獻學術，盡閱天下學者，本色而當行，對於訓練年輕學者，用心至誠，是則是，非則非，根本用不着溢美之詞。真正的學術，從來與欺世媚俗絕緣。其對歐陽博士研究的肯定與欣賞，都是由衷而出，是客觀而中肯的論定。經我建議，本書附錄了上舉三位學人對本書的審查意見。特意在這裏交代此事，意在存真，同時方便讀者了解本書的內容與意義。

歐陽博士以強烈的學術道義，投入艱深至極的"龍學"世界，並且能夠貢獻如此優秀的原創研究成果，並非偶然。關鍵是這位澳門青年學人能夠在生存張力極度強大的環境中，不屑投機取巧，更不願自欺欺人，承受種種難堪的無形壓力，依然奮進自強，讀書則專精純粹，心無旁騖；收集材料，則竭澤而漁；寫作務必深思熟慮，句斟字酌，不放過任何細節，因爲魔鬼從來便是伏匿其中。其道義意志所體現的勇毅，正是聖賢之所向，其自身的生命與學術書寫融而爲一，充分體現文以明道的自覺。學術不能不向道，道不能遠離聖，聖不能拒絕文，文必須體現真、善、美，如此而已。

歐陽博士擔任博士後研究員之後，一本其精益求精的奮鬥精神，全面整理了論文，並準備付梓，公諸學界。對此，我是非常欣喜與贊同的，學術乃天下之公器，其成就出自時代的因緣，其成果公諸時代，乃是對時代的回報，所以誠意推薦予天下好學者。長江後浪推前浪，對歐陽博士與中國學術的再創輝煌，是完全可以預期的。原創性的學術成果，若非個人的自覺和勤奮得以與時代的運會相契合，實在得來不易。因此，作爲親證者，我絕對有責任寫出這一段真實的歷史，以待後人了解。是爲序。

鄧國光
甲午年仲秋之時
於澳門大學（橫琴校區）人文學院中文系

目　錄

序 ·· 鄧國光　1
內容概述 ··· 1

第一章　導論
　第一節　研究背景 ··· 1
　第二節　研究目的 ··· 8
　第三節　研究方法與構思 ··· 9
　第四節　文獻回顧 ·· 16
　第五節　本書架構組織 ·· 30
　第六節　研究的意義 ·· 32

第二章　聖凡才性之思辨：關於主體之超凡入聖論 ···························· 34
　第一節　漢儒聖凡論 ·· 36
　第二節　魏晉聖人之學 ·· 62
　第三節　佛學佛性義的引入 ·· 93
　第四節　《文心雕龍》的學聖思想 ······································· 105
　第五節　本章小結 ··· 120

1

第三章　以禪修爲實踐的體道之學：禪修原理與般若思想的傳介 · 122

第一節　東晉初期老莊式的禪修觀念與形態 · · · · · · · · · · · · · 126
第二節　東晉晚年釋慧遠顯豁之禪思成佛義 · · · · · · · · · · · · · 160
第三節　本章小結 · 198

第四章　禪修與文藝實踐的融合 · 201

第一節　廬山觀見佛影的禪修實踐義 · 201
第二節　發展以感應爲本的念佛禪法 · 219
第三節　宋初宗炳的神思義 · 235
第四節　本章小結 · 260

第五章　窮理與立言：以理和文建立的體道理論 · · · · · · · · 263

第一節　面向有情世間的體道關懷：理的超越義
　　　　詮釋 · 264
第二節　以極建立本體思想的歷程：本體質性與成化
　　　　法則的觀念發展 · 276
第三節　理的徵向作用：本體宗極之成化總法 · · · · · · · · · · 289
第四節　沿理建立《文心雕龍》文、道交融的藝術精神 · · · 305
第五節　本章小結 · 347

第六章　徵聖體道精神下的"神理"與"理"義：由聖文展現的明理之術 · 349

第一節　《文心雕龍》體道義涵與理想 · · · · · · · · · · · · · · · · · · · 350
第二節　"理"與"神理"在體道制作中的作用 · · · · · · · · · · 370
第三節　效聖與知聖：會理修德，沿理體文 · · · · · · · · · · · · · 381

第四節　聖文形範中的理與義……………………………… 395
第五節　由理與義發展的聖人文術……………………………… 431
第六節　立德明理爲主的立文觀念……………………………… 447
第七節　本章小結……………………………………………… 452

第七章　徵聖體道精神下的樞紐範式：宗經與騷變……… 454
第一節　文之樞紐的意義……………………………………… 456
第二節　依經立本的體道理念………………………………… 472
第三節　制定文之樞紐的總持作用：反本正變…………… 486
第四節　文之樞紐在藝文中的作用：辨文體之本
　　　　末奇正……………………………………………… 500
第五節　樞紐經典的實踐理念：立德正言，體道反本…… 517
第六節　本章小結……………………………………………… 540

**第八章　徵聖體道精神下的神思與物色：融道入藝的文學
　　　　觀念建構**………………………………………………… 543
第一節　神思義涵流變與體道精神的引入………………… 544
第二節　《文心雕龍》"神思"理念對禪修觀念的承接與
　　　　發展………………………………………………… 561
第三節　神思的藝文意義與理論開拓………………………… 592
第四節　體物與象真的體道意義……………………………… 607
第五節　本章小結……………………………………………… 621

**第九章　徵聖體道精神下的情與氣：會通凡聖與世變的
　　　　藝文理念**………………………………………………… 623
第一節　去聖久遠背景中的通變需求………………………… 624

第二節　聖凡之情的共性與限制 …………………… 632

第三節　《文心雕龍》以理化情的反本情旨 …………… 643

第四節　由體道之志轉化寫真功能：化情從理的
　　　　文術 …………………………………………… 650

第五節　養氣實志，負氣適變 ……………………… 668

第六節　化解文學之訛變 …………………………… 689

第七節　本章小結 …………………………………… 691

第十章　總結 ……………………………………… 693

參考文獻 ……………………………………………… 700

附錄：專家評審意見 ………………………………… 716

後記 …………………………………………………… 722

内 容 概 述

　　探討六朝的學術思想發展，其中最重要的論題便是關乎聖人的探究與學聖體道的理想追尋，但在文學理論研究的領域，則長期忽視了這一項影響力極爲深遠的時代意識。本書選擇這一命題進行探究的原因，在於重新考析《文心雕龍》受其時代思潮影響而產生的文學理論和文學創作精神。所指的時代思潮，是特指有關體道的追求和信念。

　　劉勰制作《文心雕龍》，除卻面向於藝術的維度，更推及作者的德性，乃至於對文明發展的關懷。這是有美有善的上達衷願。天地之心化德而成美，劉勰以爲文心之心，亦具此本質。故《文心雕龍》首篇《原道》言心生文明之大德，結篇《序志》言文心之美，已透露了劉勰所追求的由作者體道之心而創立的美善世界。

　　這種上達衷願，在中國先秦以前聖賢的經典中經已萌芽，發展至魏晉六朝，藉由宗教文明激發起活力，而實在地成爲一種應然的人文理想，不但已爲士人所察覺，且更具體而化爲超凡入聖的討論。是以本書選擇以重現聖人的時代思想意義，作爲分析劉勰由文體道觀念的第一步工作，首先鋪開體道學聖的思想史脈絡，開宗明義確立起解讀《文心雕龍》中徵聖，乃至與徵聖相關的文論的意向。同時透過分析當時有關成聖體道原理的建構，以進入時代的思想定勢之中，進一步探求《文心雕龍》蘊含的體道願念，以及滲透在當時文學觀念之中的內容。從而考察劉勰在緣情、自然的文學風尚之中，所刻意補充循理和應然的超越方向。

本書從思想史的種種內容出發，明辨其原委，乃爲準確解讀和重新展示這一套上達至道的立文原理，是屬於紮根於中國思想以解讀時代文論形成特性的研究。其中重新發現在魏晉以迄南朝之際，佛教階層極爲重視學聖的問題。透過勘視東晉時代流行的佛教學問，包括阿毘曇學和禪修之學的傳播與發展生態，並以支遁法師、廬山慧遠法師、孫綽及宗炳居士爲重要綫索，展示當時禪修念佛的文化活動，在方式與理論上，不斷轉向於中國傳統文學藝術中體現。劉勰承接此思想文化的發展，而建構出一套義理和立言相融合的體道意識，嘗試透過文章的撰作，以貫通義理。從東晉至劉勰之間，佛家融入名士的生活世界，觸發時人透過文藝實踐以達到禪修體道的要求。在此背景下，劉勰《文心雕龍》強調的文道交融，以文上達甚至文以明道等極爲高尚的書寫意向，與揚雄學聖的潛流會合，從而發展出以神理、道心爲核心的書寫意志與原動力。這份書寫的神聖用心，與六朝流行的率性而作的自然創作觀順承爲兩條寫作的氣脈。

本書有別於當前《文心雕龍》研究之處，在於展示劉勰寫作《文心雕龍》所蘊含的強烈用世精神，不但明確表達崇高的立文宗旨，而論述每一種寫作或批評的方式，均立意推向至美至善的境界，從中概括了南朝以文體道的徵聖目的。這一"應然"的方向，是現今中國古代文論以及《文心雕龍》研究尚未納入學術視野的重要問題。尚須強調的是劉勰《文心雕龍》的積極書寫意向性，具有世俗自然論的氣息，但所關懷的，始終是透過書寫上達的明道精神，從而說明中國文論正典所主張的文學理論，在強調一任個人情性的自由揮灑以外，更多的是厚培深意以精益求精的書寫自覺。

第一章 導　論

本章屬於研究概要的説明，以下分別交代本書的研究背景、研究目的、研究方法、有關問題的研究狀況、架構安排以及研究的意義。

第一節　研究背景

本書題爲《徵聖體道——魏晉六朝體道精神與〈文心雕龍〉徵聖立言觀念研究》，是以南朝梁代劉勰（465—532）[1]所撰《文心雕

---

[1] 按：劉勰的生卒年於史書未載，其生年學界已推定於公元465年。至於卒年，范文瀾先生據《梁書》推斷劉勰於僧祐圓寂後與慧震於定林寺撰經，一到兩年後證功完畢而出家，未期而卒，此間約三至四年，計僧祐卒於公元518年，故認爲劉勰之卒年爲公元521—522年間（《文心雕龍註》〔香港：商務印書館，1975〕，卷10，頁731）。李慶甲與楊明照二先生則據記載劉勰出家時間的諸部佛教文獻，包括《大藏經》中的《佛祖統記》、《佛祖歷代通載》和《釋氏稽古略》，以及《續藏經》中的《隆興佛教編年通論》和《釋氏通鑒》，經校正諸經叙述年份的出入，推斷劉勰約卒於公元532年（見李慶甲《文心識隅集》〔上海：上海古籍出版社，1989〕，《劉勰卒年考》及《再談劉勰的卒年問題》，頁1—44。楊明照《〈梁書·劉勰傳〉箋注》，載朱東潤、朱俊民、羅竹風主編《中華文史論叢》〔上海：上海古籍出版社，1979〕，總第9輯，頁186—187）。其後朱文民先生肯定佛教史料的價值，又利用史料另作推斷，以爲劉勰應卒於公元538年（《劉勰傳》〔西安：三秦出版社，2006〕，頁332—333）。然而亦不乏異議者，例如牟世金先生質疑："《梁書》和《南史》於其任步兵校尉之前的十多年，既詳載其官職活動，何獨後二十年一無可載？"（《劉勰年譜匯考》〔成都：巴蜀書社，1988〕，頁143）牟先生質疑的原因，亦緣於八十年代蕭洪林和邵立均二先生合撰的《劉勰與莒縣定林寺》提出了劉勰晚年回莒縣興建定林寺的說法，認爲劉勰卒年當更後於《梁書》記述"未期而卒"的時間（載《文史哲》〔濟南：山東大學《文史哲》編輯部〕，1984年第5期，頁59—61，70）。此推斷於九十年代得到一些學者的接納，認同劉勰有回鄉傳播佛學的可能，惟史傳亦未載劉勰出家時間及其卒年，佛學典籍既有明言，今且從佛典之說。

龍》爲研究對象。本書題目屬於雙綫題目。題目雖涵蓋兩組命題，實際是以《文心雕龍》的徵聖立言觀念爲中心，考察體道思想對文學理論的影響。

徵聖立言反映出以聖人文章爲徵效典範的觀念，這種文章理想的形成，與魏晉六朝的聖人之學有密切關係。所謂聖人之學，是關乎聖人何以能超凡體道的論題。魏晉六朝的玄學與佛學，都在體道的論述中觸及聖人的問題。佛學帶動肯定聖人可學可至的理想，推動了當時文藝領域開創出體道入聖的構想。《文心雕龍》將道放置於其文論架構中，正出於體道的覺識。

《原道》曉示天地至道本體的存有，以天地自然化生和聖人的人文化成作爲説明，《徵聖》、《宗經》則闡述聖人垂文明道，並以"天道難聞，猶或鑽仰；文章可見，胡寧勿思"，[1]表達師法周孔先聖立文的歸旨，在於了明天道。天文人文之中，方圓之內的完美物色，以及聖人銜華佩實的文章，皆是劉勰稱許的完美之"文"。這些綻放大美的"文"，無論是自然順成還是應然而爲，皆是含道所生，是《原道》總稱爲"道之文"的意思。此見劉勰認爲文章完美的形態，乃是道藝圓融相配。含道成藝，道、藝兩不相損，是爲圓融之境。徵聖人之文的目的既然上臻於體識天道，由此實現的書寫，應當以道藝圓融爲理想境界。

《文心雕龍》涵蓋豐富的文學觀點，然而不單徵聖立言觀念在文論中較少受到注意，即便是有關魏晉六朝文學對體道思想的接受，亦同樣是有待正視的學術問題。這從《徵聖》一直受到輕視的情況可見一斑。

歷來論家多輕略聖人對《文心雕龍》之要義，或視《徵聖》爲《宗

---

[1] 論文所引《文心雕龍》內容皆取王利器《文心雕龍校證》（上海：上海古籍出版社，1980），不作詳注。

經》之附庸。例如紀昀評語稱《徵聖》:

> 此篇卻是裝點門面,推到究極,仍是宗經。①

意謂《徵聖》只屬添筆。但《徵聖》之所處上接《原道》,下啓《宗經》,位置極爲關鍵,劉勰視聖人於文的作用,不容輕視,故紀昀之論斷,亦觸引後來者非議。例如孫德謙謂:

> 劉彥和作《文心雕龍》,《徵聖》而下,繼以《宗經》。所以析爲二篇者,《徵聖》之意,則以聖人之言用爲考徵,其文稱"先王聖化,布在方册,夫子風采,溢於格言"是也。昧者不察,見其中有"必宗於經"之説,遂謂此與《宗經》無異。吾謂不然。《徵聖》、《宗經》,明明各自爲篇。《宗經》者,蓋言文章體用俱備於經,與《徵聖》之奉聖人論文爲主者,其道則有別。②

孫氏之説,指出了兩篇各有不同之面向與目的,聖人論文的價值,不能爲經所掩蓋。另外,劉永濟亦云:

> 紀昀評此篇爲裝點門面,謂"推到究極,仍是《宗經》",非也。蓋《徵聖》之作,以明道之人爲證,重在心。《宗經》之篇,以載道之文爲主也,重在文。……二義有別,顯然可見。③

劉氏分判二篇責任,《徵聖》重在治心,《宗經》重於治文,面向非一。由此説明的是,在劉勰的文學觀中,徵聖與宗經分屬兩個概念,結

---

① 紀昀《紀曉嵐評文心雕龍》(揚州:江蘇廣陵古籍刻印社,1998),頁 27。關於此評注本,長山聶松巖稱:"此書校本,實出先生,其注及評,則先生客某甲所爲。先生時爲山東布政使,案牘紛繁,未暇徧閲,遂以付之姚平山。晚年悔之不已,不可及矣。"又云:"此注不出先生手,舊人皆知之。然或以爲出盧紹弓,則未確。紹弓館先生家,在乾隆庚午辛未間,戊午歲方游京師,未至山東也。"(頁 4—5)聶松巖嘗館紀昀家,代刻藏硯銘字,其説可備考證。惟此評注本因紀昀之名,近百年來《文心雕龍》之研究進程,受其觀點影響甚深,不論注評是否真出自紀昀之手,所産生的作用亦無以否定。
② 孫德謙《太史公書義法·宗經篇》,載詹鍈《文心雕龍義證》(上海:上海古籍出版社,1994),頁 32。
③ 劉永濟《文心雕龍校釋》(上海:中華書局,1962),頁 3。

合當時的體道追求審視,徵聖的概念具有更鮮明的時代色彩。

然而不單《文心雕龍》受時代思潮影響的內容仍然有待考察,劉勰所追求的道藝相融理想,以及將修行成聖的觀念移植於文學制作的內容,亦有待補充。目前的研究大體停留於討論《文心雕龍》所接受的儒、釋、道觀念乃至其中的聖人內涵,關於《文心雕龍》體道意志下的立文理論,幾近留白。

《徵聖》以及體道追求的文學理想所以未受到應有的重視,很大程度緣於對時代聖人之學未足審察。魏晉六朝雖曾就超凡入聖議題興起一時討論,但體道問題在往後基本與藝文分離,即便終劉勰之世,文學理論中的"緣情"派系仍是主流,時代文家對於劉勰的道藝並融理想,亦未察識其深意,方有"不爲時重"的遭逢。沈約所以稱善《文心雕龍》能"深得文理",多少由於其深厚的佛學基礎,並且是身爲梁朝推動佛門超凡入聖思想的核心人物的緣故。

考索時代背景,魏晉南北朝時期,聖人乃備受重視的概念,聖人之學更是研究魏晉六朝思想與文學理論的重要學術命題,既具強烈的時代因由,則劉勰將聖人納入文章範圍,便非毫無意義之添筆。由徵聖立言所折射的,正是一種體道的時代追求。所謂體道,是以道爲生命發展中的完美境界,也是人生的至高追求。先秦時期萌生的體道概念的雛形,便是將知道、見道視爲畢生努力追達的理想。如《荀子》云:

> 人何以知道?……知道察,知道行,體道者也。[①]

《荀子》明確提出了知道即體道的想法。體道之人,是生民完美的典範,故必上推於聖人。體道由此延伸爲一種人生理想,不無蘊藉成聖願念在其中。

---

① 王先謙《荀子集解》(北京:中華書局,1988),卷45,頁395—397。

迨至魏晉玄學追求登峰造極境界,則體道明確成爲生命的追求。而對體道的方向與行爲,亦按一己之理想而各自詮釋。如《抱朴子》對於東漢晚年士人背禮叛教、縱情聲色又以"率性"、"放達"爲掩飾,聲稱是至人體道的表現,便痛斥其非。① 士人縱情任性,固然去聖益遠,卻是當時以爲反本於自然的體道思想的表現。於此可見對於體道的解讀,至漢世雖尚未形成共識,卻肯定爲生命的最高境界。佛學成佛觀念傳入後,體道仍舊屬於聖人之境,支遁《大小品對比要抄序》便稱聖人能"體道盡神";佛門所指的體道,主要是窮神盡化的涅槃境界。

對於體道的具體內涵,不同思想學派雖各有詮釋,然而均認同是從道德上實現。《淮南子·俶真訓》云:

> 靜漠恬澹,所以養性也;和愉虛無,所以養德也。外不滑內,則性得其宜;性不動和,則德安其位。養生以經世,抱德以終年,可謂能體道矣。②

此段文字又見於《文子·九守·守靜》,聲稱是老子之言:

> 老子曰:"靜漠恬惔,所以養生也。和愉虛无,所以據德也。外不亂內,即性得其宜。靜不動和,即德安其位。養生以經世,抱德以終年,可謂能體道矣。"③

文字雖有出入,卻不離以養生與抱德爲體道的證驗;而抱德之意爲"和愉虛無",是道家對成德的理解。至於在儒學一脈,德便體現在政教成化上。《潛夫論·勸將》論上聖體道,緊扣於德而立說:

---

① 楊明照《抱朴子外篇校箋》(北京:中華書局,1991)卷25《疾謬》稱漢末輕薄之士"背禮叛教,託云率性,才不逸倫,強爲放達"(頁619—620)。又疾之云:"誣引老、莊,貴於率任,大行不顧細禮,至人不拘檢括,嘯傲縱逸,謂之體道。"(頁632)
② 何寧《淮南子集釋》(北京:中華書局,2006),卷2,頁152。
③ 王利器《文子疏義》(北京:中華書局,2000),卷3,頁148。

> 太古之民,淳厚敦朴,上聖撫之,恬澹無爲,體道履德,簡刑薄威,不殺不誅,而民自化,此德之上也。①

是處所言上聖,乃上古聖王,以德施行政化,稱其"體道",在於能夠"履德",既體察道,亦將道的大德從治功上體現出來。這是傳統的聖王形象,由王而上升至聖王,在於政化之成功從德上體現。秦朝群臣稱頌始皇"昭明宗廟,體道行德,尊號大成"②,正爲制造聖王的形象。

從上可見,各家有關德的內涵描述雖然不盡一致,但體道必依止於成德爲證明。這反映體道乃爲德行實踐的終極結果,強調實現性的超越,以德業的進益爲證明,並非停留在思辨層面。

在佛學傳入中土後,成佛追求的確立,進一步將體道理念演化爲一套可實踐之學問,發展種種修行形式,爲體道提供門徑,正因其所傳遞的是體道信仰,至於本體的論究只是用以説明體道觀念。體道理論與本體理論的分別,正在於體道是從德行實踐上追求人生的理想境界,紮根於主體,而不一定爲探求玄遠本體的生成問題。③ 體道觀念與本體觀念其凝視存在的意義是有分歧的,本體觀念屬於實然(Being),旨在發現宇宙生成的本來面目;體道則屬於應然(Ought to be),目的在探究生命應該發展的理想方向。以應然視角發展的體道觀,重視的是體現道的成化,在人文精神的建構中,便是立德的過程。

---

① 彭鐸《潛夫論箋校正》(北京:中華書局,2010),卷5,《勸將》,頁244。
② 《史記·秦始皇本紀》載:"維秦王兼有天下,立名爲皇帝。乃撫東土,至于琅邪。列侯武城侯王離……五大夫楊樛從,與議於海上曰:'……今皇帝并一海内,以爲郡縣,天下和平。昭明宗廟,體道行德,尊號大成。群臣相與誦皇帝功德,刻于金石,以爲表經。"([日]瀧川龜太郎《史記會注考證》[臺北:宏業書局,1979],卷6,頁114。)
③ 阿部正雄(Masao Abe)在概括西方形上學的"實體"義與佛教"佛性"義的分別時,指出兩者雖同樣闡釋終極真理,但前者是關注甚麼是世間終極不變的真理,後者則關注甚麼是人的終極真理(Masao Abe, *Zen and Comparative Studies*, Steven Heine (ed.), London: Macmillan Press, 1997, pp. 85–86),正好説明了本體與體道的不同關懷面向。

第一章 導　論

　　自魏晉玄學開展對至道本體的關懷開始，道體的描述一直爲魏晉六朝的重要論題。惟關懷道體之本衷，必須建立在體道的願念之上，由是關於如何描述道體、領會道體的問題，亦成爲與本體論並行之另一論題，且越至後期，發展越盛。在魏晉六朝所建立的人文精神下，劉勰於此歷史思想基礎上言道、言聖，復言徵聖立言，故可視爲體道思想定勢中的產物，由文體道作爲《文心雕龍》的理念，乃可成立。徵聖立言之理念，牽繫於精神生命的上達，是包含體道意識的文學理論。是以旁及漢魏六朝的體道思想，乃爲不可繞過的論述內容。

　　但當前的研究，有關漢魏六朝的本體論研究尤多，至若體道理論的分析，尚屬於本體論之附庸，至於《文心雕龍》的文論，充其量聚焦於本體論的層次，而未展開以體道問題爲核心的研究。換言之，聖人是否可學可至的問題經已發迹，至於學與至的具體實踐方面，依然有待整理出其思想發展的輪廓。此正是當前有關徵聖思想研究較爲薄弱的癥結。

　　若理解到《文心雕龍》的徵聖立言觀念與體道思想屬於相互促成的關係，也即《文心雕龍》的文論既孳育於時代的體道思想，亦同時開發體道思想的內容，則單從描述本體的文獻分析《文心雕龍》的徵聖文論，終有所隔；是以釐清以體道思想爲中心的觀念流變，以及與《文心雕龍》的關係，誠爲本書兼須處理的另一重大論題。

　　進言之，對於道藝兼融的文學理念，當是建基於超凡入聖的觀念之上，作爲實現體道入聖的策略。是以探究徵聖立言的文論價值，有必要正視其產生於聖人之學的大背景中，瞭解當時對於玄遠聖境的集體嚮往，方能昭顯"徵聖"蘊含的深旨。以成聖爲目的，則立文便可視爲成德之途徑，明了此立德成聖之願景，聖人在劉勰文論世界的精神軸心地位，便豁然開朗。

第二節　研究目的

　　《徵聖》指出"銜華佩實"是聖人文章的境界，並且將其作爲理想的文章形範。這種理想形範在劉勰的文論觀中，並非虛冠聖名的空談，錢基博先生指出：

"銜華佩實"四字，厥爲彥和衡文之準繩。①

劉勰將此聖人文章的境界，落實於文學批評之中，既作爲銓衡文章創作優劣的標尺，亦爲立文的至高法度。而既牽及於聖人，則其成就的法則，便不能與體道問題無關。

　　本書的研究目的，正是以聖人在《文心雕龍》中的典範意義爲開端，爲探索《文心雕龍》沿體道理念所建立的文論，展現其中由文而及精神生命的道藝並融、華實相佩的理想境界，這是《文心雕龍》爲六朝文學開闢的超越上達的立文理念。

　　藝的追求一直是文學發展的重要視角，在六朝詩賦文章皆重工筆的趨勢中，藝的色彩更見凌厲鮮明。《文心雕龍》的撰作面向於時代文章，對於文家的成藝原則，特許以"徵聖"的理念，實爲當時文論中的新見。此觀念的成因，從文論史中較難逆溯其源，但沿思想史的脈絡檢視，則可發現來自一股由佛學在中土重新掀起的體道思潮。劉勰由體道理想而產生道藝並融的文學追求，是六朝文學理論與思想產生交融作用的結果。

　　道的實相從來如一，宇宙萬法，不外表現如一之道。而形態千殊百異者，在於體現道的途轍不一，猶百川匯海，但沿一波以

---

① 錢基博《文心雕龍校讀記》（上海：上海古籍出版社，2011），頁5。

討源，亦猶恆河細沙，只取微渺以圓照大千；劉勰提出的立文理念，以明本見道爲所宗，亦是於時代之終極理想下，開設體道之一途，別開以藝文描述至道的文用世界，是關懷當下時代生命安頓處的思想體現。分析《文心雕龍》的徵聖體道文論，即本其體道之衷志。

徵聖立言的觀念只是提出了融攝道藝的大原則，相關理念尚滲透於不同篇章的論述中，重新呈現這一套文學理念及其所包含的時代人文精神，是本書以《文心雕龍》爲中心而開展的研究面向。

第三節　研究方法與構思

從體道觀念的角度研究《文心雕龍》徵聖立言及道藝並融的文學觀，是由於劉勰將體道徵聖思想納入於文學理論，展現一套受時代聖人之學影響的文藝觀，此中時代思潮產生着不容忽視的作用。其中明顯的情況是，學界對於《文心雕龍》是否接受佛教思想的問題，討論紛紜，考察的層次暫停留在工具層面，集中於探究思維方法與處理態度上的資借，或是修行概念的移用，至於佛學的超凡入聖理念影響人文精神追求的層面，尚未多見着墨。究其原因，在於看待佛學對《文心雕龍》的意義，徘徊在工具層面上，只尋索表面相似的概念進行比附解釋。唯有正視由佛學宗教性帶動產生道德性的立文動機，以及超越上達的人生理想，並對有關體道的觀念進行較深入的認識，如此方能察識到徵聖立言以及道藝並融的觀念與時代體道衷願共見的人文精神，以及劉勰融會體道活動、理論、經驗對治時文的困頓之處。因而重現徵聖立言在思想史與文學理論史上的意義，研察觀念形成的歷史因素，以及在形成歷程中所接受與開拓的內容，成爲鑽探《文心雕龍》體道文論的重要前提。

　　藉由考察時代思潮及歷史背景以掌握理論成因及内容,是爲觀念復原與溯源的研究方法。觀念復原法,有助於復原時代觀念的内容與思想生態,是較諸單純歷史溯源更爲複雜的復原工作,蓋其中須處理人文精神哲理的聯繫與流變。由此鋪開的歷史面貌,不單指人物與事件的羅列敘述,亦涵蓋觀念生發歷程的重新建構。關於古代文論的研究方法,學術界已提出歷史復原和思想溯源的大原則、大方向。羅宗強先生認爲研治古代文學思想的首要工作,便是歷史學術生態的復原:

　　　　古代文學思想史研究的第一位的工作,應該是古代文學思想的盡可能的復原。復原古代文學思想的面貌,才有可能進一步對它作出評價,論略是非。這一步如果做不好,那麼一切議論都是毫無意義的。我把這一步的工作稱爲歷史還原。……但是文學批評、文學理論作爲一種理論形態,它又不僅僅涉及文字訓詁。有許多批評範疇,僅看文字訓詁是無法正確解讀的,如"氣"、"風骨"等等,它還有一個理論索原的工作要做。①

歷史復原與理論索原,是深識古代中國思想而以源流形態生成,因而歷史本貌的回復,自然牽涉理論成因的追溯與重現,這便是思想條流交織所形成的學術網狀生態。羅先生在考察魏晉南北朝文學思想發展時,便將觀念復原的理念落實爲考察工作的原則:

　　　　努力描述出文學思想發展的真實面貌。我把主要的精力放在歷史的還原上,所謂歷史的還原,就是弄清一種文學思想

---

① 載於張毅《宋代文學思想史》(北京:中華書局,1995),《序》,頁7。

> 從萌生到發展的種種表現形態,弄清它產生和發展的前因後果。①

影響文學思想萌生與發展的歷史原因千絲萬縷,複雜多樣,羅先生認爲有關魏晉六朝的文學思想涉及的歷史復原範疇,是以士人心態爲主脈,同時又指出了其他歷史的旁枝:

> 文學思想的產生和變化,當然和社會環境有種種之關係,如政局、社會思潮、學術思想、生活情趣、生活方式等等。②

由此説明文學理論的復原不單止於歷史的再現,更重要在於人文思想的會通與活化,了解觀念在歷史場域中產生的原因與流變,所涉獵的範圍,不止於文學世界,其中思想哲理以及社會氣氛、人文活動,都是需要被復原的部分。羅先生的歷史還原理念,提出了研究方法的指導方向,其後學者已嘗試提出較爲具體的研治方法。如劉暢先生提出"二重還原法"(又稱"二重思維法"),是嘗試將羅先生的理念落實於操作層面。③ 而王更生先生亦提出二十一世紀開始《文心雕龍》的研究有必要加強學科聯繫:

> 經學是中國文學之源,和《文心雕龍》關係之密切自不待言,其他就是子學、史學、文學,以及中文系或外文系開設的相關科目,如修辭學、文法學、語言學、中國文學史、書畫史、文藝心理學,和西方文學批評、比較文學論、藝術論、中西美學等,都應做適度的擷取,以便相互生發。使"文心雕龍學"研究,在多種工具學科的媒介下,更能拓展領域,爲中國文學理論走出

---

① 羅宗强《魏晉南北朝文學思想史》(北京:中華書局,2006),頁3。
② 羅宗强《魏晉南北朝文學思想史》,頁3。
③ 劉暢先生已發表多篇專論,透過分析具體問題的實驗來引介"二重還原法"的操作概念。著作《史料還原與思辨索原——中國古代思想與文學叢稿》(天津:南開大學出版社,2006)便是試驗成果之結集。

一條鮮活的坦途。①

王先生期望多種工具學科的協作,是認爲不單能使《文心雕龍》的研究提升深度與廣度,同時亦有助於將《文心雕龍》的作用延展於解決其他學科的問題,擴大其影響領域。這種期許實已超出對《文心雕龍》觀念復原的要求,而是對古代文學理論巨著能進一步發揮作用的展望。

羅先生對於所提出的觀念復原研究方法,以身恭行,其針對的觀念復原集中在對士人心態變化的問題上。魏晉六朝體道觀念的營構,乃至劉勰的徵聖文學觀,士人與僧團是重心人物,是以本書有關觀念復原的內容,同樣重視士人與僧侶對體道觀和聖人觀的理解。基此,復原工作會一方面考索士人與中土僧侶關於超凡入聖理想的產生與發展,同時又觀察當時士人與僧團交誼中進行的體道修行活動。

古代文論的研究所以重視多方面溯源,目的在於盡量還原學脈的本實。這種追求原則實際上是治史的求真精神,以追求完整歷史叙述而著名的法國年鑑學派,②其史學研究主張正好説明了這種復原原則的需要。年鑑學派有關歷史研究的主要方法,是要求跨越科際以及重新解讀原材料,這些主張同樣是觀念史復原的要務。

在年鑑學派的代表刊物《經濟社會史年鑑》的發刊辭中,已開

---

① 王更生總編訂《臺灣近五十年〈文心雕龍〉研究論著摘要》(臺北:文史哲出版社,1999),頁 30—31。

② 年鑑學派在法國歷史學界已歷八十載,本屬歷史學理論,惟其跨學科研究的主張,於其他學科,包括文學研究領域均帶有啓發意義。學派名稱的由來,源自先行者布洛赫(Marc Bloch, 1886—1944)與費弗爾(Lucien Febvre, 1878—1956)兩位法國歷史學家在斯特拉斯堡大學(University of Strasbourg)合辦的代表刊物《經濟社會史年鑑》(*Annales d'histoire économique et sociale*)。《經濟社會史年鑑》是《年鑑學報》的前身,作爲年鑑學派首部刊物,於 1929 年 1 月 15 日發行創刊號,以季刊的形式發行。至 1993 年定名爲《年鑑學報》,沿用至今。

宗明義提出跨學科的宗旨：

> 希望能把歷史學與社會學結合起來，因而在研究方法上與題材上能產生新的視野；
>
> 各門社會科學之間其實也不一定要壁壘分明，尤其在歷史的層面上有好幾個學科是很密切相關的（如政治學與經濟學、社會學與人類學）。①

科際綜合的目的，乃爲對研究中所要接觸的歷史有盡量完整的把握。

年鑑學派中的代表人物布勞代爾（Fernand Braudel, 1902—1985）認爲歷史發展的本貌並非單綫形成，而是如網絡形態般錯綜複雜。由此主張歷史叙述應該極力採取全觀的視野，以追求"總體歷史"（histoire totale）的圖景。他不止一次釐清"總體性"的意思，以化除誤解，如1978年發表的論文中寫道：

> 歷史的"總體性"並不是主張要寫出一部世界全史，絕不是這種幼稚、簡單、瘋狂的想法，而只是單純地在處理一項問題時，要有系統地超越過所限制的範圍。依我看，歷史問題不是孤立的、獨立的。②

源流的交匯形態，本身便是一張複雜的網絡圖。歷史每一環節皆在網絡中產生、存在和發展，歷史的叙述，自不能只呈現單一的綫索。

年鑑學派的後來者勒高夫（Jacques Le Goff, 1924—　），又補充了對史料重新審閱與解讀的要求。無論是布勞代爾還是勒高夫，年鑑學派對歷史原材料重新審究的態度，實際上是近二百年來

---

① 載賴建誠《年鑑學派管窺》（臺北：麥田出版有限公司，1996），頁3。
② 載賴建誠《布勞代爾的史學解析》（臺北：桂冠圖書公司，2004），頁23。原載Braudel, F. (1978): En guise de conclusion, *Review*, 1(3-4): 245。

西方歷史研究的求真思潮之一面,正如洪鎌德先生分析:

> 以講究精密的科學方法,謹慎考察歷史的證據,而對過去發生的事故,做高度求真(maximum verisimilitude)的研究,是過去兩百年來歐美學界所追求的目標。[1]

高度求真的精神,不單是歷史研究的追求,也爲考察觀念形成所需要。

年鑑學派對歷史敘述與研究法的主張,目的爲使研究的專題得到完整的歷史因由說明,爲此而有必要對在場的歷史及材料進行全面而細緻的處理。研治古代文學觀念的形成歷程,同樣不離對源流的多面考察,以及重新審視材料的義涵。惟觀念復原工作若要把握歷史文獻與材料的真實性,便須倚借哲學觀點進行處理,以恢復材料的真實意義,乃至思想流變的真實面貌。是以本書對於有關體道思想材料的解讀,有必要援引學人對魏晉六朝玄學與佛理的哲學詮釋,方能清晰《文心雕龍》內蘊的體道追求。

借助哲學觀念進行解讀,本書對於一些學界已開發的材料,亦重新詮解其對《文心雕龍》的影響。例如對《阿毗曇心論》中蘊含禪修念佛的原理,重新定位其對神思觀念的影響,同時考慮毗曇學在中土的流播範圍集中於長安定林寺,以確定與劉勰的修道環境有學脈關聯。此外,對於神思的源流處理,亦補充了當時流行的讖緯之學爲觀點解說。凡此種種,皆爲展現切合思想發展事實的概念流變面貌,以求準確解讀其對《文心雕龍》徵聖體道及立文思想的內在聯繫。

鑒於目前學術界有關魏晉六朝的體道思想,尚未梳理出完整

---

[1] 洪鎌德《人本主義與人文學科》(臺北:五南圖書出版股份有限公司,2009),頁175。

的歷史輪廓,是以有必要重建體道觀念史的生成和發展狀態,乃另一重觀念溯源的工夫。換言之,本書的觀念復原研究,分爲兩階段。其基礎是體道觀念的流變考察,其中心則是徵聖文學觀的成因及相關概念義證。

在此必須指出,徵聖立言觀念本身並不是僅沿文學觀念一脈發展出來,在魏晉六朝中土與外來文明衝擊的時代,尤其是佛學東傳過程的華化策略,對於中土思想文化,有極爲深遠的影響;有關聖人觀念以及體道觀念的形成,在中國魏晉六朝時期的發展情況便極其複雜,非由一派一人自成圓通之說,從思辨內容到活動,林林總總。因是之故,本書所進行觀念源流演變的考析工作,涵攝的領域不限於文學一途。事實上,《文心雕龍》作爲文學理論著作經典,一直不乏以時代思潮對其進行理論的探究。當前相關的歷史復原工作,已形成了幾支主要的溯流:魏晉玄學、佛理、書畫樂論、經學,並自成論述系統。溯源成果雖然豐碩,惟聖人之學作爲時代討論風尚的一脈,卻尚存極大之開發空間。

了解劉勰如何將徵聖立言之理想實現,將聖人之元素銜接、落實於人文制作當中,這些問題,都牽涉極繁多的時代聖人思想。由此説明了本書以體道入聖觀念爲溯源面向的原因,而務求掌握其時以玄學、佛學爲重心的時代思潮,藉此了解劉勰對體道入聖觀念的理解與演繹。魏晉六朝的理論與活動是處於不斷發展變化的狀態,因而要有完整的認識,便須將原本散落於不同歷史文獻中的零星思想,重新抽繹糅合,使觀念形成的輪廓得以呈現。

是故本書所處理的文獻範圍,包括體道理論以及關鍵概念的義解,還有當時的體道修行活動,由此建構起的體道思想史,涵蓋理論與實踐,方具有較爲全面的認識。在此立體的歷史背景下審視劉勰的體道理念及文藝觀,方能清晰其定位與意義。

由於劉勰的徵聖立言觀,是產生於魏晉六朝的人文精神之中,同時亦參與了時代人文精神的建構,因此無論觀念的形成,乃至理論建構中所運用的概念,皆有體道的義源作支持。這尤指在道藝並融的文學理念的演發部分,劉勰對於自然、緣情的時文風尚,補充"理"以爲樞輿,此中"理"乃至"神理"的概念,都來源自體道思想,是魏晉玄佛各家在有關本體與體道論述中,利用傳統觀念演變新義以作理念解說的結果。

《文心雕龍》以立文章之術爲主骨幹,在處理立文體道的糅合方面,與其時體道思想自有分別,是故必須就其文本,以文藝理論探析其特立之主旨與體系。是以此一思想梳理的工作不是順時式陳述概覽,而是選取與《文心雕龍》體道立文思想有關的概念,進行觀念流變的考察與分析。基此,本書建構《文心雕龍》的徵聖文學觀,並非專論《徵聖》一篇,而是將散佈於不同篇章中的關鍵想法及概念,重構成一個立文體道的系統架構。

第四節 文獻回顧

徵聖立言是《文心雕龍》研究較少觸及的論題,在二十一世紀的兩部蒐括《文心雕龍》研究的專集中,錄得有關《徵聖》的研究論文,是樞紐五篇中數量最少者。而有關聖人的議題,亦寥寥可數,這正反映出魏晉六朝聖人之學尚未充分融入於古代文論研究之中。由此輻射於《文心雕龍》的"道"的研究,便圍繞於探討"道"的義涵,而體道的問題,則幾近無迹。

2001年北京大學出版社出版的《文心雕龍研究史》,梳理了自《文心雕龍》問世以來的研究歷史,指出:

> 《徵聖》、《正緯》篇的研究,除了一些專家學者的注釋本、

譯注本外，專門研究論文較少。①

涂光社先生究其原因，認爲學者對於《徵聖》的運用，"大多是出於印證其他問題的需要，常見的是作爲討論'宗經'問題的補充材料運用"，造成這種態度的原因與紀昀稱是篇"裝點門面，推到究極，仍是宗經"的論斷有關，由此影響了後來研究者一直較爲忽略該篇的理論價值。② 而近十年之徵聖研究狀況，進展未算長足。《徵聖》的研究主題，依然集中於過去開發的幾大方面，因此，由時代思潮理解其內在意義，當具相當的開發空間。徵聖與體道思想的研究雖有待探究，惟有關的概念與論題，諸如《文心雕龍》中的聖人觀、《徵聖》篇的文學思想價值，都已受到學者的注意。而在思想淵源尤其有關本體討論上，更有可觀的研究成果。這些概念與議題，都是作爲《文心雕龍》徵聖立言思想以及其透露的時代精神的研究基礎，因是之故，以下乃集中交代有關《徵聖》與徵聖思想，以及《文心雕龍》與儒、釋、道、玄學等思想關係的大體研究狀況。

一、釋"聖人"之義涵

韓湖初先生是較早關注《文心雕龍》聖人問題的學者，有《論〈文心雕龍〉的"聖人"》與《再論〈文心雕龍〉的"聖人"》二文。③ 韓先生強調聖人在劉勰的文學理論體系中佔有重要地位，認真研究聖人問題，有助於深入探討《文心雕龍》許多重大問題。先生認爲《文心雕龍》中的聖人，具有三種內涵：一是具有超人的聰明才智，能夠認識和把握客觀世界；二是具有博大的審美胸懷、深摯的感

---

① 張少康、汪春泓、陳允鋒、陶禮天《文心雕龍研究史》(北京：北京大學出版社，2001)，頁464。
② 涂光社《"文之樞紐"的創作主體論——有關〈徵聖〉的思考》，載《文心雕龍學刊》(濟南：齊魯書社)，1992年第6輯，頁124。
③ 二文收入韓湖初《文心雕龍美學思想體系初探》(廣州：暨南大學出版社，1993)，頁60—84。

情；三是其著作即"經"是爲文的典範。聖人之所以能體道、得道，主要靠聖心，而聖心之得道又有一個艱苦的思維過程，聖人是先觀察、分析了萬物的變化才能寫出道之文的。這種以"道心"、"神理"爲立文根據的思想，韓先生以爲正反映出《文心雕龍》之道的確包含了儒家之道的思想成分。

關於《文心雕龍》所徵之聖屬儒、屬釋、屬道的問題，一直存在分歧。較早的研究多傾向於儒家聖人的觀點。例如范文瀾先生注本便認爲《徵聖》所稱之聖，"指周公、孔子"，①李曰剛先生據《序志》特舉垂夢隨仲尼南行之事，以爲劉勰雖曾有"徵之周孔，則文有師矣"之言，不過爲"叙筆偶及公旦"，②意謂所徵之聖終究只有孔子。吉川幸次郎先生更直指"《徵聖》全篇都在於讚美聖人即孔子的文章"。③ 王元化先生參考《序志》等它篇的內容，認爲劉勰是站在儒學古文派的立場上，把文學當作儒家經典的枝條，企圖遵循儒學古文派路綫去闡明文理，④意味儒家的聖人乃是文宗。牟世金先生認爲《文心雕龍》所徵之"聖"爲儒家聖人，所宗之"經"是儒家的《五經》，明確非常。⑤ 又認爲劉勰的"徵聖"、"宗經"思想，顯然主要是強調儒家聖人的著作在寫作上值得學習，藉此提出自己的基本文學主張，而不在宗奉儒家思想。韓湖初先生論析《文心雕龍》中的儒家思想問題，便是在牟世金先生的觀點上發展的。在認同孔子爲《文心雕龍》徵聖主體的論調下，亦有研究提出異見。邱

---

① 范文瀾《文心雕龍註·徵聖》卷1，頁17。
② 李曰剛《文心雕龍斠詮》（臺北：編譯館中華叢書編審委員會，1982），卷1，《徵聖第二》，頁45。
③ 吉川幸次郎《評斯波六郎〈文心雕龍原道、徵聖篇札記〉》，載王元化選編《日本研究〈文心雕龍〉論文集》（濟南：齊魯書社，1983），頁33。
④ 王元化《文心雕龍創作論》（上海：上海古籍出版社，1979），《劉勰的文學起源論與文學創作論》，頁45。
⑤ 牟世金《文心雕龍研究》（北京：人民文學出版社，1995），《"徵聖"、"宗經"思想》，頁171。

科祥先生以"玄聖創典,素王述訓"之句爲根據,認爲劉勰所謂"聖",主要指伏羲,孔子相對於"玄聖"來説,不過是一個"明哲",與"玄聖"對比不爲聖。

以上諸位先生分析《文心雕龍》的聖人形象,大抵圍繞於其思想來源的問題,而肯定其屬於儒家聖人。此中差別在於所徵之聖到底是周孔並徵還是只徵孔子。其實在魏晉六朝玄佛辯論中,周孔並稱的例子很常見,是作爲中國聖人的概稱。劉勰既以中國經典爲宗範,亦不可謂獨徵孔子,只是孔子文功尤偉,故着墨尤重而已。《文心雕龍·原道》叙述中國文明的起源,且全書爲面向於中國的文學理論批評,取儒家聖人以爲宗範,是毋庸置疑的。惟論者對於"徵聖"思想乃至"徵聖立言"理念的産生成因,卻尚未進一步推究。中國的聖人形象乃至聖人之學,從先秦至六朝皆處於不斷發展的狀態中,則劉勰所取儒家聖人爲形範而闡述立文涵義,未必純粹來自先秦儒家的聖人制作觀念。劉勰借聖人而爲立文提出"銜華佩實"的指導方向,舉顔淵以勉勵學聖立言的信念,有可能已融攝了新的聖人思想於其中,顔淵也是玄佛辯論中慣舉之例。在六朝時候有關學聖問題的討論,是由佛學的修行思潮所掀起的,聖人的涵義已擴展爲體道之人;劉勰對於此間聖人内涵的取捨,以及徵聖觀念的醖釀,是本書需要處理的一項任務。

二、釋《徵聖》的寫作理論與思想價值

黄侃先生的《文心雕龍札記》是較早注意"徵聖"思想内容的論著,他指出徵聖立言者,是指徵聖人立言之術,蓋肯定先聖文章辭美,文質相勝,爲後世種種政典史文垂範:"後之人將欲隆文術於既頽,簡群言而取正,微孔子復安歸乎?且諸夏文辭之古,莫古於《帝典》,文辭之美,莫美於《易傳》。一則經宣尼之刊著,一則爲宣尼所自修。研論名理,則眇萬物而爲言;董正史文,則先百王以垂範,此

乃九流之宗極,諸史之高曾,求之簡編,明證如此。"①畢萬忱先生對黃説深表認同,並認爲《徵聖》的寫作目的,乃劉勰倚借聖人和經典的名義,引出了他對文學性質、特徵、基本規律的認識,提出了關於文學創作的根本法則。② 換言之聖人文章只是代表理想的創作境界,而無涉於聖人立言的問題。

後來研究《徵聖》寫作理論者,較多集中在"志足而言文,情信而辭巧",以及"繁、略、顯、隱"此兩組觀念上。例如陳拱先生以爲後組四法是後世"精約、繁縟、顯附、遠奧"四種基型文體的淵源。③ 鍾子翱、黃安禎兩位先生則認爲"志足而言文,情信而辭巧"是劉勰認爲聖人文章的寫作方法,而簡、繁、顯、隱則是其概括經書中的四種寫作方法。④ 若以四例爲源,則屬於歸納文體的方法,是文學的自然發展歷程,而未涉及學效的命題。以聖人之文爲學效目標,便須講究陶練上達的工夫,在技法之外,尚當涵括德性的陶養;"志足而言文,情信而辭巧"對作者之情與志的指引,透露出聖人以德性影響文辭的書寫法則,是其可徵效之處。徐復觀先生指出,劉勰認爲"聖人所貴之文,乃'志足而言文'、'情信而辭巧'。這是他憑聖人以標出論文的宗旨",⑤正説明了劉勰的理想文學觀,包含了對作者性情的要求。繆俊傑先生從美學觀念分析,認爲劉勰在《徵聖》以"政化貴文"、"事迹貴文"及"修身貴文"的觀點來説明文章涵具的價值:包括政治教化、建功立業、陶鑄性情,

---

① 黃侃著,周勛初導讀《文心雕龍札記》(上海:上海古籍出版社,2000),《徵聖第二》,頁12。
② 畢萬忱《論〈文心雕龍〉"徵聖"、"宗經"的基本思想》,載《文藝理論研究》(上海:華東師範大學中文系、中國文藝理論學會),1980年第2期,頁132—133。
③ 陳拱〈《文心雕龍·徵聖》篇疏解〉,載東海大學中國文學系《東海中文學報》(臺中:東海大學中國文學系,1988年7月),第8期,頁5—18。
④ 鍾子翱、黃安禎《劉勰論寫作之道》(北京:長征出版社,1984)。
⑤ 徐復觀《中國文學論集》(臺北:臺灣學生書局,1976),《文心雕龍淺論之六——文之樞紐》,頁426。

指出"劉勰除了注意到文藝的政治教化的社會功能以外,還十分重視文學通過潛移默化,陶冶人們的性情的美感作用的特點"。①陶鑄性情作爲聖文的貢獻,反映出其可實現性,明爲徵聖之顯務。

重視性情在徵聖中的作用,是由於聖人文章的重要影響在於德化。聖人以其德性制作文章,對於後世徵聖立言的作者而言,其可徵效的前提與難點亦在於德性的陶養是否能達至聖境。王禮卿先生解譯《徵聖》,已發"聖文旨在明道"的點題之言,惜以其書"主於論文,故惟闡聖文之精妙,明其法則之奇變,不及夫參贊化育之義",故止乎文術的解論。② 鄧師國光先生從魏晉思想流變的角度,考察《徵聖》抑子貢而揚顔淵的叙述策略,説明劉勰反駁子貢"性與天道不可得聞"之説,是爲落實聖人可以師法的徵聖觀,提供成立的論據;從而表明劉勰強調"聖人之情,見乎文辭"、"聖人之文章,亦可見也"之意,在於提倡性情是立言和創造意義的元素,期盼透過理解和實踐的過程,以撰寫文章來體現聖人的功能,令立言與立德並美,俊才視聖人可至。《徵聖》的寫作策略,顯示了劉勰既融通傳統智慧,又與思想發展的歷史進程相應,在突出文理的主宰力量的同時,又顯示了深刻的時代烙印。③ 鄧師的觀點是以爲徵聖觀涵蓋立德與立言兩面,實現立德需要應然意志,有別於當時文苑流行的自然主張。盧盛江先生則以六朝文壇流行的自然論,解釋《文心雕龍》徵聖義,認爲劉勰的原道概念,是指"事物本然的禀性",因而"之所以要徵聖宗經,乃因爲它們是文章這一具體事物本然禀性即本然之寫作情理的具體體現"。④

---

① 繆俊傑《文心雕龍美學》(北京:文化藝術出版社,1987),《劉勰的文學功能説——釋〈徵聖〉》,頁75。
② 王禮卿《文心雕龍通解》(臺北:黎明文化事業股份有限公司,1986),頁23。
③ 鄧國光《經學義理》(上海:上海古籍出版社,2011),《聖化貴文:〈文心雕龍·徵聖〉詮義》,頁266—272。
④ 盧盛江《魏晉玄學與文學思想》(天津:南開大學出版社,1994),頁229。

二位先生皆以爲聖人及聖文是道之體現,故推斷劉勰以徵聖爲實現原道之文的指導形範。如此,徵聖立言便是由立文實現體道願景的方法。惟應然與自然是兩種不同的取向,在魏晉六朝的體道觀念中,亦出現兩種取向的體道主張,應然與自然兩種體道取態,反映於藝文創作中,分別形成緣情與從理兩大發展向度。效聖立言究屬應然還是自然,抑或兩者並存,是從體道思想衍生的問題。因此,研探劉勰的體道思想乃至時代的體道精神,是分析徵聖立言的實現原則的先要工作,此亦是本書重視魏晉六朝體道思潮的緣由所在。

在剖析體道思想的過程中,處理聖人之情此一時代論題,有助於理解劉勰的徵聖觀的取向。《徵聖》提及的"聖人之情",是劉勰將聖人立文體道的經驗落實於時文創作的關鍵。唯目前尚未見有關《文心雕龍》中聖人之情的具論,是本書擬作補充之處。

三、《文心雕龍》文論的思想淵源

《文心雕龍》的徵聖立言與體道思想的研究牽涉劉勰的思想背景,劉勰身處於儒、釋、道三家思想交匯的時代,而其兼具入仕與沙門的雙重身份,是引發研究者對《文心雕龍》思想淵源進行考析的原因。在前文敘論有關《文心雕龍》的聖人研究可知,大多學者從《宗經》所舉《五經》爲文體源頭之角度,認爲《文心雕龍》當以儒家思想爲主。而在道、聖、文三者關係中,基於《文心雕龍》多番標榜聖與經的密切關係,如"論文必徵於聖,窺聖必宗於經"等論述,都顯示出聖與經之間所具作者與作品的密切關係,這亦影響了研究者偏向於在論《宗經》的問題上兼視《徵聖》。例如牟世金先生的《"徵聖"、"宗經"思想》、[1]王更生先生的《徵聖

---

[1] 牟世金《文心雕龍研究》,頁168—169。

宗經的文學論》，①都以宗經爲主的角度下兼論聖。

亦有從時代背景解釋劉勰接受儒學的緣由，如王元化先生指出，"前人評論《文心雕龍》，幾乎毫無例外地把它歸入儒家之列"，②王先生以劉勰於梁天監初進入仕途爲分界綫，指出劉勰的思想變化，"劉勰的前期思想本之儒家，後期思想則趨向玄佛並用"，又肯定《文心雕龍》成於齊世，是受前期思想影響下的作品。③ 另外，亦從劉勰身處之時代分析其時公卿大夫寡通經術、儒生擁經而無所講習的風氣，顯示出對儒家經典的倡導必要，由此以爲劉勰採取儒學立場撰作《文心雕龍》，是表示對儒學的崇敬與尊重。羅宗强先生的《讀〈宗經篇〉手記》據《南齊書·劉瓛陸澄傳論》云："永明篡襲，克隆均校，王儉爲輔，長於經禮，朝廷仰其風，胄子觀其則，由是家尋孔教，人誦儒書，執卷欣欣，此焉彌盛。"認爲齊梁間這種儒學所受重視之環境，或者與劉勰和宗經思想之產生有一定之關係，④皆是注意到當時士人依然接受儒學教育的社會因素。

劉渼先生總結十九世紀下半葉臺灣《文心雕龍》學的研究情況，認爲臺灣學者多主張《文心雕龍》以宗經思想爲主，雖有探究其與佛教、道家思想關係者，但都不脱離儒家思想來談。⑤ 例如王更生先生《學兼中印，出入儒釋——讀〈文心雕龍〉劄記》一文，由劉勰的家世生平，推斷成書於信佛之前，認爲書中思想以儒家爲主。⑥

---

① 王更生《文心雕龍研究》（臺北：文史哲出版社，1976），頁 217。
② 王元化《思辨發微》（香港：三聯書店有限公司，1992），頁 126—127。
③ 王元化《讀文心雕龍》（北京：新星出版社，2007），《〈滅惑論〉與劉勰的前後期思想變化》，頁 27。
④ 羅宗强《讀文心雕龍手記》（北京：三聯書店，2007），《讀〈宗經篇〉手記》，頁 47。
⑤ 劉渼《台灣近五十年來"〈文心雕龍〉學"研究》（臺北：萬卷樓圖書，2001），第五章"台灣《文心雕龍》研究的具體成果之二"。
⑥ 原載《書評書目》，第 34 期，1976 年 2 月，頁 51—53。引自王更生總編訂《臺灣近五十年〈文心雕龍〉研究論著摘要》，頁 92—93。

又如周榮華先生的《〈文心雕龍〉與佛教駁論》據《文心雕龍》作於齊永明間,並考劉勰身世與佛教、《文心雕龍》與《滅惑論》等多方面,認爲《文心雕龍》中並無佛教思想。① 潘重規先生亦主張《文心雕龍》以儒家思想爲主,雖認爲"六朝文士留心佛典,助其翰墨,乃一時風氣。彥和亦不獨異也",惟肯定劉勰依沙門前,文學已成,故"全書之宗旨,皆以儒家爲骨幹。其全部文學思想,乃涵濡儒書所孕育之成果","劉勰文藝思想以儒學爲根柢甚明",②是斟酌劉勰之學養歷程而提出的客觀説法。

亦有學者考據《文心雕龍》中出現的佛學詞義,推斷與佛家思想有密切關係,其中指出較多方面的是饒宗頤先生的《〈文心雕龍〉與佛教》。③ 饒先生據劉勰的佛門背景,認爲《文心雕龍》之作是通過佛學的方法來表達其文學見解,並舉出與佛學相關之處凡七:一是神理説爲論文主要的哲學根據,究其本源和佛氏之説息息相通;二是徵聖的態度似沿於印度;三是《文心雕龍》以"心"命名及其義涵與佛家相似;四是《文心雕龍》的編制似用佛典的特殊法式,此點范文瀾、楊明照及周振甫三位先生早已發微;④五是思辨方式與印度邏輯有關;六是劉勰所論修辭與梵文有會通處;七是梵文華化的翻譯過程,引起了對漢文聲律的講究,劉勰論文章的音樂性與此有關。饒先生之見解引起迴響頗多,如潘重規先生、方元珍先生及

---

① 引自王更生總編訂《臺灣近五十年〈文心雕龍〉研究論著摘要》,頁43—44。
② 潘重規《劉勰文藝思想以佛學爲根柢辨》,載曹順慶《文心同雕集》,成都出版社,1990,頁78—94。又收入張少康編《文心雕龍研究》(武漢:湖北教育出版社,2002),頁171—184。
③ 載饒宗頤《文轍——文學史論集》(臺北:臺灣學生書局,1991),頁373—385。
④ 范文瀾先生謂:"彥和精湛佛理,《文心》之作,科條分明,往古所無。……蓋採取釋書法式而爲之。"(《文心雕龍註》,卷10,頁728)楊明照先生認爲《文心雕龍》全書"雖不關佛理,然其文理密察,組織謹嚴,似又與之有關"《文心雕龍校注拾遺》[上海:上海古籍出版社,1982],頁408)。周振甫先生認爲《文心》"'綱領明','毛目顯',同編經藏的要明綱領,顯毛目也是一致的"(《文心雕龍注釋》[北京:人民文學出版社,1981],頁5)。

第一章 導　論

蓮宏先生皆是對其觀點有專門辯論。①

此外，尚有不少學者嘗試探討《文心雕龍》與佛學的思想關係，例如日本興膳宏先生比勘《文心雕龍》與劉勰之師釋僧祐編訂之《出三藏記集》，指出二者在用語及文體格調上的共通處，認爲"劉勰於佛典造詣甚深，故其理念能得佛典文體特有格調之巧，並將其天衣無縫地融合於駢文形式之中"。② 楊明照先生則認爲《文心雕龍》"全書文理之密察，組織之謹嚴"，與劉勰兼善儒佛的思想有關，"因爲他那嚴密細緻的思想方法，無疑是受了佛經著作的影響的"。③ 普慧先生則考證佛學因明説於南北朝尚未流行於中國，並考訂齊末梁初佛教三大成實論師僧旻、法雲與智藏皆與劉有直接或間接關係，且三人皆於宋齊時拜師僧祐門下，故推斷劉勰有自覺或不自覺地接受佛教《成實論》的影響。④ 張少康先生與邱世友先生則指出龍樹《中論》中的"中道觀"對《文心雕龍》中的文學研究方法，有十分深刻的影響。張先生認爲劉勰將般若中觀思想用於其"唯務折衷"的文學批評中，"善識'大體'、不執一端的文學批評，顯然和龍樹的'中道觀'有着明顯的内在聯繫。"⑤邱先生則認爲劉勰利用中觀的思維方法和方式建構道與文的關係，以及通變、風骨等文學觀念。⑥

---

① 潘重規先生駁論的重要文章即前引《劉勰文藝思想以佛學爲根柢辨》一文。方元珍先生著有《文心雕龍與佛教關係之考辨》（臺北：文史哲出版社，1987）一書，考察《文心雕龍》的文原論、文體論、文術論及文評論四方面與佛教的關係。蓮宏法師則先後發表了《〈文心雕龍〉中隱含之佛教思想——以方元珍、饒宗頤爲例比較説明之》的文章共上下兩篇，分別刊載於海潮音月刊社主編《海潮音叢刊》（臺北：新文豐出版社）第 88 卷 12 期（2007.12）及第 89 卷 1 期（2008.01）。
② 興膳宏《〈文心雕龍〉與〈出三藏記集〉》，載張少康編《文心雕龍研究》，頁 114—133。
③ 楊明照《文心雕龍校注拾遺》，頁 7。
④ 普慧《南朝佛教與文學》（北京：中華書局，2002），頁 285—302。
⑤ 張少康《劉勰及其〈文心雕龍〉研究》（北京：北京大學出版社，2010），《〈文心雕龍〉和佛教哲學的方法論》，頁 260。
⑥ 邱世友《文心雕龍探原》（長沙：嶽麓書社，2007），《"中邊皆甜"的中道觀構成文學的高深絶境》，頁 52—60。

亦有學者根據思想史流變的情況,主張《文心雕龍》中有玄學的內容。如王運熙先生認爲在《原道》中的"自然之道"與玄學思想有關。①邱世友先生認爲在儒釋道合流的時代下,劉勰的思想亦帶有玄學與佛學的內容。② 張文勛先生又分別臚列儒、佛、道、玄四方面的文化淵源,③亦見其主張《文心雕龍》乃多種思想灌養下的產物。

思想來源的爭論除卻考慮時代背景外,又最爲直接反映於有關道的内容討論之上。關於《文心雕龍》的"道"義的研究是龍學一大主題,據戚良德先生編《文心雕龍學分類索引》④整理近百年來(1907—2005)兩岸以《原道》爲論述對象的二百多篇文獻,當中討論"道"的問題,逾三十五篇,其中不乏從哲學思想上論述,如馬宏山先生的《〈文心雕龍〉之"道"辨——兼論劉勰的哲學思想》、鍾興麒先生的《〈文心雕龍〉的"道"與魏晉南北朝玄學》,或是專從"自然之道"上立論,如蔡鍾翔先生的《論劉勰的"自然之道"》、秦德行先生的《劉勰自然之道的意藴及其理論價值》,亦有關於淵源的考究,如韓湖初先生的《〈文心雕龍〉之"道"溯源》。⑤ 研究範圍實已涵蓋文、史、哲三大維度。其中偏向哲學思想類,又標明研究《文心雕龍》之儒、釋、道思想者,《索引》另外整理出逾百篇,見書中"《文心雕龍》綜論"類。⑥

基於戚先生所編《索引》已歸納此前幾部大規模的《文心雕龍》研究論文編集,包括牟世金與曾曉明二位先生編選的《〈文心雕龍〉研究論著索引》(1907—1985)、⑦戚先生參與輯錄的《文心雕龍學綜覽》、⑧

---

① 王運熙《文心雕龍探索(增補本)》(上海:上海古籍出版社,2005),頁57—62。
② 邱世友《文心雕龍探源》,頁41—60。
③ 張文勛《文心雕龍研究史》(昆明:雲南大學出版社,2001),頁12—23。
④ 戚良德編《文心雕龍學分類索引》(上海:上海古籍出版社,2005)。
⑤ 詳見書中"《文心雕龍》樞紐論"類別中的"原道"專題,中國大陸部分載於頁120—137,臺、港部分載於頁514—518。
⑥ 戚良德編《文心雕龍學分類索引》,頁88—98。
⑦ 收入中國文心雕龍學會編《文心雕龍研究論文集》(北京:人民文學出版社,1990)。
⑧ 牟世金、曾曉明、戚良德《文心雕龍學綜覽》(上海:上海書店,1995)。

第一章　導　論

張少康先生等編《文心雕龍研究史》,以及朱文民先生編《劉勰研究論著目錄》,①故取以爲統計。2005年後有關《文心雕龍》的道的研究仍然持續,例如賴欣陽先生的《重讀〈文心雕龍・原道〉篇——一個形上學角度的解讀》②便嘗試從形上學的角度切入,重新闡述《原道》篇中"道"的意義,並説明在劉勰的想法中,了解及契入"道"的方法。還有林顯庭先生的《〈文心・原道篇〉哲學與美學課題探討》③,明確將道的内容聯繫於哲學與美學的研究視角中。

事實上,《文心雕龍》涵具儒家思想已屬無疑,惟其是否具佛學思想,則尚未有定論。審諸未允《文心雕龍》具佛學思想者,多就劉勰入沙門以及撰寫《滅惑論》的時間,論斷《文心雕龍》作時未涉佛理背景。按《文心雕龍》所處之時代,三家思想的交互融合與碰撞,彼此之間已非絶對壁壘分明。尤其當時名士與僧人對三者實際上亦兼通,擇善而從的應用方式,並非不可能,正如張少康先生指出南朝佛學與儒學並不對立,而是完全可以互相包容,崇敬儒學和信仰佛學並不矛盾,是可以同時體現在一個人身上。而佛家在借助玄學等中國本土文化傳播佛學時,語彙的應用也不一定以詞彙用語工具化地標示。正如饒宗頤先生指出魏晉六朝佛學翻譯工作,令其時出現梵文華化的過程,詞義由分解佛理到圓融於漢文,内中義源已極爲複雜。理解此種時代思想背景的複雜情况,便當認同《文心雕龍》思想的複雜性,劉勰入沙門只能作爲其中一項證據。從内證上分辨佛理思想之有無,兼及時代佛學思潮進行考察,似爲更必須之方向。

---

　①　朱先生編著的目録收入《齊魯諸子名家志：劉勰志》(濟南：山東人民出版社,2009)。
　②　賴欣陽《重讀〈文心雕龍・原道篇〉——一個形上學角度的解讀》,載《淡江中文學報》(臺北：淡江大學),第19輯,2008年12月,頁1—59。
　③　林顯庭《〈文心・原道篇〉哲學與美學課題探討》,載《東海哲學研究集刊》(臺中：東海大學哲學系)第15輯,2010年7月,頁57—72。

研究體道思想雖然不同於本體論，卻需要兼及處理《文心雕龍》的本體觀以及相關概念，其中不免與劉勰本體觀、《文心雕龍》形上思想等論題有所相叠，這些論題自八十年代以來一直熱烈討論，亦有可觀的成果。出於觀念分析之需要，有關魏晉六朝本體論的描述，在書中必然有所涉及；惟論旨始終圍繞於體道的新視角，也正是在新視角之下，才發現聖人作爲理想的體道形範的意義，而特別開發由徵聖立言所透露的體道思想。

　　劉勰所處之世，是中土文明與西域文明會通與碰撞的時刻，文化思想的活力在此時受到巨大的激發。當自身文明中的體道意識發展至困滯境況，嘗試資借佛教文明中的成佛理念，刺激體道方向的開發，有助於在自身傳統中發掘一些較早沉潛的體道意識，並重新煥發其生命力。這種資借的思維，紮根於中國先秦以迄魏晉的儒道精神世界，由成佛義啓迪下開出的，也是中國傳統精神中早已蘊存的生命。在成佛思想隆盛傳播的時期，傳統體道精神因成佛思想引入而得以延續發展命脈，是客觀事實。魏晉南北朝時候，士人兼通儒、釋、道的例子也很普遍，謝靈運、郗超，乃至劉程之，皆是儒佛並善者。中國僧團中名輩如支遁、釋道安、釋慧遠、釋僧肇等，更是以習儒道爲基礎，從而融通並發揚佛理。這些僧人與名士，對於三教思想的關注，雖有執持，但未見過分抗拒。劉勰《滅惑論》中對道教有所批判，亦不至於徹底否定。當然，《滅惑論》所護持的道，乃唯一無二的宗極，是超越文字形器世界的層次，這在佛徒而言，以佛爲至道是必然的想法。而在《文心雕龍》中所體現的道，卻是一套由天地自然以及人文成化爲存在說明的道，則對於宗教的護持，亦顯然非關宏旨。

　　考究《文心雕龍》與儒、釋的關係，其本旨是爲清晰《文心雕龍》的文學觀念與理論所受的思想影響。在過去的學術考究中，較爲接近本旨者，乃是對《文心雕龍》運用的儒、佛話語及內容的討論。

此中,湯用彤先生的《魏晉玄學與文學理論》,①專門分析魏晉時期文學受玄學思想影響的問題,其論思想之影響,超越内容比照的方法,認爲"文學與思想之關係不僅在於文之内容,而亦在文學所據之理論",因此"兹篇所論不在摘出當時文中所引用之玄理,而在研討其時文學原理與玄學有若何之關係",此思想研究進路,是以文論的思想來源爲考索之根本,切實於思想形成的分析,對於《文心雕龍》看待文之爲文的根本問題,以及徵聖、宗經思想的原理,皆嘗試以本體論解釋。湯先生一文是明確以時代思想研究《文心雕龍》理論的重要篇章,誠爲本書研究《文心雕龍》體道思想的重要借鑒。

四、與體道思想有關的概念

目前以體道思想爲專題的《文心雕龍》研究雖未出現,然而一些與體道思想有關的觀念内容,已爲學者所注意和探析,是研究體道思想的基礎。

"虚静"是關乎實踐的概念,在禪修中是準備進入禪定的狀態,在文學創作中是發動神思前的精神準備,學界已注意到禪學中的静觀思想對《文心雕龍》"虚静"理論的影響,普慧先生認爲慧遠描述的禪觀修行境界與虚静狀態有關係,②龔賢先生則更推源劉勰的虚静説源於佛陀蜜多的《五門禪經要用法》。③ 視佛教禪修觀念爲虚静的起源,除卻是静觀狀態的資借外,更透露了修行體道的意念對文學創作追求的影響。禪學運用虚静禪思的最終目的是爲獲得成佛智慧,對於由文學創作而達到的生命境界,便

---

① 湯用彤《魏晉玄學與文學理論》一文原載於《中國哲學史研究》1980 年第 1 期,收入《儒學・佛學・玄學》(南京:江蘇文藝出版社,2009),頁 280—292。
② 普慧《南朝佛教與文學》,《慧遠的禪智論與東晉南朝審美虚静説》,頁 263—284。
③ 龔賢《佛典與南朝文學》(南昌:江西人民出版社,2008),頁 354—360。

有可能從成藝的追求而提升到體道的層次，這是有待探究的問題。

此外，樞紐論中的"神理"概念是《文心》的重要論題，歷來研究神理義涵的見解不一，雖察識其與道存在密切關係，甚至視爲道的別稱，但較少發現神理的體道功能。蘇忠誠先生認爲樞紐五篇中的神理義具有宗教的超越上達意蘊，使文學保證了作者的生命境界能夠因文章而超越人生的困頓，①已從神理義上發現了《文心雕龍》的體道立文意志。

第五節　本書架構組織

本書共分十章，以下簡述各章的內容：

第一章是研究引論，包括交代論題的研究背景、研究目的、以時代精神和觀念復原爲定位的研究所採用的研究方法、目前與《文心雕龍》徵聖與體道思想有關的大體研究狀況，以及本書對於《文心雕龍》及魏晉六朝文論研究的一點意義。

基於本書採用雙綫形式處理，是故分立上下兩篇各四章論述，以下分別交代各篇的結構。

上篇建構魏晉六朝體道思想的產生與變化進程，即本書的第二、三、四與五章。

第二章《聖凡才性之思辨：關於主體之超凡入聖論》分析漢晉至六朝期間才性論中的成聖或成佛論題的思想發展脈絡，揭示聖人觀念由傳統到南朝的思想變遷階段。同時分析魏晉玄學與佛學在體道理念上的不同處，以彰明劉勰以前文家體道追求的向度與

---

① 蘇忠誠《文心雕龍神思芻論》，臺灣玄奘大學碩士論文，2008。

第一章 導　論

困境。

　　第三章《以禪修爲實踐的體道之學：禪修原理與般若思想的傳介》考查兩晉東傳佛學於中土弘法的禪修活動内容與義理，以及有關積學而至的修行理論，從孫綽以玄入佛的駁雜思想到慧遠接受《阿毘曇心論》中觀想念佛的修行思維並付諸實踐，揭示文士與僧人對於體道實踐的思想建構進程。

　　第四章《禪修與文藝實踐的融合》考察禪修觀念產生以後，體道思想進一步銜契於文藝領域，從而顯現佛門體道學問，過度至《文心雕龍》之間的演變環節。此環節的内容，説明在禪修基礎上開展的理念，透過慧遠的俗家弟子宗炳的《畫山水序》展示。其着意於以繪畫山水表達體道之志，爲體道思想與文藝融會之重要契接點。

　　第五章《窮理與立言：以理和文建立的體道理論》説明理、文等傳統概念所衍生出與道相輔的義涵，爲體道理論的成立準備了條件，由此進一步分析體道思想的理論建構進程。在展示以"理"爲核心的體道原理中，表明"理"在道與物之間，是作爲至道成全萬物的徵向，由此界定《文心雕龍》以文體道理念中的論道層次，在於突出道之有性一面。

　　下篇分析《文心雕龍》徵聖體道精神的文學理論，即本書的第六、七、八與九章。

　　第六章《徵聖體道精神下的"神理"與"理"義：由聖文展現的明理之術》研究《文心雕龍》中藴涵體道意義的"理"觀念和"神理"觀念，以及聖與文的内涵；並分析《文心雕龍》以理建立徵聖立文的準繩。由此顯示劉勰面向文苑場域，在非常講究文采的時代環境下，因順時代的風氣，提出道與藝的結合，反映出"徵聖立言"主張乃是一種自覺的淑世實踐。

　　第七章《徵聖體道精神下的樞紐範式：宗經與騷變》分析劉勰

31

所論述文學發展的正與變，表明聖人垂範，不僅在於顯示成文之本，更關注於成文中的變化，由此建立其宗本入聖的文之樞紐觀念。藉由顯現《文心雕龍》所定樞紐五篇，納入主變的文學機制，本與變兩面俱全，以說明文之樞紐是真正回應發展成熟的文章世界，是劉勰爲世人展示的融體性於神理的範式。

第八章《徵聖體道精神下的神思與物色：融道入藝的文學觀念建構》說明劉勰適值於藝文以抒發情志和揮灑才力爲發展軸心之際，開發出與道相融的創作方向，又將禪學中的體道實踐理念投入於文學創作中，爲藝文生命提供了新的出路。由此顯示徵聖體道的立文理想，爲當時衷尚於自然一脈發展的藝文，補充了應然方向，使文學的發展由此賦含上達體道的超越意義，且自覺從道藝兼融的追求上提出成熟創作理論，是《文心雕龍》的創見。

第九章《徵聖體道精神下的情與氣：會通凡聖與世變的藝文理念》分析劉勰將分殊才性會通於神理的立文原則，令學聖超凡的理念能踐履於立文的經驗世界。具體而言，是指劉勰將通變的方法歸結在作者的情與氣之上，二者皆生而稟之，既是聖凡的限制，同時又是通變上達的元素。此一體兩面的觀念，是魏晉以來修行觀的發展結果，最終折射在通變的思想上，而明確爲入聖的條件，由此爲徵聖立文建立起可學的具體構想。

第十章爲本書的總結。

第六節　研究的意義

《文心雕龍》的徵聖立言理念產生自魏晉六朝體道入聖之學，徵聖除卻是立文的方法，也可以成爲立文的理想，但徵聖的理念卻

第一章 導　論

一直缺乏全面的對其思想成因的探究。由徵聖立言的理念所反映的體道精神，在魏晉六朝本體研究中，亦只是邊緣論題。以此可知，有關徵聖的文學思想之所以未受到足夠重視的一大原因，正是由於當前魏晉六朝思想的解讀，在聖人之學的認識上，依然存在盲點。本書以聖人之學的時代思潮爲視野，指出《文心雕龍》徵聖立言的文學觀念，對於魏晉南北朝的文學理論以及思想研究，皆極具意義。因此，選擇以徵聖立言思想及其輻射於《文心雕龍》中的文學理論研究爲中心，補充聖人之學的歷史形成基礎，既爲兩方面補白，同時亦說明，文學理論的形成，與時代思想存在或顯著或幽微的相互影響關係。

真實的道體包含本體以及本體的呈現，簡言之即實相與假有，由此方能組成圓滿的道。在體道追求之下，呈現本體的權假，也即劉勰認爲有明道功能之文，方有其不得不存在的意義，以及不得不發展的需要。本書期望透過體道思想以及《文心雕龍》的徵聖立言思想兩大方面的考析，以爲劉勰的徵聖思想尋求合符史實的解釋，並由此顯現出文學理論接受時代思想的一種情況。

在魏晉六朝本體論與體道思想勃發的時期裏，文學理論與時代思想發展密不可分，體道觀念的吸取融攝是理論發展的自然態勢。思想領域産生對玄遠本體的追求，亦影響了文學理論發展的方向，本書以《文心雕龍》爲研究對象，發現在發展出自然爲尚的文藝觀的同時，也存在以實現精神上達以至於體道邁聖爲願景的超越性藝文觀。

《文心雕龍》的徵聖思想並非時代觀念的板塊式移植，而是以新興的體道精神爲願力，藉由"神理"與"理"等包含應然意志的概念，滲透在文學追求乃至批評準則之中。研究《文心雕龍》蘊藏的應然性立文觀，是期望爲六朝文學理論研究略作補充之處。

第二章　聖凡才性之思辨：關於主體之超凡入聖論

　　體道思想之基本問題,在於道與體道者的關係。道之可以認識與描述,在於有體道之人,以及有體道的觀念為基礎。基此,本章在分析中國體道思想之前,先解決關於體道者本身的問題,也即人可體道之所據條件,由此展開疏理劉勰之前有關體道本質:"才"與"性"的歷史流變。

　　本章所要考索的問題是,漢魏六朝的聖人之學,在時代學問的變遷中,呈現出多樣的論題。此中有關聖凡問題的討論,包括聖人的義涵、學聖與成聖思想,不脱才性論之基調,無論立場如何,始終離不開聖人與凡夫的本質和能力的討論。在道統與治統的角力下,漢末有關聖人的討論,已並現可學可至與不可學不可至的分殊論調。在傳統内涵進行詮釋與補充之際,佛學文明的東傳,又與新興玄老學說的發展,共同促使聖人之學的内容越加深入,並於傳統思維中別開生面。此思想發展態勢的特徵是,原生思想與外來思想兩大體系既是各自詮釋,又有相互融和與論辯,最終更緣此衍生新思想。此中,聖人能否下學上達,以及循何種途徑上達,便成為聖人之學中備受關注的問題和標志。①

　　因是之故,本章採用順時序的方式處理漢魏六朝的聖人之學,

---

　　① 湯用彤先生認爲聖人可學可至的問題,一直是漢魏以來備受關注的論題,又指出"漢魏以來關於聖人理想之討論有二大問題:(一)聖是否可成;(二)聖如何可以至"。見《謝靈運〈辨宗論〉書後》,載《湯用彤學術論文集》(北京:中華書局,1983),頁291。

第二章　聖凡才性之思辨：關於主體之超凡入聖論

目的不在於摘要式的陳述，而是藉由分析不同時代相關論題的生成原因與思想特點，以展現聖人學理論的發展路綫。其中以才性觀念爲主脉，鋪開聖人之學在才性論一脉中的發展歷程，可發現學聖與成聖思想經歷的重大轉折，由強調先天制限的角度，轉向於重視後天的積學而至思維，展現出學聖與成聖信念的形成，既是聖人之學的一大躍進，更爲徵聖思想的産生，提供重要的學理背景。

徵聖立言思想，包含學聖的幾個問題：聖人文章是否可學、聖人是否可學、學聖與學聖文之意義爲何，以及如何學。凡此種種問題，最爲根本者，在於肯定聖人之可學，若不可學聖，則聖人之文章，亦無有立論的餘地。是以在分析徵聖立言思想之前，有必要先解决學聖的問題。

劉勰於《徵聖》提出"夫子文章，可得而聞"、"徵之周孔，則文有師矣"，聖人文章可以得聞和師法，已明其堅持可學的觀點。此一相信聖文可學與可立的理念，並非理所當然之想法，聖人玄遠而高不可及的形象，已造成超凡入聖理想的質疑。尤其在實踐論上，基於凡聖的差距而提出種種自我綑綁的限制，皆可見於劉勰以前的思想史當中。而劉勰能特立文章可學之論調，表明從學有方，所論非獨空言，更切中實踐論的關鍵問題，此徵聖思想之形成，誠爲中國聖人學中值得處理的問題。

本章需要説明的是，在中國傳統裏，聖人的概念雖早於先秦形成，但學聖與成聖的具體内容，則至東漢以後，經由佛學思想在中土之流播影響，始誘發出精細的思辨與討論。而當中的内涵變化，造成聖人觀念的轉變，是引發劉勰徵聖立言理念産生的誘因。是以，考索成聖與學聖之思想流變，揭示聖人内涵的複雜變動過程，乃表明劉勰以至其所處時代中的聖人觀，雖以繼步周孔爲志，其實踐信念之深厚與堅持，卻是受到外來新元素滲透，提供可學可至之思想形態後，始形成的一種派生觀念。此一聖人觀念的變動，爲徵聖思想的萌發提供了成熟的理論條件,也說明劉勰的聖人觀,是在時代新思潮中孕育而成的。

本章闡論的聖人之學的觀念流變,乃是在前人思辨基礎上,進一步豐富和完善其時學聖議題的思想變化特點,以爲後文討論劉勰的徵聖立言思想提供歷史背景和理論基礎。

第一節　漢儒聖凡論

聖人之學作爲一涵量極大的思想觀念,自先秦發展至漢魏之世,已蘊藉了豐富的論述文獻。考慮到研究的核心論題爲徵聖(學聖),是關乎聖凡本質與學養爲主的思想考察,因而本章對於原始文獻的處理,擬採取學術斷限之方式進行觀念解讀,換言之,以學聖與成聖思想得到具體論述的時代爲起始,由此研察聖人之學的建立情況。

一、引子：關於聖人之學的時間斷限

聖人概念雖已在先秦爲諸子百家普遍運用,卻非是學聖與成聖論題展開的時代。先秦聖人論雖然並非完全不見學聖與成聖的思想,孟子肯定"人皆可以爲堯舜",便可視爲聖人可至論調之先鳴。然而孟子之言,本在勸勵世人行堯舜之道,如同言人性本善,旨在開示擇善而從的立命方向,至若堯舜何以成聖、如何可以爲堯舜,皆不在闡述範圍之內。先秦諸子論聖人,主要目的皆爲借聖人以展示一己的治國理念,與後來以三代聖人的事迹文章爲論述的依據,尤其取孔子爲聖人典範,由其真實之生命經歷而開展的思考,是不同範圍的聖人論;而後者對於成聖之探問與學聖之自我要求,皆可建立於聖人及其刊述的事迹之上。擺落空泛的假設,聖人

第二章 聖凡才性之思辨：關於主體之超凡入聖論

之學方能演變爲魏晉六朝一門重要且切實的學問。

學聖與成聖思想之出現，從思想發展角度分析，是關乎先天禀賦與後天學養的問題。則才性論的開展，蓋是學聖、成聖思想之基礎。魏晉討論聖人是否可學可至的重要議題之一，便是圍繞子貢言"夫子之性與天道，不可得而聞"是否成立而產生的爭論。此一關乎學聖與成聖的問題，本身便是由才性論發展出來，聖凡之才性正是思辨之主要內容。這種由分析聖凡質性而兼及學聖與成聖問題的論述，其源可上溯至漢初董仲舒的《春秋繁露》，其中就着向人君判辨聖凡之根本質性，而提出聖性之超凡天得，實際上已涉及聖人是否可成、如何可成的思想，故可視作聖人之學斷限的開端。

伸而論之，學聖與成聖的思想，當可以漢代爲考索之基始，而以儒門聖人孔子爲叙述之中心對象。漢末以降，玄道二學蓬勃，聖人論題開放至老莊領域的同時，又值佛學文明傳入之際，新舊文明的碰撞與交融，聖人之學的觀念皆出現前所未有的變化以及重大討論。正如湯用彤先生指出：

> 漢魏以來關於聖人理想之討論有二大問題：（一）聖人是否可成；（二）聖如何可以至。[①]

可知聖人之可至與須學的思想，是漢魏時期聖人學的主流論題。所謂可學與可至，義分兩重，一指聖人需要經歷"學"的階段而成聖，二指凡人學習聖人成聖之過程，以及成聖之可能。兩大問題的討論，正反映學聖與成聖的信念，在思想史進程中，並非理所當然地朝肯定的方向一直發展。根據湯先生分析，漢魏時期對此問題便已分成三種立場：其一是中國傳統觀念，主張聖人不可學不可至；其二是指印度傳統觀念，主張聖人可學可至；其三是謝靈運《辨

---

① 《謝靈運〈辨宗論〉書後》，《湯用彤學術論文集》，頁291。

宗論》承竺道生之新説而確定之觀念,折中於前兩者,主張聖人不可學但能至。① 此三種觀念反映出聖人之學的三種系統:原生(中國傳統文明者)、外來(印度傳統文明者)、派生(中印互融而衍生者)。

湯先生判斷中國傳統之聖人觀爲聖人不可學不可至,是指凡人無法超凡入聖,佛學東傳以後,聖人可學可至的思想方才產生。其論主要依據漢末王弼、皇侃諸家疏《論語》之"學"義與"聖人"義而得,以爲學義在勸教,成聖非因積學,理由在於:

> 魏晉之學"天"爲"人"之所追求憬憧,永不過爲一理想。天道盈虛消息永爲人力所不能挽(清談人生故常被歸結爲無可奈何而安之若命)。聖道仰高鑽堅,永爲凡人之所不能及。②

以重視個人之時代風尚爲解釋點觀之,人固不能自比孔子,而妄圖成聖。但在政治動盪的時局裏,祈求聖人的理想,便具有淑世意義。湯先生認爲佛教若無成佛的信念,絕超凡入聖之路,則佛教根本失其作用。同理,成聖理想若不可能實現於當世,則面對黑暗的時代,一切便失卻了救贖的希望。於有漢四百多年的思想史中,學聖與成聖的討論,並不至於漢魏玄學興起之時才開始流行。在玄學開展以前的兩漢思想史中,有關聖凡才性的論述,實已觸及學聖與成聖的問題。自上推及西漢董仲舒《春秋繁露》向人君表達聖凡

---

① 《謝靈運〈辨宗論〉書後》,《湯用彤學術論文集》,頁288—294。湯先生以"可學而至"一詞表述漢魏六朝聖人理想的核心問題,此語最早見於《孟子·滕文公上》"孟子道性善,言必稱堯舜"朱熹的注解之中:"聖人可學而至,而不懈於用力也。"先生之所以發現並援用朱子語以顯豁漢魏方興的成聖討論,緣起於對竺道生成佛新見的關注。近代學界曾就孟子與竺道生的思想是否存在關聯而展開過爭論,先生在此背景下或受到影響而參閱朱子的《孟子章句集注》,由是發現"可學而至"此一對成聖問題概括度極高的詞彙。雖然出自宋代,但依然適合疏理漢魏紛紜的聖學論述,當是先生引用的原因。

② 《謝靈運〈辨宗論〉書後》,《湯用彤學術論文集》,頁289。

天質之分別時，實已爲學聖與成聖論題之萌芽，可視作研究聖人之學的起始時刻。

是以本章回溯中國有關學聖與成聖的發展，在分析魏晉時期複雜的思想生態的同時，兼及對有漢一代相關文獻的審察；務求呈現出更臻完整的觀念脈絡，並揭示中國聖人傳統所蘊藉的學聖與成聖思想。由此發現，中國傳統的聖人之學，不乏學聖與成聖的理想，惜其於漢魏時期的發展，一直沒有成爲重要的申發論題。新文明引入的成佛觀，正是激發傳統聖人之學重新展現學聖與成聖活力的關鍵元素，促使聖人之學復歸於自我傳統之中，以煥發出種種實踐的理念，最終產生徵聖立言的構想。

鋪開漢魏六朝迄劉勰時期的聖人之學的發展進程，其中聖人觀之變化，乃至聖人之學的建立，便可呈現出較爲立體的思想史面貌。回溯學聖與成聖觀念的形成歷程，對於研究《文心雕龍》"徵聖"觀念，蓋能提供思想背景和時代意義。

二、聖凡才性之分殊：不可學不可至

以孔子爲形範的聖人，彰顯天地大道，是帶來文明希望的精神寄託。若相信聖人不中絕，則成聖的希望自不會淪爲奢想。在孔子出現後的漫長時間，中國聖人之學的一大議題，是孔子何以爲聖。探討孔子成聖之路，目的在於得出聖人可學，或是不可學的結論。

漢儒討論學聖與成聖之條件，主要圍繞性與才。性是善性，才指才力，後來發展的人物才性論，又與聖人學發展息息相關，其義卻偏重於論才力之類屬，有別於兩漢。兩漢討論聖與凡之本質，以性、才爲根本，蓋視二者爲人生稟受的兩大先天元素。二者圓滿至極，是謂才德兼備，爲入聖之境界。由是，漢儒解釋聖人是否可學可至的根本理據，便在聖凡稟受才性之同異的問題上。若聖凡同質,説明聖凡皆須學且俱可爲聖,顯示出憑借聖人形範而自我超越的信念;若爲異質,則聖人便成爲限制上達而設立的桎梏,不獨斷絶後天移易的可能,而成聖亦終爲永遠不可企及之玄遠願景。考實其時有關聖凡之才與性的討論,可發現基於對聖人出世的企盼,漢儒實際不失學聖與成聖的信念,惟上達之路無法從既有之限制思維中擺脱出來,則當仁不讓之決心,始終無法成爲主流思想,而徘徊於不可學不可至的消極境地。

湯用彤先生詳考漢魏諸家有關學聖、成聖之言論,如班固、王充、嵇康、葛洪、王弼、郭象,皆主張聖人"不學自知"(王充《論衡》)、"非積學所能致"(嵇康《養生論》),由此認爲:

> 聖人不可至不能學,蓋在漢代已爲頗流行之説。①

漢儒以爲聖人能够不學自知,其出處主要來自道家神仙之説。《淮南子・精神訓》謂聖人"不學而知,不視而見,不爲而成,不治而辯",②此文又見《文子・九守・守樸》:

> 所謂真人者,性合乎道也。……不學而知,弗視而見,弗爲而成,弗治而辯。③

惟《文子》言此"不學而知"者乃真人而非聖人,聖、神内涵混淆之情況可窺一斑。將聖人的能力過度詮釋,以至於人力不能逮及的程度,便呈現出超乎常人的描述,也即神化的形象。一旦抹煞了人的自然之性,將聖與人的距離拉遠,其爲生人之基礎,自然受到動搖。

正是出於釐清聖人非神的需要,論聖人之須學,其中原因正爲針對當時聖人神化的内容。如王充(27—97)從人性化的角度,分

---

① 《謝靈運〈辨宗論〉書後》,《湯用彤學術論文集》,頁 288。
② 劉文典《淮南鴻烈集解》(合肥:安徽大學出版社、昆明:雲南大學出版社,1998),卷7,頁 227。
③ 《文子疏義》卷3,頁 167—168。

析聖人之所以成聖,是由於聖人具有學而後知的過程,《論衡·實知篇》云:

> 儒者論聖人,以爲前知千歲,後知萬世,有獨見之明,獨聽之聰,事來則名,不學自知,不問自曉,故稱聖則神矣。
> 所謂神者,不學而知;所謂聖者,須學以聖。①

又引述子貢稱孔子爲"天縱之將聖"之論,以說明成聖不能一蹴而就,《知實篇》云:

> 子貢曰:"故天縱之將聖,又多能也。"將者,且也,不言已聖言且聖者,以爲孔子聖未就也。夫聖若爲賢矣,治行厲操,操行未立,則謂且賢。今言且聖,聖可爲之故也。孔子曰:"吾十有五而志於學,三十而立,四十而不惑,五十而知天命,六十而耳順。"從知天命至耳順,學就知明,成聖之驗也。未五十、六十之時,未能知天命至耳順也,則謂之"且"矣。②

王充認爲學而成聖的根據,來自孔子總結一生的學習歷程。由"志於學"至"耳順",按部就班,通過"學"與"知"之歷練,至"學就知明"之境,由此說明聖人亦不離此學習經歷。《實知篇》便強調由學而知之必要:

> 兒始生產,耳目始開,雖有聖性,安能有知?
> 人才有高下,知物由學。學之乃知,不問不識。③

聖人貴在秉具"聖性",有且死不休之好學精神,④故能博學而識,此見下學上達乃聖凡皆不可跨越之途。在此基礎上,王充乃明確

---

① 黃暉《論衡校釋》(北京:中華書局,1990),卷26,頁1069—1082。
② 《論衡校釋》卷26,頁1101。
③ 《論衡校釋》卷26,頁1077—1082。
④ 《別通篇》云:"聖人之好學也,且死不休,念在經書,不以臨死之故,棄忘道藝,其爲百世之聖,師法祖脩,蓋不虛矣。"《論衡校釋》卷13,頁599—600。

聖人積學而增長者，在於德與智兩方面。德、智二者，是王充提出聖人之人性化能力，用以否定聖人種種神化能力之説：

> 故夫賢聖者，道德智能之號；神者，渺茫恍惚無形之實。實異質不得同，實鈞效不得殊，聖神號不等，故聖者不神，神者不聖。①

聖與神"異質不得同"，神能"不問"、"不學"而曉，以其所知乃渺茫恍惚之類，"前知千歲，後知萬事"，皆非學與問所能解；至於"道德智能"者，即才德之知，聖人可憑推類精思、厲心學問而得，故"須學以聖"。王充以孔子之好學經驗，展示一套積學可至的人性化成聖思想，由此反駁當時"聖人不能神而先知"②之論，恢復聖人之須學本質，道德與智能，二者也即善性與才力，是人生而皆有之稟受。此兩大本質，實際上是漢儒論辨學聖與成聖的關鍵理據。

善性與才力，兩者雖同屬生而稟受，惟用於論辨聖凡，卻有分別。論家言善性，不論主張聖凡是否具同一之基礎，而多認同可在後天加以培養而提升德性；至於才力，出於偏才與通才之別，聖人才力圓通，凡夫即使透過後天努力，亦難以周備，此故成爲主張聖凡有別之主要理據。兩種分殊的先天條件，是影響可學與不可學之論的重要因素。可學者爲聖凡共有而同質，不可學者則爲聖有凡無，或是共有而不同質。漢人認爲此二種先天條件，同質者爲善性，異質者爲才力。是以言聖凡之善性，無論是否認同凡夫可企及於聖，卻皆認同聖人之善性可學。此蓋是秉接先秦儒學之養性觀念，以爲凡夫之性，無論主善與主惡，皆可由後天的修養，發展善性，或是化性起僞，棄惡揚善，邁近聖人之善性。此一強調學習功

---

① 《論衡校釋》卷 26，頁 1082。
② 《論衡校釋》卷 26，頁 1086。

能的養性觀念,令主張勸學者往往以聖人爲勸勉之榜樣。湯先生認爲經玄論者不否定聖人可學,"蓋所以勸教,所以勉勵凡人也",①誠爲當時勸學思想之一大共通處。

1. 善性可學而不可至

兩漢勸教文字中,首倡學聖人之性者,當爲董仲舒。在《春秋繁露》中,董仲舒認同性是聖凡生而禀受之向善種子,《玉杯》云:

> 人受命於天,有善善惡惡之性。②

《玉英》又云:

> 凡人之性,莫不善義。③

然而對此備有善端之性,董仲舒認爲非等同於善:

> 性雖出善,而性未可謂善也。
> 故曰性有善質,而未能爲善也。④

此見善、性分屬兩個層次,凡有命者雖有善性,惟其未圓滿時,只能謂之性,不可謂之善。區分善、性的目的,是爲强調後天教育的重要作用,教育之功,莫不興於王者,是以表明人君當有立教之本分。如此即視培養善性的任務,不單在凡夫本身,更端賴明主教化。教化本屬聖人之任務,《易·蒙卦·象傳》曰:

> 蒙以養正,聖功也。⑤

而後養正之功則逐漸爲君主取締,西漢初年韓嬰《韓詩外傳》有曰:

---

① 《謝靈運〈辨宗論〉書後》,載《湯用彤學術論文集》,頁289—290。
② 蘇輿《春秋繁露義證》(北京:中華書局,1992),卷1,頁34。
③ 《春秋繁露義證》卷3,頁73。
④ 《春秋繁露義證》卷10,頁311。
⑤ 孔穎達《周易正義》(北京:北京大學出版社,2000),卷1,頁46。

> 夫人性善,非得明王聖主扶攜,内之以道,則不成爲君子。①

所謂内之以道,是指明主所施行的王道。在《韓詩外傳》中,與王道同出而異名者,便是聖道,如卷五有云:

> 自周室衰壞以來,王道廢而不起,禮義絶而不繼。秦之時,非禮義,棄《詩》、《書》,略古昔,大滅聖道,專爲苟妄,以貪利爲俗,以告獵爲化,而天下大亂。②

《詩》、《書》、禮義,皆是沿建設天下文明的精神而制作,此關懷天下的精神,本無分屬王道與聖道。惟韓嬰特推置養性之功給明王聖主,反映出將聖道與王道俱統攝於人君的心意。在此基礎上,董仲舒發展出"性待漸於教訓而後能爲善"的養性思想,以爲性雖生而禀之,惟須接受王者教化,方能發展爲善:

> 性待教而爲善。
> 天生民性有善質,而未能善,於是爲之立王以善之,此天意也。
> 今萬民之性,待外教然後能善。③
> 性者,天質之樸也;善者,王教之化也。④

董仲舒分明性與善,爲善的涵義設置起高度,反駁了孟子從本質上建立的性善觀,並且區別出凡聖之善,雖同質而未同層次。聖人之性,乃圓滿而至善,凡夫教而後善,雖可學於聖,卻不能達聖人善性的層次:

---

① 許維遹《韓詩外傳集釋》(北京:中華書局,1980),卷5,頁185。
② 許維遹《韓詩外傳集釋》卷5,頁183—184。
③ 《春秋繁露義證》卷10,頁300—303。
④ 《春秋繁露義證》卷10,頁313。

第二章 聖凡才性之思辨：關於主體之超凡入聖論

> 聖人之所謂善，未易當也，非善於禽獸則謂之善也。
>
> 質於禽獸性，則萬民之性善矣；質於人道之善，則民性弗及也。
>
> 孟子下質於禽獸之所爲，故曰性已善；吾上質於聖人之所爲，故謂性未善。①

學而後善，當取上上學，以聖人爲標的，而不能下比禽獸，是以董仲舒之聖人學，目的在倡導王者擔負興教化育之重任，且以聖人爲上上學之典範，雖未可成聖，亦可超乎禽獸而達人道。

《春秋繁露》的學聖理念，以聖人爲學效典範，而強調王者設教之責任。由此建立學聖勸教的思想，基本上確定了兩漢後來勸學篇章的大體理路，論爲學之目的，皆在修性遷善。如班固《白虎通德論・辟雍》云：

> 學之爲言覺也。以覺悟所不知也。故學以治性，慮以變情。……《論語》)又曰："生而知之者，上也。學而知之者，次也。"是以雖有自然之性，必立師傅焉。②

班固引用《論語》之言，是以爲聖人乃"生而知之者"，故其言須學，只在勸勉凡夫。古者立師傅、興太學，是爲"學而知之者"設教，使之學就明知，若以"不學而知者"爲對象，則無勸學之需要。至於由學而開悟的，是向善之性，凡夫之善性須積學而不斷提升，正是本諸董仲舒"待教然後能善"的想法。

董、班二人之勸學，明確凡夫須學聖人之性，其善端方能發展，是認爲聖凡之性存在等差。董仲舒駁孟子之論，意不在反對孟子性善之主張，而實爲強調聖凡之性存在遙遠等差。是以其雖反駁

---

① 《春秋繁露》卷10，頁304—305。
② 陳立《白虎通疏證》(北京：中華書局，1994)，卷6，頁254。

孟子言善性之易發，卻刻意回避孔子"性相近"之說。《論語・陽貨》載孔子謂：

> 性相近也，習相遠也。①
> 惟上知與下愚不移。②

孔子没有明言性即善性，但套落於《春秋繁露》性即善性之論述中，則顯然產生出聖凡善性本質並無遙遠距離的意思。蘇文擢先生認爲孔子"性相近"論之貢獻，乃在破除人性之階級化：

> 孔子肯定人性相似。打破周家六百年來之階級人性論，發現人類之普遍性，找到人性之共同點，文明也由此向前邁進一大步。由初民時代，不同部落，不同種族，異類異德之廝殺爭鬥，進而認識到人性共通。上自天子，下至庶人；中以華夏，推及夷狄，生性平等。③

視人性皆平等，是道德思想趨向文明發展的一大進步。聖人與天子之身份，皆不可令凡夫與庶人自我矮化。善善惡惡之本質，乃人性之一共同點，後天或近善道，或就惡道，與聖人善性之遠近，皆由教習以使然。如此無疑對董仲舒主張聖凡等差，有着衝擊作用，是董生回避"性相近，習相遠"之說的原因。

其後班固明確凡夫自然之性不類乎聖性，以聖凡有不學與須學之分別，否定性相近之說。蓋聖人之質乃不治而善，自然與天道相合。如此雖謂學聖，而聖凡卻是有不同的向善路塗，聖人有不須學之質，非凡夫所能效。

後來魏晉士人解釋"性相近"之義爲"性無善惡，而有濃薄"，④

---

① 程樹德《論語集釋》(北京：中華書局，1990)，卷34，頁1177。
② 《論語集釋》卷34，頁1185。
③ 蘇文擢《儒學論稿》(香港：邃加室，2002)，《人性論》，頁21。
④ 皇侃疏、王弼皆秉此說，載程樹德《論語集釋》卷34，頁1182。

進一步抹煞性之本善義,瓦解聖凡原本擁有的共質,以此突出善惡之所成,全由後天之欲,非關本性。但強調後天決定成善的重要性,並非鼓勵凡夫憑努力而得善性成聖。《陽貨》既謂"上知與下愚不移",而後又云學習可以翻易善惡,二句存在不可學與可學的矛盾,正好為論家循聖凡之別的理路進行解釋。皇侃在《雍也》篇的義疏中明確主張聖人不須教,①是肯定成聖必在先天,而《陽貨》此章有關後天向學之論,無疑只是面向凡夫而言。後來韓愈《論語筆解》點明此義:

> 上文云性相近,是人以可習而上下也。此文云上下不移,是人不可習而遷也。二義相反,先儒莫究其義。吾謂上篇云:"生而知之,上也。學而知之,次也。困而學之,又其次也。困而不學,民斯為下矣。"與此篇二義兼明焉。②

此即謂"生而知之"的上知與"民斯為下"的下愚,屬於善惡不可移易者,其善與惡皆存於先天。而依賴後天遷善者,已屬於"學而知之"與"困而學之"之徒,縱可遷善,卻不可能為上上等之聖人。如此解釋了"不移"與"可習"二條,各有不同人等的面向,將人性推至究極層面,聖凡終有所隔。

中國傳統的聖人形象,基於具備政教合一的身份,對於成聖學聖的解釋,往往有其受權力世界影響之一面。以統治權力者為閱讀對象的傳統典籍,諸如《白虎通》、《漢書》及《論語》之訓解本子,當中的學聖與成聖論題,皆突出學之勸教義,而強調"聖人不須教",湯用彤先生認為聖人不可學不可至乃中國傳統觀念,意指凡人無法超凡入聖,悉本此立論。主張性相近說者,為破孟堅由聖人

---

① 皇侃疏《雍也》"中人以上,可以語上也。中人以下,不可語上也"句云:"此謂為教化法也。師說云:就人之品識,大判有三。……上上則是聖人,聖人不須教也。"《論語集釋》卷12,頁404—405)

② 《論語集釋》卷34,頁1182。

不學以否定近性之説，乃倡導聖人須學而至的主張。在稍後的私人撰作中的勸學之説，如王符與徐幹便有明確表述。二者均取《漢書・古今人表》載述三代十一聖均學效前聖之説，作爲聖人須學的理據。王符於《潛夫論》云：

> 雖有至聖，不生而知；雖有至材，不生而能。故《志》曰：黃帝師風后，顓頊師老彭，帝嚳師祝融，堯師務成，舜師紀后，禹師墨如，湯師伊尹，文、武師姜尚，周公師庶秀，孔子師老聃。若此言之而信，則人不可以不就師矣。夫此十一君者，皆上聖也，猶待學問，其智乃博，其德乃碩，而況於凡人乎？①

王符提出"人不可以不就師"的主張，認爲聖人"猶待學問"，非生而知而能，此實與王充反對聖人"不學而知"之觀點一致。王符又指出學聖即從經書中體會聖人之才德，由學而治性：

> 先聖之智，心達神明，性直道德，又造經典以遺後人。試使賢人君子，釋於學問，抱質而行，必弗具也；及使從師就學，按經而行，聰達之明，德義之理，亦庶矣。是故聖人以其心來造經典往合聖心也，故修經之賢，德近於聖矣。②

此處指出學問師聖的重要，在於凡夫之性，須由引導方能向善發展。所謂"抱質"之意，即董仲舒謂"性者，天質之樸也"，"無其王教，則質樸不能善"，③王符認同性爲樸質之説，以爲君子須待受學從經，德性與才智方能開啟。由此下學而上邁，其德性更可近於聖人。

徐幹之勸學內容與王符相近，惟其特意指出先聖所以能相因而學，緣於《六經》保存聖人體會之至道，以宣示學經爲學聖之重要

---

① 《潛夫論箋校正》卷1，頁1。
② 《潛夫論箋校正》卷1，頁13。
③ 《春秋繁露義證》卷10,313。

第二章 聖凡才性之思辨：關於主體之超凡入聖論

內容：

> 非唯賢者學於聖人，聖人亦相因而學也。孔子因於文、武，文、武因於成湯，成湯因於夏后，夏后因於堯、舜。故六籍者，群聖相因之書也。其人雖亡，其道猶存。①

徐幹指出學聖之根本理念，在於學聖人之至道，《六經》集歷代聖道之菁華，聖人秉之相因而學，則後之學聖者，亦可沿《六經》以明白聖道。而王、徐二家認爲學聖之內容，亦與董、班相同，皆是由學以治性，王符云：

> 君子之性，未必盡照，及學也，聰明無蔽，心智無滯。②

徐幹云：

> 學也者，所以疏神達思，怡情理性，聖人之上務也。③

王符所謂盡照無蔽之性，是指學聖從經，乃能窮理盡性，才力與德性皆通達發展，便是"心智無滯"之境界。徐幹則以爲由學而條暢性情與才思，乃是聖人所樹立的爲學規範，顯然是認同聖人之才與性皆積學而至，即是凡夫可學之處。

王符與徐幹共同以聖人須學的先例，主張聖人可學。然而不論是否主張聖人須學，對於超凡入聖的可能，俱抱持否定態度。此因漢儒論成聖的主流意見，皆不在於沿學性以上達，而是以才力爲根本條件。

2. 才力不可學不可至

論才力着重於言差異，如劉勰於《體性》謂"才有庸儁"，而才力

---

① 《中論・治學》，載程榮纂輯《漢魏叢書》（長春：吉林大學出版社，1992），頁567中。
② 《潛夫論箋校正》卷1，頁10。
③ 《中論・治學》，載《漢魏叢書》，頁567上。

49

尚有偏才與通才之分別,是明此先天的分別,在後天難以翻移。緣於才之不可學,故由凡夫之才而言成聖,幾不可能。董仲舒與班固主張聖凡之善性有高下之別,固是以爲凡夫不可學而成聖。至若主張凡夫可學聖人之善性者,在觸及成聖問題上,則往往就才力之懸殊爲由,以爲聖人之才無可比擬,非凡夫能下學而上達。

王符主張修經學聖,認爲下學上達之結果,是"德近於聖",至於才力之提升,卻不復加言。徐幹則謂:

> 聖人貴才智之特能立功立事益於世矣。①

是以爲聖人之才力特高於凡夫,由此決定聖功之所以超卓於世。又認爲顔淵能"達於聖人之情"、"能獨獲亹亹之譽,爲七十子之冠",是由於顔淵"有盛才"。② 王符、徐幹以聖人賢者皆須積學修德,作爲學子僶俛求學之表率。而論及聖人之卓異,則表明聖材之不可學,此見其勸學的用心不在成聖。其中徐幹更明分性與才爲不同的問題。聖人之善性可學,納學聖修性於《治學》篇,聖人之才智不可學,則於《智行》篇獨讚聖人之異才。

王符、徐幹以才定聖之論,至漢末已爲普遍之傾向。追溯以才定聖之思路原由,實肇自東漢初年以經定聖之論調。當中王充對此多有表達,其成聖觀點,是認爲凡人也有成聖之可能,其論爲聖之條件,亦在於才力。《知實篇》據孟子之説云:

> 孟子曰:"子夏、子游、子張得聖人之一體,冉牛、閔子騫、顔淵具體而微。"六子在其世,皆有聖人之才,或頗有而不具,或備有而不明,然皆稱聖人,聖人可勉而成也。③

---

① 《中論·智行》,載《漢魏叢書》,頁572中。
② 《中論·智行》云:"子貢之行,不若顔淵遠矣。然而不服其行,服其聞一知十,由此觀之,盛才所以服人也。仲尼亦奇顔淵之有盛才。"載《漢魏叢書》,頁572上。
③ 《論衡校釋》卷26,頁1101—1102。

第二章 聖凡才性之思辨：關於主體之超凡入聖論

王充以爲孔門六子之所以有聖人之稱，在於有"聖人之才"；而究竟"只得聖人之一體"之理由，在於才有高下偏備之別。六子雖涵"聖人之才"，而未具足圓滿，故不比孔子之聖才。故其雖主張"聖人可勉而成"，反對聖人不學而知之説，但其判斷聖與非聖，卻歸因於先天才力，而非善性。論聖之所以要以才之足與未足爲根本條件，緣於兩漢對聖人的份位，是以"作經"此一具體成聖實行爲標志。作經要求才德俱備，若有善德而才力欠奉，無刊述經典的能力，則無法由經上證明聖人的身份。六子之不比孔子，正以其欠缺孔子刊述經典之功。《效力篇》云：

> 孔子，周世多力之人也。作《春秋》，删《五經》，秘書微文，無所不定。①

多力既指才力充沛，亦指圓備。孔子以其才高且備，故能通貫處理各經，並自立制作。漢儒曾就孔子自稱"述而不作"，而又刊述經典的矛盾問題，展開熱熾的討論。在此論辯思潮中，王充接受《史記》的説法，相信孔子自衛返魯後作《春秋》，是認爲《春秋》乃孔子所作之經；②又謂"孔子之《春秋》，素王之業也"，③正是將《春秋》視爲成聖之制作。

在聖人作經的觀念下，孔子的聖人身份由其制作而顯立。王充相信漢世亦有聖人，正是以作經爲理據。由是對於西漢所出現的以"經"命名之作，皆譽其作者有聖人之才，《超奇篇》云：

> 陽成子長作《樂經》，揚子雲作《太玄經》，造於眇思，極窅

---

① 《論衡校釋》卷13，頁582。
② 《論衡校釋·謝短篇》云："孔子録史記以作《春秋》，史記本名《春秋》乎？制作以爲經，乃歸《春秋》也。"（《論衡校釋》卷12，頁564）"制作以爲經"，無疑是對孔子制作的肯定。王充在〈知實篇〉、〈對作篇〉等諸篇，亦表明了孔子作《春秋》的想法。如〈知實篇〉云："周道弊，孔子起而作之（指作《春秋》）。"（《論衡校釋》卷27，頁1122）〈對作篇〉又云："周道不弊，則民不文薄；民不文薄，《春秋》不作。"（《論衡校釋》卷29，頁1177）
③ 《論衡校釋》卷13，頁609。

冥之深,非庶幾之才,不能成也。孔子作《春秋》,二子作兩經,所謂卓爾蹈孔子之迹,鴻茂參貳聖之才者也。①

《對作篇》也有相近見解:

> 漢家極筆墨之林,書論之造,漢家尤多。陽成子張作《樂》,揚子雲造《玄》。二經發於台下,讀於闕掖,卓絶驚耳,不述而作,材擬聖人。②

經是代表救治時代的制作,漢儒學聖作經,又爲制作取"經"之名,表明步履聖人明道於天下的心志,也顯示出制經與成聖的信念。而王充認爲二子之所以能作經,先是有志"蹈孔子之迹",備習《五經》,此是爲作經提供準備基礎。至於成經之關鍵,是由於"材擬聖人",秉其"參貳聖之才"立文,故能卓絶於當世筆墨之林;筆墨之林中的高下,取決於才力。王充將經納入於筆墨之林當中,自然演化出以才力爲判"經"理據的思路。其謂經"非庶幾之才,不能成也",正是以爲聖人異於凡者,在於才力特高,而經則成其證明。

王充嘗自謂受桓譚的影響甚深,其以才作經、以才論聖的思想,實有受桓譚的啓發。《新論·閔友》載其與揚雄討論知聖的問題,便顯示出以才論聖之想法:

> 謂揚子雲曰:"如後世復有聖人,徒知其才能之勝己,多不能知其聖與非聖也。"③

桓譚本意在説明聖人不易知,雖然各家皆論聖,但卻無法指出當世是否有聖,縱然有聖亦無法判定。至東漢晚年鄭玄注《禮記·中庸》"苟不固聰明聖知達天德者,其孰能知之"句,便云"言唯聖人乃

---

① 《論衡校釋》卷13,頁608。
② 《論衡校釋》卷29,頁1182—1183。
③ 朱謙之《新輯本桓譚新論》(北京:中華書局,2009),頁62。

能知聖人也",①雖是回應聖人世出的追問,實亦無法釋除知聖的種種疑慮。而桓譚認爲若世出新聖,雖不可判斷,惟其才力必然出衆,是肯定才力爲聖人具備的條件,蓋聖人能以才制經而自顯。故其評價揚雄所立二書,便由經名之確定,以肯定揚雄爲世出之聖:

> 王公子(孫詒讓云:此王公即王莽也,子字衍。)問:"揚子雲何人耶?"答曰:"才智開通,能入聖道,卓絶於衆,漢興以來未有此人也。"國師子駿曰:"何以言之?"答曰:"通才著書以百數,惟太史公爲廣大,餘皆叢殘小論,不能比之,子雲所造《法言》、《太玄經》也(按:應斷句爲"子雲所造《法言》、《太玄》,經也。"),《玄經》數百年外,其書必傳,顧譚不及見也。"世咸尊古卑今,貴所聞,賤所見。見揚子雲禄位容貌不能動人,故輕易之。老子其心玄遠,而與道合。若遇上好事,必以《太玄》次《五經》也。②

桓譚對揚雄其人其作,皆有極高評價。而以爲揚子能入聖道,在其人而言,是由於"才智開通",即合通才之質;在其文而言,則認爲其能秉才以造經,可爲《五經》枝條。

漢儒以才論聖,尤其認爲才力乃作經之根本,是漢代論聖思想的主流。此一思想傾向,正是影響聖人不可學意識的產生與確立。蓋才與性兩本質,即使凡夫之性能由學而近聖,但聖凡之才,則明顯存在等差,是故以才立論者,幾不可能提出超凡入聖之主張。而在此數百年間,亦有例外者,便是自作經以親證聖道之揚雄。

3. 揚雄強學成聖之説

揚雄亦有勸學之言,蓋認爲人之性乃善惡相混,修之向善則善,修之向惡則惡,《法言·修身卷第三》云:

---

① 載孔穎達《禮記正義》(北京:北京大學出版社,2000),卷53,頁1705。
② 《新輯本桓譚新論·正經》,頁41。

> 人之性也善惡混。修其善則爲善人，修其惡則爲惡人。①

修性而至善的關鍵，在於後天學養：

> 學者，所以修性也。
> 是以君子貴遷善。遷善者，聖人之徒與。②

遷善是學以修性之功。能修性遷善，是以"學而知之"的凡夫爲對象而言。揚雄認爲能學以修善者，可作聖人之徒，並非認爲聖凡存在不可衝破的等差。遷善是指學以修善的過程，是未盡性，故能履聖人之迹，卻未達聖境。若持恒以學，則遷善之至，其德亦可上達於聖。正因秉此信念意志，揚雄乃有作經之自信和行動，以實踐證明其修善上達之功。其於《法言》特提出聖人之辭可學而爲之想法：

> 聖人之辭，可爲也；使人信之，所不可爲也。是以君子彊學而力行。③

聖凡之兩大本質，可學者爲性，不可學者爲才。此知揚雄所謂後天可强學移易者，乃是善性。文辭屬"筆墨之場"之事，自不能否定才力的作用。惟其所重之才，乃是建基於性而言，蓋認爲君子因修善性方能作經，才乃是將德性意義完善表現的能力。此即牟宗三先生所謂聖人所具有的表現德的才：

> 聖賢之所以爲聖賢不在他有哪方面的才能，而是在他的"德"。但再進一步細想，爲甚麼聖人將"德"表現得如此之好，而普通人卻不行呢？這就又牽涉到聖人有所以能够完善地表

---

① 韓敬《法言注》(北京：中華書局,1992)，頁 48。
② 《法言注・學行卷第一》，頁 17。
③ 《法言注・修身卷第三》，頁 51。

現"德"的"才"。①

所謂"完善地表現德的才",即表述所悟義理之能力,透過表彰大義,既顯示一己成德之境界,亦爲有益於世。則此完善表現德的才,實是以具備圓融德性爲基礎。揚雄自信一己之制作可爲經,正是先肯定德性已能遷善遞聖,方能秉才而立至德之聖辭。

揚雄雖然並重德與才,但對於德的重視態度,明顯重於才,尤其就立文而言。《法言》謂:

> 公儀子、董仲舒之才之邵也,使見善不明,用心不剛,儔克爾?②

揚雄承認成就卓絕之文,固離不開卓絕之鴻才,然而要能成就鴻文,在才與德之間,則以善性之德更爲重要。此見揚雄雖主性爲善惡混,但本意在於申明誘發善性的意義,由不明善道則無以成鴻文,説明修善在成就生命價值中的重要作用。揚雄自信可憑後天遷善以上達聖人之善德,憑善德而作經。以經自命其作品,顯示出盡性的自信,是既接受孟子對性善的追求,又認同孔子"性相近"之説,而以其行動來親自證明由"習"以成德,由德以成經。惟此信念特異於時見,其經雖獲桓譚、王充的認同,惜二人皆是以才論經,認爲揚雄高拔之才力,是作經之根據,未識揚子本來的夙願。揚雄嘗謂:

> 玉不彫,璵璠不作器;言不文,典謨不作經。③

彫玉成器,不單要求材盡其用,其本意要在説明《禮記・學記》所言"玉不琢不成器,人不學不知道",④用必合乎至道,方是彫玉的真

---

① 牟宗三《中國哲學十九講》(上海:上海古籍出版社,2005),頁192。
② 《法言注・修身卷第三》,頁54。
③ 《法言注・寡見卷第七》,頁152。
④ 《禮記正義》卷36,頁1225。

正功能,由此可知彫玉所比喻的後天之學,指向於修性立德。將文的功能與彫玉相比擬,是認爲文能夠使典謨成爲經,發揮經世之用,在於文亦具有修性的功能。先聖秉德以文典謨,實際是在文飾的過程中,爲典謨暢發德義,使之成經。故經之能成,必先待聖人出;聖人之出,必先待其修德圓滿。此是揚雄理解聖人之辭產生的原理,由是相信由學以修性而作經的理念。

　　由立德而成聖成經的思想,將聖人形象從治平天下的客觀理想,進一步内化爲自我實現需求(Self-actualization need)。人本心理學家馬斯洛(A. H. Maslow, 1908—1970)早期認爲人最高層次的需求是"自我實現","自我實現就是成爲自己理想中的完整個體——即達到他的潛能的巔峰。"①這説明此終極實現的目標,爲實現者本然備有之潛能且自覺潛能之存在,藉由積極發展而使潛能充分發揮,换言之,自我實現是一個從下而上的潛能發展。但馬斯洛所理解此一從下而上的不斷自我發展與充實潛能,乃是人生而具有的不同才能,諸如音樂的天賦、藝術的禀賦等,馬斯洛認爲應該順就自身擁有的禀賦發展,則此自下而上的潛能,是因人而異,屬於分殊性的發展。但後來馬斯洛修正了此一觀點,認爲自我實現並不能成爲人的終極需求,人應該要超越自我實現、超越自我:

　　　　人有一更高級超越的本性,這是他的存在本質中的一部分。②

　　　　靈性生活是存在本質的一部分,也是人性的界定特質,人

---

　　① 載莊耀嘉編譯《馬斯洛:人本心理學之父》(臺北:桂冠圖書股份有限公司,1991),第四章"基本需求理論",頁65。
　　② Maslow. A. H.(1970): New introduction: Religions, Values, and peak-experiences (New edition), *Journal of Transpersonal Psychology*, 2(2): 89. 引自李安德著,若水譯《超個人心理學》(臺北:桂冠出版社,1992),頁270。

性缺少了它便不再是完整的人性,它是真我、自我認同、內在核心、特殊品類及圓滿人生的一部分。①

此即發展一種超越自我的需要,這一終極需求並非自守於分殊的性分,而是轉向於內在的道德需求,以獲得靈性的圓滿爲實現。這種"更高級超越的本性",是人類共有的本質,屬於總持義的內在質性。馬斯洛肯定這種超越自我的能力,同樣是人的本質,則此一總持性的潛能,便與中國傳統的善性有相通之義。將德性視爲人所擁有的潛能,便能夠有發展的需要產生,關鍵在於自我覺識。由此可判辨由善成聖,以及因才成聖兩者的分別,在於以善爲成聖之主要基礎時,善性以其爲聖凡共有、且能充分發展之本質,可作爲成聖之內在潛能,令聖人可成爲自我實現的願景。而才的異質與不可翻移的質性,則無法作爲自我實現的潛能,由是,亦不可能沿才而建立起成聖的可能與自信。以此可見揚雄由善成聖的觀念,乃爲一可實現之理想,是其堅信奮發力行而可達到的原因;同時由於以善性爲聖凡上達之根本,揚雄以善性而成聖的言論,非是炫耀自我才性,而是凡夫皆可強學力行的學聖宣言。

揚雄的觀念強調秉德以成經,有別於兩漢因才判經的主流想法,未能大顯於當時,卻成爲後來劉勰用以發揮其徵聖、宗經的立文理論。《宗經》引其雕玉之論,以申明"文以行立"的主張,文云:

　　揚子比雕玉以作器,謂《五經》之含文也。……邁德樹聲,莫不師聖。

劉勰謂揚雄有《五經》含文之説,正是指"言不文,典謨不作經"之句。擷取揚雄以善性制經之觀點,是認爲《五經》之文德,乃由聖人

---

① Maslow, A. H. (1969): Theory Z, *Journal of Transpersonal Psychology*, 1(2): 31-47. 引自《超個人心理學》,頁270。

之情所賦予,由此説明聖人之行立,聖人之文方可以成;故師法聖人立文之道,乃是師法其先邁德而後樹聲,由德立言的法則。

揚雄的學聖成聖觀,以其別於主流而一直不得彰顯,直至劉勰於《宗經》獨取其説以爲論據,不單昭示其聖人義理上接乎揚子,亦令此出自傳統的聖人可學可至之觀念,得到重新焕發的機會。劉勰的學聖立文觀,固然有接受後來魏晉六朝聖人學的影響,惟其上溯傳統文獻以尋學聖立文之根源時,能在衆家之中,獨取揚雄以性爲實現聖文基礎的突出觀點,其苦心孤詣,顯示出以德性爲根本,在其徵聖立言觀念的建構中,有着重要的份位。至若《文心雕龍》循德性爲立文根本而建立的聖人觀,則於下文再加詳述。

4. 聖凡異質論之返回

綜觀兩漢的聖人觀,以才爲成聖與作經之主要條件,一直是漢儒論聖人之學的主流意見。從異質上討論聖人是否可學可至,存在的等差,自成不可跨越的鴻溝。事實上,漢儒對於世出聖人多持肯定態度,亦相信有才力高攀至聖人者,惟大多僅是出於太平世間的追求而作的設想,對於聖人的出現,亦是向外尋索,而未反求諸己。蓋以才力此不可積學而成之先天元素,作爲主要的成聖依據,則漢儒始終難以尋求出解決的道路,而不敢妄自與聖之才性相比。如王充一方面以人性化之觀點批駁聖人不學而知之論,卻同時以聖凡之分殊,提出自相矛盾的説法:

> 儒者論聖人,以爲前知千歲,後知萬世,有獨見之明,獨聰之聰,事來則名,不學自知,不問自曉,故稱聖則神矣。……賢者才下不能及,智劣不能料,故謂之賢。夫名異則實殊,質同則稱鈞,以聖名論之,知聖人卓絕,與賢者殊也。[①]

[①] 《論衡校釋》卷 26,頁 1069。

此外,又調和各家之性說,而分人性爲三等,爲"不教而善,教而後善,教而不善"的先天等差思想,開立先範:

> 人情有不教而自善者,有教而終不善者矣,天性猶命也。①

> 孟軻言人性善者,中人以上者也;孫卿言人性惡者,中人以下者也;揚雄言人性善惡混者,中人也。②

《論衡》宏篇鉅制,歷三十載始告完成,撰作時間有異,不免造成主張前後不一的可能。然而王充以爲性有等差之觀點,正是由才的等差上推論而得:

> 人性有善有惡,猶人才有高有下也,高不可下,下不可高。謂性無善惡,是謂人才無高下也。③

此無疑是將才與性皆視爲先天之禀受,且同樣在後天不可移易。則其雖認爲聖人須學而知,其學習向善之天分與水平,實皆凡夫難以企及,此正復歸於董仲舒之舊調。是以蘇文擢先生認爲王充將性分三等:

> 其說與孔子貌似而心異。孔子主人性相近,人性平等;王充卻倒回人性差等之舊調。④

此足見學聖思想在兩漢間之倒退,兩漢在聖凡本質異同上的討論,無論怎樣間有積極的主張,而最終歸於差異的視野。

先天異質的論調,實有維護和對抗治統的需要。孔子以匹夫而成聖的經歷,爲聖人賦予了下學上達的可能。成聖一旦成爲可

---

① 《論衡校釋》卷1,頁26。
② 《論衡校釋》卷3,頁142—143。
③ 《論衡校釋》卷3,頁142。
④ 蘇文擢《儒學論稿》,《人性論》,頁25。

59

能,天下便信有聖人凌駕於君主之上。一旦相信凡夫皆難以超凡入聖,亦不能知聖,如此在人君之上的聖人,在現實中便成爲無法確定的對象,這種無形的存在,勢必威脅到人君的統治權。避開聖人與人君之比較,甚至將人君乃至天下生民皆剔出聖域,成了維護君權的策略。鄭玄謂"唯聖人能知聖人",意味無論人君是聖非聖,亦不可能由非聖之人判斷,便有出於權術的考慮。是故主張聖凡之才性等差,言聖不能積學而至,乃至神化聖人,實有利人君避免捲入學聖的討論範圍之中。此中,讖緯便成爲描述聖人超乎尋常的工具。

班固《白虎通德論》刻意引用讖緯之言,肯定緯書中聖人皆有異表之説,①表面上是爲緯書的異表説提供解釋,指出聖人之異表皆合乎種種祥瑞星宿與天象;然其真正用意,乃在於以異表爲聖人之表徵,從而宣示當世未有聖人之出,亦不必求聖人世出。② 羅夢册先生指出,漢人所作緯書,具有解除此統治危機的政治目的:

> 緯書之作,其初意,則只是爲漢王朝之穩定服務的,他們於無意之中,或可説他們是有意地,採取了對孔子尊而抑之的策略,移開春秋王朝同漢王朝的對立,以謀孔子對劉室威脅的緩和。③

---

① 《白虎通疏證·聖人》云:"聖人皆有異表。《傳》曰:'伏羲日祿衡連珠,大目山准龍狀,作《易》八卦以應樞。'黄帝龍顔,得天匡陽,上法中宿,取象文昌。顓頊戴干,是謂清明,發節移度,蓋象招搖。帝嚳駢齒,上法月参,康度成紀,取理陰陽。堯眉八彩,是謂通明,歷象日月,璇、璣、玉衡。舜重瞳子,是謂滋涼,上應攝提,以象三光。《禮説》曰:'禹耳三漏,是謂大通,興利除害,決河疏江。皋陶馬喙,是謂至誠,決獄明白,察于人情。湯臂三肘,是謂柳、翼,攘去不義,萬民咸息。文王四乳,是謂至仁,天下所歸,百姓所親。武王望羊,是謂攝揚,盱目陳兵,天下富昌。周公背僂,是謂强俊,成就周道,輔于幼主。孔子反宇,是謂尼甫,德澤所興,藏元通流。'聖人所以能獨見前覩,與神通精者,蓋皆天所生也。"《白處通疏證》卷7,頁337—341)

② 如《論衡校釋·宣漢篇》云:"能致太平者,聖也,世儒何以謂世未有聖人?天之稟氣,豈爲前世者渥,後世者泊哉!"反映聖人不世出乃爲一時之成説。《論衡校釋》卷19,頁821)

③ 羅夢册《孔子未王而王論》(臺北:臺灣學生書局,1982),頁174—175。

第二章 聖凡才性之思辨：關於主體之超凡入聖論

在維護劉室政權之目的下用緯，具體的策略是：

> 他們一方面尊孔子到神王或造化主的地位；而另一方面，卻復倡言，此一神王"不救一世，而救萬世"。因而，不爲人王，而爲"制法主"。這樣一來，孔子和春秋王朝固然是高高地駕乎漢王朝之上了，然亦唯其如此，孔子和孔子的王朝當已不必要，且不能夠，排除漢王朝的存在而代之，直接地負起來實際的政治責任，以執行當今天下的禮樂征伐了。①

羅先生認爲漢人相信孔子作《春秋》，是爲後代萬世制法，並由《春秋》而建立起一理想的王朝——春秋王朝，成爲漢王朝統治的威脅；而漢代緯書之作，將孔子尊奉至有爲萬世作法的才德，由是人君之管治便不必與聖人進行優劣比較，但須遵行孔子所制之法以治理天下，便如施行聖人之化，由此化解聖人形象對君主的威脅。此見聖人之才不可學、聖人之性不可至之説，實際上隱藏着無形的君權壓力。《春秋繁露》與《白虎通德論》一類著述，乃獻上御覽之作，既爲治統服務，則對於聖人才德的詮釋，往往要表現出超拔卓絕的高度，拉開聖凡之距離，以助於護持治統。王充批評時人稱美先聖，言過其實，②抹煞聖人之人性，又不滿當時稱"上世之時，聖人德優，而功治有奇"③，便是緣於時人刻意誇張聖人之才德，斷絕學聖之路，則不能以聖人之德治要求人君。

讖緯的奇説，本在强調聖人的特殊性乃生而有之的天得，奇異的表徵，是作爲聖人的外在表現。則人君與凡夫尋常無"異"的外型，便同樣排除出聖域。以聖人之異表，論人君與世俗之凡夫，皆不可能爲聖人，用意便在消弭聖人對人君統治的威脅。然

---

① 羅夢册《孔子未王而王論》，頁175。
② 《論衡校釋·須頌篇》云："儒者稱聖過實，稽合於漢，漢不能及。"（《論衡校釋》卷20，頁856）
③ 《論衡校釋》卷18，頁811。

而讖緯標奇立異,神化至極之詭說,未遞至崇尚自然之魏晉社會,便已遭到懷疑與瓦解。而聖人本質與能力的特殊性,在魏晉之世,又以新興之玄學進行解讀。在學聖與成聖的問題上,聖人依然置於絕高之領域,並企居玄遠世界,與凡夫依舊存在遙不可及的距離。

第二節　魏晉聖人之學

聖人本身是變動的概念,作爲天地中最理想之人物,不同時期中的聖人內涵,皆受到思想的流變而涵具不同的理想形象。在漢儒之論述中,聖人爲經世天下的理想者;至於在魏晉,聖人的觀念與學理,則又以魏晉人之思路與理想來重新詮釋。魏晉之世,聖凡之差異性幾乎不見消弭。而隨着老莊學風盛行,昔日儒學以才性等差建立的聖凡論,亦轉移專注應用於人倫鑒藻。

一、以才力爲中心的人物品鑒

漢末郭林宗品評人物之才性,便是將才與性的描述用於人倫鑒識之中。《後漢書・郭太傳》載曰:

> 黃允字子艾,濟陰人也,以儁才知名。林宗見而謂曰:"卿有絕人之才,足成偉器,然恐守道不篤,將失之矣!"

> 謝甄字子微,汝南召陵人也。與陳留邊讓並善談論,俱有盛名。每共候林宗,未嘗不連日達夜。林宗謂門人曰:"二子英才有餘,而並不入道,惜乎!"[1]

---

[1] 《後漢書》(北京:中華書局,1982),卷68,頁2230。

第二章　聖凡才性之思辨：關於主體之超凡入聖論

郭林宗的評鑒敘述，是較早出現的人倫品藻，其語中雖只見言才，而謂人失諸守道或不入道，實指善性之不足，故遠於道。余英時先生謂：

> 林宗論人每以才與道並舉，道即指德行，亦即善惡之性而言也。雖有過人之才而德性可疑，亦爲林宗所不取，則又重性過於重才之確證矣。①

重性甚於重才的品評準則，是承勸學之思想而產生的取向。漢人勸凡夫學聖，目的在使改過遷善，蓋才力之不可強至，而善性則可勉力涵養。郭林宗嘆惜後進有才無德，意亦在鼓勵人努力遷善，將自我實現的方向，由不可更易的才力一方，轉移於可掌握、可發展的一路，上達成器。② 是以郭氏一直扶翼後進不遺餘力，③其考量引進之標準亦唯重性多於才，嘗謂：

> 賈子厚誠實凶德，然洗心向善。仲尼不逆互鄉，故吾許其進也。④

可見性善入道，正是其用人之所重。

　　郭林宗重性以品鑒任賢，本自選賢與能的思想，爲國家提拔有賢德之士。才性論由此發揮出極爲實際的鑒識功能，惟其目的既是出於爲政權服務，則勸學遷善之心意，同樣不在於爲聖。此亦是才性論將聖人排除在評品之外的先導。蓋鑒識品藻的作用，不在於發現聖人，則聖人亦不必也不可能納入選任

---

① 余英時《中國知識階層史論》(臺北：聯經出版事業公司，1980)，頁240。
② 余英時認爲這種由改過遷善而自我實現的思想，乃沿漢末士人意欲破除命運論的觀念所形成："個人至少在德性方面可以自我主宰。""郭林宗之'人倫鑒識'，實有鼓勵個人自我努力之作用。"(頁240—241)
③ 參見殷芸編纂，周楞伽輯注《殷芸小說》(上海：上海古籍出版社，1984)，《後漢書》載曰："自漢中葉以來，其狀人取士，援引扶持，進導招致，則有郭林宗。"(卷4，頁86)
④ 《後漢書・郭太傳》卷68，頁2230。

對象之列。

由人倫鑒識而發展的才性論,已不涉及論辯聖凡之才與性,而是集中於將凡夫進行材質的分類。魏際劉劭的《人物志》所言之才性,正是基於爲統治者循名責實、選賢與能,而透過將才性分列品第,以探求一套客觀化的觀人術。① 在序言中,劉劭已表達其才性論是以知人善任,興隆政化爲目的:

  知人誠智,則衆材得其序,而庶績之業興矣。②

《人物志》雖明確提出要建立"知人"之術,由表及裏展現不同方面、不同種類、不同層次的人才,並指出識材、任材,以及認識各類人材的優長與制限,然種種分析,皆將聖人排除出列,可見其論不在回應和解決"聖人難知"、"唯聖人能知聖人"的知聖困局。以任賢爲根本目的,則性與才的涵義,便從高下之等差性,轉向爲擴展材質與能力的仔細多樣,以更準確地發揮人盡其才的功能。

例如以五行分設五種相應之德性,以及各類型之材用。則在才性論的範圍內,只集中凡夫性分的並列分類,至於聖人的才與性,已不納入論列之中。人倫鑒識將人才分門別類,本爲知人善任,固然不乏德性之要求,惟此種並列式的分類,也即各種類型皆具不同之能力,而非高下之別,顯然注重於本質爲多樣性的才力。如相近時期曹操提出"唯才是用"的任賢標準,以至鍾會的《四本論》和西晉袁准《才性論》等一系列的才性論著述,皆是基於選材用人的目的而建立種種鑒人辨材的準則,已完全非關上達學聖的

---

① 唐君毅先生分析劉劭觀人術之客觀處,認爲:"此'始於形體,終於德行'之觀人之材性之歷程,即一順自外觀人,以達於其底之一歷程。劉劭之《人物志》,即緣之以論此人性之表現各方面、各種類、各層次,以展開此各方面、各種類、各層次之人性表現者。"由此次第推進而建構的才性,是具有內在邏輯聯繫的內外相符,以令外在形徵,能合理地表現其內在之才性(唐君毅《中國哲學原論・原性篇》〔北京:中國社會科學出版社,2005〕,頁85)。
② 李崇智《人物志校箋》(成都:巴蜀書社,2001),頁1。

問題。

　人倫鑒識之法，將人才分類，以切合人才的多種多樣，余英時先生認爲這是個體自覺時代產生之一特徵：

> 人物評論與個體自覺本是互爲因果之二事。蓋個體之發展必已臻相當成熟之境，人物評論始態愈析精而成爲專門之學，此其所以盛於東漢中葉以後之故也。但另一方面，"人倫鑒識"之發展亦極有助於個人意識之成長。①

漢末個體自覺意識，與觀人術的發展，初期無疑是在相互推進的情形中並進；而當人倫鑒識促使個性追求越益成熟，以至產生自我個性肯定的需要時，觀人術反而成爲桎梏。進入個體自覺的時代，魏晉士人追求的性分，乃爲別具一格之個性，此個性之形成與存在，更非依賴於世用。② 則人倫鑒識分立的類目縱然再多，與士人表現獨特性的需要已不能相應。可見在此追求下，士人對人倫鑒識的態度，自是出現變化，唐君毅先生指出：

> 魏晉人之品鑒人物之態度，乃原於其能自漢人所尚之出自品類與功用觀點之範疇、格套、概念中超脫，故其所最能認識了解之人物，亦即能自禮法規矩，現實之社會政治之一般關係中，超脫而出之人物。因唯此種人物，乃與此種認識了解之態度，最爲相應。由此態度所認識之人物，即自成一不屬一般

---

① 余英時《中國知識階層史論》，頁237。
② 漢末政權動盪影響士人的理想追求產生巨變，士人既不復於政權中憑才略賢性以展現自身價值，則其存在意義，乃自集體意識的注重，一轉而專注於自身生命的發展。如余英時先生認爲："自黨錮以後下迄曹魏，就士大夫之意識言，殆爲大群體精神逐步萎縮而個人精神生活之領域逐步擴大之歷程。"（《中國知識階層史論》，頁295）學聖與求聖的根本動力，原繫於對國家社稷之責任感與淑世關懷，一旦國家一統之局勢瓦解，大群體精神萎縮，則對聖人世出的企盼乃隨之消弭，一己之成聖與否，亦與天下無有相干，學聖的內在需求正由此喪失。

社會中任何一定品類之一類。①

人倫鑒識表面上將才性進行細緻的分類處理,雖然顯示出個體之特性,以及人物才性的多種多樣,實際上,基於其察賢舉能之功能,種種精細分列的門類,皆不離識人用人的功能觀點而建立之"範疇、格套、概念",而非顯現個體的獨特性。將個體強制定性於一固定之類屬,無疑是限制個體於社會政治意志之下,由類別而抹去個性。是以當個人意識成熟發展起來,人倫鑒識不可能繼續其推動個人意識成長的作用,魏晉士人反過來超脫社會規範的種種性分類屬,正是選擇以自成一類、別具一格的方式,完成其個性確立的需要。

二、超脫格套表現獨異個性

魏晉士人擺脫名教約束,開創出相對自由的思想氛圍,於此自由環境中,士人對待自身之生活、行爲,乃至其本質,皆以爲不應受名教的善性觀念規範約束,對於性之理解亦然。換言之,性之建立與發展,應爲顯示個體之特性,而不能只分善與惡。此是接受道家的體道觀念而產生的另一體道方向。莊子對於體道之可竟成,抱持否定立場,這在《知北遊》透露了端倪:

> 弇堈弔聞之曰:"夫體道者,天下之君子所繫焉。今於道,秋毫之端,萬分未得處一焉,而猶知藏其狂言而死,又況夫體道者乎!視之無形,聽之無聲,於人之論者,謂之冥冥,所以論道,而非道也。"②

此正開玄學體無玄遠的思想傾向,雖有體道之心,而難有體道自

---

① 唐君毅《中國哲學原論・原性篇》,頁95。
② 馬其昶《定本莊子故》(合肥:黃山書社,1989),卷5,頁153。

信。實者莊子並不反對體道,其所以認爲道不可論且不可體察,是站於生命斷限中而言,故《秋水》謂"以其至小求窮其至大之域,是故迷亂而不能自得",①正是着眼於有限的一面。此有類於康德認爲聖不能成的觀點,同樣是就生命的困限條件而言。② 然而後來道家的體道思想,越益否定循有爲的建樹來實現,甚至以無爲不作爲法道的原則。如《文子·符言》云:

> 老子曰:"道至高无上,至深无下。……平乎準,直乎繩,圓乎規,方乎矩,包裹天地,而无表裏。洞同覆蓋,而无所硋。是故體道者不怒不喜,其坐无慮,寢而不夢,見物而名,事至而應。"③

《文子·道德》又云:

> 故通於道者,如車軸不運於己,而與轂致于千里,轉於无窮之原也。故聖人體道反至,不化以待化,動而無爲。④

《淮南子·齊俗訓》又見相類文字:

> 故聖人體道反性,不化以待化,則幾於免矣。⑤

此皆是從無爲不作的方向實現體道理想。魏晉玄學既求超脫於儒家建功成德的體道格套,道家主張聖人無爲的解釋,便成爲體道的新路。魏晉士人的體道方式,並非不爲不作,而是不因循建設社會的方向樹立其生命價值,並轉向於表達我之獨特的見異

---

① 《定本莊子故》卷4,頁112。
② 牟宗三先生分析康德對於凡夫實現"圓善"此至高道德理念的可能性,認爲只能處於一種永不竭止地前進的狀態,而不能在有限的生命存在中實現:"康德以爲吾人之踐履盡分只能作到成德這一步……這一種努力前進是一種無底止的相續,高而又高而又永遠達不到那絕對的圓滿。"(《圓善論》〔臺北:臺灣學生書局,1985〕,頁219—220)
③ 《文子疏義》卷4,頁175。
④ 《文子疏義》卷5,頁251—252。
⑤ 《淮南鴻烈集解》卷11,頁368。

追求。

　　基此士人標榜個性或獨特性，既爲顯示脫離名教才性分類之規範，同時也是爲發展個體的生命意義，此因脫離規範，具別人之所無，屬於一種自我肯定的方法。相對於遵循禮法規矩之品類，放達不羈的行爲是大多士人選擇標榜個性的表現，藉由展示超拔格套常行的行爲，以顯示超脫於名教規範，從而形成魏晉士人遁逸的個性與風度。如阮籍喪母而飲酒吃肉，①是藉由違背禮法常態之行徑，以反抗名教當中道貌岸然的僞君子；於是阮籍之個性風度，亦由超脫名教禮法的格套常行中顯現。

　　此種超脫世俗格套的超拔個性，唐君毅先生認爲主要是在消極意義上建立的：

> 能超拔，則有異乎人……吾人欲了解人之個性之存在，初雖可從其所具之積極的性質看，自其能有他人之所無，而過人處了解……而進一步，則當自其有個性，能消極的不具他人所具之性質，或其所具之性質中，若無他人之所有，或有之而較他人爲少處去了解。②

消極意義之個性，是不從超越人所共有之性質上建立，而是在具人之所無的異質中標榜顯示，此因"個性之爲個，乃在其獨有與唯一"。③ 由是在個性追求中，異質乃成爲比共有之善性更爲重要的內在條件。

　　漢儒解釋聖人之特殊性是積極的。聖人之特異者，不在於具

---

① 《世說新語》載："阮步兵（即阮籍）喪母，裴令公往弔之。阮方醉，散髮坐牀，箕踞不哭。裴至，下席於地，哭，弔喭畢便去。或問裴：'凡弔，主人哭，客乃爲禮。阮既不哭，君何爲哭？'裴曰：'阮方外之人，故不崇禮制。我輩俗中人，故以儀軌自居。'時人嘆爲兩得其中。"（徐震堮《世說新語校箋·任誕第二十三》，〔北京：中華書局，1984〕頁394）則阮籍喪母而飲酒，蓋爲表現方外之賓超脫世俗禮教的行爲，並獲得時人認同。
② 唐君毅《中國哲學原論·原性篇》，頁95—96。
③ 唐君毅《中國哲學原論·原性篇》，頁96。

備別人之所無,而在於超越別人之所有,其才其德,皆凡夫亦有之共同本質,唯聖人能圓融至極。魏晉士人於消極方向中尋求獨特個性,聖人之超凡形象,由是也建立在此消極義之上,換言之,聖人之所以爲聖,緣其性爲凡夫所無,且達極致之獨性。如此,孔子之性與天道,便唯孔子能達,天下凡夫乃至孔子以外之人,皆不能稟具,也不能積學而練就此相與天道之性。

不單聖人之性不可學,凡夫之個性,亦同樣基於獨有與唯一的涵義,而排除仿效而至的可能。假如超越格套之行爲可以仿效,則獨有之性固失,更由積習之衆,而自成另一對立之格套,而不能別成一格。如阮籍飲酒吃肉的行爲表現其超越禮法格套之風度個性,若此行爲可效且同樣爲超越禮法格套之行爲,則只成爲反抗禮法格套之格套,而不能成爲阮籍之風度個性。此知個性以及表現個性之行爲,皆不能定型,也不能成爲習慣,由此杜絕學效的可能;若有繼之學效其行事者,亦不過爲效顰之假名士,非能表現超越格套之個性。如戴逵《放達爲非道論》分析魏晉反悖名教禮節的情況,認爲:

> 竹林之爲放,有疾而爲顰者也;元康之爲放,無德而折巾者也,可無察乎。①

戴逵的區別雖未盡必然,卻反映了早期阮籍、嵇康等的放達行事,已爲後來的學效者演化爲虛僞的表現。是以唐君毅先生指出名士之行不可學:

> 真名士之風流不可學,真名士如風之流之行,亦不能爲世人之所效,以相習成風。成風,則人不能流於風之外,以表現其真個性真風度矣。②

---

① 戴逵《放達爲非道論》,嚴可均《全上古三代秦漢三國六朝文》(京都:中文出版社,1975),全晉文卷137,頁2250。
② 唐君毅《中國哲學原論・原性篇》,頁96—97。

> 真個性者,人之絕對無二之獨也。此絕對無二之獨,乃由其不入格套而表現。①

此不可學之真個性真風度,正爲確保其獨一之性。以別人之所無且不可學的原則建立獨一無二之性,是所謂消極意義的超脫。若此性能從仿效行事上實現,則屬積極意義上的超越,以過人之水平而顯示獨特處。

此知士人初以反抗名教來表現個性,而當反抗名教禮節、遁隱山林等行事形成風尚可效時,實際上已失卻建立獨一無二之性的作用。由是士人對於個性的追求,乃向更爲窮盡的層次發展。

三、以超脫格套釋聖人内涵

個性之意義既指具別人之所無,則不能由別人以及任何格套而顯見一己之性;較諸超脫世俗格套更爲精進的境界,是超脫世俗一切格套。魏晉士人超脫格套的行爲,多爲反抗名教,在行事言語上顯示其超脫於俗,此雖是有別人之所無,卻又同時陷入於反抗名教的格套之中。是以實現最高之個性的聖人,其所貴者,在於能更進於反抗的行事,自立一切人皆没有之格套,獨入於絕對超脫的領域。也即在絕對超脫之中,一切格套皆不能入,其絕異之個性,也不需由反抗格套中形成。此一終極與理想的個性,便是在玄遠境界中完成。唐君毅先生認爲魏晉士人的超脱觀,在理論上唯有能達此絕對之個性,方能得到安於其發現之自我個性,停止無盡的反抗格套與超脫格套:

> 人於此,乃可不作任何對外對內之反抗,而唯以一真正之棲神玄遠之心,表現其在世俗與自己之一切格套之外之我性、

---

① 唐君毅《中國哲學原論・原性篇》,頁98。

第二章 聖凡才性之思辨：關於主體之超凡入聖論

個性。此即歸於直接以體無致虛，爲表現我之我性、個性、"我之爲一絕對無二"或"我之獨"之一思想形態，而爲魏晉思想之最高向慕之所在者也。①

魏晉士人正是由此個性翻越的絕對境界中，推論出聖人作爲完成個性之至極者，當處在玄遠世界中，擺脫一切格套的約束，也不制造出格套，如此透過對無之體會與體現，顯現其獨有之個性。

至此士人便須借助道家玄遠本無的本體理論，解釋聖人終極超脫之性。因魏晉玄學以消極義解釋聖人，視絕異之性爲超脫之至極。而儒學的思想則一直紮根於社會秩序建設，漢儒所樹立的聖人形象，亦從積極義上詮釋，原本便範限於關懷世道之才性；聖人之高拔，亦由其淑世之行事優渥於凡夫而爲聖，此正是儒學思想不足以言超脫個性之緣由。

漢儒以格套制式建立的才性論，雖便於任賢之技術操作，卻不免封閉個體思想之發展。相較之下，道家思想較大地開放精神世界，更合於追求獨一個性之所需。蓋獨性的追求，源自其時士人產生之內心自覺，老莊的自由精神，正適合士人追求心靈自由、發現自我之性，如余英時先生所言：

> 當時士大夫及一般子弟之所以背儒而向道者，則因儒術具有普遍性與約束性，遠不若老莊自然逍遙之旨深合其自覺心靈追求自由奔放之趨向也。②

這種相對自由開放的精神取向，也助長道家推演出以無超越於有的思想境界，亦在此絕對境界中，發展出絕對獨一之性。魏晉士人對聖人內涵之詮釋，歸結於體無致虛，實是超脫一切格套，以此爲

---

① 唐君毅《中國哲學原論・原性篇》，頁99。
② 余英時《中國知識階層史論》，頁302。

個性至於究極的境界。此種以體無爲至極之個性,實在難以在保留格套功能的思想系統中論證與生成。正由於"儒學之重心在人倫日月,形而上之本體本非所重",①反之,老莊之學對本體的關注,卻能提供對玄遠本體的解釋,二家不同之思想面向,致令魏晉士人建構體無致虛的聖人獨性,擺脫儒門的規矩,一轉而以道家自然本體的思維來進行詮釋。如王弼、何晏皆謂聖人體無。魏晉士人正是在此自由開放的思想氣候中,一方面對於聖人之性的超脫義形成共同矢向,同時又各自從自身之理念與思維詮釋此性,建構體無致虛的多方面内涵。

1. 聖人體無之性不可學

魏晉士人認爲聖人體無致虛所表現的究極個性,卓絶凡夫,反映出魏晉玄學之性觀,尚有高下之别的含義,這一高下有别且不可更易之質性,實近於才力;此因漢儒言性,可由學養而臻善;而魏晉玄學之言性,則多以爲屬先天分殊之質,主張不可學,已顯示出以才力爲主導的思維。

魏晉雖以莊老之學詮釋聖人,卻並不否定孔子的聖人身份。②在聖人體無之性的觀念詮釋中,孔子及與之有關的言論亦用於引證,並從中尋找完成極致個性的種種内容,而《論語·公冶》所載子貢謂"夫子之言性與天道,不可得而聞"句,更爲主要之徵引文獻,以演繹聖人體無玄遠且不可學的思想。例如何晏便用以説明性之

---

① 余英時《中國知識階層史論》,頁 296。
② 關於魏晉對儒學與孔子的重視與保留,學者早有定論。湯用彤認爲是家學之緣故:"三國、晉初,教育在於家庭,而家庭之禮教未墮。故名士原均研(«儒經,仍以孔子爲聖人。玄學中人於儒學不但未嘗廢棄,而且多有著作。"(《言意之辨》,載《湯用彤學術論文集》,頁 220)羅夢册則認爲其時並非反儒貶孔,反之更將孔子統攝於名教與自然之中:"他們之研究老莊,發揮老莊,其第一義倒在用老莊之言,以闡釋孔子之學,並以老莊之身以證印孔子之身。其結果,孔子不僅是爲名教世界之中的聖人,亦爲自然天地之中的聖人。且並統攝此二者。"(《孔子未王而王論》,頁 223)余英時先生認爲儒道"二者之間似不應爲正與反之關係。何晏、王弼皆儒道雙修,並未叛離儒門"。(《中國知識階層史論》,頁 301)

先天分殊觀點,其解此句之"性"義云:

> 性者,人之所受以生也。天道者,元亨日新之道。深微,故不可得而聞也。①

何晏將性視爲授予生命之本元,則此性義蓋是配合天道解説。邢昺認爲這是據《中庸》"天命之謂性"之意,指出性乃天授之命,而且由天所規正,性成命定,不復更易,正如《易·乾卦·彖傳》曰:

> 乾道變化,各正性命。②

性命皆由天道所正,既是本消息變化之大道,規正以授人,則人性但須持守順循,而無有改易之理。是以自有其命,性亦終始如一。而"各正"之意,本謂萬物各自正順性命;在性之分殊義下,則又可作天道授命不同之解,由此符合魏晉士人的個性觀念,即聖凡乃至衆生,皆各有其不同之性命。

由此推斷聖人之所以爲聖,緣於其有聖性,聖性一詞早見於《論衡·實知篇》,明爲聖人所專有;而包咸注"子曰:'天生德於予,桓魋其如予何!'"句又謂:

> 天生德於予者,謂授我以聖性也,德合天地。③

則聖人之聖性,其本初便與天地合德,相與天道。包咸此處正呼應何晏有關"夫子之言性與天道"的注解,聖人之所以能悟徹深微天道,是因生而具備與天道契合的聖性,而非積學所成。

王弼注《易》,同樣表達性之先天不易的觀點,並以自然的概念解釋,《三國志·魏書·鍾會傳》裴松之注嘗記其言:

---

① 《論語集釋》卷9,頁320。
② 《周易正義》卷1,頁8。
③ 《論語集釋》卷14,頁484。

> 夫明足以尋極幽微，而不能去自然之性。①

此自然之性，即天道授予之性。是處自然之意，唐君毅先生釋云：

> 此所謂物之自然之性，即物之各自然其所然之個性獨性；而人之能任順物之此性，又正賴在於人之能體無致虛以合道，然後能容能公，以任順之也。②

意謂苟能明白任順其性，能然其所以然，則性雖異，亦能歸於道源。唐先生按照王弼不違自然之性而合道的觀點，推論此自然之法乃聖人體無之要妙，是因此處所說之不能革去的自然之性，其明"足以尋極幽微"，蓋特就聖人之性而立說。王弼以爲聖人能棲神玄遠，體無而不繫成物，是由於其神明能茂於人，③使能無幽不顯，故能照徹深微天道。此神明不單是聖人相與天道之性，更包含表現聖性之才，高於凡俗。凡俗之性既已不及，表達個性之才又不如聖，故一直受格套的約束，不能自拔。

誠如上文所指，魏晉名士之真個性與逸氣尚且不可學，則聖人之性更無可學之理。是以儘管聖人遺留經籍，亦不能視之爲知聞天道的門徑。天道與聖人之性，依舊深微而不可得聞。魏晉流行《易》"言不盡意"論，否定言語文字的表意作用。推演及於聖人之學中，則聖人其人其行其事，皆無迹可求，如湯用彤先生所言：

> 如言不盡，則自可廢言，故聖人無言，而以意會。④

意謂聖人體無致虛之境界，尚且不能由其行迹與典籍而知聞，更遑論可學之。而所取據者，正是"性與天道"的孔子。羅夢冊先生認

---

① 《三國志》(香港：中華書局，1970)，裴松之注，卷28，頁796。
② 唐君毅《中國哲學原論·原性篇》，頁104。
③ 《三國志·魏書·鍾會傳》裴松之注記載何劭爲王弼作傳，提及王弼不同意何晏的聖人無喜怒哀樂說："弼與不同，以爲聖人茂於人者神明也，同於人者五情也，神明茂故能體沖和以通無，五情同故不能無哀樂以應物，然則聖人之情，應物而無累於物者也。今以其無累，便謂不復應物，失之多矣。"(《三國志》卷28，頁795)
④ 《言意之辨》，載《湯用彤學術論文集》，頁217。

第二章 聖凡才性之思辨：關於主體之超凡入聖論

爲玄學家在尊奉老莊的思想下，肯定孔子爲體無入有的聖人，①一則在於其"性與天道"，二則在於其"予欲無言"的自述，被視爲"廢言"之見，深契莊子大道不言的觀念：

> 在魏晉之人看，孔子之爲孔子，不只是出入於名教的世界，且還能和宇宙同流化而與天地參。何以見之呢？其特徵，其標志，當在孔子之於性和天道也，已與之體合而爲一，然卻處之以無言的沉默。②

此即認爲孔子"予欲無言"之說，是配合其性與天道的思想。由廢言之意欲，顯現其深知言不盡意，無法盡表天道深微的想法。然而於此則又延伸出聖人立言與其絕對超脫的體無個性之間的矛盾關係，魏晉士人的處理取態，蓋有激進與調和兩面。

其中激進之代表爲荀粲。荀粲認爲聖人之性既不由學而至，故提出摒棄六籍之論。何劭《荀粲傳》嘗傳此本事：

> 粲諸兄並以儒論議，而粲獨好言道。常以爲子貢稱夫子之言性與天道不可得聞，然則六籍雖存，固雖人之糠粃。粲兄俁難曰："易亦云：'聖人立以盡意，繫辭焉以盡言'，則微言胡爲不可得而聞見哉？"粲答曰："蓋理之微者非物象之所舉也。今稱立象以盡意，此非通於象外者也，繫辭焉以盡言，此非言乎繫表者也。斯則象外之意，繫表之言，固蘊而不出矣。"③

---

① 羅先生認爲孔子在魏晉時期被奉作"唯一的能够出入名教，玄同自然"的聖人，是以老莊之言再度肯定孔子，建立其"內聖外王"的身份，誠爲允當之論。至若羅先生特別強調玄學家"不聖老莊，而聖孔子"，反駁學界普遍認爲魏晉名士"陰相老莊，陽崇孔子"之論，則不在本文研究範圍內。見《孔子未王而王論》第二章"魏晉之再度地聖、王孔子及其咫尺玄門"，頁220—233。

② 羅夢册《孔子未王而王論》，頁227。

③ 《三國志·魏志·荀彧傳》，裴松之注，卷10，頁319—320。文中"此非通於象外者也"句原作"此非通於意外者也"，按前文既云"理之微者，非物象之所舉"，則深微之理蓋是下文所稱的"象外之意"，而非"意外"。王葆玹《正始玄學》（濟南：齊魯書社，1987）首揭楊慎《丹鉛雜錄》卷10載《晉陽秋》文所引版本，爲"象外"而非"意外"（頁325）。今從而正之。

75

荀粲與兄爭論之據點,在於言是否能盡意。若言不盡意,則聖人之言,亦有所未盡;之所以未盡,是因不能盡。荀粲認爲聖人性與天道,其理深微,超乎象外,是言象所不能盡處。因而欲由六籍以窮究性與天道的窔妙,自必無迹可尋,徒勞無功,由此提出廢六籍之論。

事實上,道家基於廢言體道的立場而否定六籍之作用,其源可上溯於《莊子》。《天道篇》載輪扁與桓公討論經驗傳授之問題,輪扁以鑿輪之經驗,"得之於手,而應於心,口不能言。有數存焉於其間,臣不能以喻臣之子,臣之子亦不受之於臣",總結出"古之人與其不可傳也死矣"之想法,認爲聖人已死,則其言亦成"古人之糟魄"。①《天運篇》又借老子之口而稱《六經》乃"先王之陳迹",②二篇皆表明經驗非能盡於言,即使六經承載之聖言,也不能提供成聖的經驗。成聖是關係玄遠天道的問題,自非文字所能盡表。德國學者瓦格納(Rudolf G. Wagner)認爲,莊子與荀粲之所以均否定六籍的體道功用,是由於在輪扁的故事中,已"描述了達至道的另一通路"。③ 巧匠輪扁提出的通路,包含經驗的累積和天分的領悟兩方面,此固與後來言聖人不可學的思想不完全契合;惟其帶出經驗不能言盡與言傳的道理,卻在魏晉產生重要的影響。如曹丕《典論・論文》言文氣之不能傳不能學,便見接受此經驗論的思想痕迹。至若在玄學上,此經驗論更爲主張言不盡意者所肯定。荀粲廢六籍之思想,其根本觀點在於說明言不盡意,只是較諸《莊子》更爲激進之表態。④ 惟荀粲之論

---

① 《定本莊子故》卷 4,《天道篇》,頁 97。
② 《定本莊子故》卷 4,《天運篇》,頁 106。
③ 瓦格納《王弼〈老子注〉研究》(南京:江蘇人民出版社,2008),湯立華譯,第三編"語言哲學、本體論和哲學",頁 760。
④ 學界多認爲荀粲言廢六籍乃激進之論,如湯用彤認爲此舉是"偏袒道家"、瓦格納則認爲較諸《莊子》輪扁的故事,荀粲的主張更爲激進:"它似乎封閉了所有通過閱讀經典達至這一原則的通路。這將他置於某種不可知論的立場,比《莊子》還要極端。"(《王弼〈老子注〉研究》,第三編"語言哲學、本體論和哲學",頁 761)余英時則認爲荀粲此論非爲反儒,只是在言不盡意的前提下,更進一步並經傳而棄之,欲逕求聖人之道。(《中國知識階層史論》,頁 301—302)

斷究非時代的普遍思想，何晏、王弼"通儒道而爲一"，方是玄學發展的思想主流。

王弼在"言不盡意"的思想潮流中，採取較爲折衷的態度，沒有因廢言主張而完全否定聖人之言。於《周易略例・明象章》云：

> 故言者所以明象，得象而忘言；象者所以存意，得意而忘象。①

《明象章》本爲破《説卦》所開象數易學之論，漢代京房等易學家將《易》象配以種種五行災變，實以《説卦》爲淵藪，《説卦》釋《易》六十四卦象，配以大量事數，如稱《乾》卦爲天爲大爲馬，爲緯學與災異説提供了比附的内容。王弼批評"或者定馬於乾，案文責卦，有馬无乾，則爲説滋漫，難可紀矣"。② 故提出得意爲主的觀點，以爲言與象皆爲得意之工具，既以得意爲目的，故主張得意然後方可廢言。蓋天道雖以無爲體，又深微玄遠不可言喻，但衆生認識道本之初，尚需從言象以知其本無。王弼雖承認聖人之言非道，然而若無聖言，則道亦無從説起，故仍需依賴言象作爲得意悟道之通衢。如湯用彤先生解釋王弼得意忘象的用意：

> 王氏謂言象爲工具，只用以得意，而非意之本身。故不能以工具爲目的，若於言象則反失本意。③

是知聖人所以意欲無言者，乃爲啓示領悟至道之方法，爲超越言象，而非捨棄言象，蓋言象乃爲得道之媒介。

王弼認爲在崇尚玄遠的追求下，聖人之性既與天道，則其性自然亦同乎虛無之道本，玄而又玄，妙不可言。而聖人立言之用心，正是由於道體之難識，故權且以文字説明"無"，如同老子以"道"

---

① 載樓宇烈《王弼集校釋》(北京：中華書局，1980)，頁609。
② 《周易略例・明象》，載《王弼集校釋》，頁609。
③ 《言意之辨》，載《湯用彤學術論文集》，頁217。

77

名道：

> 聖人體無，無又不可以訓，故言必及有；老、莊未免於有，恒訓其所不足。①

以此不廢文字表意功能，其謂"得意而忘象"，正是同時肯定《易》稱聖人"立象以盡意"的行爲。②

注釋"予欲無言"，其特加解説孔子無言而立言的本衷，將孔子合理地納入聖人體無而不可學的理論，屬於調和的做法：

> "予欲無言"，蓋欲明本。舉本統末，而示物於極者也。夫立言垂教，將以通性，而弊至於湮；寄旨傳辭，將以正邪，而勢至於繁。既求道中，不可勝御，是以修本廢言，則天下而行化。③

本者即道，末者即性，"舉本統末"者，是揭示萬物之性雖分殊，然皆受自天道，其本實同一無二。故萬物之性，皆由道本所統，以此顯示道爲萬物宗統的玄學本體思想。王弼由玄遠本體解釋道，性居道之枝末，決定紛繁物象各自的存在態勢，是符合其時以分殊義言性的潮流。而聖人立言教的作用，則爲曉示衆生萬物之性的本宗，以及各自稟具的獨特個性，即所謂"通性"。王弼相信萬物自然之性不能去，意指性之自然而然地運化，乃萬物存在之本然法則，其於《周易略例·明象》謂：

---

① 《世説新語校箋》，文學第四，頁107。
② 瓦格納認爲王弼得意忘象的觀點，是"挽救了作爲最重要的哲學來源的聖人的遺產"，並"扭轉了荀粲的論斷"。荀粲因主張言不盡意，遂徹底否定六經的體道作用。而王弼肯定聖人之言的工具意義，則道之不可達者，關鍵不在於六經是否爲先聖陳迹本身，"而是由於學者們拒絕接受插在這些文本中的那些關於正確解讀策略的指示的引導"（瓦格納《王弼〈老子注〉研究》，頁789）。瓦格納顯豁王弼對待聖言的積極態度，與後來劉勰《徵聖》"天道難聞，猶或鑽仰；文章可見，故寧勿思"實爲一致的觀點，由此揭示《徵聖》依然承接魏晉言不盡意思潮之餘波而發論，同時亦可見劉勰徵聖思想對王弼得意忘象説的吸收。
③ 《論語釋疑·陽貨》，載《王弼集校釋》，頁633。

第二章 聖凡才性之思辨：關於主體之超凡入聖論

> 物无妄然，必由其理。統之有宗，會之有元，故繁而不亂，衆而不惑。①

萬物之性命，受自天命，其本初已得乾道正之，是以各物之生長情態，皆動必循理，井然有序。湯用彤先生釋王弼理解的自然義，故謂之"自然者，乃無妄然也"。② 由此而知，王弼認爲萬物自然其所以然，即是順理之活動，其個性亦在此順理的活動顯現，並得到發展。能自然其個性以至於極，便是反本至無、歸一體道的境界。此乃王弼就《中庸》"率性之謂道"之意，開發明本的理念。然而畢竟天道幽微，通性明本，與反本至無，分屬認知與真正實現兩種不同層次。聖人言教，只能教以率性，至若性與天道，其理則存乎言外。是以王弼認爲明白言象之作用與限制，是明本體無的開端。

至於至道之境超言絶象，顯然非由六籍文字所能通達。聖人所以體道，賴於自身天得之性。此跟天道相與之性，作爲一絶對超脱的個性，實無法由仿效與學習其言語行事而學就禀具。換言之，聖人之個性，乃在其能自然其所以然之性上展現，所謂"道不違自然，乃得其性"、③"萬物以自然爲性"④固是由本體論上推論，萬物之性，其源出天道，固莫非自然；然而能夠在後天的行事表現中宗自然而反真我，真正能反本抱一，復其性命之真，保持原本而純一之性者，則唯有性與天道之聖人方能達到。故《老子》二十九章注乃云：

> 聖人達自然之至，暢萬物之情，故因而不爲，順而不施。除其所以迷，去其所以惑，故心不亂而物性自得之也。⑤

前所引"繁而不亂，衆而不惑"，是天道自然之性，是處則明言能達

---

① 《周易略例·明彖》，載《王弼集校釋》，頁591。
② 《魏晉玄學流別略論》，載《湯用彤學術論文集》，頁238。
③ 《老子道德經注》二十五章，載《王弼集校釋》，頁65。
④ 《老子道德經注》二十九章，載《王弼集校釋》，頁77。
⑤ 《老子道德經注》二十九章，載《王弼集校釋》，頁77。

79

此自然之性之至極,唯有性與天道之聖人。蓋聖人雖在有境,仍能做到"應物而無累於物",恒不入於有境中一切格套,體無致虛。唯備此體無之性,方能謂之聖人;亦唯聖人,方能然其性以至於本無。此中條件皆來自先天,其相與天道之性不可言,其"茂於人者神明",亦由於"智慧自備,爲則僞也"。①即聖性聖智,皆不由學而得。由此可知王弼的反本抱一理念,只是理論之推演:性由道所出,"復其性命之真",②故能體道。然而萬物之性一旦皆可反本體道,則聖人之性與天道,便不能謂之獨性與個性。是以道雖爲聖人及萬物之共同本源與歸宿,但能體無致虛者,則唯聖人能之。由是玄學家不言學聖人之性,而只求解釋聖人之性所以相配天道的理由。

魏晉玄學以本無詮釋本體,是以"於聖人所無言處探求之,則虛無固仍爲聖人之真性"。③此知士人認同性與天道不可得聞的動機,不在學就聖性,而在於說明聖性之不可學與不須學。漢末魏晉之世,聖人"永不過爲一理想",也無意開闢超凡入聖之途徑。④在王弼的理解中,天道或可言喻,但言語終非道之本身,聖人體道的經驗,究竟出乎言外。如此,則其時士人既已產生內心之自覺,又以表現個性獨性爲追求,而當發現此個性之終極處,實無法得以知聞和實現,以致超脱格套的活動始終由於無法得到絕對的超脱而反覆翻騰時,⑤對於個性發展的着力處,乃從追求絕對超脱而轉

---

① 《老子道德經注》二章,載《王弼集校釋》,頁6。
② 湯用彤《魏晉玄學流別略論》認爲"復其性命之真"乃王弼認爲萬物"反本抱一"的最終結果。(載《湯用彤學術論文集》,頁238)
③ 《言意之辨》,載《湯用彤學術論文集》,頁222。
④ 詳見《謝靈運〈辨宗論〉書後》,載《湯用彤學術論文集》,頁288—294。
⑤ 唐君毅指出,"人之欲出反抗,以表現其我性、個性於世間者,亦恒歸於表現一內在的'自我對自我之行爲之反抗'於'其自我之內'。於是其自己之行爲,亦如在一內在的翻騰跌蕩中,既逃此之彼,又逃彼而之他,再逃他或還人此,長以今日之我與昨日之我挑戰。此即永不能自安之生命。"(《中國哲學原論・原性篇》,頁99)這正是魏晉士人表現個性之初期產生的困頓,由此產生絕對超脱之個性追求,在絕對超脱的理想落空後,又以自適性分的方式,尋求生命的安定。

移於個性的自適，以求得自性之安頓。

2. 性之分殊與隨性適分

王弼的反本抱一理念，專注於本體之上，聖人之性超拔尋常，不學而至，無迹可尋，是其本體論下衍生之觀點。至若凡夫之個性追求，則未是着力處。惟其特意主張順自然而爲性，則啓迪郭象、向秀等儒道並濟之士，嘗試以適性的觀念，爲各種個性提供任順自然、安身立命之折衷方法。

聖人相與天道之性，被解讀爲個性表現的絕對超脱境界，玄學家雖然認爲聖人只永爲一理想，卻依然要爲衆生尋找禀具和發展個性之可能。由是，對於發展超脱個性之理想，乃由王弼之追究本體方向，轉爲郭象之自適自性策略。個性標榜的活動從一開始已自消極意義上建立，以禀具别人所無之性爲貴，既然以聖人爲形範之理想個性不可能實現，郭象提出的適性觀念，便是以自適自性之心態，化解由超脱活動帶來的不安定。郭象的適性觀吸收王弼的自然思想，肯定宗於自然以見我性，惟其自然觀又不同於王弼，非由上達體無之境而見自然，而是自安天道所正之性命，完成其個性。是以郭象雖不言聖人性與天道不可得聞，卻不認同個性發展必須以聖人爲終極目標，其注《莊子》云：

法聖人者，法其迹矣。[1]

此本《莊子》以六經爲聖人陳迹之觀點，以爲不能由學先聖之迹而能成聖。然而郭象並没有否定學聖，只認爲學聖並非造極之功，不能由此學得聖性，則自性之確立與發展，已經不視聖人體無致虛以爲目標。

郭象對性之發展觀念，由玄遠絕對轉向任性自然，而依舊循性

---

[1] 見《篋胠篇》，郭象注，載成玄英疏《南華真經注疏》（北京：中華書局，1998），卷4，頁200。

之分殊義上立論。一旦就分殊方向闡釋性義,性便具有才力的高下和類型種種分別。是以郭象言性,亦與劉劭之才性有所相類,主張物各有不同之性,而能安於自性者,在於適性。適性觀點最明顯表達於《逍遙遊》的注文之中。莊子《逍遙遊》所表達的逍遙義,是道家追求徹底而絕對超脫的境界。此逍遙境界,是"乘天地之正,而御六氣之辯,以遊無窮",①不受一切形體與外物所約束。倘賴於形體與外物,方得逍遙,便非真正超脫。莊子舉大鵬與尺鷃爲例,認爲鵬體碩大,飛則"搏扶搖羊角而上者九萬里",②是不受空間限制而得逍遙。然大鵬之不盡超脫者,亦在於形體,體積巨大,故每次奮飛,必待到六月厚風蓄聚至極,方能乘風振翼,既有限制,則未爲真正逍遙。至若尺鷃因體型殊小,飛動隨時,不待厚風,是不受時間限制而得逍遙。卻因體型殊小,騰躍不過"飛槍榆枋,時則不至而控於地"③,則此逍遙又見制限於空間,亦非真正逍遙。④

由此説明物體無論大小,才能無論高下,皆無能力達至逍遙之境。蓋物所施展之超脱活動,皆處在有待之場中,受不同形質的條件限制。莊子本意説明萬物雖以其性施展逍遙,而皆有所困頓。逍遙之真境,是於本體中尋求超脱,不受内外條件之制限。此終極之超脱義,爲王弼發展爲自然其性以達反本體無之義,意謂自性超越之終極境界,必定於無中實現方爲徹底,其所呈現的特質,是既恒久超脱一切格套,亦恒久擺脱一切條件限制。

至於郭象注《逍遙遊》,雖謂釋莊子之大意,實則其旨不以絕對超脱之性爲理想,而是借以申明物性既各有阻限,又不能去易其條

---

① 《定本莊子故》卷1,頁4。
② 《定本莊子故》卷1,頁3。
③ 《定本莊子故》卷1,頁3。
④ 黄錦鋐概括出,體形細小之尺鷃,是飛行的空間受到限制;體形碩大之大鵬,則受制於飛行的時間。見黄錦鋐《〈莊子·逍遙遊篇〉郭象與支遁義之異同》,《晚學齋文集》(臺北:東大圖書公司,1994),頁34—35。

第二章 聖凡才性之思辨：關於主體之超凡入聖論

件以得掙脱，則不求超脱自性以至於本體，自適其性於有待之域，是其逍遙之旨。於篇題下注乃云：

> 夫莊子之大意，在乎逍遙遊放，無爲而自得。故極小大之致，以明性分之適。達觀之士，宜要其會歸，而遺其所寄，不足事事曲與生説。自不害其弘旨，皆可略之耳。①

郭象所謂"明性分之適"，即自知性分，亦安於性分，"要其實歸"。能够"遺其所寄"，不强意追求性分以外之境界，安於其性所能達者，則内心無有衝破制限的意欲，如此制限縱然存在，亦不能真正產生制限的意義。基此，郭象之適性論，特强調自足的心態爲達至逍遙之關鍵：

> 苟足於其性，則雖大鵬無以自貴於小鳥，小鳥無羨於天地，而榮願有餘矣。故小大雖殊，逍遙一也。②

足於其性之意，是對於自我實現的要求，基於自身擁有之條件，進行實際的考慮。小鳥欲盡覽天地，大鳥欲展翅隨時，皆是不切實際之所寄。是以萬物於天地間，貴乎能自知所限，盡性而爲：

> 夫大鳥一去半歲，至天池而息；小鳥一飛半朝，槍榆枋而止。此比所能則有間矣，其於適性一也。③

明白限制，知本身之物性，便是順適自然之道。如此，王弼認爲唯聖人能體之自然，於郭象的適性義中，便成爲眾生皆能掌握之道。其要在貴乎"適性"，則逍遙自得。

郭象以儒道並濟之思想建立適性觀，其任順自然之意，與王弼之玄遠體無義並不相同。余英時先生認爲玄學發展至郭象、向秀，

---

① 《南華真經注疏》卷1，頁1。
② 《南華真經注疏》卷1，頁4。
③ 《南華真經注疏》卷1，頁2。

已到達一大綜合時期,如郭象試圖由注解《莊子》,以明內聖外王之道,便是將道家與名教合一的思想表現。是以郭象理解的自然之道,亦當無異於名教,由此則不能不肯定君臣尊卑等有關群體之綱紀。①《齊物論》注云:

> 臣妾之才而不安,臣妾之任則失矣。故知君臣上下,手足內外,乃天理自然,豈真人之所爲哉!②

於《秋水篇》注中又復強調各階級之不可刺亂:

> 小大之辨,各有階級,不可相跂。③

郭象認爲人倫各適其性分,以確定綱紀份位之所宜,是本自然之道而理人倫。故在郭象的論述中,極注重綱紀、份位的恰當配置,由此反映其適性觀,具有應用於社會建構的意識,《逍遙遊》注云:

> 夫小大雖殊,而放於自得之場,則物任其性,事稱其能,各當其分,逍遙一也,豈容勝負於其間哉!④

將適分應用於任事,固有選賢任能的功能存在。其於《莊子》注序自表用心云:

> 通天地之統,序萬物之性,達死生之變,而明內聖外王之道。⑤

羅夢冊先生據此認爲玄學發展至此時,已明確借老莊之言,而建立內聖外王的治道觀念。其引以爲據者,當爲郭象斯言。郭象認爲

---

① 《中國知識階層史論》,頁316—317。
② 《南華真經注疏》卷1,頁29。
③ 《南華真經注疏》卷6,頁330。
④ 《南華真經注疏》卷1,頁1。劉孝標注《世說新語》又引郭象此注:"夫大鵬之上九萬,尺鷃之起榆枋,小大雖差,各任其性,苟當其分,逍遙一也。"(《世說新語校箋》,文學第四,頁120)文字雖有出入,意思則無分別。
⑤ 《南華真經注疏》,郭象撰序,頁1。

第二章 聖凡才性之思辨：關於主體之超凡入聖論

人君內聖外王之道,在於"無爲而任物之自爲",①蓋天下間最深諳物性者爲物自身,則適性明分之務,乃在物自爲而不由人君意志所決定。人君的責任,在於以其不加干預,而使萬物自爲自化,以至自適自足,則天下自安,此即《天運篇》注云：

> 聖人在上,非有爲也,恣之使各自得而已耳。自得其爲,則衆務自適,群生自足。②

此見郭象的內聖外王之道,實本道家"無爲而無不爲"的至道成物理念而提出。人君貴能使群生自適其性,則雖無直接之掌控,而治理之務已存乎其中。是以郭象列萬物之性,目的在曉示人君任物適性之道,使群生各盡其才,各安其分,以穩定國家秩序。郭象此一內聖外王之道術,有似於二十世紀美國社會學盛行的功能學理論(functionalism)提出的結構功能觀點(structural function)。

功能學理論的特色是將社會體系視爲一有機整體,人與群體乃是整體結構中的組成部分,彼此互相關聯依賴。因此,任何一部分的變化,皆足以導致另一部分產生變化,以致影響整體結構之和諧穩定。出於穩定社會結構之目的,功能學理論要求各組成部分必須處於恒常狀態,此亦是各部門存在的目的與作用,如功能學派之早期人物涂爾幹(Emile Durkheim)主張：

> 社會裏各部門之存在乃是爲了實現履行社會整體之需求。社會裏各部門之功能乃在於維持社會整體之正常性。③

誠然,功能學理論着眼於整體結構,並非個人本身,因而所關注者,是由個人功能所反映的社會結構問題。惟此種以穩定各部分來維

---

① 《南華真經注疏・在宥篇》卷4,頁212。
② 《南華真經注疏》卷5,頁289。
③ 引自蔡文輝《社會學理論》(臺北：三民書局,1984),第三章"功能學派(一)：帕森斯與結構功能論",頁70—71。

護社會整體的策略,實相似於郭象借名教以建立社會秩序(social order)的想法,蓋功能學派以結構解釋社會體系,結構能夠恆常穩定,必有秩序存乎其間。

一旦從結構功能理解社會體系,進而必會產生社會分工,並由社會分工而形成社會階層。結構功能理論與郭象適性觀念的另一相似處,在於主張個人在社會中起着不同的功能,各司其職,共同支撐社會結構並維持其穩定性。如此,各人的價值,既在結構當中施展功能以彰顯,而不論功能之大小高下,皆是以維持社會秩序爲根本目的。換言之,個人價值雖然不同,而價值觀念卻是同一矢向,以穩固結構爲願景。此即帕森斯(Talcott Parsons)[1]所言,"只要人們的價值觀念是共同一致,社會秩序就能建立。"[2]要使社會各階層,乃至階層中各人的價值觀念一致,便必須使人接受且滿足於自身所處之階級。此便相近於郭象以萬物各適自性爲逍遙之理想。當然,郭象的適性觀,乃是參法自然界體系而發展出的社會秩序觀,故強調此秩序與自然一樣,不加任何外力之影響,自然而至。而結構功能理論的秩序觀,則強調社會體系不可能有絶對的平等,功能與價值亦如是,要使各人安於所在結構中之份位與價值,促進社會穩定,便須施行策略,予以鼓勵與激發。[3] 則價值的衡量與肯定,非由個體自發,而取決於社會管治者,此適分乃是與社會妥協的結果。

---

[1] 帕森斯是功能學派的領袖人物,結構功能理論是其研究社會體系的主要思想。詳見蔡文輝《社會學理論》引介。蔡先生受業於帕森斯高足斯梅爾瑟(Neil J. Smelser)門下,對功能學派的學理與發展皆有實在的了解。

[2] 引自蔡文輝《社會學理論》,頁 83。

[3] 例如戴維斯(Kingsley Davis)和默爾(Wilbert E. Moore)在合著文章《社會階層的某些原則》("Some Principles of Social Stratification", *American Sociological Review*, Vol. 10(April 1945), pp. 242-249.)提出的觀點:"一個社會如果要正常的操作,就必須把其成員安置在不同的社會地位上,也必須鼓勵他們去做該做的事情。因此,社會必須注意到如何將適當的人才安置在適當的地位上,也必須考慮到如何去激發他們做適當的工作。"引自蔡文輝《社會學理論》,頁 111。

第二章 聖凡才性之思辨：關於主體之超凡入聖論

功能學派的社會觀點與維持結構穩定的策略，固然不是社會發展的必然方向，繼之後起的衝突學派，便指出其過於理想的偏弊。此已超出本文討論範圍，故不贅述。惟功能學派以結構推演的社會秩序，誠有助解釋郭象調和個體與社會的想法。蔡文輝先生認爲，"功能學理論雖已在美國社會學界失寵，筆者仍相信功能學理論在解釋某些社會現象上仍然是相當有價値的"。① 蔡先生對於功能學理論的信念，正是相信功能理論之恒久性，乃出自人類社會對於安頓處境的不息追求，包括個體生命之安頓，以至社會家國之穩定和諧。是以儒家的秩序觀念雖異乎功能學理論，並不強調結構中個體的不易性，然而在政局動盪的魏晉歷史上，亦出現以穩定個體性分爲治平策略的嘗試。由強調安穩秩序的理念出發，郭象儒道並濟的傾向，將士人對自由的追求，放置於社會的穩定結構之內。以此爲個性發展的前提，乃至爲依歸，則個性之建立，便須考慮與群體的和諧與配合，種種昔日名教的制限，於是又復重現於其適性觀念之中。

此一切合儒學穩定社會結構需要的功能，固爲郭象提出適性觀的目的之一；唯其取用儒家的任賢思想，又非純粹基於治統秩序，而是實在地由魏晉個性追求的思想脈絡中發展出來。如前言士人的個性追求，由反對格套，以至體無玄遠，皆不能在凡夫身上得到實現，爲解決士人在超脫過程中的失落而產生的不安情緒，當道家之絕對超脫觀念亦不足以幫助士人找出個性發展之出路時，儒家重視穩定結構的思維，則有助爲士人提供安身立命的位置，以使其個性在適合的任事中，求得實際的安定。是以功能學派雖與郭象的社會秩序觀有相契處，而功能學理論始終着眼於社會，郭象卻是爲個體生命尋找安身立命之獨性，出發點實迥然有異。每個

---

① 蔡文輝《社會學理論》，頁 120。

人為社會建構而付出各自不同的功能，價值觀雖然一致，但自身價值與地位卻依然有差別，結構功能理論的維護穩定策略，是由社會賦予其身份肯定，例如給予應得的酬賞，這種肯定顯然來自外在。而郭象既以安頓獨性出發，則此價值的確立便來自個體的自我肯定，而且無有大小，亦不能被他者所取代，由此顯示出各人皆有之不同存在價值。在郭象的適性觀念上，各人的意義亦由其殊性殊分所顯現，雖有高下之分，但若能承認此份位爲所適，則能安頓身心，由此促成社會結構達到安穩的狀態。此即其所謂"大小雖殊"，苟能"各當其分，逍遙一也"之意。是以其適性任事之想法，雖近似於劉劭，而實不相同。

郭象的適性任分，非用以分辨類屬，專爲任賢而設定性分，而是從物性彼此皆不可取代的情況中，顯現自身之獨性。故此獨性雖然均建立在具別人之所無的意義上，卻沒有從反抗儒學禮教格套之放達行事中表現，而是以獨殊且積極的成就爲標志。郭象注重獨性，此獨性涵蓋萬物各自的生長特性，①推而及特殊之才能。如其解《達生篇》之水性與陵性，原文云：

> 孔子觀於呂梁，縣水三十仞，流沫四十里，黿鼉魚鼈之所不能游也。見一丈夫游之……孔子從而問焉，曰："……請問蹈水有道乎？"曰："亡，吾無道。吾始乎故，長乎性，成乎命。……吾生於陵而安於陵，故也；長於水而安於水，性也；不知吾所以然而然，命也。"②

郭象注曰：

---

① 如注"駢拇"之義云："駢與不駢，其性各足，而此獨駢枝，則於衆以爲多，故曰侈耳。而惑者或云非性，因欲割而棄之。"(《南華真經注疏》卷8，頁181)郭象認爲駢爲物之獨性，且由駢而表現其性之所獨，故不認爲駢乃多餘之説。
② 《定本莊子故》卷5，頁130—131。

88

第二章 聖凡才性之思辨：關於主體之超凡入聖論

> 此章言人有偏能,得其所能而任之,則天下無難矣。①

由此可見,所謂"偏能"者,乃指水性與陵性,水安其水性,陵安其陵性,各施其分,是天地長存之道;以此說明人若可各任其偏能,社稷亦能穩定發展。是以群生在自然、在社會中,皆以偏能顯現不可取代的個性。唐君毅先生指出：

> 此所偏能之所在,即人之故與性之所在。郭象於此憑空插入此"偏能"之觀念,以釋所謂性之初無偏能之意者,此即唯因郭象之特重人之特殊性、個性之爲性之故也。②

偏能之概念,反映出以分殊之才任爲性的思想傾向。此因郭象所論物性,並用以任才,由此理解之性分,自是由材質上言其分殊一面。這種安於性分,亦以所安爲獨性的觀念,有別於王弼以聖人體無之性爲極的想法,亦不強求象外深微之道。自適的狀態,是不上攀、不遷移,所適之自性,亦不由學效聖人之性而成就。在適性觀念中,自性之建立,即爲群生合乎自然之通法。

郭象對於個性追求的態度,出於安定爲目的,非是一往無前地要求絕對玄遠,故所求之獨性,亦不純粹接受道家的超脫意義。按郭象理解,個體安頓於其在天地所發揮之作用與份位,便是獨性之所在,換言之,是在天地與社會的結構中,顯示出自身爲獨一無二之構成部分。所施之功,大不能奪小,小不能僭大,雖有高下之性,而實無貴賤尊卑,其性其才不能由他人他物取代。以所適之分而爲獨,則不必上達超越,也不求徹底超脫,自安於社會中,任其性分,所獨所貴乃顯。由此可見郭象與王弼觀照宇宙的不同角度。王弼注重於終極本體,郭象則着眼於萬物的多元情態,誠如湯用彤

---

① 《南華真經注疏》卷7,頁378。
② 唐君毅《中國哲學原論・原性篇》,頁104。

先生所顯豁：

> 王弼的學説爲抽象一元論（abstract monism），而向、郭之"崇有"爲現象多元論（phenomenal pluralism）。①

王弼以一元至道爲萬有生命之成化樞紐，故要求物性自然而其所然之意，是端賴本體以完成自性；郭象由多元生態而觀成化，則認爲物性由其自成，不必由道而圓滿，由此強調自適而獨化，不待於己，也不待乎道，"忽然而自爾"。其於《大宗師》注云：

> 然則凡得之者，外不資於道，内不由於己，掘然自得而獨化也。②

獨化之意，謂否定性需有待而成，也即捨棄一切意志願向的作用。内不由於己，謂性之發展，没有先決之導向，即不由一己之所欲所願，而決定其行爲乃至生命的方向。當其種種活動，乃至其所任職分，皆不是先有我之所欲，而後方得施展與實行，如大鵬飛邁天池，非其欲邁天池，而是其性自然發展之表現，則於飛邁天池之間，雖無奮飛之意志，其體碩而具之獨性，卻可由其活動顯現。如此方得謂獨化。這種不存在任何宗宰使然的發展觀念，不單放棄了内心之宗宰，亦是放棄至道之宗宰；如其注《知北遊》謂"物之自然，非有使然"，③是摒卻一切内外之作用意志。是以物之適性獨化，雖是自然其所然，卻並非由道所成全，適性發展至極，亦不等同於合道。此因獨性的意義只體現於結構中，而不在玄遠本體。

由此可知，郭象的自然適性觀，非以得道爲自我實現目的，如此方得以使物性各安於所適，捨棄體道的超越意向。郭象所指的

---

① 《崇有之學與向郭學説》，載《儒學・佛學・玄學》，頁 267。
② 《南華真經注疏》卷 3，頁 147。
③ 《南華真經注疏》卷 7，頁 435。

自適之性,屬於人與物之表徵、作用、能力等分殊義,人物各有自性,聖人亦當有其自性,使自適其性至於極,與聖人自適之性,終是兩域。推而及之,聖人同衆生皆任順自然,而因聖人之性與天道,乃其個性使然,則天地萬物縱然自適其性,唯獨聖人方能體道;其餘衆生的自然之性,皆不可達,方合乎個性的原則。然則此自然之法,最終實非與道合。除聖人以外,衆生皆不能體識終極本體,此實有違魏晉士人一直嚮往的返本、明本追求。

　　進而論之,將自我守性於結構中,實已違反精神自由的時代趨向,不能體天道之幽微,不但不可謂之咫尺玄門,更斷絶天人合一之路。郭象的適性論,以自適而求得安定,實際没有開示出理想生命的具體内容,此因獨化自性,是以性之自發而先於意志導向,一切理想與願念,皆偃息於穩定結構之下。這種由穩定社會體系而產生的個性發展觀念,其結果將是爲個性的發展設定制限,以維持階層的平穩狀態。蓋如余英時先生指出:"人人皆適性逍遙則必不能無衝突",①要防止衝突,則個性不可無止境放大與延續。是以一旦在結構中追求獨性,個體的發展便受到制限。如德國社會學家齊美爾(Georg Simmel,1858—1918)指出社會與個人的關係,總是共融與衝突並存:

　　　　個人是一定要被牽涉進社會關係的大系統内的,但是此種牽涉卻也同時造成了個人的自我毁滅。社會在一方面鼓勵個人自我獨立性的成長,但在另一面卻又試圖去阻擋此種自我獨立性的成長。②

齊美爾所謂的自我獨立性,雖不同郭象獨性的分殊義,卻說明了自由的社會氛圍,固然有助於鼓勵個體發展個性,然而在要求社會既

---

① 余英時《中國知識階層史論》,頁 3128。
② 引自蔡文輝《社會學理論》,第五章"衝突學派",頁 128。

定的階層結構不受動搖的前提下,個人的一切性分潛能,還是不可能發揮至極,以踰越其本來的位置。是以郭象指出獨性的理想發展,當是處於"獨守"狀態。

若使安於自身的階層,不但獨性的發展受到規限,同時必然捨棄精進上達的意志。此亦是獨守殊性理論發展的結果。蓋人本其善性之發揮,至極而與聖人之德性合,今彼此之性,本質不同,便無相契合處。加諸以自我之個性為貴,聖人於生命便無關意義。如此,"人皆可以為堯舜"的信念,亦可由此而瓦解。

四、個性體道論之矛盾困境

何晏、王弼以至郭象,不論是言率性入道,言聖人具體無之性,還是主張適性,皆無法將聖人以下之眾生,引導其性合於本體。關鍵原因,在於性義的轉變。漢儒言性,從善性之根本義出發,以比較聖凡之高下為基調,其分別者乃同質上的等差;魏晉士人言性,自個性、獨性上展開思辨,轉向如物性、體性之形態或質性差異之上,忽略共同或相近的基礎。由於性屬分殊義,而玄遠本體,卻是唯一,故能體至道之性,亦唯孔子一人而已。此見在追求唯一無二之個性的同時,又要求個性能符合自然本體,實為不能解決之矛盾。《中庸》"天命之謂性,率性之謂道"之意,以為眾生皆可率性而能入道,正因是處之性義,為共性而非分殊;率性而能體道,性必須由善的本質立論,與聖人之性屬於同質,方能上體幽微之天道。若由分殊義解之,各性至極之境界,只是由道法所建立的宇宙架構中的特一部分,而不能為一元之道。換言之,是只能盡性命,而不能體天道。由分殊義帶出的思想傾向,正是以消極態度尋找自身的意義,而捨棄了積極上達的進路。

在強調個性的時代,共性的隱埋自是必然的思想趨向。是以聖凡基本共有的善性,亦在此時失落於討論空間。此見無論是以超脫格套的觀念建立個性,還是隨性適分尋求穩定、儒道並濟的理念,始終無法為魏晉士人找到徹底自得的出路。因此縱然援引老莊的超脫格套思維建立體無玄遠的理想世界,而終不能在個體生命中得到實現。此非儒、道二家思想空間之局限,而實關係魏晉士人選擇運用與解讀的方向。從一開始,玄學家選擇討論子貢之言性與天道不可得聞,而回避孔子"性相近"之說,便已透露出不從共性上展開論述的選擇傾向,此是玄學家之體道理論,未能圓融於聖凡,亦不能演進為可學之學問的原因。

由此觀之,魏晉的本體論,乃至與本體論有密切關係的聖人學,在精神生命發展方面的內容,必須待佛學佛性義的積極觀念引入,始能真正實現玄學所追求的玄遠體道願念。是以玄、佛所言之本體,雖有未盡相同處,然而玄學家卻能接受佛學本體思想者,其中原因,正是由於在實現自性之超越意義上,佛性的解釋能破除玄學家自設的分殊性義之樊籬。

第三節　佛學佛性義的引入

一、支遁引導善性之重提

因脫離善性本質的討論,個性論發展至郭象的適性逍遙觀,由個性以實現咫尺玄門、登峰造極的想法已出現局限。而此時於中土弘法的支遁,正是補足玄學性義缺失之早期人物。支遁與士人廣結交誼,對於郭象的逍遙觀,特別提出新見。於白馬寺時,與劉系之談論郭象"各適性以為逍遙"的觀點,嘗表達反對的意見:

不然,夫桀跖以殘害爲性,若適性爲得者,彼亦逍遙矣。①

支遁不認同適性則爲逍遙之觀點,是因所解性義,除卻物性,尚有善惡。郭象建立的社會秩序(social order),着眼於萬物功能的妥善配合與安置,在肯定萬物以建設社會爲共同價值觀的假設下,自然地將爲惡之念排除在性分的討論外。而支遁所關注者,正在於完善此一建立共同價值觀的大前提。按支遁理解,要實現各適其性分的社會秩序,必先建立以善爲本的道德秩序(moral order)。如此將性重新提挈以善爲主要內容的根本義中,使群生於適性追求中,有共同的發展矢向,方得以言適性,此正是支遁新見之獨到處。《世說新語》稱新見甚得時賢所重:

支(遁)卓然標新理於二家之表,立異義於衆賢之外,皆是諸名賢尋味之所不得,後遂用支理。②

二家蓋指郭象與向秀。向秀之《莊注》今已不傳,惟宋陳振孫《直齋書錄解題》云:"向、郭二《莊》,其義一也。"可知二者旨趣大抵相同。③ 皆主性之分殊義,而支遁之新見特異於二人,且爲時賢尋味皆不得,正是由於支遁以爲適性之上,尚有一至高德性爲生命之根源本質,超越物性之各方面,此性義相接於本體,近似於儒學聖人之善性本質。

支遁所處之時期,分殊性義已成主流觀點,實者郭象所言之性,即後來竺道生所謂的物情。竺道生認爲天地受命之法無別,如雲雨藥木,而萬物各有不同的生長形態與方式,是謂物情。④ 鵬與

---

① 釋慧皎《高僧傳》(北京:中華書局,1992),卷4,《支道林傳》,頁160。
② 《世說新語校箋》,文學第四,頁120。
③ 學界亦有主張郭象之《莊注》本於向秀之說,例如錢穆先生便持此見,參其《莊子纂箋》(臺北:東大圖書股份有限公司,1985),《序目》。
④ 竺道生《法華經疏・藥草喻品》謂:"三出物情,理則常一。"(《法華經疏》卷2,《卍新纂續藏經》第27冊,頁10中)

鷄的物性,包括體態與生存特性,都是竺道生所指的物情。而支遁理解天地化物的原則,與竺道生相同者,正是認爲物性之上,尚有一更爲根本的法則,主導物性之發展,其於《大小品對比要抄序》云:

> 夫物之資生,靡不有宗,事之所由,莫不有本。①

此處言宗,雖指支遁本身信守之般若空宗,②卻亦是其理解之至道本體。支遁認爲自然之道,是順乎本體玄德,而非是只適於自性,如此群生方能免於完善一己之性,以及其性的所需所欲,而任性妄爲。若從欲以適性,將使人生最終走向於嵇康從欲全性的思想。嵇康認爲自然之性,是以欲念的滿足爲根本,故主張從欲爲自然之道:

> 《六經》以抑引爲主,人性以從欲爲歡。抑引則違其願,從欲則得自然。然則自然之得,不由抑引之《六經》,全性之本,不須犯情之禮律。故仁義務於理僞,非養真之要術;廉讓生於爭奪,非自然之所出也。③

嵇康言性之本質,喜從欲而厭抑引,是故滿足欲念,乃出於自然的本性。此既包含馬斯洛所指的基本生理需求,如饑則求食,渴則求飲,而更爲主要者,是受約束則求自由。此是魏晉士人追求精神自由,抗拒儒術禮教約束的思想表現。

嵇康以爲不違背抑引一己所欲,方能得自然之性,因而抗拒用於化性起僞之禮律。此從欲觀念既是士人追求心靈自由之理據,

---

① 釋僧祐《出三藏記集》(北京:中華書局,2003),卷8,頁302。
② 支遁於《大小品對比要抄序》開首即云:"夫般若波羅蜜者,衆妙之淵府,群智之玄宗。"《出三藏記集》卷8,頁298。
③ 嵇康《難自然好學論》,《全上古三代秦漢三國六朝文》,全三國文卷50,頁1336—1337。

卻亦可作爲縱情放浪行爲之口實。《抱朴子·疾謬》記漢末士人對於縱酒作樂、不遵禮度的生活,以"誣引老莊,貴於率任"作爲解釋,聲稱"至人不拘檢括,嘯傲縱逸,謂之體道",此即以達生任性矯飾其縱情耽欲之歪理,更以爲是體道玄遠的行爲。① 由此推論,若以滿足欲念爲歡,則欲念不得滿足,便是厭惡之根源。是以佛家反對由滿足欲念而得到的短暫歡樂,一旦欲求不得滿足,又復墮於不安不適的狀態,則此性始終受制於自身的欲念以及外在滿足的條件。從超脫義言之,是無法得到徹底超脫,以其制限於欲求,不是真正的逍遙自足。是以支遁的逍遙論云:

> 若夫有欲,當其所足,足於所足,快然有似天真,猶饑者一飽,渴者一盈,豈忘烝嘗於糗糧,絕觴爵於醪醴哉?苟非至足,豈所以逍遙乎?②

真正之逍遙,當是捨棄從欲一路,而以絕對超脫爲理想:

> 夫逍遙者,明至人之心也。……至人乘天正而高興,遊無窮於放浪。物物而不物於物,則遙然不我得;玄感不爲,不疾而速,則逍然靡不適。此所以爲逍遙也。③

支遁以爲性之所適所足,不是由欲念獲得滿足而達到,而是由精神邁進玄遠的境界,得絕對之超脫,爲明本之依歸;這是前引唐君毅先生所言的徹底超脫格套的境界。王弼、郭象因性之分殊義,以爲玄遠之境永不可得,而不復爲此絕對玄遠世界尋索通道;至支遁以生命相同的本質釋本體與性的聯繫,故能重新提起體道的願景。

放棄從欲之途,復歸於德性的修善,上達爲聖,於物無求,自亦無累於物,達到與物同適的狀態,此知支遁之論,蓋是臻本無之境,

---

① 楊明照《抱朴子外篇校箋·疾謬》卷25,頁632。
② 《世說新語校箋》劉孝標注引支遁《逍遙論》,文學第四,頁120。
③ 《世說新語校箋》劉孝標注引支遁《逍遙論》,文學第四,頁120。

而得真正逍遙。是以支遁提倡般若本體論，旨在說明道本無生，若要明本，則唯有體無致虛，方入玄遠世界；並以為此正是沙門化俗之大方向：

> 是以諸佛因般若之無始，明萬物之自然；眾生之喪道，溺精神乎欲淵。①

此知支遁認為自然之道，非是適性，而是更進於性，以玄德化俗性。溺乎欲淵，只會去道益遠。

支遁能提挽郭象適性論之失，正是以其佛學基礎，重回德性意義上解決體道的問題。其對於魏晉士人體道思想之影響，實不止於逍遙論，尤其修行思想的引介，使體道觀念得到實修方面的發展，此將於下章論述。而是處支遁的例子卻足以透露，佛學以德性為根本的觀念，促進性義之發展，從分殊回歸於總持，也即眾生共有之根本義。如此不單為凡俗明確建立起體道的理想，更使聖人觀念開展出實踐的方向。此一促進作用，又主要歸因於佛性義在中國的廣泛流播。

二、由玄到佛的本體追求

認識玄遠本體，是魏晉玄學的核心內容。追尋本體的論述，亦是由魏晉士人大力開展。分析《文心雕龍》的體道思想，自不可回避玄學的本體論。惟玄學言本體，從超脫義上釋聖，終歸於體無致虛。此是從思辨上推論之結果，唐君毅先生指出玄學士人追求的絕對超脫境界，以擺脫一切反抗的狀態為至極，便是沿玄學的超脫思維推演出來；而此體無致虛之性，終不可能為世人所實現。如此刻意拉開與個體生命的距離，不涉實踐的思辨，則本體論終不能徹

---

① 《大小品對比要抄序》，《出三藏記集》卷8，頁299。

底融入於生命關懷之中,更不能稱之爲"體道"。如上文指出,魏晉士人以個性、獨性爲理想追求,衆生不一,而玄遠本體,卻是終極而唯一;則最終能體至道之性,亦唯有聖人,甚至孔子一人而已。在分殊性義上發展的體道觀,使玄學的體道理念,最終限制在聖人的層次,而無法下放被及於群生。唯能開發聖凡共有之本質,則性與天道,雖不能言傳,亦可有體識的條件,如此,個體生命方有實現體道之基礎可言。佛學思想傳入於體道學問的重要意義,便是提供以共性實現超凡入聖的理念。

而在玄學盛行時期,由個性而建立的體道觀念,發展雖受思理的局限,但魏晉人士對於體道的追求,卻始終視體道爲生命發展之終極理想,不能由適性所替代。例如東晉簡文帝身處玄風極盛之世,既與名士清談玄旨,亦與僧侶有交誼。對於佛學的接受,主要便在於佛家帶來登峰造極的體道希望,《世說新語》文學類記載其學佛觀云:

> 佛經以爲袪練神明,則聖人可致。(劉注:釋氏經曰:"一切衆生,皆有佛性,但能脩智慧,斷煩惱,萬行具足,便成佛也。")簡文云:"不知便可登峰造極不?然陶練之功,尚不可誣。"①

簡文帝對於當時沙門引介的佛理,提出"不知便可登峰造極"的疑念,反映出咫尺玄門的精神世界,一直是魏晉思想追求的終極。尤其對於具有玄學造詣的士族,雖企居尊位,亦未能擺脫追求本體的時代共同理想。此時佛學以衆生皆可成佛的理念,已具有被奉爲體道方向的趨勢。如東晉名士孫綽,從支遁學佛,所撰《喻道論》便云:

---

① 《世説新語校箋》,文學第四,頁125。

第二章 聖凡才性之思辨：關於主體之超凡入聖論

夫佛也者，體道者也。①

足見以奉佛爲實現體道理想之依歸。簡文帝雖未盡信佛學超凡入聖的觀點，卻肯定"陶練之功"的作用，無疑認同佛學的成聖觀念，乃由修行實踐而至。此正説明佛家的體道精神，有明明白白的下學上達觀點。是以玄士初時由接觸佛學而重新出現之體道觀，雖多爲一己之求玄遠造極，卻同時反映出佛學的修行精神，爲社會每一個體提供體道的信念，使生民皆可以由佛理安頓自身的精神生命。

基此而言，論本體而及於人身，當是佛學東傳後始正式形成的思想，換言之，佛學東傳後，切實建立聖人可學可至的理念，方是真正進入體道實踐的時期。湯用彤先生指出東晉時期的佛學，已經確定成佛的願景可憑學而達至：

> 《辨宗論》曰："釋氏之論，聖道雖遠，積學能至。"蓋釋教修持，目標本在成佛（或羅漢）。……小乘之三道四果，大乘之十住十地，致聖之道似道阻且長，然其能到達目標固無疑也。佛教自入中國以後本列於道術之林，漢魏間仙是否可學亦爲學者聚訟之點，晉《抱朴子》論之甚詳，葛洪本意則認爲成仙雖有命，但亦學而能至。由漢至晉佛徒亦莫不信修練無爲必能成佛也。實則如不能成佛，絕超凡入聖之路，則佛教根本失其作用。漢晉間釋氏主積學至聖，文證甚多。②

因乘歷史上大規模的民族交融機遇，南北朝大量佛典的翻譯文獻以及佛學思想，廣泛滲透中原，隨着統治階層對佛教的接納，信徒亦與日俱增。在佛教正式獲得受認接納的同時，對於成佛之路是

---

① 孫綽《喻道論》，《全上古三代秦漢三國六朝文》，全晉文卷62，頁1811。
② 《謝靈運〈辨宗論〉書後》，載《湯用彤學術論文集》，頁291。

否真可通接,成爲教内教外備受關注的論題。任繼愈先生概述南北朝佛學傳入情況便指出:

> 南北朝的攝論、地論等學派及《大乘起信論》等編譯、撰述的湧現……涉及人有無成佛的可能?……成佛是否有捷徑?有無佛國净土?如有,如何達到?①

可知對於聖人可成之思辨,在南北朝曾引起熱熾討論而成爲一股時代思潮。

此中佛學建立起成聖理想的關鍵,正在於提出衆生皆有佛性,爲聖凡創設共同的體道台階。"一切衆生皆有佛性"是《大般涅槃經》之要義,《大般涅槃經》分南北兩種譯本,北本由後涼天竺曇無讖所譯,較爲後出,是今傳的廣本;南本爲略本,由東晉釋法顯傳入天竺六卷本於京師後,於京中發動僧團進行大規模譯典工作而成,鳩摩羅什及其弟子釋僧叡俱悉此事,是以佛徒早於東晉時已注意"一切衆生皆有佛性"乃經中核心要義,遂廣爲宣傳。釋僧叡於《喻疑》載此譯經之事,便特別提及是語:

> 此經云:"泥洹不滅,佛有真我。一切衆生,皆有佛性。"皆有佛性,學得成佛。②

此見東晉以來佛性義早已流衍中土,並且滲透於弘法過程中。如簡文帝討論"袪練神明,則聖人可至"的佛學觀,便暗示衆生皆蘊藉成聖的智慧德性。無論廣本略本,皆倡言一切衆生皆有佛性,如先出的略本於《分別邪正品第十》云:

> 復有比丘廣説如來藏經,言一切衆生皆有佛性,在於身中

---

① 任繼愈《中國佛教史》(北京:中國社會科學出版社,1993),第3册,頁7。
② 載《出三藏記集》卷5,頁235。

無量煩惱悉除滅已,佛便明顯,除一闡提。①

又如卷六《問菩薩品第十七》云:

如世尊説:"一切眾生皆有佛性而無差別。"於此未了,且置眾生。②

佛性是如來"微密之性",也即如來的智慧德性。眾生皆具此智慧德性,凡將佛性開發顯現者,便可成佛。稍後譯出的北本《大般涅槃經》,同樣有"一切眾生悉有佛性"之語。③ 惟當北本尚未傳入以前,由於南本譯文隱晦,當時僧團遂以為眾生悉有佛性的概念,雖及凡夫,而特別排除了一闡提(Icchantika)。一闡提乃善根既斷且詆毀佛説者,南本《大般涅槃經》本謂一切眾生皆有佛性,除一闡提,故為成佛之例外。而與僧叡同樣師效鳩摩羅什的竺道生,則主張"阿闡提人皆得成佛",正是基於肯定一闡提亦具佛性。④ 後來北本傳入,經中明言一闡提亦可入菩提道:

一切眾生,悉有佛性,一闡提人,謗方等經、作五逆罪、犯四重禁,必當得成菩提之道。⑤

既可入道成佛,則説明一闡提亦具佛性,由此印證道生的觀點。道生本大乘教義,信眾生皆可成佛,因佛性乃成佛之必然基礎,即使一闡提亦不例外。實者據呂澂先生分析,廣略二本文義未嘗歧異:"二本均謂一闡提有佛性而不成佛,不可謂其有異也。……略廣二本,於涅槃要義,並無改動,皆明一切眾生皆有佛性,又明墮闡提數定不成佛也。古今人謂其差異者,乃譯文之晦而解有粗忽耳。"⑥

---

① 釋法顯譯《佛説大般泥洹經》卷4,《大正新修大藏經》第12冊,頁881中。
② 《佛説大般泥洹經》卷6,《大正新修大藏經》第12冊,頁895中。
③ 曇無讖譯《大般涅槃經・如來性品》云:"佛言:善男子,我者即是如來藏義。一切眾生悉有佛性,即是我義。"(《大般涅槃經》卷7,《大正新修大藏經》第12冊,頁405中)
④ 《高僧傳》卷7,頁256。
⑤ 《大般涅槃經》卷35,《大正新修大藏經》第12冊,頁574下。
⑥ 《呂澂大師講解經論》(新北:大千出版社,2012),《大般涅槃經正法分講要》,頁676-678。

所謂闡提數,即略本所言"懈怠懶惰,尸卧終日"。一闡提以及有情衆生之佛性,因暫時"爲諸煩惱之所覆蔽",故未能成佛。① 有此心即有此佛性,苟心仍在,則佛性自存,一旦煩惱消除净盡,不墮闡提數,佛性得以重見,便可發揮其用,超凡入聖。

由此觀之,佛性與善性蓋共同指向於德性之發展。佛家雖將佛性判爲染净善惡,而必趣向善净,爲衆生提供成佛之可能。吕澂先生釋佛性義,以爲佛性雖以染净善惡判,然而"此性實爲善净":

> 佛學以佛性之善净爲準則,謂有此心,即有此佛性。衆生於流轉一旦自覺,即趨於善净而不可已。②

此善净之性,正是成佛之根本質性。佛性與善性的另一相似點,亦正是在於其只提供衆生成佛的可能,而非衆生必然成佛的唯一條件。例如鳩摩羅什引入的中觀思想,便指出成佛尚需講求因緣的影響。涂艷秋先生解釋鳩摩羅什的成佛思想指出:

> 羅什所説的"復何爲不得皆作佛耶"(出自《大乘大義章》),不是認爲人人必定成佛,而是立基在緣起中,提供衆生成佛的可能性。
>
> 羅什的中觀學説强調一切都在動蕩不安當中。③

所謂動蕩不安,便是因緣的影響:

> 一切都在乎當事者所遇的因緣。如果得遇善緣,那就有成佛成菩薩的可能;如果不得善緣,不蒙佛化,那就與佛無緣了。④

---

① 《大般涅槃經・如來性品》舉觀月爲例,借月以解釋佛性:"譬如有人見月不現,皆言月没而作没想,而此月性實無没也。轉現他方彼處衆生復謂月出,而此月性實無出也。"月性猶如佛性,其暫不現者,因爲雲霧微塵所蔽障,一旦塵垢去盡,雲霧消散,則佛性猶可得見。蓋佛性未嘗去之。《大般涅槃經》卷9,《大正新修大藏經》第12册,頁416上。
② 吕澂《吕澂佛學論著選集》(濟南:齊魯書社,1991),卷1,《佛性義》,頁422—423。
③ 涂艷秋《鳩摩羅什般若思想在中國》(臺北:里仁書局,2006),頁314—315。
④ 涂艷秋《鳩摩羅什般若思想在中國》,頁314。

第二章 聖凡才性之思辨：關於主體之超凡入聖論

因緣是衆生皆有佛性的補充，强調緣的變動不定性，使成佛理論更爲嚴密。

然而因緣觀念並没有消弭成佛的信念，一切衆生皆有佛性的觀念，隨着《涅槃經》漢譯本的傳入，已盛行於南朝，而佛學於北朝的傳播，亦没有背離聖凡同質的觀點。於北朝傳禪法之菩提達磨，便開示聖凡同質的信念。其所提倡"藉教悟宗"的禪法，以"壁觀"或"坐觀"之法悟理，自覺聖智而入道。① 是以"捨妄歸真"而達至"無自無他"，甚至"無聖"的領悟，方是成聖境界。故達磨指出梁武帝大興造寺寫經之行，無涉佛性之開覺，而只屬於造福，雖有福報，而一己佛性卻不能由此清净塵累，要非成聖之途。② 由於與梁武帝的佛學意見不合，遂轉往北涼弘法，然其"捨妄歸真"的理念，同樣不離對聖凡共有本質的認同。"捨妄歸真"是達磨弟子曇林用以解釋達磨的禪法：

> 深信含生同一真性，但爲客塵妄覆，不能顯了。若也捨妄歸真，凝住壁觀，無自無他，凡聖等一堅住不移。③

此真性固亦如吕澂先生所指的，以善爲其必然之歸宿。基於含生同一真性，故聖凡等一而無别，如此在了盡客塵之際，俱同歸一致善净之境。如聖嚴法師謂達磨教人悟道的方法：

---

① 釋印順《中國禪宗史》(臺北：正聞出版社，1980)指出達磨的入道觀，是入菩提道，即由自覺而悟得聖智："達摩(即達磨)所傳授的，具體而明確。'入道'，是趣入菩提道；道是道路，方法。"頁11。

② 本覺編《釋氏通鑑》卷5載有梁武帝會見達磨一事："帝問曰：'朕即位以來，造寺寫經度僧，不可勝數，有何功德？'師曰：'並無功德'。帝曰：'何以並無功德？'師曰：'此但人天小果有漏之因，雖有非實。帝曰：'如何是真功德？'師曰：'净智妙圓，體自空寂，如是功德，不以世求。'帝問：'如何是聖諦第一義？'師曰：'廓然無聖'。帝曰：'對朕者誰？'師曰：'不識'。帝不省玄旨，師知機不契，十九日遂去梁，折蘆渡江。"《卍新纂續藏經》第76册，頁51中)達磨認爲真功德有助於清净自心，使佛性得以澄明照道，是以真功德在於修慧，而造寺寫經之善行，只在修福，故不屬於功德。

③ 菩提達磨《菩提達磨大師略辨大乘入道四行觀》，《卍新纂續藏經》第63册，頁1上。

　　　　由教理的認識而起深刻的信心，相信一切衆生，都同具一個真性，若能面壁修行，捨除妄想即歸真性，便會發現凡夫與聖人，原來沒有分別。①

禪法之真性義，與涅槃經佛性義的共通處，是皆主張聖凡具相同之本性，由此以肯定衆生皆可成佛的理念。於此又可顯見佛性義對於傳統性善義的重新提挈。南北朝論佛性，亦有發現佛性與善性相契者，可見於《弘明集》與《廣弘明集》收錄討論佛性的時文之中。其中明簡賅要者，爲沈約的《佛知不異衆生知義》。沈約爲劉勰的長輩，嘗參與捨身佈施的佛教活動。② 是文解釋衆生皆有之佛性，此佛性又是因善覺而得以開悟，其云：

　　　　佛者覺也，覺者知也。凡夫之與佛地，立善知惡，未始不同也。但佛地所知者，得善之正路；凡夫所知者，失善之邪路。凡夫得正路之知，與佛之知不異也，正謂以所善非善，故失正路耳。

　　　　故知凡夫之知與佛之知不異，由於所知之事異，知不異也。凡夫之所知，不謂所知非善，在於求善而至於不善。若積此求善之心，會得歸善之路，或得路則至于佛也。此衆生之爲佛性，寔在其知性常傳也。③

沈約解"佛性"爲"知性"，即是"立善知惡"之性，佛俗本同。知性同而未成佛，在於判斷行事，有"以所善非善"，以致雖有"求善之心"，最終弄巧反拙。此關事異，而不在佛性有差別。因此沈約認爲此"立善

---

① 釋聖嚴《禪的體驗》(臺北，1991)，頁58。
② 可見於其《捨身願流》一文，載釋道宣《廣弘明集》(上海：上海古籍出版社，1991)，卷28，頁334中下。捨身佈施是六朝貴族的修行功德方法，包含齋戒與奉獻自身物資予僧人，以報謝諸佛開悟佛慧之恩。沈約提及的捨身佈施，即包括齋戒與奉獻二者，其記事云："以大梁天監之八年，年次玄驂，日殷鳥，度夾鍾，紀月十八日，在於新所創蔣陵皇宅，請佛及僧髣髴祇樹，息心上士凡一百人。雖果謝菴園，飯非香國，而野粒山蔬可同屬饜；兼捨身資服用百有一十七種，微自捐撤，以奉現前衆僧"。(頁334下)
③ 《廣弘明集》卷22，頁262中。

知惡"之佛性既然常住不滅,一旦能入於正路,則仍可回歸善路而成佛。於此可見,沈約理解佛性,即以儒學中知善之本性爲基礎。

由此化解玄學在體道問題的困境,體道理念方得以實現於個體生命,繼續其以後與人文領域的融合發展。

第四節 《文心雕龍》的學聖思想

佛學以善淨之佛性義將善性重提,令聖人得以成爲凡俗學效的目標,爲不可企及的玄門,提供了踐履的希望。劉勰的立文思想提出徵聖的方向,其能學效的信念,亦來自與聖人有共同的本質,方能藉由聖文體識聖意。此共同本質,便是眾生總持之性。

一、回應"性與天道"不可得聞

劉勰將性復歸於總持義的用心,體現在兩方面:其一是對子貢言"夫子之言性與天道,不可得而聞"表達反對立場,其二是以性情一詞表達聖凡共持之本性。

"性與天道"於魏晉玄學討論中,是借以申述言不盡意以及聖人經驗不可言傳的觀點,故傾向於認同子貢之言。迄至南朝,佛門出於肯定眾生皆可成佛的信念,遂極力推翻子貢提出"性與天道"不可言傳之論斷,以消解對學聖聞道的衝擊。鄧師國光先生舉列《弘明集》中的《明佛論》、《神滅論》,指出佛徒爭辯子貢之言,蓋"梁初因護持佛法的需要而極受重視",劉勰在《文心雕龍》提出"聖人之情,見乎文章"、"文章可見,胡寧勿思"的言論,正由於"身處其時,標榜效法孔子,則必須強調'性與天道,可得而聞'"。[①] 此可見

---

① 鄧國光《經學義理》,《聖化貴文:〈文心雕龍・徵聖〉詮義》,頁272。

南朝對於"性與天道"的討論,仍爲佛學體道思想的潮流。

王弼肯定聖人文章的存在價值,卻因解性作分殊義,而無法衝破學聖的關口,終落入天人永隔的論斷中。而佛性義的引入,重現性之共同本質,爲劉勰的學聖思想提供了完善的基礎,於是藉由學聖人之練性而立文,乃可發展爲徵聖立言的核心思想,並將修性的觀念,重新契接於孔孟與揚子的善性義理當中。然而經歷了玄佛對至道本體與聖人內涵的新詮釋,道與聖的概念,在魏晉得到空前的哲學思想滲透,劉勰作爲僧團中的人物,要提出原道與徵聖的論題,則不能無視釋老所展開之複雜辯論,並須對於道與聖,作一合理之定位。此即明晰三大問題:一、所言之原道,是玄遠還是有名;二、所言之聖,是體無至虛還是有迹可尋;三、所言之學聖,是登峰造極還是雕琢情性。在《徵聖》中提出"天道難聞,猶或鑽仰,文章可見,胡寧勿思",便是回應性與天道是否可得而聞的時代主流論題。

劉勰既主聖之可徵,則對於性與天道之性,亦必重視其德性本質爲衆生共有,以圓滿體識天道的內在思想。是以於此思潮中,亦提出其肯定性與天道可得而聞的立場。子貢認爲孔子乃"天縱之將聖",是置先天禀受於積學至聖之上,主張"性與天道"並非學而可聞。此與董仲舒主張聖人之善性非凡夫可比及之思想相類。子貢親聆孔子聖教,作爲孔門六子,論斷無疑具有一定權威。可見不破子貢之論,非獨釋家學聖之途斷絕,劉勰的徵聖立言主張也無法實現。鄧師指出,劉勰化解子貢論斷的策略,沒有從抽象意義上申辯,而是以孔門最出色弟子顔淵的話語,顯照出子貢的學養未足。[①] 顔淵自述親聆孔子教益的感受云:

> 仰之彌高,鑽之彌堅。瞻之在前,忽焉在後。夫子循循然

---

① 鄧國光《經學義理》,《聖化貴文:〈文心雕龍·徵聖〉詮義》,頁270。

第二章 聖凡才性之思辨：關於主體之超凡入聖論

善誘人,博我以文,約我以禮,欲罷不能。①

顏子好學深思,最爲孔子稱道。《徵聖》化取其語,用以表出顏子之學爲上品：

> 天道難聞,猶或鑽仰;文章可見,胡寧勿思。若徵聖立言,則文其庶矣。

天道難聞,即使是聖人之文章也無法窮究,這是一直以來的共識。如《法言》云：

> 或問：聖人之經不可使易知與？曰：不可。天俄而可度,則其覆物也淺矣;地俄而可測,則其載物也薄矣。②

揚雄提出聖人之經不可使易知的見解,指出經所包羅的義理如天地廣大,不可淺度而盡見。由此觀之,子貢謂孔子之文章可見而道不可聞,是乃思究未深之淺見。顏子能處陋巷,一簞食、一瓢飲而不改其樂,相比於商賈出身的子貢,不單更能取得名士與奉佛者之信服,也是傳統以來學聖的典範。如《法言》稱道其學無止境：

> 有教立道,無止仲尼;有學術業,無止顏淵。③

學之關鍵不在聰穎愚魯,而在精毅無止,這是顏淵以身恭行的道理。

劉勰以顏淵的學聖態度爲標準,既是化解子貢的高明策略,也是憑藉自身修道經歷而作的取捨。子貢未深究孔子之教,已妄言性與天道不可得聞,於修行者而言,只是半途而廢的表現。《論語·雍也》正記載了孔子斥責冉求半途而廢一事：

---

① 《論語集釋》卷 17,頁 593—594。
② 《法言注·問神卷第五》,頁 107。
③ 《法言注·學行卷第一》,頁 24。

> 冉求曰："非不說子之道，力不足也。"子曰："力不足者，中道而廢。今女畫。"①

是知究學通達的精神毅力，縱然是孔門弟子，修行也各有參差。子貢未深思究學，其領悟孔子的體道精神，自然不及學無止境的顏淵。是以劉勰指出天道雖不易知，而不等同不可知，意在從積極意義上鼓勵鑽仰天道，義同乎簡文帝所謂"陶練之功尚不可誣"。

承認衆生有性與天道的可能，則此性便是從總持義上立論。然而劉勰於《文心雕龍》運用"性"一詞，並不純粹用於總持義，畢竟性義經歷魏晉六朝傾向分殊義的運用，已形成既定的應用內涵，尤其用諸文苑領域，才力成爲重要的討論內容，更影響性義朝分殊方向配合表述。歸納《文心雕龍》遣用"性"一詞，概有作者的才性、玄學追求之個性，以及萬物總持之共性三類，三者皆用"性"表達，說明劉勰對於魏晉以來的主流思想論題，既有深入的了解，亦由於因順論家的表達述語，在運用上出現不一致的內涵。舉如以性解釋自然萬物之情態，便一以性字包蓋總持與分殊兩面。如《通變》明白將性視作萬物生長之根本：

> 譬諸草木，根幹麗土而同性，臭味晞陽而異品矣。

此是從本體成化萬物的源頭上解釋性，屬於總持義。至於《情采》則用以言物種分異之特質：

> 夫水性虛而淪漪結，木體實而花萼振，文附質也。

又如《事類》云：

> 夫薑桂因地，辛在本性。

此所謂本性，實屬不同之物情，也即玄老之學所謂之個性、獨性。

---

① 《論語集釋》卷11，頁388。

第二章 聖凡才性之思辨：關於主體之超凡入聖論

如郭象論《莊子·駢拇》，以駢拇之駢，顯示出獨性，劉勰於《鎔裁》言駢拇，亦是從分殊義解之：

> 駢拇枝指，由侈於性；附贅懸肬，實侈於形。

"由侈於性"者，蓋謂"侈"爲駢拇之獨性。

　　觀乎《文心雕龍》運用性之分殊義，多見於創作論的篇什，此固與才力的分析内容有關。是以在文章才力的論述中，"性"又更多引申説明作者的性格，如《諧讔》稱"楚莊、齊威，性好隱語"，《練字》謂石建性慎，①皆屬於隨外在分殊性的表露。引申於文論中，表示作者先天不同的稟賦能力，也即人倫品藻觀念中分殊的才性。如《事類》借薑桂之獨性，以申論作者分殊的才力：

> 夫薑桂因地，辛在本性；文章由學，能在天資。才自内發，學以外成。

辛之本性，用以譬喻作者天資，也即生而稟之，蘊乎内中之才力，用以説明才力之不可移易。而學之作用，則在誘發内蘊之才。是處言學，旨在鼓勵博聞强記，未關學以成聖之論，但《事類》其後云"才爲盟主，學爲輔佐；主佐合德，文采必霸"，則透露了使學能導才性於成德之歸向，則文章便得深情與豐采，是立文之上乘，於此顯示對才力有善導的要求。至如《體性》，更明言"才性異區，文體繁詭"，於才力上言性分之不同，故有"因性以練才"之説，主張發揮個體獨具之才性。《才略》云：

> 才難然乎！性各異稟。

認爲由於才性之分殊，而難以建立一套文章才氣品鑒的標準。

　　由劉勰運用"性"一詞的情況可見，其文論中之言性，未涉德性

---

① 《練字》云："是以馬字缺畫，而石建懼死，雖云性慎，亦時重文也。"

範圍。是以單沿才性一路發揮文思,則士人難以實現徵聖、體道的理想。其於《明詩》便已透露文苑此一困境:

> 然詩有恒裁,思無定位,隨性適分,鮮能圓通。

隨性適分正從郭象適性義衍生,劉勰借作詩而指出,從分殊之性上立文,結果將同於郭象以分殊性爲生命終極意義,只備一體,能顯其獨性,卻無法領會至道。

雖然"性"一詞在魏晉已既定用於指述分殊物情,而不利於彰明其德性、善性的內涵,但劉勰的立文思想中,德性具有極其重要的份位。《原道》起首言文之偉大,因其生發於德,故是一顯證。其對於才性論有獨到的選擇,亦顯示出有意融和才德於文章撰作當中。漢魏時期才性論有同、異、離、合四家,①而《文心雕龍》特表賞識者,爲傅嘏之才性同論,《論說》云:

> 傅嘏、王粲,校練名理。詳觀蘭石(傅嘏字蘭石)之《才性》,仲宣之《去伐》,叔夜之辨聲,太初之《本玄》,輔嗣之兩《例》,平叔之二《論》,並師心獨見,鋒穎精密,蓋論之英也。

傅嘏之才性論今已佚亡,惟《魏書・傅嘏傳》略記其才性論之著名。② 至於其才性同之內容,略見於其與荀粲的一段對話中:

> (荀粲)常謂嘏、(夏侯)玄曰:"子等在世塗間,功名必勝我,但識劣我耳!"嘏難曰:"能盛功名者,識也。天下孰有本不足而末有餘者邪?"(後略)③

---

① 《世說新語校箋》劉孝標注云:"《魏志》曰:'會論才性同異,傳於世。'《四本》者,才性同、才性異、才性合、才性離也。尚書傅嘏論同,中書令李豐論異,侍郎鍾會論合,屯騎校尉王廣論離。文不多載。"(文學第四,頁106)
② 《三國志・魏書・傅嘏傳》云:"嘏常論才性同異,鍾會集而論之。"(卷21,頁627)裴松之注又引傅玄語:"《傅子》曰:嘏既達治好正,而有清理識要,好論才性,原本精微,尠能及之。"(頁628)
③ 見《三國志・魏書・荀彧傳》裴松之注引何劭《荀粲傳》,卷10,頁320。

王葆玹先生釋傅嘏之才性論謂：

> 傅嘏以識爲本，功爲末，認爲天下不存在"本不足而末有餘"的情況，意即識優則功盛，猶如性優則才優，乃是"四本"中的"才性同"説。①

王先生所謂性優則才優，是據傅嘏之説推論，以性爲本，以才爲末。由此可見，傅嘏將才、性二者俱推源於德，故主才性同之説。而以本爲德性，將才力視作附庸，顯示出以德爲中心的思想，則此才力，其中必有顯示德性的能力，此又近乎揚雄理解聖人之辭重德的制作觀念。劉勰特別表彰傅嘏才性同之論，正因其觀點尤重德性，與《文心雕龍》邁德樹聲的師聖目的，以及強調性情雕琢的立文要求有契合的地方。

二、重建性之善質超越涵義

佛家重視道德建設，故弘法中土，即着重提出佛性的開發。然而劉勰於《文心雕龍》並沒有鄭重恢復性之根本善德義，乃是考慮到"性"一詞已定向於分殊義發展，勉強以性重挽良知德性，結果可能造成表述的混亂。在此情況下，選擇運用相近詞彙，以組織觀念，在自成系統中重新發揚德性的意義，或更方便闡釋。

觀察《文心雕龍》有關德性的論述，集中於《原道》、《徵聖》、《宗經》之樞紐篇章，由論述天道、聖人，以及聖人文章，建構起立文體道的理念。劉勰的體道理念，以聖人爲先範，卻沒有隔開聖人與文家的距離。《徵聖》之所以強調聖人的文章有思索的空間，正在於聖文對於凡衆，有雕琢性情之作用。在《文心雕龍》不同的本子中，"性情"一詞亦有寫作"情性"者。觀乎前人運用之例，亦見互用的

---

① 王葆玹《正始玄學》，頁404。

情形。如《荀子》、《春秋繁露》、《論衡》皆是二詞俱見,義亦相近。本文基於論述之便,故遵習用之本,以"性情"爲論。

性情乃人生而禀具之質,先秦兩漢論性情者,或近於善惡之性,或近於欲念之情,意義不盡一致。如皇侃疏《論語·陽貨》謂:

> 情性之義,說者不同。①

是以亦不得不依定一家之説以爲論。據此可知,《文心雕龍》的情性義,當亦有所依止。查考應用情況,《原道》云"雕琢情性"、《徵聖》云"陶鑄性情"、《宗經》云"義既挺乎性情",其中"雕琢"、"陶鑄"、"挺"皆運用工匠制器的語境,用以比喻成器。② 故有學者據此認爲劉勰的性情義,來源於荀子及揚雄二家之説,③蓋《荀子·性惡》有云:

> 故陶人埏埴而爲器,然則器生於工人之僞,非故生於人之性也。④

揚雄《法言》則有"玉不彫,璵璠不作器"⑤之説,皆借匠人之功,以強調後天教育之重要作用。唯止乎譬喻上理解性情之義,不免自限於譬喻之場,而未盡察劉勰言性情之大旨。即便荀子與揚雄的

---

① 載《論語集釋》卷34,頁1181。
② 性情須待加工制作始能發揮其美好德性,與佛家以雲霧閉月譬喻善淨本性有所不同,衆生見性,是由卻盡遮蔽本性之染垢而顯見,故講求斷惑祛妄。概括言之,儒家求性之圓滿,在於發展,佛家則在於發現,二家求性方向雖有差異,而所觀本性,卻是共同指向美善。
③ 如蔡宗陽《劉勰文心雕龍與經學》(臺北:文史哲出版社,2007)從儒家經學體系解釋宗經觀念,便謂:"劉勰文原論之宗經觀,其遠源於荀子法聖宗經之思想,與揚雄'徵聖'之説,劉向、王充'宗經'之論。"(頁110)蔡先生所抽繹的是一條儒學的源流脈絡,自先秦至南朝歷長久時間,方才孕育出劉勰的宗經論,因此荀子在此中只能視作觀念遠源,而非謂其宗經觀等同於劉勰。張少康《先秦諸子的文藝觀》(上海:上海文藝出版社,1981)已指出先秦儒門言"道",各有不同理解,既然"不能把荀子之道和孔孟之道簡單地等同起來,也不能説荀子已經提出了後來儒家所講'原道'、'徵聖'、'宗經'的文學觀"。(頁141)
④ 《荀子集解》卷17,頁437。
⑤ 《法言注·寡見卷第七》,頁152。

觀點,亦不能視作一致。如前文所論,揚雄言琢玉,必須參考後句"言不文,典謨不作經",①由作經的層次,顯示出成器的程度,是以成聖爲追求。而荀子之陶埏,卻未及此旨。故從實現的層次上言之,揚雄的思想實承繼自孟子"人皆可以爲堯舜"的理想。惟孟子於實踐方面未有多論,而荀子則主張以聖人禮義之教"化性起僞",極重後天學養,故爲揚雄徵取以明積學成聖之重要。

事實上,從揚雄於《法言》的言論,亦可見其對孟、荀的不同態度。《吾子卷》云:

> 古者,楊墨塞路,孟子辭而闢之,廓如也。後之塞路者有矣,竊自比於孟子。②

於兩漢儒墨二家對峙的時期,揚雄以孟子爲榜樣,表明維護儒門的意志。而於《君子卷》提及荀子則謂:

> 或曰:孫卿非數家之書,侻也。至於子思、孟軻,詭哉!曰:吾於孫卿與?見同門而異户也。惟聖人爲不異。③

揚雄認爲荀子雖與孟子同出儒門,其思想卻已變易,故以"異"稱之。異乎儒門者,蓋亦關係對人性本質的理解。孟、荀論性之最大分歧,在於善惡之別。荀子之"化性起僞"觀,主張由後天聖人禮教而將惡性革去,明本性之不可長養。孟子言性善,主張誘發善端,無需更易本質。揚雄以善性爲聖人立文之根本條件,主張由學而發揚善端,並表以爲文,是進一步將孟子的性善論付諸實踐。

劉勰於《宗經》多番表達其宗經觀點與揚雄之相契,先是對於揚雄"言不文,典謨不作經"意藴之深識:

---

① 《法言注‧寡見卷第七》,頁152。
② 《法言注‧吾子卷第二》,頁45。
③ 《法言注‧君子卷第十二》,頁314。

> 揚子比雕玉以作器，謂《五經》之含文也。

此言其理解揚雄此句以"作經"爲核心用意，《五經》之所以爲經，在於獲得聖人運用表達德性之才，加以文飾之故。此因明白經之本質，實與聖同，以德爲根本，"性優則才優"，先有德而後有經，故由揚雄之比喻，而指出"文以行立，行以文傳"的觀點，先圓滿德行，而文方能蘊涵精神生命。文飾的水平，由德性之高下所影響，如《五經》之辭爲孔子表現德性之才所文飾。是以"建言修辭，鮮克宗《經》"者，要在指示聖人立文的目的，是要使典謨爲經，賦予文章德性的内涵。因此劉勰歸納孔子刊述經典之聖功，亦符合揚雄所提琢玉成器與文飾典誥二項内容。《原道》稱頌孔子之"鎔鈞六經"，在成德與成經兩方面貢獻：

> 雕琢情性，組織辭令。

《宗經》則謂其所刊述，亦是沿成德與成經的理念而爲：

> 義既挺乎性情，辭亦匠於文理。

由性情與文辭兩方面觀察聖人文章的心思與貢獻，明有得於揚雄的啓發。

觀乎劉勰對於揚雄聖人思想的深識，可推斷其所言性情之内涵，實屬於一種端正美善的德性本質。因此凡夫能藉由聖人之言教，而發揚其本質之端正美善，是謂"邁德樹聲，莫不師聖"。劉勰能在先秦兩漢論性的典籍中，發現揚雄極重善性的聖人論，誠出自其卓越的思想洞見。而此一重視德性的立文思想能夠上續於幾近式微之際，正由於佛家思想提振聖凡共有的成德本性，使其在講究才力的文論思潮中，能兼重德性。

《文心雕龍》雖只言徵聖而未觸及成聖的問題，而實際上徵聖的願力便是由體道成聖的終極追求所推動產生的。正如簡端良先

生分析聖是否可成的哲學命題,便從應然的立場提出了積極的解釋:

> 康德、儒家、佛學,聖人的"成"與"不成"不是問題,道德,才是關鍵所在,核心精神在於"敬而無間斷"、"永不停止的努力"、"終身受持而不退",永不間斷的道德實踐,就是所有宗教的終極旨意。①

簡先生所指的聖人不可成的思想系統,是指康德的宗教哲學,內容已超出本書的研究範圍,故不詳作交代。至於聖人可成的思想派系,則是指儒學與佛學。論旨雖然不涉魏晉六朝的聖人觀,但此段文字的重要意義,在於說明了以德爲聖人成立的元素的不同思想系統,無論是康德說明聖不可成,還是儒學與佛學認爲聖人可至,聖人作爲德性實踐的至極形範,則必有終極可至的境地。簡先生認爲影響聖可成與不可成的表述出現,只是由於以爲不可成者,"是置於時空之無限而言",②故終其一生不可能實現;以爲可成者,則"是超越時空之自覺",③是從永恒不捨的慧命進路上肯定。但無論如何,德性的精毅修持,乃是體道者所應持之以恒的方向。是故徵聖信念背後實潛藏成聖的宏願爲支持。

三、才性並重的立文體道觀

《文心雕龍》雖然強調徵聖、宗經之意義,卻沒有獨守聖言,尊推"敷讚聖旨"之注經文獻,更特於文苑中提出文章於體道之幫助,則又是出於兼顧魏晉以來士人對獨性的追求。在《序志》中,劉勰首先指出文家立文以實現超脫的觀念:

---

① 簡端良《聖境與佛境:康德與惠能的對話》(臺北:文津出版社,2008),頁238。
② 簡端良《聖境與佛境:康德與惠能的對話》,頁236。
③ 簡端良《聖境與佛境:康德與惠能的對話》,頁236。

> 夫宇宙綿邈,黎獻紛雜,拔萃出類,智術而已。歲月飄忽,性靈不居,騰聲飛實,制作而已。

卓拔超群的智術立文,指的正是文章才力。憑藉個人超卓的才力,使文章制作能穿越生命的斷限而流傳後世,這是曹丕《典論‧論文》提出的觀點:

> 蓋文章,經國之大業,不朽之盛事。年壽有時而盡,榮樂止乎其身,二者必至之常期,未若文章之無窮。是以古之作者,寄身於翰墨,見意於篇籍,不假良史之辭,不託飛馳之勢,而聲名自傳於後。①

劉勰肯定立文其中的動機爲顯示作者的才力"拔萃出類"、文章"騰聲飛實",顯然是因《文心雕龍》乃面向文學領域的專著,在標榜個體文章獨性的立文潮流中,作者冀望透過文章使"聲名自傳於後",可謂建安以來的共同理想,也是文家賴以追求永恒玄遠的方向。這種最高的追求,以個體才力實現,亦旨在顯示個體之獨異,是屬於玄學家開發的超脱式自我實現。而劉勰在肯定才力以後,接續又提出德性爲立文不可或缺之要務:

> 形同草木之脆,名踰金石之堅,是以君子處世,樹德建言,豈好辯哉,不得已也。

劉勰以"樹德建言"爲使作者"名踰金石之堅"的關鍵,觀點相同於《程器》主張文家應"有懿文德",達至"器用而兼文采",失德則會成爲文士之疵咎與瑕累。則文章的超越能力,蓋重在於德性。這反映出劉勰認爲文家的制作,不單端賴才力,更需要融貫德性於文章之中。如前所論,作家標榜獨性而獲得的超脱,其終不可能真正實

---

① 載郭紹虞主編《中國歷代文論選》(上海:上海古籍出版社,2001),第1冊,頁159。

現也不可能比聖體道。是以劉勰言文之永恒功能後,緊接着表達自己以孔子爲學效榜樣的心志。則其所追求不朽的制作,無疑是更着重於德性帶來的超越意義,亦唯德性方是可學效於孔子之本質。

劉勰將樹德建言融入於建安的文學理想,將立文的永恒義涵,提升至一份關懷生命與文明的功業,此實出於徵聖立文的信念。而劉勰強調追隨孔子以竟"樹德建言"之志,《文心雕龍》之作,無疑是其徵聖理想的親身演示。從本然與應然兩方面言之,人生於天地,乃本然如此之事。而將天地之生生理解爲一種大德,且顯豁其義理,則必待聖人之出。是以聖人出乎天地,乃應然之事。聖人對天地成物賦予的意義,是基於生命關懷。換言之,生命關懷是聖人之所以存在的根本原因,尤其儒學對於聖人出現的企盼,莫不出自關懷天下衆生的願念。如前所述,玄學的聖人觀,由追求一身之超脱爲立論點,最終導致生命關懷的逐漸失卻。此一缺失,終令聖人之形象與内涵,重新要求回歸於淑世的聖人觀念上,令聖人與萬物、與生民的生命重建聯繫。則此聖人既是獨體,卻又未嘗遠離天下。此可見獨性因其理念與方向的不同,而不以玄學超脱一路爲產生獨性追求的唯一思想,獨性亦不止於端賴玄學超脱義以實現。牟宗三先生解釋生命之"獨"義,從黑夜而及混沌的狀態説起:

> ……(在黄梅時節的雨夜)環境是這樣的不分明,不豁朗,一切差别俱隱藏於齊同一色之中。生命的靈活不安分總是想向外凸出,沖破這個齊同一色的混沌。這種沖破,即叫做"寂寞中見獨體"。①

魏晉士人求獨的想法,亦是產生於政局與生活混亂一片、無所安身

---

① 牟宗三《寂寞中的獨體》(北京:新星出版社,2005),頁97。

的時代。這種因混沌而產生的求獨需要,存在於不同時代、不同處境,以及不同生命,亦基此而形成出不同的獨體追求。牟先生歸納人類追求獨的層次有三,其中以"生命之道德方面的實踐與參贊"爲最高,①並奉孔子爲典範。此因孔子之成獨體,非求獨自超脫於天下,而是承擔起天下萬民的生命,在混沌黑暗的時代,帶來光明與體道的希望。其借取朱熹稱美孔子之功的詩句:"天不生仲尼,萬古如長夜",解釋孔子的獨性,是爲天地帶來文明建設之第一人。

劉勰於《文心雕龍》論及孔子,亦透露出"天不生仲尼,萬古如長夜"的獨性,《序志》謂:

> 自生人以來,未有如夫子者也。

孔子能獨立於古來生人者,正在於其建立文明之聖功,而爲體道諸聖中的獨者,《原道》云:

> 至夫子繼聖,獨秀前哲,鎔鈞《六經》,必金聲而玉振;雕琢情性,組織辭令,木鐸起而千里應,席珍流而萬世響,寫天地之輝光,曉生民之耳目矣。

"寫天地之輝光,曉生民之耳目",正是以文明德化照亮萬古長夜,使生民之生命亦同得安頓,由此其獨體亦與以後呈現文明的天地同得永恒。② 劉勰察識孔子之獨性,固未及乎安頓生命之永恒義,但卻已明確視孔子爲天地生民建立文明之第一人,其生命關懷,由此帶有與別不同的意義。這種由文化之功顯示的與別不同之淑世關懷,本乎孔子的德性與才力兩方面。才力使之能將周代鬱鬱乎

---

① 次之層次爲"生命之智慧方面的燭照與欣賞",最下爲"赤裸的生命之情欲方面的蠢動與沖破"。牟先生認爲此二層次皆非真正的獨體,原因在於没有徹底解決生命的不安。詳見《寂寞中的獨體》,頁99。

② 牟先生謂:"若能如孔子承當生命,則生命有了安頓,獨體永遠維繫於不墜。"(《寂寞中的獨體》,頁107)

第二章 聖凡才性之思辨：關於主體之超凡入聖論

文的特質用於明道理念，令典謨發揮體道的作用，是先聖所未有，而又發揚先聖明道之志。由此啓發於文章領域，將作者分殊的才力，結合總持的德性，便可由文章見其獨，亦由文章而入體道之域。劉勰選擇徵聖立言爲體道方向，正是發現文章能將才與性更圓融糅合。蓋文苑中，才與性的融合發揮，可使二者共同成爲徵聖與立文的基礎元素。

是以劉勰爲文家開設之徵聖觀，兼及性情陶練與個性表現，所謂"建言修辭，鮮克宗經"，是由於經是聖才提煉明道思想的語言文字，學習聖人文潤之關鍵，在於以陶練德性爲基礎，非在技法之上。謂聖文之可徵，在於論證天道可得而聞；謂徵聖而立言，是在透過言語使體道思想更加分明。而才與德的相配，不因會通而掩埋個性，故《徵聖》云：

> 徵之周孔，則文有師矣。

周公與孔子，除卻德高望重，亦是才力極高之聖。《論語·泰伯》載：

> 子曰："如有周公之才之美，使驕且吝，其餘不足觀也已。"[1]

由此可知周公才力之美。至於孔子之才力，王充嘗謂：

> 孔子，周世多力之人也，作《春秋》，刪《五經》，秘書微文，無所不定。[2]
> 材鴻莫過孔子。[3]

---

[1] 《論語集釋》卷16，頁535。
[2] 《論衡校釋》卷13，頁582。王充是處所言之力，明確爲才力。按《效力篇》開篇即云："《程才》、《量知》之篇，徒言知學，未言才力也。人有知學，則有力矣。"可知篇中所言"力"者，即才力之意。
[3] 《論衡校釋》卷30，頁1204。

孔子能刊述經典,又制作《春秋》,正因力足之助。王充之説法,乃本孔子而出。前引《論語·雍也》孔子言"力不足者,中道而廢",① 孔子以爲力足則有助於貫徹終始,不論體道還是表達道,皆須調動力量以應付。周公才美,孔子多力,故《徵聖》以二者爲典範。此中孔子所言之力,故是肇自血氣,並無分殊義。然而才力充足,則能兼善不同文體,如孔子因力多而成全豐富之作述。面對世文之變化,掌握不同的文章體性,秉充足才力,便可遊刃有餘。而孔子之於周公,其以文樹德明道,又多了一份自覺。故劉勰的徵聖精神根源於孔子,而徵效的對象,則兼及前聖,尤其包括才美的周公。

劉勰爲文苑所開設的體道空間,是由會融三教的思想而建立:其以儒佛之根本德性觀而肯定道之可體,聖之可徵,乃於自身傳統中尋求典型;於文苑重視才力的範域,建立才性兼融的立文之道,滿足玄佛於獨性尋求自我實現的體道追求。其徵聖立文思想,是經歷魏晉六朝聖人論、體道論,以着重融和的態度,開發出一種回應儒、釋、道在體道追求上的立文意念。

第五節　本章小結

本章從探析中國才性論的觀念源流演變,指出成聖觀念由兩漢重視才力,而至佛性引入使重接孟子善性的轉化,由此而使聖人之學產生由不可至轉向可至,由不可學轉向可學的根本變化。透過剖析孟子以來的體道論述,進一步説明劉勰能提出"徵聖立言"之可學可至體道觀念,乃經歷思想史自身對於體道的開探、困頓,最終借助外來文明的引入,方得以形成。

---

① 《論語集釋》卷11,頁388。

第二章　聖凡才性之思辨：關於主體之超凡入聖論

　　劉勰以道爲起首，從文的生發程序建立起文學的譜系，自道而下，即以聖人作爲人文的源頭，將《徵聖》置於《宗經》之前，反映對文學根源的察識，超越了以物質爲第一性的層次，而提升至以精神起源爲第一性，認爲經的存在意義，是由聖人之善性所賦予。

　　惟《文心雕龍》的體道思想，又非以"徵聖立言"一語盡詮其內蘊。劉勰的原道與徵聖的文學觀念，倘承認其賦予文之載道義，則可理解其立文觀，乃是於文藝領域，開設一道應合於文士的權教方便門。而徵聖立言，只屬於宏大的理念，其中精細之框架，仍須於《文心雕龍》的重要理論篇章，如樞紐五篇，以及創作論篇章中關於立文的思想元素中仔細研察，方得顯豁其論文與體道、徵聖思想之全貌。此亦是本書下篇着重處理的問題。

第三章　以禪修爲實踐的體道之學：
　　　　禪修原理與般若思想的傳介

體道觀念雖啓端自先秦，然而體道意志的觀念自生發之後，其內涵經歷開拓，以至於萌發出與聖凡同體至道的信念，此間實經歷漫長的思想醞釀過程。體道思想的產生基礎，是對本體的關注與探尋。對於本體的自覺鑽探，並將本體論發展成時代的共同思考焦點，以致蔚然成風，當是魏晉玄學的貢獻。其初衷本欲棲玄域以求個體生命之安頓，固然歸屬聖人之討論。湯用彤先生指出：

> 魏晉時代"一般思想"的中心問題爲："理想聖人之人格究竟應該怎樣？"①

然而基於玄學的聖人觀，基本上建立於天人永隔的本體觀之上，則關乎聖人人格的思究，實停留於本體論的層次，始終不足以發展出體道實踐的圓融期望，依然未能安頓個體精神對理想世界的追求。相形之下，佛學雖以超脫凡俗的形態紮根於中土，惟其對衆生的關懷，爲動盪時局中備受踐躪的生靈，提供了切實的保護與安頓。西晉成佛觀念傳入以後，中國的成聖思想，得以開放於普世衆生的關懷向度，與傳統仁義之道融爲一體。中土對於修行體道觀念，一向

---

① 《魏晉思想的發展》，載《湯用彤學術論文集》，頁 297。

第三章　以禪修爲實踐的體道之學：禪修原理與般若思想的傳介

較爲淡薄,因此普度衆生的共願,自然引發更嚴密深刻的思辨與反思,其結果是一種入世的情懷,普遍顯示於教行的修持。方光華先生指出佛家始終傾重的是對於衆生的現實關懷,而不是純粹本體論,並指出:"佛教建立之初是不談宇宙存在的本體的。"這正是在魏晉時代生態之中發展出來的思想勢態。在這勢態開發出的本體論,其核心不離於精神境界的共同超越。方先生舉出僧肇爲例,以其是深得般若空宗思想的代表人物,說明佛家對現實關懷的思想特點:

> (僧肇)指出所謂彼岸的真實存在即在衆生世界,是不離衆生世界而有佛國世界,它預示中國佛教的發展不可能是對佛國世界的純粹描述,而只能走如何立足於衆生世界,由衆生世界實現向佛國世界超越,也即如何從精神認識上超越有限,達到無限這樣的思路。[①]

於衆生世界中以精神超越而邁向佛國世界,便是超凡入聖的意思。超凡入聖作爲可實現的理想,反映出在理論與實踐兩方面有兼備開發的需要,方得以令體道之聖學,成爲一套既可自修、亦可傳授的學問。而此套學問的重心,更不在於神化,而是注重生命的實在證驗。

兩晉佛法興盛,有關體道成佛的論述頗盛,不盡一家。北地的鳩摩羅什傳入般若中觀,開展出偏重佛慧領悟的大乘成佛宗途,激宕起玄理思辨。與此同時,屬於說一切有部的阿毘曇學傳入以修行實踐爲方便的禪法,由於深契中土玄學家亟待實修方法的追求,亦成爲風行一時的顯學。聖凱先生分析魏晉時期毘曇學派的傳播情形指出,有部禪法是"在玄學的視野下,進入了中國佛教與社

[①] 方光華《中國古代本體思想史稿》(北京:中國社會科學出版社,2005),《玄、佛學與秦漢本體論的解體》,頁171。

會",原因有二,其一是修行形態的相似:

> 有部的禪法與玄學的"坐忘"有類似之處。①

其二是更能提供體道的方便:

> 有部的禪法契合於玄學的崇有派,而且比玄學更能提供"體道"、"證道"的具體方法,所以更具有吸引力。②

由是,由阿毘曇學傳入的禪法,因乘玄風流行而深爲中土修道者所接受。其中典型,便是吸收了安世高小乘禪數思想的釋道安,及其於廬山創立淨土社的弟子釋慧遠,二家突出以禪修實現體道成佛的理念,補足了中土體道學問之所缺。於此兩脈之中,道安一脈於思想場域的互動與滲透稍爲活躍,足以顯示其對中國體道思想的開拓作用。另一方面,晉代以來禪修活動快速而活躍地興起與傳播,又進一步深刻影響文藝思潮的生態發展。因此作爲當中禪修代表的道安,其體道論有必要正視,以顯示思想變化的因子。透過以道安的禪修思想爲觀察平臺,比照東晉新興起的禪學風尚,關注其理論及實踐的本土化生發情形,則對於此新興的成聖觀念,便可以獲得較爲客觀的觀測指標,由此爲劉勰《文心雕龍》徵聖立文觀念尋找出實在的思想形成基礎。

禪修是佛學中的一種修行觀念,本文強調其於徵聖立文思想的重要影響,是由於修行成聖是強調實踐證明的學問,相對於玄談開發的聖人論述,有更爲明確的旨歸。唐君毅先生指出,魏晉時期玄佛在根本精神態度上之出發點並不相同,原因正在修養工夫中顯示。唐先生説:

---

① 賴永海主編《中國佛教通史》(南京:江蘇人民出版社,2010),第三卷,頁263。注:聖凱先生爲第三卷撰稿人。
② 《中國佛教通史》,第三卷,頁264。

第三章 以禪修爲實踐的體道之學：禪修原理與般若思想的傳介

> 蓋玄學始於人與人之清談，而佛學始於個人之發心求覺悟。玄學可爲談玄而談玄，故不必有一套修養之工夫；佛家爲行證而求信解，即必有一套修養之工夫。緣是而玄學之論名理，恒未離"意言境"，佛家則必須由修養工夫，以歸於超"意言境"。①

以行證而求信解，是因信而證，乃宗教建立與發展所必須。信解是心的接受與服膺，要求對教理心悅誠服，不事言意的辨析，更注重心性的體認。信解透過自身德性的實踐，證明至善本體的存在，便是佛家所謂智慧的覺悟。這種由實修而自證的宗教信念，來自於印度早期的宗教傳統。聖嚴法師指出：

> 印度的古宗教和由古宗教產生的各派哲學思想，便是經由禪（Dhyāna）的修持方法而得到的成果。禪的修行生活，被視爲聖者所必經的過程。所以凡要切身體驗宗教生活，僅靠奉獻和祭祀是不夠的。一定要以全部生命過程中的某一個階段，作爲到森林裏去全心修行禪的方法。②

禪修不單爲聖者所必須經歷，而且是賴以成聖的活動：

> 解脫物欲塵累的煩惱，須靠禪的修行以產生智慧，一旦物欲塵累的煩惱豁然脫落之際，智慧自然顯現了，而被尊爲聖者了。③

佛法是以實行來增長智慧，使最終能悟徹解脫。因此眾生皆可成佛，是佛教面向普世所宣示的終極關懷，體現自度度眾的精神，肩負理所當然的淑世責任。宗教既以改善信眾心靈以止於至善，乃

---

① 唐君毅《中國哲學原論・導論篇》（北京：中國社會科學出版社，2005），頁 28。
② 釋聖嚴《禪的體驗》，頁 3—4。
③ 釋聖嚴《禪的體驗》，頁 4。

至信解教義爲責任,則其弘法工作固不止於清談,使之不自足於意言境之圓滿,而在意言境之外,自身能切實端履佛法。因而所建立一套修養工夫,爲眾生開示行證求信之道,乃佛家在中土弘法所必須處理的問題。而禪修的傳播、融會與定型,是中土佛門所建立的一套修養工夫的自覺進程。

從建立修養工夫此角度分析,徵聖立文作爲以實踐來自證的成聖學問,亦可視爲一套修養工夫。其成聖理想既由佛學的啓發而重現,則成聖理論與實行方式,亦可援引佛學的實修理論與思想而建構。禪學的傳入最早可上追於東漢桓帝安世高時候,歷兩晉西域、天竺禪師來華,並開翻譯、教習二路,復經中土僧侶汲取與發明,已逐漸孳育出中土禪修的基本形態。劉宋以後,則已爲學人移置於文藝領域再加開拓,爲劉勰資取於文苑鋪墊階藉。分水嶺所在,劉宋前之禪修,是中土學人的認識時期,劉宋以後則轉向不同領域的發揮運用,屬兩大不同導向的論題,有必要分設兩章展開專門論述。其中東晉慧遠兼涉二門,爲承轉之關鍵人物,故於二章皆佔篇幅,以顯示禪學由中土化延展至文藝領域,同出遠法師體道弘化之衷願。基此,本章分析兩晉的禪修觀念,剖析學人與僧人對於體道實踐的思想建構進程,以爲下文解讀《文心雕龍》透露的實踐論中的體道理想提供思想史基礎,是本章立旨所在。

第一節 東晉初期老莊式的禪修觀念與形態

一、禪典翻譯與觀念引進

基於在東傳初期,僧侶採取的弘佛方式,是以修行經驗與理論爲溝通平台,故此佛門中一種靜坐思慮的禪定修行觀念,也即早期

第三章 以禪修爲實踐的體道之學：禪修原理與般若思想的傳介

禪學,[1]便成爲弘法中的一支重要脈絡。

漢末至梁朝,一批東渡禪師將天竺及流衍於西域的禪學典籍與經驗引入,是此段佛學東傳於初始期的一大特色。忽滑谷快天先生概括此爲"師祖禪"時期：

> 東漢桓帝至梁武帝大約三百五十年,爲師祖禪勃興之準備時代。……方此時印度禪觀盛行,東來之學匠多稱禪師,於弘通禪觀賴有大力。[2]

其時傳入的禪觀,主要是禪修之學。惟禪修的內容既保留着印度的思想,亦有中印之間西域地區的佛學觀念。爲使受衆接納佛教,禪僧所傳播的內容,不純粹爲觀念與教義,既主張衆生皆可成佛,便當提供可以實在踐履的法門。聖嚴法師指出這是佛門爲配合其時中國道家修行觀而選擇的方向：

> 中國的道家,以煉丹的方法,增長人體的健康和長壽,佛教初傳中國,來自西域的僧侶,大多也將佛教所用的修行方法,譯出介紹給中國人,這是爲了事實上的需要,如不拿出於人身心有直接利益的方法,光是空講理論,不能滿足多數人的要求。[3]

出於引介實修方法的需要,有關禪修內容的禪典,便成爲僧侶傳譯的重要部分。引介的工作除卻譯典,更着重實踐方式,也即禪法的傳播與融入。

此時翻譯與傳播禪學的來華僧侶,從其國籍背景可見,並非全然或直接來自天竺,反而較多來自西域地區。西域指現今天山南

---

[1] 禪學之義在禪宗成立以前,並非指一特殊派系,而是"禪那"（dhyāna）,指靜息念慮之意。此時發展的禪修與禪學,與隋後的禪宗,雖有淵源,而分屬兩義。
[2] 忽滑谷快天《中國禪學思想史》（上海：上海古籍出版社,1994）,朱謙之譯,頁1。
[3] 釋聖嚴《禪的體驗》,頁49。

路各地，按蔥嶺爲界劃分，以西的佛敎國家有月氏、安息、康居、犍陀羅及罽賓，以東則有于闐、莎車、龜茲、疏勒及高昌等。① 來華僧侶有但知其來自西域而國籍不可考者，悉以西域代表國籍。在地理位置上，西域地處天竺與中土之間，較天竺更爲接近中土，故西域僧侶於中土活動者亦較天竺爲多。梁啓超與蔣維喬二位先生皆曾羅列上古來華僧侶的國籍，梁先生查考自後漢至南北朝間共五十三人，其中來自天竺，包括中天竺、北天竺及西天竺者合共僅佔十一人。② 蔣先生則考出漢晉時期外來僧侶凡五十九人，上起支婁迦讖，下迄鳩摩羅什，此中凡二百多年間，來自罽賓、西域者尤多，不少於天竺。③ 二家之查考結果皆可證明其時西域僧眾來華之盛貌。

因地理之故，天竺佛敎文明的傳播，其初先流行於西域，後始經絲綢之路而傳入中土。梁啓超先生指出：

> 以佛敎史的眼光觀之，則彼（指西域諸國）固我之先進國，而中印兩文明之結婚，彼乃爲最有力之寋侒也。④

是以中國早期認識的佛學，不論是思想觀念還是修行形式，乃至佛學典籍，皆與西域佛敎淵源密切。東漢桓帝年間先後來華的高僧安世高與支婁迦讖，皆是西域人，前者爲安息國王子，後者來自月氏。在東漢期間再度成立的鄯善王國，也即樓蘭王國，⑤佛敎極爲

---

① 梁啓超先生對於西域諸國佛敎輸入中國的地理位置皆有詳細考究，詳見其《中國佛敎研究史》（上海：三聯書店，1988）,《佛敎與西域》，頁135—154。
② 見梁啓超《中國佛敎研究史》，頁148—152。
③ 見蔣維喬《中國佛敎史》商務印書館1935年影印版，載《民國叢書》（上海：上海書店，1989）第8冊，卷1，頁4—7。蔣先生所收錄的外國僧侶名字，乃"特舉其名重而翻譯經典者"，誠如先生指出，此一簡單舉列，只能呈現出大概情況，"二百六七十年間，外人來華布敎者，實不盡於上列之數"。蓋當時僧侶翻譯的文本既多於目前所見，隨典籍湮沒者，固已不可考；至於記名者，因西域用同名者常有之，又名字的轉譯有異，故當中或有名異而實同爲一人，名同而實屬兩人的情況，年代久遠，史籍遺佚，已難考辨。
④ 梁啓超《中國佛敎研究史》，頁135—136。
⑤ 根據長澤和俊先生推斷，重新建立的鄯善王國其成立時間當介乎公元176—218年之間，載其《絲綢之路史研究》（天津：天津古籍出版社，1990）鍾美珠譯，《樓蘭王國史研究序說》，頁197。

第三章 以禪修爲實踐的體道之學：禪修原理與般若思想的傳介

盛行，在當地出土的佉盧文文書中，保存了以該國的公用語普拉克利特（Gandhari）語錄成的佛典。長澤和俊先生根據布拉夫（Brough, J.）的論證，若干初期的漢譯佛典，並非譯自梵文，而是譯自普拉克利特語，由此指出該批佛教文書，乃爲佛教東漸史的重要材料。① 從鄯善王國的例子可見，在佛教東傳的文明傳播史中，尚有由天竺傳至西域，復由不同西域地區傳播於漢地的複雜過程。自公元前二百六十年印度阿育王派使西域弘揚佛法，迄漢桓帝時期已歷三百載有餘，時至東漢，大乘佛學主要集中地爲天竺與于闐。而其時西域佛教，尤其小乘有部的發展，正處於隆盛時期。則此時傳入中土的佛學觀念與載籍，實爲大小乘混雜，且流派紛繁。

在佛學禪修傳播以前，中國的體道之學一方面着重名理的探究，同時在道家領域中，亦出現以成仙爲目的之修煉方術，直至佛學來華，亦未嘗中絕。蕭登福先生考查兩漢有關自力內修以求成仙的修煉術，歸納出六類：

> 不須依待外物之配合，自己憑内心之修鍊即可成仙者，其方式約有下數種：1. 恬淡無爲　2. 存思　3. 避穀　4. 導引　5. 禁呪　6. 食氣。②

其中存思、導引、食氣乃士人所甘爲而實踐於生活之中。這種原生中土的修煉方式，爲入華佛教提供方便之門。佛家出於令中土易於理解與認受的考慮，不論大乘還是小乘，在衆多禪法中，必然選擇與道家修煉有相契者進行傳播。例如存思修煉術，是由心中存想神仙之形象，達至與神明溝通、變化飛行的成仙境界。蕭先生指

---

① 見長澤和俊《絲綢之路史研究》，《樓蘭王國史研究序說》，頁 205, 213—214。又，長澤先生參考布拉夫教授的研究爲 Comments on Third-century Shan-shan and the History of Buddhism, BSOAS. XXVII. 3. 1965, pp. 582 - 612. 以及 The Gāndhārī Dharmapada, London, 1962, pp. 48 - 54.

② 蕭登福《先秦兩漢冥界及神仙思想探原》（臺北：文津出版社，1990），頁 442。

出,"存思"與佛家的"觀想"相近,①是以其後佛家在中土也興起觀想念佛的修行活動。此外,導引、吐納、食氣之煉術,也與禪修方式有相契之處,安世高傳入的"安般守意",原屬小乘上座部十念之一,便是由注重呼吸的控制,令精神思想集中的禪法。②呂澂先生分析安世高選擇引介安般守意的原因,在於:

> 中國的道家也講究吐納、食氣等養生之術,它很適合中國人的口味,所以他在翻譯時就突出地予以介紹。③

至於支婁迦讖所傳播的大乘"般若",亦兼重理論與實踐,所譯《般舟三昧經》言念佛三昧,是藉由修般若智慧而實現定中見佛的境界,另譯《首楞嚴三昧經》則言透過禪定而獲得的神足力量,是爲度化衆生的方便門。這種具有神異色彩的禪修,亦見於後來西晉竺法護所譯的《普曜經》當中。是經成於永嘉二年(308),④緣其內容圍繞佛陀在禪修中由發願而施展各種各樣神通,故唐代又譯名《大遊戲經》。神通遊戲是佛門禪修的內容,竺法護翻譯此典,也是考慮當中的禪定神通,與道家神仙修行有通解之處。

神通(abhijñā)來源自印度修行觀,後爲佛家所取用。神通所指的是六種智慧境界,都是強調超越形骸阻限的意念力,以作爲自度度衆的方便門。而以神通普度的典範,本來取範於佛陀,既是化度衆生的方便門,也由是增加成佛的行動力。《普曜經》記述的是佛陀修行成佛的經歷,當中明載其於立志成佛時,發下了四十二願,練得神通即是其一。神通包括神足通、天眼通、天耳通、他心

---

① 蕭登福《先秦兩漢冥界及神仙思想探原》,頁420。
② 如釋道安於《安般注序》云:"安般者,出入也。"出入即吐納之法。道安稱"安般寄息以成守",說明安般守意者,乃以吐納幫助精神專注,不使意念妄起,由此進入禪定,專思寂想。(《出三藏記集》卷6,頁244—245)
③ 呂澂《中國佛學源流略論》(臺北:大千出版社,2003),頁45。
④ 《普曜經記》云:"《普曜經》,永嘉二年,太歲在戊辰,五月,本齊菩薩沙門法護在天水寺手報胡本,口宣晉言。時筆受者沙門康殊、帛法炬。"(《出三藏記集》卷7,頁267)

通、宿命通與漏盡通,前五通凡夫皆可學而至,而漏盡通則唯聖人方能具足,是化盡煩惱欲念,使獲得解脫的神通。因此,唯大乘之佛陀、小乘之阿羅漢,即修行成聖者所發動的神通,方稱圓滿和永恒。

神通較爲中土凡衆所熟知,且較多出現於佛典故事者,是神足通與天眼通。傳譯於後秦的《舍利弗阿毘曇論》,便早有六神通的描述,神足通是指能"近處遠處牆壁山崖,通達無礙如虛空。結加趺坐,往來空中如飛鳥",①天眼通則指"智生天眼,清淨過人",②能見衆生的因果報應。兩者表現的是修行者内外皆免於束縛的境界,在面對物質世界時,能使物隨心轉。而天眼通更與首楞嚴(健行)三昧的形態相似。

修煉神通的目的,乃爲以神力普度衆生,而一己借神通度衆,亦是邁向自度之境,西晉無羅叉譯《放光般若經》便明言神通之用:

  菩薩不住神通,不能爲衆生説法。譬如衆鳥,無有翅者,不能高翔。菩薩如是,不住神通者,亦不能爲衆生説法。是故菩薩行般若波羅蜜當學神通,已得神通便能祐利一切衆生。③

後秦鳩摩羅什所出的《摩訶般若波羅蜜經》,是《放光般若經》另一漢文譯本,亦作如是翻譯:

  菩薩摩訶薩行般若波羅蜜時,住神通波羅蜜中,爲衆生作利益。……應起諸神通已,若欲饒益衆生,隨意能益。④

普度衆生既作爲修行成佛所必遵之軌儀,但在未得成佛時,由於形

---

① 曇摩耶舍、曇摩崛多等譯《舍利弗阿毘曇論》卷10,《大正新修大藏經》第28册,頁596下。
② 《舍利弗阿毘曇論》卷10,《大正新修大藏經》第28册,頁597上。
③ 無羅叉譯《放光般若經》卷19,《大正新修大藏經》第8册,頁137下。
④ 鳩摩羅什譯《摩訶般若波羅蜜經》卷26,《大正新修大藏經》第8册,頁410下。

骸所限,無法隨意饒益衆生,神通於此中便成爲菩薩、羅漢"净佛國土,成就衆生"①的方便門。因此,神通在佛門之中,有其自度度衆、福慧雙修的目的,而非不可思議的現象。

六神通超乎尋常的能力,成爲佛門禪修的重要内容,自漢末隨佛教東漸而傳入中土。因其炫人耳目之表現形態,引起外道者之質疑或嚮慕,兩種態度莫不忽略了其悲智雙運的宏願。吕澂先生指出:

> 當時一般人對於佛教譯籍很難通讀,而且佛教又被人當作方術來看待,像把黄老道家看成是道術一樣,從而把佛視爲神,尊重他而稱贊他的神通變化,加上禪法也有神通的作用,這就使人們在探討大乘理論方面受到了一些限制。②

這種適得其反的效果,促使傳播修行的策略,在不放棄與玄老思想契接,以求獲取玄老之學的名士接納的前提下,着意剝落神秘色彩,使其時修行方式,雖傾向於佛老相雜的形態,卻又與中土崇尚玄談以及於自然環境中活動的風氣緊密融合。

二、禪修空間往傳統名山的延伸

禪修學問得以融入於中土學術世界,除卻禪典的選譯採取遷就中土内容的高明策略外,修行場所及其模式的因順折衷,自身不斷調整與變化,實在是重要原因。東晉時期佛寺的廣泛興建,部分僧侣已嘗試將西域佛教傳統派衍於中國土地上。佛寺位址,往往選擇傳統共認的神山或名山,透露重視文化融入的傳道策略。更重要的是僧團中人深潛的鄉土情結,每透過寺廟的選址而體現出來。生活上的頻密接觸,進一步消弭種族的藩籬意識,融入中土的

---

① 《摩訶般若波羅蜜經》卷26,《大正新修大藏經》第8册,頁411上。
② 吕澂《中國佛學源流略論》,頁46—47。

生活世界,已經是勢所必然。參與名士團體活動的僧人,爲數不少是祖輩已定居長安的西域人。漢魏時期的西域地區,位處天山之南、崑崙山之北的塔里木盆地。自東漢末祚起,西域來華者不絶,桓帝年間更有大批月氏商旅於中國落地生根,部分更能熟知中土文化。僧團興建佛寺,選址於神山,實有參照道家修行活動的因素在其中。畢竟以神山名山爲活動場所的風尚,是由其開始。這就有了玄學的潛在影響。徐復觀先生指出魏晉玄學,發展至以莊子學説爲中心之後,才開始將自然山水視作安頓生命的歸處:

> 自竹林名士開始,玄學實以《莊子》爲中心。……莊子對世俗感到沉濁而要求超越於世俗之上的思想,會於不知不覺之中,使人要求超越人間世而歸向自然,並主動地去追尋自然。他的物化精神,可賦與自然以人格化,亦可賦與人格以自然化。這樣便可以使人進一步想在自然中——山水中,安頓自己的生命。①

這些以山林爲代表的自然,表現着至道在物質世界的呈現形態。無論是將人格賦予自然化,或是賦予自然以人格化,皆爲拉近人與自然的關係,將自然視作終極歸屬。王弼認爲人與萬物皆有自然之性,一動一静亦本自然而不妄然。郭象以爲物之性分皆從自然,均是賦予人格以自然化,人由此而能體現自然,復於自然中求得人生的安頓,是追尋至道本源的時代意志。這是莊子思想在魏晉玄學中產生的影響。

魏晉士人追求的玄遠世界,是解脱一切物質,憑藉精神意志以邁進。這一咫尺玄門,遠離世俗,使人虚静而寡欲,莊子所謂的"廣漠之野"、"藐姑射之山",便爲玄遠世界的模樣,提供了自然山水的

---

① 徐復觀《中國藝術精神》(臺北:學生書局,1992),第四章"魏晉玄學與山水畫的興起",頁 225—232。

形象指引。於是修道之士乃開闢出以山林爲修行場所的思維定向。將生命寄託於代表至道本體的自然方域的理念,與佛教提倡於自然天地中開悟智慧解脫,有着相同的修行環境要求,由此更吸引了原有道學根基的士人,以玄入佛,或是採取兼容的態度,接納佛學成佛修行的思想傳播,於是產生出佛道相雜的體道修行方式。在僧人的參與和帶領下,學佛活動除卻在佛寺中進行,也着重個人的禪定修行。於是,一種以道家遊仙式的禪修形態,便在此新的山林空間拓展,這無疑是佛道兼融者所尋索的成聖勝景。

倘若理解到士人在玄學世界追尋終極超脫,卻又自限於聖門之外的困惑,則以傳統場地或模式進行禪修,實際上並非是對遁入空門的絕對虔誠,而是懷抱着對成聖希望的企盼,依托佛家的禪修一路來實現。

1. 山水間開展的禪思活動

本章選取東晉初年孫綽爲士人而接受佛學禪修爲說明範例,乃考慮其由道入佛的典型背景,兼之着重修行實踐,有別於玄談空論之士。孫綽在《遂初賦》序中,曾透露其向來傾慕道家思想:

> 余少慕老莊之道,仰其風流久矣。卻感於陵賢妻之言,悵然悟之,乃經始東山,建五畝之宅,帶長阜,倚茂林,孰與坐華幕擊鐘鼓者,同年而言語其樂哉!①

孫綽雖自叙從小深好道家,年輕時欣羨當時所尚的老莊風流。但於序中主要表達的,卻是接受佛家思想的心態轉向。序中"經始東山"句,化用左思《招隱詩》"經始東山廬"之意,表達遁隱山林的意向。這種隱逸的生活,與當時名僧支遁在《上書告辭哀帝》中"野逸東山,與世異榮,菜蔬長阜,漱流清壑。襤褸畢世,絶窺皇階",②情

---

① 《全上古三代秦漢三國六朝文》,全晉文卷61,頁1807。
② 《全上古三代秦漢三國六朝文》,全晉文卷157,頁2365。

況甚爲相似。支遁雖然皈依，但是以老莊之學入佛爲著名，宣揚其時流行的般若思想。早年在東山弘法，後蒙詔入京講佛，三年後因求請辭歸返，乃作是書陳情。對照現今僅存的作品《大小品對比要抄序》，可知支遁並不排斥小乘，不是一味恪守經言與宗派的原教主義作風，而是更注重意趣。

　　支遁的弘法策略，主要是融入於俗世士人的活動，參與玄談，在過程中演繹及傳播佛理。支遁弘揚大乘般若思想，乃因般若性空的理論內涵，與玄學之談無有的問題，意趣相通，故備受學佛之名士所接受。僧人藉由談玄理以弘法，這種宣教的策略，在魏晉頗見流行。《世說新語》多所記錄名士與僧侶之交誼活動，其中固因部分漢僧與學人有相近的文化與學理背景；另一原因，則在於此時佛教的傳教策略的操作情況。基於其時佛典翻譯的質與量均未完備，在中國知識階層的發展受到限制，難以沿用純粹佛學一路闡釋成佛義理，故有必要運用權宜的方式，迎合玄談的思想，減輕中土名士由排他意識產生的障礙，以助解釋與弘布教義。呂澂先生指出：

> 由於佛學當時還不能獨立，必須資取玄學家的議論，因而般若學說必然與玄學說接近。當時幾位名僧都與名士有往來，清談學問，名僧，名士，往往並稱。①

如前章言支遁就郭象適性論而提出的性分尚需言德性的問題，便是僧人參與玄談的結果之一。而支遁除卻在玄談中傳播佛理，也引介禪修的法門，是將玄佛由空談延展爲實踐修行的重要人物。

　　支遁在京師與會稽等精英薈萃之地，結交談玄名士，孫綽便是其在京時所結識的文化人物。《世說新語・文學》載支遁在京與一

---

① 呂澂《中國佛學源流略論》，頁68。

北來道人"於瓦官寺,講《小品》"時,參與者衆多,其中"竺法深、孫興公悉共聽",①顯示二人此時經已認識。由此看來,二人所表示的歸隱東山的期許,實在不是巧合。從支遁在東山的弘法活動及其禪修生活觀察,孫綽在《遂初賦》序中追求的隱居生活,便顯示受到支遁禪學觀念的影響,從而出現"經始東山"的自叙,無疑是其學佛禪修歷程開始的實録。

先就地理位置觀察,東山與天台山、四明山、會稽山同坐落於吴越,是著名的修行與遊仙場所。孫綽在《遊天台山賦》起筆引介天台山說:

> 天台山者,蓋山嶽之神秀者也。涉海則有方丈蓬萊,登陸則有四明天台。皆玄聖之所遊化,靈仙之所窟宅。②

二山被認爲向有玄聖、靈仙遊化與棲隱,顯示其藴藏神秀與靈氣,是遊仙者的共識。東晉名僧傳道,往往選址於會稽名山。蕭馳先生究其起因,指出庾冰的排佛活動是關鍵:

> (庾冰)代帝作詔書謂佛教"矯形骸,違常務","遠慕芒昧,依稀未分,棄禮於一朝,廢教於當世"(《弘明集》卷十二)。而最終則體現了不同於印度大乘的特點:更强調遁入山林的自度之路和隨緣接衆、應機説法。③

在統治階級的排斥之下,僧侶乃易於偏處弘法。另一方面,會稽因山水秀美,又多峻巖幽壑,在晉代經已成爲白衣道士隱居遊仙之集中地。《世説新語》言語卷嘗載顧愷之對會稽山水的讚嘆:

> 顧長康(愷之)從會稽還,人問山川之美,顧云:"千巖競

---

① 《世説新語校箋》,文學第四,頁119。
② 李善注《文選》(上海:上海古籍出版社,1986),卷11,頁494。
③ 蕭馳《佛法與詩境》(北京:中華書局,2005),頁26。並參楊惠南《禪史與禪思》(臺北:東大圖書公司,1995),頁9—10。

第三章 以禪修爲實踐的體道之學：禪修原理與般若思想的傳介

秀,萬壑爭流。"①

山水之幽秀,既吸引摹山範水的畫者前往取材,亦使有意將生命寄託於自然的隱者,流連自適於林泉巖岫之間。因地利之便,會稽一帶名山的隱士,遂成爲僧人交流傳道的主要對象。於此可見,因緣於共同的活動場地與相契的談論內容,既爲玄佛交流提供平台,②也爲體道思想的發展提供了必要條件。其時聞道者已多精湛道學,又多好遊名山的風氣,於是晉初玄佛修行與交流的場所,便已自會稽而涉足至天台、四明、廬山等素有美稱的名山。但這並非說在名山修行必然有所得。修行高低,並不由山之名氣決定。如同顏回,雖處陋巷而爲七十子中德性至高。加上考慮行山的難度,天台、四明一類大山雖令人神往,而主要的活動場所,依然是圍繞於鄰近天台山的東山一帶。劉果宗先生在《支道林與南朝清談學》便指出：

> 從各種文獻推考,東晉時之會稽東山一帶,實爲諸清談名士共集之中心地。而支道林遊化江左三十餘年,隱爲諸名士之首領。③

東山在東晉時期是名士與僧人交往的重要場地,其中有交通上的考慮。晉初除孫綽外,謝安也是人所共知隱居於東山的名士。而支遁便曾經有一段長時間在東山弘法和遊放山水。東山正是作爲名士與僧人活動的共同空間,爲弘法與遊放山水兩種看似無關的活動,提供了銜接融和的契機。彼此在共同遊放山水的過程中,討論和交流玄佛觀念,於是山林成爲道場,一種以自然山林爲禪修空

---

① 《世說新語校箋》,言語第二,頁81。
② 湯用彤指出:"沙門居山林,絕俗務,不但義學與玄理相通,即其行事亦名士所仰慕,故晉世佛法大行。"《言意之辨》,載《湯用彤學術論文集》,頁227)
③ 載劉果宗《竺道生之研究》(臺北：文津出版社有限公司,2003),頁171。

間的修行方式,亦由此出現。這種禪修應合中土名士的生活風尚,開發出以道入佛的弘法策略,而當時名士對於這種弘法活動,亦頗樂於接受。

羅宗強先生從政治社會環境分析兩晉士人心態的差異,指出在漢末至劉宋之際,士人心態經歷反覆變動。時局政權的荒亂與陰謀詭詐,使志身家國之情懷理想幻滅,轉向於自全與偏安,傾重抒發個人內在的需求。由此先後產生出兩種極端的情態:縱情聲色與尋求玄遠超脫。南渡之後,經歷國破家亡,士人擺脫西晉時候放蕩縱欲的趣味,轉而尋求瀟灑飄逸的旨趣,追求寧靜高雅人生的願念更爲明確而強烈,玄談哲思在圓滿精神世界的追求中,乃得到廣泛的接納與開拓。[1] 這是政治社會背景對士風的影響。而在文化活動方面,弘法活動的傳入,正配合了士人的精神追求,促成了當時士人在放蕩縱欲與追求寧靜二者間,作出正向的選擇。在山林間展開的弘法活動,與玄學固有討論環境極爲和諧地融合,締造了士人與僧侶在名山間發展出修行體道的思想內涵。唐君毅先生指出,玄學未涉佛學前的清談,其內涵不足以發展出陶鑄性情的學問,正因不離言意之辯的範圍,未能進一步落實成爲經驗和修養工夫。故所探究的種種名理,"提起則有,放下則無","一不提起,則可還同於常人":

> 徒直就名理言意以觀,則名理言意將只能相生無已,清談即將永止無談,戲論即永不可絕,而亦永不能有實際上之修養工夫。此乃單純之玄學遜於佛學處。而道家思想之發展,必至道教之有實際上之雙修性命之工夫,乃可與佛教相抗,亦正以是故也。[2]

---

[1] 羅宗強《玄學與魏晉士人心態》(杭州:浙江人民出版社,1991),頁359—370。
[2] 唐君毅《中國哲學原論・導論篇》,頁31。

第三章 以禪修爲實踐的體道之學：禪修原理與般若思想的傳介

曹魏時期何晏等士大夫放縱遊談宴樂的生活，多少是由不涉佛理的單純玄學所促成，是無法關涉清談者生命意義的典型例子。① 劉勰稱"何晏之徒，率多浮淺"，是據其人的生命內涵而論其文的高下。湯用彤先生以爲魏晉玄談，"其宗旨固未嘗致力於無用之言，而與人生了無關係。清談向非空論，玄學亦有其受用"，②這種超越名理，"旨在得意，自指心神之超然無累"的追求，③已是在言意之辨以後，續受修持觀念影響的結果。

在玄談與佛理接觸之後，呈現的是另一種情態。東晉時期，士人處於山林修持的時代氛圍中，頗接受僧人的説法，對於衆生皆可成佛的體道理念，自然地滲透進思想的世界。佛學提倡的修養工夫，在兩晉之際一直誘發追尋玄遠的士人轉投於山水之間，從而更深一層地張開關乎生命意義的反思，再不是徘徊於空論。其時道家固已開發出於山林修行的活動，惟皆未發展成集體自覺與集體活動之態勢。而僧侣參與清談及帶領士人集體修道的動向，卻體現出相資相輔的共同體道意願。如此則士人雖未放棄獨性的追求，卻同時重視由修行而進入玄遠至道境界。故東晉玄風，亦一轉而開出清净照哲的氛圍。

於此亦可反映出士人心態與討論本體内容之間的内在關聯。自魏世至西晉，玄學的本體論集中於對玄遠世界的描述，此時的本體論雖不乏討論道與人的關係，卻傾向本體質性的探究，視契道爲本然之存有，最終歸結於放達任性、不學不修的消極取向，實未進入體道的内涵。至於東晉士人頗爲接受佛學，也接納衆生含具佛性的道理，推動探尋下學上達的修行門徑。故其時關乎本體之思

---

① 三國時期專政之士大夫，如何晏、馬融、孔融之輩，由於田産豐富，經濟生活優裕，遂帶動遊談宴樂之風。由此造成士大夫於清談時超逸玄遠，於生活層面則庸俗放縱的落差現象。詳參余英時《中國知識階層史論》，《漢晉之際士之新自覺與新思潮》，頁258—262。
② 《言意之辨》，載《湯用彤學術論文集》，頁226。
③ 《言意之辨》，載《湯用彤學術論文集》，頁227。

辨轉向體道的實踐,關注生命之體驗與親證,並以佛學之觀念爲開拓的基礎。湯用彤先生指出西晉開始流行的般若研究,其中闡明真俗二諦之關係,以及法身的義涵,不僅"討論聖人'人格'的問題,而同時爲'本體論'的追究,佛學給予玄學很豐富的材料,很深厚的理論基礎"。① 說明佛學爲玄學所提供的思想啓示,涵蓋本體與體道兩大方面,由此誘導出中土本體論中嶄新的體道精神。

兩晉玄風並非鐵板一塊,因學術生態的轉變,而實各有所重。概括言之,乃本體與體道之別。因此徵聖思想的形成,從思想脈絡上看,乃經歷兩晉之間由本體至體道方向的轉變,而後始得大行於宋齊之世。僧侶向士人傳播修行之內容,於思想史上實爲體道觀念之發軔。

審察支遁傳播的修道觀,其以弘法爲目的,而講集與實修兼傳。講集方面,支遁在會稽剡山的沃洲小嶺造寺行道,"衆僧百餘,常隨稟學",借以集結當地的名士與僧侶,廣傳佛法。考慮到應合名士遊放山水的好尚,支遁亦參與他們的交誼活動。《晉書・王羲之傳》載:

> 會稽有佳山水,名士多居之,謝安未仕時亦居焉。孫綽、李充、許詢、支遁等皆以文義冠世,並築室東土,與羲之同好。②

築室東土的目的,是爲向當時名士傳播佛學思想,建立交流場所。其時學佛有佛經解讀與禪修體悟兩方面,學習場所不局限於佛寺或山林,是佛學融入中國的應變策略。《高僧傳・支道林傳》稱支遁"善文學,有詩才",與當時名士王洽、劉恢、殷浩、許詢、孫綽、桓顏表、王敬仁、何次道、王文度、謝長遐、袁彥伯等"並一代名流,皆

---

① 《魏晉思想的發展》,載《湯用彤學術論文集》,頁303。
② 房玄齡等撰《晉書》(北京:中華書局,1982),卷80,頁2098—2099。

著塵外之狎"。① 永和九年,孫綽與王羲之等名士於陰山蘭亭修禊,支遁亦是參與者。這些士人大多膺服其佛慧,常聆聽其解説義理,《世説新語·文學》載:

> 支道林,許掾(詢)諸人共在會稽王齋頭(簡文),支爲法師,許爲都講。支通一義,四坐莫不厭心;許送一難,衆人莫不抃舞。②

此可見支遁與士人於山林之間的交誼,不離佛法這關鍵。這種義理的交匯,固有助清談玄理,而此中身心的調整與佛慧的開拓,實已醖釀在静坐禪思的過程之中。

至於實修方面,支遁在《八關齋會詩》序文中便記載了結集道士白衣進行八關齋戒的修行活動:

> 間與何驃騎期,當爲合八關齋。以十月二十二日集同意者,在吴縣土山墓下,三日清晨爲齋始。道士白衣凡二十四人,清和肅穆,莫不静暢。至四日朝,衆賢各去。余既樂野室之寂,又有掘藥之懷,遂便獨住,於是乃揮手送歸。有望路之想,静拱虚房,悟外身之真。登山採藥,集巖水之娛,遂援筆染翰,以慰二三之静。③

八關齋是佛陀爲在家信衆開示的一套長養善根佛性的方便門,使善信能在家學習出家生活,在東晉時期譯出的大小乘佛典中,皆有載述。東晉瞿曇僧伽提婆所譯的小乘佛典《增壹阿含經》,④即載述佛陀開示八關齋法大義的文字:

---

① 《高僧傳》卷4,頁159。
② 《世説新語校箋》,文學第四,頁123—124。
③ 《廣弘明集》卷30,頁362下。
④ 《增壹阿含經》屬於佛教較爲早期的小乘典籍,但近代學者發現其中有大乘佛教的思想。

若有善男子、善女人，欲持八關齋離諸苦者，得善處者；欲得盡諸漏入涅槃城者，當求方便，成此八關齋法。所以然者，天上快樂不可稱計。……欲求無上之福者，當求方便，成此齋法。……吾今成佛由其持戒。五戒、十善，無願不獲。諸比丘，若欲成其道者，當作是學。①

至於鳩摩羅什譯的大乘典籍《大智度論》，則記載於六齋日受持八關齋戒：

　　何以故六齋日受八戒、修福德？答曰：是日惡鬼逐人，欲奪人命，疾病、凶衰，令人不吉。是故劫初聖人教人持齋，修善、作福，以避凶衰。是時，齋法不受八戒，直以一日不食爲齋。後佛出世，教語之言："汝當一日一夜，如諸佛持八戒，過中不食，是功德將入至涅槃。"……以是故，六日持齋受戒，得福增多。②

八關齋法之所以是方便門，乃因僧侶與信眾皆可在家學習守戒，以清心寡慾的基本持戒，使善信所發之願能達成，是以八關齋乃通向禪修的基礎門徑，適合向道外人傳播。釋道安在《比丘大戒序》中嘗強調修戒爲入門之首要：

　　世尊立教，法有三焉：一者戒律也，二者禪定也，三者智慧也。……夫然，用之有次，在家出家，莫不始戒以爲基址也。③

禪定和智慧是達到成佛境界的兩種方式，也即體認本體的關鍵。④

---

　　① 瞿曇僧伽提婆譯《增壹阿含經》卷 16，《大正新修大藏經》第 2 冊，頁 625 下—626 上。
　　② 鳩摩羅什譯《大智度論》卷 13，《大正新修大藏經》第 25 冊，頁 160 上。
　　③ 《出三藏記集》卷 11，頁 412。
　　④ 方光華認爲佛教特重於體證的角度理解諸法本質及涅槃境界，而禪定、智慧便是體證的兩大方法："它主張般若智慧（即按照緣起法思維的智慧）和禪是達到涅槃境界的最重要的兩種方式。這些都更加突出了本體的體證性和本體論在體證方面的理論內涵。"《中國古代本體思想史稿》，《玄、佛學與秦漢本體論的解體》，頁 169）

然而學佛法則,有其次第步驟,要發動禪定與智慧,必先由戒律入。俗家弟子欲進入禪定,須先持戒,八關齋戒於此正是達道之初階。八關齋戒的方式較易爲士人所接納,因而一直延續未絕,及至梁簡文帝蕭綱更立八關齋戒條,①足見其爲中土修行之普遍法。

支遁營建法齋,雖爲自身齋戒,卻没有遠離人迹,表面上與清靜無染的持戒要求相悖,然而,從弘法角度看,卻可達到傳播持戒修行的目的,讓鄰近的隱士在相與交往中,感染和接納這種初步的修佛生活。雖然支遁所引介的禪修方式,依賴玄談而建立,所顯示的持戒、禪定、智慧三種禪修程序,既不正統也欠序次,但其以身作則,帶領士人體驗禪修生活,達到了向士人群體滲透禪學意識的誘導作用。當時頗有名士受其感化,江左郗超便受其影響而發心信佛。郗超於《奉法要》中詳述五戒,便提及齋戒時候務須"洗心念道,歸命三尊",然後"端心正意",終至"玄想感發",②恰是澄心靜思的清修要求。這記述反映了齋戒乃至禪修活動之所以爲當時士人所接受,乃在於能滿足個人的精神舒弛與心靈洗滌,符合支遁在《八關齋詩》中提到的齋戒情態:

> 建意營法齋,里仁契朋儔。相與期良晨,沐浴造閑丘。穆穆升堂賢,皎皎清心修。③

這種與志同道合者相期良晨、共修清心的活動,與孫綽追求隱居東山,"同年而言語其樂"的理想並無異致,即知其隱居禪修的觀念,乃在此種生活交流中得到實踐與傳遞。

2. 孫綽與支遁的思想交流

孫綽對支遁的膺服,具載於文獻。早在支遁詣京弘法之前,孫

---

① 《廣弘明集》卷 28,頁 335 下—336 上。
② 《弘明集》卷 13,頁 87 中。
③ 支遁《八關齋詩三首》其一,載逯欽立《先秦漢魏晉南北朝詩》(北京:中華書局,1984),晉詩卷 20,頁 1079。

143

綽已受其佛理的濡染。嗣後孫綽隱居東山，與支遁往還，一以"弟子"自稱，表明誠意：

> 初隱會稽，放情山水，作《遂初賦》以見志。支道林問綽曰："君何如許?"答曰："高情遠志，弟子早已服膺。然一詠一吟，許將生面。"①

孫綽萌生隱居的意念，與支遁有關。支遁本在東山弘法，後蒙詔入京講佛凡三年，辭返東山。孫綽在返歸東山之初，與支遁相晤，此後孫綽執弟子禮。而後二人又與謝安、許詢等名士共同遊放會稽山水。② 從種種活動顯示，孫綽歸隱，並不完全是道家遊仙式的出世行徑，而是在實踐支遁的佛學禪修觀念。此事又可以二人一段著名的事迹爲綫索。

支遁《詠禪思道人詩並序》是今存可見中最早的題畫詩，題詩是出於孫綽所贈予自畫"道士坐禪之像"，乃於畫上題詩回謝。坐禪是佛門修行成佛的方式，而孫綽所畫的坐禪者，卻是棲身於岩林的道士。這種融合佛道的思想，在當時並不罕見，從支遁於序文中大加讚賞亦可知一二。晉初崇尚意趣而不拘佛教教條的僧侶，對於名士以兼容的態度理解佛學，並沒有加以排斥，這便減少玄佛之間互融的障礙。而支遁更稱畫中坐禪之道士爲"禪思道人"，反映出當時修道者吸納禪定神通的概念，形成玄佛相雜的禪定習慣。禪思與禪定的修持方式，在當時流行的《普曜經》中，表明是佛陀或菩薩修練神通之表現。《普曜經·行道禪思品》以禪思爲題，記載了佛陀闡發的神通大義：

> 佛告比丘："菩薩坐佛樹下，以降魔怨成正真覺。……默

---

① 夏樹芳輯《名公法喜志》卷1，《卍新纂續藏經》第88冊，頁326下。
② 心泰編《佛法金湯編》卷2，《卍新纂續藏經》第87冊，頁378上—379下。

坐樹下示現四禪,爲將來學顯道徑路;以縛諸我神通微妙。"①
他篇的"禪定神通"、"禪定神足"、"志存禪定,觀於神通"等句,皆反映由禪定而入神通的修行程式。由此觀之,孫綽繪畫道士坐禪,不獨反映對禪定神通的認識,也透露出修禪的意向,故而得到支遁的嘉許。而其於《遂初賦》中期望於東山"帶長阜,倚茂林",與同氣相求者"坐華幕","擊鐘鼓,同年而言語其樂"的理想,實際上是指山林禪修的活動,這是可以肯定的。支遁晚年在棲光寺"整日宴坐於山門,遊心於禪學,以草木爲食,山泉爲飲,放懷於塵寰之外",正是禪修的表現。孫綽在《喻道論》中也透過糾清時俗對佛的批評,例如回應俗間對報應之事的質疑,對沙門刓剔鬚髮有違儒門情理等詰難,②藉以表現其於佛理衷心服膺。參照支遁這種融入於山林生活中的禪修方式,孫綽隱居東山,無疑是仿效支遁禪修的用意。

禪修於學佛的意義,是信受與實踐。佛學的傳播願景,並不只爲認知上的接受,而更重視透過付諸修行來體悟成佛。魏晉六朝佛學的研究,往往稱南朝重清談、北朝重實修。此種界分,雖有助扼要把握佛學發展史,卻未免失諸粗略。尤其在東晉佛學思想正值普遍傳播之初,僧侶的傳道方向,亦未必非清談即實修的判然二途。正如孫綽既有佛理的論述,亦有實踐禪修的心志流露,二者不相排斥,反之,在領悟佛理與禪修並行的過程中,還開發出一套將山水與精神更爲緊合的禪修形式,爲後來劉勰《文心雕龍》神思觀的形成,提供了義理的基礎。

三、《遊天台山賦》的禪思意義

孫綽《遊天台山賦》記錄一次登臨天台山的經驗,然而考索內

---

① 竺法護譯《普曜經》卷6,《大正新修大藏經》第3冊,頁521下。
② 孫綽《喻道論》,載《全上古三代秦漢三國六朝文》,全晉文卷62,頁1811—1812。

容,可發現這實際上是一次特殊而完整的禪修經歷。這一重要內容,值得進行仔細的文本解讀。首先,序中表明攀涉天台山之極度艱難:

> 所以不列於五嶽,闕載於常典者,豈不以所立冥奧,其路幽迥。……始經魑魅之塗,卒踐無人之境。舉世罕能登陟,王者莫由禋祀。故事絕於常篇,名標於奇紀。①

如前所述,當時僧侶名士在會稽活動的常地,主要圍繞東山一帶,孫綽選擇隱居禪修的地點,也在東山。之所以有遊天台山的想法,緣乎天台山是向所公認的"玄聖之所遊化,靈仙之所窟宅"的地方,過去一直為道家遊仙所嚮往,也由於人迹罕至,幽靜神秀,孫綽認為不獨適合修道,也同宜於禪修。是以在序中透露登山的目的,在於追尋玄遠:

> 非夫遠寄冥搜、篤信通神者,何肯遙想而存之?②

孫綽所"遠寄冥搜"者,乃是咫尺玄門。是處言玄門所居的神明,亦即體無至虛的聖人,能與神明感通,意在證明由禪修而達到登峰造極的境界。禪修是由禪定冥思而領悟佛法智慧的修行,其中神通也是禪定產生的智慧之一。換言之,由坐禪而發動越超形骸的神遊能力,也是禪修的一種境界。此中,神又是主體發動遊運能力的元素。

本神而啟動的遊運,能夠不累於形體與環境,遠寄冥搜,一意而往。自神出發,既可遊化無限,窮高極遠,則勢必產生像登天界、遇神明的遊仙願望,沉湎於輕舉暢覽的喜悅。晉初士人對禪定神通的道家式理解,正寫照出他們所想像的禪修成佛的境界。支遁

---

① 《文選》卷 11,頁 494。
② 《文選》卷 11,頁 494。

第三章 以禪修爲實踐的體道之學：禪修原理與般若思想的傳介

在《大小品對比要抄序》中便提點出這種一知半解之士的思想誤區，其於序中論述宗本體道觀念，認爲無論大品或小品的《般若波羅蜜》，若能探究其所宗所本，便有助於解決學習般若思想的困惑。因此支遁將二品"例玄事以駢比，標二品以相對，明彼此之所在，辯大小之有先"，既開求宗探本的先範，乃云：

>　　　　且於希詠之徒，浪神游宗，陶冶玄妙，推尋源流，關虛考實，不亦夷易乎！①

"推尋源流，關虛考實"，正是指後學效法其推求二品先後與本宗的工夫。而此工夫對於未深悉般若思想的"希詠之徒"而言，尤有助益。支遁所指的希詠之徒，是有神遊冥搜的禪修體驗，卻疏於掌握佛理的修行者。"浪神游宗，陶冶玄妙"二句，是描述修行者接受"遠寄冥搜"的體道涵泳狀態。主體發動其神，遊運於玄遠本宗之域，在玄門探尋至道奧妙，由此開發體道智慧，是屬於"登峰造極"的"陶冶之功"。"浪神游宗，陶冶玄妙"反映支遁的禪修觀念，是以玄遠道體爲目的，其謂聖人"體道盡神"，②是以爲神能入於本體之域，是體道成聖的標志。希詠之徒以此爲輕而易舉之事，自然不理解這"體道盡神"的境界。這種對遊神體道的契會，孫綽表現出一定的自信，而自別於希詠之徒。以神爲遊運天台山的意念，是孫綽所自表的。

孫綽繪畫禪思道人，用意亦在禪定通神。支遁謂圖中道人坐於山中，所"圖巖林之絕勢"，乃寄寓了在山潛心靜修的形象，③顯示孫綽篤信天台山爲極適合禪修的場所。所謂"遊天台山"，實不以遊覽娛樂爲旨趣，而是期望神遊其中以登天通神。以神

---

① 《出三藏記集》卷8，頁303。
② 《出三藏記集》卷8，頁301。
③ 支遁《詠禪思道人詩並序》稱孫綽所畫道士坐禪之像："可謂因俯對以寄誠心。圖巖林之絕勢，想伊人之在茲。"（《先秦漢魏晉南北朝詩》，晉詩卷20，頁1083）

遊爲目的遊天台山,則所遊重在神,而不在親臨其境。是以序文末云:

> 然圖像之興,豈虛也哉?……余所以馳神運思,盡詠宵興,俯仰之間,若已再升者也。方解纓絡,永托茲嶺。不任吟想之至,聊奮藻以散懷。①

對天台山之圖像"馳神運思",於"俯仰之間"便"若已再升",表明所謂遊天台山者,只是神遊的經歷。事實上,研究《遊天台山賦》的學者,亦已覺察孫綽只是對畫而賦,張可禮先生便持此論:

> 在孫綽寫這篇賦之前,很少有人登這座高峻神秀的天台山,也沒有人用文學的形式來描繪它。就描繪天台山來說,孫綽的這篇名作是首創。而孫綽寫這篇辭賦的緣起,主要是他看了有關天台山的"圖像"以後,"馳神運思,盡詠宵興","不任吟想之至",於是"聊奮藻以散懷"。②

張先生指出當時登天台山的實際困難,是使孫綽選擇以畫代山的原因。孫綽由畫而賦,不只因爲情之所興,而是以畫入神,當中有極明確而神聖的目的。孫綽雖然只是凝注天台山的圖像,但自信精誠所至,可以一升再升,正是由禪定而發動神通的形態。這種不憑藉真山實水的禪思,是以佛陀在閻浮樹下坐禪發動天眼通的形態爲基模,而以相信神通能不假外物的想法爲支持。

由於遊天台山是以修行爲目的,孫綽筆下的山水刻劃,不同於遊山玩水的文字,而重在記述整個神遊經歷的見聞。首先寫天台山有接天之高,是登天境前的鋪墊:

---

① 《文選》卷 11,頁 494。
② 張可禮《東晉文藝綜合研究》(濟南:山東大學出版社,2009),第四章"東晉多種文藝相互通融",頁 200。

第三章 以禪修爲實踐的體道之學：禪修原理與般若思想的傳介

> 嗟台嶽之所奇挺,寔神明之所扶持。……結根彌於華岱,直指高於九疑。……苟台嶺之可攀,亦何羨於層城?①

另一方面,爲説明山路幽迴嶮峻令"之者以路絶而莫曉",是天台山人迹罕至的原因,孫綽在賦中也記述遊山的艱難過程：

> 跨穹隆之懸磴,臨萬丈之絶冥。踐莓苔之滑石,搏壁立之翠屏。②

山勢險阻,又有莓苔滑石,縱然爲神秀之靈山,也令遊人卻步。而孫綽能神遊其中,克服險阻,乃在於精誠：

> 必契誠於幽昧,履重嶮而逾平。③

精誠是坐禪的要求,馳神運思能否遠達天台山,在乎通神的心是否虔誠與堅持。神通的目的在於求得智慧解脱以成佛,孫綽神遊天台山,同樣出於求取佛慧,這正是其終於"既克隮於九折,路威夷而脩通"的精神動力。

在穿越山重水複的險阻後,孫綽着筆描寫登天景象：

> 陟降信宿,迄于仙都。雙闕雲竦以夾路,瓊臺中天而懸居。朱闕玲瓏於林間,玉堂陰映于高隅。彤雲斐亹以翼櫺,皦燗晃於綺疏。八桂森挺以凌霜,五芝含秀而晨敷。惠風佇芳於陽林,醴泉涌溜於陰渠。建木滅景於千尋,琪樹璀璨而垂珠。王喬控鶴以沖天,應真飛錫以躡虛。騁神變之揮霍,忽出有而入無。④

從仙都的内容看,孫綽所見的實際上是早存於心中的仙境。瓊臺、

---
① 《文選》卷11,頁496。
② 《文選》卷11,頁496—497。
③ 《文選》卷11,頁497。
④ 《文選》卷11,頁498—499。

朱闕、桂樹、芝草、惠風、醴泉，皆見於道家遊仙的描述。漢和帝時張平子的《思玄賦》，便有類似內容：

> 登蓬萊而容與兮，鼇雖抃而不傾。留瀛洲而采芝兮，聊且以乎長生。……飲青岑之玉醴兮，滄沆瀁以爲粮；發昔夢於木禾兮，穀崑崙之高岡。朝吾行於湯谷兮，從伯禹乎稽山。嘉群神之執玉兮，疾防風之食言。①

上段文字是《思玄賦》中，張平子對遊化六合之外的想象。② 當中描寫蓬萊、瀛洲仙境中的嘉物，與孫綽遊天台山所見頗多相類。這些嘉物自漢、魏以來，除卻是遊仙內容所常見，也廣泛用於歌頌昇平的讖緯符瑞及祭祀歌辭之中，可見在當時是作爲神授瑞物的表徵，一脈相承。而兩人描寫的仙境，又都有傳說得道升仙的神人出現，孫綽筆下更有《山海經》記載的長生羽人：

> 仍羽人於丹丘，尋不死之福庭。③

反映其登山遊放的目的，亦因襲了如張平子尋求長生的思想。由此反映孫綽以這些神物和神人作爲組織仙都的素材，乃沿襲道家傳統中的遊仙概念，將之寄托於佛家禪修的境界。孫綽早年信道，對於佛家修行境界的理解，不免摻入道家的人物內容，這也是東晉初期士人佛道並融的正常反應。此種思想交融，在支遁寬容的弘法態度下方才得以強化。在以老莊入佛的思想背景下，支遁不但沒有排斥，甚至在其詩作中，亦見道家仙人的影子。④ 忽滑谷快天先生概述其思想，便云：

---

① 《文選》卷15，頁658—659。
② 《文選·思玄賦》題云張平子"欲游六合之外，勢自不能，義又不可。但思其玄遠之道而賦之，以申其志。"（卷15，頁651）
③ 《文選》卷11，頁499。
④ 如《詠禪思道人詩》云："中有沖希子，端坐摹太素。"《先秦漢魏晉南北朝詩》，晉詩卷20，頁1083。

> 支遁道林爲老莊之達者,又自有禪僧之風格。……應用老莊之知識而説佛教之迹,歷歷可見。①

相對於道安及慧遠一脈,門風之嚴正,在要求學佛必須正統不雜的情勢下,從學的士人對禪修呈現的,是截然不同的理解和追求。此論題將於下文加以闡述。孫綽遊想的天台山,觸目所及皆是道家的物象,但這些内容並没有完全覆蓋禪修主體,所見仙家道人,卻是身處於充滿佛家氛圍的環境之中:

> 法鼓琅以振響,衆香馥以揚煙。②

法鼓振響、衆香揚煙皆是禮佛迎佛儀式的内容,而所見的仙人,亦以佛家的神變來出現。

"神變"是神通變化的表現之一,在修行圓滿之時,便能展現各種神通。《普曜經·優陀耶品》便記載了優陀成佛時展現神變之事:

> 爾時世尊告優陀耶:"佛本出家與父母誓,若得佛道還度父母。今已得佛,道德已成,必當還國不違本誓。汝以神足經行虚空現其神變,乃知吾身已成大道,弟子尚爾,況佛威德巍巍無量,爾乃信受。"優陀受教,神足飛行經遊虚空,往到本國迦維羅衛。城上虚空現無數變,身上出水,身下出火,水不濕身,火無所傷,七現七没,從東没地出於西方,西没東出,南没北出,北没南出,行空如鳥,没地如水,履水如地。③

優陀發動的神變,相似於《行道禪思品》的神通變化形態,當中"七現七没"以及飛遊虚空的神變,是佛陀神變的描寫。《十八變

---

① 忽滑谷快天《中國禪學思想史》,頁19。
② 《文選》卷11,頁499。
③ 《普曜經》卷8,《大正新修大藏經》第3册,頁534下。

品》載：

> 佛爲弟子現神變化：一者、飛行，二者、説經，三者、教誡。諸弟子見佛威神變化，莫不歡喜，悉皆羅漢。①

將七現七没與飛行虚空的神通結合，便是孫綽所謂"騁神變之揮霍，忽出有而入無"的情狀。孫綽取佛家神足無礙的形態以爲神變，又將之投射在傳説得道成仙的人物身上，説明孫綽理解這種飛行無礙的能力，是由修行圓滿而得，從中流露對禪修成佛的願景與期許。

孫綽自身雖然未能展現神通，但能見仙家之神變，也是緣於精誠修行所至。禪思在修行神通的意義上，是苦行的過程。禪思與發動神通的分别，在於前者仍是禪定神遊，而神通則是身意合一。《普曜經·六年勤苦行品》載菩薩苦行禪思的頌讚曰：

> 無念無不念，不念所可行；心猶如虚空，禪思不傾動。不覆蓋身上，亦無所障蔽；不移動如山，禪思不增減。②

禪思講求不動，故又稱禪定，也即從静態中馳神而運思，修行圓滿，神通自現，由此邁向得道成佛之境，此即禪的静慮本義，如釋道安所謂"禪者，絶分散之利器"，③是由入定以求神思精鋭。禪思之所以在成佛過程中起重要作用，正是在神遊山水之間，透過馳神所帶動的運思，來覺悟佛慧，以得智慧解脱，這種禪修形態，早啓軔於印度佛學傳統，例如竺法護譯《正法華經》載：

> 世尊諸子，現無央數，遊於閑居，山林曠野，一切禪定，不起因緣，若有加害，不興瞋恨。④

---

① 《普曜經》卷8，《大正新修大藏經》第5册，頁532中。
② 《普曜經》卷5，《大正新修大藏經》第3册，頁511中。
③ 《比丘大戒序》，《出三藏記集》卷11，頁412。
④ 竺法護譯《正法華經》卷1，《大正新修大藏經》第9册，頁67上。

第三章 以禪修爲實踐的體道之學：禪修原理與般若思想的傳介

世尊諸子選擇於山林曠野禪定，並非罕見之事，蓋效法佛陀於山野修行，既成彌勒佛，又遊於王舍城靈鷲山講解涅槃，靈鷲山更因此成爲佛影之所在地。僧侶入中土後，仍以山林作爲廣弘佛法的場地，將修行傳統延續廣披。然而，山林曠野的禪定修行雖與遊山玩水的場地有所相似，但佛家強調的山水只是作爲智慧覺悟的介面。孫綽在賦中謂"理無隱而不彰"，正是接納了佛家的禪修觀念，相信山水皆隱藏自然之理，隱藏佛慧，於山林野溪之間遊覽，"體靜心閑，害馬已去，世事都捐"，皆是爲尋理而做的準備，而非專爲遊樂散心。因此，在神遊仙都之後，孫綽的思緒並沒有停擱下來，繼之而起的是進入智慧思考階段。

孫綽借助仙都的神仙"散以象外之說，暢以無生之篇"，"無生"是魏晉表達般若性空概念所用詞彙之一，與道家"無爲"概念有相似之處。"象外"是玄學家言意之辨提出的觀念，孫綽於此指神遊天台山景象後引發的思理。從二詞推斷，孫綽遊歷仙都後所開發的智慧，當屬其時佛學般若思想：

> 悟遣有之不盡，覺涉無之有間；泯色空以合迹，忽即有而得玄。釋二名之同出，消一無於三幡。[1]

有、無、色、空，是當時玄佛交融磨合所關注的概念，"色空"本屬般若"性空"思想的內容。佛法在中土傳播初期，由於典籍翻譯尚未完整完善，般若學說在中國亦未始有正宗的傳布，在中土的僧侶乃各就自身的理解而立說，致令東晉初期出現般若六家七宗的局面，而爲僧肇逐一批評。此六家七宗之中，支遁便屬於其中的"即色宗"。僧肇所批評者，主要是六家七宗皆傾向以玄解佛，使佛學玄學化。[2] 而

---

[1] 《文選》卷 11，頁 499。
[2] "佛學玄學化"的概念是呂澂解釋佛學在玄學流行時期出現的情況之一，呂先生認爲由於佛學尤其般若學，需要倚借玄學以傳入中國，由此產生了玄、佛二家相互的滲透影響："一方面影響了佛學的研究，使它把重點放在與玄學類同的般若上，以致佛學玄學化；另一方面，不僅用老、莊解佛，同時還以佛發展了老、莊。"呂澂《中國佛學源流略論》，頁 68。

153

玄學化的解佛特點,在於重無輕有,也即執空略假。

按大乘般若之空宗義,乃空與假有之統一。龍樹以中觀思想彰顯般若之"空"義,可見於其《中論》"三是偈":

> 衆因緣生法,我說即是空,亦爲是假名,亦是中道義。①

意謂般若是包含空與假(有),空(非無)與非空(有無),才能統合成真正的空義。誠如呂澂先生顯豁:

> 在龍樹看來,般若的整個精神就在以假成空,由假顯空。②

空與非空的相依相即關係,是由中道理論以解釋諸法實相:

> 用中道來解釋實相,也就是以二諦相來解釋實相,從真諦來看是空,從俗諦來看是有。換言之,這種中道實相是既看到空,也看到非空;同時又不着兩邊,於是便成爲非有(空)非非有(非空)。

> 二諦一體,就是結合空有於一體,色空相即,是爲實相。③

中道的宗旨是不執空實兩邊,且承認兩者的相即關係,是空不能只見其空,還須見其假有(非空)的一面。而玄學家無法盡了空之真義,是由於龍樹的大乘般若中觀思想,至前秦建元二十年(384)始爲鳩摩羅什傳入中土,真正意義上的般若學,至此才得以在中國發展。④僧肇之所以對般若學有較全面的認識,正由於在師承鳩摩羅什的過程中,接觸到龍樹的中觀義理。

---

① 鳩摩羅什譯《中論·觀四諦品》,《大正新修大藏經》第 30 册,頁 33 中。
② 呂澂《中國佛學源流略論》,頁 142。
③ 呂澂《中國佛學源流略論》,頁 150—152。
④ 呂澂指出:"般若學說這種理論上的不純粹,直到羅什來華,大量譯出佛典,傳播龍樹之學以後,才逐漸扭轉過來,走上佛學自身的獨立途徑。"《中國佛學源流略論》,頁 68。所謂"佛學自身的獨立途徑",是指擺脫此前六家七宗依賴玄學解釋佛理的思想局面。

第三章 以禪修爲實踐的體道之學：禪修原理與般若思想的傳介

由此可推斷，支遁即色空的偏弊，亦在於重無輕有。支遁借助其時玄學概念而創立的"即色宗"，其理論在當時能自成一宗，可見在士人團體中有一定影響。孫綽對"色空"的理解，亦很可能承其而來。關於支遁的即色義，今僅存《妙觀章》記載的片斷：

> 夫色之性也，不自有色，色不自有，雖色而空，故曰："色即爲空，色復異空。"①

支遁的性空義，只肯定色的"空"（也即非色）而否定其"有"（也即色），故謂"色不自有，雖色而空"，是以爲色的本身是空，所以其有亦是空，既然所呈現之有，非由自身構成，故也是空。因此在客觀世界所見的色，與空相同。即色觀的問題，是但見色之空（非色），而不見其假有，不免失諸執空。

以此言之，即色之空，亦當並見色與非色，肯定空與假有統一。是以僧肇批評支遁的色空義云：

> 即色者，明色不自色，故雖色而非色也。②

僧肇指出支遁的問題，在於只重視"非色"（空）的一面，而忽略了"色"（假有），因而視色亦爲非色。

重無輕有的問題，是以玄解佛的時代流弊，除支遁外，支敏度的心無宗、竺法汰的本無宗，在理解般若性空義上，皆犯執無之偏弊。然而在龍樹中觀思想未傳入時，執空（無）實爲中土解釋般若的普遍情況。孫綽所謂"泯色空以合迹"、"釋二名之同出"，表面上言色即是空的觀念，而實旨卻是言"無生"，是以無爲本的玄學思維。其"消一無於三幡"句，已表明有無、色空實皆爲無所統攝。《文選》李善注"三幡"義云："三幡，色一也。色空二也，觀三也。言

---

① 《世説新語校箋》劉孝標注，文學第四，頁121。
② 伊藤隆壽、林鳴宇《肇論集解令模鈔校釋》（上海：上海古籍出版社，2008），卷上，《不真空論》，頁106—107。

三幡雖殊,消令爲一,同歸於無也。"①此見其般若色空思想,有接受支遁即色觀的影響,以爲色與空、有與無本來相同,而禪思所觀見種種色,在泯滅其色,也即明白其非有自色的理解下,亦如空無。以空無否定色的作用,實際上也否定了所見仙境以助其開拓神思的假名功能。這種認識思維,一直滲透至賦之結筆:

> 恣語樂以終日,等寂默於不言。渾萬象以冥觀,兀同體於自然。②

語樂終日而無異於寂默不言,既因一切言語皆只存在於禪思當中,亦是由於無視言語的權假作用,故待言若寂默。同理,孫綽認爲天台山上之所見,皆是神遊中的"冥觀",其色本來也是虛無,當明白此本無至理,便如同"體無至虛"的聖人,妙識自然本無之究極義。"兀同體於自然"者,指神冥於本無至道,此是其神玄遊於天台山,以至於登峰造極之結果。雖然孫綽對於本體的認識仍執於玄學的本無思想,但所描述的神遊經驗,卻表達了禪修冥想中,由神遊自然而體悟佛慧的一種自我肯定與證驗。

《遊天台山賦》呈現了東晉士人融通佛道的思想,雖然孫綽理解的修行成佛,與佛家的正解有所出入,但其禪修的活動,往往可見受支遁的影響,包括遊天台山的原因,亦是以之爲典範。《文選注》"赤城霞起而建標"句便云:

> 支遁《天台山銘序》曰:"往天台當由赤城山爲道徑。"③

支遁曾作《天台山銘》,惜今已不存。登山之路並非虛構,天台山雖高峭峻拔,但絕非無人涉足之處。東晉以來,登山名士不乏記錄,王羲之與顧愷之便是當中有名者,可見天台山自然出世之環境,適

---

① 《文選》卷 11,頁 500。
② 《文選》卷 11,頁 500。
③ 《文選》卷 11,頁 496。

第三章 以禪修爲實踐的體道之學：禪修原理與般若思想的傳介

合於當時的白衣道士靜修，無論佛道，此即孫綽視天台山爲"玄聖之所遊化，靈仙之所窟宅"之原因。這些時人留下的天台山資料，令孫綽相信所興圖象非虛。而在支遁的《詠懷詩》中也有想象遊天台山的詩句：

> 尚想天台峻，髣髴巖階仰。泠風灑蘭林，管瀨奏清響。霄崖育靈藹，神蔬含潤長。丹沙映翠瀨，芳芝曜五爽。苕苕重岫深，寥寥石室朗。中有尋化士，外身解世網。①

支遁嚮往天台山的神秀環境，與孫綽頗相類合，當中尋化之士的形象，正反映出"疏煩想"、"蕩遺塵"的遊山修禪目的，而修士最終棲隱石室的形象，便帶有更濃烈的修行意味，流露出以遊山爲過程，禪定冥思爲結束的想法。則孫綽之所以能進入"馳神運思"的神遊境界，將精神投入於天台山，冥想在山禪修，一方面憑藉於天台山畫作，另一方面是以支遁提供的資料爲支持，此可見其選擇以禪思方式遊化天台山，與當時禪修好尚以及僧人的教化，有很大關係。

四、馳神運思：由禪思到神思

理解到孫綽神遊天台山是由學佛背景所推動，則知"馳神運思"的修行方式，實際上是禪定神通在中國傳播過程的形態演變。從孫綽描述由幽徑登上頂峰所見之物象可知，所刻畫的並非一次透過涉足而親歷的遊記。尤其在山頂遇仙家顯現神變，散象外之說，暢無生之篇，皆不可能爲實事，更遑論常人能否直攀天台山之巔的可能。而從禪修的角度理解，則能顯白出此爲一次禪思冥想的記錄。雖然孫綽禪思的內容佛道摻雜，對神通與本體只有片面的理解，但卻爲中國式的禪思開了新門徑。他透過圖象神遊天台

---

① 支遁《詠懷詩五首》其二，載《先秦漢魏晉南北朝詩》，晉詩卷20，頁1081。

山,是認識到神通具有超越形骸的特性,並糅合當時遊化山水的修行活動而由此設想出來的方式,對孫綽而言,此無異於禪修活動。

　　晉初僧侶以山水爲禪修空間,本意乃借道家的"靜"爲平台,將佛學禪修的意念融入其中。禪修講求寂然不動,是禪定神通的基本要求,由禪定入禪思,從而發生神變自度度衆,悟得佛慧,神始終不受外物乃至自身形骸等一切物的障礙,身不動而神遠,方能真正邁向成佛的精神進境。在此要求下,晉初學禪者明白到欲求得自在及佛慧的開拓,便須超越外在空間與外物的困限,是以雖然禪修活動多就山臨水,但修行的提升卻不能完全依賴山林而得,山林只是作爲自然神秀的場景,爲禪修提供先備條件。禪修時候,即使不處山林之中,神同樣可遊放於山野,通達於天地,是發動神通所強調的特點。孫綽成功的禪思經驗,正是掌握了坐禪神通的要求,所謂馳神運思,正是於禪修中將神向外開放,以圖於遊放中啓悟自然之理,領悟佛慧。這種運神特點,與傳統創作所要求的凝聚精神並不相同。例如葛洪《養生論》云:

　　　　夫多思則神散,多念則心勞。……内心澄則真神守其位。[1]

道家的養生觀念,主張神之收斂内蘊,雖同樣有虛靜之修行方式,卻非爲使神馳運,更不要求多思。因此,虛靜所達到的澄心境界,乃爲養神,這種認爲神當凝聚集中的想法,亦顯見於同時期王羲之所提出的創作論中。王羲之在論作書之精神時,論及神與思的情況,與孫綽恰成對照,其《書論》稱作書之前:

　　　　靜神慮思,揮襟作之。[2]

---

[1] 《全上古三代秦漢三國六朝文》,全晉文卷116,頁2126。
[2] 《全上古三代秦漢三國六朝文》,全晉文卷26,頁1610。

第三章 以禪修爲實踐的體道之學：禪修原理與般若思想的傳介

於《題衛夫人筆陣圖後》亦稱：

> 夫欲書者，先乾研墨，凝神靜思。①

不論是靜神慮思還是凝神靜思，皆是凝神貫注、精神高度集中的聚斂形態，與孫綽的馳神運思所呈現的擴展遊運式動態截然不同。這種神之思的描述，在後來慧遠亦有相類語句"練神達思"，所表皆爲遊運精神以達禪思之意，而句出於更明確的禪定神通理論的語境，可知兩者皆是禪思體驗的描述。只是孫綽以文字再現體驗與經歷，慧遠則是理論的開拓，想法既殊途而同歸，表達自然不謀而合。

《遊天台山賦》中的禪定神遊經驗，反映了晉代遊放山水的禪修者，對於神的新角度理解。這是由禪思所帶動對神遊的理解，並非孫綽獨家之見，或其個人特異之體會。事實上，晉初在會稽興起的具規模性的禪修活動，已令原本西域形態的禪修向中國模式一直開發，逐漸融入於道家的遊山傳統之中，而禪修中的禪思觀，以及由禪思體驗個人精神的認識，都開始受到注意。孫綽在《遊天台山賦》憶述的經驗，只是提供了佛家禪修在中國演化的一面情態，其所理解的馳神運思，乃一種由禪思可得的共同經歷，後來慧遠之所以能提出相似的神遊體會，正是緣於彼此皆是在禪修背景下思考精神的運作。正由於可透過禪修而體會，這種神的運思便成爲可理解，並且可傳述的經驗；亦由於相信禪思可以通神和成佛，因而神之遊暢，以及如何遊暢，成爲晉以來山水禪修者所共同關注的修佛內容。

孫綽所寫的馳神運思體驗，除卻與後來慧遠有相通之處，亦與劉勰在《神思》中對神之思的描述頗有相類。孫綽的禪修經驗是以

---

① 《全上古三代秦漢三國六朝文》，全晉文卷 26，頁 1610。

平日遊山、坐禪的累積爲基礎，再結合有關天台山的認識，方能神遊無礙，遇其所想之事物，進入禪思之境。這種以累積認知和練習來發動神通的條件，與神思的先備條件"研閱以窮照，酌理以富才"一理相通。兩者具體相通之內容與緣由，將在後文解說與論證，於此提出，只爲說明這種先備條件的相似，乃自晉初白衣僧人山水禪修的經驗而來，他們於日常遊山中累積對自然環境與自然之理的認識，實際上已是酌理與研閱的準備工夫。此中，禪思與神思的共同關鍵，都在尋理。孫綽遊天台山，謂"理無隱而不彰"，便是透過山水以尋自然之理，理的認識是開示佛慧，獲得神通的途徑。而劉勰謂"物以貌求，心以理應"，正是即物貌而求理的意思，其所謂"物無隱貌"，正是物無隱理之意。此可見神思觀念的孕育背景，當與禪修有着密切關係，甚至一直存在於神思的形成源流之中。《遊天台山賦》的"馳神運思"雖然與神思有相合處，卻終究未明確"神思"一詞，只能說是初發試點，但隨着以山水禪修的規模日益擴大，白衣僧侶對禪思的內容與意義更進一步開拓，卻爲神思一詞的明確提出造就了機會。在晉代較多與士人交往的名僧，除卻支遁外，尚有釋道安，二人皆主張以山水爲傳播佛法的基地，這對於東晉山水禪修的發展，有重要影響。而道安的弟子慧遠，正是晉末帶動士人遊山修禪的領導人物，其禪思觀的闡釋，於孫綽上更進一步，爲神思制定了基模。以下將透過慧遠傳道活動及禪思的論述，了解其對神思觀念形成的作用。

第二節　東晉晚年釋慧遠顯豁之禪思成佛義

　　禪思活動在晉初經由支遁在會稽帶動，由禪法以至般若觀念，雖然在以玄學爲主導的思想局面下駁雜不純，卻受到中土士人的重視。這種在傳播初期爲適應本土思維而採取的折衷手法，主要流行於名士集中的江南地帶。此時佛教在中國雖未足以成爲獨立的宗教系統，但傳播卻已甚爲廣泛。大規模僧團陸續在地方上出現，弘法主張亦不盡相同。在黃河以北地區，以釋道安、釋慧遠爲中心的一脈，便主張傳播純正的佛學觀念和禪修活動，藉由端立正統，以護持佛法，鞏固僧團的地位。謝重光先生考究兩晉僧團活動，指出這正是兩晉僧尼數目迅速增長，佛教勢力發展所帶來的影響：

   僧團方面主要想通過完善佛教戒律制度實現僧團以戒律進行自治。①

佛教戒律制度的完善，除卻是指恪守戒律的他律方式外，亦要求透過智慧德性的修養，來提升修行者自律的自覺。在要求僧衆完善自治的理念下，禪修講求的戒（持戒）、定（禪定）、慧（智慧）三大自我提升的方面，便得以發展起來。與自身修養有密切關係的禪修活動，亦由是開始從理論上得到闡發和矯正，爲後來禪修觀念延展於文藝領域的發展，提供了理論層面的推動作用。

  晉末佛門影響至深的人物，是師承釋道安的釋慧遠。慧遠的佛學要求純正，般若思想帶有小乘禪數，此皆是道安打下的基礎。道安與支遁素有交往，認同山水乃宜於修行的場所，亦注意到以名士爲傳道的重要對象，這在其行實中可見一斑。道安在鄴城弘法期間，値石氏之亂，便率弟子渡河依靠陸渾，以"山栖木食修學"。既而陸渾受慕容俊追逼，道安擬南投襄陽，考慮到弘法事業的傳續，乃構思應變策略：

---

① 謝重光《中古佛教僧官制度和社會生活》（北京：商務印書館，2009），頁6。

> 行至新野,復議曰:"今遭凶年,不依國主,則法事難立。又教化之體,宜令廣布。"咸曰:"隨法師教。"乃令法汰詣楊州,曰:"彼多君子,好尚風流。"法和入蜀:"山水可以修閑。"安與弟子慧遠等四百餘人渡河。①

道安的策略正是支遁在會稽的弘法活動的概括,以好尚風流的君子爲對象,兼以山水爲修禪場地,顯示兩者的弘法策略有一致的地方,誠爲當時中土僧侶傳佛的主流模式。然而道安的弘法態度,則不採取玄學化的遷就方式,即便其時流行以中國概念對譯並規範佛典名相的"格義"方式,亦不苟同。格義之法在《高僧傳·竺法雅傳》有所定義:

> 以經中事數,擬配外書,爲生解之例,謂之格義。②

由於佛典事數(名相)繁多而陌生,故翻譯之初有格義之需要,使概念爲固定漢語詞彙所規範表達。而道安認爲此法不可取,正以爲執着於考文察句,容易忽略經文大旨,流於僵硬的翻譯,反失佛典本義。③ 道安由此採取"合本"的方式,將不同譯文對照,力求斟酌出允合原典事數的意思。同時,又多所注重當時盛行的毘曇論典,④以其專言法數,大量解釋佛教的名相,正好彌補格義不求甚解的缺點,從而求取接近佛說的原本義理。這種宗於正典正

---

① 《高僧傳·釋道安傳》卷5,頁178。
② 《高僧傳》卷4,頁152。
③ 道安反對守文考句的解經態度,可見於其《道行經序》當中:"然凡諭之者,考文以徵其理者,昏其趣者也;察句以驗其義者,迷其旨者也。何則? 考文則異同每爲辭,尋句則觸類每爲旨。爲辭則喪其卒成之致,爲旨則忽其始擬之義矣。"意謂執着於文辭格義,對經典之義理,不免越格越昏。是故必須以尋求文旨爲目的,務求通達經典中的義理,而不爲文詞所拘囿與迷失:"若率初以要其終,或忘文以全其質者,則大智玄通,居可知也。"(《出三藏記集》卷7,頁263)
④ 聖凱先生指出道安曾主持和參與當時的毘曇論典的翻譯工作,亦有提序或撰抄要義;晚年譯經,又多爲一切有部之學。如此重視毘曇學,正爲悉了法數,通達經義。(《中國佛教通史》,第三卷,頁239)

第三章 以禪修爲實踐的體道之學：禪修原理與般若思想的傳介

義的佛法追求，影響慧遠在追隨道安的過程中，接受和延續了其取態，後來於廬山開展的弘法事業，亦致力建立禪修活動與理論的正統觀念。誠如程石泉先生評譽道安與慧遠詮解佛義之貢獻：

> 道安與慧遠獨能於"格義佛學"（以中土儒家、道家思想以格佛典之本意）倡行之時，力求佛學之真實和含義。①

將追求真實和含義的原則，超越於恪守工具規範，慧遠較之於道安可謂更進一步。慧遠以中國傳統觀念，如《莊子》和《易》學的概念來詮釋佛義，是試圖於本土尋找出貼合佛學的觀念，使解讀能貼近本義。《高僧傳》載道安特許慧遠以《莊子》義解佛理，便知其所格義，極宗原典：

> 安公常嘆曰："使道流東國，其在遠乎。"（慧遠）年二十四，便就講説。嘗有客聽講，難實相義，往復移時，彌增疑昧。遠乃引《莊子》義爲連類，於是惑者曉然，是後安公特聽慧遠不廢俗書。②

道安雖然要求宗於佛經原本，卻因慧遠以中國經典確解佛理，而不棄俗道文獻；反映出慧遠對中國與佛學文明觀念所達融通之境，既不流於以玄解佛之弊，更有助於顯豁佛學原義。慧遠運用儒道經典輔以解讀佛理，而能避免落入以玄解佛之時弊，另一原因在於其奉佛態度與道安同樣傾向超塵脱俗，自甘淡泊的静修，而不遷就世俗。是以慧遠於南地發展佛學，只染玄老之高風亮節，卻不曾參與名士的酬酢活動，惟務潛心領悟真實佛理。此修行態度對其禪修與念佛觀念的影響，將於下文再加解説。

---

① 程石泉《中西哲學合論》（上海：上海古籍出版社，2007），頁304。
② 《高僧傳》卷6，頁212。

一、道安闡發的正統禪修義理

慧遠從學於道安門下，禪修觀念亦主要承自師門，是以有必要先交代道安的禪修思想，以顯豁慧遠對禪理的發展，是受到道安追求純正佛學的理念所啓導。道安與支遁於相近時期弘揚大法，《高僧傳》亦同將二人歸入"義解"類屬，然道安的"義解"實質專意於原典本義，而支遁則重於面向世俗播道。傳道方向的迥異，緣乎弘法態度的不一致。支遁向白衣道士推動學佛禪修，傾重於鼓勵世俗之士對佛法的接納，即使如孫綽以道解佛，亦深得支遁的讚賞和勉勵，而不計較學者駁雜不純的理解。至若道安傳道，則講究入門宗統純正，這與其領導人數衆多的僧團有關。《高僧傳·釋道安傳》記載習鑿齒形容道安領導僧衆的情況云：

> 師徒數百，齋講不倦。無變化伎術，可以惑常人之耳目，無重威大勢，可以整群小之參差。而師徒肅肅，自相尊敬。①

爲使僧團能夠形成和諧互敬的氣氛，道安管治和帶領僧衆的特色，是透過純正平實之學風，端正僧衆的修養與學習態度。

由此可見道安管理和啓導僧衆的理念，是相信曉示正統的佛學思想，明確成佛的終極宏願，使信徒專注於煥發德性自覺，便是最有效的管理方法。由是宣揚的成佛宗途，亦本佛陀開示的立教之法爲尊：

> 世尊立教，法有三焉：一者戒律也，二者禪定也，三者智慧也。斯三者，至道之由户，泥洹之關要也。②

三教既是佛陀開示的禪修教法，道安對於戒、定、慧的義理説明，悉

---

① 《高僧傳》卷5，頁180。
② 《比丘大戒序》,《出三藏記集》卷11，頁412。

第三章 以禪修爲實踐的體道之學：禪修原理與般若思想的傳介

着力於正統思想之建立。謝重光先生指出道安在佛門戒律上的貢獻：

> 道安賴以維持僧團的團結和整肅的法寶，除了自己的修養和威望之外，靠的就是佛教的戒律和自創的僧制。道安對戒律非常重視，對於流行的戒律的訂正和新戒律的譯出寄以高度的熱情和厚望。①

佛門的戒律需要經由漢譯方得以化衍流布，在經典傳譯之初，對有關譯文的反復修訂，以及持續翻譯新典，是道安着力的工夫。道安相信藉由宣揚正統的戒律和義理，可以使僧衆建立自律的學佛態度。

對待他律性質的戒律典籍尚且如是，則對於禪定觀念與般若理論的正確傳播，使僧衆恭敬伏心於學佛真義，顯然更有必要。是以道安對當時學禪的訛濫風氣，尤表關注。例如《陰持入經序》提及學禪者一知半解的禪思弊病：

> 于斯晉土，禪觀弛廢，學徒雖興，蔑有盡漏。何者？禪思守玄，練微入寂，在取何道，猶睨于掌。墮替斯要，而悕見證，不亦難乎！②

"盡漏"即神通的第六種境界——漏盡通，是神通的最高層次，唯聖人能具足。晉前的神通只有五種，即前述之神足通、天眼通、天耳通、他心通與宿命通，後來加入漏盡通。③ 漏盡通是由修行者盡了諸法空相，領會圓滿般若智慧所發動，而得永恒解脫，故屬於聖人

---

① 謝重光《中古佛教僧官制度和社會生活》，頁7。
② 《出三藏記集》卷6，頁249。
③ 任繼愈先生指出，印度的其他原始宗教也有神通，惟只關懷於個人的自在如意，故只得前五種神通。直至大乘佛教"不再限於個人的目的，將獲得的這些神通運用於救濟三界，度脫衆生，同時又增加'漏盡通'，成爲'六通'"。（《中國佛教史》卷2，頁93）此知漏盡通乃大乘佛教發展的思想產物。

方能達到的神通境界。劉貴傑先生指出,道安曉示世尊立教之三法,正爲使佛徒之禪修最終能入盡漏之境,也即聖人的境界:

> (戒、定、慧)三者互不相離,修此三學,可以由戒得定,由定發慧,終獲無漏道果,涅槃聖境。①

此知禪者乃由盡漏而果證涅槃成聖。而世俗習禪之所以未能盡漏,是因爲執着和迷惑於神足通、天眼通一類奇幻感應,未了神通所起諸相皆是空寂,究識盡漏之境。用般若空觀解釋,一切諸法皆是緣起,皆是假有,皆是空,神通的種種超驗感應與能力,是幫助度濟衆生的權假,並助禪修者領悟宇宙的根本神理,通邁聖道。若明權假乃暫用還廢之方便,則知執迷於超驗能力,或是以爲神妙之感應即爲聖證,反而去聖益遠。劉勰在《滅惑論》出於糾正俗間對禪定神通的誤解,乃指出道家之修練,執着於神妙的表象,正是修練神通的常見誤區:

> 若乃神仙小道,名爲五通,福極生天,體盡飛騰,神通而未免有漏。②

以"體盡飛騰"的相似表象,視爲神通得道的境界,是未能真正理解神通發動與形成的原因。蔡奇林先生認爲這種執着於有形相似的心態,實際上仍是有"渴望永恒存在的煩惱",③故此種神通修練乃是"有漏"。意謂道術方士所感應之奇幻神通,非是聖境。劉勰身處齊梁之世,禪學於中土已取得一定受認,尚見外道的曲解,則在禪法東傳早期,正義微沓難顯,更是可想而知。道安指出學徒禪修

---

① 劉貴傑《東晉道安思想研究——魏晉時代中國佛教思想之形成》(臺北:文津出版社,1992),頁75。
② 釋僧祐《弘明集》(上海:上海古籍出版社,1991),卷8,頁52中。
③ 蔡奇林《巴利學引論:早期印度佛典語言與佛教文獻之研究》(臺北:臺灣學生書局,2008),頁396。

的弊病,正在於一知半解,對於禪思中的"守玄"與"入寂",只從字面表象理解,爲入寂而入寂,不明入寂之目的爲何,則禪修之極境,終是不得要領,徒具形似。

　　道安對於禪學的正統認識,與師事佛圖澄有關聯。佛圖澄爲西域人,以神咒祕術而行道化,《高僧傳》歸之入"神異"類,所載多爲以法術悟俗之能事。① 劉新貴先生指出道安的禪修觀正受佛圖澄影響：

> 道安師承佛圖澄,澄即以神變見稱,而神變又出於禪修,道安謂"禪定不愆,於禪變乎何有也"(《大十二門經序》),"冀諸神通照我喟喟,必枉靈趾燭謬正闕也"(《道地經序》),係受其師影響所致。②

法術神變本由禪定修行而得,佛圖澄視神變法術爲利度眾生的方便,不過爲禪修的過程,根本目的在於成佛。由此透露其對於禪定神通的修行觀,具有較正統的了解,故其法術亦用於濟俗利他。但佛圖澄並沒有遺留文字申明其禪學觀念,當時禪學的真義,仍然未能廣彰。道安有見學禪之風不純,慨嘆禪學真義之弛廢,於《十二門經序》復再嘆惜:

> 每惜兹邦禪業替廢。③

道安歸究中土世俗之士學禪不正的原因,認爲在於"生值佛後,又處異國,楷範多闕",④爲匡濟禪學於正軌,乃致力從事補正缺失之事業,既爲禪典作注譯,又立序申明禪定神通之正義,此是其重視

---

① 詳見《高僧傳·佛圖澄傳》卷9,頁345—357。
② 劉新貴《東晉道安思想析論東晉道安思想析論》,載《中華佛學學報》(臺北:中華佛學研究所),1991年第4期,頁257。
③ 《出三藏記集》卷6,頁253。
④ 《出三藏記集》卷6,頁253。

義理闡釋之原因。道安在其爲"禪思之奧府"的大乘禪定經典《十二門經》所立的序文中,①描述了禪思盡漏之境界:

> 始入盡漏,名不退轉。諸佛嘉嘆,記其成號。深不可測,獨見曉焉;神不可量,獨能精焉。陵雲輕舉,淨光燭幽,移海飛嶽,風出電入。淺者如是,況成佛乎!②

道安認爲禪定神通要達到盡漏,當明乎發動禪修過程所感應的超凡境界,而求達此超凡境界,當明其以成佛爲圓滿,不惑於形似,方能涉淺而邁深。爲使學徒進入神通之正境,道安又提出了"定"的關鍵作用:

> 是乃三乘之大路,何莫由斯定也。自始發迹,逮于無漏,靡不周而復始,習茲定也。……醒寤之士,得聞要定,不亦妙乎。③

禪思必由入定而至,故習定是學禪者的基本要領,明白定之道,則可醒悟入門之路徑。道安於《比丘尼大戒序》便指出禪定在修行中所起的功能:

> 戒者,斷三惡之干將也;禪者,絕分散之利器也;慧者,齊藥病之妙醫也。④

禪定的作用在於使思想由靜慮入專精,以進行精銳的智慧思考。故於《大十二門經序》即指出透過禪定專思,以駕馭定中所起種種神變:

> 匪禪,無以統乎無方而不留;匪定,無以周乎萬形而不礙。

---

① 《新集安公注經及雜經志錄序》,《出三藏記集》卷5,頁227。
② 《十二門經序》,《出三藏記集》卷6,頁252。
③ 《十二門經序》,《出三藏記集》卷6,頁252—253。
④ 《出三藏記集》卷11,頁412。

禪定不愆，於神變乎何有也！①

道安所指的禪與定，禪能令神"統乎無方而不留"，即能統攝一切感物活動的智慧；定則使神"周乎萬形而不礙"，是專精的意志。道安認為禪定之意，即是禪與定二者相依起動，使神能馳暢於玄路。以禪定駕馭神遊，則神變自非虛幻，而是修行的其中階段，能明此道，則修行者遇神變，亦不以此為終極，免於陷入迷惑執戀之心，自能於玄路上長驅直進。

道安勸誡禪思盡漏不應為表象所惑，乃為彰明禪定神通的終極目的，不在追求凌雲輕舉、風出電入的神遊經歷，而在成佛度眾：

> 行斯三者(四禪、四等、四空)，則知所以宰身也。所以宰身者，則知所以安神也。所以安神者，則知所以度人也。②

道安提醒學禪者練神通不當只求一己解脫，而應視神通為度眾之方便門，以普度眾生為終極目的。是以其弘法方式亦不循佛圖澄多行神變法術，而以義理和戒行服眾。如習鑿齒曾向謝安稱譽道安領導僧眾的風範，云：

> 來此(襄陽)見釋道安，故是遠勝，非常道士，師徒數百，齋講不倦。無變化伎術，可以惑常人之耳目，無重威大勢，可以整群小之參差。而師徒肅肅，自相尊敬，洋洋濟濟，乃是吾由來所未見。其人理懷簡衷，多所博涉，內外群書，略皆遍覩，陰陽算數，亦皆能通，佛經妙義，故所游刃。③

印順法師亦指出道安與慧遠皆特重戒法，是考慮到當時玄風流行，名士但重隱遁、疏略的風氣，故以戒律矯治：

---

① 《出三藏記集》卷6，頁253—254。
② 《十二門經序》，《出三藏記集》卷6，頁252。
③ 《高僧傳・釋道安傳》卷5，頁180。

> 恬退要約之風,安、遠二公固承其緒而莫久能異者,然以受竺佛圖澄之化,禪慧之餘,首重戒法,奮力求之。……故得門風精嚴,蔚爲時望。①

道安重視佛經義解,肅整戒律,顯示出注重德性智慧以及下學上達的工夫,此跟其重視禪定中靜慮修行實同一理,在修行而言,不可思議的形相變化,亦不過爲修行歷程中的權假,權假只是工具,成佛方爲目的。故道安弘法亦避免施展神變,以免適得其反。

這一思想糾正,乃針對當時學禪者不解禪修大義的情況而提出。取鑒於孫綽的禪修情況可知,其禪思活動無非尋求自我解脫,而未嘗有度人之願景存焉。此實只自適於道家遁隱山林的理想世界,而徘徊於佛道並修的境況之間。這種不純正的學禪思想,正爲道安所反覆勸阻者。而道安從義理上闡發禪修真義的行實,正影響慧遠日後的弘法方向,繼承其正統理念,爲禪思開示更具深度的理論,並指歸於神源理本,爲神思義理建立成佛的根。

二、慧遠護持正統的弘法觀念

慧遠在跟隨道安至襄陽弘法後,隨着襄陽淪陷,乃移居廬山,並以此爲其一生弘法的主要場所。晉代佛學場所以山林爲主,而慧遠之居廬山在當時備受尊崇,正與其從屬於道安的正統僧團,且秉承道安對禪修的嚴格要求有關,這可從當時桓玄頒布的《沙汰衆僧與僚屬教》窺見一斑。《沙汰衆僧與僚屬教》是桓玄爲肅清沙門而發出的命令,內文直指當時僞學僧侶泛濫的情況:

> 佛所貴無爲,慇懃在於絕欲,而比者陵遲,遂失斯道。京師競其奢淫,榮觀紛於朝市,天府以之傾匱,名器爲之穢黷。

---

① 釋印順《佛教史地考論》(臺北:正聞出版社,1991),頁15。

第三章　以禪修爲實踐的體道之學：禪修原理與般若思想的傳介

避役鍾於百里,逋逃盈於寺廟,乃至一縣數千,猥成屯落,邑聚遊食之群,境積不羈之衆。其所以傷治害政,塵滓佛教。①

桓玄在文中指出了當時佛徒僞冒者人數衆多,充斥京師,由此對社會造成種種危害,既欺騙善信以圖利奢淫,亦損壞佛教正名。不但京城如此,地方郡縣上,百姓寄身寺廟以避稅役,聚衆游食,淪作流氓,不事生產,成爲普遍現象。早於東漢,百姓爲逃避徭役而淪落爲流氓,失於户籍紀錄的情況,已頗見嚴重,至西晉末年五胡亂華,政局更爲混亂,適值佛門廣收善信,流氓遂借信佛爲口實。佛圖澄於後趙弘法,便因出家者衆,引起中書著作郎王度提議禁止國人奉佛,後因帝主石虎否決而作罷。②

及後石氏爲桓溫所滅,真僞混雜的出家情況依然嚴重。桓玄爲杜絕弊況,決定肅整各地佛門：

便可嚴下在此諸沙門,有能伸述經誥,暢説義理者,或禁行修整,奉戒無虧；恒爲阿練若者,或山居養志,不營流俗者,皆足以宣寄大化,亦所以示物以道,弘訓作範,幸兼内外。其有違於此者,皆悉罷道。所在領其户籍,嚴爲之制,速申下之,并列上也。唯廬山道德所居,不在叟簡之例。③

肅整之法,主要有三,一是要求僧團自覺整頓門風,令門徒嚴守戒律；二是要求隱居山林靜修空寂無爲之徒,即所謂阿練若者,以身作則,不得近於流俗；三是搜查佛徒的户籍,使逃亡避役者無所匿藏。桓玄提出的方案,是以國家中所有沙門爲面向,以對治流弊,然而,卻明言廬山不在搜簡之列,可見當時廬山佛門的尊崇地位,遠非他處所能比擬,起碼受到統治者的珍視。

---

① 《弘明集》卷12,頁86上。
② 事載《高僧傳·佛圖澄傳》,頁352。
③ 《弘明集》卷12,頁86上。

道安當日帶同慧遠避走至新野,經常提醒"今遭凶年,不依國主則法事難立",廬山日後備受統治者的尊敬與厚待,端賴慧遠秉承道安高調護持佛學正統的教誨。事實上,桓玄發出搜查名籍的命令,不止一次,早於支遁在京期間,已見前例。而事件亦引起了支遁與當時僧侶的質詢,在《與桓玄書論州符求沙門名籍書》一信中云:

> 貧道等雖人凡行薄,奉修三寶,愛自天至,信不待習。但日損功德,撫心增懷,賴聖主哲王,復躬弘其道,得使山居者騁業,城傍者閑道。……項頻被州符,求沙門名籍,煎切甚急,未悟高旨。野人易懼,抱憂實深,遂使禪人失靜,勤士廢行,喪精絕氣,達旦不寐,索然不知何以自安。伏願明公扇唐風於上位,待白足於其下,使懷道獲濟,有志俱全,則身亡體盡,畢命此矣。①

支遁本受晉哀帝邀請而赴京宣講佛法、修撰佛典,卻在京遭逢搜檢騷擾。支遁在信中透露了對桓玄要求佛門交出名籍"煎切甚急"的不解與不滿,指出急切搜查名籍,既令野居山中修道之士焦慮不安,亦直指桓玄對沙門不尊重和不信任。桓玄沙汰僧侶的行動,目的在保留正統佛徒。當時僧人爲向士人傳播佛法,將般若學進行玄學化解説,如支遁、竺法汰與支敏度三宗,皆屬於非正統之流。相對之下,慧遠遵從道安訓誡,恪守禪學與般若思想之正義,遂得以爲桓玄豁免於搜簡之外,保存下來。桓玄對慧遠不但尊敬有加,更拜服於慧遠高深的佛慧,以及嚴謹的弘法態度,因而能特開恩澤,豁免搜簡廬山,毋使慧遠在修行教化時受到騷擾。

桓玄曾就佛理及教義之困惑,多次致信請益慧遠,而慧遠對學

---

① 《弘明集》卷12,頁86下。

佛的嚴謹要求,乃在回復中透露。例如《答桓玄書》批評時人修佛,指出但求形似的錯誤心態:

> 外似不盡,内若斷金,可謂見形不及道。哀哉哀哉!帶索枕石,華而不實,管見之人,不足羨矣!雖復養素山林,與樹木何異。①

修行但模仿外在環境和形態,只是"形不及道",而未真正以心體道;即使隱遁於山林,亦與修行無涉。慧遠的批評,多少與當時僞學佛者成風,或學者一知半解的情況有關。由是,慧遠認爲佛門收納弟子,應提高門檻,摒絶充數者,遂向桓玄提出料簡沙門之建議:

> 若有族姓子弟,本非役門,或世奉大法,或弱而天悟,欲棄俗入道,求作沙門,推例尋意,似不塞其清塗。然要須諮定,使洗心向昧者,無復自疑之情。②

對於有意入佛門者,慧遠認爲當要求自身審慎考慮,求學信念堅定,方許入門。即使投誠於門下的弟子,慧遠亦會指出其學佛之不足或未當處。會稽戴安數與慧遠有書信交往,在請教報應論的信中,自謂一生"行不負於所知,言不傷於物類,而一生艱楚,荼毒備經",③以爲無法從個人經歷去體悟佛門報應之說。慧遠即指出義理藏於佛典,佛慧精深,當從經典上領會大理,故誡以讀經要義:

> 佛教精微,難以事詰。至於理玄數表,義隱於經者,不可勝言。但恨君作佛弟子,未能留心聖典耳。④

慧遠的要求除卻是向戴安提供悟佛法門外,也是針對當時修佛者

---

① 《弘明集》卷11,頁76上。
② 《與桓玄書論料簡沙門》,《弘明集》卷12,頁86中下。
③ 戴安《與遠法師書》,《廣弘明集》卷18,頁229中。
④ 釋慧遠《遠法師書》,《廣弘明集》卷18,頁231上。

對佛經的輕忽而提出。事實上，戴安後來回信中亦承認没有踐履讀經的教義：

  雖伏膺法訓，誠信彌至，而少遊人林，遂不涉經學。①

  見微知著，慧遠的弘法態度，是使學者真正徹悟佛理，對於禪修的意義，亦要求必須有確切的認識，以明學佛之旨歸。因此，慧遠對於佛學經典的傳播，尤爲重視，認爲正確的認識與態度，皆可據正典而掌握。學禪之真義，亦必須從禪典上理解，方無滯礙。惜晉初漢譯禪典所出尚寡，學禪風氣雖盛，卻難免蕪雜不純。慧遠在《廬山出修行方便禪經統序》乃爲之慨嘆：

  每慨大教東流，禪數尤寡，三業無統，斯道殆廢。②

其時禪學寡薄微弱，與慧遠同師事道安，後追隨鳩摩羅什的釋僧叡亦有同感，認爲禪法雖有道安爲諸禪經作注釋，但因"既不根悉，又無受法"，文本與師法尚未彌足的情況下，學禪的條件依然很匱乏。③整頓學禪之風，弘揚禪業，由此成爲慧遠弘法的重要工作，從原典漢譯，到義理闡微，乃至修行實踐，皆在當時備受注目，亦產生廣泛的影響，是促使禪學在中國更深入植根發展的重要人物。而其禪思觀念，亦在其禪業迹印當中顯示出來。

  基於晉以來禪典譯著的匱乏，造成中土士人的禪修形態，出現以道入佛的傾向與風尚，要求學佛宗本的慧遠，早年雖亦以融會三家而著名，但經歷過諸方學問的接觸與體會後，在向劉程之等從學回溯一生學道歷程時，已表明佛家的禪修方是上上乘修心法

---

  ① 戴安《答遠法師書》，《廣弘明集》卷18，頁231上。
  ② 《出三藏記集》卷9，頁344。
  ③ 《關中出禪經序》云："禪法者，向道之初門，泥洹之津徑也。此土先出《修行》、大小《十二門》、大小《安般》，雖是其事，既不根悉，又無受法，學者之戒，蓋闕如也。"載《出三藏記集》卷9，頁342。

第三章 以禪修爲實踐的體道之學：禪修原理與般若思想的傳介

門,謂:

> 每尋疇昔,遊心世典,以爲當年之華苑也。及見老莊,便悟名教是應變之虛談耳。以今而觀,則知沉冥之趣,豈得不以佛理爲先。苟會之有宗,則百家同致。君諸人並爲如來賢弟子也,策名神府,爲日已久,徒積懷遠之興,而之(乏)因籍之資。①

慧遠自述的學道歷程,亦見於《高僧傳》。在追隨道安以前,慧遠精熟名教經典,及進佛門,以老莊悟佛慧,而深獲道安賞識,彰表其貫通義理的悟性。以老莊解讀佛理,一直是中土學佛禪修的積習,慧遠既適逢其會,亦以自身經驗間接助長風尚。然而在悟徹禪理以後,卻明確指出佛理爲先。慧遠以其深厚禪修歷練,認爲佛學境界要高於儒道二家,說明老莊思想有未遞於佛之處;則以老莊駕馭禪學,顯然無法習得純正的佛理。所謂沉冥之趣,是指坐禪入定以參悟智慧的修行,其入定原理與老莊的虛靜相似,惟禪修的具體內容,乃至求得智慧解脫的成佛理念,終究有自身的觀念體系,不能比類相推。以道入佛的成因,只是源於外在條件的限制。由於漢譯禪典匱乏,致令禪學有文獻不足徵之患。

慧遠有鑒於此,在廬山時便曾邀請西域高僧相與翻譯禪典,以爲中土提供有宗有統的禪觀與修行途徑。這實際上是承繼道安注釋禪典的用心,以譯注的工夫,使禪學在中土得到端正而普及的流播。《高僧傳》載,秦王姚興即位後,罽賓沙門僧伽提婆渡江,慧遠"聞其至止,乃請入廬岳。以晉太元中,請出《阿毘曇心》及《三法度》等"。② 又有天竺禪師覺賢(佛陀跋陀羅)南至廬岳,慧遠"乃請

---

① 釋慧遠《與隱士劉遺民書》,《廣弘明集》卷 27,頁 315 上。
② 《僧伽提婆傳》,《高僧傳》卷 1,頁 37—38。

出禪數諸經",①《修行方便禪經》(即《達磨多羅禪經》)便是在暫留的一年多時間中所譯出的成品之一。當時外國禪師的譯典方式,大多是禪師手執梵文宣講,由僧侶配合筆錄。提婆在廬岳所譯的禪經,便是與慧遠於般若臺一起完成。據慧遠《阿毘曇心序》載,其時提婆"手執胡本,口宣晉言。臨文誡懼,一章三復",慧遠則"寶而重之,敬慎無違"。② 在此過程中,慧遠自身對西域禪學的認識,不無深識與累積,在所譯禪典而親作的序文當中,便透露了對佛學所領會的哲思慧識。

在廬山翻譯禪典的禪師,禪法主要源自罽賓;覺賢雖生於天竺,在年幼喪父後已往罽賓隨大禪師佛大先深修禪法。據蔣維喬先生考證,其時西域諸國,罽賓爲小乘佛學最盛之地。③ 是知二人所譯禪典,屬小乘之類。然而蔣先生認爲禪觀傳入中土之初,本無大乘、小乘的明確區分,一些被後世判爲小乘之禪典,其中不乏大乘思想內容,所謂大乘小乘之禪學,乃後世禪學者所設之名目。④ 蔣先生的觀點有其實際的內容分析爲支持,反映了當時禪學的真實情況。惟大小乘之分判,除卻是稱名,亦是助益後世了解其時禪學思想特色的工具。一些小乘禪典蘊含大乘內容,雖反映其時禪師沒有界定大小乘的觀念,卻體現了其時禪學大小融貫的思想特質。因是之故,本文論及有關禪學的問題,仍保留大小乘之說。

禪學本出於小乘,早於東漢時期安世高傳入的便是小乘上座

---

① 《佛馱跋陀羅傳》,《高僧傳》卷2,頁72。
② 《出三藏記集》卷10,頁379。
③ 根據蔣維喬先生分析:"諸國之中,罽賓爲小乘教之中樞。由罽賓傳來之佛教,皆小乘教也。上列僧迦跋澄、僧迦提婆諸人,皆罽賓人,皆小乘教傳導師也。"(《中國佛教史》,頁8)又云:"罽賓人來華傳小乘經者,至前秦苻氏時代始盛。"(頁9)
④ 蔣維喬先生認爲:"大乘禪、小乘禪、習禪、如來禪(祖師禪)等,乃後世禪學者所設之名目;隋唐以前,決不設此種嚴密之區別。……要之此時代所謂大乘小乘,半係形容之詞;必於書中區別何者爲大乘?何者爲小乘?殊覺匪易;且譯者構思之際,欲設上列之區別,實際上亦有所不能。故以安世高之禪爲小乘禪;羅什之禪爲大乘禪;不過就今日思想,區別之而已。"(《中國佛教史》,頁61)

第三章 以禪修爲實踐的體道之學：禪修原理與般若思想的傳介

部禪法,然迄至東晉,鳩摩羅什與覺賢先後來華,則以大乘般若空觀思想融會於小乘禪學之中,形成了大小乘融貫的禪法。呂澂先生解釋此禪法的特點云：

> 大小乘禪法融貫的關鍵,在於把禪觀與空觀聯繫起來,羅什所傳就是同實相一起講的。《禪法要解》卷上說,"定有二種,一觀諸法實相,二觀諸法利用"。此即在禪觀中不僅應該看到空性,也要看到諸法的作用,兩者不可偏廢。佛陀跋陀羅所傳,在現存本子中已經看不到這深入的說法,但慧遠序文之推崇佛陀跋陀羅仍在於能貫通大小乘的一點,所以說："非天道冠三乘,智通十地,孰能洞玄根於法身,歸宗一於無相,靜無遺照,動不離寂者哉。"①

以般若空觀把握禪觀,則禪觀當並重觀法性(空、實相)與觀色(假、方便)。鳩摩羅什之禪觀,既重觀空,亦要觀色,蓋視空、色二者乃相互成全與證明的關係,屬於大乘思想。覺賢的禪觀在今存文獻中,顯示出與鳩摩羅什空觀不契合的情況。鳩摩羅什主張緣起性空,故觀諸法利用之終極目的不過爲觀諸法實相。覺賢的禪觀則以一微爲世界(色)組成的根本緣起,其解說有二。一爲：

> 衆微成色,色無自性,故雖色常空。

二爲：

> 法不自生,緣會故生。緣一微故有衆微,微無自性,則爲空矣。寧可言不破一微,常而不空乎。②

一微既可代表宇宙之物質根本,亦可視爲緣起。覺賢觀一微,固視之爲一切法、一切色之根本緣起,故謂"緣一微故有衆微",特別強

---

① 呂澂《中國佛學源流略論》,頁 123。
② 載《高僧傳·佛馱跋陀羅傳》卷 2,頁 71。

調其緣起作用。緣會則色聚法生,佛家觀物之生成由於緣起,物質僅爲其次。有質無緣,法終不生,色終不聚。以此解釋一微,則微故無自性,亦爲常空。而鳩摩羅什以爲覺賢所說之一微爲法不爲緣,故復提出如何破一微之問。

實者覺賢觀此宇宙之根本,始終在於法性真如而不在法,即使一微,所見亦無非法性緣起,故說"起不以生,滅不以盡,雖往復無際,而未始出於如",①是以爲在法中亦可觀見空,觀空不必離開一法才得見。此是其所理解"色不離如,如不離色;色則是如,如則是色"之意,不必有鳩摩羅什"法云何空"之問。覺賢觀一微的恒住自性以爲實相,故其終不必破盡一微,而可於法上見如性之空,是與鳩摩羅什空觀之分歧處。印順法師闡釋二家觀念之分別云:

> (覺賢)初析色明空,次體色常如,不出一切有見。即此差別之實有而混融之,則與大乘妙有者合流。此與什公"佛法中都無極微之名"之緣起性空學,相去甚遠。②

覺賢的色空觀來源於一切有部,注重觀諸法之所由成,故異乎觀諸法實相的大乘空宗。二人在色空論上的分歧,經歷過正面論辯,終致覺賢離開長安而南赴廬岳。覺賢的禪觀雖然與鳩摩羅什未能盡合,但其由觀色(法相)而入於如(無相、空)的觀法,仍是結合大乘般若思想的結果。而慧遠對覺賢禪觀表示稱許者,亦在於此一融會大乘般若空觀的禪學思想。③

慧遠對佛理的深識,以及對西域佛學傳統的逐漸了解,都促發其對於中土佛學及禪修活動,產生宗本的追求,也即以彰顯正宗的禪修、正宗的佛理爲尚。而相對之下,慧遠的禪修觀念,以及對於

---

① 佛陀跋陀羅譯《達磨多羅禪經・序》卷1,《大正新修大藏經》第15冊,頁301中。
② 釋印順《佛教史地考論》,頁21。
③ 慧遠於《廬山出修行方便禪經統序》已稱達磨多羅與佛大先:"禪訓之宗,搜集經要,勸發大乘。"(《出三藏記集》卷9,頁345)

般若的理解,無疑受覺賢有部思想的影響,多於鳩摩羅什的中道空觀。其禪觀及念佛思想基本上來自小乘禪典《阿毘曇心論》中的觀念,尤其以神不滅來解釋流轉還滅的禪修系統,肯定有一常住不滅的神爲禪修主體的想法,是更爲接近覺賢不可破盡一微之有部觀念,以下詳爲解釋。

三、《阿毘曇心論》啓迪下的禪修觀

分析慧遠的禪修觀念,可循其爲《阿毘曇心論》撰寫之序文作爲綫索。是序引介當時毘曇學一部重要禪典《阿毘曇心論》(以下簡稱《心論》),本爲魏世法勝所著,經慧遠請僧迦提婆於廬山重譯而得有漢本流傳。《心論》之作,擬爲分量極大的《毘曇經》勾勒提綱與要義。[1] 毘曇屬於三藏中的論藏,記載菩薩對佛説之種種解述。前文提及《舍利弗阿毘曇論》中的神通内容,即是佛陀弟子舍利弗就佛陀開示的禪定神通而加以闡釋的文字,而毘曇學又有蘊含禪數内容,漢末安世高傳入毘曇學時,即與禪數學一同講解,[2] 由是毘曇學於中國乃蘊涵着禪修的意義發展起來。從毘曇學解釋一切法的特質看,慧遠的禪修觀念選取毘曇論典中的禪法作爲依據,實本於尋求正統學問的精神。就專擅於義解的中土僧侣而言,參酌毘曇學論典的内容以爲決疑,是當時辨識正宗禪法的方便。

1.《心論》禪修内容

《心論》凡九品,其中言及與禪修的聯繫,主要集中於第五至第八品。在前四品中以苦諦爲開端,指出衆生皆苦(苦、空、無常、無

---

[1] 關於毘曇義涵與《阿毘曇心論》之内容,詳參《吕澂佛學論著選集》,《阿毘曇心論頌講要》,頁 675—727。

[2] 道安《安般注序》有云:"昔漢氏之末,有安世高者,博聞稽古,特專阿毘曇學。其所出經,禪數最悉,此經(指《安般守意經》)其所譯也。"(《出三藏記集》卷 6,頁 245)禪數是將禪與數字結合修行,如《安般守意經》中提到的四禪,便是指禪定中的四重階段。

我),衆生世世流轉於生死,又是因種種迷惑蒙昧,染而未净,故有解脱沉淪流轉的斷惑需要,繼而於《賢聖品第五》乃云:"如此聖斷勞,衆恐怖之本。"①勞即煩惱,也即恐怖之本,意謂能斷除煩惱,性净無染,並滅有漏法,便即入聖。② 由此提出解脱應有修習的需要,以此開展關於修斷入聖的觀念。

《心論》以爲修習的目的爲領悟斷惑證滅之智慧,使能在諸法名相中,洞觀四諦實相:

　　若知諸法相,正覺開慧眼。③

以慧眼所觀一切法相,皆可見其實相。《智品第六》言此智慧,是具有明本斷惑之能力,以此觀世間一切法相,乃明涅槃還歸寂滅之返本大義:

　　智慧性能了,明觀一切有。有無有涅槃,是相今當說。④

四諦之真實,即一切有以及涅槃(無有)。⑤ 慧遠於序中又將此智慧概括爲:

---

① 僧伽提婆、慧遠譯《阿毘曇心論·賢聖品第五》卷2,《大正新修大藏經》第28册,頁818上。
② 吕澂釋此品謂:"能斷即聖,所得爲滅也。"指出"斷惑證滅"爲《阿毘曇心論》中的聖境。(《吕澂佛學論著選集》,《阿毘曇心論頌講要》,頁698)
③ 《阿毘曇心論·界品第一》卷1,《大正新修大藏經》第28册,頁809上。
④ 《阿毘曇心論·智品第六》卷3,《大正新修大藏經》第28册,頁820中。
⑤ 吕澂分四諦之實爲苦集與滅道兩面,一切有"即三界生死,所謂苦集之實";涅槃則屬"無此有",是"滅道之實"。(《吕澂佛學論著選集》,《阿毘曇心論頌講要》,頁702)小乘以爲諸法自性不變,也是實有,故觀法相之根本,亦在於有。慧遠在《法性論》中云"至極以不變爲性,得性以體極爲宗"(載《高僧傳·釋慧遠傳》卷6,頁218),便是認爲法性之根本乃是常住不變。《心論》的學説本是創説一切有,亦爲後來發展一切有部之所説(參《吕澂佛學論著選集》,《阿毘曇心論頌講要》,頁684—685),故慧遠就《心論》而言法相,自亦於一切有的立場上解釋,而歸結爲恒住不變之性。慧遠依據毘曇學此一恒住不變之性的觀念,與鳩摩羅什通信論法性問題,羅什既主緣起性空,自然認爲慧遠之論與空觀有未允處。加諸羅什本身否定小乘毘曇學的價值,涂艷秋先生分析羅什的思想指出:"阿毘達磨(阿毘曇之别名)之屬的經典基本理論與中觀不同,在羅什看來又都非佛所説,不足爲據。"(《鳩摩羅什般若思想在中國》,頁311)可知南北二方佛教,蓋各立兩種不同的成佛理論系統。

第三章 以禪修爲實踐的體道之學：禪修原理與般若思想的傳介

一謂顯法相以明本，二謂定己性於自然，三謂心法之生，必俱遊而同感。①

慧遠所概括的三觀，指出了禪觀的三種觀法，分別是觀法相、觀己性，以及觀心法，每一觀法皆提點出一種禪觀要義。所謂"顯法相以明本"，就是要明瞭一切法的實相，此爲禪觀之大方向；"定己性於自然"則指出衆生可因順各自不同的體性，也即個體的天分、氣性以至不同的文明背景等分殊體性，尋求適合的方法來修行，不拘一途；"心法之生，必俱遊而同感"，是指心體所念的相，與所緣之相要同感相應，才能確定達到照見實相、開悟智慧的狀態。雖然要義有三，而其根本目的在於明本，即明四諦實相；因而明本意識也主要體現在第一觀。是以呂澂先生云：

"顯法相以明本"乃是《心論》的根本思想。②

此見《心論》所言智慧與觀法，不離觀四諦實相以求解脫此根本目的。

於此基礎上，《心論》乃提出智慧修習的内容，此是與禪數關係密切之部分，修習的方式，便是以禪定生智慧。蓋禪定乃靜慮的修行，其基本作用乃培養念住能力，使心定專一，由定生慧。《心論》的禪定内容極爲豐富繁多，其中有關四禪八定的介述，亦爲道安所倡者。道安倡四禪，目的爲"安神"，先揭禪思中"神"爲發動主體的端緒，正下啓慧遠以"神不滅"爲基礎發展的禪思觀念。

慧遠於《阿毘曇心序》依據《心論》開示三觀智慧後，便引申出禪修歷程的精神理路。其意正以爲透過禪定修行提升斷惑之智

---

① 《阿毘曇心序》，《出三藏記集》卷10，頁378—379。
② 呂澂《中國佛學源流略論》，頁110。

慧,使"流轉"得以"還滅",從中顯豁其禪修思想體系：

　　　　心本明於三觀,則覩玄路之可遊,然後練神達思,水鏡六府,洗心淨慧,擬迹聖門。①

於此先表達"心本"的重要,智慧的產生來源於心,明了智慧而超凡入聖的條件,亦端賴心本以智慧滌蕩塵累,也即性淨無染的智慧。

在慧遠看來,具備三觀智慧乃見本之起始,而明本的智慧,尚需於禪定中修慧以具足。能具足智慧,即可迷而知返,領悟還滅之真諦,停止流轉。此一理念引申出慧遠的另一觀念,"形盡神不滅",蓋以爲使生命流轉的主體是神,唯有神具不滅之性,方能導致生命進行流轉,完成還滅,先迷後反。是以其禪修觀念中,亦以"練神達思"爲描述修行的主體,主持禪修的發動歷程,如此,反本成聖方有實現的可能。茲以神不滅觀點爲慧遠禪修觀念之基礎,下文先作一交代。

2. 以神不滅論爲基礎

慧遠的禪修觀念,以"練神達思"、"洗心淨慧"爲關要,所建構的修行模式,是以神的貫徹發動來成全整個過程。換言之,神乃是發動禪思修行的主體。神在慧遠的理解中,具有超越形體生命斷限的能力,使主體修行能破除有限生命的掣肘,在世復一世的生命中,尋求精思寂想的自覺與精誠,從而進入永恒的慧命。此見神的永恒性質,是慧遠禪修理論能成立與實踐的基礎,是理解慧遠《阿毘曇心序》觀點及其成聖觀的前提。

慧遠有關神的質性闡述,主要在其《形盡神不滅論》之中。神不滅論非慧遠孤發先鳴,稍早時期羅含與孫盛已展開神滅與否的爭論先迹。至慧遠著《形盡神不滅論》,引起明確且更爲激越的爭

---

① 《阿毘曇心序》,《出三藏記集》卷 10,頁 378—379。

論與回響。之所以對神不滅產生重大爭論,在於慧遠視神爲流轉還滅的主體,是以神的不滅性作爲成佛理論成立的基礎條件。方光華先生指出此乃上承道安的本無宗觀念:

> 慧遠即從道安本無論出發,分析最高實體與最高境界的關係說:"至極以不變爲性,得性以體極爲宗",堅持最高實體的常住性,相信本性之神亘三世而不滅。①

肯定神不滅,有着護持佛法,以及宣揚眾生成佛信念的作用。其於中土產生的爭議處,正由於神的不滅性超越了個體生命的限度,在沒有輪迴觀念的中國傳統思想中,此觀念既不能容易理解,更不輕易被接受。

傳統的神與形,二者合爲一體,至壽盡之時,兩者亦腐朽湮滅,神不可能傳續於新生命。如《禮記·郊特牲》謂:

> 魂氣歸于天,形魄歸于地。②

命斷而魂氣、形魄各返天地,似具神形分離的初形,但壽絕氣盡,氣實無法再投於新形魄。至東漢桓譚與王充,仍舊抱持形氣無分的傳統觀點。桓譚以燭火喻神形關係,至爲著名,③王充《論衡》亦引以論神形相盡的觀點,並進一步引申說明:

> 人死精神升天,骸骨歸土。……今人死,皮毛朽敗,雖精氣尚在,神安能復假此形而以行見乎?夫死人不能假生人之形以見,猶生人不能假死人之魂以亡矣。④

---

① 方光華《中國古代本體思想史稿》,《佛教與隋唐本體論的構建》,頁173。
② 《禮記正義》卷26,頁953。
③ 桓譚以燭火喻形神之論,以火喻精神、燭喻形體,由燭竟則火盡的情狀,說明"齒墜髮白,肌肉枯腊,而精神弗爲之能潤澤,內外周遍,氣索而死,如火燭之俱盡"。《新輯本桓譚新論·祛蔽篇》卷8,頁32)
④ 《論衡校釋·論死篇》卷20,頁871—873。

又云：

> 陰陽之氣，凝而爲人，年終壽盡，死還爲氣。①

壽盡復還成氣，此氣即與形相抱之體氣：

> 體氣與形骸相抱，生死與期節相須。②

命盡化氣，精神歸天，明顯來源自《禮記》之觀念。由此可見，即使中國傳統素有命盡氣歸天的思想，在視生命結束爲一切寄託（包括生命與精神寄託）之消散時，實未能產生神不滅的意識。

慧遠的神不滅觀點，以流轉還滅思想爲基礎，肯定人在生死流轉中，形盡神傳。神作爲流轉的主體，有傳乎異形的質性，不隨生命形體的朽滅而消散，故能不斷冥移於新的生命形體，衆生因爲神而世世受業承報。神所具此種冥移性，正提供了衆生無限上進的機會，雖世世沉淪，一旦智慧覺悟，則可擺脫物累，超出流轉，也即達到涅槃境界，是爲慧遠成聖思想落實的關鍵。呂澂先生指出，神不滅觀念中的神，也即犢子部中的"人我"，屬於小乘思想。主張神之不滅常住，有其實踐目的：

> 犢子部開頭提出"人我"說，其實踐意義是出於道德的責任感。爲了使業報不落空，就必須承認有承擔業報的主體，自己造的罪過，總不能讓別人代受報應，由於這種道德上的責任感，這就是"人我"說的實踐目的。③

換言之，肯定神的流轉，一方面是爲建立道德責任，明白業報不能隨形朽而消散；另一方面則鼓勵衆生積極持恒修行，終可實現清淨無染的境界。慧遠的神不滅觀，是肯定即使在涅槃境界中，神仍是

---

① 《論衡校釋・論死篇》卷20，頁877。
② 《論衡校釋・無形篇》卷2，頁59。
③ 《呂澂佛學論著選集》，《印度佛學源流略講》，頁2313。

第三章 以禪修爲實踐的體道之學：禪修原理與般若思想的傳介

永恆存在，與流轉狀態的分別，在於無累。① 盧桂珍先生研究慧遠的聖人之學，便指出神"同時具有'超越'及'墮落'兩種發展潛質"，②意謂有累則墮落流轉，無累則還滅涅槃，邁入聖境還是世世輪迴，皆決定於神的發展趨向，故爲修行成聖的主體：

> 遠公首先藉由"神傳異形"的冥移之功，確認"神"是受業輪迴的主體；繼而主張化畢生盡即可"冥神絕境"，則"神"又是累世修行的主體。前者將"神"視爲個體生命向下墮入輪迴、承載業力的主體，後者將"神"視爲個體生命向上提升至泥洹聖境的主體，"神"的二重趨向性明矣。③

此處謂神的二重趨向性，乃指成聖意識之自覺與未覺所產生的精神生命趨向。當神發揮冥移之功時，個體生命若受情念困滯，便無法解脫輪迴之苦，是爲下墮性。

慧遠理解情，具有兩重意義。一是爲化生之根本：

> 化以情感，神以化傳。情爲化之母，神爲情之根。④

情爲生生的根源，使生命不絕，則神便能持續得到形骸寄托，最終實現修斷入聖。然而正因情爲形體生命之產生源，苟情在則形無化盡之可能，形不盡則神亦無法超然涅槃。在《廬山出修行方便禪經統序》便指出"無生"與形盡，方可使神無累：

> 垢習凝於無生，形累畢於神化。⑤

化是指神超脫生死流轉，無所爲累，而非神滅。由生所帶來的滯

---

① 詳參呂澂對慧遠神不滅觀念及其法性論思想的分析，《中國佛學源流略論》，頁125—132。
② 盧桂珍《慧遠、僧肇聖人學研究》(臺北：臺灣大學出版委員會，2002)，頁59。
③ 盧桂珍《慧遠、僧肇聖人學研究》，頁47。
④ 《弘明集》卷5，頁32中。
⑤ 《出三藏記集》卷9，頁344。

累,既有形骸,亦有欲念,此皆緣自情之生而派衍,因而情又是使生生不盡,令神難以盡化的根本元素。是以慧遠於《沙門不敬王者論·求宗不順化》乃指出情滯之累害:

> 無情於化,化畢而生盡,生不由情,故形朽而化滅。有情於化,感物而動,動必以情,故其生不絕。其生不絕,則其化彌廣,而形彌積,情彌滯而累彌深,其爲患也,焉可勝言哉。①

慧遠理解的情累,除卻指向於產生形體生命的問題外,亦指妨礙精神生命提升的凡夫俗性,二者皆由有情於化而引發。盧桂珍先生總結慧遠對有情於化之弊患,指出:

> "情"乃是個體遷化輪迴的本源,有情於化者感物而動,則戀生而其生不絕。其生不絕,則其淪於生死變化之域彌廣,其身形就愈積愈多,患累亦隨之愈深,則自生死之流超拔而出的可能性就愈小。②

此說明由情滯而帶動形累的後果。慧遠認爲有情於化的問題,在於"感物而動",此一衆生稟具之本能,乃是使人精神生命下墮的因素。蓋從禪修之靜慮要求言之,動乃是專思守寂之大患,亦是慾念產生的動因。其理實可上接《樂記》之觀念而加以發揮,《樂記》云:

> 人生而靜,天之性也。感於物而動,性之欲也。物至知知,然後好惡形焉。好惡無節於內,知誘於外,不能反躬,天理滅矣。③

後《文子》亦據《樂記》的文字發揮云:

> 人生而靜,天之性也。感物而動,性之欲也。物至而應,

---

① 《弘明集》卷5,頁31中。
② 《慧遠、僧肇聖人學研究》,頁56。
③ 《禮記正義》卷37,頁1262。

第三章 以禪修爲實踐的體道之學：禪修原理與般若思想的傳介

> 智之動也。智與物接，而好憎生焉。好憎成形，而智出於外，不能反己，而天理滅矣。①

《樂記》與《文子》皆認爲感物而動之害處，在於使人生好惡之情，不能反己靜思自照，則迷於好惡，而離天理益遠，此即由情而生之滯累，是慧遠所謂情彌滯而累彌深之意。其後梁武帝於《淨業賦》亦見相同觀點：

> 《禮》云："人生而靜，天之性也；感物而動，性之欲也。"動則心垢，有靜則心淨。②

此亦發揮皇侃性靜情動之説，所謂性之欲，便是情。感物而動，緣情而起，是有情衆生的本然反應，慧遠稱"有情則可以物感"，③便指出情爲動念之作用源。然而情念之生，不免有礙靜慮禪思。

慧遠的禪修觀念着重練神，正爲使神自覺朝往上達之路驅進，達到"洗心淨慧"的修行境界，便是成佛的體現。惟凡俗上達彼岸聖境，不可無舟楫，故神托身於有情世間，乃得藉由感物以馳運，故慧遠認爲神有感物而動的需要，不能廢卻情的作用：

> 神也者，圓應無生，妙盡無名；感物而動，假數而行。感物而非物，故物化而不滅；假數而非數，故數盡而不窮。④

從有名世間妙入無名，神不單要持續冥移，還須利用情以感物而動，假數而行；神與物遊，乃爲了悟聖門之所在。否則流連物色之間，感物而無法超越於物，情滯只會隨神遊而彌深。

凡夫之情戀念於感物之間，情累不止，則世世輪迴，不得解脱，而神之不滅，只徒然令主體不斷下墮。如此有情於化，便成弊患。

---

① 《文子疏義・道原》，頁 25。
② 《廣弘明集》卷 29，頁 347 上。
③ 《沙門不敬王者論・形盡神不滅》，《弘明集》卷 5，頁 32 中。
④ 《沙門不敬王者論・形盡神不滅》，《弘明集》卷 5，頁 32 中。

僧叡在《關中出禪經序》中謂"馳心縱想,則情愈滯而惑愈深",[1]與慧遠的看法一致,而且更突出了情累對禪修的窒礙。"垢習凝於無生,形累畢於神化"的理念,便是透過阻截神的輪迴性,使不繼續投寄於形骸,令神達到冥妙無累的狀態,便入涅槃聖境。

於此可見精神生命與個體生命的相對關係,當精神生命沒有提升的自覺,則個體生命便越益成爲負擔;自覺精進業力,則相對能將形累消弭。而使精神生命提升,便由制止情累開始:

  不以情累其生,則生可滅;不以生累其神,則神可冥。冥神絕境,故謂之泥洹。[2]

消卻情累,是使個體入寂專思,絕息感物必動之欲念,回歸於靜之天性,精神生命亦於此提升。此一復歸本性的動力,是以意志克服不自覺間造成的情念,極強調自覺性。提升與下墮,乃極艱苦與極輕易的對比,因而爲使神能上升至涅槃,便有練神的需要。也即以自覺意志駕馭本然的反應。慧遠提出的"練神達思"、"洗心淨慧",便是爲滌蕩一切情滯,以至妙悟慧境而開設的修行法門。其於《念佛三昧詩集序》中一再明言以洗心之術,使"塵累每消,滯情融朗",是其藥治情累之禪修法之證明。

要而論之,神乃是修行成聖之主體,但其能力的發動,卻端賴於成聖自覺的萌發,具備上達的意志,方能夠入神致用,達思禪智。修行目的在化神涅槃,慧遠的禪修觀念,便以練神貫徹始終,顯示出成聖意志爲禪修的主要願力。

  3. 下學上達的修行觀

神不滅於流轉還滅中的原理,顯示出神的修習於解脫中有重要意義,以此審視慧遠在指出"心本明於三觀,則覩玄路之可遊"以

---

[1] 《出三藏記集》卷9,頁342。
[2] 《弘明集》卷5,頁31中。

第三章 以禪修爲實踐的體道之學：禪修原理與般若思想的傳介

後所闡示的連串禪思活動，實皆涵蘊着下學上達的修習意思。先是"練神達思"一詞，"練"字本明示禪思當有從練到達的過程，而語句與徐幹"疏神達思"極爲相似，句意亦甚相契，不排除化用了徐幹的意思。徐幹於《中論·治學》提出"疏神達思"的概念：

> 學也者，所以疏神達思，怡情理性，聖人之上務也。①

《治學》一篇本爲曉以爲學之目的與方向，而必上取聖人爲典範。徐幹言"學"爲"聖人之上務"，意在指出爲學當效聖人之學，務在修德，如其後文所謂"人不學則無以有懿德"。聖人是人倫中德性至高者，故修德亦以之爲範。"疏神達思，怡情理性"，便是徐幹認爲聖人修德的方法。此見"疏神達思"爲聖德陶成之學。而慧遠特改"疏"爲"練"，更表達出下學上達的精毅苦練意願。

而後"洗心淨慧，擬迹聖門"句，"聖門"一詞，典出揚雄《法言·修身》：

> 天下有三門：由於情欲，入自禽門；由於禮義，入自人門；由於獨智，入自聖門。②

獨智之意雖然不同於佛家觀照實相的智慧，慧遠於此，惟借取以表達出禪修最終能入智慧之門的意思。而更重要者，是以"聖門"區別魏晉玄學所追求的咫尺玄門。從玄學家追尋本體的思想反映玄門的内涵，天人永爲相隔的狀態，玄門實是不可學亦不可至的境界。相對之下，揚雄所言之聖門，以爲開放於天下，非聖人所獨有，則凡夫亦有上達的可能。所謂入者，是爲學的起始方向，固具可學的内涵。是知慧遠用聖門而不用玄門字眼，乃顯示須學的意思，而且一旦學得智慧圓滿，更可成聖。於此可見字眼的斟酌，實透露極

---

① 《中論·治學》，載《漢魏叢書》，頁 567 上。
② 《法言注·修身卷》，頁 67。

强烈的修學主張及成聖信念。

練神達思一詞雖似於孫綽的"馳神運思",但馳與運只是表達精神的運動狀態,而練與達,則具有鮮明目的性。馳神運思本身並不明確由修練專精而得,練神達思則明確練達的重要性,是以精思四諦之意義,滌蕩情累,清净心源爲目的。這是佛道相雜與通明佛理的分别。劉勰《滅惑論》以"佛法練神,道教練形"判辨佛道二者在修行上的差異,①正是強調練神乃修佛入聖的關鍵。

4. 水境六府,洗心净慧

慧遠在明於三觀後,所描述禪定入聖的内容,正顯示出修持的具體意願與行動。佛家由於堅信成佛之可學可期,而發展各種冥神盡化的修持,湯用彤先生謂:

> 蓋釋教修持,目標本在成佛(或羅漢)。而修持方法選擇滅煩惱循序漸進。②

禪數亦是斷惑去漏,滅煩惱情累之修持法。既以冥神盡化爲目的,故以神發動禪思,以"洗心净慧"顯現禪修的成果。則神如何在運轉思理間練達此智慧聖功,而洗心净慧到底是何境界,當作一番考析。

洗心的概念流行於魏晉玄佛的論述中,郗超的《奉法要》便已有"洗心念道"一詞,是澄净心神之意。謝安素與支遁交流佛理,在其《與王胡之詩》中亦有"微言洗心"之語,③意謂玄談思辨,能達澄心之用。又如方湛生在《諸人共講老子詩》中便見相似句意:

> 滌除非玄風,垢心焉能歇。……鑒之誠水鏡,塵穢皆

---

① 《滅惑論》,《弘明集》卷8,頁50下。
② 《謝靈運〈辨宗論〉書後》,載《湯用彤學術論文集》,頁291。
③ 《先秦漢魏晉南北朝詩》,晉詩卷13,頁906。

第三章 以禪修爲實踐的體道之學：禪修原理與般若思想的傳介

朗徹。①

是處遣用"水鏡"、"朗徹"、"鑒"等詞彙，與慧遠"水鏡六府"、"悟徹入微"的語意極爲相似，而其目的在於表達老子思想中並有洗心功能。

追溯"洗心"一詞，早見於《易·繫辭》。本意指聖人以《易》修身開智，以達關懷天下之用：

> 子曰："夫《易》，何爲者也？夫《易》，開物成務，冒天下之道，如斯而已者也。是故聖人以通天下之志，以定天下之業，以斷天下之疑。"……聖人以此洗心，退藏于密，吉凶與民同患。神以知來，知以藏往，其孰能與此哉！古之聰明叡知神武而不殺者夫？是以明于天之道，而察于民之故，是興神物以前民用。聖人以此齊戒，以神明其德夫！②

慧遠的"水鏡六府"，以心神爲澄净的對象，顯然有別於《易》之洗心義。王弼認爲洗心乃指"洗濯萬物之心"，"洗心曰齊，防患曰戒"。③ 則此洗心齊戒非聖人自身之修行，而是聖人據《易》齊化萬物，目的是"神明其德"，使知來以防民之所患。説明洗心是爲民用，具明確的普世面向。惟此洗心以明於天道、獲聰明睿智爲施化基礎，乃適合移用於修行語境之中。此知有晉一代，洗心轉化成爲佛道二場中修行者共同追求之個人修爲，是當時白衣道士遁隱修行而求達的精神境界。

洗心因其有澄净心靈的意象，而爲慧遠所特重，與净慧相對而可知，洗心主禪定，净慧主智慧。兩者是一同實現的階段，當心無塵染之際，也入斷惑無漏，故是解脱智慧產生的證明。例如在有關

---

① 《先秦漢魏晉南北朝詩》，晉詩卷 15，頁 945。
② 《周易正義·繫辭上》，頁 337—339。
③ 《周易正義·繫辭上》，頁 338—339。

禪修或禪學的篇章中,洗心與净慧往往並見,《三法度經序》云:

> 禪思入微者,挹清流而洗心。①

禪定生智的過程,本爲去除惡染而求清净。禪思進入極精微,以至與道相應的境界,乃指領悟斷惑去妄的智慧,如此惡染情累之心則如挹清流,因智慧產生而得以斷去,心之塵障固亦袪除,同時達到澄净明澈之狀態。此可見慧遠禪修之旨建立於神不滅的基礎上,洗心與净慧之禪修目的,乃爲透過實現窮神盡化,達到流轉還滅的理想。窮神盡化的禪修意識於《廬山出修行方便禪經統序》中又更爲明確:

> 洗心静亂者以之研慮,悟徹入微者以之窮神。②

是序乃慧遠爲覺賢於廬山譯出《達磨多羅禪經》而作,是言禪修對於定與慧兩方面皆有裨益。洗心静亂是指禪定,禪定的作用爲使心静慮專一。悟徹入微相同於《三法度經》"禪思入微"的境界,代表領悟解脱智慧。禪思之至極,塵累困惑皆去,乃能迷而知反,便入窮神盡化的涅槃階段。

由禪修而領悟智慧,顯示出智慧不由外求,而當反求諸己努力誠心發願的觀念。水鏡六府的比喻,正謂使心明如鏡,清净無染,則一切法相之真實,皆如臨鏡,徹照無遺。慧遠《念佛三昧詩集序》記述一段禪定念佛的經驗,當中有關"内照交映"之内容,誠可輔作解釋:

> 故令入斯定者,昧然忘知,即所緣以成鑒。鑒明則内照交映,而萬像生焉。非耳目之所暨,而聞見行焉。於是覩夫淵凝虛鏡之體,而悟靈相湛一,清明自然。察夫元音之叩心聽,則

---

① 《出三藏記集》卷10,頁380。
② 《出三藏記集》卷9,頁343。

第三章 以禪修爲實踐的體道之學：禪修原理與般若思想的傳介

> 塵累每消，滯情融朗。①

此段文字牽涉兩層問題，第一是禪定中所緣產生的思想根據，是慧遠透過《心論》所掌握的禪法。第二是此種念佛三昧的禪觀，所體現出洗心靜慧的思想內容。以下分別解説。

"即所緣以成鑒"是指在入定中，心其鑒照的對象的像相，是由心之所慮托而產生。對象因心之慮托而起，便是所緣。而由鑒照所緣而得智慧的禪定，實爲慧遠於《阿毘曇心序》中提出"心法之生"的原理：

> 心法之生，必俱遊而同感。②

此心法即是自心鑒遇的所緣像相，心法之觀念本據《心論》的《行品第二》云：

> 若心有所起，是心必有俱，心數法等聚。③

數法是佛學以數統攝各種事理而建立的種種法相，毘曇學的特點正在於解釋佛説的諸種法相。心數法即諸種法相，諸法皆由心而生；是故心數法也即心法，出自心體的感應與緣會，定中所觀一切法，悉本心之作用。這是確定了禪定中所見諸種法相，皆爲個體起心動念的作用。饒宗頤先生釋佛家之心觀，有體用兩層次：

> 佛家言心，分"心"（citta）"心所"（caitasika）二者。心即心之主體，心所即心之種種作用。④

心法之生，便是一種由心體產生的作用。蓋定中所遇諸境，所生諸法，既是由心而生，則心法乃是心體發動托慮功能之所見所會。心

---

① 《廣弘明集》卷30，頁363下。
② 《出三藏記集》卷10，頁378。
③ 《阿毘曇心論·行品第二》，《大正新修大藏經》第28冊，頁810中。
④ 饒宗頤《文轍——文學史論集》，《文心與阿毘曇心》，頁379。

體發揮托慮的作用，是作為禪定的發動願力，也是定中觀見所緣對象之緣起。一切法雖由心生，但《心論》並非認為定中所見法即是心法，心法的觀念強調的是心所見的法，必須與所緣相契。換言之，縱然心體發緣，卻不一定能觀見心法，關鍵還在於禪定能達到心與心法相應的地步，也即遊而同感。呂澂先生解釋心與心法相應與同感的問題云：

> 心與心數同一所緣，同一境界，這就是相應。……心與心數的對象同一，因而二者也必然相應的發生同感。①

心與心數皆見所緣，達到根境相對，是謂緣會。緣會之法相，乃禪思最後到達的地步，其中須經歷種種神變，繫意念明，方得會見，以證得智慧。因此定中所見，並非無中生有，而是心念之映照，如同臨淵自鑒。於此可知，心之立誠發願，以求遇見對象的意識，作為禪思的前提，極之明確，由此亦講專精的思慮，摒棄漫無邊際之浮遊。究心念佛則見佛，心念清則見源泉，俱是相應同感的結果。

這種心與心法相應而同感的精神活動，《心論》早已明言可視為禪修之禪定與智慧二境：

> 智依於諸定，行無罣礙行；是以思惟定，欲求其真實。②

意謂智慧起於禪定，能得禪定，則可見諸法之實相。此即心與心法湊泊相感之理念，如呂澂先生以此解釋智依於諸定的原理：

> 法之實相，即就心力所能徹底辨別者而言。能於所緣徹底辨別，是即為慧；能令心力與境合泊以自然發揮力量，是即為定。所以頌言，定為智依也。③

---

① 呂澂《中國佛學源流略論》，頁109。
② 《阿毘曇心論·定品第七》，《大正新修大藏經》第28冊，頁823中。
③ 《呂澂佛學論著選集》，《阿毘曇心論頌講要》，頁708。

第三章 以禪修爲實踐的體道之學：禪修原理與般若思想的傳介

心力與境合泊,意即心念與心法相應同感。此一以定生慧的原理,正爲慧遠取以運用於念佛三昧禪觀之中。念佛屬於一種修行法,而由心之精毅以感應所緣之佛相,是結合心法而成的念佛觀,慧遠稱爲"定心別時念佛"。據蔣維喬先生分析此禪觀特點：

> 慧遠所謂定心別時念佛,殆分晝夜六時（晝三度,夜三度）,使按時念佛耳。定心者,即凝觀念,即指所謂禪而言之也。故廬山念佛,不過於阿彌陀佛像前,口唱佛名,心觀佛相佛德；可由此想到未來往生西方之位置而已。[1]

佛相是佛在人間所現相；佛德即佛之法身,是佛所具的各種力量。於專思寂想中,"心觀佛相佛德",正是起心動念以佛相佛德爲所緣,由此於定中見佛的像相,則可視爲心法相隨而生的結果。此是慧遠所謂"即所緣以成鑒"的階段。在念佛三昧中,修行者所托慮之對象往往是佛身,[2]因而定中觀見之所緣,便是佛相。慧遠在廬山觀想之佛是阿彌陀佛,又稱無量壽佛,其光明無邊,法身無限,以此推知,法師定中所謂心生萬像,無非阿彌陀佛,此即是其所緣之佛相。

萬佛並現,而歸於"湛一",代表入定的成功,以及領悟所緣相隨的智慧。所緣的觀見講究精誠與修爲,並不一定出現於禪定過程。若在禪定進入冥想的階段,經過練神達思,能觀見所緣,表示精神已達到"水鏡六府,洗心淨慧"的智慧境界,思理無滯,情累釋去,則心府亦清淨不染,即詩集序中所謂"塵累每消,滯情融朗"。慧遠描述此境爲"悟相湛一,清明自然",是認爲佛相隨心而生,佛相湛然如一,即反映心亦清明無雜,晃然空淨,故是內照交映的狀

---

[1] 蔣維喬《中國佛教史》卷1,頁32。
[2] 觀佛身有種種,可以是佛之生身,也可以是佛之法身,詳參蔣維喬《中國佛教史》所引介禪觀之十法,頁52—54。

態。念佛三昧屬於大乘般若思想，慧遠的修行觀，以神不滅的思想爲根本，用以支持精毅修行的信念；而在禪定中産生智慧，滌淨塵累，則又参法了般若空觀以爲開智之助，這多少反映早期中土佛學對於大小乘採取的相融兼濟態度。而慧遠的禪修觀，未嘗離開根境緣會而生的心法，故念佛禪修中，一直重視鑒照阿彌陀佛相。以精誠之念求心法之生，是從法上求悟智慧，此較近於覺賢"色不離如"的一切有部體道思維，亦是吸取阿毘曇禪法的結果。

5. 定慧雙修的理想境界

慧遠解釋洗心淨慧相互成全的原理，實即透露出禪定與智慧具有此相互成全的關係。此關係又於《廬山出修行方便禪經統序》中稱之爲照寂：

> 禪非智無以窮其寂，智非禪無以深其照。然則禪智之要，照寂之謂。其相濟也，照不離寂，寂不離照，感則俱遊，應必同趣。①

所謂禪智，即禪修中禪定與智慧圓滿而互融的狀態。寂靜涅槃的境界，需要借助照徹佛慧方能實現，寂靜圓照，本是禪定修行中洗心與淨慧的最終結果。是序解釋禪智或照寂之關係，以及在禪修中的狀態，與《念佛三昧詩集序》所言實一理相通，俱言兩者相濟不離。普慧先生由此指出：

> 慧遠把修持實踐與悟解義理緊密結合起來，也即禪智貫通，相濟相成。②

禪智相互貫通、共濟共成的觀點，在當時並非慧遠孤發先鳴，其同

---

① 《出三藏記集》卷9，頁343。
② 普慧《南朝佛教與文學》，《慧遠的禪智論與東晉南朝的審美虛靜説》，頁267。

第三章 以禪修爲實踐的體道之學：禪修原理與般若思想的傳介

門釋僧叡在《關中出禪經序》中，①亦提出相似的禪智觀：

  夫馳心縱想，則情念滯而惑愈深。繫意念明，則澄鑒朗照，而造極彌密。……故經云："無禪不智，無智不禪。"然則禪非智不照，照非禪不成。大哉禪智之業，可不務乎。②

僧叡的禪智觀與慧遠《阿毘曇心序》的論述可謂異曲同工。前述慧遠的禪修觀有明確的"擬迹聖門"意識，而僧叡"造極彌密"之句，同樣反映出登峰造極的體道意向。在相同的禪修理念下，僧叡對禪智的理解是"禪非智不照"，正與慧遠"禪非智無以窮其寂"不謀而合，共同説明了在禪智雙運中，寂與照也是同步實現，相互成全，一旦圓照，寂静涅槃亦同時存在。僧叡的禪智觀，是在協助鳩摩羅什翻譯此《關中禪經》（又稱《坐禪三昧經》）時而領略。是經之本經與覺賢於廬山譯出的《達磨多羅禪經》，俱爲大小乘綜合論述的禪經，是其禪觀與慧遠相近的原因。然而慧遠的禪觀除卻參法《達磨多羅禪經》外，此一禪智雙運、照寂相濟的觀念，實更明顯來自《心論》。

對於這種定慧雙修（禪智雙運）關係，《廬山出修行方便禪經統序》中"感則俱遊，應必同趣"，明顯據自《心論》提出的心法觀念。而《心論》在《賢聖品第五》中，即指出定慧相資的觀念云：

  慧解脱當知，不得滅盡定；唯有俱解脱，成就滅盡定。③

上文引《定品第七》"智依於諸定，行無罣礙行"，明示定爲智之所依，故不可重智而廢定，已見並重定慧的思想。此品認爲解脱智慧依定而發，意思相同。而此中言定慧之關係，由"俱解脱"智而得滅

---

① 僧叡與慧遠的佛學師承相似，先是二人俱師事道安，後追隨鳩摩羅什於長安從其受習禪法，在禪學的認識與宣教方向上故頗見與慧遠契合。
② 《出三藏記集》卷9，頁342—343。
③ 《阿毘曇心論‧賢聖品第五》卷2，《大正新修大藏經》第28册，頁819下—820上。

盡定,是先慧後定的序次,有別於一般禪修中由定生慧的歷程。呂澂先生指出此先慧後定的序次,是定慧輾轉相成的雙資關係的反映:

> 此正明定慧非但因果爲次,實有相資之義,所以《中含》正定,亦由正見(慧)展轉而得。如是展轉相資即止觀雙運究極之意。……如是定慧相資而後廣生功德,此功德由定生,亦由慧生也。①

功德是指體道修行中積累的力量,此力量依賴定與慧共同實現,缺一不可。結合此定慧輾轉相資相成的關係,形成慧遠一套定慧兼濟的念佛禪修觀念。

第三節　本章小結

魏晉六朝的佛學,屬於初傳時期,天竺西域各地各派僧侶傳入不同來源、不同思想的佛典,造成當時流播於中土的佛學文獻,極爲紛糅零散,如牟宗三先生指出這時期佛學之難點所在云:

> 魏晉一階段難在零碎,無集中的文獻。②

將思想理順與集中的工作,需要經歷漫長的消化過程,在觀念成熟的基礎上,方可以言綜理,言條暢,此又非初蒙佛法的魏晉僧侶與士人所能駕馭。然而數量龐大、來源紛繁的佛典與佛理,卻蘊含無限生機與思想的啓發。考察此時的中國僧侶與士人的體道特色,着重資借觀念契合者,而不執着宗派或大小乘之分別。道安與慧

---
① 《呂澂佛學論著選集》,《阿毘曇心論頌講要》,頁702。
② 牟宗三《佛性與般若》(臺北:臺灣學生書局,1984),序,頁1。

第三章 以禪修爲實踐的體道之學：禪修原理與般若思想的傳介

遠追求的正宗佛法，亦旨在剔除世俗淺薄的曲説與誤解，未至於立派守宗。反之，更注重與中國思想融會，提煉出適合中國思維與文化背景的佛學。這種傾向融通開創的態度，正是促使修行實踐的模式於文藝領域大加開拓的根本原因。

本章引介禪定神通作爲學聖修行的法門，顯示出一種入聖境界的精神運作進程。正因禪學講究以心之修行而擬迹聖門的信念，爲後來劉勰的徵聖思想，提供了可學而至的上達進路。孫綽與支遁開發的馳神運思修行方法，是處於摸索期的禪修形態。雖有體道的思想在其中，始終較爲注重神遊形態以及對物色的依賴，故仍是借用遊仙的觀念理解成聖的方式。直至稍晚的慧遠從義理上發展禪修觀念，方進一步擺脱修行外表的模仿，沿智慧一路開發神通的中國化轉變，最終將成聖方向拉入智慧思悟、會通神理的領域。

由"練神"而"達思"，專精思慮的結果，是能够"擬迹聖門"。聖人是至道存在的體現，從佛學的觀點，成佛即體同道極、會通聖人智慧，步履聖人體道之先迹，乃是對永恒至道的探尋與領會。從本體論上分析，魏晉六朝佛徒對有關成佛問題的探討，皆是圍繞追尋永恒本體的理念而開發。湯用彤先生指出，這種對於超越有形生命、開拓精神慧命的超脱理想，是由佛學帶動的時代共同追求：

> 魏晉人生觀之新型，其期望在超世之理想，其嚮往爲精神之境界，其追求者爲玄遠之絶對，而遺生之相對。從哲理上説，所在意欲探求玄遠之世界，脱離塵世之苦海，探得生存之奥秘。[1]

這種超越生命的理想，是以探求生命之本源與歸處爲寄托，由是而

---

[1] 《魏晉玄學與文學理論》，載《儒學・佛學・玄學》，頁282。

超脱塵世物質建構的價值觀,以精神境界的上達,肯定存在的意義。神不滅觀念要求化盡形累與情滯,使入永恒涅槃,此追求便屬於一種超越生命的理想。而此一由精神而到達的玄遠世界,也即生命的本源,便是至道之所在,也是佛國淨土處。因此,如何能够認識道,是玄佛皆重視的論題。慧遠所指的"擬迹聖門"實際上便是追尋本體、認識本體的理想。而慧遠在理論發展過程中,又逐漸明確出以理爲體道的通徹。

佛學禪修的引入,強調聖凡共有的本質,提供下學上達的修行道路,是以自我超越的態度,破除制限。如神通的修練,其超越時空阻限的境界,正與逍遙相契,卻不是以適性來實現,而是由陶養善智、練神達思,而求得佛性的開覺。如此神通人人皆可發動,説明是人人皆有可學可至的可能,這成爲超凡入聖的信念根源。

第四章　禪修與文藝實踐的融合

前章從體道的角度檢視佛門禪修之學在中土的流衍情況，目的在於說明中國的體道觀念，其能發展出實踐的信念與義理，實有賴晉來禪典之大量譯出，以及中土僧侶對禪學的弘揚。在此基礎上，本章之主旨，在於考察禪修觀念產生以後，體道思想進一步銜契於文藝領域，從而顯現佛門體道學問過渡至《文心雕龍》之間的演變環節。此環節的內容，說明在禪修基礎上開展的理念，透過慧遠的俗家弟子宗炳的《畫山水序》展示。其着意於以繪畫山水表達體道之志，爲體道思想與文藝融會之重要契接。深究此方式之發端，實可更追溯到慧遠的經驗。慧遠根據《心論》觀法相與心法的原理，極爲重視入定前所建立精誠的發願，從而觀想對象。此念佛經驗正啓導宗炳建立畫山水的神聖用意，將文藝創作誘導至體道的方向。

第一節　廬山觀見佛影的禪修實踐義

前章引介慧遠的禪修觀，指出其受《心論》影響，從而建立定慧雙修的修行理路。此理路的整體建構，於《阿毘曇心序》是透露其阿毘曇學之因子，而更爲具體的思想內容，則蘊含在其禪定見佛的經驗記錄之中。其中至具代表的，乃是於廬山觀照佛影和建立佛影臺。

　　慧遠於廬山建立净土信仰的東林寺,又集十八賢而結蓮社。①
《高僧傳》謂其"影不出山,迹不入俗。每送客遊履,常以虎溪爲界
焉"。② 雖未嘗入俗,而一直努力於各方面弘揚其所接觸的禪學。
除卻注譯禪典,慧遠尚要求禪修實踐,態度極嚴。在禪學義理上,
依歸於經典;其學禪之目的,亦不止避世或暢遊山水。投學於其門
下的戴逵,便表達過對山林修行的自我要求:

　　　　然如山林之客,非徒逃人患、避争鬥。諒所以翼順資和,
　　滌除機心,容養滒淑,而自適者爾。③

戴逵認爲遁隱山林,當求澄心自適,非只爲避開世俗紛争。這想法
與當時徒貴貌似的修行風氣有關。當時修行者只求表面形似的静
坐,而没有思究禪修之意義,則終究不能入道。而入道繫乎師法之
啓蒙,是以僧叡嘗引《首楞嚴經》"人在山中學道,無師道終不成"之
句,强調"學有成准,法有成修",④以明師法的重要性。僧叡與慧
遠崇尚正宗的學佛心態,並非指嚴辨大小二乘,如前指出,佛教來
華初期,各乘各宗來源紛糅,中土僧侣亦不易明辨,甚至以玄解佛,
即便道安所開的本無宗,後來羅什高足僧肇亦指出其有未協允大
乘之處。⑤ 故其時講究之正範宗統,蓋指一種嚴格恪守佛門戒行
與修持,論辨佛理,亦但取析理居正之態度,如道安、慧遠提倡的嚴
謹學風即屬此義。追隨慧遠學佛的中土人士,禪修觀雖未必純粹,
卻能呈現出與孫綽截然迥異的態度,有復歸於正宗佛門的意向,掀
開注重師法的學佛風潮。當時慕廬山慧遠之名而從學者不計其

---

① 事載《東林十八高賢傳》,《卍新纂續藏經》第78册,頁114。
② 《釋慧遠傳》,《高僧傳》卷6,頁221。
③ 戴逵《閒遊贊》,《全上古三代秦漢三國六朝文》,全晉文卷137,頁2250。
④ 《關山出禪經序》,《出三藏記集》卷9,頁342。
⑤ 僧肇批評的六家七宗,道安即爲本無宗之代表。

數,更不乏親臨問道之名士,正是慧遠弘法有宗的影響。

一、於廬山建立修行場地

文人名士登山臨水、自任逍遙式的禪修,既不爲慧遠所取,則選址廬山,一方面固出於居遠處靜的考慮,誠如蔣維喬先生指出,當時廬山的幽靜環境,與長安隆盛的氣氛形成極懸殊的對比:

> 廬山之教,以超俗嚴肅爲骨髓,與長安羅什習尚相反;此南北二地大中心對立之狀態也。①

兩地佛學氣氛迥異,此因羅什在長安備受統治者優待,慕名而至者芸芸。且長安通接絲路,爲來華僧侶必經之處,熱鬧景況必然。而慧遠則近老莊隱逸之氣性,以恬淡生活爲尚,廬山環境偏遠清靜,正適宜靜慮禪修。是以覺賢離開長安後,即選擇往廬山弘法,正以爲廬山之幽靜,與其氣性相合。② 另一方面,是慧遠欲於廬山營構更爲神聖,或貼近佛教傳統的禪修場景,以配合洗心淨慧、擬迹聖門的禪修理想。其爲廬山立佛影,已在行動上透露了擬迹聖門的心意。慧遠最初選取廬山爲修行與弘法之地,多少與廬山的神仙傳說有關。其於《廬山記》叙寫的神仙傳說,③便有三段因緣事迹:一是殷周時候的匡續,於山中巖岫成仙;二是漢世董奉,復寄身巖下杏林,爲人治病,歷三百年而升僊;三是過去有"野夫見人著沙彌服,凌雲直上至峰頂,與雲氣俱滅",④有若得道之事。此外,尚提及山中供奉安世高的神廟,傳說安世高曾於此度脫蟒神。慧遠對

---

① 蔣維喬《中國佛教史》卷1,頁30。
② 《佛馱跋陀羅傳》載覺賢:"秦主姚興專志佛法,供養三千餘僧,並往來宮闕,盛修人事,唯賢守靜,不與衆同。"(《高僧傳》卷2,頁71)知其性喜寂靜,與長安僧團氣氛不契,南投慧遠,未必無因。
③ 載《全上古三代秦漢三國六朝文》,全晉文卷162,頁2402—2403。
④ 《廬山記》,《全上古三代秦漢三國六朝文》,全晉文卷162,頁2403。

傳說並沒有質疑,反之,更相信山中懸崖有古僊之留迹,有助靈應,認爲是禪修的好場地。這想法有似於當時盤踞會稽名山的修行者,例如孫綽選取神遊天台山,便是取其神秀的傳説。廬山這些神仙傳説,在當時亦非鮮爲人知。湛方生《廬山神仙詩序》亦有提及樵夫在廬山見一沙門得道升天的傳説。① 然而,這些看似摻雜了道佛思想的佚聞,顯然不可能是吸引慧遠落址廬岳的關鍵原因。

大約成書於宋代的《東林十八賢傳》,根據慧遠《廬山東林雜詩》謂廬山"幽岫棲神迹",②而鋪衍了一段慧遠感夢神應的故事:

> 時師(即慧遠)夢山神告曰:"此山足可棲神,願毋它往。"③

此神遇故事,乃爲解釋廬岳有靈應神驗的特殊性,是慧遠落址的原因。此誠可視爲信徒爲廬山佛教構想的美麗傳説。惟慧遠相信這座有"神僊之廬"之稱的名山棲留神迹,更大可能是從客觀環境上分析。慧遠留意的特異之處,是山上的環境,令他聯想起佛國的聖景,《廬山記》云:

> 其山大嶺,凡有七重,圓基周回,垂五百里。……南對高峰,上有奇木,獨絶於林表數十丈,其下似一層浮圖,白鷗之所翔,玄雲之所入也。……東南有香爐山,孤峰獨秀起,游氣籠其上,則氤氲若香煙。④

七重圓基周回的山嶺,狀似浮圖的層峰,還有香爐山外圍的雲氣,都隱若有着佛教修行的氣息。蕭馳先生將《廬山記》描述的景色與

---

① 《廬山神仙詩序》云:"太元十一年,有樵採其陽者,于時鮮霞寒林,傾暉映岫,見一沙門,披法服獨在巖中,俄傾振裳揮錫,凌崖直上,排丹霄而輕舉,起九折而一指。……窮目蒼蒼,翳然滅迹。"(《全上古三代秦漢三國六朝文》,全晉文卷140,頁2270)
② 《廬山東林雜詩》,《先秦漢魏晉南北朝詩》,晉詩卷20,頁1085。
③ 王謨録《東林十八高賢傳》,《卍新纂續藏經》第78册,頁113下。
④ 《全上古三代秦漢三國六朝文》,全晉文卷162,頁2403。

佛教意象對照，認爲：

> 慧遠在此極力渲染廬山的佛教世界氣氛……甚至令人想到：他是否以廬山方擬在咸海內、鐵圍山內亦爲七重如燭盤一般的山領所環繞的須彌山呢？①

將廬山方擬於佛國，顯示了慧遠將廬山視爲學佛，甚至是成佛的重要空間。在《廬山諸道人遊石門詩序》的風物叙寫裏，亦一再將修佛之意念融匯其中：

> 夫崖谷之間，會物無主。應不以情，而開興引人致深若此，豈不以虛明朗其照，閒邃篤其情耶？……其爲神趣，豈山水而已哉！②

慧遠寄心於廬山崖谷，並非單純暢覽山水，而是於遊放之間，尋找其中神趣。孫綽神遊天台山謂"理無隱而不彰"，透露出尋理的意趣，從這種當時山水禪修的普遍心態理解，神趣之意，是在山水自然物造之間，領悟至道妙化萬物的宗趣，故山水於體道修行中，不過爲權假，而非留心之所在。至道之玄化，是爲神理妙用，既作用於山水，又非山水所能涵蓋。故理可在山水中尋覓，而登峰造極，則必然超乎象外。

慧遠認爲山水對於領會宗趣的作用，在於其清静的環境，方便禪修静慮。惟此静修若欠缺神聖像相以助觀想，則進入禪定，無疑是難度較大的思想活動。此因念佛禪定，見所緣之佛③則證精誠得慧。而於山水間禪定，物色繁雜，皆非心體托慮之所取，無佛像

---

① 蕭馳《佛法與詩境》，頁 43。
② 吳宗慈《廬山詩文金石廣存》(南昌：江西人民出版社，1996)，頁 6。
③ "所緣之佛"一詞可見於慧遠與鳩摩羅什討論念佛的通信之中："所緣之佛，爲是真法身佛，爲變化身乎？"(鳩摩羅什、釋慧遠《鳩摩羅什法師大義·次問修三十二相並答》，《大正新修大藏經》第 45 册，頁 127 上)。

以助心所產生佛相的寄托,故稱"崖谷之間,會物無主"。篤定其情,是謂精誠,情不興則無精感,所緣自難見遇。是以慧遠認爲在此崖谷之間禪修念佛,欲陶養篤定之情,甚至產生智慧領悟,需要借助立像的幫助,使心體存在精誠的想念對象,以助心法感應。因而在廬山乃立佛像、築精舍,以提供具體觀想念佛的對象與靜慮禪修的空間,蓋由觀佛像而入禪定,是較易於爲初習念佛者掌握的念佛法。

原本慧遠帶領白衣士人進行的念佛三昧,即是此法。如蔣維喬先生叙述魏晉六朝佛教史時,解釋當時的念佛三昧法云:

> 此即念佛觀之初步。……其觀佛法,先就佛像自頂至足,自足至頂觀之;終至閉目開目,常瞭然如見像在眼前而修行之。①

此知佛像之制作乃基於念佛觀法之需要而設立。觀佛之法不只一途,就佛在人間所現形相的觀法而言,念佛三昧只屬初階,更進之念佛法,尚可觀佛之生身、法身與功德,大部分觀法已於覺賢與鳩摩羅什所譯禪經中記載。② 爲使信衆能夠從觀想佛像而遞進更深的觀法,慧遠乃進一步尋找佛國的影迹,將象徵佛陀得道而應身的佛影傳移重塑,有意陶鈞廬山成爲禪修學佛的聖地。其將廬山奉爲萬佛影集中之地,正爲將佛陀禪修成佛的影迹,從天竺傳應至中土,明確出山水修行的成佛導向。

二、有關佛影見聞的來源

佛影的概念本源在天竺,傳說是佛陀在那揭羅曷國的阿那斯山巖之南的石室禪修得道,在成佛時顯現佛影説法,故石室被後世

---

① 蔣維喬《中國佛教史》卷1,頁53。
② 參蔣維喬所論,《中國佛教史》卷2,頁1。

稱作"佛影窟"。較早將佛影事迹傳入中土者,是覺賢與曾經西遊天竺的釋法顯。

1. 來自覺賢的佛影內容

覺賢對於佛影亦有深識,從其所譯《佛說觀佛三昧海經》內容觀之,其所說佛影,既有特指佛影窟中佛影降毒龍事,①亦有以佛影指稱佛之化身的情況。例如佛影於石壁內說法的情狀:

> 爾時世尊,結跏趺坐在石壁內。衆生見時,遠望則見,近則不現。諸天百千供養佛影。影亦說法。②

同時亦記載佛開示衆生觀見佛影的修行法:

> 若欲知佛坐者,當觀佛影。
>
> 觀佛影者,先觀佛像,作丈六想,結加趺坐,敷草爲座,請像令坐,見坐了了。
>
> 復當作想,作一石窟,高一丈八尺,深二十四步,清白石想。
>
> 此想成已,見坐佛像,住虛空中,足下雨花。復見行想,入石窟中。
>
> 入已,復令石窟,作七寶山想。
>
> 此想成已,復見佛像,踊入石壁,石壁無礙,猶如明鏡。
>
> 此想成已,如前還想三十二相,相相觀之,極令明了。
>
> 此想成已,見諸化佛,坐大寶花,結加趺坐,放身光明,普照一切。一一坐佛,身毛孔中,雨阿僧祇,諸七寶幢。一一幢

---

① 經文記載金剛降伏毒龍事云:"時金剛神,手把大杵,化身無數。杵頭火然,如旋火輪,輪輪相次,從空中下。火焰熱熾,猶如融銅,燒惡龍身。龍王驚怖,無走遁處,走入佛影。佛影清涼,如甘露灑,龍得除熱,仰頭視空。滿空中佛,一一如來,放無數光。一光中,無量化佛。一一化佛,亦放無數百千光明。"佛陀跋陀羅譯《佛說觀佛三昧海經》卷7,《大正新修大藏經》第15冊,頁680上。

② 《佛說觀佛三昧海經》卷7,《大正新修大藏經》第15冊,頁681中。

頭,百千寶幡,幡極小者,縱廣正等,如須彌山。此寶幡中,復有無數百千化佛。一一化佛,踊身皆入此石窟中佛影臍裏。
　　此想現時,如佛心説,如是觀者,名爲正觀。①

這段文字詳細叙寫觀佛影當作之想念與階段,由觀想佛像、石窟的構設,以至百千化佛踊入佛影臍的情態。此處所言佛影,乃是作爲阿彌陀佛,也即無量壽佛之化身。佛影作爲佛之化身的稱名,在中亞地區普遍流傳,早已作爲禪定觀想的對象,具有光明普照相,②其觀想法更透過譯文將此經驗流傳到中國。《高僧傳》載慧遠所知佛影事,便有佛降毒龍及佛影光明相兩大特點:

　　遠聞天竺有佛影,是佛昔化毒龍所留之影,在北天竺月氏國那竭呵城南古仙人石室中,經道取流沙西一萬五千八百五十里,每欣感交懷,志欲瞻覩。會有西域道士叙其光相。③

西域道士所指者便是覺賢,由覺賢"叙其光相"的句文可知,不論是降化毒龍的佛影,還是作爲佛的化身,佛影皆是光明相色。而其所告知慧遠的佛影,則明顯特指佛影窟中佛影之義。此知慧遠後來觀想佛影的行爲,乃有覺賢傳遞經典的内容爲先導。結合蕭馳先生觀察出慧遠於廬山營造出方擬須彌山的氛圍,從此段文字描述顯示,是"令石窟作七寶山想",且狀若須彌山的形態,可知慧遠發現廬山藴涵佛國聖地的意象。佛國是阿彌陀佛發願成就的净土世界,則信奉净土思想的僧團結集於廬岳念佛,無疑是認爲此地殊勝的意象,有利感應阿彌陀佛的無量光明及無量化身。因而慧遠觀

---

① 《佛説觀佛三昧海經》卷7,《大正新修大藏經》第15册,頁681中。
② 賴鵬舉先生於《北傳佛教"净土學"的形成:西秦炳靈寺169窟無量壽佛龕造像的義學與禪法》一文指出:"以'影象'來形容佛法身所出的'化身'除出現在與中亞有關的義學探討中,亦以實例出現在中亞,這便是盛傳於西域的'佛影'。"並指出佛影窟中的佛影,便符合佛之化身義。《圓光佛學學報》,第5期,2000年12月,頁27)
③ 釋慧皎《高僧傳》,卷6,《廬山釋慧遠傳》,頁213。

第四章　禪修與文藝實踐的融合

賞廬山的視角，亦聚焦在其神聖的氣氛以及神迹傳説之上。其於《廬山東林雜詩》云：

> 崇岩吐清氣，幽岫棲神迹。①

所謂的神迹，固然是指阿彌陀佛，除此之外，清幽的氛圍正適合觀見"在陰不昧，處暗愈明"的佛影，此當爲神迹的更具體所指。是以慧遠本其創立淨土社的衷願，於廬山所營構的環境，便主要以觀見阿彌陀佛及其佛影爲目的。至若佛影呈現的形態，則在法顯的記述中有更多補充。

2. 來自法顯的佛影内容

法顯因感慨"律藏殘缺"，於"弘始元年（399）歲在己亥，與慧景、道整、慧應、慧嵬等同契，至天竺尋求戒律"，②歷十數載而返。回中土後，法顯將見聞撰録成遊記（寫成於 414 年），其中記載了於佛影窟之見聞，可與覺賢翻譯《佛説觀佛三昧海經》内容相互參照。法顯記録遊化至北天竺的烏萇國：

> 慧景、道整、慧達三人先發，向佛影那揭國（即那竭國）。法顯等住此國夏坐。③

那竭國位於北天竺，是佛影窟所在國家，後來的《洛陽迦藍記》及《大唐西域記》記載那竭國有瞿波羅龍窟，並有佛影的傳説，即是法顯所見的佛影窟。法顯記録遊化至是國時的佛影見聞：

> 那竭城南半由延，有石室，搏山西南向，佛留影此中。去

---

① 《廬山東林雜詩》，《先秦漢魏晉南北朝詩》，晉詩卷 20，頁 1085。
② 章巽《法顯傳校註》（上海：上海古籍出版社，1985），頁 2。按：己亥之歲爲秦姚興弘始元年，時爲晉安帝隆安三年，即《出三藏記集》及《高僧傳》記載法顯出發的時間，是知《法顯傳》之傳本皆謂法顯於弘始二年出發，當有誤。章巽先生關於出發時間的問題已有詳細考訂，以弘始元年爲確，今從而更正。
③ 章巽《法顯傳校註》，頁 33。

十餘步觀之,如佛真形,金色相好,光明炳著,轉近轉微,髣髴如有。諸方國王遣工畫師模寫,莫能及。彼國人傳云,千佛盡當於此留影。①

至伽耶城,又記載佛陀修行時遇見神驗的事迹:

（佛）從此東北行半由延,到一石窟。菩薩入中,西向結跏趺坐,心念：“若我成道,當有神驗。”石壁上即有佛影現,長三尺許,今猶明亮。②

後來佛陀聽諸天之導引,從石窟西南行減半由延,於貝多樹下成佛。此記錄證明佛影既是佛陀得道之證明,亦是向世間開示成佛津道的化身。從法顯對佛影傳說的記述可知,佛影的呈現,除卻出現在佛影窟,亦因發願虔誠而可感應於不同地方。因此才有《佛說觀佛三昧海經》觀想佛影之說,啟導禪修者以佛影為禪修想念的對象。

慧遠對於佛影概念的理解,與法顯的引介不無關係。《萬佛影銘》的撰作時間為義熙八年(412),雖然比《法顯傳》的成書時間要早一年,但法顯回中土後,曾將遊歷天竺的經驗,傳布到廬山。慧遠在《萬佛影銘》便指出其接觸佛影概念之來源有二:

遠昔尋先師,奉侍歷載……遇西域沙門,輒餐遊方之說,故知有佛影,而傳者尚未曉然。及在此山,值罽賓禪師、南國律學道士,與昔聞既同,並是其人遊歷所經,因其詳問乃多有先徵,然後驗神道無方,觸像而寄。③

慧遠所指的罽賓禪師,乃指覺賢；另外的南國律學道士則指法顯。

---

① 章巽《法顯傳校註》,頁47。
② 章巽《法顯傳校註》,頁122。
③ 《廣弘明集》卷15,頁205中。

據李輝先生考證,覺賢與法顯於義熙七年至八年間停留於廬山,法顯上廬山的時間當在義熙八年五月後,二人於廬山相遇,後來於義熙十二年又一同於道場寺譯經;[①]故可推斷二人不單結識於廬山,同時亦將佛影的認識傳予慧遠。

三、觀想佛影的環境創設以及見佛原則

慧遠早在追隨道安的時候,已接觸佛影的見聞,至於全面的認識,卻是在廬山時,經由法顯與覺賢的引介,方才曉暢。慧遠《萬佛影銘》中謂佛影"在陰不昧,處暗愈明","談虛寫容,拂空傳像",[②]都與法顯所云"轉近轉微,髣髴如有","諸方國王遣工畫師摹寫,莫能及"[③]的佛影描述相似,知慧遠之所以觀見佛影,乃得之於法顯的描述。法顯所説的佛影,根據當地人的傳説,是"千佛盡當於此留影",[④]廬山萬佛影臺的營建意念,便是以天竺佛影窟爲形範。故慧遠於此山林之間所制作的佛影臺,其中主體,也即其親自繪畫的佛影圖像,乃極力契合於天竺佛影的形象:

> 遠乃背山臨流,築營龕室,妙算畫工,淡彩圖寫,色疑積空,望似烟霧,暉相炳曖,若隱而顯。[⑤]

---

① 關於覺賢上廬山的時間,現存文獻未有提及。參考僧祐所作《佛陀跋陀傳》載,覺賢離開長安後,"頃之,佛賢(即覺賢)至廬山,遠公相見欣然,傾蓋若舊。自夏迄冬,譯出禪數諸經。佛賢志在遊化,居無求安。以義熙八年,遂適荆州。"(《出三藏記集》卷14,頁542)據此推斷,覺賢寄留廬山之時間當在義熙七年夏至八年冬之間,約一載餘許,距法顯上廬山時間頗爲接近。李輝《法顯與廬山慧遠——以〈法顯傳〉爲中心》一文考證了若干關鍵的時間,包括推斷慧遠的卒年爲義熙十二年八月六日、法顯則早於義熙六年已歸國,由此證明二人與覺賢在義熙八年時當同在廬山。其中考訂法顯遊化的實際時間爲五年,比《法顯傳》以約數所計的六年少一載,由此解釋法顯能趕及於義熙八年親詣廬岳,是説明慧遠所指的闕賓禪師與南國律師分別指法顯與覺賢的重要理據(載楊曾文主編《東晉求法高僧法顯和〈佛國記〉》,北京:宗教文化出版社,2010)。則當時慧遠有可能與法顯及覺賢共談佛影事。
② 《廣弘明集》卷15,頁205下。
③ 釋法顯《高僧法顯傳》,《大正新修大藏經》第51册,頁859上。
④ 《高僧法顯傳》,《大正新修大藏經》第51册,頁859上。
⑤ 《高僧傳・廬山釋慧遠傳》卷6,頁213。

佛影圖的内容與《萬佛影銘》的描述兩相呼應，圖寫的佛影"色疑積空"、"暉相炳瓊"、"若隱而顯"的形態，皆是根據法顯與覺賢的提示而繪制。繪制的目的乃由刻意透過文字與圖畫的摹擬象真，達到一種在場效果，以助靈應的産生。

這種摹擬佛形的造像，本意爲方便念佛前發願見佛而設，此在六朝佛教已蔚然成風。紀志昌先生指出六朝造像的目的之一，是幫助修行：

> 造像在六朝被稱爲"像教"，它既是具體的"像"，又是抽象的"教"；既是具體個性化的"佛"，又是抽象普遍化的"理"，可謂寓教理於形"像"之中。當時人對造像的重視，大抵有兩種層次：就修道者而言，佛像爲其禪修念佛之資借與觀想的對像，廬山慧遠之供奉阿彌陀像，圖畫佛影，不僅是宗教情操的表現，更是作爲觀想佛身、探究法身的體驗過程。①

佛像象徵着佛之智慧，甚至是佛的法身，包含無限佛理，修行者藉由佛像而展開觀想佛法身的精神過程，是禪修念佛的方法之一，由此開悟佛慧。作爲修行者借以建立虔誠願力，並助心所於定中緣會佛相的介體，佛像之極盡象真，不加畫者的喜惡與創造，乃爲使觀想趨於明透澄净，無受畫者的喜惡心所干擾。慧遠立佛影臺、畫佛影圖之意，正是由於佛影爲佛陀得道之證明，制作佛影，藉此觀想的便不只佛之簡單形相，而更進於佛之功德。基此之制作，以象真爲原則，正直接影響後來宗炳在《畫山水序》中，開發出以象真摹畫含藏先聖神道的山水，作爲會通聖心的方法，此於下文有具體論析。

佛影既顯現了佛陀禪修得道的證驗，亦代表一通接成佛之津

---

① 紀志昌《兩晉佛教居士研究》(臺北：臺灣大學出版委員會，2007)，頁128—129。

道,將天竺佛影分立於廬山,無疑是有意將此禪修成佛的津道向中土開示,發其真趣。然而,寄存於佛影窟的佛影,乃至佛影窟的遺迹,縱使極摹本真,但佛影窟的空間卻無法複製。再者,以窟洞爲禪修場域的天竺傳統,雖有流傳於中土,例如《高僧傳》記載覺賢與同道僧伽達多出遊罽賓時,達多嘗"於密室閉户坐禪"。① 中山康法朗禪師亦有將坐穴修行之方式傳予出家弟子:

> 朗(康法朗)弟子令韶,其先雁門人,姓吕,少遊獵,後發心出家,事朗爲師。思學有功,特善禪數,每入定,或數日不起。後移柳泉山,鑿穴宴坐。朗終後刻木爲像,朝夕禮事。②

此見來自西域的禪師,在中土延續的修佛傳統,亦間有滲透於虔誠子弟之間;然而這種修行的傳統,就現存文獻所見,畢竟只是少數,在中土尚未成風氣。

1. 影落離形,緣會感應

更重要者,從"如影隨形"此一傳統的形影並見觀念來理解,影本身亦不可能獨立於形而存在。慧遠之所以深信佛影能傳移於廬山,乃緣於佛家視影爲佛之現證,現證由精誠之感應而知見,故可不必待形。佛陀得道而不棄人間,故衆生凡有精誠祈願,便可感通現證。劉宋釋慧觀便有云:

> 恒沙如來,感希聲以雲萃;已逝之聖,振餘靈而現證。③

慧觀相信如來度世,妙化萬法,可遺言以成衆經,也可爲衆生示現其玄音與化身,佛影之感應,可作如是觀。

佛陀涅槃後遺下佛影説法,本身已透露了佛陀的影,是可憑弘法信念而存在,而非完全依賴外在形相:

---

① 《高僧傳·佛馱跋陀羅傳》,頁70。
② 《高僧傳·康法朗傳》,頁154。
③ 《法華宗要序》,《出三藏記集》卷8,頁305。

是故如來或晦先迹以崇基，或顯生塗而定體；或獨發於莫尋之境，或相待於既有之場。獨發類乎形，相待類乎影。①

慧遠認爲如來彰顯成佛先迹，不限一門，可隨形開示，也可憑影示現。佛影便是照現如來先迹之聖門。影的意義，按銘文中"落影離形"的見解，已顯示出慧遠對影的觀念進行了提煉，由物理現象的認知層面提升至作爲感應關係的喻象。至此，影不復是與形相依的存在狀態，而是由自心有感而應，此即"唯其所感"、"冥懷自得"之意。換言之，萬物之影，莫不緣自心之感應而出現。影作爲應的解釋，可視爲與心相遇之所緣，苟發緣以求影，精誠所至，影便當呈現心上。故慧遠言天地之影雖是"日月麗天，光影彌輝"的本然存在，但我之能見影，乃因"懸映之在己"，如同水鏡之喻，是以我心之澄明鑒照而感遇交會，強調一種由應然體道信念下的感應作用。

　　佛影應現於廬山，同樣是因懸映在己而臨照，而不由外界晦明所決定：

　　　　清氣迴於軒宇，昏明交而未曙。髣髴鏡神儀，依俙若真遇。②

慧遠在黎明前夕，亦即曙光來臨前最漆黑的環境中與佛影感通，反映其所尋求之影，非由日月外耀所成，而是有如天竺佛影窟一樣，處暗愈明，髣髴如有。此即佛影存在之神理。不同於由光照耀而成之黑影，佛影在窟洞中，是"金色相好，光明炳著"③的神儀，這一金光相好、光輝環耀十方的佛影，正呼應了慧遠信奉阿彌陀佛的光

---

① 《萬佛影銘》，《廣弘明集》卷15，頁205中。
② 《萬佛影銘》，《廣弘明集》卷15，頁205下。
③ 《高僧法顯傳》，《大正新修大藏經》第51册，頁859上。

明相;①以影命名,乃爲強調因感而應的原理,此即是在禪定中心與所緣同感相應的狀況。慧遠所觀見的佛影,不完全是想像出來的,其禪法除重視心念,同時亦注重視聽觸覺與外在冥寂環境的感應。大寂法師指出慧遠的禪定觀念謂:

> 慧遠覺得毘曇法是以眼識與耳識作爲天眼通和天耳通的慧體,因爲這兩種神通可在禪定之外使用,而其餘的四通,則需在定中之時,才可發用。②

這説明了慧遠選擇於極黑暗極静寂的環境中念佛,正由於相信可憑視聽觸覺,於禪定前亦可發動神通,觀見天竺的阿彌陀佛相。當然此視聽觸覺的感通,亦須累積精誠鍛煉的智慧修持來發動,而非單純的觸覺。

從慧遠對神儀的描述,可見其所遇正是所緣之佛影,爲自心祈求鏡照佛影的應身之相,入寂而照,呈現一段由静慮而達"内照交映"的禪修歷程。此定中所見的所緣佛影,是來自遠方的佛影與心交遇的形象,故講求領悟佛影呈現的神理,而非妄自憶度象相。此想法多少接受鳩摩羅什的開導,慧遠曾就夢中見佛之佛到底孰真孰假的疑惑,去信請教鳩摩羅什:

---

① 康僧鎧譯《佛説無量壽經》爲現今《無量壽經》之藍本,其中有關阿彌陀佛之光明相,已有詳細記載:"無量壽佛,威神光明,最尊第一,諸佛光明,所不能及。或有佛光,照百佛世界,或千佛世界。取要言之,乃照東方恒沙佛刹,南西北方,四維上下,亦復如是。或有佛光,照于七尺。或照一由旬,二三四五由旬,如是轉倍,乃至照一佛刹。是故無量壽佛,號無量光佛、無邊光佛、無礙光佛、無對光佛、炎王光佛、清净光佛、歡喜光佛、智慧光佛、不斷光佛、難思光佛、無稱光佛、超日月光佛。……無量壽佛,光明顯赫,照曜十方,諸佛國土,莫不聞知。不但我今稱其光明,一切諸佛,聲聞緣覺,諸菩薩衆,咸共嘆譽,亦復如是。"(《佛説無量壽經》,《大正新修大藏經》第12冊,頁27上中)阿彌陀佛的光明,不但無量無邊,而且具有使衆生"三垢消滅,身意柔軟,歡喜踊躍,善心生焉"的力量(頁27中)。(按:《佛説無量壽經》原本記載由曹魏時期康僧鎧譯出,惟現時學界經過考據,此譯本有可能就是劉宋寶雲所譯的《新無量壽經》,並且接受過覺賢所譯《華嚴經》的影響,故譯者當以覺賢和寶雲爲是,是説多爲學者認同,如望嚴法師便接納此説,見其《48個願望:無量壽經講記》〔臺北:法鼓文化,1999〕,《無量壽經的漢文譯本》,頁2。今保留此説。)

② 釋大寂《智慧與禪定作爲佛教神通的成立基礎》,頁41。

215

爲是定中之佛，外來之佛？若是定中之佛，則是我想之所
　　　立，還出於我了；若是定外之佛，則是夢表之聖人。然則成會
　　　之表，不專在內，不得令聞於夢明矣。①

鳩摩羅什明言所見之佛真實不虛，得神通者，可藉由發動天眼通和
天耳通而飛到十方佛所；無神通者，亦可發感精神，而使佛靈應目
前。是故念佛誠懇切至，則無論與西方佛土相隔多遠，亦能見佛，
"不以山林等爲礙"；而所見之佛，自非虛妄。由此突出修行者調動
見佛的意志，憑恃自力而見佛，是爲關鍵：

　　　是故佛教行者，應作是念：我不到彼，彼佛不來。②

鳩摩羅什於此強調會聖之主動性，慧遠則由此進而鑽仰感應聖人
的方法，配合精誠願力，神儀終可鏡得。這種感應佛相的想法，亦
見其弟子劉程之代表慧遠及廬山賢士所作之《廬山精舍誓文》
當中：

　　　今幸以不謀，而僉心西境，叩篇開信，亮情天發，乃機象通
　　　於寢夢，欣歡百於子來。於是靈圖表暉，景侔神造，功由理諧，
　　　事非人運。茲實天啓其誠，冥數來萃者矣，可不剋心重精疊
　　　思，以凝其慮哉！③

誓文作於慧遠在廬山興造般若臺精舍，其中所立的阿彌陀像，同樣
"圖靈表輝"，是將觀見佛影和造像的經驗，貫徹於一切念佛建設之
中。誓文中劉程之明言此造像之起因，同樣由於夢感於西天見阿
彌陀佛，冀由擬造夢中所見之像，供信衆共修念佛之行。此無疑與
製作佛影的用心一致，是深明慧遠作像之宗旨，故能作誓文以宣表

---

① 《鳩摩羅什法師大義》卷2，《大正新修大藏經》第45冊，頁134中。
② 《鳩摩羅什法師大義》卷2，《大正新修大藏經》第45冊，頁134中。
③ 劉程之《廬山精舍誓文》，《全上古秦漢三國六朝文》，全晉文卷142，頁2279。

慧遠的心意。

2. 契合山水場地

慧遠深信佛影雖遠，而憑精誠之願力，佛影可自外而至於心，猶若從心自出，於洗心悟徹之中，已心與佛影感通。即使佛陀涅槃經遠，遺影又在天竺，但憑心之懸照，同樣能超越時空阻隔而感應其化身。這種特殊經驗，說明慧遠觀照佛影的關鍵，並不拘泥於修行場景之形似，而是思究佛影呈現的原理，借助黎明將至之際的幽暗寂默氣氛，使環境會通於天竺佛影窟，也令精神進入冥寂的狀態。

因此，慧遠制作之佛影臺，雖講求"迹以象真"，但其於禪思中之悟理與神遇，皆是出於自心之感，而不因滯於天竺佛影形迹。是故雖認爲廬山乃佛影之所現處，然擬像之外在表相，亦不盡然符合天竺佛影窟的外貌，但取意象之相通，達到冥契之妙用。蕭馳先生參考北魏崇立寺惠生《洛陽迦藍記》以及唐玄奘《大唐西域記》對佛影之描述，已指出慧遠於廬山擬造的佛影，並非完全複製天竺佛影：

> 慧遠的佛影若全爲擬造，本應選在"門徑狹小，窟穴冥暗"的所在，而慧遠卻將佛影置於敞開的山岩上。這件"倚岩輝林"的佛影因而又不全是摹倣，相對於印度文化的佛影，它毋寧說是慧遠僧團的創造。①

蕭先生認爲慧遠對佛影臺環境的改動，與中國文化諸多因素的影響有關，是有意將佛影融入中國山水的意念之中。② 這種考慮中國文化而作出的改動，是慧遠以自身觀見佛影的經驗爲依據。

觀見外在之佛，在於緣會，法顯到廬山傳佈佛影，所開示的是

---

① 蕭馳《佛法與詩境》，《大乘佛教的受容與晉宋山水詩學》，頁 40。
② 蕭馳《佛法與詩境》，《大乘佛教的受容與晉宋山水詩學》，頁 33—55。

見佛之理。而慧遠感應佛影的情形，與天竺佛影顯然不盡相同。天竺佛影是於石窟中大放光明，有異於廬山的山林環境，但慧遠所照見之佛影，同樣光明炳著，乃是依賴黎明前的黯寂，以助專精入定，由此實現定中見佛的效果。參究天竺佛影窟的情狀，乃千佛之留影，比照慧遠制佛影臺後立《萬佛影銘》，可推斷慧遠所見金光炳耀的佛相，當亦是諸佛俱現的形象，契合阿彌陀佛的無量化身與光明。此種無量相，是隨着中亞地區淨土思想發展修行學問時逐漸形成：阿彌陀佛化身所發放的光明，被演繹爲可照遍十方，從而成就十方淨土世界，至於其無量化身，則令十方六道的衆生皆得到化度。阿彌陀佛這種相身，沿中亞而至河西以迄長安，期間不斷發展，而至慧遠建立造像以及禪修觀念，不但有所承傳，更開創出適合中土文明的方法。

慧遠領悟到佛影處暗愈明的呈現特點，於是巧妙地利用自然環境中與窟洞幽閉氣氛相通的時刻，協助照見佛的光明應身。換言之，是在"昏明交而未曙"之際，也即黎明前曙光還沒有出現的時候的黑暗氛圍，靈應阿彌陀佛的光明應身。所見的依稀金光佛相，又緊隨曙光初綻，而光明大放，由此助成其鑒照萬佛金光。智慧開悟的時刻，與天地由昏轉明之一瞬如此巧妙契合，正是慧遠所謂"神會之來"，如同夢表之聖人，不期而遇，唯在精誠修持，故稱之爲靈應。而與佛影俱現之晨光，亦進一步肯定了慧遠所悟神理之證驗，以及靈應之感的神妙莫測。

此見慧遠能見佛影，乃是以精誠之心體會佛影呈現之理而得。因其發心於廬山，理亦得於廬山，故而在中土所興造的佛影臺，亦保留廬山本來的自然山林環境，因地制宜，使得佛影的觀想方式更切合中國文化風尚。此是以主體之會理爲目的，雖摹擬以傳真，卻不爲追逐物貌而反累其神。

第二節　發展以感應爲本的念佛禪法

一、托慮精誠的嚴格感應要求

在覺賢與法顯的啓示下，慧遠領悟廬山與佛影有相契之妙，秉修行之誠心，故使佛陀得道之影，應現於中土：

> 感徹乃應，扣誠發響。留音停岫，津悟冥賞。①

影與響皆是應，由感徹與扣誠而應響，從而得悟津道，是指佛影因精誠感召而應現於廬山，也可視作一種合而爲一的狀態。在慧遠理解，縱然廬山環境與天竺佛影窟並不完全一致，甚至廬山所見佛影之形表，未必同於天竺，但理一無別，故謂"迹以象真，理深其趣"，象真並非泥迹，甚至更重視意象之相契，似與意會，只是外在的條件，目的皆指歸於求取觀照佛影的大理。

而悟徹神理之道，貴乎内心發願精誠：

> 觸像而寄，百慮所會，非一時之感，於是悟徹其誠。②

借助佛像以使心生托慮，融會了《心論》禪觀中要求禪定前產生托慮的原理。托慮的對象既代表求見之所緣，亦蘊藉精誠的心念。誠從心上説，是對修行者自覺持恒的基本要求。誠也沒有一時之誠，則由感入悟，自非一時可得。因而建立佛影臺、繪畫佛影之目的，乃爲禪修者安設置托慮的方便，以助每次禪修的精誠發願。慧遠指出禪修悟佛，當經歷"百慮所會"的過程，才能應會於一瞬，是

---

① 《萬佛影銘》，《廣弘明集》卷 15，頁 205 下。
② 《萬佛影銘》，《廣弘明集》卷 15，頁 205 中。

對感應神聖的活動提出嚴格的要求。感與應分屬兩層次,感是宇宙中兩物之間必然存在的自然作用,不待意識之起覺;應則在感的基礎上,進一步要求精神的相互通接,方得共鳴應和。這在支遁《大小品對比要抄序》中早有提示:

> 萬聲鍾響,響一以持之;萬物感聖,聖亦寂以應之。①

此明感與應分屬兩層意義。聲爲感,響爲應,奏樂衆聲振發,鍾響以收束衆樂聲,代表演奏完畢,有始必有終,故有聲必有響。有感必有應,因而萬物起感,聖必應之。然而演奏未畢,則不能作響;感而未達,則無有聖人之應會。應代表由感而發動的禪修,已臻圓滿之程度,悟徹神道,故示應以垂徵。

此見感而有應,講求禪修的虔誠與堅持,是以劉程之在請教僧肇《般若無知論》一信中,便提及慧遠靜慮禪思之勤:

> 遠法師頃恒履宜,思業精詣,乾乾宵夕。②

劉程之謂慧遠之精思,乾乾宵夕,佛影便是其每夜專思寂想、會理圓融的果證。由此知其所以悟佛,乃經歷長期專精思慮,方能萬慮一交。以誠感應聖,即以心通神,故神聖不由遠近今古所阻,而皆可憑心之會通而照見。劉勰《文心雕龍‧神思》謂"寂然凝慮,思接千載",其理與慧遠的寂慮照聖觀,脈脈相連。思接於聖,緣乎寂慮,憑借物色而觸通悟徹,佛影作爲禪參的觸像,具有明確的徵聖目的。相比遊放山水,乃至單純神遊山水,慧遠的"深懷冥託,霄想神遊",更明確了擬迹聖門的精神追求。

將天竺佛影融入廬山,乃至營建佛影臺,皆反映出慧遠一心爲中土禪修學佛而引入的淵源有自的修行觀念與法式,也流露了擬

---

① 《出三藏記集》卷 8,頁 301。
② 《劉君致書黐問》,《肇論集解令模鈔校釋》卷下,頁 217—218。

第四章 禪修與文藝實踐的融合

迹聖門的追求。從其所言"觸像而寄,百慮所會"可知,即使天竺佛影與廬山有意象相通之處,但佛影並不可能輕易得見。慧遠所見的神儀,是自内心發現的大放光明的佛影,緣自百慮所會的修行成果。W. E. Soothill 與 L. Hodous 對佛影之釋名,便強調是因心之純粹澄明方能得見。① 因此,佛影制作的用心,乃爲配合慧遠推動禪修,以助修行者透過神像使心體產生托慮的神儀,並由此寄寓發動擬聖的願力。

慧遠在廬山弘法三十載,講經傳道,禪修觀念亦由此廣傳。其中在山從學十五載的劉程之,清代沈善登《報恩論》稱其有三度見佛的經歷:

> 劉遺民三度見佛,衣覆手摩,自當上品。②

此三段見佛經歷中,便有一段明確是定中見佛的經驗。據慧遠《與隱士劉遺民等書》記載:

> 遺民精勤偏至,具持禁戒,宗(宗炳)、張(張野)等所不及。專念禪坐,始涉半年,定中見佛,行路遇像。佛於空現,光照天地,皆作金色。③

劉程之在專念禪定中見佛,無疑是接受慧遠於寂照遇見佛影的經驗,所見之佛"光照天地,皆作金色",正與天竺佛影的光明相契合,是阿彌陀佛的無量光明相。可見其禪修思想,與慧遠引入的有部禪修觀念有直接關聯。

---

① 現今解釋天竺佛影者多未提及觀見佛影的問題,唯 W. E. Soothill 與 L. Hodous 指出主體精神意志對於觀見佛影所起之關鍵作用,故特爲引介。原文大意云:"佛影,佛陀的身影,曾經在印度不同地方留迹,唯靈應於那些心靈澄净(pure mind)者之目前。"William Edward Soothill, Lewis Hodous: *A Dictionary of Chinese Buddhist Terms: with Sanskrit and English equivalents and a Sanskrit-Pali index*, London: Kegan Paul, Trench, Trubner & Co., Ltd, 1937, p. 227.
② 沈善登《報恩論》,《卍新纂續藏經》第 62 册,頁 720 中。
③ 《廣弘明集》卷 27,頁 315 上中。

劉程之的經驗反映了慧遠引領的禪思修行，已不止乎遊放山水，或神遊名山仙都，而是將佛影蘊含的成聖理想，作爲禪思的終極內容。憑禪定見佛影的親身經驗，慧遠相信把握精誠與入寂的要領，則凡衆皆可實現擬迹聖門的理想。劉程之所以見佛，便是精勤半年、立誠悟徹之成果。在《念佛三昧詩集序》中，慧遠亦透露了帶領修行者從習入寂自照的經驗：

> 是以奉法諸賢，咸思一揆之契。……於是洗心法堂，整襟清向，夜分忘寢，夙宵惟勤。①

如前指出，慧遠的念佛三昧乃要求能達到定中見佛的禪定功夫，也即沉冥之功。禪修要求"夜分忘寢，夙宵惟勤"，是出於一己參考天竺佛影窟的特點，而於昏明交而未曙之環境下入寂見佛影所得出的自證經驗。劉程之遵從慧遠的經驗禪修，精誠所至而見佛，是爲慧遠認爲其超越宗炳、張野等名著當時的同道者的原因。可見慧遠以擬迹聖門爲追求的禪觀，是以誠心實踐寂照之原理爲關鍵；佛影只是提供了聖或佛的正宗形象，導引禪修者從心上見佛，不假外求。如此，則由禪修所得之自度解脫，不在山水物色等外在環境的要求，而重在心通理應，會通天竺佛陀於窟洞禪修的原理，以反歸於自心照寂爲目的，自然殊途同歸。

二、由專想而達理會的思維

慧遠憑着求諸己心而見佛的信念，認爲在念佛禪修時，定中所見之佛，必須與心體托慮的所緣冥合，因而其念佛觀尤爲重視觀想所需要的心力與精誠。觀想念佛之意，蔣維喬先生釋云：

> 念爲觀念之念，而所謂觀佛者，即以觀佛爲本，一心在佛

---

① 《廣弘明集》卷30，頁364上。

第四章　禪修與文藝實踐的融合

而念之者也。①

觀想念佛是從觀望佛相,進而邁入憶念佛的生身乃至法身、一相甚至多相的階段。就觀想佛影的經驗察看,慧遠的念佛方式,不唯憶念佛名,更是在禪定中見萬佛現前。據李幸玲先生考證,上座部但念佛名與佛功德,要求在定中能見佛身的念佛法,屬於大乘禪法;而慧遠攝入這種大乘的念佛法,原因是受到《般舟三昧經》的影響,這種"以小攝大"的思維亦早見於其師道安解讀經籍的經驗中。② 在支婁迦讖所譯的《般舟三昧經》中,可以發現定中見佛的修行法。般舟三昧即定心念佛之意,慧遠在與鳩摩羅什討論佛理的信函中,便曾申述對《般舟三昧經》"定中見佛"義的見解:

> 專則成定,定則見佛,所見之佛,不自外來,我亦不往,直是想專,理會大聞。③

慧遠釋"三昧"爲"專思寂想",據自《般舟三昧經》的"定中見佛"義。是指從專想而入定見佛,專想即是立誠專精地想念佛相。這種觀想念佛乃是幫助入寂靜慮,以達定中見佛境界的法門。換言之,在禪定歷程中,觀想念佛是門徑,定中見佛則是證驗。慧遠在信中表達其原本理解的定中見佛,是在禪定中與佛緣會,而佛不自外來,自身也未嘗前往佛所在處,此一想法,並不爲鳩摩羅什所認同。如前所述,鳩摩羅什認爲"我不到彼,彼不到來",突出主體發心的主動性,如此縱然是夢中見佛,亦是出於精誠發心而獲得的感應,並非"不自外來,我亦不往"。當然,慧遠原意只是強調專思寂想中的精神狀態,佛相是端賴自心專思寂想的努力而出現;自力的作用一

---

① 蔣維喬《中國佛教史》卷2,頁4。
② 李幸玲《廬山慧遠的禪觀》,《正觀雜誌》第12期,頁64,72—73。
③ 《鳩摩羅什法師大義》卷2,《大正新修大藏經》第45冊,頁134中。

直是慧遠所堅持,不存在被動見佛的意思。慧遠在此欲表達的是,修持者應集中於持恆發動願力,使智慧圓滿,便能與佛感應。但禪慮時決不可抱有執着於見佛之心,是謂不住。求索所緣而不執着,有若思究空而不執空,惟不執不住,方是真正明白見佛之理,達到理會大聞的境界。

由專想而達理會,顯示出寂與照的歷程。如前文所述,慧遠於《念佛三昧詩集序》中,指出觀想念佛而入寂的結果,乃是鏡照神儀:

> 故令入斯定者,昧然忘知,即所緣以成鑒。鑒明則內照交映而萬象生焉。①

內照交映而生之萬象,即萬佛之應身。定中見佛,緣心力澄淨而鑒生,既可爲一,亦可爲無限,如同《佛說觀佛三昧海經》謂觀佛影者,當想象其心面壁如照鏡,由此以觀佛相於無遺。此見慧遠立萬佛影之名,非謂萬佛藏於廬山,而是萬佛皆可緣入定而鑒見。這是資取《心論》的禪法,同時攝入大乘觀念,並結合像教文化而成形的禪修方式,這種修行方法,自然有別於淨土宗後來口誦阿彌陀佛稱名的方式。湯用彤先生據此判斷慧遠的念佛三昧義屬於修定坐禪,則佛影之緣會,必是定中見佛:

> 遠公之念佛,決爲坐禪,非後世俗人之僅口宣佛號也。②

從禪定而見佛,以"理會"而得"大聞",反映出將佛相之感應提煉爲思辨形態的"理",代表一種通明佛因何而來或因何而見的智慧覺悟,並由此顯豁通聖之關鍵。考察在其定中見佛之思想,便見應"理"之具體內容,已經是超越形迹的徵聖方向:

---

① 《廣弘明集》卷30,頁363下。
② 湯用彤《漢魏兩晉南北朝佛教史》(臺北:商務印書館,1991),頁261。

第四章 禪修與文藝實踐的融合

　　　　求之法身,原無二統。形影之分,孰際之哉。而今之聞道者,咸摹聖體於曠代之外,不悟靈應之在茲。①

佛影是在佛陀得道後存在於石窟當中的化身,並沒有隨着涅槃而俱滅於形骸。這種強調因緣而起,而非是依賴形質存在的特性,本身便指出了佛影的存在不必由形,而是以精神來感應。此即慧遠所謂"落影離形"之意。佛本身沒有時空的範限,故不必追索於曠代之外。當下念佛,心法便俱遊同感。但信精誠所至,佛便在心中,本無任何隔閡。唯一之隔,在於以爲佛與心判然兩分,復求諸曠代之外、千里之遠。此是佛不自外來的另一層意義。

　　明白到佛影並無時空之隔閡,則成佛之影迹與萬物神理,莫不因"懸映之在己",心鏡澄明,靈應自現。徒追效曠代之聖的形迹,是不明以心感應的道理,則聖門迹軌,終不得見聞。追摹曠代之聖的行徑,與慧遠提出反古之道有關。《沙門袒服論》云:

　　　　於是服膺聖門者,咸履正思順,異迹同軌,緬素風而懷古,背華俗以洗心。尋本達變,即近悟遠,形服相愧,理深其感。……反古之道,何其深哉。②

反古之道本是慧遠在護持沙門袒服修行傳統之論點,其中稱服膺聖門者"緬素風而懷古",原爲申明返璞歸真之深意。而從學弟子摹迹古希之聖,之所以被批評爲捨近就遠,是由於不悟聖人所開示的恒常大理,只專注於步履先聖舊迹,以爲合於反古之道,在《與隱士劉遺民書》中,慧遠便批評此種"徒積懷遠之興"的誤解。實者慧遠的學聖觀是即近悟遠,講求尋本達變。本之含義,蓋指佛門之一切傳統,包括佛陀的語言文字、經籍禪典,此即其於《大智論鈔序》

---

① 《萬佛影銘》,《廣弘明集》卷15,頁205中。
② 《弘明集》卷5,頁33中。

標榜"依經立本"之意；亦包括天竺佛教保存的傳統文化，佛影便是其一。

三、理在體道修行中的意義

慧遠將定中見佛的境界，稱爲"理會大聞"，透露了會理爲靜慮洗心、專思智慧而後到達的圓滿境界。在禪修活動中，智慧覺悟的境界具象化爲所緣之佛，而佛相感應呈現，實際上是禪修者精誠思究如何見佛的成果，理會大聞代表願力與智慧具足，因而能夠使禪修者之心與佛相應會。換言之，精誠與智慧具足，便能感而有應，佛之神理乃靈應於心。因此在《廬山東林雜詩》中有言：

> 流心叩玄扃，感至理弗隔。[①]

感徹有應，是爲感能至理，無有隔閡。會理便是自心通透無染、洞鑒神源之意，佛相的呈現，即是理的具象。此理顯照着個體與神道冥合，擺落佛相的分殊形態，衆生所感之理，同一無別，爲之制立專有的稱名，則可稱爲神理。由此可見，觀見佛影蘊涵着會通神理的意義，在慧遠的佛學思想中，佛影即是神理的象徵，是慧業圓滿之證驗。

佛影一方面作爲阿彌陀佛之應身，同時象徵神理之所斯。昔佛陀在佛影現後，便得到諸天的指示，在貝多樹下成佛。此傳説亦記載於法顯的《佛國記》中：

> 菩薩入中，西向結跏趺坐。心念："若我成道，當有神驗。"石壁上即有佛影現，長三尺許，今猶明亮。時天地大動，諸天在空中白言："此非過去、當來諸佛成道處，去此西南行，減半由延，貝多樹下，是過去、當來諸佛成道處。"諸天説是語已，即

[①] 《先秦漢魏晉南北朝詩》，晉詩卷20，頁1085。

第四章　禪修與文藝實踐的融合

便在前唱導,導引而去。①

佛影在此傳說中,起着指引成佛方向的作用。推而論之,理在體道原理中,便起着指示體道方向的功能。是以慧遠在《沙門不敬王者論・體極不兼應》中表明道可循理而玄會:

夫幽宗曠邈,神道精微,可以理尋。②

神道原出《易・繫辭》"聖人以神道設教",是處以精微言神道,本自魏晉玄學言天道幽微之意,指天道難聞,唯聖人能體識。道爲宇宙萬物終極玄遠之所宗與所本,故又稱爲幽宗。玄學言天道唯聖人能掌握,慧遠亦承認天道幽邈難聞,非凡智可悟徹。然而慧遠深信凡夫體道,並非毫無辦法,透過領會理或神理,則同樣可尋究天道,由此顯示理是入聖的關鍵。天道在禪修意義中,與成佛境界無異。循理而尋道,反映出視理爲成佛智慧,以之參悟流轉還滅之大法。

按慧遠的理解,理作爲契接於道的通衢,體現着道本的質性,是使神朝往上達方向發展的指引,而循理上達的體道作用,又可顯豁爲反本之道:

情有會物之道,神有冥移之功。但悟徹者反本,惑理者逐物耳。③

情起則生感,有感方會理,是故情有其存在的積極作用,然而困頓於感物層面,滯累便生。從感理則逐物的觀點可知,要使神與物遊有上達的方向,便須以理駕馭修行中的種種觀想的思緒。理以其永恒不變的特質,顯示本體恒存不易。所謂反本,即指道本,也指將内心澄澈塵累,恢復其性淨無染的本原面貌。這是慧遠在《阿毘

---

①　章巽《法顯傳校註》,頁 122。
②　《弘明集》卷 5,頁 31 下。
③　《沙門不敬王者論・形盡神不滅》,《弘明集》卷 5,頁 32 中。

曇心序》中指"顯法相以明本",洞曉苦、集、滅、道四諦實相,由此入解脫還滅之意念。當其能得解脫,心顯現之本性,便與天道之性相與,便是反本之謂。

　　循理反本作爲體道觀念,在慧遠所處時期已是微妙相通的共識。聖人由於參悟理的不變本質,故能循理體道的想法,在支遁《大小品對比要抄序》中便透露了端倪,支遁稱之爲即理即聖:

　　　　故理非乎變,變非乎理。……故千變萬化,莫非理外,何神動哉。以之不動,故應變無窮。無窮之變,非聖在物。物變非聖,聖未始於變。①

聖人以情感萬物,而不爲物所帶動,故"萬物感聖,聖亦寂以應之"。② 之所以不滯於物,是因所觀照者,無非超越物表之神理。支遁以不變爲理,無窮之變在物,是認爲千變萬化只是物象,道之本質,恒常而無分。苟明理之不變,是即察識真理,便不泥於逐物。此明理與物,分屬宇宙本末兩位。後來竺道生又明確分辨物與理的份位,進一步充實慧遠與支遁的理解,其於《法華經疏》云:

　　　　譬如三千,乘理爲惑。惑必萬殊,反而悟理。理必無二。如來道一,物乖爲三。三出物情,理則常一。如雲雨是一,而藥木萬殊。萬殊在乎藥木,豈雲雨然乎?③

理顯現如來道一,要體近至道,唯以常一之理爲宗。從道之成化歷程看,居道本者爲理,物色表象只屬道之末節,緣物情而出,而非成化之總法。慧遠《萬佛影銘》謂"理玄於萬化之表",④是明尋理不能只游離於物色界域。故知感者不單純爲感物,物只是道的表象,

---

① 《出三藏記集》卷8,頁300。
② 《大小品對比要抄序》,《出三藏記集》卷8,頁301。
③ 竺道生《法華經疏》卷1,《卍新纂續藏經》第27册,頁1上—4下。
④ 《廣弘明集》卷15,頁205中。

徒感於物,只會去聖益遠。欲鑒照至道本體,必由理入,別無二致。此即支遁所謂"尋源以求實,趣定於理宗"之意,①循理以探尋宇宙的本源,自入成聖之塗轍。是以欲明聖人之體道,自當循理求解。

四、慧遠禪修觀念的意義

　　慧遠的禪修觀,由"洗心淨慧"而至"理會大聞",建構一套完整而有次序的智慧解脫修行程式,體現出爲禪修明確建立的超凡入聖原理。這是在追尋禪學傳統的工作中,將禪修和禪思的解脫義,定位於智慧解脫的成佛層次當中。雖然慧遠的體道觀是建立於神不滅論,與當時初爲關中鳩摩羅什傳入的大乘般若思想有所出入;然而慧遠在廬山創設的佛國意象、修行環境,更大程度的作用,是成爲了晚晉六朝時期禪修理論與形式的發展基礎。"理"此一概念經由慧遠應用於體道原理,在日後的禪思及神思觀念中,成爲了步迹聖門的關鍵元素,無論是練神達思,還是澄心感應,始終以"理"作爲通達的樞紐。這對於《文心雕龍》的"理"、"文理"、"神理"等觀念,不無提供啓發的因緣。《文心雕龍・神思》謂"物以貌求,心以理應",明白提出精神運思中的感物活動,是以心感應理爲目的,內中正隱藏着心通理應的思想淵源,這爲神思的立文徵聖觀,建立了思想基礎。

　　至於在引導禪修實踐的層面,慧遠由觀想佛影的經驗而爲寂照觀念開出新内容。所言的寂,是從外在的寂靜環境,讓禪修者入寂。是以寂之内涵,便有精神狀態與外在環境兩重意義。從外在的寂來看,慧遠要求的並非老莊修行的山水條件。換言之,發動禪思與神通的外在條件,從物色轉向於近乎無形之寂,顯示出將晉以來中土的禪修,接往天竺禪修傳統的用心。但對於中土一直接受

---

① 《大小品對比要抄序》,《出三藏記集》卷 8,頁 303。

道家傳統的學禪者而言,"寂"這種完全摒棄物色的修行方式,明顯與原本修行傳統迥異,這並不一定有助於進入寂的精神境界。如同孫綽的禪思經驗是在神遊天台山中實踐,而非在摒絕外界的幽閉窟洞中呈現。

中土士人的入定習慣,始終與寂照有距離。自遊仙傳統爲隱士所接納,甚至成爲憧憬開始,已決定了修行方式難以完全拋卻物色。慧遠要求邁向定中見佛的禪修階藉,但如劉程之坐禪見佛的例子,畢竟在同道當中只是少數。反之,其擬造佛影臺和摹畫佛影圖的舉措,卻爲另一從學宗炳所採納,開發出以摹繪山水作爲修行的體道新門徑,而"神思"便是在此理論演繹中,顯豁爲中土禪修的話語,且成爲溝通禪修與文藝理論的橋樑。這種屬意於山水物色的心態回歸,意味着憑借山水進入禪定的修行途徑,始終沒有完全遭晉代禪修者摒棄,更成爲士人在折衷中土與天竺修行傳統的過程中,所一直堅持的方向。換言之,士人在尋求禪學正法的路上,並沒有放棄自身的傳統。後面在分析宗炳畫論遣用的神思義時,將進一步了解其徵聖修行思想之因承與通變。

審視慧遠的禪修理念與實踐活動,可發現其念佛與造像經驗,流露出明確的體道明本意志,這是在探求諸法實相之間,爲成佛義賦予了形上思辨的意蘊與解釋。至若透過擬像而寄誠,方便心體產生所緣的念佛觀,則是基於深信可憑象相來確定心法之生,也即體道的真實性,因而對於法相抱持明確的形象追求。這種對心法的理解,影響慧遠執持於定中見佛的形象,以及竭力在製造阿彌陀佛像上追求象真的效果。由此觀察慧遠的禪修觀念,蓋有三重特點:其一是涵具求本體道的精神,其二是講究依憑"相"來判斷體道孰真孰妄,其三是爲此而創發通變的方法以應會所緣,此三重觀念,實通契合於慧遠在《阿毘曇心序》提出的三觀:"觀法性以明本"、"心法之生,必遊而同感"以及"定己性於自然"。慧遠將由《心論》所領悟的禪法,融會於禪修實踐中,由此駕馭對禪修的種種理解,以循理反本爲目的,又以即像寄興、由感而應爲定中觀佛之原理。這些修行思想,對於其追隨者,以及劉勰都有潛移默化的影響。

慧遠的禪觀吸取自阿毘曇學,照寂觀念一直強調神與心的作用,這在《文心雕龍》中不乏思想影迹。事實上,學界自范文瀾先生提出《文心雕龍》篇幅結構可能受《心論》十品之結構影響以後,①《心論》與劉勰《文心雕龍》的種種相通之處成爲學界開始留意的問題。其中饒宗頤先生更立專論,認爲《心論》作爲佛學對《文心雕龍》的影響,包括好幾方面:其一是《文心雕龍》中的徵聖、宗經態度,此據《心論》之有《賢聖品》和《契經品》而言;其二是《文心》以心命名的特點,是因承佛門"用心來作書名"的慣例;其三是《心論》以大量法數統攝萬象,爲《文心雕龍·知音》所標六觀②之閱文術的楷模。③ 若《文心雕龍》真有資取乎《心論》,則慧遠《阿毘曇心序》所起的橋梁作用,自是不容忽視。

法數誠然是毘曇學的一大特點,然而這些紛繁法數往往不易爲人把握,更遑論細究與重視。超越文字的類比照勘,從思想淵源上看,照寂的觀念,以及擬迹聖門的禪修願景,對《文心雕龍·神思》的思想內容,當有更爲實在的啓發意義。慧遠重視明本意識,以及在念佛禪定經驗中竭力求取心法的經驗,反映了《心論》禪法對其修行徵聖的思想具有指導作用,而《心論》對《文心雕龍》較爲接近的啓迪和思想滲透,便是以心法禪觀來處理、提昇文思至體道

---

① 范文瀾先生注《序志》提出:"彥和精湛佛理,《文心》之作,科條分明,往古所無。自《書記篇》以上,即所謂界品(《心論》第一品)也,《神思篇》(《心論》第十品)以下,即所謂問論也。蓋採取釋書法式而爲之,故能思理明晰若此。"(《文心雕龍註》卷10,頁728)
② 《知音》云:"將閱文情,先標六觀:一觀位體,二觀置辭,三觀通變,四觀奇正,五觀事義,六觀宮商。"饒宗頤先生認爲六法的建立,有取效數法的可能。
③ 饒宗頤《文轍——文學史論集》,《文心與阿毘曇心論》,頁378—380。

或形而上層次。是故普慧先生認爲慧遠的禪智觀(也即有關觀想念佛的觀念建構)對《文心雕龍》神思觀的益助,主要在於發展虛靜、神與物遊等觀念,點出關乎文藝思想的問題:

> 慧遠是在其佛教禪智論的基礎上,把虛靜從宗教推向了文藝領域;……劉勰雖在佛教禪智論背景下於文藝領域運用虛靜,但已經自覺地加以改造,其目的已經不是宣揚宗教的神威,而是完全着意於審美規律。①

普慧先生解讀慧遠禪智觀的文獻,主要是《晉襄陽丈六金像頌並序》、《萬佛影銘序》及《廬山出修行方便禪經統序》三篇有關觀想念佛的内容,這些觀念實際不出《阿毘曇心序》提及的三觀中的心法禪觀。證定此一文藝思想的承傳脈絡,除卻解讀《阿毘曇心序》外,慧遠將三觀,尤其心法觀及明本的追求銜契於中土文化,孕育中土文藝擬像求聖的方向,方才顯示出更爲清晰的思想發展理路。這都是需要在對晉以來禪修觀念内容的變化脈絡,有較爲全面理解的基礎上,才能進行具體考究。

而至此可確定的是,從慧遠的影響力,以及僧叡所呈現的相近的觀念,可知慧遠的禪學思想在當時,乃至劉勰的時代,都不難接觸和認識到。更重要者,是慧遠對心法禪觀的運用,出於推廣的目的,並不僅僅自奉爲獨得之秘,而是將之中土化、普及化,與傳統感物觀念溝通融會,構建出一套新的禪定修行理論,將之進一步延伸於文藝與自然的領域,並以廬山爲實現擬迹聖門的場地,將禪觀廣傳給當時的弟子道士,在文化層面展開滲透作用,成爲中土士人熟悉的禪法。這種潛移默化的作用,方才切實影響劉勰覺察文思有似於禪觀,並以之提昇文思的意義層次。

---

① 普慧《南朝佛教與文學》,《慧遠的禪智論與東晉南朝的審美虛靜説》,頁283。

第四章 禪修與文藝實踐的融合

而劉勰以立文爲陶鑄性情之修行方式,其中論述神思之概念與禪修每有相契,且尤重神、心、理、物的作用,可見對慧遠禪觀確有精闢理解,這與其處於毘曇學隆盛的時空背景不無關係。上文曾指出,魏晉以來佛教雖未於中國建立宗派,而思想派別實繽紛林立,各種經典、各種部派在中土的傳播,由此亦各有立根的核心地區。其時阿毘曇學在中天竺、東天竺一帶篤信佛法的地區,學問尤爲隆盛。據法顯記載,歷經此間的摩頭羅國,已出現供養阿毘曇的情況。[①] 至於阿毘曇學在中國發展之重鎮,則在關中一帶。例如譯出《阿毘曇心論》的僧迦提婆於隆安元年(397)初遊建業,便獲東亭侯王珣邀請,"於其舍講《阿毘曇》,名僧畢集",[②]可見一時之隆盛。《高僧傳》記載毘曇學之高僧,所習毘曇學者集中於關中,其時由於關中作亂或僧侶流陟而北地南遷,遂成南北皆習毘曇學的隆盛局面。據《高僧傳》載,通阿毘曇學者,晉時有竺法潛,[③]先在中州修佛,後隱迹剡山;東莞竺僧度,著《毘曇旨歸》。[④] 劉宋時有釋僧鏡於下定林寺著《毘曇玄論》;[⑤]曇機法師善毘曇,自長安避地至於會稽;[⑥]冶城寺釋慧通製《毘曇》義疏。[⑦] 齊時釋智林特善《雜心》,又著《毘曇雜心記》。[⑧] 梁時冶城寺釋智秀特善《毘曇》,[⑨]靈曜寺釋僧韶與釋僧護皆以《毘曇》著名,[⑩]招提寺釋慧集"於《毘曇》一

[①] 法顯記載摩頭羅國僧衆凡多,梵業興盛,其時僧侶爲諸佛及諸經起佛塔並供養者,阿毘曇即在其列:"衆僧住處,作舍利弗塔、目連、阿難塔,並阿毘曇、律、經塔。……阿毘曇師者,供養阿毘曇。"(章巽《法顯傳校註》,頁55)

[②] 《高僧傳》卷1,頁37。事又載《世説新語校箋》,文學第四,頁133—134。

[③] 《高僧傳・竺法潛傳》載竺法潛於剡之仰山嘗授《阿毘曇》予竺法友。(卷4,頁157)

[④] 《高僧傳》卷4,頁174。

[⑤] 《高僧傳》卷7,頁293。

[⑥] 載《高僧傳・釋超進傳》之内,卷7,頁297。

[⑦] 《高僧傳》卷7,頁301。

[⑧] 《高僧傳》卷8,頁310—311。

[⑨] 《高僧傳》卷8,頁333。

[⑩] 載《高僧傳・釋僧盛傳》之内,卷8,頁334。

部,擅步當時,凡碩難堅疑,並爲披釋",更著《毘曇大義疏》十餘萬言,盛行於世。① 至於與劉勰有直接關係者,爲齊時上定林寺釋僧柔,《續高僧傳》載釋僧旻之語曰:

   宋世貴道生,開頓悟以通經;齊時重僧柔,影毘曇以講論。②

釋僧柔之擅毘曇學,名重於當世。柔與僧祐爲同門,二人"少長山栖,同止歲久",③圓寂後劉勰爲之製碑銘,惜今不存。

  事實上,毘曇學是比般若學更早影響中國的佛門學問,④不特道安與慧遠重視毘曇學,慧遠更在廬山教習弟子認識毘曇學問;則當時僧衆廣習的情況,以至劉勰亦諳毘曇,並非妄斷。而梁朝冶城寺、靈曜寺、招提寺與定林寺皆在京師,可見研究毘曇典籍的學問發展至梁代,於京師尤爲隆盛。饒宗頤先生指出:

   六朝初期,阿毘曇心之學盛行,地無論南北,人皆重視誦習,影響至大。⑤

六朝南北皆研習毘曇學,而至齊梁時期,關中、廬山、會稽皆已有毘曇學之名僧廣授學問,成爲風行一時之義學。

  從學脈流傳看,慧遠與劉勰的阿毘曇學,大體屬於同源關係。《阿毘曇心論》最早由僧伽提婆於長安譯出漢文本,又經道安大力提倡。及後提婆南化廬岳,又重譯是典,由此傳學於慧遠,故得以行於南方,是南派學脈之淵源。至若劉勰的阿毘曇學源,實亦不出

---

 ① 《高僧傳》卷8,頁341。
 ② 《釋僧旻傳》,載釋道宣《續高僧傳》卷5,《大正新修大藏經》第50册,頁462中。
 ③ 《高僧傳》卷8,頁323。
 ④ 周叔迦先生指出,阿毘曇學説是傳入中國最早的佛教學説,其後"在西晉的般若思想發展以後,爲了進一步深入而正確的研究和通達其他各大小乘經典,都必須先了解各個名相的含義",於是毘曇學"成爲一切佛教學者所必須精練的學科"。《周叔迦佛學論著集》(北京:中華書局,1991),頁147-148。
 ⑤ 饒宗頤《文轍——文學史論集》,《文心與阿毘曇心》,頁372。

《心論》範圍。《心論》之著者法勝,是爲僧祐之祖師,而提婆譯《心論》之所在地定林寺,正是劉勰與僧祐所駐之寺院,可見二者所習阿毘曇内容根本相同。劉勰對於慧遠由《心論》所理解的觀法,就其接觸毘曇學的背景而言,當有較深層的領會。其於《滅惑論》中透露神不滅觀念,以爲練神以斷惑,無疑與《心論》提出以三觀明本而使流轉還滅的觀念一致。此觀點正來自阿毘曇學的"法有"觀,以爲一切諸法各有自性,常恒不變,與覺賢以一微爲常空之意思相通,由此相信三世實有,法身雖滅,而神則常存流轉。基此分析慧遠發展求取心法與實相的禪學,則可視爲理解《文心雕龍》體道修行,尤其神思體道内容的理論基礎。

慧遠的禪觀論述中,雖未明確交代《心論》的啓迪,故弟子從其學念佛,亦唯劉程之有見佛之徵驗。惟此亦說明領悟之要,在乎識之深淺。就劉勰的阿毘曇學背景而言,其對於這種由《心論》提煉出的禪觀,亦可能較有深識。在《文心雕龍》較爲集中體現在神思觀念上,其主張反本明理以及對物色的態度,都有迹可尋。這在後文分析神思篇章中再詳細論述,蓋解析神思義,尚須交代宗炳之影響。

第三節　宋初宗炳的神思義

宗炳是慧遠的俗家弟子,慧遠在廬山結蓮社、立佛影臺的活動,宗炳皆有參與。宗炳學佛,順應當時中土佛學的風氣,兼採儒道,作思想上的比照。其佛論名篇《明佛論》及《答何承天書難白黑論》,雖明確護持佛法,卻同時肯定中國傳統聖人的神聖份位。所撰《畫山水序》列舉往聖登山的傳說或行實,指出即山臨水的修行活動,乃自古聖人修行的傳統,軒轅、堯帝、孔子皆在論列。可見宗炳雖從學於慧遠,而其修行觀卻是建基於傳統修行的路數,而接受慧遠的禪修體道觀念。對照《畫山水序》與《萬佛影銘》,可發現宗炳運用"神思"一詞,既隱含禪修的學理背景,同時又將體道的信念,重新導引向中國聖人的傳統理想之中,反映着中國反本學聖信念之重建。

《畫山水序》作爲宗炳表現禪修觀念的名篇,記載一段透過繪畫山水、觀望山水的再現作品,而得以會通聖人"神思"的經驗。"神思"一詞在《文心雕龍》中是作者實踐文思運作的關鍵概念,與宗炳認爲是聖人專有的意思固不相同,但兩者均以山水爲"思"的介面,又突出主體之神通暢於物色之間的精神狀態,透露出思想銜接的端倪。以穿梭往復於山水爲想念的冥思活動,在晉初佛道刺雜的時代經已出現,啓肇自孫綽於天台山的馳神運思,宗炳承慧遠練神達思的修行態度,則將精神冥思視爲與往聖通接的橋樑。宗炳體道目的更爲明確,亦顯示物色對練神的重要作用,這對於劉勰《文心雕龍・神思》認爲"神用象通",無象則神不能通暢運行的想法,無疑是先導。其與《文心雕龍》神思概念的淵源關係,實早有研究表明,如張少康先生指出宗炳《畫山水序》中的創作思想,包括文藝創作中資借山水以暢神而揭示的神與物的關係,以及虛靜理氣的養護文思的主張,皆與劉勰的神思觀內容一致,表明兩者在創作思想上存在歷史淵源關係,並進一步推及慧遠"觸像而寄"之方法,是爲宗源。①

慧遠與宗炳開設立像以暢神冥思的方式,與劉勰的神思觀有思想關聯,顯示出思想發展的承傳關係。而復當究析的是,劉勰接受此種方式以闡發立文精神狀態的原因所在。文論的發展固然可資取於畫論乃至佛學理論,而在思想迸發活躍繽紛的時代,劉勰特

---

① 張少康《劉勰及其〈文心雕龍〉研究》,第五章"割情析采——文學創作論",頁110—114。

第四章 禪修與文藝實踐的融合

別採納慧遠、宗炳的立像經驗,並肯定主體有神且以之主持精神運作,以及憑象通神的原理,這除卻取證於自身的經驗外,學理上的契會是重要的原因。宗炳的畫論蘊含修行得道的企盼,提出即像而通神的方法,背後所承載的是體道徵聖理想。如此說法,表明神之不滅,以及憑象而通,不單是精神狀態的理解與描述,而是爲超凡入聖提供可行的途徑。神的不滅性,是使衆生超越流轉的努力而不爲身滅所制限,憑象而暢神的方法背後,蘊藏了魏晉以來企盼登峰造極的衷願和修道者的意志。在劉勰協助僧祐編校的《弘明集》中,收錄了宗炳的《明佛論》,可以推斷對其神不滅思想的接觸。而劉勰在《滅惑論》中亦承認這種本體賦涵的條件與能力,正因深詣慧遠提出的練神體道的主張。文之運思藉此而使神思進入於冥極之境,顯示出對神不滅觀的通透認識,由此深植以神進行智慧修行的精誠信念。劉勰神思觀念與慧遠、宗炳皆重視神,且接續發展即像暢神之法,緣自對神不滅論共同護持的思想,蓋神是實現體道衷願的必要因素。在文藝啓發的意義上説,宗炳的畫論無疑爲劉勰所接受。是以若從神思納入禪定神通話語系統來審視,則宗炳與劉勰運用神思的共通處,實際上是由於彼此皆在修行的基礎上,以會理體道爲神思運發的目的。

仔細分析宗炳的神思義,以及所應用的禪修語境,可發現其理論乃根據慧遠"觸像寄誠"的禪修經驗而發展,再結合自身之體會而得出的主張,爲神思開拓兼融傳統文藝的思路,這對於啓迪劉勰將神思觀念植入文學場域,以及實現禪修中的徵聖弘願,實起着模範作用。下文將對《畫山水序》進行語境分析,以揭示宗炳繼承慧遠的禪修觀念,透過摹畫山水來實踐尋理會聖的修行理念。

一、象真山水,以理練神

宗炳在《畫山水序》中闡述的禪修內容,是結合於其摹繪山水、幽對圖象的修行活動之中。宗炳在畫序中描寫繪畫山水的情狀，"披圖幽對，坐究四荒"，表明繪畫山水圖象的目的，是爲坐禪提供準備條件。此中便帶有孫綽觀天台山圖以馳神運思的興味，亦涵具慧遠建造佛影臺的修行意識。兩者對於宗炳擬象山水皆提供先導意念，惟作像目的與理念，則有必要説明。

1. 披圖幽對的禪修思想來源及意義

作像禪思的方式，早在支遁爲孫綽的《禪思道人圖》題詩的序中，已提出披圖幽對以寄誠的觀念：

> 孫長樂作道士坐禪之像，並而讚之，可謂因俯對以寄誠心。圖巖林之絶勢，想伊人之在兹。①

孫綽畫道人於巖林坐禪，使精神在幽對圖畫中，由虛構之圖畫，而進入山林實體之間，以體現馳神運思的修行境界。支遁以爲孫綽這種借助與修行有關之圖像而入禪修冥想，的確能夠在俯對寄誠之間，使精神切實進入專思寂想以至如臨現場的狀態，故特表欣賞與認同之意。這種修行法，其精神境界只達"想伊人之在兹"，而尚未形成慧遠要求心法之生的禪法，即以圖畫之像聖，而產生緣會相同的感應。假想神遊天台山，只是一種嘗新行爲。相較慧遠以自身觀見佛影的經驗而摹制佛影圖，把内思外化與具象化，爲的是方便居士奉拜念佛。作爲觀想修行的對象，存在修行原則的差異。

再就追求象真的程度而言，孫綽遊天台山經驗中的所遇所聞，仙佛雜糅，其所見嘉物，實遠超乎圖畫所繪，反映出想像的歷程而多於求真。慧遠則將觀見佛影經驗竭力表現於佛影臺，且題銘補充，明確是爲來者傳遞佛影光明呈現的真象，以之爲觀想的神聖對象。雖同樣是由佛身而更易爲仙山神岫，慧遠卻明確指出對佛影

---

① 《詠禪思道人詩並序》，《先秦漢魏晉南北朝詩》，晉詩卷 20，頁 1083。

第四章　禪修與文藝實踐的融合

臺所見的,必然是往昔曾應現於此山的佛影,定中所見者並非幻象,而是真實的靈應。則追隨慧遠修行禮佛的宗炳,其所指"披圖幽對"的情狀,雖有似於孫綽,卻非虛妄的想像,而是甚爲深微的精神回應。"披圖幽對"的活動,實有更爲深刻而明確的念佛修行意識。參考郄超追隨支遁學佛,在《奉法要》中提及念佛事,便明確運用"幽對"一詞:

> 凡慮發乎心,皆念念受報,雖事未及形,而幽對冥構。①

郄超所言"幽對"者,乃指念佛所供奉之佛像。文中有云:

> 然則奉而尊之,蓋理所不必須,而情所不能廢。②

明所奉者,乃觀想念佛所需之佛像,由此而觀想佛之法身,體會神理。理雖不必求諸表象,但從神聖之像,卻可誘發誠心,使奉佛者能觸像立誠,此即郄超所謂之情。郄超從報應觀念上言奉佛,蓋以爲報應從心念而起,"幽對"佛像而起心念,善報便在"幽對"中漸漸構成。此"幽對"所包含之意義,乃是導人自發誠心。孫綽之所以能對圖神遊,緣於精誠所至。此可見晉以來禪修注意象之作用,多少緣於像教的興起,何況據宗炳親自接受慧遠於廬山傳授毗曇學以及造像的經驗,在對觀想念佛以及心法具備認識基礎的情況下,其披圖"幽對"的舉措,顯然富涵深厚寄誠之意。

從"幽對"而發動觀想禪修的理念看,郄超是傾向於沿襲佛教傳統一路,基於像教而奉佛。宗炳作圖幽對的方式,則上承慧遠營造佛影臺的經驗,又對象真的程度更爲講究。蓋以爲山水不單是孫綽所指"玄聖所遊化"、"靈仙所窟宅"的含靈場所,其自然形態,本身已呈現出至道妙造的意蘊,序文中即明言"山水以形媚道"。

---

① 《弘明集》卷 13,頁 88 上。
② 《弘明集》卷 13,頁 89 中。

慧遠爲廬山開示佛國意象,結合佛影的臨照,將自然與體道以及成佛先迹的含意,一同賦予廬山,使之順理成章作爲"幽對"修持的場地,這對宗炳看待山水的態度,是有直接影響的。

2. 由觀想山水以至感應聖人神理

宗炳所繪畫的山水圖,既作爲禪思之用,繪畫的對象,同樣是考慮到聖人留迹的種種故事。在畫序中,宗炳指出山水與聖人,俱是器世間中體現至道者:

> 聖人含道應物,賢者澄懷昧象;至於山水,質有而趣靈。……聖人以神發道,而賢者通;山水以形媚道,而仁者樂,不亦幾乎。①

山水與聖人的共通處,在於體現至道。聖人與道同體,故可直發神道;而山水以其形展現道,明道徵聖,故可憑藉山水來領悟,取像不必限於聖人或佛之形相。在此,宗炳指出了聖人與賢者兩種體道的層次:聖人體道完備,故無須憑藉而道自應會,此即支遁所謂"萬物感聖,聖亦寂以應之";至於賢者,欲圓照神理,則需要端賴修行,在觀物中澄净心鏡,由象而生智,方能體道。是以山水對於凡夫體道而言,尤爲重要。

又因賢者面對山水,以其心有染雜,智慧未足,雖有感而應未必可至。是以宗炳雖以爲山水自藏神道,然而卻選擇聖人遺留神道的環境,以期賢者能得聖人智慧之助,體道之方,有階可循。如此透過山水認識至道本體的方法,實際上不離會通昔日聖人於山水中遺下的神道。宗炳理解的聖人,是道的代表。其舉擬曠代之外的軒轅、堯帝、孔子等"廣成大塊",以及許由遊山的事迹,皆爲説明山水含蘊聖人神道,以此肯定透過山水而能感應古希聖心。此

---

① 《全上古三代秦漢三國六朝文》,全宋文卷20,頁2546。

第四章 禪修與文藝實踐的融合

實是聖人之迹的討論餘波。山水在禪修觀念中,是以"質有而趣靈"的特點,幫助賢者"澄懷味象",於洗心鑒理之間,會接聖人神道,是其妙用。蓋宗炳以爲聖人神道,須藉感物而發,在《答何承天書難白黑論》中便謂"聖神玄發,感而後應,非先物而唱",①由是後人欲明聖人神道,亦當循感物一途而領會。這是秉承慧遠重視的"感物通靈"作用,②以山水爲趣靈之物,於幽對靜修中,靈應聖人應物而發之神道,如同《萬佛影銘》所謂以"靈應"實現追效曠代之聖的思想。

宗炳祈求靈應聖人的理念,同樣秉承自慧遠的思想。慧遠認爲感遇先聖,不能徒摹形迹,更重要的是在禪思中通達神理,一旦心通理應,聖便在自心即見。這份信念,正在《畫山水序》中存續下來:

夫理絕於中古以上者,可意求於千載之下。③

此中古以上之理,即是聖人所發神道,如支遁所謂"非聖即理,非理即聖",聖、理在兩晉已形成相待而存的關係。宗炳認爲古聖所發神理可以意求,跟慧遠認爲"神道精微,可以理尋"的思想一致。以意求中古以上之聖人神理,理實際便沒有中絕,此與慧遠顯豁理或是神道的超越性,並無異致。其於《明佛論》更肯定由禪修而會理之可能:

至理匪遐而疑以自設。
所謂感者抱升之分而理有未至,要當資聖以通,此理之實感者也。……豈復遠疑緣始然至哉。④

---

① 《弘明集》卷 3,頁 21 上。
② 《念佛三昧詩集序》云:"靖恭閑宇,而感物通靈。"《廣弘明集》卷 30,頁 363 下。
③ 《全上古三代秦漢三國六朝文》,全宋文卷 20,頁 2546。
④ 《弘明集》卷 2,頁 10 上—12 中。

宗炳以爲理無所謂不可即近,應理之方,當效聖以通達。聖人觸理的經驗之所以尤爲上乘,乃因"靈聖以神理爲類",故尤曉"鐘律感類猶(由)心玄會",①凡人感理的關鍵,也在於明瞭此以心感應的自覺。是以宗炳祈求與聖感通的目的,意在尋求聖人以聖心會通之理。因理之恒常不變,故聖人之理可爲來者所領會。

宗炳明確提出理的超越本質,固然受到慧遠以理尋神道的觀念影響,惟其不獨守師說,對於理與聖的理解,亦有來自於支遁的淵源。宗炳在《答何承天書難白黑論》中,便透露出對支遁等多位高僧的敬仰態度:

夫信者,則必耆域、犍陀……釋道安、支道林、遠和尚之倫矣。神理風操,似殊不在琳比丘之後。②

其中的支遁,在其《詠懷詩》提及由冥想修行以會道,便云:"反鑒歸澄漠,容與含道符。心與理理密,形與物物疏",③是明以心應理,則理自與心合一,而遠離物色誘惑。"聖"與"理"的永恒性和互見關係,是支遁在《大小品對比要抄序》開示的亮點。可見以理通聖,是時代體道追求的共同理路,而慧遠制作佛影臺,則是爲尋理通聖提供發動感應之媒介。

3. 由象真物色應會本真之理

在《萬佛影銘》中,慧遠提出了"神道無方,觸像而寄"的禪思法門,從而興起"擬象本山,因即以寄誠"的構想。觀乎宗炳竭力摹寫山之實象,便見仿效慧遠的心思。慧遠認爲廬山是照見佛陀化身的聖地,因而命工匠雕鑿山形石臺,以呈廬山真實貌,使修禪者即見以立誠。雕像的要求是"雖成由人匠,而功無所加"。對照宗炳

---

① 《明佛論》,《弘明集》卷2,頁13下。
② 《弘明集》卷3,頁19中。
③ 《詠懷詩五首》其二,《先秦漢魏晉南北朝詩》,晉詩卷20,頁1080—1081。

摹擬的山形,同樣是以"類之成巧"的象真原則爲要旨。宗炳擬象的目的,是相信觸像而寄之會聖原理,可替代昔日遊歷真山實水的禪修方式:

> 余眷戀廬、衡,契闊荊、巫,不知老之將至,愧不能凝氣怡身,傷跕石門之流。於是畫象布色,構茲雲嶺。①

宗炳原初的禪修方法沿襲晉初的發展,於遊化山水間實踐修行。然而遊山活動雖能製造出世的氛圍,卻要調動大量生命力,相對於禪定這類需要極大生命力量支持的精神鑽屬活動,氣力損耗過分,不免影響專思寂想,無法進入精銳境界。爲減少氣力虛耗,將靈修場景凝固並再現目前,對象坐禪,是既保持元氣,又能延續以山水爲禪修介體的折衷方法。由是宗炳提出一段對圖禪思的精神活動理路,以說明方法之可行:

> 應目會心爲理者,類之成巧,則目亦同應,心亦俱會。應會感神,神超理得,雖復虛求幽巖,何以加焉。②

"類之成巧"指象真之極致,"以形寫形,以色貌色"。宗炳要求圖寫之幽巖極類本實,而不作任何加工修飾,是遵從慧遠"功無所加"的原則來作畫。慧遠之所以提出象真原則,是相信"迹以象真,理深其趣",迹是指將佛陀的形相摹畫出來,也即其摹繪佛影;象真乃爲照現聖迹之本實,使觸像而會之理,更接近聖心,也是更趨近道之本真。而宗炳則進一步補充會理過程中"應會感神"的環節,說明得理是練神體道的成果。主體的神在心目得理之際,也是到達"練神達思"的階段,由領會神理智慧而使主體的神超越流轉,正是神不滅論所賦予神實現還滅境界的理念。此見宗炳所追求的神超理

---

① 《畫山水序》,《全上古三代秦漢三國六朝文》,全宋文卷 20,頁 2546。
② 《畫山水序》,《全上古三代秦漢三國六朝文》,全宋文卷 20,頁 2546。

得,乃是由禪定智慧而使神洗卻染雜的體道結果。

受到象真觀念影響,宗炳圖寫之幽巖,重在形類,以實現觸像會理的理念。因而描摹的過程,務求極盡山色之真貌:

> 今張綃素以遠映,則崑閬之形,可圍於方寸之內。豎劃三寸,當千仞之高,橫墨數尺,體百里之迥。是以觀畫圖者,徒患類之不巧,不以制小而累其似。①

爲使能全面覩覽山形,宗炳特意從遠處着墨,以總類山勢,便是出於巧狀貌似的考慮。雖云遠映,對山形的細節,卻並不模糊。蓋遠映是補足昔日在山近處時"迫目以守,則其形莫覩"的缺失,以求巨細無遺。山色的寫真,是爲使對畫禪思時,能完整地發動"應目會心爲理"的歷程,將觸目所見之自然物色,在澄心鑒照之間,轉化出成物之神理。如此觀畫,便如直觀山水實體,透過幽對蘊含神聖之物,使自心通達聖人神道。

觀佛影圖而領會寂照鏡心之理,觀山水而會聖人神道,莫不緣目之所應,使心通物象蘊藏之理。這便是發揮像教中的念佛意義,透過摹擬佛之形象,在禪定中觀諸佛現前以成智慧修行。慧遠肯定像教的作用,實早於建造佛影臺以前,入廬岳之初,即命門人鑄造丈六金佛像,於般若臺精舍中供奉,藉以導引佛徒立誠禪修,實行佛教的修行法,可見一斑。而在爲像所作的頌文中,便指出擬像之大義:

> 夫形理雖殊,階塗有漸,精麤誠異,悟亦有因。是故擬狀靈範,啓殊津之心,儀形神模,闢百慮之會,使懷遠者兆玄根於來葉,存近者遘重劫之厚緣。乃道福兼弘,真迹可踐。②

---
① 《畫山水序》,《全上古三代秦漢三國六朝文》,全宋文卷20,頁2546。
② 《晉襄陽丈六金像讚序》,《廣弘明集》卷15,頁206上。

儀形神模之目的,爲使寄誠者可即形而悟理,是將神模視爲定慧雙修的介體。慧遠將神模稱爲"擬狀靈範",由靜對靈範而寄誠思慮,正是幫助追慕曠代之聖的懷遠者,由像而產生通聖的靈應,使能踐履真正的聖迹。

這種觸像寄誠以通理的禪修原理,啓發了宗炳將蘊含聖人神道的山水視爲禪定寂照之媒介,其繪畫山水而後披圖幽對的動機,正爲透過蘊含神理之物,幫助入定禪思,以達慧遠"擬迹聖門"的禪修理想。因而在披圖幽對後的活動中,宗炳流露出領悟前聖神理的期想:

> 不達天勵之藻,獨應無人之野。峰岫嶢嶷,雲林森渺。聖賢映於絶代,萬趣融其神思。①

宗炳的冥思不以登天界、見嘉物爲目的,而選擇於無人之野靜修,旨在摒棄外間一切干擾,以效法慧遠"靜慮閑夜,理契其心"的經驗,②在極寂的環境中,實踐靜慮寂照的禪修方式。

4. 即物暢神的時代修行共法:僧肇的不真空論

宗炳這種坐對山水圖的冥思,顯然已不同於孫綽神遊天台山的情況。孫綽在冥想中拾級而升,從山腳邁上仙都,遇神瑞嘉物,是糅合了遊仙傳統的修行思想;相比之下,宗炳的靜思目的顯得更爲純粹和明確,就是爲了通究聖人所發的神道,以通徹聖門之軌儀。古希聖人雖不得而見,卻因"萬趣融其神思",山水融入了當時聖人發揮的神道,故而可於萬趣中應會而得。萬趣在慧遠、宗炳的修行觀念中,蓋爲認識至道的介體,觀物的目的在於練神體道,是佛門有宗主張神不滅一方者的想法。至於當時鳩摩羅什傳揚大乘般若空宗之一脈,同樣沒有完全否定物色的體道作用。曾經駁斥

---

① 《畫山水序》,《全上古三代秦漢三國六朝文》,全宋文卷20,頁2546。
② 《廣弘明集》卷15,頁205中。

六家七宗未盡性空之義的僧肇，其不真空論的本意，正爲指出萬物諸法皆是不真：

> 故《放光》云："諸法假號不真。"①
> 故知萬物非真，假號久矣。②

意謂萬物只是假有，非至道之真實。"諸法實相，謂之般若"，是"性常自空"。然而體會至道，卻可借助假號而行權教。

如其回應秦王姚興以爲第一義諦是廓然無聖之疑慮，便已肯定聖人之權教作用：

> 夫道恍惚窈窕，其中有精。若無聖人，誰與道游？③

僧肇肯定道體中必然有聖人，並非簡單勉勵人君下學上達，而是從假號的角度審視聖人的意義。聖人作爲世間中至道的體現者，道本的空性，亦須借助於假號來呈現。聖人與物同爲假號，觀假而能即真，是僧肇主張的即物體道原則。其於《不真空論》云：

> 《中論》云："諸法不有不無"者，第一真諦也。尋夫不有不無者，豈謂滌除萬物，杜塞視聽，寂寥虛豁，然後爲真諦者乎。誠以即物順通，故物莫之逆……非無物也，物非真物。物非真物故，於何而可物。故《經》云："色之性空，非色敗空。"④

"不有"即空，即實相；"不無"即色，即假號。物雖一體，而兼具空色，故僧肇認爲了明空宗真諦，不必收視反聽，色本身没有阻隔空的存在，以觀假見空的角度，即物之中亦可超越物色而順通無滯，觀照萬法之實相。重視物的假有功能，實與慧遠的即物體道理解

---

① 《不真空論》，《肇論集解令模鈔校釋》卷上，頁133。
② 《不真空論》，《肇論集解令模鈔校釋》卷上，頁137。
③ 《奏秦王表》，《肇論集解令模鈔校釋》卷下，頁300—301。
④ 《肇論集解令模鈔校釋》卷上，頁114—117。

相似,慧遠強調神的圓應,不能止息一切活動,反之,應當透過感物行動來實現窮神盡化:

> 神也者,圓應無生,妙盡無名。感物而動,假數而行,感物而非物,故物化而不滅,假數而非數,故數盡而不窮。①

可見當時物色在體道系統中,皆作爲利益個體超越的假有,其謂感物而非物,與僧肇所言的物非真物,皆是通達實相的識見。是以僧肇在《物不遷論》中提及的"契神於即物"之具體涵義,②乃是《不真空論》所謂"契神於有無之間"之意,③即物而有無俱見,觀假即真,便能不滯於物。在此超越的狀態,雖歷遇萬象,所見唯有諸法實相:

> 所遇與順適,故則觸物而一。如此則萬象雖殊,而不能自異。④

觸物而一,是明成物之至理無別,萬法本質,不離真如。

　基此,僧肇認爲即物的至高境界,是超越物色表象,直會至理大道。而此境唯聖人能詣:

> 是以至人通神心於無窮,窮所不能滯。極耳目於視聽,聲色所不能制者。豈不以其即萬物之自虛,故物不能累其神明也。是以聖人乘真心而理順,則無滯而不通。⑤

物不累神、無滯不通,正由於智慧具足,此僧肇以爲聖人即物之境界,在宗炳的理解,則可由幽坐冥想的修行而到達。《畫山水序》中以爲即像會理後,所達到的"暢神"狀態,便是一種超越物礙的境

---

① 《沙門不敬王者論》,《弘明集》卷5,頁32中。
② 《肇論集解令模鈔校釋》卷上,頁96。
③ 《肇論集解令模鈔校釋》卷上,頁101。
④ 《不真空論》,《肇論集解令模鈔校釋》卷上,頁103。
⑤ 《不真空論》,《肇論集解令模鈔校釋》卷上,頁101。

界。暢神之境,神能充分發揮其超越的性質,超越聲色之阻限,暢遊無礙,實即神通無滯的狀態。神通修行在傳入中土後,其内容雖有轉向,而以超凡入聖爲修行的本旨,卻一貫保存。

　　師承鳩摩羅什的僧肇以大乘空宗爲學問背景,對於至道本體的領會以及體道的要求,與慧遠的廬山學派固然存在分殊的理解。慧遠造像極力擬佛之真相,以起想念,方便念佛觀想中會見所緣;又以爲所緣之形象,當與原來之想念契合,方是理會大聞之境。這種對佛相的先設想念,與僧肇顯然迥異。僧肇認爲佛身無法以任何的物色和文字來描述,是故没有想像甚至先設形象的必要。John M. Thompson 以劉程之的念佛經驗爲例子,指出在慧遠的禪修觀念帶動下,廬山僧團以遇見所緣之佛爲智慧圓足的證明,並且認定所見佛相與所悟佛理必然可精準地描述,這種思維執着於象相與文字,最終無法真正理解僧肇向劉程之所開導的般若思想,蓋僧肇以爲般若是空與假同時並存與互見的關係,更重要的是般若無法爲假所完全表詮。① 僧肇否定的是以象相和文字能夠完全精準表達至道與聖人的觀點,卻並不反對假的存在作用。在《般若無知論》中,僧肇指出了外在物色與體道的關係:

　　　　内有獨鑒之明,外有萬法之實。……内雖照而無知,外雖實而無相,内外寂然,相與俱無,此則聖所不能異寂也。②

心是能照,物爲所照,二者是構成體道精神活動不可或缺的條件,而達到照見實相本體的關鍵,在於内外皆寂。外在之寂,是指無論

---

　　① John M. Thompson 明言:"Liu cannot comprehend *prajñā* as an all-embracing, non-dual awareness and for him language must describe reality precisely." (*Understanding Prajñā: Sengzhao's "Wild Words" and the Search for Wisdom*, New York: Peter Lang, 2008, p. 165)具體論述詳見是書第四章"Liu Yimin's Failure to Understand Sengzhao's 'Wild Words'", pp. 127 - 170.
　　② 《肇論集解令模鈔校釋》卷上,頁 202—203。

所觀對象的色相千萬,能够超邁形表的差別,以心所照徹其實相,則所照無不寂。內在之寂,是心無所取着,"即萬物之自虛",終則能寂然無惑。涂艷秋先生釋僧肇"自虛"義謂:

> 在僧肇看來萬物的本性是"自虛"的,自虛即是不真,不真即是空,"自虛"不需被層層分析、段段破壞之後才能顯現。他就在萬物的生滅當中,就在你我的煩惱當中存在,因爲它就是你我與萬物存在的本質。①

此見僧肇將物不真空觀念拓展至形器世界,明白萬物是假空地存在,其本質究竟也是自虛,便能一即雙邊,洞見般若。是以僧肇認爲聖人明白自虛之理,故能"不假虛而虛物",②意即不刻意脱離物色世界而求空,在即萬物之間,洞見自虛之本實,而"物不能累其神明"。③ 這種匯入"即萬物"的思想於般若,又是結合了現世關懷的表現:

> 他將般若思想與現世關懷融合一氣,使得般若之學充滿"即萬物"的味道,他從"即萬物"的當中解釋動静的道理,分析萬物不有不無的真相,説明了五蘊無我、煩惱即涅槃等真理。……運用"逆尋其本"的方法,建立了邪正同根、萬物齊旨的世界,使五濁惡世與佛國净土成爲一體兩面。④

邪正同根、萬物齊旨的想法,正説明了僧肇認爲空寂的道並非與器世界截然二分,而是共成一體。般若實相本來存在於萬物之中,是以觀照般若,不必擺脱萬物,領悟了般若,亦未嘗離開器世界。由此説明了體道之目的並非爲了一己擺脱五濁惡世,因爲惡世與净

---

① 涂艷秋《鳩摩羅什般若思想在中國》,頁232。
② 《不真空論》,《肇論集解令模鈔校釋》卷上,頁39。
③ 《不真空論》,《肇論集解令模鈔校釋》卷上,頁102。
④ 涂艷秋《鳩摩羅什般若思想在中國》,頁328。

土本來爲一,使衆生同體宗極,方是得道者的終極關懷。

僧肇由寂以鑒明實相的態度,與慧遠的寂照理念相類之處,同樣以主體達到寂然涅槃爲追求。同時又反映出僧肇對般若兼攝空與假而爲一的思想,般若與物並不對立,反之,宗乎龍樹以假成空、由假顯空的道理而言,般若更不能抽離於物外求索,如此對於萬法之相,方提出"寂"的觀照原則。惟僧肇認爲般若的性質,在於無知與無相,①所照萬法既以無相爲終極,即使所緣之佛相,亦不能完全包蘊和描述般若,是故並不講究即象與所緣的契合問題,也不持一切關於般若的先設解釋,因爲應無所住,無執無知方能觀照般若實相。

慧遠乃至宗炳對般若與實相的認識,如前所述,有接受《般舟三昧經》的影響。般舟即現前、佛立之意,是經爲較早譯出的般若系經典。又以阿彌陀佛爲主要對象,故廬山僧團既奉阿彌陀佛,亦深信由修行而能見佛之臨在目前。另一方面,慧遠又接受覺賢等有部思想的傳導,是故對於空的理解與認識,自不如僧肇直接吸取鳩摩羅什傳入龍樹空宗的純粹。然而在體道原則下,彼此對待即物的態度,基本一致,是不以物爲累,反之更透過即物而契合聖人所發神道,以詣真理,始終是練神達思的入聖法門。僧肇所言"物不能累其神明"者,是通透至道的境界,故唯聖人能明之。聖人即物的經驗,乃留迹於萬趣之中。因此即物而神通無滯,是宗炳在《畫山水序》中追尋的聖人神道,也即其所感應的聖人神思,沿之循理超神,攀入聖門的境界。這種在山水中澄懷味象,以深究聖人與體物關係,使神得見物色蘊藏的聖心神理,其本質實際上也是一套禪修體道的理論。

---

① 關於僧肇般若觀中的虛名實照體道思想,呂澂先生在分析《般若無知論》中有精當解述,參見《中國佛學源流略論》,頁164—167。

二、宗炳的神思義：聖凡明道之同質性

從孫綽的馳神運思，到慧遠的練神達思，神之運思一直是禪思中的主脈。宗炳特立神思一詞，用以概括聖人以神發道，神思既是聖人圓融的智慧，亦為修行者體識聖人之內容。宗炳的神思義，反映其受慧遠禪修觀的影響，在肯定禪修的體道目的之下，主體之神的馳運與智慧開發，同以邁向聖人的造極層次為目標，由此顯豁出聖人與神思的密切關係，為神思賦予了聖人涵具的特質。

1. 會理與練神是體道智慧

宗炳所稱的神思，既然是可憑"理"而會應於心，則"神"之義，便非神妙莫測，不可得聞。"神思"由"神"與"思"整合成詞，參考宗炳"應感會神，神超理得"之意，可知目應心會之終始，皆由神所統攝。主體之所以能夠感物應理，並且進而得以化卻情累，端賴於神的支持。在體物禪思的整個過程裏，自澄懷而味象，因味象以得"理"，由此邁向窮神盡化，神莫不帶動着主體精神層次的提升。此見宗炳在《畫山水序》中展現的禪修經驗，是將慧遠提出的種種修行關鍵狀態，如"感至理弗隔"、"理會大聞"、"練神達思"、"洗心淨慧"等，重新抽繹其中的概念，組織成一段即物禪思的修行歷程。其中顯豁神在感物與應理之間的作用，將物色轉化為理，神所起的作用是使感物得以有思，提煉出觀假即真的體道聖覺。使神能達到思悟聖智之境，不為物所窒礙，便符合慧遠所謂"感物而非物"的原理，①此宗炳稱之為暢神。

慧遠在《廬山諸道人遊石門詩序》記述前往廬山中的障山，既乎登山之際，聞"翔禽拂翮，鳴猿厲響"，歸返之時，"雖仿佛猶聞，而

---

① 《沙門不敬王者論・形盡神不滅》，《弘明集》卷5，頁32中。

神以之暢"，①而後感悟廬山之含"神趣"，非徒具遊觀之形表。此中"神以之暢"句，突出欣賞山水時對神之注意，以及由視聽之感觸，使精神得到虛靜，而達澄鑒朗照之境。故知神暢乃是即物而無滯於物、無累乎情之意。滯累不起，神思自然不存隔閡。慧遠在《念佛三昧詩集序》謂：

    神朗，則無幽不徹。②

神朗意謂健而朗照，無遠弗届，顯示神之遊運，順理應物，而物不成桎梏。朗健的姿態顯示出神之無所黏滯，也就是暢神的境界。是知暢神關乎悟理通徹，體悟山水神理，乃必經之精神進程。

  宗炳的暢神觀，特重透過欣賞山水以成全，是認爲神要能會理暢運，端賴與含靈的山水風物產生感應。於此，感物對於神的影響，成爲宗炳在幽對山水圖禪思的關要問題。事實上，與宗炳同樣追隨慧遠的劉程之，亦注意到神與感的聯繫：

    神者可以感涉，而不可以迹求。必感而有物，則幽路咫尺。苟求之無主，則渺茫何津。③

劉程之所指的問題並不在於神是否存在，而是修行者當如何發現神、運用神。神雖不滅，惟其透過感物悟理的體道過程，方能彰顯存在的作用。蓋神從慾則下墜，主體無上達成聖的自覺，是爲無主，神縱然存在亦不見用武。惟有產生上達的意志，勉力運神於感物之間，神方在體道需求下發揮其存在意義。這是爲矯易半路之徒在禪定中只追逐神通變幻的詭妙形色的不當態度。慧遠指出：

---

① 《廬山詩文金石廣存》，頁6。
② 《廣弘明集》卷30，頁363下。
③ 《廬山精舍誓文》，《全上古三代秦漢三國六朝文》，全晉文卷142，頁2279。

第四章 禪修與文藝實踐的融合

> 神通之會,自非實相。[1]

神通的種種變化形態,只是體道的方便,徒執着於馳神之間的形迹,最終必然惑於耳目觸物,而未達目應心會的層次。没有明確以心應理的通聖目的,是不明感應有助神的上達,則感物化理的思慮功能亦無法起動。一切精神力量的發揮,皆起於覺性,神既可上進也可下墮。上達並非必然,没有成聖的願力,感物而爲物所消解,神便會任情下墜。是所謂求之無主,渺茫不見解脱之津崖。此是慧遠神不滅論的取態,作爲廬山東林十八賢的劉程之與宗炳,深契慧遠教益,是以宗炳深以任神下墜爲戒,於《明佛論》特别指出:

> 今世業近,事謀之不臧,猶興喪及之,況精神作哉。得焉則清昇無窮,失矣則永墜無極,可不臨深而求履薄而慮乎。[2]

練神作爲世世不懈之事業,要使神清升無窮,宗炳認爲時刻皆須戒慎恐懼,如履薄冰,若掉以輕心,則神復下墜。此臨深履薄的惕厲之心,便緣起於窮神盡化的覺性。是以要使神遊而上達,必須自覺尋理洗心,沿理之指引,邁進聖境。此中,神思便是使"應目會心"能夠轉化爲理的修行關鍵。而宗炳稱萬趣融入了聖人的神思,是説明不單凡人透過暢神入思來擬迹聖門,即便聖人也是以此神思來成聖和契入神道。如此,方得顯見超凡入聖的法軌。

從慧遠的練神達思觀念到宗炳的神思義,可發現前者是對修行者提出的徵聖要求。而宗炳在此理念上,進一步指出聖人亦有神有思,且是由神而啓示。在此觀念下的練神達思,便是聖凡皆能習得,且賴以入聖的修行法門。這想法爲神思一詞在確立之際,已具備了與聖同等的超越義涵。因而不論是接會聖人神思,還是自

---

[1] 《鳩摩羅什法師大義》卷2,《大正新修大藏經》第45册,頁134中。
[2] 《弘明集》卷2,頁10上。

身運發神思,都與聖和擬聖存在關聯。神思作爲聖凡所能共同發動的精神運思,其之所以不同於單純之思,在於神具有超越性。惟其有不受形限的質性,方有參悟亙古恒常之理,以及會通聖人所發神理的可能。宗炳之所以注意到神的質性,是受到慧遠神不滅的觀念所影響。如前指出,慧遠《形盡神不滅》伸論神之不滅質性,以報生的觀點,認爲神能不滯累於形骸之消長,而可托體於來世的形骸。這種對於神的超越意義的理解,正好與聖的恒存本質切合。不同個體,不論凡聖,皆有其神。明確神在主體之存在,由此發動之神思,便可會永恒之理,以至窮神入聖。如此發動之神思,與理合一,同契道極。雖發於瞬間,卻留存於永恒,成爲聖門的指引。

宗炳特標聖人之思爲神思,是意識到自覺以神爲主體發動之思,乃朝往聖門、體達至道的活動,是以在《明佛論》中提出練神的重要性:

> 夫道在練神,不由存形。是以沙門祝形燒身,厲神絕往,神不可滅,而能奔其往。①

練神一詞出自慧遠的"練神達思"。宗炳承用,注重練神,是以爲神乃體道之關鍵。神的不滅性,顯現出跨越形骸掣肘的能力,這是禪定神通的特性,而宗炳正以神不滅來闡釋神通的原理,由此提出練神爲重的修行觀點。後來劉勰於《滅惑論》判辨佛、道之別,提出"佛法練神,道家練形",以爲神的超越質性,能使修練之途不限於形體生命,令智慧能於世世流轉中累積,最終實現真正解脫。此練神的觀念與宗炳基本一致,體現出主張神不滅論者的共同思維,是皆以神來支撐體道信念。

正因聖與凡皆有自身不滅之神,在先天本質上便同具領悟永

---

① 《弘明集》卷2,頁14中下。

恒智慧的能力,故聖人的神道神理,皆可憑一己的神思,即目會心而得。宗炳相信聖與凡所具之神無別,同樣端賴感而明神道:

> 夫聖神玄發,感而後應,非先物而唱者也。①

其意謂聖神所發神道,需經歷感物與應理的過程,方有所得,與眾生無別。這是東漢以來論聖人不能先知的波瀾,恢復聖人人性化的本質,是打通聖凡隔閡的關要。肯定聖人之神思無別於凡人,同賴感物而得,是說明聖人之神道皆順物應理而發,凡人可步履先聖之迹,練神運思,以心感理,由此明察聖人神道。

2. 有情眾生皆具體道能力

宗炳所理解的神的性質,帶有了普遍意義,是成佛思想滲透的成果。對於佛家主張眾生皆可成佛的理念而言,認同聖人與凡人秉具一定的同質關係,是爲成佛修行的思想前提。佛陀與一切菩薩羅漢,莫不以凡人之身悟道成佛,自度度眾。超凡入聖之途沒有因聖凡之別而隔絕,蓋因兩者只是個體之不同階段,而凡夫能通達聖心,當中禪修發揮着重要的轉化作用。在宗炳理解的禪修過程中,神既是聖凡並有之本質,亦是將感轉化爲理,使獲得神道神思的開智關鍵。

神的普遍而超越的本質,緣出於佛家證明成佛之路可學而至的思想。慧遠認爲練神達思乃可擬迹聖門,實際上便是一種可學而至之思維。在六朝備受關注和討論的《大般泥洹經》"一切眾生,皆有佛性,而無差別"之論,②眾生因同有佛性,故推斷:

> 不壞吾我壽命之相,心存中道,言我身中,皆有佛性,我當得佛。③

---

① 《答何承天書難白黑論》,《弘明集》卷3,頁21上。
② 《佛說大般泥洹經》卷6,《大正新修大藏經》第12冊,頁895中。
③ 《佛說大般泥洹經》卷4,《大正新修大藏經》第12冊,頁882上。

所云佛性(或如來性)之用心,與神思會理同樣是爲了證明衆生皆可成佛的理念。有關成佛之質疑與護持的辯論思潮,雖於梁齊始正式展開,然晉末佛門僧侶强調聖凡並具成佛本質的言論,已見端倪。宗炳在《明佛論》中明言"精神不滅,人可成佛"、①"神之不滅,及緣會之理,積習而聖",②宗炳所謂成聖,便是窮神盡化以至泥洹的造極境界:

  (神)雖死不滅,漸之以空,必將習漸至盡,而窮本神矣,泥洹之謂也。③

明確將神不滅的觀點帶進人可成佛的論辯之中,强調神不滅則終究可學而至聖。又謂"神道之感即佛之感",相信凡人透過神來感通神道,可明佛之心,擬迹聖門,其意可與《畫山水序》"聖人以神發道,而賢者通"的理念互證,說明凡人可憑理通曉入聖宗途。《答何承天書難白黑論》中認爲"無形而神存,法身常住",④終究可"始自凡夫,終則如來",⑤正是以神不滅的觀點,支持其超凡入聖的理想。

  於此可見宗炳遣用的神思義,是禪修成佛的觀念在中土發展過程中所孕生的概念,雖然神思已淡化了神變的外在形式,而提升爲聖人體得妙極之思,但依然是在禪修的場域中,作爲聖凡共有的超越能力。應會神思的過程,亦始終以禪定的寂默狀態爲發動基礎,通向智慧解脫之路,此中,神與思一直是備受注視和深究的部分。只是修行形式與場景,轉向以山水圖作爲平台,進行實踐入聖的試驗。

---

 ① 《弘明集》卷2,頁10上。
 ② 《弘明集》卷2,頁10下。
 ③ 《弘明集》卷2,頁11下。
 ④ 《弘明集》卷3,頁21中。
 ⑤ 《弘明集》卷3,頁21中。

宗炳的禪修觀,是認爲遇聖則可接通聖人神思。此一觀念,乃孕生於討論子貢"性與天道不可得聞"之說是否確切的時代思潮中。如前文所述,在東漢晚年隨着成聖願景的消解,聖人不可世出的觀念已漸成共識。此情況下,凡俗之性本身已限制了感悟夫子"性與天道"的可能,聖人神道能否透過孔子之刊述與言論加以領會,亦不免成疑問。而慧遠在《萬佛影銘》卻提出了積極的意念和思維的新轉向,開示見佛即明神道,澄心則能徹理之真諦。衆生因本具佛性,故一旦精誠覺悟,便能與佛靈應,由此開發出以前聖的影迹,爲成聖人道的證明。

慧遠開示緣感應理之體聖方軌,啓迪宗炳以會通聖人神思,爲感物冥思的最終目的;結合以山水爲盛載聖人神道之所處的傳統,臨觀山水以運神感理,成爲一套適合中土傳統的禪修法門。不論即臨之山水是真實還是虛擬,發心惟誠,皆可啓動通象感理的功能。將宗炳的自述經驗,與劉勰以"神用象通"爲始、"心以理應"爲結的神思活動相對照,可見宗炳的禪思內容,與劉勰的神思觀,有着一脈相連的思想軌迹。則劉勰所言的神思,其中當蘊含聖人體道的層次。而聖人神思之可遇,神道之可尋,正肯定了徵聖的理念,可踐履於修行活動當中。

三、禪思介體轉向中國文化

分析宗炳《畫山水序》借鑒慧遠的造像與禪法,以摹擬含靈之象而入定思慮,實踐追摹聖道的理想,可以推斷,全文實際上是宗炳一次禪修經驗的記錄,在自述經驗中,同時又建構起自身的禪修觀念。宗炳追求的暢神境界,講求由悟徹聖人神思而遞達,此"幽對"圖畫而進入思理的精神運作歷程,已體現出定慧雙修的形態,也即以慧遠所開示的照寂禪智爲通聖法門。

宗炳更進一步,在《畫山水序》所呈現的修行形態與徵聖追求,於取法禪修成佛理想的同時，又將修行的象假，全面回歸於中國傳統當中。先是在序中舉列幽發神道之先聖，無非中國聖哲，意味着將成佛的企盼，重建於中國聖人系統之中。事實上，宗炳並不否定中國傳統聖哲的聖人身份，在行文中，已見其聖佛互用的情況，爲成佛觀念融通於成聖事業建立了基礎。

繼而選擇以自畫山水爲禪思介體，從作畫到幽對，是精誠願力的鍛煉過程，而靜修開智的體道追求，並顯示出將禪修的造像與環境，徹底轉移向中國山水場域之中。事實上，像教的形式自從慧遠在廬山建立佛影臺，已掀開了通變的帷幕。誠然佛門所供奉的對象並不限於佛身，如法顯記錄西行求法的旅途中，已見經、律、論三藏典籍皆入供奉之列。然而當時在中國接受立像的文化，尚止乎佛或羅漢菩薩之尊像。即使慧遠自身在集結"同志息心貞信之士"於廬山持戒禪修時，所觀對之像，亦是陰般若雲臺精舍的阿彌陀像。① 直至建造佛影臺，基於現實時空的阻限，而思索出以感應見悟佛影的原理，又從感應爲本的原理創設出適合於廬山禪修觀想佛影的場景，使觀見佛影之地雖殊，而緣會者同得真趣。將觀想佛影窟的場景轉化爲中國山水，反映出對佛教的文化進行漢化的改變、演繹與解釋，是禪修之學在中國建立自身文化特色，與中國思維糅合的表現。而宗炳進一步將修佛之誠心寄托於山水，無異乎佛像，使"擬狀靈範"的含義更具包容力的同時，也爲念佛提供了更爲寬廣的神模。宗炳強調山水的"趣靈"，以含靈的概念，將山水納入靈範之屬，由此而賦予其禪修履聖之像的內涵。而其象真山水以作圖幽對，則是"擬狀靈範"的另一表達方式，這是慧遠將修行的環境開放，而影響宗炳企圖進一步引回山水一路發展的思想演變。

---

① 事載劉程之《廬山精舍誓文》，《全上古三代秦漢三國六朝文》，全晉文卷142，頁2279。

第四章　禪修與文藝實踐的融合

宗炳將象真的對象由摹擬佛相,轉向以形媚道的山水,本意是把山水視爲道的體現,過去聖人曾經停留的地方,更遺留了聖人的神道,因此觀想蘊藏聖人神思的山水與觀想聖人,便有異曲同工之妙用。而體道的方法,便可合理地從制作佛相而開放於擬狀山水。當然,萬有皆可以作爲佛的法身觀之,但是宗炳的想法是將含有聖人之迹的山水等同於聖人,二者皆視爲道的體現,所以不單把靜慮的環境定位於山水之間,甚至觀想的對象,也是山水。坐禪時候幽對的對象,可以是極盡真實的靈山,在冥想中所感應的,便是往聖遺下的神思與神道。

這是將禪修之法門,銜接於具有聖迹的山水之中,由此顯示出宗炳不單將山水視爲坐禪的空間,而可進一步成爲冥修之寄像。換言之,像教所立之寄誠介體,已不限於佛身或與佛有直接關聯的像,而可擴展到蘊藏至道本體的自然妙造。這不單純是向中國傳統回歸,實際上還顯示了宗炳考慮到自然介物所載蘊神道神理的特性,符合感物通理的體道需求。慧遠因與佛影結緣而立佛影臺,其爲靈像,是相信佛影臺有神理存乎其中,故能使澄心者寂照佛影,此中靈應,便非全憑架空想像。而宗炳認爲於中土山林靜修,理當感應中國先聖之神道,是因爲中土的山林存有聖人以神發道之先迹。

將山水與佛同等觀之的觀想態度,跟慧遠要求見佛的原理雖有差異,但所追求的卻是聖人的神理智慧,即如宗炳認爲萬趣融入聖人之神思,聖人智慧已經與山水合而爲一。這一想法更多是將修行的媒介完全轉向於中國文化,山水不單是像教原理中具有立誠與明教的媒介,實際上更明顯是魏晉以來堅信聖人可學之士對聖人之迹的追求。山水成了聖人之迹的體現,正如佛的化身體現出佛法,由此才有象真此道之載體的想法,就是將慧遠象真佛相的理念進行了承繼和改變。

此通聖的想法，將像教文化有機地糅合於山水作像的禪修之中，並同樣以會理化神爲終極境界。正是以理通聖的觀念，促使宗炳將禪修內容合理地轉向中國場域。相比晉初遊放山水的任性風流，乃至相比孫綽借助天台山圖神遊的冥妙想像，宗炳將禪修重新融會於中國山水的嘗試，借助佛學修行觀念的幫助，顯現出更爲成熟的體道思想。"山水以形媚道"的觀念，亦啓發劉勰於《文心雕龍·原道》爲山水物色賦予體現自然至道之義涵，與宗炳標識爲含靈之物的觀念，一脈相通。以幽對靈像，領悟超越乎山水形狀的先聖神思，對於劉勰認爲神思既成於山水，又超拔於物界的精神境界，不無啓迪之處。而劉勰認爲神思的發動，能夠完全端賴精神的感發，擺脫山水實體的約束，能以"寂然凝慮"、"悄然動容"的主體狀態，完全發動"思接千載"、"視通萬理"的精神通運，則又較宗炳的理路更進一層，爲神思打開更爲自由的觀想空間。

第四節　本　章　小　結

本章探討慧遠禪修思想中的超凡入聖內容，以及宗炳於實踐形式上的文藝化開拓。宗炳的理念，本自慧遠的思想體系，二人立像練神的修行觀，形迹或異而宗旨相同。慧遠建構的禪修體系及其成佛觀，同時滲透着不純粹的小乘有部及大乘的思想，這種思想特性，並非廬山所獨有，而實爲中國佛學初期的發展情勢。這種兼大小乘而爲所用的情況，可作爲理解劉勰佛理思想及其《文心雕龍》立文修行構思的借鑒。劉勰《滅惑論》中有明確以小乘有部觀念護持神不滅論的文字，其於《文心雕龍》雖提及"般若"，卻不能憑此斷絕吸納小乘思想的可能，或是單純以大乘般若空宗思想解讀《文心雕龍》所有學聖超凡的觀點論述。正視思想史的實況，則當

第四章　禪修與文藝實踐的融合

從其時更爲開闊多元的思想氣象,審視劉勰所能攝取的佛學理論,以及由此形塑其超凡入聖的立文理想,方可顯見《文心雕龍》在思想史進程中的在場參與。反之,也可由此顯證文論發展受其時多種活躍的思想觀念影響下的進路。徵聖的理想,正正符合時代追求而提出。推而論之,徵聖的具體實現理論,便須資借當時在此思想追求中而產生的種種可行法,慧遠的禪觀以及宗炳的文藝化嘗試,便起着重要的參照作用。

就實踐的角度而論,神思無疑是《文心雕龍》中涵攝禪觀思想的重要概念。其吸收慧遠與宗炳之思想者,主要在於神不滅的思維。神在慧遠與宗炳的禪修中,是作爲超邁時空、會理見聖的主體,而在《文心雕龍》的神思觀中,無不透露出神的主體作用,以及關鍵的概念。

將禪修視作徵聖的軌儀,本來便是禪定神通的成佛理念。在與中國思想傳統融合、調整的過程中,禪定的內容從神通的特殊表現形態,轉向考慮由神思作爲入聖的法門。神思因此乃得以在傳統通神的基礎上,融攝神通的觀念內容,並將禪修的精神理想,建構爲一套會理化神的修行理論。聖人之學最終由禪定神通轉變爲智慧體道的開悟,是慧遠與宗炳等佛徒對成聖觀念的貢獻;迄神思一詞正式爲中土修行者提出爲止,神通的內容在淡化的同時,神的超越性卻反而更爲觸目,是理論建構的進路。

以此超凡入聖的願景爲理論基礎,神思的實踐意義,方得彰顯更深層的立文願力。而神思概念進入立文徵聖理論的關鍵一步,則是宗炳擬象自然山水爲修佛之靈範,開創了以山水爲像教介體的先例。從慧遠的立象寄誠,到宗炳的圖寫物貌,禪修的形態在不斷因革之中,沿隱至顯地朝向中國山水傳統的路綫發展。由是神思在理論與實踐上,皆得以與超凡入聖的修行理想契接,而於立文場域大發茂采。

相較於僧肇般若學源的純正,慧遠、宗炳對於實相與即像的理解,都顯出相對滯於形相的遺憾。然而強調對載道介體的講究,是充分發揮介體的載道功能,反而開啓了於既有之場努力開闢象真本體、描述本體的另一種融會文藝創作的體道途徑,這種由物色而會理超神的體道方法,對後來以立文爲體道實踐之途的劉勰而言,啓導的作用更爲直接。

第五章　窮理與立言：以理和文建立的體道理論

　　自從佛學傳入，不論接受還是排拒，成佛觀念及禪修活動皆爲魏晉六朝體道思想發展的主調。僧徒融化佛學於中土文化風尚之中，就其所理解的學理，而開闢體道的實踐門徑。此種努力，具體表現在兩晉以來的禪修活動，由是建立起糅合中國文藝風尚的體道方便法門，同時又突出了以物作爲權假的作用。前章已指出，在修行原理中，理與物的關係成爲重要的紐帶。慧遠、宗炳、支道和僧肇等一代有名的佛徒，皆提出"理"之作爲即物體道的目標，具有使即物體道者認識至道本體的作用，成了體道思想的標志符號，也是完善體道觀念與原理的關鍵概念。在此基礎上，本章説明理、文等傳統概念所衍生出與道相輔的義涵，爲理論的成立準備了條件，由此進一步分析體道思想的理論建構進程。

　　發揮體道思想中的"理"義的重要人物是竺道生，其闡明"理"的通介作用，使即真的假從萬物而延伸至文字，令文字言語也成爲體道之權假。以文爲體道的假，對於解讀《文心雕龍》的體道思想有重要意義。就弘道方面言之，《原道》"道沿聖以垂文，聖因文以明道"所涵載的道由人弘、弘道以文的虔誠願景，顯示了劉勰認爲文是與道同體的聖人在有情世間弘道悟俗的一大權教，同時也是凡夫體道即真的權假，促成原道、徵聖等具有超越意義的文學宗本體道的精神産生。就個人體道方面言之，天地作萬物，萬物存天地之心。劉勰在《序志》自表將心寄托於文,同樣相信文可存載作者之心,由此在創作理論中,着重神之思、追效聖文之含精理的立文特點,便透露出修行純淨無染的心,以及詮表永恒真理,是立一切文的至極衷願。

"理"既作爲成聖體道的關鍵,研究《文心雕龍》的體道思想淵源,有必要對"理"及相關概念進行細密的考析。是以本章的重點,是取"理"爲核心,開展"理"觀念以及《文心雕龍》援"理"徵聖的思想研究。目的爲明確"理"在道與物之間,是作爲至道成全萬物的徵向,由此界定《文心雕龍》以文體道理念中的論道層次,在於突出道之有性的一面。

第一節　面向有情世間的體道關懷:
　　　　理的超越義詮釋

在前文有關兩晉僧人的禪修觀念中,不難發現"理"是常用的詞彙,諸如慧遠的"神道幽微,可以理尋",或僧肇的"非聖即理,非理即聖",皆顯示出"理"是體道思想中的重要觀念,甚至具有的體道作用,而且在禪學中已屬成說。然而理之體道義涵,並非在理義生成初期即已隨之出現,回溯自先秦歷兩晉六朝的理義演變,可發現其義涵在思想史中伴隨着成佛義一路逐漸發展,才逐漸確立起與道的密切關係。

此中竺道生的理一而歸極的論點,明確理爲成佛體道的徵向,又提出"悟發信謝"的會理關鍵,爲晉來禪修着重感理的趨向提供了解釋。是故理的討論歷至道生,乃得以明確爲討論成佛的問題。禪修之重理,乃因視理爲邁入徵聖體道的門徑,無論以何種方式實踐修行,皆不背理。是以無論兩晉六朝僧侶所論之禪思,還是劉勰

第五章 窮理與立言：以理和文建立的體道理論

標立之神思，重視理的存在與體會，皆與修行入聖的思想有重要關聯。

從即物會理的體道思維分析，禪修理論強調由假會理，即理而明道的精神修行程序，反映出理指示道之實相與所在，雖不等同於道之全部，卻存在於一切物色（也即文）權假之中。這是在回應有情世間的體道需求下，爲玄遠至道與有名世間之間，開示出契接的元素，此即理義產生悟道內容的原因，有明確的悟俗面向。在悟俗之目的下，弘道方向傾重於權假的運用，由假名、假相而領悟道之實相。要借之而了解道，必須清晰道與色（文）之間的內在聯繫，才能觀假即真。而此內在聯繫的理，便是至道成物之有性。佛家理解本體一直強調不能執空棄假，般若言本體之空，是真空妙有，既非有亦非無，是空假相互依存、共同構成的本體觀。道家雖以無爲本，卻也認爲道具有無二性，與佛家的般若觀念有相似處。有關解釋至道成化物色的原理，也即理之如何通接道與物，道家運用"徼"一詞表達更爲貼切。

牟宗三先生解釋道家的道，便是從道之二性上分析。理之所以有指示道的作用，緣其爲道之有性，此道家稱之爲徼向性。徼有如本體成物的基模，指引萬物循理順成，合於至道。徼的觀念源出《道德經》：

> 常无，欲觀其妙；常有，欲觀其徼。①

萬有的出現，其源當追溯於至道，而至道用以成化者，便是其徼。牟先生釋《道德經》之徼，便從"道"的成有作用分析：

> "常有欲以觀其徼"之徼（音要如要求之要，即《易·繫辭下》原始要終之要）。一有徼就有一個方向，即徼向性，一有徼

---

① 朱謙之《老子校釋》（北京：中華書局，1987），第一章，頁6。

向性就有突出。無限心原是虛一而静,無聲無臭,没有任何朕兆的,徵向性就代表端倪朕兆,就在此處説有。……心境不單要處在無的狀態中以觀道的妙,也要常常處在有的狀態中,以觀道的徵向性,反過來説徵向性就是道的有性。……道隨時能無,隨時又有徵向性,這就是道性。①

此説明至道的徵,是發揮有性之所在。徵之矢向性,目的在顯示成物的合道方向,即《道德經》所稱的萬物之母,是有名世間的永恒成物大法。故此徵如同制物之方式(form),使萬有(matter)皆可循徵之指向而成化,甚至人亦可循徵之指向而成就合道之生命。徵存在於本體,在宇宙中,與至道同爲本然存在,其之所以指引成物,乃是使萬有自然且自覺地朝往本體,以自證方式驗明本體之存有。因此牟先生解釋道家的成化觀念,指出但凡有皆是從徵向所出,而"有就是物得以實現的根據"。② 物合於本體,其顯現在自然,故在自然中任何物皆能證明道存在有性;人合於至道,其形象便是聖,故聖是人本乎道,且能體現道、自反於道的證明,二者既是體切道之徵,亦是緣道之有性所化成。是以玄學家如王弼之論尋求本體,往往從反本上説。

玄學論自然,就理論上言之,人皆從道出,便有反本的可能,聖人是反本合道之證明。惟因反本之條件固守於分殊個性,遂無從發現宗一之道。故但知曉道之有性,卻無從發揮體道觀念。而在兩晉佛論中,對於此道徵乃至其徵向性,以"理"爲其表達,開設了宗一方向。道至理至聖之間,乃相接且唯一的關係。例如支遁在《大小品對比要抄序》便將理置列於至道成物的進程之中:

夫物之資生,靡不有宗;事之所由,莫不有本。宗之與本,

---

① 牟宗三《中國哲學十九講》,頁77—78。
② 牟宗三《中國哲學十九講》,頁80。

第五章 窮理與立言：以理和文建立的體道理論

萬理之源矣。本喪則理絕,根朽則枝傾,此自然之數也,未紹不然矣。①

所謂宗與本,乃是成化群生的源頭,也即至道；萬物雖自道所出,卻又各有緣起,便是支遁所指的萬理。是以至道之成化,其先必須經由理,而分殊萬物方可生成,既包含了成物的分殊原因,又具有至道的內容。如此,群生在有名世間,便可沿理而領會道,亦惟有理方可體道。

基此佛家認爲"理"所發揮的作用,乃是作爲成聖合道之徵向。這種思想契合於禪修觀念,專思寂想,皆爲尋究成佛之方法,此間發現心與永恒本體之通徵,便是理。故此,以徵聖成佛爲願景的精神修練,咸以會理爲澄心淨慧之上達徵驗。

理在修行成聖的論述中之所以定位爲"徵",乃植根於時代玄佛對"理"觀念的營構與解釋。"聖不異理"的相即關係,非僧肇一人假設,背後牽涉的是追尋永恒不易之唯一本體的時代共同衷願,天下化成、聖人制作,莫不徵向於此唯一本體,並以之爲唯一法。這意味循理、徵聖,乃至立文之目的,皆宗一無二。此時代共識,顯示了徵聖立言以"理"爲核心的思想,是以明確的宗本意識爲理論基礎。

一、以理體道之觀念基礎

"理"一詞的內涵極爲豐富,除卻魏晉六朝逐漸與道建立密切關係外,早於先秦時期,諸子開發的涵義實更爲多元。唐君毅先生追溯理義大源,指出先秦開發的理義,可概括爲五大類：

第一種是《韓非子·解老篇》及《荀子》之一部所謂爲物之

---

① 《出三藏記集》卷8,頁302—303。

形式相狀而屬於物之形而下的物理;

第二種是《莊子》所謂爲物之所依以變化往來,存亡死生,而又超物之天理,天地之理,萬物之理;

第三種是如《墨辯》所謂一命題判斷中之名是否合於實,及推理是否正當之理;

第四種是如《孟子》所謂由仁義行,而直感此行之悦心合義理之理,即道德上之發自內心之當然之理;

第五種是《荀子》、《禮記》所特重之文理。①

這些理涵蓋形而上與形而下、分殊與總持、物表與內心多方面,故唐先生認爲清代經學家與史學家"大皆重考證各種分殊的禮文之事之分理","只以理爲人心之照察,只重理之分別義,實不足以概括先秦經籍中之涵義"。② 從源頭上觀之,理的內涵不單純只具後來依附於道的顯義,先秦時期開發之理,往往由外觀而重視物色在靜態中顯現的分別,即"由人以外之客觀之天地萬物或自然世界而見者";③亦有發展出超越物表而轉向形而上之理,屬於思想的、道德的、蘊於內心的,且具可發展的動態歷程。然而,理與道兩大觀念的開發與定型時期並不一致,理觀念在先秦,仍是極度活潑湧動的概念,其所開發的多方義涵,雖運用於思想闡述中,卻尚未形成明確的意義而出現。

直至於魏晉六朝的玄佛思想發展中,定位通向"道"的徵向,是取其具有精神上達的義涵而大加發揮,使之由原本作爲道之附庸,而轉向在聖人之學中,作爲體道的通徹,既明晰份位,亦用於建構體道成聖的觀念系統。唐先生指出:

---

① 唐君毅《中國哲學原論·導論篇》,頁 15—16。
② 唐君毅《中國哲學原論·導論篇》,頁 15—16。
③ 唐君毅《中國哲學原論·導論篇》,頁 15。

第五章 窮理與立言：以理和文建立的體道理論

　　以佛學家與魏晉玄學家較，佛學家乃更喜歡用理字者。僧肇、竺道生已重理。[1]

說明在佛學傳入後，佛門對於理的運用，尤爲豐富。是故理在佛學觀念中，亦得到極大的發展空間。自佛教傳入中土後，佛之可學可至成爲重點討論的問題，理之義涵，亦由此主要運用於成佛的問題上。無論是慧遠、宗炳的體道觀念，以心通理應爲目的，還是支遁、僧肇將理與聖視爲圓融一體之關係，皆顯示出理在體道觀念中的重要份位。是以，理的概念雖源出於中土，其詞義的涵蓋面亦廣，然而，在晉來玄佛的思想世界，卻明確用於體道觀念建構當中。誠然，理作爲形上抽象的概念，雖爲各家採用於體道的論述中，然而各家的理解與詮釋亦不盡一致。舉如支遁與慧遠所詮解之理，便間有與道或聖人相同的涵義，至於作爲道之徹向義，則明確見於竺道生的論述中。道生以理爲成佛之性，佛由理生，理義受其注《法華經》影響而在六朝之際定型爲成物之理義。隋唐以後各宗之理義，又有不同變化，此則在研究範圍以外。

　　這一通聖體道之徹的定位，是在有關頓悟與漸悟的體道論爭中形成。"理"無論在主張頓悟還是漸悟的論述中，皆作爲重要的申論理據，其與本體的關係亦由此紐結。南朝謝靈運《辨宗論》提出"理歸一極"的觀念，更揭示理歸向於至道宗極的明確意義，在奉佛士人層面得到普遍的流播，理通向道的關係，正在有關論辯中得到透露。是以解析理的徵聖體道義之前，有必要先交代理在宗極本體的論述中的意義，方明其作爲成聖關要的根本原理。此中會以大發理義的竺道生的理觀爲主脈絡，分析理在本體與主體中分別建立的關係與作用，藉以考察一套以理來支持主體證驗本體的體道思想。

---

[1] 唐君毅《中國哲學原論・導論篇》，頁26。

二、佛學重理之思想背景

　　理之確定爲通達至道之徵向，並與"窮理盡性"的傳統觀念銜接，顯示出東傳佛學有意將佛門窮理體道的成聖思想，糅合於自身文化的根源當中。因此無論在會稽還是廬山，自高僧至白衣道士，皆以理爲禪學之重心。查考佛學在東晉傳播時期，便有以"理"作爲佛學稱謂的情況。如釋道安嘗謂：

　　　　弘贊理教，宜令允愜。①

道安稱佛教爲"理教"，蓋認爲理與至道有密切關係。至如宗炳在《明佛論》中自述追隨慧遠學佛，亦以"理學"顯豁法師佛學之重心：

　　　　昔遠和尚澄業廬山，余往憩五旬。高潔貞厲，理學精妙，固遠流也。②

以"理學"一詞表達慧遠的佛學，其意是指佛理之學，一方面承襲道安的意思，另一方面則反映慧遠的佛學觀念有重理的特色，並多以理來進行論述，此即其禪觀以應會佛理爲核心，強調感理應心的寂照修行，並以"理會大聞"爲圓滿境界。慧遠的廣大影響力，推動了重理的佛學思想的展開，宗炳的佛學論述中大量言理，便是一證。

　　宗炳據慧遠之教而特重"即目應心"以會聖人神思，同樣以爲理能上接聖人神道，此實與支遁認爲理可通於聖教的意思相一致，可見理作爲徵聖合道的徵向，實是中土禪修者之既有共識。竺道生《法華經疏》中提出"佛緣理生"的觀點，更反映出理爲成佛之根本因素。至若曾於宋、梁與北魏化道的菩提達磨，③其《大乘入道

---

　　① 載《高僧傳》卷5，頁195。
　　② 《弘明集》卷2，頁16中。
　　③ 《續高僧傳》載其化道經歷謂："初達宋境南越，末又北度至魏。隨其所止，誨以禪教。"載《大正新修大藏經》第50冊，頁551中—下。

第五章 窮理與立言：以理和文建立的體道理論

四行》亦向道育、慧可開示理在修行中的重要意義：

> 夫入道多途，要而言之，不出二種：一是理入，二是行入。理入者，謂藉教悟宗。深信含生同一真性，但為客塵妄想所覆，不能顯了。若也捨妄歸真，凝住壁觀，無自無他，凡聖等一，堅住不移，更不隨文教。此即與理冥符，無有分別，寂然無為，名之理入。①

達磨以"藉教悟宗"詮釋理入的修行法，意指經由接受聖人之教而悟徹至道，其基本理念是相信"凡聖等一"，肯定眾生皆有成佛之性，佛性之開竅，可由聖教所導引。

理入的修行法，強調透過靜慮來覺悟佛慧，回復性淨無染，這種借助徹理而達到的洗心淨慧，便是與理冥符之境，可見是以理的圓滿獲得而作為合道成聖的終極實現。此聖教之法，在中土亦早有傳播。郗超在《奉法要》便言聖教之功：

> 原經教之設，蓋所以悟夫求己。然求己之方，非教莫悟。悟因乎教，則功由神道，欣感發中，必形於事，亦由詠歌不足，係以手舞。②

經典保存聖人之教，故去聖雖遠，而聖教亦存焉。郗超以《易傳》"聖人沿神道以設教"之語，說明佛性的開悟，需端賴聖教。宗炳《畫山水序》中以幽對山水尋遇其中蘊藏的聖人神道，也是尋求聖教的表現。達磨的理入觀，明確提出以理入道的思想，會悟之理，便是聖教。印順法師釋此理入之途，謂：

> 大乘道不外乎二入：理入是悟理，行入是修行。入道，先

---

① 《菩提達磨大師略辨大乘入道四行觀》乃達磨親說，由弟子曇林記錄，載《卍新纂續藏經》第 63 冊，頁 1 上。
② 《弘明集》卷 13，頁 89 上—89 中。

要"見道"——悟入諦理。……理入,是"藉教悟宗"。宗是"楞伽經"説的"自宗通",是自覺聖智的自證,但這要依"教"去悟入的。

理入是見道,是成聖;依大乘法説,就是(分證)成佛。然而,悟了還要行入——發行。(意指實現處世修行的四行入法:報怨行、隨緣行、無所求行、稱法行)……達摩從印度來,所傳的教授,精要簡明,充分顯出了印度大乘法門的真面目。中國的禪者,雖承達摩的禪法,而專重"理入",終於形成了偏重理悟的中國禪宗。①

菩提是覺悟之意,顯示達摩強調入道的方法,來自覺悟。印順法師指出達摩的禪修觀屬於印度大乘的兩大修行法門。理入與行入也即了悟與實踐,理入是以心契神理爲入聖之途,行入則重視在人間貫徹實踐神理的修行鍛煉,二者實際上亦是以徹理爲目的,只是前者以思慮來悟達與理冥符,後者所指的修行,是指將所悟之理實踐於世間,與由靜慮而會理的禪修義並不相同。

大乘二路並開,理行兼修,不主偏廢。而中國禪者則傾重於靜慮專思的理入法,此一選擇雖沒有全面接受印度大乘佛法傳入的觀念,卻反映出中國早在佛法東傳的初期,印度佛教的實修方式並沒有受到廣泛接納和成熟發展,反而在玄風影響之下,傾向了理論思辨的方向,也即以理爲主綫的選擇,且逐漸明確爲中國禪修中一切實踐成佛途徑的必然階段。慧遠、宗炳昭揭心通理應、目應心會的感應方式,於即像寄誠之中尋理,以發現幽邈神道,皆是將理視爲修行的核心內容,爲後來以窮理作爲徵聖之實現法門,奠定了基石。而早於慧遠開展重理風尚的佛學之前,如孫綽《遊天台山賦》中,便已初見尋理的痕跡:

---

① 釋印順《中國禪宗史》,頁11。

> 理無隱而不彰,啓二奇以示兆。赤城霞起而建標,瀑布飛流以界道。①

將赤城、界道等通往佛國之二物,視爲蘊理之所,是注意到修行神遊中,理爲登天界的標志,也顯示了理在入聖歷程中已佔席位。由此觀之,晉來佛學雖未遵禪修之傳統形式,卻是以靜慮會理爲主軸,開發適合中土的行入方法,尤其在文藝領域的開拓,從擬象寫真,一直延展到立文創作之上。

三、竺道生的"理"觀念

前已指出竺道生是在晉宋中較多運用"理"的僧侶,而其闡釋理的内涵也較爲複雜和多義,其中在頓悟成佛的體道論述中,道生所用之理義,則有指向唯一至道的意思。湯用彤先生研究道生的頓悟義,指出道生的頓悟義主要體現在接納三乘十地的大乘主張之上,謝靈運主頓悟而有"理歸一極"之説,②蓋就道生的三乘義而提出。③ 道生疏釋《法華經》,發揚"會三歸一"的經旨,云:

> 既云三乘是方便,今明是一也。佛爲一極,表一而爲出也。理苟有三,聖亦可爲三而出。但理中無三,唯妙一而已。④

> 譬如三千,乖理爲惑。惑必萬殊,反而悟理。理必無二。如來道一,物乖謂三。三出物情,理則常一。如雲雨是一,而藥木萬殊。萬殊在乎藥木,豈雲雨然乎?⑤

---

① 《文選》卷11,頁495—496。
② 《辨宗論》,《廣弘明集》卷18,頁231下—232上。
③ 詳見湯用彤《湯用彤佛學與哲學思想論集》(南京:南京大學出版社,2009)論頓漸悟由來、竺道生頓悟與三乘十地,以及謝靈運頓悟義章節,頁151—162。
④ 《法華經疏》卷1,《卍新纂續藏經》第27册,頁4下—5上。
⑤ 《法華經疏》卷2,《卍新纂續藏經》第27册,頁10中。

道生的三乘義，指聲聞乘、緣覺乘及菩薩乘，前二者屬小乘，後者屬大乘，《法華》會三歸一之旨，在於調和大小乘，指出衆生皆是一乘種姓，無論三乘，皆可會聞佛法，入十住地，得道成佛。由此説明三乘只是方便，其通往處實殊途同歸，故"三"之謂，是言權教方便，即道生作入道萬途之解。而循方便以圓照神理，所修正果，則唯有至道一極。道生論此一極，以理闡釋，其謂"理中無三，唯妙一而已"、"理必無二"、"理則常一"，皆是"如來道一"之意。道生以"三出物情"，説明外在所見的差異，並非真正的理。

　　將物情解成理，乃是先秦時期已有的理觀。如《韓非子·解老》便將外在不同呈現的物色視作理：

　　　　物有理不可以相薄，故理之爲物之制，萬物各異理，萬物各異理而道盡。

　　　　凡物之有形者，易裁也，易割也。何以論之？有形則有短長，有短長則有小大，有小大則有方圓，有方圓則有堅脆，有堅脆則有輕重，有輕重則有白黑。短長、大小、方圓、堅脆、輕重、白黑謂之理，理定而物易割也。[1]

韓非認爲不同物有不同的理，萬物各順其理而制成，是將物之不同外在形態，歸因於理之不一所導致，故謂萬物各有理。至如《荀子·正名》亦云：

　　　　形、體、色、理以目異。[2]

理與形、體、色爲同等關係，屬於形而下之表象、物色。從"分殊"與"類別"上認識物，故由形態和外觀支配認識世界，物理沿目觀分辨而得，便有各種各樣的理。這種以外在觀察分别爲主導的觀念，一

---

[1]　王先慎《韓非子集解》（北京：中華書局，1998），卷6，頁147—152。
[2]　王先謙《荀子集解》卷16，頁416。

第五章　窮理與立言：以理和文建立的體道理論

直傳續未竭。晉來言理者,便往往由物之分別而主張理有不同,如戴逵認爲：

　　理本不同,所見亦殊。①

其理義正是沿目爲主導。至於支遁與孫綽之理觀,亦認爲物各有其理,因而主張往外努力求取至理,是爲圓滿慧命的修行法。支遁所解的理雖與道生同樣視爲化物的緣起,在成物意義上的作用是一致的,然而支遁的理較傾向於物情,故形成了分殊質性,道生則認爲外在可見的只是物情,非是眞理,眞理唯植於心,由覺悟以發展究極而成,強調心念的主體作用。

　　道生將理與物情判別開來,解決了晉來對理的不同詮釋而造成論述上的矛盾。更重要的是將原來理在外求的既有想法,轉化爲向本心自覺開發,如此,則理便以心爲限,心無二,理亦無二,只有悟與未悟,而無此理彼理。理在精神生命發展的歷程,與主體共同上進,以體道爲存在的緣由,亦以體悟至道爲實現。理依止於道與心,故亦爲一。道生以理無二致之故,認爲得理便是入道,當其未悟一極之理,也未可謂具足成佛智慧。故又云：

　　夫理既爲一,則無大慧小慧之別,二乘三乘之別。……理無異趣,同歸一極也。②

智慧既無大小,理亦如是,因而智慧之領悟亦只有頓悟,而無漸次之狀態。是以當處於七住地時,尚是未悟,而不可謂漸悟。領悟成佛智慧之境,唯在十住地,慧達《肇論疏》引道生言曰：

　　十地四果蓋是聖人提理。③

----

① 《重與遠法師書》,《廣弘明集》卷18,頁230上。
② 《法華經疏》卷1,《卍新纂續藏經》第27冊,頁1下。
③ 慧達《肇論疏》卷1,《卍新纂續藏經》第54冊,頁55中。

道生以十住爲至極的見解,亦收録於釋寶亮的《大般涅槃經集解》:

> 十住幾見,仿佛其終也。始既無際,窮理乃睹也。①

道生以得一極爲悟境,十住地便是領悟佛慧的至極階段。故若只入得七住地,便非得極。極地緣理而通達,道生以睹窮理爲其準的,是明窮理乃具足極慧的證明。理未窮盡,未入十住地,便不可謂悟理,亦不可謂成聖,故無有漸悟,這正是以理一觀念確立頓悟義。聖人憑藉窮理而入十住地,沿理而歸於唯一至道,是"非聖不理,非理不聖"的相即關係之成立原理。

從道生有關頓悟的論述看,"理無異趣,同歸一極"是其論斷中的重要根據,是作爲成佛成聖之主要證明。謝靈運的"理歸一極"義,顯然出自道生的觀念理路。至若慧遠的"理契其心"、宗炳的"神超理得"之所以作爲擬聖之關鍵,莫不是將理視爲體道之唯一徵向。而劉勰《滅惑論》謂"至道宗極,理歸乎一。妙法真境,殆無二致",同樣出自理歸一極的思想,理之唯一所歸,便在至道。唯劉勰所用"宗極"一詞,則更明確此一極爲至道本體,爲成佛大法之根本所宗,是對"一極"義的豐富與補足。

第二節　以極建立本體思想的歷程:本體質性與成化法則的觀念發展

研究《文心雕龍》本體思想者,較傾向從儒、釋、道三家之本體觀差異,以論定《文心雕龍》之道的究屬。審視其時着重開放與融通的思想氣氛,原道之道,未必刻意明辨其本體之專屬,反而從究

---

① 釋寶亮《大般涅槃經集解》卷54,《大正新修大藏經》第37册,頁548下。

竟義與俗諦義上審察體道思想,更能分明其本體涵義。循理所歸之"極",雖明確爲本體,但本體觀念尚需釐清,方得以解決《文心雕龍》所體之道的具體内涵。

竺道生謂理同一"極",此極義不但表示至盡之所歸,亦爲初始之本體,終始唯一不變的恒久至道,意義來源於中國傳統賦予的大中思想。而"宗極"一詞的出現,正反映對至道本體之所宗的思想追求,是將本、宗、始終不變的義理圓融紐結於一詞義之内。

一、傳統立極的主宰義

宗極之"極"義,來源自先秦的政治話語,在關於政道的經典中皆見形迹,本質爲建大中而定天下。《尚書・盤庚》謂百姓"蕩析離居,罔有定極",①以及《洪範》的"惟皇作極",②極義皆指向人君建立國家發展的中心方向,使天下動而有方,不失所據。孔安國以"中"訓"罔有定極"之"極",③正顯示極在治統維度中,是作爲大中、主宰的政治符號。

同屬治道經典的《逸周書》,開篇便言"極",義亦同《尚書》,更突出立極正民之理由,《度訓解》云:

> 天生民而制其度。度小大以正,權輕重以極,明本末以立中。立中以補損,補損以知足。□爵以明等極,極以正民。正中外以成命,正上下以順政。政以内□。□□自遍,彌興自遠。遠遍備極,終也□微。④

---

① 孔穎達《尚書正義》(上海:上海古籍出版社,2007),卷9,頁360。
② 《尚書正義》卷11,頁459。
③ 孔安國傳云:"民居積世,穿掘處多,則水泉盈溢,令人沈深而陷溺其處,不可安居,播蕩分析,離其居宅,無安定之極,'極'訓中也。《詩》云:'立我烝民,莫匪爾極。'言民賴后稷之功,莫不得其中,今爲民失中,故徙以爲之中也。"(《尚書正義・盤庚》卷9,頁360)
④ 黄懷信《〈逸周書〉校補注譯》(西安:西北大學出版社,1996),頁1。

權輕重之極、正民之極,皆與"中"義通,①立中即立極。"極以正民",蓋取盤庚謂民"罔有定極"之語,正民無異乎定民,極即民之度。傳統極義定調於爲民作主的基礎,以百姓存亡爲終極關懷,圍繞人君的主宰作用而開展意義,對極的思考,乃止於齊治天下的爲政論述上。

及後孔子將政道的皇極觀念,以北辰星喻政的文字,配附於天象,由是天文亦有立中建極的恒象。《論語・爲政》載其論爲政之德謂:

爲政以德,譬如北辰,居其所,而衆星共(拱)之。②

北辰即北極星,③言衆星拱之,乃指北極星爲衆星環繞,形成居中不動的狀態。④ 孔子以北辰論述爲政之大中義理,本據皇極觀念;而極本無形無象,特舉北辰以顯之,爲天標揭可見之極象,由是北辰與中宮極位,受到明確注視。北辰因顯極之作用,成了天體的軸心,主宰運化。在蘊藏大量天文資料的緯書中,便賦予其極星之名。如《春秋合誠圖》云:

中宮天極星。⑤

天極星即北極星。天中之極,極乃中央不動處,本無星,爲定其位,遂借取其旁小星北辰,作爲顯極之星,因而得極星之名。⑥

極與極星的居中形態既得彰顯,其馭變的特性亦得到呈現。星辰繞極運行的特性,屢見於《楚辭》,如《惜誓》云:

---

① 孔穎達訓"極"爲"中",即本《尚書》"極"義。
② 《論語集釋》卷3,頁61。
③ 《爾雅・釋天》曰:"北極謂之北辰。"(邢昺《爾雅注疏》〔北京:北京大學出版社,2000〕,卷6,頁196)
④ 參周桂鈿《天地奧秘的探索歷程》(北京:中國社會科學出版社,1988),頁139。
⑤ 安居香山、中村璋八輯《緯書集成》(石家莊:河北人民出版社,1994),頁767。
⑥ 此說從姜亮夫《楚辭通故》(昆明:雲南人民出版社,2000)論北辰之條,頁62。

第五章　窮理與立言：以理和文建立的體道理論

攀北極而一息兮，吸沆瀣以充虛。①

王逸注謂"言己周流行求道真，冀得上攀北極之星，且中休息"，②明釋北極星不動。《天問》則蓋及天文極變之整體：

斡維焉繫？天極焉加？③

"斡維"意指日月星辰，必有所繫而不墜，天之運行必有其軸，盡皆本然。④而於本然中，又見真宰，《詩緯》云：

星惟北辰不動，其餘俱隨極以轉旋。⑤

極星不動，⑥而眾星能順極中轉旋，猶如居中制馭天文變化之樞紐，是以宋均云：

天之心曰北辰，辰，不運也。⑦

以"心"喻極星，賦予了主宰意志之意識，這種寂然居中而爲主宰的特殊狀態，更成爲王者治世之重要取法對象。《孝經內事》云：

王者動得天度，止得地意，從容中道，陰陽合度。⑧

"動得天度"，便是取法於極星。眾星自然運行，無出極星範圍之度，便是"從容中道"之意。王者據此居中之法以立德，則民如眾星，從容合度。《孝經鉤命決》謂"皇德協極"，⑨用心相同。《春秋合誠圖》更將極星描述成"天皇大帝"，直接提出居中而"制御四方"

---

① 洪興祖《楚辭補注》（北京：中華書局，2002），頁 227。
② 《楚辭補注》，頁 227。
③ 《楚辭補注》，頁 86。
④ 《楚辭通故》，頁 60。
⑤ 《緯書集成》，頁 487。
⑥ 極星不動之見解主要在隋前，如南朝何遜《閨怨》云："思君無轉易，何異北辰星。"（吳兆宜注《玉臺新詠箋注》〔北京：中華書局，1992〕，頁 214。）
⑦ 《春秋文曜鉤》，《緯書集成》，頁 677。
⑧ 《緯書集成》，頁 1018。
⑨ 宋均注曰："極，北辰也。"《緯書集成》，頁 1007。

279

的治術,①明確極星與君主之共性,其緣極而具備之王道義理,亦本此原由。

這種居中不動而馭萬有的形態,既是天象變化不墜的說明,也成爲人間君民治道關係的反映。"極"在王道義理中,代表王者以大德指引中正大道,使民有所從,是爲"極"之作用。這種順極則正的觀念,實際上有其作用根據。《周禮·考工記》嘗記載極星用以判斷朝夕的功能:

> 匠人建國……爲規,識日出之景與日入之景。畫參諸日中之景,夜考之極星,以正朝夕。②

後董仲舒借以張開其指示"正"道的功能於人文界域,《春秋繁露》中《深察名號》與《實性》二篇皆云:

> 正朝夕者視北辰,正嫌疑者視聖人。③

此處"正"之意義,已跟極的中正義融會爲一。

考查"極"之發展源流,《尚書》與《逸周書》以人君治世爲中心內容的正統經典,"極"的出現乃植根於中正以治之思想當中,《尚書》主張人君立極,更爲"極"確立起中正制動的概念。至若緯書彰顯極星之義理,勸勉人君須協極、順極以立德,正是借天文表達治道原則的體現。

孔子以北辰星解釋皇極大中之德,强調"遠人不服,則修文德以來之"。④ 以文德披服四方,乃呼應"爲政以德,譬如北辰"的理念。孔子就近取譬,引發天文有極之觀念,爲天之極星彰顯中正制

---

① 《春秋合誠圖》云:"天皇大帝,北辰星也,含元秉陽,舒精吐光,居紫宫中,制御四方,冠有五采。"《緯書集成》,頁767。
② 賈公彦《周禮注疏》(北京,北京大學出版社,2000),頁1344—1345。
③ 《春秋繁露義證》卷10,頁304。又見《實性》篇,頁311。
④ 《論語集釋》卷33,頁1137。

動的作用。《爾雅》以北辰訓北極,昭揭北極星之名,乃據天下之"極"衍生。

二、佛學本體論之終始不變義

先秦兩漢有關"極"之義理開掘,一直圍繞王道的論述基調,其出現之原由,雖爲制變,卻一直着眼於"中"。劉勰於《原道》謂"觀天文以極變,察人文以成化",意指仰觀天文而盡曉變化之理,循極變動,是成化天下的大法。此思路一方面承襲了天文有大中之極的傳統觀念,其對極星的認識,從《封禪》"正位北辰,嚮明南面,所以運天樞,毓黎獻者,何嘗不經道緯德,以勒皇迹者哉"便有所披露;另一方面,卻兼具窮究至盡、貫徹終始的意思,此意義之開掘,誠非先秦兩漢的大中義理所涵具。

復循"極"之發展流脈察看,在佛法東流以後,與"宗"、"本"詞義緊密互見,在新成複合詞"宗極"中,體現出終始不變的義理本質,令"極"義在時間與空間兩大維度中,俱具有制變內涵,其爲本、爲宗、爲永恆、爲變動之主的概念,於"宗極"意義中得到圓滿呈現,同時成爲本體的一種稱名。劉勰以經爲人文之宗本,以反本爲立正言之法式,此宗本定源的思想,正與"宗極"觀念有密切關係。是以,考察"宗極"詞義在佛風東扇下之時代內涵,可發現極的宗本意義,使之成爲至道本體的特殊慣用指稱,代表大法的恒存。明宗與反本,目的爲窮源鑒真,藉由明晰體道方向,而達至會悟真理、澄净洗心的精神境界。因此,在肯定宗極意義下的超凡入聖信念,無疑以合乎宗極本體爲成聖境界,以此解讀理歸一極的觀念,則其義不止於說明至理必然通向至道本體的時代共識,同時更透露,理是通往宗極、通往聖門的必然徵向。以下先交代晉來有關宗極顯豁爲至道本體義的思想背景,復原理歸一極的觀念形成歷程,由此揭示《文心雕龍》的神思觀,乃至徵聖體道思想皆以理爲實踐通道,實際上是循理宗極的時代觀念下的思想體現。

晉來佛徒對於"極"義的理解,並沒有完全迥異於傳統大中義理。蓋其時通曉經義和老莊思想的中土佛徒,亦嘗以傳統概念融通佛理,支遁與慧遠即是其中典範。支遁標揭的"極"義,保留明顯的立極觀念,其《與桓玄書論符求沙門名籍》有云:

夫標極有宗,則仰之者至;理契神冥,則沐浴彌深。①

"標極有宗"意指依宗而建極,極是為使民知所適從,宗既為萬有本始,也為所歸,從生命源上看,宗乃至盡之本。佛家對於宗與本的態度,堅持定於一尊,而無二致。是以支遁所言之宗,亦當有明確獨一之意。標極有宗,則仰之者至,透露出立極者當明宗本,也即順從萬物本然成化之法則而治理天下,便能使四方仰慕相趨,其中道理,在於無為而無不為。此至道成化萬物的取態,支遁視為至理,用以發明禪修原則與為政理念。其靜慮禪定的修行觀,強調神以會宗反本為目的,自能深契於理,擺脫表象與末節的物色界域。

在說明為政的見解上,"仰之者至"一詞反映支遁依然保留傳統皇極義,以為人君立極,不必支使與決定人民的分殊歸向,如至道成物,不加意志,人民自然歸其所歸,往其所往,秩序不亂。人君的主宰意志,實隱藏其中,便是明本有宗之道。支遁《上書告辭哀帝》中舉無為之宗,庶可為標極有宗之解釋:

常無為而萬物歸宗,執大象而天下自往。②

支遁以為無為是至道成化之理,萬物出現的本源。久行無為之道,是即"常無為",不加外力控制萬物的活動,於自然狀態中化生起滅,便能知至道本然的成化法則,是故無為則能顯示本宗所在。以

---

① 《全上古三代秦漢三國六朝文》,全晉文卷157,頁2365—2366。
② 《全上古三代秦漢三國六朝文》,全晉文卷157,頁2365。

第五章　窮理與立言：以理和文建立的體道理論

無爲而爲萬有定極,是使天下恒常於無爲中自然化成。支遁以天地成物之道,開示無爲而治的思想,與標極有宗之意義相同。此以無常爲宗而立極的理念,乃循宇宙本體的角度理解,以本體爲萬有唯一所宗,則其終始亦唯歸於一極。

佛門對於極的理解,既有傳統的主宰意思,亦賦予究竟之意義。換言之,以本始爲究竟,則其至末至盡,亦宗於原本,別無二極。慧遠在論辯沙門不敬王者的問題中,對此宗的唯一義及原本義,尤有明確申述。在《求宗不順化》中,慧遠解釋方外之賓求道、不以順俗爲原則時,起首自設問難,云:

> 天地之得一爲大,王侯以體順爲尊。得一故爲萬化之本,體順故有運通之功。然則明宗必存乎體極,體極必由於順化。①

遠法師的觀點是不同意由順化而體極,順化是神隨俗念任情下墮、流輪無已之意,因不施上達願力,故謂之順,表達出神處於無意志的狀態,故不得涅槃。慧遠認爲沙門當明反本求宗之義,在《答桓玄書》中強調"理之與世乖,道之與俗反",②摒除世俗之情滯,奮力背離下墮的情念,謂之乖反,如此上達體道,是爲不順化以求宗。而設難的文字中的"體極"義,與"明宗"對舉,透露出"極"爲"宗"、爲"萬化之本"的意思,且是唯一的本宗。晉來的佛理討論所展開的一極的觀念建構,開拓出對唯一至極本體的存在信念,竺道生的"理無異趣,同歸一極"、"佛是一極",以至謝靈運的"理歸一極",劉虬說的"至道宗極,理歸乎一",皆是沿順此本體觀念而發展的論述。所謂的一極,既是至極,也是本宗,稱之爲一極,乃表終始唯一之意。湯用彤先生歸結魏晉對本體唯一的識觀,指出:

---

① 《全上古三代秦漢三國六朝文》,全晉文卷161,頁2393。
② 《全上古三代秦漢三國六朝文》,全晉文卷161,頁2392。

魏晉以來玄談佛法所求者道,道一而矣。①

道一是對終極本體追尋的體現,此至道唯一之思想,又是在一極的觀念中反映出來。而劉勰以宗極表明此極之獨一,進一步顯示出在展開極的宗本歸一意義建構的進程中,宗極一詞是體現兩者意義相攝互顯的典範。

三、魏晉玄佛的宗極義

宗極是以追尋本體至道爲理論基調而發展的觀念,在晉世的佛論及經解之中並不罕見。王元化先生認爲宗極是玄學所言之本體義,且爲玄佛並用的專名:

> 宗極正是玄學家所説的本體。玄學類認本無而末有,故空無(《滅惑論》曰空玄)乃宇宙萬有之本體(或言實體、實相)。本體無相,而爲萬有之源。本體不分無二,故又名爲一極(或假《周易》用語稱爲太極)。據此一極義,雖萬有紛紜,終不超出本體之外,因此,儒釋道三教,就其終極而言,必歸於一本。②

王先生以本體論闡釋宗極義,顯示宗極是用以表示本體之意,這是在追尋宇宙生命本源過程中開發的詞彙。此本體代表超物質、超形象之世界,湯用彤先生稱之爲"玄遠之絶對",故取"極"以爲名,又因其爲本源之義,故配"宗"以稱述,"宗極"實際上是魏晉時期解釋本體的其中一名:

> 今人之稱之爲絶對者,即當時之所謂"極",所謂"宗",謂曰"宗極"、"宗主",此"極"或指爲"道"、爲"玄"、爲"無"、爲"自

---

① 湯用彤《漢魏兩晉南北朝佛教史》,頁467。
② 王元化《讀文心雕龍》,頁37。

第五章 窮理與立言：以理和文建立的體道理論

然"、爲"大化"（道家名詞）、爲"實相"、爲"法身"（佛家名詞）。①

此"極"義表示究極之本體，在以成化爲本源的角度審視，自然視之爲本體；諸家論述本體之語境不盡一致，運用宗極的語意亦未必同一，惟大體用於指稱至道本體，以及描述其質性。

1. 宗極即至道

至道與宗極的意思，可以互見。劉勰《滅惑論》以護持佛法爲主旨，提出"至道宗極，理歸乎一。妙法真境，本固無二"，②王元化先生認爲"亦同本宗極是一之旨"，③既強調本體之獨一，則至道無異乎宗極，是唯一本體的指稱。慧遠所謂"體極"者，也與"體道"之義相通，一旦了解宗極用作表達本體之意思，則作爲宇宙本體的"道"，自可與極義接軌。因此，主張以有爲起源者，其宗極義便歸乎有，例如裴頠《崇有論》從"大建厥極，綏理群生"的人君治道申論，力辯本無之不確，起首便推本於有：

> 夫總混群本，宗極之道也。④

明示以有爲本體，則有是其至道，也是宗極。宗尚至道無爲者，宗極義則圍繞無爲的觀念解釋，此例多見於佛學論著。

在佛典中，宗極一詞較常見於經序之中，用以表示至道之意。慧遠《大智論鈔序》云：

> 宗極無爲以設位。⑤

無爲以設位，義近於支遁所謂"常無爲而萬物歸宗"，用以解釋至道

---

① 《魏晉玄學與文學理論》，載《儒學·佛學·玄學》，頁 282。
② 《弘明集》卷 8，頁 52 中。
③ 王元化《讀文心雕龍》，頁 37。
④ 《全上古三代秦漢三國六朝文》，全晉文卷 33，頁 1647。
⑤ 《出三藏記集》卷 10，頁 388。

的宗宰作用和位置,是顯示在其無爲而成化的大法本源上。僧肇則以宗極表達本體之玄遠虛空,於《涅槃無名論》答後秦姚興問無爲義云:

  問無爲宗極何者。……欲止於心,即無復生死,既無生死,潛神玄默,與虛空合其德,是名涅槃矣。①

無爲與宗極在佛論中建立起關係,顯示出其時視至道本體狀態爲"玄默"、"虛空"的共識。道既爲一切生命之所出,也爲最終歸處,歸反於道的關鍵,在於超脱流轉,使神同體玄默與虛空。僧肇認爲玄默與虛空,不單爲道之本質,也是道之至德,體道從成德上説,是以合道即爲合德。於此,無爲是至道之德,也是宗極之德,二者實同所指而異名。這種體道之德必須歷盡生命流轉方能領會透徹,故宗極代表着成德之至終至盡,達到涅槃境界,由是在涅槃問題的論述上,也較爲傾向用宗極一詞。

2. 終始歸一,常住不變

宗極作爲指稱至道之詞,雖見用於不同的佛論典籍中,或見於解釋般若、涅槃,然涵義卻始終具有獨一、常住、不易之性質,此蓋是時代對玄遠本體的共同理解。其時認識本體的角度,是以爲宇宙萬有之本源究竟爲一,故本體唯一,宗極亦無二。僧肇在《般若無知論》中以真一無差説明宗極不二外,於《維摩詰經序》亦云:

  濟蒙惑則以慈悲爲首,語宗極則以不二爲門。②

僧肇在此提出了對宗極的正確理解,以不二爲門,意即宗極唯一,反映出本體之唯一性,不單在其本,亦貫徹於永恒。南朝慧觀《勝鬘經序》便認爲道極之終,也是獨一無二:

---

① 《全上古三代秦漢三國六朝文》,全晉文卷165,頁2417。
② 《出三藏記集》卷8,頁309—310。

第五章 窮理與立言：以理和文建立的體道理論

  馳輪幽轍，長驅永路，期運剋終，誕登玄極，玄極無二，故萬法歸一。①

玄極是玄遠的宗極，慧觀在此透露出萬法與宗極的關係，萬法爲至道成化之末；諸法由理而出，在"理歸一極"的前提下，萬法自然歸於至道宗極。而慧觀認爲此歸結處唯一，則明究極至道，在化生天地萬有以後，依然保持着唯一性。

  道生萬有，萬有所歸無二，知至道恒一，未嘗分裂變異。終始如一的成物特性，顯示出道的存在，本身便終始不變，是其恒存之理。慧遠指稱沙門乃"不變之宗"，②不變是因遵循至道永恒大法，説明不變之性是宗極能夠永恒的關鍵，此亦帶動了以永恒入常爲目的之體道觀念產生。涅槃作爲體道的最終結果，在論述上更多明顯提及不變與常的觀點，南朝釋道朗的《大涅槃經序》云：

  夫法性以至極爲體，至極則歸于無變，所以生滅不能遷其常。生滅不能遷其常，故其常不動。③

是處法性乃涅槃之意，生命流轉至盡頭終得還滅，便是涅槃。至極是至盡之意，其盡則永恒不變，知盡頭就在終始常一之至道。不變不動，常然如一，則至極實際上也是本宗。釋道朗認爲涅槃既是永恒，其特性體現在寂然不動，無所變遷，不復變化如同天極不墜不滅、不偏不倚，由此常性而顯現永恒。至道不變之常性，尤爲體現於涅槃狀態，慧遠《法性論》指出宗極之所以永恒，緣於不變之性：

  至極以不變爲性，得性以體極爲宗。④

---

① 《出三藏記集》卷 9，頁 348—349。
② 慧遠《沙門不敬王者論·體極不兼應四》謂："若夫對獨絶之教，不變之宗，固不得同年而語其優劣，亦已明矣。"《全上古三代秦漢三國六朝文》，全晉文卷 161，頁 2394。
③ 《出三藏記集》卷 8，頁 313。
④ 《法性論》今已佚亡，二句僅存於慧皎《高僧傳》卷 6，頁 218。

涅槃以不變爲其質性，而要具足涅槃的質性，其根本原理在於體道，意指透過體會至道而領悟道性，體得道性，自可涅槃。呂澂先生指出慧遠所述此不變之性，出於《心論》，屬於小乘的諸法自性不變觀念。① 此不變之性，屬於實有而非性空之空，但其視諸法自性不變爲入恒常境界，亦是以至道恒常不易爲宗法之緣故。至道宗極的恒常狀態，在大小乘皆沒有分歧，諸家理解的至道，皆具寂然不動的常態特色。如同四時變化所呈現的，乃是周而復始之常道。其爲變之本始，而萬變亦不離其宗。

　　極的意義經由兩晉六朝佛學用作詮釋本體和涅槃的性質與狀態，在原來的居中制動的大中義基礎上，進一步顯豁出爲本、爲終極、爲終始不易的質性，這些質性的突顯，對於道之成化以宗本制變爲常式的觀念形成，是關鍵的進程。在論定本體至道爲不變的前提下，一切的變化，皆指向於物，而其成化終歸朝向不變之道。極兼攝了宗本、歸一的思想；同樣，宗的內涵，亦因極義的闡釋，顯豁出不變制變的終極如一的意義。二者合成的宗極，正是作爲表達終極至盡本體的詞彙，宗與極在合成詞彙之際，又各爲彼此賦予自身的意義，令宗本同時成爲通向永恒的法則，而極中亦必然只承認以唯一本體爲其本宗。事實上，宗極的觀念經由兩晉僧侶開示，已滲透至外道人士的討論文字中。如後秦姚嵩、王謐便見採用。② 此可知宗極的觀念非一人之創發，而是時代對於終極本體的追尋所共同建構的觀念。

　　由極的質性以闡釋至道的狀態與運作，資借於天文人文極中制變的原理，變化者無論星宿還是群生，皆反映出闡釋的焦點集中

---

① 呂澂《中國佛學源流略講》，頁 126—127。
② 姚嵩與姚興討論無爲無宗的《上述佛義表》中云："由臣闇昧，未悟宗極，惟願仁慈，重加誨諭。"(《全上古三代秦漢三國六朝文》，全晉文卷 153，頁 2346) 王謐《答桓玄書明沙門不應致敬王者》云："致敬師長，功猶難抑，況擬心宗極，而可替其禮哉！"(《全上古三代秦漢三國六朝文》，全晉文卷 20，頁 1570) 可見晉以來宗極並非陌生的佛學專詞。

在至道成有的方面。了解道的成化原理、道在成化中的狀態,是修行者試圖認識道、效法道的體道表現。至道寂然不動的形態,解釋了禪修的靜慮方法,追求進入與本體相同的狀態。惟體道之方除卻效法至道冥寂之外,了解個體生命與道的關係,更爲重要。至道化物之功,端賴於其成物的徵,也即理,以此顯示成化原理與法則,使生命合道的關鍵,便在於領悟理。由是,理之於道與個體生命的意義,成爲體道思想中必須處理的問題。竺道生之所以解釋理與道、萬有三者的關係,其本因正是爲成佛得道確立絕對的定義。

第三節 理的徵向作用:本體宗極之成化總法

極具有屋脊之棟的意思,由此延伸出"至高無上,承擔一切,涵蓋一切,利益一切"的義涵。[1] 宗極通義於宗、本,代表支撐宇宙運轉、文明成立的大法。宗極唯一無二,是表示真宰的存在。然而對此一極,又各自有詮釋:梁武帝以宗極統三教,意謂三教莫不同以一永恒至道爲宗本,殊途同歸;而竺道生謂佛是一極,明確佛爲唯一宗極,是護持佛法大宗的思想。無論如何闡述,皆顯示出執信宇宙有一永恒本體爲衆生所應歸附的時代共識。因而歸宗合極,體道成聖,是爲人生而本應秉具的責任,理於此中,是作爲引導人朝往宗極方向上進的矢向作用力,發揮徵向道本的功能。

是以在一極或是宗極的觀念建構中,理是重要的理論依據。如前所引,竺道生與謝靈運所肯定的一極觀,皆是以理來說明。劉果宗先生總結竺道生頓悟義,指出理一是其本據:

> 宗極微妙,理超象外,悟此之無漏智,符理証體,自不容有

---

[1] 見程石泉"極的哲學",《中西哲學合論》,頁 310。

階級。①

"符理証體"正顯示了以理一爲宗極本體之根本證明。無論是"理無異趣",還是"理歸一極",極之唯一性,乃是基於理不涉二途的本質,來曉示宇宙至道的獨一無二。劉勰謂"至道宗極,理歸乎一,妙法真境,殆無二致",正是以理歸乎一,而明所入之聖門必無二道。南朝孔珪稚亦強調"理本無二",以明宗極唯一:

> 推之於至理,理至則歸一,置之於極宗,宗極不容二。②

孔珪稚與竺道生、謝靈運、劉勰的理解是一致的,而特明此理乃是至理,以明理歸一極的理論,是從至極的層面開說。

從至極之語境上言理,實早見於支遁與慧遠的文字,前者謂"理致同乎歸",③後者言"理會之必同,不惑衆塗而駭其異",④皆指出理歸乎本體大法、無有異分的觀念。至南朝莊嚴寺法雲法師與公卿朝貴論辯佛理,朝臣和答之中,亦見認同理一之觀點,如司農卿馬元謂"理實無二",⑤五經博士明山賓又謂"雖教有殊途,理還一致",⑥更與《文心雕龍·宗經》"至化歸一,分教斯五"的觀點相合。強調理的歸一特性,是以宗極唯一的觀點作支持,祖述竺道生佛義的釋寶林在《破魔露布文》便云"理有宗極之統",⑦明示理歸向於宗極。從歸向宗極而言之理,居於合乎至道的層次。其爲一或爲三,皆由至道決定。竺道生以佛爲終極本體,於《法華經疏》強調"如來道一"、"佛爲一極",⑧則知對應之理,必然是通向此唯一

---

① 劉果宗《竺道生之研究》,頁81。
② 《文宣王書與中丞孔稚珪釋疑或并牋答》,《弘明集》卷11,頁74上。
③ 《大小品對比要抄序》,《出三藏記集》卷8,頁300。
④ 《三報論》,《弘明集》卷5,頁35中。
⑤ 《莊嚴寺法雲法師與公王朝貴書·司農卿馬元和答》,《弘明集》卷10,頁66下。
⑥ 《莊嚴寺法雲法師與公王朝貴書·五經博士明山賓答》,《弘明集》卷10,頁67下。
⑦ 《弘明集》卷14,頁95上。
⑧ 《法華經疏》卷1,《卍新纂續藏經》第27册,頁4下。

宗極的妙一至理，故得出"理苟有三，聖亦可爲三而出。但理中無三，唯妙一而已"的結論。① 極一則理一，極不可分，理故亦不可三分。至如《首楞嚴三昧經注序》亦云至理之不可分：

> 若至理之可分，斯非至極也。②

至理是通於至道宗極的理，恒一無二，顯示出不變的質性。不同於物理，展示不同之物背後的原理，隨物變而不同，非是至理的層次。

推而論之，宗極既爲究盡之境，則入極之理，亦必須是究盡之理，唯至則無二。基於至理以其無有兩分而顯示本體之極一性，徵聖體道的境界，蓋亦必然以得理爲唯一宗途。

一、理歸一極，沿理見聖

竺道生謂聖無三出，理亦無二，舉出與道同體之聖境，以說明至道宗極唯一爲最，無有二境，其旨本在說明入十住地是究竟涅槃之唯一成聖境界，卻同時透露出聖與理之密切關係。合極成聖，需端賴於至理，理無三出，則聖門亦無二道。說明循理而動，是成聖的關鍵，此思路固亦透露於別處文字中，道生於《法華經疏》云：

> 夫未見理時，必須言津。既見乎理，何用言爲。
> 佛緣理生。理既無二，豈容有三。是故說一乘耳。③

疏《涅槃經》又云：

> 得理則涅槃解脫及斷也。④

皆是以得至理而成證涅槃。僧肇在《注維摩詰經》中有相似的看

---

① 《法華經疏》卷1，《卍新纂續藏經》第27冊，頁5上。
② 《出三藏記集》卷7，頁268—269。
③ 《法華經疏》卷1，《卍新纂續藏經》第27冊，頁5中。
④ 疏文載於《大般涅槃經集解》卷51，《大正新修大藏經》第37冊，頁533上。

法,同樣認爲實現涅槃之境以會理爲關鍵:

> 既觀理得性,便應縛盡泥洹。①

以言語爲通理之方,說明理之會聞,在思慮佛慧的過程中,是作爲體悟至道的標志。見理既意味着體極,則會理大聞之際,也是成佛之時。劉貴傑先生認爲竺道生悟透佛以理爲本,視理與涅槃均爲恒常遍在之真理,顯示出道生的涅槃觀念依理開展。② 事實上,無論《法華》、《涅槃》疏文,道生皆以理爲成佛之境。以理入如來道,故所見乃唯一至理,成佛亦無三分。道生之本意,在以理一辯明一乘之論,卻沿"理歸一極"的論述理路,歸結出"佛緣理生"的成佛觀念。蓋因成聖必須以合於宗極本體爲證明,而理則是徵聖體極的必然歷程,因此,聖之爲聖,必待其順理歸極,乃可謂合於至道。理於是作爲通往宗極的必然而唯一之徵向。是故聖與理,二者相即而互見,圓融一體。

聖之所以因理而體極,乃因宗極之永恒不變性,爲理所秉具。前引支遁論聖之不變便云:

> 理非乎變,變非乎理。……千變萬化,莫非理外。……無窮之變,非聖在物;物變非聖,聖未始於變。③

宗極本身與通往宗極之理,以及實證宗極存在之聖人,彼此之互見關係,皆是從不變之性上顯示。

理指示聖門之所在,猶如通往宗極之司南,同時亦藏於宇宙萬物之中,無所不在,故選擇爲體極之徵向、成聖的關鍵,藉以求取至道。經過兩晉禪修重理的思想開拓,理既成爲普遍應用的概念,亦

---

① 釋僧肇《注維摩詰經》卷2,《大正新修大藏經》第38册,頁345中。
② 劉貴傑《竺道生思想之背景及其理論淵源》,《編譯館館刊》(臺北:編譯館)卷12,第1期,1983年6月,頁77。
③ 《大小品對比要抄序》,《出三藏記集》卷8,頁300。

第五章 窮理與立言:以理和文建立的體道理論

爲中土信衆所認受。在此基礎上,於自身文明中尋找重理的思想根源,是將觀念內化的選擇。此過程中,傳統經典的"窮理盡性"一詞,是推動中土接受窮理的關鍵。湯用彤先生指出:

> 《周易》原有窮理盡性之説。晉代人士多據此而以理字指本體。佛教學人如支道林、竺道生等漸亦襲用。①

《説卦》"窮理盡性以至於命"的觀念,有助詮釋以理通聖的修行觀,於自身傳統中開發成聖的理想。理義雖然有論述本體的作用,卻又未必完全相等於本體,佛家執理以爲成佛、爲體道之關鍵,在禪修思維中有明確目的,是使主體恢復性净無染的狀態。理不同於道,是因其爲道之有性,體現至道成有之德,故又必須依托於物而存在。窮理活動可解決萬物因何而來的疑問,是以由萬物而窮理,目的爲明了萬物之所生所成,莫不來自於道之德,由認識總持的德性義,而使主體內化出德性智慧,修行者由此而體道成聖。是故體道之方,由會理而净性,乃可以窮理盡性一詞加以發揮。這使得成聖觀念端賴理來實現的新風尚,進一步將窮理定調爲實現徵聖的境界。

理以其爲通往永恒宗極之徵向,成爲修行者提升佛慧、邁向成佛解脱之道的元素。於萬物中尋究之理,就佛門的宗極義而言,是追求見萬法之實相,明了空義,包蓋有無。而置身於器世界中,無論儒佛,理皆是至道成化的大德,其體在道,其徵向作用則見於物。是以理之體道功能,不論是否爲宗極,皆使主體的德性智慧有所進益,由是在兩晉六朝成爲備受重視的概念。如前引宗炳神不滅的論述,已指出宗炳認爲神之不滅,乃爲使德性智慧上進而不中絶,以達聖境。《明佛論》云:

---

① 《釋法瑶》,載《儒學·佛學·玄學》,頁133。

神之不滅,及緣會之理,積習而聖。①

宗炳表明"群生皆以精神爲主",此精神與"神之不滅"的神義相同。神本身並不能致聖,故衆生之神雖不滅,卻不能盡得自在解脫。要利用神將短暫生命轉化爲永恒的慧命,其中必待緣會通理,透過理之累積而上臻聖境。此觀點在支遁的《述懷詩》中,已見痕迹:

窮理增靈薪,昭昭神火傳。②

支遁的觀點是認爲理是支持神不滅的要素,神在世世流轉之中,能不滅而上達,是以窮理來提升慧力,如此方能利用每段有限的生命,積漸邁向至道本體。神端賴乎悟理以增加慧力,不得慧力支持,終不可究竟涅槃。是故更有論者視窮理爲修行的終極境界,也即成佛的條件,劉少府《答何承天》:

如來窮理盡性,因感成教。③

按劉少府的理解,佛陀是因爲能窮理盡性,方能向衆生開示超凡的聖教。

竺道生亦用窮理一義,以明窮理便可實現成佛的願念。僧肇《注維摩詰經》載道生之言曰:

窮理盡性,勢歸兼濟。④

窮理至極,則能盡消有情之滯累而自反:

聖既會理,則纖爾累亡。⑤

此知一切的塵累,皆由會理而消弭殆盡,緣此入涅槃之境。劉貴傑

---

① 《弘明集》卷2,頁10下。
② 《先秦漢魏晉南北朝詩》,晉詩卷20,頁1082。
③ 《廣弘明集》卷18,頁231中。
④ 《注維摩詰經》卷5,《大正新修大藏經》第38册,頁374下。
⑤ 《法華經疏》卷2,《卍新纂續藏經》第27册,頁10下。

第五章 窮理與立言：以理和文建立的體道理論

先生據此認為"道生於注《維摩詰經》、《涅槃經集解》、《法華經疏》曾屢次運用'理'之觀念闡釋佛家思想，承源於《周易》"窮理盡性"的哲學思想，意在"以'窮理盡性'闡明佛家之無量義"。① 劉勰《滅惑論》云：

   大乘圓極，窮理盡妙。②

窮理之義，亦指向實現至為圓融的聖境。為劉勰前輩的沈約，倡言積漸精理以至於成佛，同樣是窮理盡妙的意思：

   若今生陶練之功漸積，則來果所識之理轉精，轉精之知來應，以至於佛，而不斷不絕也。③

沈約與劉勰同樣主張神有相續不滅之性，以此累世窮理，則入佛境。至此，又將宋文帝所言的"陶練之功"，顯豁於窮理盡妙的修行方向。以上例子皆是佛徒以窮理而體宗極至道的想法。至如在文的世界中，文作為理的依托，劉勰由文察理明道的目的，顯然未有上窮宗極，而是關懷由道的成德軌式，發展人文化成的文明世界。

  天地、日月、山川，物換星移，生息嬗遞，變而有宗，展示出終始循理而動的態勢。這些循理而動的"道之文"，由是展現出至道成就天地、化育萬物的德性。而後聖人由物色而研察神理，參法萬物順理而成、循理而動的法則，開示出成化人文的合道方向，並垂文以明道。就先聖的經驗而言，由觀物而實現窮理，是實在可行的方法。因而劉勰重視聖人這種觀察物色而窮理的體道方法，《原道》謂觀天文以極變，察人文以成化，說明了人文之建立，當以觀察天文表象，而窮究至理為法。《文心雕龍・神思》提出的"研閱以窮

---

① 劉貴傑《竺道生思想之背景及其理論淵源》，《編譯館館刊》第12卷，第1期，頁76。
② 《弘明集》卷8，頁51上。
③ 沈約《六道相續作佛義》，《廣弘明集》卷22，頁262下。

照"，亦是觀物窮理之思想體現。

二、循理入聖之內化要求

佛門在中土展開以理入聖之學問，由學而立次第，對於理便有層次之講究，這在謝靈運歸結儒佛傳統中不同的體道取態，便有所透露：

> 二教不同者，隨方應物，所化地異也。大而校之，監民易於見理，難於受教，故閉其累學，而開其一極。夷人易於受教，難於見理，故閉其頓了，而開其漸悟。①

所謂見理與受教，來源自竺道生"見解名悟，聞解名信"的頓悟觀。② 錢穆先生指出，"'信'依外面教言，'悟'則本諸自心知見"，③"信"是"見理"，即道生在《答王衛軍書》中所說的"資彼之知，理在我表"、"見理於外"④，是認知上接受外教的理，尚未内化。道生於《法華經疏》云：

> 欲表理不可頓階，必要研麤以至精，損之又損，以至於無損。⑤

理從外面言教而得，欲得圓融理義，卻不從心蘊生，終未爲極一之理。理之歸極，必惟開悟學佛之自覺，一旦心生自覺，則可擺落依賴而得之外理，從心煥發出内理，與精神生命共同發展上達，是謂"悟"。"悟"即"受教"，是緣自心覺照理，與理合一之真悟，也是成佛的自證。郗超《奉法要》亦表達這種看法，其謂"理本於心"，⑥以

---

① 《辨宗論》，《廣弘明集》卷18，頁232上。
② 《肇論疏·折詰漸第六》引道生語，卷1，《卍新纂續藏經》第54册，頁55中。
③ 錢穆《中國思想史》（臺北：學生書局，1992），頁116。
④ 《廣弘明集》卷18，頁234下。
⑤ 《法華經疏》卷2，《卍新纂續藏經》第27册，頁13中。
⑥ 《弘明集》卷13，頁89上。

296

爲理就在心中，一切修行皆以心繫之理來實現，而不止於單純接收外在的經教，更重要的是"悟夫求己"：

> 若乃守文而不通其變，徇教而不達教情，以之處心循理，不亦外乎。①

郗超所謂的守文與徇教，正是竺道生所指的"聞解名信"的外教，只循外教而不通曉理當求諸心照，則理但是外在的知識，而未內化爲成佛的眞諦，義同乎"理在我表"，故郗超謂此理仍在心之外。由此觀之，其"契心神道"的"通理"之方，是在反求諸己的修行中尋遇理，此與道生之"悟"義並無異致。

錢穆先生指出道生以"理"無兩分爲論據，提出由"悟"開發的理，方是究極之眞知，倡導眞理現乎自心的主張，對中土佛學從此轉入內心修養起着關鍵作用，②明顯從"理"上把握道生的成佛頓悟觀念。小林正美先生亦提出相同觀點，以爲道生的"信"義是指自己處於理的外面來觀照理，雖有得理，但只是"假知"；"悟"義則是從心中開啓和發現理，此理方是"眞知"。③ 眞與假之別，正是悟理與未悟兩種層次。可見道生所言之理，將禪修會理之道明確成爲依止自心開悟的修行。

窮理既不假外求，便成爲修行者自身之責任。竺道生既深信眾生包括一闡提亦可成佛，則窮理盡性，便是凡夫皆可憑精誠之心，勉力練就而達，竺道生是以云：

> 夫玄理幽淵，出乎數域之表，自非證窮深理，何由暢然。④

道生將修行求遇之理，指向心源，強調理雖玄遠，卻又兆自內心，人

---

① 《弘明集》卷13，頁88下。
② 錢穆《中國思想史》，頁116—117。
③ 小林正美《六朝佛教思想の研究》(東京：創文社，1993)，頁162。
④ 《法華經疏》卷1，《卍新纂續藏經》第27册，頁3中。

人皆可領悟。則此人人皆有的理，便爲學而成聖提供了理論基礎，是完備衆生皆有佛性的理論而出現的觀念，也爲成聖提供了自發的願力；換言之，將聖人的期盼，由對外求索而轉向於內在自發實現。錢穆先生指出竺道生所說的內照之理，其原理與孟子將成己之力量反求諸己的自反觀念契合：

> 惟心同理一，借伏別人之知，可以起自心開悟。此即孟子"性之"、"反之"之義。①

竺道生的學聖理念，既重新喚起中國傳統中曾一閃而過的成聖自覺，以及淑世的擔負，並將之投現在一己精神生命的上進之中，以自我的成聖來證明神理宗極的存在。這種自反的淑世觀念，使中土學人的佛學修行態度，由被動的接收外來訊息與指引，轉向對自身的探問與開發；更重要的是，將關懷天下的責任，由寄托與等待聖人，而轉化爲人皆可盡其力的匹夫之志，將孔子以身恭行成聖之道的經歷，提升爲一套可學和當學的理論。

悟理作爲凡聖生而有之的內在能力，則通往宗極的理徵，非是與心相對，存乎域表；既要求心契於理，則理之徵向，實亦蘊藏於自心，需要靠聖教的引導與自身的力量，發現和運轉。如此領悟神理一刻，方能達到與道同體的聖境。神理屬於修行者本身，不論以何種形式修行，神理皆在介物中由心上呈現。如慧遠在領悟光明在修行中的意義，因黯寂而生，亦爲驅散黯寂而來，由此得見佛影大放光明，此理實是從心上照現，因入慧境而知見。是故晉以來往往肯定得道之人，能據體極而通悟神理，如宗炳在回應何承天的問難中，便認爲道安、支遁、慧遠"神理風操，似殊不在琳比丘之後"，②

---

① 錢穆《中國思想史》，頁115。
② 宗炳《答何衡陽書》中列舉晉來"神理風操"的弘法高僧，釋道安、支道林、釋慧遠皆在其列。(《弘明集》卷3，頁19中)

深受支遁弘法影響的郗超,亦稱支遁有"神理所通"。①《世說新語》亦載支遁圓寂後,戴逵對支遁的神理能傳遞久遠的企盼:

  戴公見林法師墓,曰:"德音未遠,而拱木已積。冀神理綿綿,不與氣運俱盡耳!"②

支遁這些得道高僧的神理,正是由其澄心修行中照現;因而得道之士,其心實與神理融爲一體。

這種反求諸己的成聖觀念,尤指向於修行實踐之上,由修行經驗以驗證理之存在。以個人力量實踐聖道,自心生理,在禪修中表現爲神通的發動,在立文中,則是會理的神思。

三、實修中理的成聖作用

竺道生認爲理是自內誘發的成聖能力,說明無論以何種方式修行,理皆是通聖的徵向,蓋理本在修行者心中。是故達磨謂修行有理入與行入,實質不論是思辨上的領悟,還是實踐中的體悟,二途皆不離真真正正自本心開悟理。因此,以禪思爲入聖的修行法,亦講求達理。

1. 神通之理:成佛之慈悲智慧

神通保留較原初的外來佛學修行內容,在融入中國思想的禪修中,神通變幻並不是修行的目的,通過接觸神通,所臻邁的是聖境,此中的轉化,是由會理來完成。程石泉先生在有關神通觀念的論述中,早已指出理是實現真正神通大義之關鍵,表明理也是使修行實踐得以上達的力量。程先生解釋佛陀表現的大神通謂:

  神通者,智慧也。有此神通故能制伏衆生之妄情、妄想、

---

① 郗超在與親友書云:"林法師神理所通,玄拔獨悟。實數百年來,紹明大法,令真理不絕,一人而已。"載《高僧傳》卷4,頁161。
② 《世說新語校箋》,傷逝第十七,頁352。

妄行，消除衆生一切煩惱。而此神通依止於理，因"理是佛所住"。①

"理是佛所住"句出自唐代澄觀《大方廣佛華嚴經隨疏演義鈔》，文云：

> 理是佛所住，教從佛所流，兩重相依。②

理是佛所住的觀點，是認爲佛依止於理，與竺道生"佛緣理生"的成佛觀點一脈相通，是因理聖相攝，見理便成佛。佛陀施展神通以度化衆生，其神通是因衆生而顯現，故發動神通，乃爲成全消除衆生一切煩惱，歸於佛道之目的，便是依止於理。若未明發動神通之向善利他目的，理既不得彰顯，則神通亦無法施展。可見佛陀發動神通，顯示出由理而通達神通智慧，理之通達，關係成佛大旨，故一直爲禪修的重要内容。

如前所述，神通在傳入中土之初，因其夸誕的宗教神秘色彩而未獲廣泛接納。直至神通的内容轉向爲智慧開發，其中的實修本義方得以受認，與當時思辨哲理的玄學一拍即合，令禪修在中土循義理一途發展。大寂法師從哲學層面分析，認爲佛家的神通，是以"智慧進路的神通觀"爲主：

> 佛法多將傳統印度思想中固有的神通，重新詮釋爲"内在智慧的彰顯"，"智慧"就成了佛教意義底下的神通。③

這種朝向智慧進路的轉化，是佛學觀念在中土的整體調適與變遷，一切不可思議的能力，乃至體道成佛，皆指歸於從個人慧命的發展來實現。從體道之目的看，理所指向的成佛智慧，當包含佛陀展現

---

① 程石泉《中西哲學合論》，頁384。
② 釋澄觀《大方廣佛華嚴經隨疏演義鈔》卷2，《大正新修大藏經》第36册，頁15下。
③ 釋大寂《智慧與禪定作爲佛教神通的成立基礎》，頁35。

第五章 窮理與立言：以理和文建立的體道理論

神通中的兩大內容：悲與智。此慈悲智慧，接近於傳統的德性與才性兩方面，例如王充於《論衡》所概括的"道德智能"[1]之稱謂。神通後來被突出智慧禪定，強調慧力的鍛煉，實未始離開佛性的一面。但以智慧一詞表達，便不免淡化了德性的內容。而中土僧侶用"理"表達禪修終究之所得，便突顯了可憑心力通解一切迷惘煩惱的能力，也即可由下學上達而獲得這種包含一切聖智的能力。以理通乎聖，反映了理不但蘊含聖人的智慧，還有聖人的至善德性，也即佛家所謂的悲智，又即慧遠、僧叡所說的禪智。劉勰也指出神理的獲得，來源自內在的德性：

> 道源虛寂，冥機通其感；神理幽深，玄德司其契。[2]

"契"一詞在此處有感應之意，表示主體要與神理契合，在於修繕高尚的德性。可見以體道為目的之理義，未始離開德性而言。

明白理所歸向唯一之宗極，則明至道之所存，也即實現體道之旨。理於此中，是作為成佛之大智慧，也即禪修經歷戒、定、慧三步修行而進入的慧境。故理所呈現的，是成佛真慧，也是與至道宗極合一的智慧，以成德為願景，當中故亦包含郗超所指的善念。一切悲智可從理上開解，明確由下學而上達並非感性的鼓勵，而是實在可行。佛陀以理練就大神通，因而成佛，是知此理乃含成佛所需之悲智兩義，因此度眾願力的巨大，使六神通之不可能皆成為可能。是以，程石泉先生稱佛之神通謂：

> 世尊時時於眉間、膝間、足趾大放光明；此光明乃佛之智慧也。……佛性超越乎有無、終始、時空、數量、生死、分別、染淨等等，更超越乎可能的及不可能的，可思議的及不可思議

---

[1] 《知實篇》云："故夫賢聖者，道德智能之號。"（《論衡校釋》卷26，頁1100）
[2] 劉勰《梁建安王造剡山石城寺石像碑》，收錄於楊明照《文心雕龍校注拾遺》，附錄，頁805。

的，更超越乎一切可超越的，以顯示其無限神通。①

成佛理念在佛陀的照示下，不是渺茫不得之路，其通達之方，賴於悲智雙修，自覺立誠。程先生對於神通智慧以理爲關鍵的解讀，實扣合於兩晉禪修中的理觀。

悲智的禪修内容表面上異於六神通，然其本質並無異致。六神通雖近於出神入化，但本質仍是透過代表慈悲智慧的理來實現。此見神通智慧的義理化，正是指理之可解悟，使此智慧從宗教信仰的追求轉向哲思系統的尋索。這轉向正是由竺道生的"理"觀來明確呈現，故錢穆先生認爲竺道生的理觀，爲哲理思想多於宗教性，其爲中土所適合，正由於將宇宙根本之理視爲凡夫内在本來可透發長生的力量：

> 生公説"悟發信謝"，便把宗教信仰完全歸宿到自己的内心開悟，悟了，信便如花般謝了。這便沖淡了宗教的信仰精神。這便是把佛教轉向到中國傳統思想來的一個主要關鍵。②

悟是自心孕生應合之理，信是外教之理，悟發信謝，是指修行者一旦自身精神生命已經通明而上達，則無須依賴外在的精神力量，蓋意義已經植根於本心，本心也成爲力量的來源。因而成聖便非依賴敬神拜佛，而是以自心的修煉來實現。像教的作用，便在於輔助專精發誠的想念。於此，聖人的内涵便完全消弭了宗教味道，而作爲精神生命極致境界的形象，並以其實現至善之心靈，證明道之存在。

2. 神思之理：由文章上達的條件

獲得至理在禪修中作爲成聖之關鍵，而理的領悟，主要由感而

---

① 程石泉《中西哲學合論》，頁384。
② 錢穆《中國思想史》，頁114。

第五章 窮理與立言：以理和文建立的體道理論

得。宗炳《明佛論》認爲感是凡聖與生俱有的能力：

> 玄極之靈，咸有理以感。堯則遠矣，而百獸舞德，豈非感哉。①

而佛更爲"萬感之宗"，②這都顯示出緣會之理，是憑人順其自身具備的感應天賦，加以開發而獲得。

感應乃宇宙的本然存在。萬物之間必然存在感應，如磁石相吸相斥，乃最基本的相互作用力，而此只屬物質層次之感應。兩物因感而互相作用（應），實際上也是理的顯現。將萬物感應的作用原理，移用於精神領域，於是便有《易傳》所謂的聖人"感而遂通天下之志"。感而能通，是指聖人之感能與天下相應，如前言感而有應，是聖人與道同體的層次，故其感能得到宇宙自然的相向回應。在凡夫的層面，感物而動是必然，但感發以後，未必有應，緣於會理尚淺，未入道極。要感而有應，關鍵在於由感而會理，直至悟徹至理，應乃隨之而至。是以聖凡之感雖有深淺之別，然終究爲人與生俱來擁有的會理條件。

感應既爲宇宙之自然存在，且又無所不在，則據感而徹理，乃成爲開悟智慧之方便法門，在禪修中，故以感理爲實現入聖體道的必然歷程。由是不獨神通之發動需要理，即便後來劉勰提出的神思，亦需經歷"物以貌求，心以理應"的程序，可見立文神思亦當依止於理。

魏晉六朝對"理"的重視，除卻上文所援引的文獻外，在有關玄、佛思想的文獻中，都可發現大量用理作表述的情況。基於理之涵義具有極大的包攝力，在不同觀念的引用中，其義或不盡統一，惟在建構超凡入聖系統的宏願中，"理"是共認作爲由心通聖的樞

---

① 《弘明集》卷2，頁15中。
② 《弘明集》卷2，頁15中。

紐。沿此脈絡發展中的理,其論述是注重解析理應於心的作用。從支遁與慧遠重心與理之應會的禪修觀,到孫綽、宗炳在修行中感物尋理會心,到竺道生突出理自心現的覺悟要求,而至劉勰文論中對理的關注,皆試圖表明理與心在精神境界中的聯繫。此知程先生的神思與神通觀皆強調理,緣於察識晉以來的禪修觀標舉理爲實現成聖的關鍵,而神通本來便是禪修的原始內容,神思則自宗炳融入禪修思想後啓發劉勰提出的觀念,二者自然俱重理旨。程先生所論的神思,非獨謂劉勰之神思,即如宗炳的神思,明確出自聖人,融於萬趣,更貼近於圓融和諧的精神境界;此知神思在禪修觀念的發展中,一直保存重理之核心理念,神思在禪修與立文場域的意義,皆是以理爲觀念發展的紐帶。

　　檢示晉來循理成佛的觀念,以理導行,以行明理,乃當時已建立起的共識。由佛徒一直關注的禪修議題看,彼此在禪思的實踐或理論中,都不約而同透露出應理的重要意義。理以其爲通往宗極,又是人皆蘊藉的徵向,其止於至善的淑世關懷,以一己精神生命之上達,也即慧力的提升以至於覺悟,來實現淑世的宏願。這種自我實現的證聖方式,要求內心的自悟自證,《華嚴經》稱之爲"自覺聖智行境",意謂聖境"唯諸聖者自內所證";[1]鈴木大拙禪師認爲此自證的意義,要求修行者從自身的禪修經驗與實證中建構聖智,其解脫與自在也端賴個人的覺悟而證明,這種成聖的信念,便是以我之實修來踐履;由自悟開啓的聖智,超越單純的學識與哲學,因其是以修行者內心的自覺來證明。[2]

　　因此,即使透過見聖會理而成聖,理與聖皆不可外求,蓋其本質乃是由自返自覺產生的信念,這是禪修自證的特色。此特色於

---

[1] 釋般若譯《大方廣佛華嚴經》卷38,《大正新修大藏經》第10冊,頁837上。
[2] 鈴木大拙《禅と念仏の心理學的基礎》(東京:大東出版社,2000),第一章"知識を超えたる経験",頁5—10。

中土流播滲透，初期的影響，正是將聖人的企盼，轉向爲修行者自身的責任與追求，由此建立起學聖的系統，便是基於相信理之恆存、感應之無所不在、神之能不滅上達，故而選擇徹理爲澄心體道的必經之路。再由重理到窮理，逐步顯豁出體極成聖的理論核心。

第四節　沿理建立《文心雕龍》文、道交融的藝術精神

神通與神思並依止於理以發動的思想，反映出在以理爲成聖徹向的基礎上，佛門對於體道入聖之方式，抱持開放態度，而不限於自身傳統文明既定之制式，此實是佛學在中土不斷處理文化磨合的過程中，爲衆生皆可成佛之理念，提供應變的實踐渠道。而立文徵聖的理念，亦是在此開放的思想局面下，方得以孕生和提出。

一、弘法方向復歸中國貴文傳統

佛門雖然堅持至道宗極的唯一性，而基於人之體性不一，認爲體道之法，可以多種多樣。慧遠在解釋佛門修行持戒的規條有別於中土倫理觀念時，提出了"體極多方"之觀點，以爲"理或有先合而後乖，先乖而後合"，① 從而說明衆生體悟佛慧的修行形式不唯一途，而終究可殊途同歸，其謂：

> 如來之與堯孔，發致雖殊，潛相影響，出處誠異，終期則同。……雖抑引無方，必歸塗有會。②

如來與堯孔，因地域文化差異，使悟理之塗不一；但所悟之理卻終

---

① 《沙門不敬王者論・體極不兼應》，《弘明集》卷 5，頁 32 上。
② 《沙門不敬王者論・體極不兼應》，《弘明集》卷 5，頁 31 下—32 上。

究歸於一極,是慧遠所舉"理會之必同"①的體道典範。慧遠以爲如來與堯孔皆可以顯示道極,是緣於至道之呈現法則唯在精誠感應,無有地域限制,因而衆生皆可憑其所處所感而緣會悟理,此即其所謂"自合而求其乖,則悟體極之多方"②之意。正由於體道之方不一而足,故衆生體道的分別,便不單在於地域文化的差異,更爲普遍者,乃在於人的根器禀賦不盡相同:

    數有精麤,故其性各異;智有明闇,故其照不同。③

從弘法策略而言,亦當根據受衆的質性,因材施教。此質性的內涵一方面指精粗不一的先天根器,另一方面是指文化背景。僧祐嘗就前一種情況,提出設教應按受衆根器的深淺而調整,使之易於體道:

    夫至人應世,觀衆生根,根力不同,設教亦異。④

僧祐之論,旨在説明大乘與小乘的施教,是針對受衆的不同根器而分設。根器淺者由小乘入,根器深者入於大乘,是不同的設教之方。相同的觀點,亦見於支遁與僧肇的文字當中,支遁認爲:

    聖人標域三才,玄定萬品,教非一途,應物萬方。⑤

僧肇亦謂:

    乘莫二之真心,吐不一之殊教,乖而不可異者,其唯聖言乎。……雖復千途異唱,會歸同致矣。⑥

理無二致,聖教之明理,其所教自然無別。然而因應受衆的根器,

---

① 《沙門不敬王者論・體極不兼應》,《弘明集》卷5,頁32上。
② 《沙門不敬王者論・體極不兼應》,《弘明集》卷5,頁32上。
③ 《沙門不敬王者論・形盡神不滅》,《弘明集》卷5,頁32中。
④ 《小乘迷學竺法度造異儀記》,《出三藏記集》卷5,頁232。
⑤ 《大小品對比要抄序》,《出三藏記集》卷8,頁301。
⑥ 《物不遷論》,《肇論集解令模鈔校釋》卷上,頁85。

聖教的設立便不限一途。

教途既廣,意味弘法當配合眾生根器深淺,而訂定悟俗與應真兩種弘道層次。適值佛法東傳之初,基於語言文字,乃至倫理文化的差異,佛門弘法的策略,更多傾重在適應受眾文化背景的問題上。將文視作體道媒介與修行方便,是魏晉六朝僧侶一直注重開發的以文弘道觀念。之所以選擇"文"此一方向,正是考慮到其載道的功能,以及其寬廣的悟俗面向。

在佛學中有"文字般若"觀念,已透露出對文之承載至道功能的肯定。實者由文字所傳之般若,原屬於般若之最淺層,是指接受外教而對般若有所解悟,故可視為外在之理。其上復有觀照般若與實相般若,前者是在解悟的基礎上進行實踐功夫,後者則是對法相皆空之領悟境界,二者皆是使修行者自心生理的修練,故實相般若,方是自身悟取的真理。除卻般若學發明文字般若外,後來天台宗亦發開了文字涅槃的觀念,認為透過參悟佛法經典,可達初階的涅槃。[①] 由此而論,由文字入修行的境界雖至為顯淺,惟其最直接傳達義理,因而最易於為凡眾所接納。故佛學之傳播,尤重視文字宣教,以之為方便門,利導生民從盛載佛法的文字語言上施展修行功夫。

魏晉六朝進行大量的漢譯佛典活動,便是以文弘法的一項主要任務,旨在透過佛典文字,使聖教廣泛流布於中土。僧叡《喻疑》透露早在漢桓帝之世,自西域來傳道的僧侶安世高,已開文教之策:

> 西域名人安侯之徒,相繼而至,大化文言,漸得淵照邊俗,

[①] 天台宗認為透過聽聞佛法以及經典文句,通達佛理,契合經義,確信自心本來即佛,由此邁進涅槃。參劉貴傑《佛教哲學》(臺北:五南圖書出版股份有限公司,2006),頁253。

陶其鄙倍。①

早期僧人在以漢文翻譯佛典的過程中，留意到中土尚文之風，逐漸形成以文爲弘法策略的定位。較爲人熟知的是釋道安從翻譯《般若經》等典籍的經驗中，總結出"譯胡爲秦"的困難，其中兩項爲：

> 胡經尚質，秦人好文，傳可衆心，非文不合。
> 聖必因時，時俗有易，而删雅古以適今時。②

第一項指入文於經，以符合中土的崇文風尚，道安擔心經義因此而失本；第二項是譯文要適應時代，使能獲得普遍接納，道安認爲非容易功夫。此兩項雖説是困難，亦反映出道安對文字表達的謹慎和重視，文與道的關係於此隱現，後來又經僧祐進一步顯豁，其於《出三藏記集》序言中云：

> 夫真諦玄凝，法性虚寂，而開物導俗，非言莫津。……契經以誘小學，方典以勸大心。……大寶斯在，含識資焉。然道由人弘，法待緣顯。有道無人，雖文存而莫悟；有法無緣，雖並世而弗聞。
> 昔周代覺興，而靈津致隔；漢世像教，而妙典方流。法待緣顯，信有徵矣。至漢末安高，宣譯轉明；魏初康會，注述漸暢。道由人弘，於兹驗矣。③

序言指出道、人、文三者的關係，已具"道沿聖以垂文，聖因文以明道"的思想形迹。

僧祐於《弘明集目録序》中，亦一再表達以文弘道乃生而爲人者應盡的責任，其於序中表明"弘明"之取名，乃背負以文弘道之

---

① 《出三藏記集》卷5，頁234。
② 《摩訶鉢羅若波羅蜜經抄序》，《出三藏記集》卷8，頁290。
③ 《出三藏記集》卷1，序，頁1。

第五章 窮理與立言：以理和文建立的體道理論

深意：

夫道以人弘，教以文明，弘道明教，故謂之《弘明集》。①

於此顯示出弘道唯人、明教唯文的思想，此弘法責任實爲當時僧侶之共識，例如在僧肇的文字中，亦見相類似態度：

群生長寢，非言莫曉，道不孤運，弘之由人。②

道由人弘，說明弘道之責任，當仁不讓，無刻意依賴前聖後聖。而弘道之要法，遵循先聖以典誥垂教的軌轍，自是以言語文字爲實現工具。

釋家在傳播佛法的過程中，不斷嘗試了解中土文化，以求順其習性而傳法，使佛法能更易爲本土人士所接受與理解，是因順受衆體性而傳道的方法。從《弘明集》收錄士人與僧衆所論辯的佛學思想可見，架空於抽象思辨的形上內容，諸如般若空義等概念，並不易爲外道甚至不同文化背景者所理解，抽象的論辯對於弘道而言，實際上是艱難的弘法道路。而且從利導衆生的普遍層面上考量，弘法的內容不一定每每從深奧義理入，魏晉時期流播的目連（即佛陀座下神通第一弟子目犍連）救母故事，面向世俗，目的顯然不在言高層次的得道境界。趙杏根先生分析佛教宣揚目連故事之原因指出：

在修佛道的進程中，不是一開始就否定一切情懷、一切人性，而是先用美好的情懷、美好的人性，來否定醜惡的情懷、醜陋的人性。只有這樣，其學說才能適應弘揚佛法的現實需要。否則，佛教怎麼能爲社會所接受？……在我國傳統文化中，尤其重孝道。《佛說盂蘭盆經》在我國有這樣大的影響，還因此

---

① 《出三藏記集》卷12，頁492。
② 《維摩詰經序》，《出三藏記集》卷8，頁309。

而形成了節日風俗,正是它提倡孝道的緣故。①

《佛說盂蘭盆經》此一傳入中土的佛教故事,其中提及觸目的神通內容,正是透過目連感發孝道以神通救母的環節而廣傳開來。這說明了爲達普遍認受之目的,佛學傳播一方面並不一定刻意申明至高層次的殊勝義,另一方面亦會考量受眾的思想與風俗背景。釋道安指出佛經漢譯時候注意披文入道,正爲順應民風貴文之特性,創設了"文"的平台,這爲日後傳播徵聖思想提供了基石。

《文心雕龍》謂"道沿聖以垂文,聖因文以明道",強調道之成化、聖人之垂訓,實不能否定其中存在的弘道精神。而劉勰同樣重視文的明道作用,與時代重文的弘法思潮是一致的。這種佛門弘法過程中提出重文的看法,其所影響劉勰著立《文心雕龍》者,遠不止僧祐一人。釋道安指出"秦人好文"的傳統,經已注意到文字表達的高度要求,是在中土以文教傳遞佛理的一大要項,此誠有助解釋《徵聖》中"貴文之徵"一段的立意。劉勰對於重視文教的弘法策略,歸結爲中國早有的貴文傳統。《徵聖》列舉古代三種貴文之徵,意在指出文教之所以適合於本土開展,有其歷史文化的合理性,文云:

先王聲教,布在方冊;夫子風采,溢於格言。是以遠稱唐世,則煥乎爲盛;近褒周代,則郁哉可從。此政化貴文之徵也。

鄭伯入陳,以文辭爲功;宋置折俎,以多文舉禮。此事迹貴文之徵也。

褒美子產,則云"言以足志,文以足言";泛論君子,則云"情欲信,辭欲巧"。此修身貴文之徵也。

---

① 趙杏根《佛教與文學的交會》(臺北:學生書局,2004),頁131。

第五章 窮理與立言：以理和文建立的體道理論

以史事表明中土向有尚文的傳統，披及於個人修身，以至治理家國天下。這種貴文的風尚，成就種種美善正大的願念，顯示化成天下之功，從文明而展開。先王建立理想的統治，以文字樹立起一條條正大的治道典範；邦國之間因禮文得以維護正道；君子的內在德性與修養，則透過語言文字來表現。文字作爲表意工具，既可彰善，也可行惡，三例申述於"徵聖"主張之中，是皆説明先聖先賢運用文於正道的一面。則此三徵，顯示出自古中國對於文的態度，不單"好文"，更是"貴文"。

文之所以爲貴，正由於聖賢用文，一直自覺與道相依，體現着文以明道的精神。是以貴文者立文，必有化俗勸道之目的。東漢徐幹《中論》早有《貴言》一章，闡明古來中國聖賢已有慎言之操守，慎言由於貴言，因貴言語之有勸教作用，故君子謹慎用之：

> 君子必貴其言，貴其言則尊其身，尊其身則重其道，重其道所以立其教。言費則身賤，身賤則道輕，道輕則教廢。①

貴言展現出君子體道的身教，是《程材》所謂"建言樹德"之意。之所以貴言，在於以言樹立德化，是以君子言必及義，與道相依；此與聖人立文，實有共同的德教精神。樹文以德，使文能化成天下，如同道所化生動植之文，皆是德化的表現。劉勰列舉的三項貴文之徵，闡明了正道思想與美善心靈因文而彰顯，是中國尚文的用心；文不單表現個人之內在涵養，也傳續了先王聖治的智慧，成就天下繼往開來地行於正道，如此用文，實與道極運行同乎一轍，文以弘道，不單是描寫道本宗極，更融和於人文精神之建構。是故劉勰所理解的文，除卻以表意功能而視爲弘法工具外，更重要的是認爲文

---

① 《中論・貴言》，載《漢魏叢書》，頁570中。

在思想主流之中，一早便朝往與道之成化相同的方向發展，因而所提倡的文以明道、徵聖立言理念，不止爲順俗的弘道策略，更是自覺地尋找中國以文實現立德成人的事例爲弘道證明，將弘道思想逆溯於自身文明起源之中，明示於中土弘揚聖業、由文弘道實乃反本的使命。

立言既爲適應和融入中國文化而提出的弘道策略，則徵聖立言所徵之聖，亦標舉以文弘道之宗，也即周孔爲模範，兼以孔子弘道的經典爲立文法式，由此重振文治的理所當然的聖業。以此觀之，文雖然不是明道的至高層次，尤其在佛法廣布的時代，文字作爲形而下工具，其有限功能更爲明顯。然而，站立於中國的土地，文卻成爲重要的傳播介體。劉勰在中土經典中重提文以明道的深遠傳統思想，重翻《易傳》"文明以健"、"鼓天下之動者存乎辭"等話語爲理據，皆爲反本於自身傳統中建立體道的基石，而毋庸背離周孔與《五經》。此折衷的弘法策略，一則深信佛法神理無二，不因文明地域分殊而有別；二則流露了劉勰對於本土自身建構以文弘道觀念的自信表現，以爲在自身的文化傳統中，亦深蘊成聖的信念種子，惟待緣起而開覺。從劉勰協助釋僧祐編纂多部佛學典籍可知其視弘揚佛法爲己任，以徵聖立言的方法弘道，顯示了自身兼攝儒佛的雙重身份所引發的慧識。

二、沿聖文以識天道：以文爲外教的思想

以文弘道的目的，不外使受眾由文體道。劉勰所言文的體道作用，有兩方面：一爲由外而內的接收，沿文而見道，接近觀假即真的體道理念，強調領會先聖經驗，聖文是道的權假；一爲自內而外的表達，將自心體識的道具現於文表，文字也是輔助體道思想的工具。二者藉由文字以體會道，同於權假的層次言體道，所體者俱未是究極至道，惟一外一內，又有程度之別。前者視文爲外教，以

悟俗爲目的,是較早產生的觀念。後者將文與自心所體相結合,傾向自心修煉,則自竺道生提出"言爲理筌"論而發展,將於下節交代。

1. 文爲道之德化

以聖言爲外教的體道思想,所體之道皆是聖賢之遺迹,並非不着邊際,妙不可言的層次。是以《文心雕龍》弘道之旨,不棄聖言。聖行之可徵、聖文之可宗,皆傾重於學效意義,肯定在聖人之迹中,必有體道經驗可以啓導和傳授。體察聖人之迹的關鍵,是着重德性智慧而超過於才力。若從聖才入,則必然落入聖人何以體道的問題,如魏晉玄學以絕對超脫義爲解釋,終復自鎖於凡衆不可體道的困境之中。從德性入,則以求索聖人體道本衷爲方向,體道之路,便可由發聖願而得見。《原道》分析聖人體道,顯示出德入的證明。篇首即爲文建立德之核心:

> 文之爲德也大矣。與天地並生者何哉。

此一根本義,先從道本開說,言道體秉德以成文。而後言聖人成文,亦是沿德性義上解說。劉勰謂聖人:

> 觀天文以極變,察人文以成化。

前句說明聖人具有體天道幽微的能力,是稱其才。後句則揭示聖人體道的目的,在於成化天下,故將所體之道,刻意以形迹、文字表詮。由此帶出後人觀察聖文的視角,亦應傾向於了解聖人體道之淑世用心,苟悉其明道化澤的弘願,則不可能否定道之可體、聖之可成的理想。是以劉勰復指出文的兩大形成向度:

> 道沿聖以垂文,聖因文以明道。

前者爲宇宙本然(Being, Sein)之形成情態,後者屬於聖人應然(Ought to be, Sollen)而爲的生成理由。前句之聖人,屬於功能意義;聖人立文之用心,主要體現在後句,以明道爲其立文之本願。劉勰於原道的理論中,刻意強調聖化,正爲宣示若無聖人則不能化,倘若聖人不立文字,則道終究沒有體識的途徑。

從本體成化角度看,動植皆文的世間,本身便是承載道所施布之德而存在。按《易傳》之解釋,是謂"天地之大德曰生"、"生生不息之謂道"。《易傳》對於本體的理解,是從有名世間來觀察。道因其建德,故世間有"生"的開始,動植之文,即是生生之德的呈現,因此劉勰認爲文德"與天地並生",是相信至道本體據德而創設天地,此間一切動植之文,皆是德之顯現。故自有天地之文,則道之德便不可能隱而不彰,由此構成文與德的依存關係。則與天地合德之聖人,其聖德乃至聖功,自不可離開文而呈現,人文經典,所以昭示聖人德化。《徵聖》列舉先世"政化貴文之徵",謂"先王聲教,布在方冊",正説明立德者必有文以彰顯的傳統理路。

2. 以聖言爲外教

從教化生民的層面言道,佛家雖以諸法皆空爲真諦,但悟俗一路,仍不廢方便法門,在化俗之論中,亦云諸法是有,以解釋道需要在有上展現。這與中國聖人重視立言明道的觀點有相契之處。聖人作爲至道之呈現與證明,在有名世間弘揚佛法,僧侶猶肯定聖人在世間的明道意義。如僧肇《奏秦王表》有云:

> 論末章(指秦王姚興答書,載《廣弘明集》卷十八)云:"諸家通第一義諦,皆云廓然空寂,無有聖人。"吾常以爲太甚逕庭,不近人情。若無聖人,知無者誰。實如明詔,實如明詔。夫道恍惚窅窅,其中有精。若無聖人,誰與道游?[1]

秦王姚興所謂"第一義諦",是佛家認爲體道之至極境界,屬於妙法

---

[1] 《肇論集解令模鈔校釋》卷下,頁 300—301。

第五章 窮理與立言：以理和文建立的體道理論

真諦，般若言空寂，涅槃言無生，皆是究竟。如後來達磨向梁武帝解釋"聖諦第一義"時，亦云"體自空寂"、"廓然無聖"，顯示僧人皆欲向君主傳播聖諦第一義。僧肇師從鳩摩羅什學佛，繼承大乘空宗般若思想，其本體觀亦強調了悟廓然空寂之境：

> 夫至虛無生者，蓋是般若玄鑒之妙趣，又物之宗極者也。①

然而在悟俗的層次上，僧肇則認爲聖人與道同體，既是向有情衆生證明本體之存在，以及體道之希望；由此，衆生體道，可從聖人而知，亦惟有憑聖人以了解。事實上，僧肇主張有聖，除卻出於化俗的原因，亦關係其兼攝有無的空觀思想。概言之，即認爲"空"既是"非有"，亦兼"非無"，物之宗極雖爲無，而其客觀存在，畢竟是權假，只觀其"非有"（也即"空"、"真"）的一面，而忽略其"非無"（也即"不真"、"俗"）的一面，不免執空而有偏漏。由此而產生其"物不真空論"的觀點，以真、俗並見之論，補救其時以玄解佛者尚無執空而產生的偏蔽。僧肇之所以能有圓融的空觀，而見諸家執無之偏解，在於接受鳩摩羅什自西域傳入龍樹的中觀思想，不執空廢假。是以其聖人觀，第一義諦雖是廓然無聖，然亦見聖人之權假，故能進而重視聖人之權假作用。

非但僧肇重視言化，審視魏晉六朝佛家來華傳播佛法的面貌，一方面着重引介般若空義，另一方面則強調言語方便的廣化作用。故湯用彤先生云：

> 以言說爲方便，非但爲當日釋家之緊要條目，而佛學之大見流行蓋亦繫於此也。②

---

① 《不真空論》，《肇論集解令模鈔校釋》卷上，頁100。
② 《言意之辨》，載《湯用彤學術論文集》，頁232。

言説作爲權假,爲解至道,聖人之言説於此更見重要。佛家認爲聖人在有名世間,是以體現佛法的意義而存在,故對於編撰録籍之功,多所肯定。僧祐在《釋迦譜目録序》中指出佛陀得道成佛後,仍爲人間施布靈應,便是爲了向衆生開示正覺之路:

> 群萌長寢,同歸大覺,緣來斯化,感至必應。若應而不生,誰與悟俗?化而無名,何以導世?是以標號釋迦,擅種刹利,體域中之尊,冠天人之秀。然後脱屣儲宫,貞觀道樹,捨金輪而馭大千,明玉毫而制法界,此其所以垂迹也。①

僧祐認爲聖人之名號與垂迹,目的在於"悟俗",是以佛家雖然貴尚無生之真諦,以出世間法領悟道本實相;而並開遵仰有爲之途轍,是不棄世俗衆生,以種種形名,曉示悟聞入道之方向,目的爲開設體道的方便權假。僧祐指出佛陀所垂之迹,即是佛典炳著的義理,以及佛陀得道的種種歷驗,是其編纂《釋迦譜》之原由。而僧肇對於聖人之垂迹,亦是以典誥經文爲主,其於《九折十演》云:

> 無名立,則宗虚者欣尚於沖默,有稱生,則懷德者彌仰於聖功。斯乃典誥之所垂文,先聖之所軌轍。②

由是聖人於有名世間顯現本體的方式,便明確爲聖人典誥,此正與傳統聖人則天道而行之觀念相契合。聖人之垂文,是其體道之迹,也是爲衆生開示的成佛宗途。僧祐《胡漢譯經文字音義同異記》云:

> 祐竊尋經言,異論呪術,言語文字,皆是佛説。③

是以爲一切佛典,皆爲佛法施有之言語文字,是佛陀爲衆生開示成

---

① 《出三藏記集》卷 12,頁 459。
② 《九折十演》,《肇論集解令模鈔校釋》卷下,頁 343。
③ 《出三藏記集》卷 1,頁 15。

第五章　窮理與立言：以理和文建立的體道理論

佛的軌儀。聖文既爲成佛樹立典範與方向，學聖之路，故可由領悟聖人垂示的語言文字爲基礎。

劉勰追隨僧祐學佛，參與編撰《釋迦譜》、《弘明集》與《出三藏記集》，對於佛陀爲悟俗而靈應，不能無所體會。其於《滅惑論》便明確表達對妙法真諦之理解：

> 至道宗極，理歸乎一。妙法真境，本固無二。佛之至也，則空玄無形，而萬象並應；寂滅無心，而玄智彌照。幽數潛會，莫見其極；冥功日用，靡識其然。①

其後則緊接言權教之義：

> 但言萬象既生，假名遂立，梵言菩提，漢語曰道。其顯迹也，則金容以表聖，應俗則王宮以現生。拔愚以四禪爲始，進慧以十地爲階，總龍鬼而均誘，涵蠢動而等慈。權教無方，不以道、俗乖應。②

此云佛教爲悟俗而用權假之法，雖多種多樣，而所表之至道，萬途歸一。是以即使面對世俗，由權假所示之真諦，亦無有不同。經典文字作爲權教之一種方便工具，最終展示的道，亦必然契進同一歸途：

> 經典由權，故孔、釋教殊而道契。③

是以不論道內道外，不論孔釋，其經典皆涵蘊至道之內容，在世俗中弘法，皆有啓悟衆生體道的作用。

3. 雕琢性情的悟俗義

劉勰肯定聖言能夠"雕琢性情"，相同於《滅惑論》中"經典由

---

① 《弘明集》卷8，頁52中。
② 《弘明集》卷8，頁52中。
③ 《弘明集》卷8，頁52中。

權"的悟俗思想。在世俗層面而言，儒佛皆以普世弘道爲聖人之使命，故對於聖人及其言語之用亦有一致的看法。聖人體道，雖寂而不棄生民，雖入道而不遺教化。以此追求至道，則不求獨居本體爲盡頭，而是將道開放爲天下共同的本源與歸向。道若爲世人所可共達的世界，則必有聖人出現以爲證明，而聖人亦必有言語以曉示體道之宗途。此正是世間法中不廢文字的原委。而《文心雕龍》則進一步提出，聖言所開示的體道作用，在於"雕琢性情"，誘導善性之修繕，便是"養正"之聖功。雕琢性情即修性之功，劉勰稱頌爲聖教，旨在説明生民在世，必可受化於聖教而明道，由此肯定學聖的必要。

惟雕琢性情作爲學聖的主張，又必須回應魏晉時候提出的對體道的疑問：雕琢性情所體之道，是否爲"登峰造極"？ 如簡文帝肯定佛家"陶練之功尚不可誣"，卻對於"登峰造極"不免質疑，於此已展示出體道有真諦與俗諦兩層次。劉勰所指的"雕琢性情"，亦必然在其中一層次上立論。《徵聖》謂"陶鑄性情，功在上哲"，表明修性由外教陶成而得，此一體道層次，乃徘徊於俗諦。性情由雕琢而成，則顯示其學聖主張，屬於漸悟，明學有階段，不能一步登天。跨越聖人文章而言體道，是不切實際之想法。先習其可知之言象，然後再超越言象，如此修行有階，亦與王弼視言語爲體道的基本條件相同，"言者所以明象，得象而忘言"，①由得言教再進階於超越言語困限，沿有以體道，是本於實踐層面的考慮。

4. 肯定聖迹的體道作用

雕琢性情表明接受聖教的影響，能由外教而覺識修性的重要，是邁進體道歷程的開始。體會聖教由文，卻並非由文直接入道，劉勰言聖人立文明道，其中關鍵，是將體識的天道發明爲神理，以此

---

① 《周易略例・明象》，《王弼集校釋》，頁609。

第五章 窮理與立言：以理和文建立的體道理論

顯示觀文體道的過程中，神理乃是會道之證明。將神理置於文與道之間，作爲兩者的通介，實來自於兩晉六朝的體道論述，其時創設出由感物而會理的階段，是在有名世間修行圓滿的標志。體道的歷程不追求直接聞道，而以會理爲階，突顯出修行者認識到身處至道成化的有名世間中，沿感物發現成假之大理，如此追本溯源，是選擇了一條有迹可尋的成聖途徑。蓋至道淵深玄遠，如《徵聖》所謂"天道難聞"，凡夫難以體察；相比之下，"文章可見"，聖人研察天道造物之大法，揭示神理之數，爲來者留下了認識至道的智慧。聖人遺下的文章，實際上便是聖人體道之迹。迹雖然不等同於道，卻可指示道、發現道，蓋文的作用是在於表現心：天地之文表現天地之心，聖人之文則表現聖人之心。天地萬物皆是道之文，沿物研察，或見物情，或曉道心，皆在乎修行者的智慧境界，文或迹本身並不妨礙體道的層次。在有情世間，天地萬物皆可作爲上達成聖的實在依傍。從物上察理體道，一切有迹可尋，自然萬法，是至道之迹；經典文章，是先聖之迹，如此循迹而體會至道，便可充分利用權假。

在此不難發現劉勰對待聖人之迹，有異於魏晉名士否定聖人經典作用的立場。魏晉玄學強調言不盡意，故有輕視語言文字，甚至輕視聖言的態度，正是深信"天道難聞"，以爲天道不能由聖人之迹而體會的思想表現。而劉勰強調先聖之迹對體道的重要意義，明顯與輕言態度相背。這種態度轉變，反映出體道成聖思想的變化。

先秦兩漢對文字表意的限制並沒有過度憂慮，反之，更自信運用文以建立起文明，先王聖化，表之以文，爲萬世法；文作爲聖人精神的寄托，猶如包蘊神的形骸，將精神具現。孔子刊削《春秋》，一字褒貶，更流露出運用文字以顯正道的充分自信。由貴文的態度所反映的，不止於對文的重視，同時也顯現運用文、駕馭文的信心。

以文明道是面向後世的願景,則由文體道,便不可能受到徹底否定。強調文字表意限制,是在魏晉玄學以爲聖人不可學的背景下產生的想法。玄學家以爲聖人憑恃獨有之聖性而妙體玄遠,所留之迹,並非體道之要義;在以表現獨性爲尚的理解下,一切經驗不可傳移,成爲一時風行的觀念。曹丕將氣視爲作者獨性之表現,基於以爲文家之氣各不相同,因而"雖在父兄不能以移子弟",正是當時觀念影響下的論斷。體道、立文,種種經驗不能承傳,由此否定學效文乃至一切迹的意義。學聖理想的失落,同時消弭此時代運用文字以建立光明聖業的動力,聖人文字的明道作用便在此思想背景下受到衝擊。

遞至佛學傳入一切衆生皆有佛性的觀念,成聖理想得以重現,則由聖人之迹以體會至道的自信亦重新煥發。佛家以神不滅論支持鍥而不捨體會佛法的精神,雖或一生未必窮了,猶不減精誠,蓋深信衆生皆可成佛,由此建立體道的自信。佛家言體會佛法,習慣用"鑽仰"一詞,正是明白顔子泥迹聖人的不捨精神,未嘗以難聞而斷定不可得聞,文字在斯,體會之深淺,由人而不由文。能秉具如此堅定不移的信念,是將體道視作淑世精神的延續,則個人得失以及能力的計較估量,皆不足以成爲放棄的理由。劉勰主張聖文當努力鑽仰,正因時代已重拾成聖之自信,玄學以爲聖人不可學的前提既已瓦解,則聖人之文字,乃至語言本身的限制,便不復成爲不學聖的理由。生而爲人,且生於貴文之邦,鑽仰前聖留下的文字,是體道的基本層次。劉勰以顔子爲典範,證明體察聖文以雕琢性情,是將由文體道的思想反本於自身傳統中,由此表明由文體道的信念,也顯示對自身文明的自信。

《文心雕龍》的體道與徵聖思想,極爲強調文字制作的意義,正表現出其借由佛學思想而重建體道學聖意志以及淑世精神。以文明道,是古來聖業,故有關徵聖思想的研究,莫不指出其中涵蘊的

第五章 窮理與立言：以理和文建立的體道理論

儒家弘道精神。從六朝思想的開放接納態度分析，劉勰以儒家內容爲徵聖思想，並不等於否定佛學與老莊，進言之，以儒學表徵爲最終選擇，實際上亦經歷了玄學與佛學的思想滲透。其雖謂"徵之周孔，文有師焉"，表明師法對象乃傳統聖人，但同時亦顯示出重視學聖的思想，是依靠佛學觀念而重建。《文心雕龍》所含佛學思想，論辯既多，本文主要説明的，只是學聖思想有其佛理根源，而主要表現於《徵聖》之篇。正如饒宗頤先生參照印度早期宗教思想，認爲劉勰的徵聖態度，與佛家思想有脗合的情況：

> 《文心》第二篇是《徵聖》，認爲："徵聖立言，則文其庶。"接着是《宗經》，以聖人的話必有絶對權威，印度邏輯上的正量，本義是 Proof，梵文 Pramana —— the means of right knowledge 認 Veda 聖典爲不可侵犯（參看 Satis Chandia Vidyabhusana: A History of Indian Logic, p. 107），亦是這個道理。印度正理派經典（Nyaya-Sutra）所立四量，其一爲 aptopadesa，漢譯爲聖言量，指可信的證典（reliable assertion）。劉氏徵聖的態度，和佛家思想似乎不無關係。①

饒先生指出佛家對於聖言的高度尊重，意在爲劉勰與玄學"言不盡意"的輕言思想之間的矛盾提供合理解釋，藉由指出宗教爲聖言賦予絶對權威，説明劉勰沒有因順輕言的風尚，而輕視聖人的言語。反之，徵聖人之言，從佛教的觀點而言，有其認識本體的重要作用。由此顯示劉勰的體道追求，在玄風與佛理之間，選擇對後者的接受。事實上，重視聖言的傳統向來有之，佛學影響劉勰，強化其重視聖言者，更明顯在於重提體道的信心，解除魏晉玄學由否定學聖而衍生的種種論述，自然恢復聖言的體道作用。

---

① 饒宗頤《〈文心雕龍〉與佛教》，載張少康編《文心雕龍研究》，頁 158—159。

三、以文藝傳達人生體道歷驗與理念

劉勰肯定聖文明道作用的思想,是產生在體道信念與弘道精神重新建立的大背景下。聖人立文以明道,在《文心雕龍》奉孔子爲大宗。秦漢以來雖不復出現公認之聖與經,然而若肯定文以明道並非空言,聖志可繼,道運可續,則後來者也可承先聖偉業,立文明道。體道的自信破除了言不盡意的功能疑慮,不單重建鑽仰聖言的願力,也鼓勵徵聖立言的思想產生。

成就明道之文的關要,在於立文者有合道之心。劉勰所理解的文是作爲心之寄托,《序志》便云"文果載心,余心有寄"。蓋文有載心的功能,將心寄托於文,並不是空想,而是劉勰觀察天地而發現文的表現功能。將制作的意念呈現出來,不論是道體化生的大德,聖人成化的弘願,還是作者有所建立的意念,將之表現出來,便可稱爲文。文的作用在於表現,表現功能本身沒有善惡之分,心如斯,文亦如斯,是劉勰於《體性》所謂"因內而符外"之道理。道心由文彰顯,人心亦可由文呈現,人心若能反本合道,則文表達此心,自可體現道。此知以文明道,固然講究文字工具的掌握,而更爲重要的條件,在於體道之深淺,也即心的層次。如竺道生所言,在俗諦之中,文亦有其表現神理、指示道本的作用,但須修煉體道之心,方能效法先聖運用文來呈現至道,發隆文明。先師聖以立德,復宗經以修辭,如此藉文表心,從內在修行至外在表達,則知《文心雕龍》篇章鋪排的用意,先《徵聖》,次《宗經》,立心而後立文,修行之道,有條不紊。

1. 以合道爲理想的藝術精神

在以心爲主的立文要求下,修繕內在的德性智慧成爲立文之前提。是以《徵聖》首重雕琢性情,自內發外,立文方有陶鑄德性之功。由此突顯出修心的先要性。關於陶養德性智慧之法,晉以來

第五章 窮理與立言：以理和文建立的體道理論

不斷沿禪修靜慮而發展，形式不一。立文於此中，又發展爲修行之一門。這種修行形式透過文以累積至道的體悟，又透過文彰顯修行之體驗，已將道與藝術精神融而爲一。在慧遠、宗炳甚至孫綽叙述的修行體驗中可發現，修行並不是純粹對於道的形上描述與思辨，而是結合了自身生活經驗、修道經驗與藝術創作經驗，這些修行，包含着修道者的人生體驗，又是産生於體道精神之下。

將體道精神與文藝相融，透過文以圓滿體道境界，並傳續其對道的體悟，徐復觀先生認爲是由儒道兩家建立的以道爲中心的藝術精神，其中又以道家更爲明確：

> 老莊所建立的最高概念是"道"；他們的目的，是要在精神上與道爲一體，亦即是所謂"體道"，因而形成"道的人生觀"。……通過工夫在現實人生中加以體認，則將發現他們之所謂道，實際上是一種最高地藝術精神；這一直要到莊子而始爲顯著。
>
> 當莊子把它（道）當作人生的體驗而加以陳述，我們應對於這種人生體驗而得到了悟時，這便是徹頭徹尾地藝術精神。[①]

以文字表現道，有兩大方向，一爲形上思辨，一則爲表達自我人生向道的體驗，徐先生認爲後者的文字表達，已將道與藝術精神結合，表現我之人生精神與體驗，也即表現道，故是最高層次的藝術精神。將形下的表現方式與形上圓融結合，共同體會，也共同體現，形成了體道層次的藝術精神境界。由此立文蘊含弘道的願力、體道的經驗智慧，朝向與道融會的最高藝術精神發展。

道藝結合的思想發軔於先秦儒道二家，而體道的概念則有更

[①] 徐復觀《中國藝術精神》，第二章"中國藝術精神主體之呈現"，頁 48—50。

爲廣泛的認知,如在《韓非子》中亦可發現體道一詞。體道作爲一種精神嚮往,儒道二家努力將之呈現與實現,由此發展出與藝融合的方向,是體道思想下的產物。自此而下,漢魏兩晉的體道精神自覺,又因乘文藝領域大加開發的契機,體道經驗的陳述與文藝創作越益靠攏,文學作品流露體道宗趣,陳述體道經驗的文字也富含藝術興味,將先秦蘊藉的體道藝術精神的立文理念,更爲鮮明地呈現。當融會體道的藝術精神成爲時代文藝創作的追求境界,一種緊扣體道思想的立文觀,乃順勢而生,最終在《文心雕龍》中得以正式納入藝術精神的範疇。道與藝的結合,體現在立文制作上,《文心雕龍》將體道與藝術創作盡攬於立文概念底下,反映了立文不祇是體道的工具,而實可提升爲藝術創造。是以《文心雕龍》雖無出現體道一詞,本乎道而作文心的自白,實已透露出體道精神的流脈貫注其中。

　　道與藝結合的典範,在先秦已見於儒道二家,孔子讚嘆韶樂體現三代齊治的美好景象,莊子於各種寓言中透露合道的生活法式,皆是藝與道合的境界。從劉勰垂夢可知其立文之發願,乃承自孔子的藝術精神。儒道雖同有借藝體道的經驗,然兩家所言之道,並不相同。孔子之體道,處處連繫治世的王道,聞韶如是,觀北辰以喻爲政亦如是;莊子之體道,注重了解自然運律之天道。兩種道在孔、莊各自的追尋與體會中,皆以爲是宇宙根本的化成大法。而劉勰於《諸子》謂"莊周述道以翶翔",以爲逍遙達生的體道取態,是莊子對天道的領悟。相較之下,孔子的人生精神,抱持更爲濃烈的建立文明的衷願。《序志》謂垂夢步履孔子,端丹漆之禮器南行。具有文飾的禮器,是王道與藝的結合,體現由禮文建立理想的文明秩序,與韶樂蘊含相同的淑世精神。這種發隆文明的理想,符合《原道》的弘道面向。故《文心雕龍》開篇首揭"原道"大義,以宗道爲一切文學藝術制作之精神所向,《原道》讚美孔子立文之功爲"寫天地之輝光,曉生民之耳目",顯示其立文要旨,首重承繼孔子體道的藝術精神,建立文明的事業,爲劉勰之明道衷願。

而垂夢在劉勰建立的體道藝術精神中,乃是堅定作《文心雕龍》之志的發願,藉以自明其有立文因緣。垂夢之寓意,在於證明自身乃弘道之有緣人。西晉譯出之《放光般若經》,其中便載有以夢爲緣起之論:

> 爾時舍利弗與須菩提:"菩薩於夢中行三事三昧空無相無願。於夢中行是,寧有益於般若波羅蜜不?"須菩提報舍利弗言:"若於晝日有益於般若波羅蜜者,夜夢中亦當復有益。所以者何,晝夜夢中等無異。"……須菩提言:"覺已念夢中所作是云何?"舍利弗言:"皆有因緣,無因緣終不起。"須菩提言:"如是,如是!事有因緣。有緣有念,有念有事。事從聞見,便有覺意,便有著斷;不從不聞不見而有緣起。是故,舍利弗!以因緣故,有事起、有念生。"[1]

舍利弗與須菩提談夢事,須菩提云夢由緣起,劉勰發《文心雕龍》之念,便是由夢而揭示爲文之因緣,此即據僧祐之云法待緣顯而交代撰寫之因緣,而終成五十篇,乃其以精誠立文,而應會神理之自證。從起念、發願,以遞圓滿實踐的程序,立文至此,無疑可視作一段精誠修行的完整歷程。劉勰的垂夢經驗在立文明道過程中,是在心發出之志,從禪修角度觀之,即爲精誠的發願。

2. 融貫體道精神與立文意義

中土奉佛者自從分曉權假有觀照實相的作用以來,所開發的權假多種多樣,體道之方亦由此呈現多種途徑。知佛現處爲假者,取景致以爲對象,求遇佛之應身;知物色爲假者,資借觀想凝念之

---

[1] 無羅叉譯《放光般若經》卷 13,《大正新修大藏經》第 8 册,頁 91—92。

方,推演出象眞摹畫以遇聖心的原理。劉勰的體道觀,不止乎被動接受聖文,其以文爲假,是將立文發展成修行之方便。文字相對於象相,是更爲明晰表達思想的假,以立文爲方便的特性,在於借由文字曉暢神思"心以理應"的會理思路,並在文字表達之中,提煉會理的層次,以此逐步邁進道境,使文表越益明道。是以立文體道,與此前體道方式不同者,在於立文必先經歷思悟的基礎,而後方能下筆,如同織綜,必先備經緯綫條,方能製匹,有若良綫的思緒,便需待靜慮神思方得配備。

立文顯示出精神修行的程度,故非如寄誠對象,見佛即爲證悟,筆動篇成,呈現的是進德修業的階段,以此持恒鍛煉,使心會神理,筆致無礙,方能步趨先聖之經典。此立文入聖的理想,在揚雄的言論與實踐中,早已建立了空前先範。揚雄深信秉德而可成經,制經之用,在乎曉暢聖心,是以修繕精神生命爲先的立文觀念。劉勰的由文體道思想,以文疏理體道意念,是借助權假以發明自心上達精神的一種體道觀,如同徐先生言莊子體道的藝術精神:

> 就莊子來説,他對於道的體認,也非僅靠名言的思辨,甚至也非僅靠對現實人生的體認,而實際也通過了對當時的具體藝術活動,乃至有藝術意味的活動,而得到深的啓發。……莊子之所謂道,有時也是就具體地藝術活動中昇華上去的。①

文與心在此既互爲表裏,同時也是互促成長的關係。

劉勰將文視爲主體表達内在悟道的工具,由此建立一套以文體道的理論。理論設定了表現機制中的環節與元素,其中將道與心連繫的關鍵概念,是兩晉以來佛學廣爲見用的"理"。是以劉勰之體道觀,並非直接言道,而是透過以心會理、以文詮理的方法將

---

① 徐復觀《中國藝術精神》,第二章"中國藝術精神主體之呈現",頁51。

第五章　窮理與立言：以理和文建立的體道理論

體道精神呈現。其言道之文以及聖人文章之中的神理，便有指示幽微天道的作用，因此實現徵聖體道之文，乃可以理爲銓衡。此實有所資借於竺道生的觀念。《大般涅槃經集解》載竺道生疏文，便以理爲判別聖凡文章層次之依據：

> 凡夫所謂我者，本出於佛，今明外道所説，亦皆如是。然則文字語言，當理者是佛，乖則凡夫。於佛皆成真實，於凡皆成俗諦也。①

基於"佛緣理生"的觀點，文字若能詮理，便是佛慧開覺的體現。會得至理，便入十住地，乃可明真諦。若未與理合，則心有蒙昧未能昭晰，自然徘徊世俗。故效聖立文，自當以明理爲務，立文若有自立成聖的内需動機，便能詮表自心所開之理爲成聖之自證。於是體道者除卻可從先聖經典中領會神理，亦可透過自身的文藝創造來發悟神理，使其制作能成爲實現超凡入聖的願念。

這種觀念的建立，是由追尋本體的意念引發。其起始於先秦，至魏晉則愈益強烈。如湯用彤先生所指，魏晉時期佛學與玄學的交融，推動了時人脱離物質世界的依賴，自覺追求精神生命的發展，以求與道同體，得到永恒的超脱：

> 魏晉人生觀之新型，其期望在超世之理想，其嚮往爲精神之境界，其追求者爲玄遠之絶對，而遺生之相對。從哲理上説，所在意欲探求玄遠之世界，脱離塵世之苦海，探得生存之奧秘。②

這種超越生命的理想，是以探求生命之本源與歸處爲寄托，由是能超脱世俗物質建構的價值觀，以精神境界的到達，肯定存在意義。

---

① 疏文載《大般涅槃經集解》卷 21，《大正新修大藏經》第 37 册，頁 464 上—中。
② 《魏晉玄學與文學理論》，載《儒學・佛學・玄學》，頁 282。

而此一由精神而到達的玄遠世界,也即生命的本源,便是至道宗極之所在。因此,如何能够認識道,是玄佛皆重視的論題。在此過程中,文又更突顯其體現道的作用。如湯先生解釋:

>　　萬物萬形皆有本源(本體),而本源不可言,文乃此本源之表現。①

基此顯現本源的意義,道成爲了文存在的原由,並且是文出現的起源。盧盛江先生謂"道沿聖以垂文,聖因文以明道"句,表達了劉勰以道爲文之起源的觀點:

>　　道是一切文章的本原本體,體現道的聖人經典是一切文章效法的準的。道、經典統攝着一切文章的寫作。②

文起源於道,也以體現至道而存在發展,由此建構立文的應然責任,便表明聖人制作經典的意義,以顯現本體爲根本目的,此亦是佛陀涅槃而留下千萬文字般若之原因。但由文體道的方法,不獨要求接受既有的經文,而當建構體道的文字,佛學在此過程中弘法,一直探討文字於體道的作用,是產生以言詮理的背景。

3. 以理貫通文與道的思想來源

以言詮理,要求自身透過文來領悟道極。此理念又以竺道生"悟發信謝"觀念的成立爲基礎。道生所言之理,唯心所生方是真實,也是唯一極理,此理強調自內而發。借外教文字語言而得的,只是表理,表理不可與主體同入宗極,故佛性但借表理而開覺,覺照後須將認識之外理損之又損,以至於無損,毋成負累。其謂"象者理之所假,執象則迷理;教者化之所因,束教則愚化"、③"夫象以

---

① 《魏晉玄學與文學理論》,載《儒學・佛學・玄學》,頁288。
② 盧盛江《魏晉玄學與文學思想》,頁216。
③ 載釋慧琳《龍光寺竺道生法師誄》,《廣弘明集》卷23,頁275中。

第五章 窮理與立言：以理和文建立的體道理論

盡意，得意則象忘；言以詮理，入理則言息"、①"若忘筌取魚，始可與言道矣"，②皆是要求超越言表之理，以入眞理之境。在竺道生以前，早於漢魏時期傳入的般若學文獻，實已提出以言爲方便法的思想痕跡，如三國時期支謙譯《大明度經》第一卷"得法意以爲證"注解云：

> 由言證已，當還本無矣。③

以言爲證驗佛法的方便工具，苟得證法，則言可入息，誠爲以言詮理觀念之先導。支謙注文中對言語功能的描述，出於玄學言不盡意說的討論風氣之下，惟只輕作提點，未若道生大加發揮爲顯論。

文字在幫助主體領會至理後，固可廢絕，然而要使心覺悟眞理，過程中便需端賴文字語言清晰一己之所悟。晉歐陽建在論辯言盡意說時，已指出言的詮理作用：

> 理得於心，非言不暢。④

歐陽建雖主"言盡意"論，但撇開能否盡意的爭辯，則其論言以暢理，卻是實在的功能。文字於此，便爲自我詮理之方便門：

> 理本無言，假言而言，謂之方便。⑤

此方便有二義，其一義是外教，即"言迹"之意：

> 言迹外順，從迹必昧旨，昧旨則難解。⑥

言迹出自《莊子》觀念，《天運篇》云：

---

① 《高僧傳》卷7，頁256。
② 《高僧傳》卷7，頁256。
③ 支謙譯《大明度經》卷1，《大正新修大藏經》第8冊，頁478下。
④ 歐陽建《言盡意論》，《全上古三代秦漢三國六朝文》，全晉文卷109，頁2084。
⑤ 《法華經疏》卷1，《卍新纂續藏經》第27冊，頁5中。
⑥ 《法華經疏》卷1，《卍新纂續藏經》第27冊，頁4上。

　　　　夫《六經》，先王之陳迹也，豈其所以迹哉？今子之所言，
　　猶迹也。夫迹，履之所出，而迹豈履哉？①

《莊子》以經爲言迹，道生借以明言語的詮理作用，並非純粹的移用。《六經》之爲言迹，乃屬外教，作用在以文弘道；而道生的理一觀念，則爲以文詮理的作用，建立了内化的機制。蓋其理觀重視自覺開悟而多於外教，故理亦以心生爲真一，則爲詮理之文，亦當同樣自心而生，方屬於主體之開發，與主體的精神生命建立聯繫。理的生發與文的制作，唯皆緣心發動，理與文方從屬於主體，而立文方能表達心生之理，體道入聖。故知立文體道不同於敷贊聖旨，以詮釋一聖一經之旨爲目的，則理終未是心生。劉勰稱經爲"不刊之鴻教"，正揭示經之基本作用，是爲外在言教，要於其基礎上建立自心生理之文，則當效法孔子，雖刊述《五經》，卻是借刊述而成其體會道心之文章，故能依傍先世典謨而成聖。惟文與理俱内化於主體會道之心，使文由聖教轉向自發的制作，則以立文來圓滿慧境，方有成全體道理念之作用。

　　由竺道生提挈的以文詮理觀念，在唐代釋慧净解釋《心經》中得到延續：

　　　　若無文字，衆生依何悟解？要假言詮，方能覺照。是故文
　　字釋般若，要因覺照。②

慧净之意，是衆生利用言語文字，以詮釋所聞所悟，由此顯豁所悟之理，入覺照之境。故是自身利用文字釋般若，其義較諸外在言教之文字般若，又往修行自覺的理路更進一層。此見自釋道安以來佛家對文的弘法作用，從外化轉向爲内在可開發的條件，與理之明

---

① 《定本莊子故》卷4，頁106。
② 釋慧净《般若波羅蜜多心經疏》，載方廣錩編纂《般若心經譯注集成》（上海：上海古籍出版社，1994），頁151。

確爲内在體極的徵向,建立起聯繫。慧净的以文釋般若觀念,是在立文釋般若的同時,並入般若聖境,對於立文具有幫助主體體悟般若智慧的觀點,大抵承自竺道生以言詮理的論點而發展;但文從外教發展爲與主體自性共同俱進,在此理論建構過程中,《文心雕龍》是在此間明確將文納入於修行體極的系統,在顯豁立文以體道爲内需動機的基礎上,嘗試使之發展爲實現主體成聖的條件。立文至此方超越主體表達情志與喜惡的功能,而復有使主體精神生命上達的作用,成爲修行之重要法門。

劉勰將立文體道觀念銜接於中國立文思想傳統之中,將修行觀念引入文學,以文立德,使立文修行的意義普及,目的乃爲向衆生打開超凡入聖的門路,借文而重建中國的體道精神。因而由文即理雖未爲至極聖境,但在中土,卻有孔子立文成聖的典範,顯示其於中土具有尤爲可行之優勢。在抱持以文傳續聖業的願念下,立文以其作爲開悟德性智慧的自修工具,而具有載理明道的功能。制立涵蘊一己德性智慧之文,顯示出有別於純粹的翻譯,以及緊扣經典義理的弘道方式,而是強調主體悟道思想經驗的傳遞。

四、文與理的上達義爲立文體道理念的基礎

文所具有的幫助體道成聖的作用,本受理所帶動。惟其所具備之載理功能,是自佛風東扇以後,理成爲至道宗極之徵向後方才帶動的變化。究文在中國先秦的原生時期,只作爲表象,其載理功能,是由於經歷了意義内化的過程。此一意義的轉變,實有交代的需要,以明劉勰立文體道的理念,乃是在理與文轉化爲作者内在上達條件後,方可能出現。由此而闡明《文心雕龍》中的文與理,乃是建構體道立文理論的核心概念。

理作爲至道宗極的徵向,其所使所向,既緣自本體,亦以本體爲極,故爲本然存在的大法;天下化生,曲成萬物,無不循理而動,

是循此本然大法,自然渾成種種符合本體的變化。自然萬物,其爲可見可感者,乃屬物色之範圍。色的概念,近似於《原道》"道之文",是宇宙順成的外在顯現,如郗超在《奉法要》中對色所作之定義:

> 凡一切外物有形可見者爲色。①

此知天地間一切物,皆在色之範圍内,而"有形可見"的概念,自可披及於劉勰所舉的玄黄之色、方圓之體的"道之文"界域當中。天地間一切有形可見之呈現,既是文,亦是色。自然之文,故無異乎物色。劉勰於《物色》謂使作者受"物色之動,心亦搖焉"之自然風物,即道之文,正是六朝時文的主流素材與對象;是以劉勰所言道之文,實可以物色概括。萬物順理而成,物色與文爲其表,莫非理植於中,由理徵陶鈞而成。

劉勰將自然物色納入文的概念,透露了其立文的本旨,以及文應順的發展方向,必然取法於含藏至理的天地之文。自然物色之所以含理,是因順理而成,透露出文自理成、理由文現的相互關係。是以由《原道》對文的定義詮釋,可探究劉勰循理立文的構想。文一旦具備了詮理作用,兩者便爲圓融一體之表現,不可分割。這種密切的關係,乃援引自傳統文獻中屢見之文與理的互見關係而發展開來。

1. 表象世界之文與理:平面分殊義

在劉勰以前更早的文獻中,便有文理互見的表述情況。文、理互見的表述,早期可見於《繫辭》:

> 仰以觀於天文,俯以察於地理。②

---

① 《弘明集》卷13,頁88上。
② 孔穎達《周易正義‧繫辭上》卷7,頁312。

第五章 窮理與立言：以理和文建立的體道理論

是處文與理同秉一義，皆是有形可見之外在表象。後人對其中之文義與理義，大多以形而下的物質觀念釋之，如《漢書·郊祀志》云：

> 三光，天文也。山川，地理也。①

三光指日、月、五星，與山川同爲自然形器。謝靈運《會吟行》亦云：

> 列宿炳天文，負海橫地理。②

在天文地理的並見語境中，理的義涵受文支配。此文爲物之表象，相當於韓非子列舉的物之理，由大小、方圓、堅脆、輕重、黑白等物貌顯現，類同於西方哲學中所謂物之形式相狀（Form）或理型（Idea）。③ 韓非的理觀依止於物，因而對理的詮釋，亦視爲文之範屬，《解老》云：

> 理者，成物之文也。④

韓非的理觀是"萬物各異理"，理的存在意義是由物所賦予，其功能在於成物，所謂成物，便是使萬物循各自的理而呈現不同的文色。物的文色緣理決定，已透露出理的徵向作用，以及順理成章的觀念因子。但韓非的表述，顯然仍處於視理爲文之種屬的層次，是與文同樣作爲外在物色。

理因其依文之意思立義，故文自外而見，理亦同樣在外，由觀察而知，《中庸》云：

> 文理密察，足以有別也。⑤

---

① 《漢書》(北京：中華書局,1975),卷25,頁1266。
② 《先秦漢魏晉南北朝詩》,宋詩卷2,1151。
③ 參見唐君毅《中國哲學原論·導論篇》,頁7。
④ 王先慎《韓非子集解》卷6,頁146。
⑤ 《禮記正義》卷53,頁1704。

《禮記·祭義》又云：

> 理發乎外，而衆莫不承順。①

這種外在的文理，是社會建立秩序的文明外觀，因順禮俗而有不同的呈現樣式，同樣透過觀察來理解。劉師培先生據"察"之意，結合《孟子·萬章》"始條理者，智之事也"②句，認爲：

> 條理、文理，屬於外物者也，窮究事物之理，屬於吾心者也。③

理與文由察而知，故視爲外物，外物則不屬於主體，故事理之窮究，必然依賴於外在觀察；縱然心有窮理之自覺，亦須往外於文於理中尋求。這種依托外物呈現的差異而顯示的理觀，唐君毅先生認爲是靜的、橫的、平列的理，重視從靜的分位上顯現差異，以發現萬物之間的分別。④ 其依托於物象，故不同的物有不同的文，便有不同的理。天文與地理中的文與理，爲萬物之所指，便是靜的、橫的、平列的理觀的典型。以上文與理並見的關係，只作爲靜態的呈現，而未指向與精神生命共同發展的層次。然而，《繫辭》以爲透過仰觀天文、俯察地理，可以辨識"幽明之故"，⑤則文與理雖同屬水平表面義，實已隱藏了聖人憑之以體道的作用。此天文地理在《文心雕龍》中，皆歸入於"文"的領域，反映出劉勰理解的理，蓋是有別於文的另一層義涵。將理與文區分意義，目的爲將兩概念分置於體道修行理論中的不同層次，發揮不同的功能，文既作爲體道的媒介，則理必然有別於與文並列的義涵。《文心雕龍》此一不同於水平並

---

① 《禮記正義》卷48，頁1554。
② 孫奭《孟子注疏》（北京：北京大學出版社，2000），卷10，頁316—317。
③ 劉琅主編《精讀劉師培》（廈門：鷺江出版社，2007），《理學字義通釋》，頁127。
④ 《中國哲學原論·導論篇》，頁13。
⑤ 孔穎達《周易正義》卷7,312。

第五章　窮理與立言：以理和文建立的體道理論

列的理義，主要由另一理源開發。

2. 通貫精神發展之文與理：歸向至道的總持義

與靜的、橫的、平列的理相對的，是動的、縱的、有次序、有歷程的理。唐先生指出：

> 在靜的分位的分別中，可只見分而不見合，則理之一名可只有分別義，而無總持義。①

總持之意，是在完整歷程中顯現分別，這些分別並非散殊之個體，而是以次序條貫共同構成一整體，因此實際上又是發展歷程的其中一階段，大者如宇宙天地的育成，小者如人的生命與精神發展。是故，唐先生認為此種通貫式的理觀，是"自人之內心思想態度行為活動之歷程之次序條貫上講理"，"是先秦經籍中之'理'之原始義所在"。② 這種與內心思想態度行為活動有關的理，其與文並見的例子，較明顯表現在禮文觀念之中。

來源自禮文傳統中的理，主要是指禮文之理，在《禮》學文獻中，用於表述禮文觀念，如《禮記·禮器》：

> 義理，禮之文也。③

理雖只從屬於義理之意，未獨立運用，然而卻因義理的道德性質內容，令文因此與內心思想建立關聯。《荀子》亦嘗並舉文與理，其中便有鮮明的《禮》學色彩：

> 禮義以為文，倫類以為理。④

此文與理用於解說禮義、倫類，是指有倫有序，取其條理、序次之

---

① 《中國哲學原論·導論篇》，頁13。
② 《中國哲學原論·導論篇》，頁13。
③ 《禮記正義》卷23，頁836。
④ 《荀子集解》卷9，頁256。

意。條理與序次,雖是外在的呈現,然而禮的道德思想卻透過此禮文之理表達。換言之,此處文與理已不單純爲客觀現象的分殊義,而是透過文色的分別,使人明禮之分。於是,理與文便由與主體不相涉之形器,轉向爲思想上之理,爲精神主體内在發展所需。此一轉向進一步經由《莊子》的理觀而得到躍進,《繕性》云:

　　　　道,理也。
　　　　道無不理,義也。①

《秋水》又云:

　　　　知道者,必達於理。②

言道而並見理,故其理義實相近乎道。《莊子》運用理的主要涵義,在其言天理或天地萬物之理。如《養生主》"依乎天理"、《刻意》"循天之理"、《天運》"順之以天理"、《盜跖》"從天之理"、《秋水》"未明天地之理"、"論萬物之理"、《知北遊》"聖人者,原天地之美,而達萬物之理",諸如此類,意思皆無異於道,唐先生據此認爲:

　　　　由莊子之言理,恒與天地萬物相連,故知其所謂大理,實
　　　　即天地萬物之理,亦即無大異其所謂道。③

理與道相容通接,理便開拓出更明確的形而上的思想内容。

《文子》在此意義上觀理與文,便據道而立義,《文子·上德》云:

　　　　天道爲文,地道爲理。④

依道而立義的文與理,已超越物之形相範圍,與宇宙韻律、生命存

---

① 《定本莊子故》卷4,頁109。
② 《定本莊子故》卷4,頁115。
③ 《中國哲學原論·導論篇》,頁11。
④ 《文子疏義》卷6,頁294。

有等形而上觀念銜接,非憑觀察、感覺來認識把握,其存在可超越物質形相本身,顯示出永恆的法則。其所以存在,端賴對永恆本體存在的信念,此本體相近於魏晉時人相信宇宙具有的擺脫物質而存在的玄遠世界。故此顯現天道地道的文與理,其作用亦超越物表差異的分殊義,而爲顯示永恆至道的垂範,甚至用以建立永恆的文明秩序,是以至《新語・道基》乃云:

> 於是先聖乃仰觀天文,俯察地理,圖畫乾坤,以定人道,民始開悟,知有父子之親,君臣之義,夫婦之別,長幼之序。於是百官立,王道乃生。①

陸賈化用《繫辭》,其文與理雖仍在主體之外,卻比《繫辭》進一步表達出文與理承載天道地道,而爲人間建立人道王道。此四道雖各有份位和分別,卻組成爲永恆至道的整體,先有天地之道,復有人道,再有王道,顯現出有序次、有條理的動態發展歷程,而最終使天地人間達到圓滿合道的境界,此理此文,依道立義,正是沿《莊子》開拓的理觀發展,最終敷演出動的、縱的、有次序的、有歷程的理觀。

理唯其有此與道相契的觀念基模,方得以爲後來佛家開發出"理歸一極"的本體論題。惟陸賈的道、理與文皆不屬於主體,王道與聖人,皆只屬於中國傳統式的遙遠期盼。體道、學聖一類佛學要求主體自證觀念的成熟,尚須將道、理與文融攝於主體精神生命與體道意志當中,將道的企盼內化爲主體所需,方能爲《文心雕龍》立文體道的修行理念設立前提。此一內化的思想轉變,便由竺道生提攝心的主導作用而開發。

五、《文心雕龍》原心循理以體道的思想

理依道立義,爲晉來玄佛用以開發體道的形上思辨提供了

---

① 王利器《新語校注》(北京:中華書局,1996),頁9。

基礎。尤其佛家理歸道極的觀念，導引出以心窮理的體道成聖原理，使理的質性超越了原本在先秦時期建立的與文從屬或互見的關係，這對於孕生《原道》"道之文"此一概念，是極爲關鍵的步驟。

1. 順理成章：化成天下之文的原理

就體道立文論題而言，理作爲體道徵向的重要意義，在於將原來與文義涵相近的理，區分出獨有的代表道本成化的作用；重新置列在文的呈現或生成階段，由理到文，文是理的表彰，理是成文的法軌，合成爲將至道呈現的過程。從聖人的體道過程看，其成聖正緣於已達"非聖不理，非理不聖"的境界，也即與理成就了相即的關係，既與體道徵向合一，自然依止於道。

聖人循理而體道，是順乎自然的大法，劉勰理解道之文的成化，認爲亦是依順相同的法則。《原道》將天地萬物納入文的範圍，顯示出立文的根本要求，乃是以天地自然之文爲軌法；天地成文之大法，便是順理成章。《情采》論立文之道的原理，指出：

> 故立文之道，其理有三：一曰形文，五色是也；二曰聲文，五音是也；三曰情文，五性是也。五色雜而成黼黻，五音比而成《韶》、《夏》，五性發而爲辭章，神理之數也。[①]

劉勰提出的立文之道，以自然元素爲要則。不論形文、聲文還是情文，皆由五種子元素構成，"五"在劉勰認爲，是神理之數，正以爲文必須合於神理，方成合道之文。其中所指的形文，即《原道》的天地日月山川一類道之文，之所以認爲是由五色組成，乃根據《爾雅》之說法，《釋鳥》云：

[①] 按：王利器《文心雕龍校證》本"五性發而爲辭章"中"五性"作"五情"，馮舒、何焯、黃叔琳皆疑"情"作"性"，又據上文"三曰情文，五性是也"，故以"五性"爲是。

第五章　窮理與立言：以理和文建立的體道理論

　　　　伊洛而南,素質,五采皆備成章曰翬。江淮而南,青質,五采皆備成章曰鷂。①

結采成章的觀念來自彩鳥的羽毛色澤,翬與鷂,其本皆爲雉,雉的羽毛只有一采。伊洛之雉其采素,江淮之雉其采青;五采俱備者,方得爲翬或鷂。

　　五采之羽稱爲章,章乃指黼黻文章。五采亦即五色,《釋名》稱翬"五色皆備成章",②知色與采同義,是故五采成章,便可轉化爲《情采》"五色雜而成黼黻"句,引申出天地文章由五色交結而成的意思。章因其合乎神理之數而成,故自然之色必須合神理之數,方得以成章;而書辭亦唯合神理之數,方可稱之爲文章。立文的原則要求合乎神理,則又包蓋義理與辭采兩方面。以詮表應理經驗爲目的,自然屬於循理而動;而文采之表達,亦須符合自然造物之原則,五色雖雜,尚要求朱紫有次,無相奪倫:

　　　　　　正采耀乎朱藍,間色屏於紅紫,乃可謂雕琢其章,彬彬君子矣。

五采依理爲衡度,有序綴合,是爲彰顯君子之文德,則義采皆配神理,方能成道藝相配的"文章"。事實上,《情采》開筆已爲"文章"規範定義:

　　　　　　聖賢書辭,總稱文章,非采而何。

聖賢與文家的分別,是從體道之德性上顯示出高度。既有文,必有采,而以聖賢書辭之采所以特立爲"文章",是因聖賢之文,在情志與綴采兩方面,皆注意到循理而動的表達法則。

　　考察《文心雕龍》所用"文章"之概念,在前二十五篇中,只出現

---

① 《爾雅注疏》卷 10,頁 354。
② 王先謙《釋名疏證補》(北京:中華書局,2008),卷 5,頁 168。

於《原道》、《徵聖》、《宗經》、《正緯》四篇，①實際上是集中於樞紐篇之中，此見劉勰對"文章"一辭，貫徹依止於道而賦予極高的精神涵義。《原道》、《徵聖》、《宗經》三篇之"文章"義，明確用以言聖人書辭，是由於經典蘊藏著聖人發現的神理。推而論之，合乎神理的文學，皆可謂文章。《正緯》稱緯書"事豐奇偉，辭富膏腴，無益經典而有助文章"，不但反映讖緯在聖人之學中的運用旁落以後，其文辭奇偉的特色，轉而滲透於文學之流，爲《搜神記》、《世說新語》一類尚奇文學所接受，成爲後來尚奇文風的滋養元素；同時更爲好尚新奇之體的文學，提供了順循神理的方向與軌範，使之同樣成爲"文章"。蓋神理不只藏於經典，真正的緯書，所序徵驗雖或神奇奧妙，卻沒有覆蓋和歪曲天道聖意之傳達。緯書的奇事偉辭雖未適用於典雅之體，然而事與辭背後卻隱含天授之神理，緯書的真正作用，更爲傳達幽微神理，實際上沒有背逆文的體道正式。若奇事繁辭背後不藏神理，則是劉勰所篩除的假緯，也即世俗在權謀詭詐中所作的符讖。以此觀之，緯書對時文創作的啓發，乃是面向新奇繁縟之體而提供一種合乎天道的辭章表達方法，如此循理以煥采，也可成就文章。

此見文章之義，既是指先聖之文，同時亦是徵聖立言的方向。下篇有關創作論的篇章，"文章"一詞之常見，正反映劉勰所欲啓示文家所立之文，乃是義采俱合神理之文章。

於此可見，神理作爲至道本體的徵向，順乎神理之數以成化和制作，自然不違至道。合神理之色者成文章，是天地順循至道本體成化的本然法則，將此順理觀念輻射於立文之中，辭章苟能秉此順合神理之大法，便合於至道，則立文之主體，自亦可見於聖門。《情

---

① 《章表》亦見"文章"一詞，惟只是引荀卿"觀人美辭，麗於黼黻文章"，以喻華實相勝的章表，不在論列。

采》的立文之道,顯示出從自然物色中領會的循理而動法則,並以掌握宗極至理爲圓滿合道之呈現。如此,將"順理成章"的理念移植於體道立文的觀念,至此可從理上實現。《體性》申明"理發而文見",《論説》亦云"理形於言",正表明文章本來爲理之呈現,辭章之制立,亦應當以理之發現爲前提。

2. 爲文之用心:以心爲聖覺與智慧的啓動機制

強調文之制作因理而發,又指明先聖制作之含神理,反映出主體的循理體道自覺爲立文之要義。在立文中特重理的先決位置,緣於在體道立文的實踐理論中,一切的證驗皆反求於内,而理與文正是主體用以上達自證永恒本體的内在條件。因此理對於心識的提升,有重要作用。梁代開善寺僧藏云:

心源本無二,學理共歸真。①

正指出理之所歸,唯有至道宗極,故心循順所生之理,其反本之源,亦必然合極無二。前文指出,理之成爲内藴於主體的體道徵向,已由竺道生"悟發信謝"的論述確立。道生認爲只有從心上自覺開悟的理,方是真理,換言之,只有從心上開出的理,方能對主體精神産生作用和意義。這一觀念説明了理是決定立文朝往體道方向的關鍵,同時顯豁出本心自覺的先決意義。

心是意義的來源,天地之有文,緣於用心去觀識。無心觀識,則天地物色終無意義,亦於主體無有感應。研察物色之理與文皆要求主體之心開立,文章之理與文字亦如是,"心生而言立,言立而文明",發端於心,方得以體道立文。心若未覺悟理的成佛意義,則縱然藴理之文無所不在,亦無由鑒照心源。一旦覺識理之體道意義,則天地萬物,無一不爲觸理之介體,處處皆可修行,人人皆可入

---

① 《梁開善寺藏法師奉和梁武帝三教詩》,《廣弘明集》卷30,頁372上。

聖。是故要發現天地萬物存在着順理而動的成化大則,需端賴心識之出現。錢穆先生謂竺道生之理,乃自心上開見,便是此意。①換言之,心是使天地萬有循理而動的規律得以具現,乃至具有意義的前提。晉世以來禪門強調感理的修行法,正是以發心爲尋理的基礎。佛陀跋陀羅所譯《華嚴經》謂"初發心時,便成正覺",②隋代慧遠《維摩義記》則謂期求正真正道,名爲發心。③ 此心雖專指發菩提心,所求之道爲菩提道,卻彰顯出心爲自性之開發,實現體道正覺的內在本源。僧叡自謂得《毗摩羅詰提經》初啓佛慧,云"予始發心,啓蒙於此,諷詠研求,以爲喉襟",④説明發心乃開悟佛性的首要階段。釋慧觀謂"發心希聖,而神儀曜靈",⑤則據即像觀想的念佛觀原理,表明發心要當意念精誠,則可與靈應,此見其盼求遇聖之願力,乃以心爲發動原。

而在兩晉六朝佛典中,更屢見發道心的觀念,在西晉竺法護譯《文殊師利佛土嚴净經》和《賢劫經》、姚秦竺佛念譯《菩薩瓔珞經》中尤多發現,不勝枚舉。在梁代釋寶誌會集諸法師合撰的《慈悲道場懺法》中,亦有"令諸衆生皆得道心,不向二乘"⑥的文字,其意是祈求衆生皆發菩提心,入大乘之門,得圓滿正覺。此道心義實際上也是從屬於主體,由主體生發,可知道心之謂,是指主體發動的體道意志,而特配以"道"一詞明確體道之意願。發心是求道之始,前文引介慧遠吸取《心論》觀念而建立的禪觀,尤重心所在觀想佛身前發動精誠的佛相想念,正是發心的行爲。而所緣之佛相又講求與心所應合,方可謂靈應,如此重視主體之心識,正突顯出兩晉六

---

① 錢穆《中國思想史》,頁114。
② 佛陀跋陀羅譯《大方廣佛華嚴經》卷8,《大正新修大藏經》第9册,頁449下。
③ 釋慧遠《維摩義記》卷1,《大正新修大藏經》第38册,頁434下。
④ 《毗摩羅詰提經義疏序》,《出三藏記集》卷8,頁311。
⑤ 《勝鬘經序》,《出三藏記集》卷9,頁348。
⑥ 釋寶誌等法師集撰《慈悲道場懺法》卷2,《大正新修大藏經》第45册,頁931中。

第五章 窮理與立言:以理和文建立的體道理論

朝的體道修行,不單是以心來開發主體超凡入聖意志之自覺,更是以心來建立一切義理。

以此審視《文心雕龍》的觀念世界,心乃是覺理立文之根本。劉勰認爲天地因爲有心,方能順理成化萬物,並且令天地之文能承載道心。天地之文這種順理成章的本然演示,爲體道的方向提供啓迪。天地之心借文而將神理呈現,故心生而有理,理發而文現,此一關係鏈條由禪修理論建立,復爲劉勰移用於發明"文心"的觀念。人能知天地神理,緣於人爲有心之器。故人法天地,則可自覺以心生理,循理而動,借文將心上的理開發,順理成章,藉由立文使心與至道契合。劉勰以"文果載心,余心有寄"結筆,實是原心立文、循理體道理想的自白。成聖的立文進路,便由心之自覺生理而即近至道宗極。《序志》點出"心"於文的重要意義,以爲"心哉美矣",立文須講究"爲文之用心",此用心便是主體對立文之超越意義的覺識。

以"爲文之用心"爲要軸,突出主體意志,所言之心乃由立文主體自覺發動,不假外得。換言之,一切與體道成聖有關的需求,當反求諸己,蓋如孟子所言"萬物皆備於我,反身而誠",[①]理與文同樣盡備於己,惟求自心蘊發。是以將立文視爲體道的修行法,文用作於主體會理體道之上,則此文亦當由主體之心所生發與支配,外在一切文,在主體尋理求道的歷程中,亦未爲真正的體道之文,而只是聖教。成佛智慧的開發,仍需端賴意志發動神思,將所應之理透過文字組織表達。唯以自心通理,自覺立文,方能真正使一己的精神生命上達。

心是意義的根源,天地萬物一切於人有意義,皆是心識之作用。是故以心爲前提,感理與立文,便能結合而成體道活動。立文

---

① 《孟子注疏》卷13,頁414。

以助開發心上之理,理使立文主體得入宗極聖門;以心實現上達之目的,順理成章乃可內化爲提升精神生命的活動。主體可用心啓動感應,與一切神理物色產生意義的聯繫,如此,則理與文,便不復爲平面的、外在的,而是與主體密切相關的,並可共同發展者。

　　劉勰的立文觀刻意表明發心之作用,除卻受竺道生重視以心生理的成佛觀影響外,亦與當時心識重新受到重視有關。蓋心作爲佛學修行之主體,當爲修行理論所特重,然晉來佛徒卻屢言中土對心的未察與輕視。如宗炳《明佛論》云:

　　　　中國君子明於禮義,而闇於知人之心,寧知佛之心乎。①

心是將感應轉化爲理的本原機制,一切萬物皆有感應,而唯人能入聖,正緣心之所在。但心識尚須明確,方能運作切理厭心的轉化過程。及後僧祐於《弘明集》末序中,亦直指中土有昧於"心",乃超凡入聖之一大障礙,謂:

　　　　詳檢俗教,並憲章《五經》,所尊唯天,所法唯聖,然莫測天形,莫窺聖心。雖敬而信之,猶矇矇弗了。②

意謂中土士人但知法天法聖,而莫知其中有心存焉,則終歸不知所法之究竟,思路與宗炳的見解一脈相通。嚴可均雖認爲"僧祐諸記序,或雜有勰作,無從分別",③縱使不能確定上段《弘明集》後序是否真屬僧祐之作,亦同樣能反映劉勰省知"心"之覺察的重要性。

　　劉勰強調人爲"有心之器",認爲自伏羲到孔子,無論玄聖素王,"莫不原道心以敷章",顯示中國對心的窺察與運用,早已根葉盤桓。故知其提挈"文心"之義,正爲使徵聖立言的思想能從心原上開發。王元化先生認爲《徵聖》全文主旨"即在闡明聖人之心合

---

① 《弘明集》卷2,頁10上。
② 《弘明集》卷14,後序,頁96中。
③ 《全上古三代秦漢三國六朝文》釋僧祐小傳,全梁文卷71,頁3373。

第五章 窮理與立言：以理和文建立的體道理論

於天地之心",劉勰將聖心視作"道心的具現",又將經文視作"道文的具現",乃為闡明不易捉摸的道心。① 聖心之提挈,正透露了《文心雕龍》對《弘明集》"莫窺聖心"看法的回應。聖人發心體道,則所會見之道心,實際上是由自心所生,故此心便與道合一,"原道心以敷章",實際上也即秉其自身所發體道之心以成文,是聖人制作體道之文的原理。《徵聖》指示學聖立文的方向,比學習聖人文術更為先要的,便是修繕性情,學效聖人陶養出體道的心。

如前所述,劉勰的立文觀念以原心顯理為目的,雖同樣以文為弘法策略,卻有別於以往的弘法方式。將文視為呈現至道的工具,透過立文彰顯佛理之存在,是晉來佛學東傳後一直堅持的理念,僧侶因此屢舉文以明道的責任。然而在弘揚佛法的理念中,文僅代表佛的言教,則此文及其中的理,對受眾而言只屬外教。而劉勰從心上開展立文的意義,使文與理成為參與建構體道歷程的部分,與立文修行者的精神生命緊扣,成為其上達成聖的其中一進程。這轉變反映出成聖信念端賴於理的歸極討論,得以重建並臻成熟。

從文、理互見的文獻考索理觀念的發展歷程,理在先秦與文互見的語境中,受文的外在物質性質主導,呈現形而下的一面。然而,隨着理經由魏晉六朝佛學在形而上層次的重視和詮釋,成為主體成聖的重要內容,文則受此形而上之理牽引,成為從屬於主體的內在上達動力,雖仍是物質的、形器的,卻成為主體會理的工具。《文心雕龍》中的立文觀念,正是此變化之一證。文既為人皆秉具的詮理工具,亦為成聖之一徵驗,於是聖、文、理三者,乃可建立起相即互見的關係。

文既使作者依心載理而合道,同時又屬於聖人之制作,因此而具成德的神聖意義。是故無論是沿天地而生,還是由人制作,從體

---

① 王元化《讀文心雕龍》,《劉勰的文學起源論與文學創作論》,頁59。

道學聖的場域而言,皆是彰顯理之利器。文字語言在外作爲聖教,在内作爲使精神上達的力量;既與天地並生,亦爲先聖創立教化生民之功用,其成德之力廣披内外,故其德也大。而體道立文的理念,更着重自立立人的導向,立文之德是由主體理徵之自覺運發而成,是以《文心雕龍》的弘道觀念,以及立文成德之理念,皆强調主體的自覺,由是標榜心爲一切成聖弘道法式的前提。《情采》謂:

> 言以文遠,誠哉斯驗。心術既形,英華乃贍。

文於此中,故有采之意。而其主旨,在突出文或采的發揮,皆依附於本心之昭彰,文采方有其意義,甚至自然順隨本心之理而呈現。苟能達此和諧自然的文質關係,便入聖文之境界。《首楞嚴經後記》云:

> 辭旨如本,不加文飾,飾近俗,質近道,文質兼唯聖有之耳。①

原文之文質觀,本用於討論漢譯佛典之技巧,認爲聖人立文能文質兼善。聖人能調適文質,不使相奪,關鍵在於明白爲文之用心,是立文之首義。前文所論的"文章"觀,正是從發旨與文飾皆依止神理,以爲學聖立文的要求。

植根既深,枝葉自然繁茂;心生言立,言立文明,説明文緣心所生,心是根本,文爲枝葉,故心作爲立文之主,施展文采,順循神理,是萬物本然的法則。《神思》强調"言所不追,筆固知止",不因文而害本心之思慮,正是强調"心以理應"的立文原則。神思是劉勰所樹立的順理成章的體道立文法門,立文原理,是以心爲本,以理爲宗趣。文所誘發神思體道的作用,乃是沿理的歸極觀念而來。將神思視爲體道立文之修行法,其思想與晉來禪修重理與心,實同會一宗。

理在禪學中的重要意義,誘發劉勰的立文觀念同樣以理爲銓

---

① 《出三藏記集》卷7,頁271。

衡。這是禪學對理的重視而輻射於文學場域的反應，相對於《文心雕龍》，後來兩宋禪詩風行，禪理與文學的明顯互融，由此展開文域對理的討論，便已進入大放光明的時代。《滄浪詩話》提出詩以"不涉理路，不落言筌"爲上的觀點，①顯示文學理論中對理的關注，仍是重要論題，乃至爲風尚。其後清代吳喬就此而對説理詩掀起的討論，②亦可見對理的立文思考仍未止息。這些文與理的思辨，都反證了《文心雕龍》受時代重理思潮影響的可能。縱然觀點立場雖不同於《文心雕龍》，卻顯示出佛學帶動以文學場域對詮理的思考，乃自然而然的發展進程，而且藴涵强大的生命力，《滄浪詩話》對詩理的思考，便見證了歷數百年而未衰的延續發展力量。由這些後來受禪風影響而論理的文論觀點看，《文心雕龍》在禪門重理的時代思潮下，產生重理觀念，乃屬合理的可能。

第五節　本章小結

本章追溯理義由外到内的義涵轉變，説明晉來佛學成聖理論中對理的特重援引，尤其竺道生將理依止於心，使之成爲體道修行的内在潛能。竺道生認爲文字言語的功能，不單可以昭示宇宙至道和聖人之教，還可以表達凡夫所悟之理，雖未合"極"，卻能沿此逐漸遞達至理的成聖階段。

---

① 嚴羽《滄浪詩話·詩辨》云："夫詩有别材，非關書也；詩有别趣，非關理也。然非多讀書，多窮理，則不能極其至。所謂不涉理路，不落言筌者，上也。"（郭紹虞《滄浪詩話校釋》〔北京：人民文學出版社，1983〕，頁 26）

② 吳喬《圍爐詩話》卷 1 記曰："余友賀黄公曰：'嚴滄浪謂"詩有别趣，非關理也"，而理實未嘗礙詩之妙。如元次山《舂陵行》、孟東野《遊子吟》等，真是《六經》鼓吹，理豈可廢乎？其無理而妙者如"早知潮有信，嫁與弄潮兒"，但是于理多一曲折耳。'"（載郭紹虞編選《清詩話續編》〔上海：上海古籍出版社，1983〕，上册，頁 477—478）

成聖理想在兩晉六朝得到重新顯現,是以開展至道宗極的追求爲論述空間,而以理爲實現管道。劉勰將理視爲立文者自內而發的成聖力量,並以文爲實現工具,正是建基於注重由自心啓動成聖自覺與神理智慧的時代思想之上。將此理念銜接於文學領域,則文所表達己心之理的功能,正好與文學思想中一直強調的表情述志功能相吻合。"在心爲志,發言爲詩",便是言語表志的作用,在此基礎上要求修心合道,則可爲文章創作融入體道思想。

　　《原道》從本然成化的角度,爲文追源於道,建立起合乎至道的立文冀盼,聖之文便是劉勰認爲合於至道的立文典範。將理與心的概念補充於立文理論中,是從實踐角度考量。理是至道宗極的徵向,不知理則道終究可望而不可即,要使聖人能研察天地之文以體道,並實現聖人垂文以弘道,必須有徵向可循。蓋沿道垂文,是成聖之學,立文成聖,必待實踐而自證。是以《原道》言文與神理,復加言心,突出主體立文體道的實踐意志。而人亦因爲有心之器,故能自覺於天地萬物之間尋找見理之介物,並以立文將理與心同步開拓,共同提升精神生命。此尋理照心的理路,與兩晉開發的修行觀一脈相承,而復將本心本理寄託於文字當中。

　　劉勰的體道思想離不開時代思潮,於六朝儒、釋、道三家皆已發展成氣候的環境中,體道意識的萌芽,不論接受自任何一家,皆可順勢而成。鑒諸劉勰後來將《文心雕龍》苦心付呈沈約閱覽的行爲,復考慮沈約奉佛的思想背景,則《文心雕龍》的體道理念,自難與佛學無涉。借助佛理建立起的體道理念,器世界中種種物色、種種文明,皆可見道,海闊天空;弘法的工具與面向,也由此不守一方。積極的體道動力與中土成聖的理想一拍即合,劉勰最終在《文心雕龍》彰顯傳統文明中幽微蘊藉的體道衷願,適切文章理論的世界,開創出一套上體道心神理的文章正式。

第六章　徵聖體道精神下的"神理"與"理"義：由聖文展現的明理之術

　　經歷兩晉建立的聖人理想，體道觀念日益周密，朝向修行一路開展的思想架構，側重以心之悟"理"的理論建立體道實踐的基本原則。其中"理"所涵攝通往至道的體極義，自竺道生以來，一直未絶。劉勰處身此間學術生態之中，撰寫《文心雕龍》，涉及的體道入聖內容，亦因循這一理念而立論。本章分析《文心雕龍》的"理"及"神理"概念，顯示其置於體道意義的思想流程之中，説明劉勰對於以"理"體道觀念的轉化與提升，包括道之文、聖人之經，以及緯書中的理義等，顯示出一種非常積極的文理建構願力。

　　《文心雕龍》開顯立文爲體道的途徑，不同於直言教理的説教文字。劉勰面向文苑場域，在非常講究文采的時代，因順文化風氣，提出道與藝的結合，便是一種自覺的淑世實踐。《徵聖》取徵於周孔先聖，表明沿藝體道的文章制作自有聖文爲先範，徵聖立言之所徵者，正是聖人由文藝以體會道、體現道的爲文用心，建立千古文章之體道典範。故循"理"體道的立文途徑，必先考求聖文如何施展神理之用，從而了解聖文體道之理義，便是文家所能掌握的一套超凡入聖的途徑。

第一節 《文心雕龍》體道義涵與理想

一、關於《文心雕龍》體道理論的說明

本書之前的部分已經交代漢魏迄至劉勰時期的體道思想發展情況,旨在爲解讀《文心雕龍》中所具超越意義的立文觀,闡明其思想背景,指出劉勰已肯定了立文制作能使作者既得超脱亦能體道。劉勰在《序志》謂:

> 歲月飄忽,性靈不居;騰聲飛實,制作而已。

以文章制作保存精神智慧,沖破生理的形限,顯示出魏晉以來超越物質、寄心玄遠的理想追求。以才力智術而"騰聲飛實",是繼承魏晉時期玄學與文學追求獨性超脱的理念;同時又肯定"樹德建言",文章制作可使作者"名踰金石之堅",則體現出儒家與佛家從德性上追求超越與永恒的盼求。如此定位文章,在體道同時並没有放棄獨特性的文學表現。有關劉勰生平與理想追求的研究,學者早已指出其早年雖"依沙門僧祐",而未嘗放棄"樹德建言"之宏志。[1] 魏晉以來,政局動蕩,倫紀失序,無論士庶,皆亟盼尋得生命的安頓。劉勰從依寄沙門,到參與朝政,最後皈依,終其一生,皆在努力尋索安頓自己乃至群生的道路。在兒時垂夢攀摘彩雲,反映

---

[1] 吳林伯《〈文心雕龍〉字義疏證》(武昌:武漢大學出版社,1994)從南朝人君暴政所造成的動亂政局,推斷"劉勰所堅定的是'大濟蒼生'(東晉陶潛《感士不遇賦》)的意志"。(頁1)祖保泉《文心雕龍選析》(合肥:安徽教育出版社,1985)亦認爲劉勰依居僧祐,是"爲了能有條件從事著述","支配他行動的主導思想乃是'篤志好學',力求有'樹德建言'的機會。"(頁12—13)楊明照《增訂文心雕龍校注》(北京:中華書局,2000)亦以爲上定林寺對劉勰而言是"一個比家裏條件更好的學習環境","同時也是他希圖走入仕途的終南捷徑",以實現《程器》所謂"窮則獨善以垂文,達則奉時以聘績"之志向。(頁2)

第六章 徵聖體道精神下的"神理"與"理"義:由聖文展現的明理之術

出對美好的追求。及至而立之年又夢隨孔子南行,顯示了對於道的察識,明確道之所住,正爲生命安頓處。《文心雕龍》之作,是在上下求索生命安頓的過程中的嘗試,縮合道與藝的立文理念,開闢一條適合崇尚文學之流所能安頓與上達的道路。

制作《文心雕龍》所蘊涵的體道理念,由文學實現自性的表現、淑世的關懷,以至上達超越而獲得恒久安頓,這種複雜的精神追求,實融合了儒、玄、佛等多種漢魏以來流播的思想。劉勰浸潤於華夏初次隆盛佛教的時代,又經歷三教思想的合流與交鋒,對於道、聖等關乎體道的概念,不能無涉,亦必然有自我見地,而滲透於撰述之中。誠如邱世友先生強調:

> 劉勰在構建《文心雕龍》理論體系時,不能脱離儒道佛合一的歷史潮流,而對三家的運用和構建新理論體系又決定於其本人對三家的學術修養和整合的能力。①

在闡釋體道思想的發展過程中,士人僧侶發明思想内容的龐雜,這是當時新思想不斷產生使然;劉勰在此時代背景下建立《文心雕龍》的理論體系,自然一方面蘊含時代的學術思想,並在龐雜的觀念中採納衆説以爲所用。

分析《文心雕龍》由體道理念形成的思想内容,自不能完全擺脱劉勰的體道觀念。惟劉勰的生平思想本身存在不統一性,如王元化先生曾論證劉勰的思想發展過程存在前後期的轉變,後期所作護佛文章《滅惑論》,與前期思想有明顯差異。② 加上《文心雕龍》制作時間的不確定,都難以將劉勰的體道觀念論述,完全冒覆《文心雕龍》的解讀。在此情況下,本文因而只聚焦於原典解讀,以《文心雕龍》内容爲中心,分析當中的體道觀念與實踐理論,以明其

---

① 邱世友《文心雕龍探原》,《文學的般若絶境論》,頁41。
② 王元化《讀文心雕龍》,《〈滅惑論〉與劉勰的前後期思想變化》,頁27。

建構體道立文的思想體系。

　　就劉勰從事佛學活動爲主的生平記錄來看，《文心雕龍》吸取佛學觀念作爲其論述的養分，也屬合理做法，而且論家還主張劉勰將精深的般若思想入於文論。《文心雕龍》既紮根於傳統聖人與經典爲文章之宗範，又必然融會自身文化於傳統元素之中。關於此方面的討論，論家集中於劉勰描述"道"的内容。是以下文順循學術思路，先藉由釐清《文心雕龍》所言的道之本質，以申明其大體的思想傾向，繼而再分析《文心雕龍》通篇所蘊含的體道理念，此亦是下篇四章的探討要旨。

二、《文心雕龍》道之本質：依止於有名世間

　　"理"之爲道徵的作用，在佛論中既確立了體極意義，其爲修行成聖之學所吸納已毋庸置疑。惟在探析劉勰所建立的援理入"道"的立文系統前，尚須釐清關乎本體質性的重要問題：佛家所言之道，本歸於空寂。漢人最初資借其成佛觀念以發展出種種體道的方式，卻並没有全盤接受佛家的本體觀。"理"雖歸於道極，但未必廓然空寂。則劉勰理解天地與聖人所作之文，以及凡夫緣文所體之道，究屬何種意義與層次？這問題必須有明確的認識。此實關乎《文心雕龍》由文體道所達至的境界問題，由此引出有關《文心雕龍》"道"的義涵討論。關於後者的研究已積累甚豐，大體就《原道》的内容爲根據，以解釋劉勰表述之"道"所含儒、釋、道各家的成分，惟意見不盡一致。

　　對照儒、釋、道三家，對於道各有解讀，緣乎彼此本初觀照宇宙的通孔不一所致。儒家重視制作，傾向於道之成有一面解讀道性；道家專注於宇宙究極的起源，是以言本無。此蓋爲佛學未傳中土之前，本體論發展的基本定態。然而思想觀念在外來文明所刺激之時，難免吸取新思維以補充固有的想法。佛學傳入中土後與中

第六章 徵聖體道精神下的"神理"與"理"義:由聖文展現的明理之術

國思想的融通,乃至修行形式的中國化,皆反映出其時對待道與聖的形而上問題,並不一定截然三分,非此即彼。佛家從緣起性空以解釋萬法產生,與道家的本體觀有相似處,而般若學講求一即相邊、空不離色、色不異空的中觀思想,又爲道家的形上觀念推展出有無兼備的論述空間,同時圓融了傳統本體觀中以爲道性非有即無的認識思維。道性兼具有與無,方成爲圓滿之道。至此言道,已兼有無而論之。牟宗三先生即以《道德經》的文本解釋這種道的雙重性:

> 《道德經》通過無與有來了解道,這叫做道的雙重性(double character)。道隨時能無,隨時又有徵向性,這就是道性。①

無性寂然不動,是道體靜的一面;有性則主成化,是道體動的一面,換言之,靜爲道之無性,動爲道之有性。徵向的作用在於化物,是屬於有性一方,故牟先生論一切創造,皆自徵向開始,亦從有間上建立,徵向是一切有的端倪:

> 一露端倪有徵向性,就傾向於成有,to be a certain being 要成一個有。從這裏講,這徵向性之有帶有創造性。②

此有性是創造與制作,是從化物上顯現理的徵向作用。牟先生於道家經典中闡釋了有無兼攝的道,實爲道學經歷玄佛思想史後發展圓熟的觀念。佛家推助了儒道圓融本體的認識,本體道性包含有與無,在佛學中則相類地言空性(不實存在)與實性(如實存在);以之論絕對本體,論宇宙的起源,彼此固然有異,但言關懷成化,則可契合相通。劉勰對於本體的理解,在其有關佛論的撰作如《滅惑

---

① 《中國哲學十九講》,頁 77—78。
② 《中國哲學十九講》,頁 78。

論》之中,誠然傾向以佛理爲主,此蓋出於護持佛法的動機,故必須言至究極處。惟一篇有一篇之立旨,《滅惑論》的內容誠然有助於理解劉勰的學術修養乃至本體觀,但文旨的立場與主張,卻未必完全等同於《文心雕龍》,此方面論者已多明辨。① 《文心雕龍》論述文的世界,所述皆爲道之成化,以指示立文制作的原理與法則。如竺道生指出,言爲理筌,入理則言息,則以文實現體道之層次,亦不可能"動極神源"。劉勰於《夸飾》謂"神道難摹,精言不能追其極",指出群生運用言語工具,不論體會道還是體現道,皆無法通透無遺,這是言語的限制。因此《文心雕龍》提出"通圓"的立文境界,凡夫難至,此因才性智慧未盡通具之故。然而劉勰未嘗因此放棄言語文字,則本乎道之文,在有限的領域應用中,仍然具有體道的意義。由此言立文體道,劉勰沒有採取極嚴格的成聖標準,也沒有《滅惑論》中的判教意識。牟世金先生指出:

> 劉勰的徵聖宗經觀,不僅容得諸子百家,認爲諸子之作也是"入道見志之書"(《諸子》),"師心獨見"之玄論、"般若之絕境"的佛理(《論說》)等,都可予以肯定。②

表明劉勰採取包容的態度,旨在展示出生民較易實現的層次,此體道的境界,始終面向有情世間,而不在玄遠。

人與萬物處於有情世間,循着成有的層次言道,是出於對生命與文明發展的關懷,未必事事究極。即使登峰造極的境界,亦是縶根於人世間的性情陶煉,不必依仗空理。基此,縱使《文心雕龍》言及道與太極等涉及天地起源的概念,惟劉勰思考本體如何表現的問題,卻一定程度地表達了其本體觀的精神向度與生存

---

① 學者在論辯《文心雕龍》的哲學思想中尤多説明。例如邱世友便不主張把《原道》的"道"與"自然"概念"不加區別地與劉勰《滅惑論》所説的純佛家思想的道等同起來"。(《文心雕龍探原》,頁3)
② 牟世金《文心雕龍研究》,《"徵聖"、"宗經"思想》,頁181。

關懷。① 所以,《文心雕龍》之面向,非爲窮究宇宙緣起,而是實實在在注視人世的好歹。《原道》所及,無非道之創造,劉勰統稱爲"文",是以文爲通孔觀照道,以及道的種種體現。無論言文之起源,還是人文的應然發展,皆不離道。將天文、人文俱納入爲道之制作,即以道爲根源,由此發展出來之人文創造,依止於道爲必然之意義。劉勰顯豁文的世界,以展示至道之鴻德,更多是流露其對人文的關懷。據此審視《文心雕龍》所言的道,顯然傾向於既有之場。雖然以道爲文之起源,唯此起源義實指道性之創造,着眼於體道實踐,而未涉及鮮明的本體論思辨。《文心雕龍》以立文來實現成聖體道的理想,是取效道之成物爲經驗,其生既本乎道,其成化亦止乎道。從文的領域上體現道,無論天地之文還是聖人之文,皆表現道之化成,這與儒家建立文明、强調制作的理念無疑較爲貼近。儒家理解道體的成物之性,是從"談天"的《易傳》上開發,故《原道》言文之起源,乃至聖人之文教,皆引《易傳》以起論:

觀天文以極變,察人文以成化。

《易》曰:"鼓天下之動者存乎辭。"辭之所以能鼓天下者,迺道之文也。

從"成化"與"動"兩方面言文的作用,顯示出《文心雕龍》着重於道之有性,也即化物的功能。至此先明《文心雕龍》觀道的"折中"視角。

三、效法理徵成化建立的體道方式

至於體道理念,如前所論,傳統儒道思想發展至魏晉玄學,以聖人不可學不可至爲主流,則將至道成化天地的經驗移置於人身

---

① 對於《文心雕龍》的本體觀與文源論,學界着力頗多,相關研究除卻以"道"爲焦點外,也兼及對"太極"、"神理"、"道心"的義涵以及内在關係探析。

的理想，不無糅合成佛觀念。修行思想一方面借助佛學以甦生，同時並未離棄以成化天下爲超凡入聖的傳統願景。若注意到晉來三教處於相對融通與開放的氛圍之中，以及佛門借助儒道觀念以傳播成佛思想的策略，則可推想立根於中土的修佛者，其聖人觀亦不純粹肯定於無名世間的層次方爲聖。如宋人劉程之對於聖人的定義，便是同時兼處有名與無名二間：

> 夫聖心冥寂，理極同無。不疾而疾，不徐而徐。是以知不廢寂，寂不廢知。未始不寂，未始不知。故其運物成功，化世之道，雖處有名之中，而遠與無名同。①

佛學之追求反本，在於實踐解脫。莊老則以體無玄遠爲反本合道之證驗。儒家之明本，在於上法天道以秉德成化。各家對宇宙本源的認識，以及由此引申的修行追求，皆有不同的取向。然而這些矛盾處，在攝佛入儒的時代思潮之中，卻能糅合爲並兼一體的聖人理想內涵。劉程之以爲聖人體極，兼包有無二間，蓋聖人會理至極，則其心可即玄遠冥寂之道體。惟又身處有間，體道之功，不得不賴化世顯現。聖人將道體現於運物成化之中，是彰顯至道運用理徹成物之大德，此因其心會理至極之故。如此則聖人以一體兼攝有無，真俗俱應，不獨以冥寂爲所尚。

劉程之的想法，反映了身處俗世間的體道之方，便是順緣"理"而邁向道。"理"以其爲道體之徹，又因成化之功而蘊藉於世間，於萬有之中，尋求至理，沿理而見道，便同時認識"無"之爲"無"之理，是即有而入無的體道策略。這是佛理傳播成佛思想後，將中土聖人融入於成聖觀中的思想推衍。在僧肇的論述中，更以般若空觀來推演理之兼容性：

---

① 《劉君致書疊問》，《肇論集解令模鈔校釋》卷下，頁222。

第六章　徵聖體道精神下的"神理"與"理"義：由聖文展現的明理之術

然則有無之境，理無不統。①

般若思想主張真與假未嘗分離存在，真可於假中體現，假亦不能離真而自成爲假。推而論之，道亦不能分割出有與無兩面。"理"作爲道徵，徵是自行運轉的發動力量，雖然無形，卻是關鍵。緣理所接觸的道，順之體會，必然爲實在周圓的道，自不可能只是偏向有境一方之道。由假而明真，一旦會得至極之理，亦可知體會"無"的理境。如此由有名世間所體會的道，既消弭了與"無"對立的片面性，亦鼓勵了在人世間積極建立循理會道之途，以窮究理徵成有之總法，從德化上領悟至道。

此體道之方亦暗合中國德化淑世之理想，開展出在有名世間的成聖方向。是以《文心雕龍》論文之大德，乃從"與天地並生"之初上開說，無論如何，文爲道之有性，其始緣道所生。誠如湯用彤先生所言：

夫文者，言也；既實相絶言，則文可廢。然凡人既未能證體，自未能廢言。然則文之功用何在？而宇宙之本體爲一切事物之宗極，文自亦爲道之表現。②

此知文作爲本體之呈現，是人在有世間通接宗極的介體。這種設身處地的切實考慮，非執着於本體本質的文字論辯，而是以創設可實踐、可成經驗的修行法爲目的。故劉勰之體道觀非以體"無"爲宗旨，從其對於聖人成化天下的展望可知，對聖人的理想追求，端賴於繼承傳統淑世關懷的慧命而建立，是在有情世間中，以文之德化爲實現。《文心雕龍》的文既定位於有世間之中，則成聖自是從有中體現與證明，故《原道》亦以天文垂象、聖人立文作則，開示文

---

① 《九折十演》，《肇論集解令模鈔校釋》卷下，頁376。
② 《魏晉玄學與文學理論》，載《儒學・佛學・玄學》，頁282。

德之典範。對於體道的理,因而着重於創造作用的發揮,理徵便是道的創造力根源。牟先生謂縱向(vertical)的形態表示道的創造性,①説明精神生命的上達,其至極便是合於道。時至魏晉,這種體道觀或成聖觀依然是儒學的基調,是以生命的成德發展來呈現縱的態勢;此觀點與唐君毅先生認爲人之内心思想態度行爲活動具有歷程與次序,並由下至上直貫發展的想法一理相通;②就個體回歸道極的動態過程而言,兩者實際共同鋪展出本體化生(由上而下)與主體反本(自下往上)的直貫關係。

注重道的創造功能,是以成有的角度觀察道與聖的實現性,故儒門重視化成天下的創造活動,將"作"奉爲唯聖人能爲之事業;與強調實現性的儒門相對,主張"無爲"的老莊思想,體道觀一貫從認識的層面演繹超凡入聖的境界,屬於水平綫型的發展。③這種捨棄實現性的體道觀,其思想體現在否定道與聖的"作",是《莊子·知北遊》所謂:

聖人者,原天地之美,而達萬物之理。是故至人無爲,大聖不作,觀於天地之謂也。④

"爲"與"作"是指創造以及創造性的制作,屬於實現性的活動,莊子以天地所成,自然無爲,故體道之方,不爲不作,惟"觀"爲是。"觀"義出自《繫辭》"仰以觀於天文,俯以察於地理,是故知幽明之故"⑤之説,而捨先觀而後制作之義。魏晉玄學兼融儒道的體道觀,面對

---

① 牟宗三謂:"講道不可以知識論水平(horizontal)態度講,而是要把橫的態度豎起來,是從上往下直貫地講,這是縱的(vertical),縱的表示道之創造性。"(《中國哲學十九講》,頁82)此從上而下,言物沿道本開化,蓋因道的有性是散開式的。(見《中國哲學十九講》,頁80)
② 詳見《中國哲學原論·導論篇》,頁13。
③ 牟宗三《才性與玄理》(臺北:學生書局,1989),頁125。
④ 《定本莊子故》卷5,頁149。
⑤ 《周易正義》卷7,頁312。

第六章 徵聖體道精神下的"神理"與"理"義：由聖文展現的明理之術

因作稱聖與聖人不作兩大極端的立場，必須竭力突破由"作"套索的體道缺口。由此開拓出折衷制作與無爲的策略，便是選擇了"原天地之美"的方向，以文藝來描述和體現道。這種描述天地之美的方式，爲藝提供了"述"的意義，由述而體道，意味一切的文藝活動，皆可體道入聖。對待"述"義的轉變，是隨着言象乃至文藝越漸明確爲不同形制的權假，使實現成聖的意義，逐漸擺脫"作"的爭持，而轉向體道的自覺和精誠。在失落"作"的勇氣的時代，藉由展現道與聖的創造成果與用心，以達到個體德性的提升，是另一種形式的實現，成爲魏晉六朝藝術領域中重要的體道策略。

體道的理想之所以端賴創造這一徵向力來實現，蓋因創造便是道之成有，道順理徵之，創造一切物與一切文，包括五色、五音以及文字。修道者若存循理的自覺而制作，則自力無窮，其所作的一切文，皆可令自身的生命境界不斷向上，洞達明靈，貫徹天人。魏晉六朝的文藝創作，正是受到其時追求超世理想、追求精神上達的新型人生觀的影響，呈現出體道的追求，也即藉由文藝的表達，以循理會道，甚至體現道，如同自然物色作爲本體之表現一樣。誠如湯用彤先生的考察指出，文藝家立足於世間，追求永恆至道，其體道方式，便是將精神境界的追求，透過不同的藝術創作來實現：

> 玄學家追求超世之理想，而仍合現實的與理想的爲一。……如具此種心胸本領，即能發爲德行，發爲文章，樂成天籟，畫成神品。①

此即是由文以表現道，如同自然物色"山水以形媚道"般顯現宗極的形態。瓦格納先生考察魏晉名士的文藝活動，同樣指出士人除卻嘗試以清談的方法探求本體外，更延伸於廣泛的文藝活動中：

---

① 《魏晉玄學與文學理論》，載《儒學·佛學·玄學》，頁284。

有些人還運用玄言詩或風景詩、繪畫、書法、音樂或手工藝作爲哲學探索的方式。①

所謂哲學探索，便是追求玄遠本體的思想。能體現至道之文，自入神理之區奧，邁近於聖門。山水順神理而成章，自然體道；人文若要媚道，便當自反乎理，效法自然之成化方式。是以程石泉先生認爲神思之由想像開發的創造，當依止於理，便是將創造定性於精神生命發展之上。故從理的徵向作用上體道，是一種力的存在，顯示於有世間的種種物色，便成就不同類型的文。此力可藉由神思的運發，以立文來實現邁近至道的願景。換言之，理作爲成有的徵向，以之天地化生而至人文化成，皆是《文心雕龍》緣理體道所關懷的問題。

了解《文心雕龍》所言之道與成聖境界皆是立足於有世間上論述，對於考察其援理體道之方法，便可回歸於中國傳統的聖人立文制式之上，而不偏執於思想各家的本體系統。成聖從修行上實踐自證的理念，固然是借成佛觀念的引進而出現，惟觀念的消化與轉變，亦是文明交匯中往往出現的歷史情形。但觀念生發之際，各家對成聖思想的理解，必然不齊。如竺道生的得魚忘筌論，是以捨棄語言工具爲入聖之極至，而《文心雕龍》的徵聖立言，則是以中土聖人爲成聖形範，文字便是必然的詮理入極的工具，是取傳統爲中心的弘道策略，故《文心雕龍》消化言語的功能作用，更爲順切中土的傳統。是以回歸《文心雕龍》所論以理立文的向度，可發現劉勰將理之體道作用，重新置於有的場域中論述，而呈現出以華夏聖人立文傳統爲主的體道成聖觀。

---

① 瓦格納《王弼〈老子注〉研究》，第三編"語言哲學、本體論和哲學"，頁764。瓦格納的觀點主要取證自湯用彤《魏晉玄學和文學理論》一文，以及袁濟喜《六朝美學》和王葆玹《正始玄學》二書。

四、道心與神理的體道義涵

理在晉來成爲體道之徵向,劉勰《滅惑論》中亦透露出"至道宗極,理歸乎一"的思想,顯然對理的入聖作用不可能無識。然而,《文心雕龍》運用的理義,並不單純爲指歸宗極者,門脇廣文先生分析《文心雕龍》用理的情況,指出可分作十類之多,包括:

> (1)表示現象世界的本質,(2)表示事物本身的本質,(3)表示文章的論理性的側面,(4)表示文章的表現內容,(5)表示事物的名目側面的本質,(6)作爲"治理"含義的動詞使用,(7)表示"作爲道理"的意思,(8)作爲"心"的含義使用,(9)作爲"想像力"之意使用,(10)表示事物的原理。①

所舉凡十種理義,足以顯示理觀念爲構建《文心雕龍》的內容。惟只是表層的分類,未嚴格區分概念,當中不免有概念重疊之處。追溯先秦運用理的情況,則十類尚未足以概括《文心雕龍》用理的思想。然而此一較全面的"理"的查考與分類,正反映"理"的運用,在《文心雕龍》制作的時代,乃一普遍用以表達觀念的概念,而佛門對理的運用,只是其中之一。理義涵的發展極爲多面而複雜,因而不能簡單劃一地規範其所指與作用,由此說明要考析《文心雕龍》是否有標舉理爲體道立文的中心,並不可能將劉勰所有的理義一概而論,亦不能將《文心雕龍》中的理皆定性爲佛學思想之類屬。正視理義的多種應用情況,便當抽繹其中有體道思想意義者爲分析的對象,方符合學術復原工程之宗旨。而其中與體道思想最爲接近之理,固宜於聖文中鑽仰。

《徵聖》以周孔之文爲師法,亦謂聖人文章可見,說明立文入聖

---

① 門脇廣文《關於〈文心雕龍〉中的"理"》,《文心雕龍研究》(北京:北京大學出版社,1996),第二輯,頁69。

之學,是以聖文爲資取,亦據之制訂原理。立文成聖之理念,其成立的前提,是有通極之文而可徵。按照由理入極的成聖學理,聖人以立文來體道,亦當見此原理在其中。聖人性與天道,有契合天地之大德,亦有完備無偏之通才,故所立之文,乃能圓滿體現道之成化,亦能指示道的徵向。湯用彤先生根據王弼認爲聖人"中和備質"的觀點,①亦指出聖人此中正圓滿之性,是其文能呈現至道的原因:

  惟聖人中正和平,發爲文章可通天地之性,則盡善盡美也。……聖人中庸之極,無所不能;經亦平淡中正,無所不容。②

平淡中正並未偏執之體性,蓋其爲中和之極。至此狀態,則無所不能,無所不容,呈現出居中而又完備自足,有如徵向成物之至道,也即"神理"的極致。聖人以中和備質之性,化成文字,則其文自能體現"神理"。《文心雕龍》論聖文的顯極之功,亦是據聖人之理爲徵驗。聖人之文爲經,緯雖未是聖作,卻"事以瑞聖",使"聖人則之",是爲聖人而出之文。《文心雕龍》論此經緯二文,指出兩者皆蘊涵着相同的"神理"概念。檢示《文心雕龍》中運用"神理"一詞,可發現主要集中見於聖人立文的論述中,是故解讀聖人"神理"之義,將有助於剖析聖人藉由立文而體道合極的思想。

  "神理"一詞在《文心雕龍》較爲突出者,在其用於涉及緯書的論述。然而"神理"之用,尚見於《原道》、《情采》與《麗辭》,用於論析道與聖的垂文原理,可見"神理"的涵義,並不範限於緯書之中。正如前文指出,兩晉僧侶因道德高尚而被譽爲具備神理,以顯示得

---

 ① 王弼《論語釋疑·述而》云:"故五和之調,五味不形;大成之樂,五聲不分;中和備質,五材無也。"載《王弼集校釋》,頁625。"中和備質"是言人之至極圓融的質性,也即聖人所特備者。
 ② 《魏晉玄學與文學理論》,載《儒學·佛學·玄學》,頁288—290。

第六章 徵聖體道精神下的"神理"與"理"義：由聖文展現的明理之術

道的境界，可見神理詞義之發展，原非專爲緯書而設。而《原道》以神理、道心解析聖人立文，正有將神理視爲顯現道體之意。道心與神理，二詞屢並見出現，是文之原道的關鍵概念。解開"道"與"神"的修飾義，萃取道心與神理包含的主要內容，便是"心"與"理"兩大元素，也即入聖之學發展的關鍵條件。由此觀之，道心、神理的關係，是建立在講究心與理的存在與運作的修聖系統之上，説明劉勰的立文觀，受到時代聖人之學的影響與支配，故道心與神理的作用關係，可循佛門學聖的觀念來解讀。

1. 以神理體妙極

"神理"之超越意義，在於其本質爲理，故而具備指歸至道宗極的力量。宗炳《明佛論》已指出其用於此感應宗極的作用：

> 有神理必有妙極。得一以靈，非佛而何。夫神也者，依方玄應，應不豫存。……群生皆以精神爲主，故於玄極之靈，咸有理以感。①

神理與妙極，其本質也即理與道，是説明至理歸乎道極之意。妙極一詞爲晉宋六朝新興詞彙，主要見於佛學論籍之中。因新造之故，意義未必統一而穩定，惟於佛理論述下，大體用於表達至道爲玄妙宗極之意。劉勰於《滅惑論》謂"大乘圓極，窮理盡妙"，②盡妙之圓極，便約稱爲妙極。在《梁建安王造剡山石城寺石像碑》謂佛家造靈像：

> 造由人功，而瑞表神力。形器之妙，猶或至此；法身之極，庸詎可思。③

當中的"形器之妙"與"法身之極"，是指人功之藝，精誠造極，能使

---

① 《弘明集》卷2，頁15中。
② 《弘明集》卷8，頁51上。
③ 收録於《文心雕龍校注拾遺》，附録，頁805。

佛像法身成爲自藝而達道的靈證。其中"妙"與"極"便合成下文"妙極"一詞。劉勰描述始豐縣令吳郡陸咸在剡山修葺彌勒石像云：

乃開藏寫貝，傾邸散金，裝嚴法身，誓取妙極。①

"誓取妙極"之意，正是指極盡人力使法身成爲靈證，顯示佛道。"妙極"於此不單有造極之藝，更涵攝造極之道，也即宗極的境界。由此觀乎宗炳用妙極之意，與後文"玄極"同義，在體道敘述中以此說明至道玄妙幽遠，不易體識。如沈績注解《大梁皇帝立神明成佛義記》"源神明以不斷爲精，精神必歸妙果"句，即以"妙極"釋"妙果"：

故經云："吾見死者形壞體化，而神不滅，隨行善惡，禍福自追。"此即不滅斷之義也。若化同草木，則豈曰精乎？以其不斷故，終歸妙極。②

妙極爲神之最終歸處，也即反乎道本，此正是成佛之果證。又如蕭際素答梁武帝問神滅論中有云：

自慧雲東漸，寶舟南濟，歲序綿長，法音流遠，明君良宰，雖世能宗服，至於躬挹玄源，親體妙極者，竟未聞焉。③

玄源指道之本源，妙極則統理萬法，二者合之，即是宗極。玄與妙在此更幫助說明體道成佛之艱難。

群生體會妙極，主要透過與理產生感應，則此理是在主體之中。感應爲自然本能，體道之困難，在於超越此基本層次，進而與至道產生"靈應"，這要求主體據以通感者，不祇是普通意義的理，

---

① 收錄於《文心雕龍校注拾遺》，附錄，頁807。
② 《弘明集》卷9，頁55中。
③ 《弘明集》卷10，頁65下。

第六章 徵聖體道精神下的"神理"與"理"義：由聖文展現的明理之術

而是"神理"。是以循理體極之理論，對理有極高的要求。宗炳認爲理之體極作用，必須達至神理之高度，方能實現，便是將神理視爲理之極至。神理之本質爲理，隨道極而存在於自然萬有；人作爲天地之靈，不獨由形體展現"造化賦形，支體必雙"的神理之數，而且亦可發展理。生發理的作用源在於心，《神思》謂主體運思之際能夠"心以理應"，説明了主體的精神活動，是以理爲所應，而發揮應理功能者，便是主體之心。用竺道生的外理内理義解讀，藏於物色言教之理屬於外理，方其未入於心，理一無別，當無有等差。而在由心體感應至靈而産生的理，屬於自心生發之内理，推進主體的體道層次，是與主體共同提升發展以至於圓滿究極，由此總持性審視，方其爲發展狀態時，心體之應會便有自淺理而達神理的進程。唯有在體道修行的意義下，神理方顯示出其作爲内理發展至極的殊勝義，雖企居道體，而可以下學上達。

2. 從人心至道心

宗炳所謂"有神理必有妙極"，乃關乎修行體道的理念，"神理"是存在於主體之中，自心而生，標示主體精神生命上達的境界，且與主體同步提升。"神理"作爲接通道本的自力，理境之專精同時也是神明之陶練，在純化心靈之餘，更進一步孕育體道智慧。主體之心在産生圓滿神理之際，憑神理而邁道域，反映心亦已到達體識"道心"的境界，是反乎道本得以成聖之標志。緣心生理，以理體極的原理，乃可由"神理"之爲徵向，而運作於《文心雕龍》的體道之途。①

在神不滅的觀念中，主體由神通理而使精神生命超越形神之

---

① 馬宏山《文心雕龍散論》（烏魯木齊：新疆人民出版社，1982）據《明佛論》認爲劉勰所用"神理"一詞，"特定意義就是'無生之學'，而'無生之學'即是'涅槃佛性'之説，所以劉勰所賦予'道'的意就是'佛性'無疑。"（頁 4）劉勰理解道與神理與佛性之意義是否完全同一，誠有商榷之處。惟馬先生以衆生體道成聖的共同本質——佛性來解釋神理，正是由於觀察到神理既有從屬於主體之性，並有促進精神生命上達發展的體道功能。

365

累,圓融於本體宗極而得永恆智慧,此一追求精神意義的自覺,發生乎心識之開啓與運用,依賴自力意志成就一切文明事業。惟劉勰的以理體道觀念,尤刻意標揭人與天地,同樣皆有心,以此產生互通感應。因而人以心生之理體道,正是以人心體識道心的過程。劉勰建立心的觀念,主要資取先賢"道心惟微,人心惟危"一語作爲憑據。①《文心雕龍》兩用"道心惟微"句,其一更並見"人心惟危",反映出立文契道的關鍵,在於心。道心雖幽微而可探知,講求的是鍥而不捨的毅力;人心則要求端正戒慎,透露劉勰明白道心與人心之有別。人心能通達至道,則人心便是道心;若人心尚未即道,則道心固在人心之外。是以人若要體道,便須不斷提升精神生命,惕厲自心,以圓融心生之理,免墜於情念,則下筆雖未必會悟宗極,亦可與道無迕。

立文之心,依止於上達的意志,則所使之心必利見其用,故《序志》釋文心作"爲文之用心";所立之文必配養正入道之志,故《徵聖》要求徵聖之文,須"正言共精義並用"。此文心並非只是作者隨意所思所想,而是秉具入道的意志,故應由順理而加以涵養,經歷陶鑄性情的過程,則"志足而言文,情信而辭巧",其中的志與情,實由經歷養性體道的心而孕生。未經涵養的心,只是本然之存有,即使能與天地萬有產生感應,亦只是本能上的相互作用,未經過精神智慧之開發,理未具足,終不能與妙極產生靈應。由神理通照的心,使其由本來混沌蒙昧而湛然澄澈,德性智慧圓滿,是下學上達的論題中的重要依據。此超凡入聖的經歷,因理使心提煉出上達的自覺與責任感,便進入應然層次。體識到取效聖心而爲立文之

---

① "道心惟微,人心惟危"一句分別見於《尚書‧大禹謨》及《荀子‧解蔽》二文,范文瀾先生較早注釋《文心雕龍》,提出劉勰取引《大禹謨》之說。惟《大禹謨》乃僞書,學界不乏主張劉勰取引《荀子》之說,如黃錦鋐先生便持此見。(王久烈等譯註《文心雕龍新注新譯》〔臺北:弘道文化事業有限公司,1976〕,頁8)

第六章 徵聖體道精神下的"神理"與"理"義：由聖文展現的明理之術

心，發揮心之正用，自能效法聖人切理厭心之文術，是邁入聖道的立文觀。心之正用，顯示於歷代聖人的人文事業。

道心本神理察識之構想，其本義可追溯於慧遠"神道精微，可以理尋"的體道思維。神道也即至道。道心所指者，便是神道之心。"神道精微"句意通於"道心惟微"，而劉勰尤突顯道之心，蓋是從"文"的通孔觀察道。道有幽顯，其顯著在文，是謂文以明道。其幽微在心，指心識的微妙。通達道心，也即體會妙極。

妙極與神理在修行圓滿的主體中是同時互見的，圓足神理，方見妙極。蓋超凡入聖的德性智慧，便是體道的證明。因此，理作爲衡量聖智的標準，也是入聖的徵向。惟聖人具有神理，方成聖德。此見劉勰之言神理與道心，實際上依止於魏晉六朝超凡入聖之理論，資取心與理兩大修行概念爲基礎，發展其立文體道的思想，並以文章顯現的神理，證明聖人體道的聖德。故晉來高僧大德，被稱有"神理"，正謂其已超凡入聖的德性。

3. 聖人以神理發文

"神理"存在於至道之中，如何將道中之神理體現出來，有賴於聖人的聖德與化功。劉勰在《徵聖》謂"妙極生知，睿哲惟宰"，指出至道是超凡入聖的智慧大源，此智慧即是使衆生體道的神理。又唯聖人秉具神理，與道同體，方可以用各種方式體現至道。劉勰以爲聖人駕馭文章的能力，不論篇體簡博顯隱，皆揮灑自如，此中關鍵，固然是擅長立文的技法，更在於聖人的體道圓融。《徵聖》列舉立文四術，是以聖人體道圓滿爲前提：

夫鑒周日月，妙極幾神；文成規矩，思合符契。[1]

聖人神理具足，故能廣觸萬象，更周照本真，遠體妙極。既圓滿體

---

[1] 按：王利器本"幾神"作"機神"，據《論說》"鋭思於幾神之區"句，亦疑"機"當作"幾"。

會道,亦能完善地體現道。幾神之意,不單說明聖人在體會道方面入微通神,[1]同時亦是稱許其體現道的能力。《繫辭》謂:

> 唯幾也,故能成天下之務;唯神也,故不疾而速,不行而至。[2]

"成天下之務"既說明聖人表現道的德性目的,同時反映化功之廣大;"不疾而速,不行而至"則顯示圓應無窮的體道境界,使一切化功能夠暢順無滯地行化。在劉勰的理解,聖人的化功固然包含文章事業。聖人表現化功的圓足能力與智慧,實是來自於圓融的體道精神,是所謂"妙極生知",此源出道體以成天下之務的智慧力量,即是神理。與下墜的情念相對照,神理其指引上達的動力便可昭見。惟有發動神理,能力才智方會依止於德性意志之上發揮,由成就德業的願力,使所思所感、所行所施,徹向並契合於道。以文明道,便如王弼所謂"發爲文章可通天地之性,則盡善盡美"。盡善盡美爲一切制作之極致。故《徵聖》所立四術,其要旨在於有入道養正之情志,學聖者欲領會其文術,首在學其心體至道,以文廣德。使體道德性圓滿,文章自然可見神理。《情采》稱"五性發而爲辭章,神理之數也",此中透露神理具有德性的內涵,五性指仁義禮智信五種德性,作者內在德性具足,是成全辭章合於神理之數的先決條件。如同聖人德性圓滿,方能研神理以立人文正範。

是以《徵聖》開篇言鍛煉性情,乃爲指示凡夫效聖立文,大前提在於長養神理,提升體道之功。蓋凡夫徹向理的自力未能具足,故難掌握妙極。沈約在《千佛頌》中已有言:

---

[1] 如黃錦鋐先生認爲"妙極幾神"是形容聖人智慧之入微通神。(王久烈注、傅錫壬譯《文心雕龍新注新譯》,頁 16)
[2] 《周易正義》卷 7,頁 335—336。

第六章 徵聖體道精神下的"神理"與"理"義：由聖文展現的明理之術

> 道有偕適，理無二歸。……牲牲群有，均此妙極；先晚參差，各願隨力。①

眾生循理，唯道是歸，感有精粗，正緣於性情有曉昧之殊：

> 賢之與愚，蓋由知與不知也。愚者所知則少，賢者所知則多，而萬物交加，群方緬曠，情性曉昧，理趣深玄，由其塗求其理，既有曉昧之異，遂成高下之差。……五情各有分域，耳目各有司存，心運則形忘，目用則耳廢，何則，情靈淺弱，心慮雜擾，一念而兼，無由可至。②

沈約認為群生之情性曉昧各異，求理之塗遂直曲有別，故體道亦有先後，以此領悟"神理"，自有遲疾之異。而昧者紛雜，耳目專注不一，自多陷入枉曲之路。沈約理解情性對於會理的影響，有助明瞭劉勰特重先聖雕琢群生性情的用心。劉勰稱聖人經典有"曉生民之耳目"之功，除卻讚譽之意，亦透露了聖教導引眾生體道之首務，便是開曉情性。情性開曉，耳目無有偏閉，會理之途便坦然暢順。而沈約認為眾生所體之宗極是一致的，理極則道至，正是由於"神理"自身無有等差。故其深信眾生皆可憑努力而實現體道，以為：

> 妙極眾象，湛思必通；理冠群方，有感斯應。③

至道制作天地萬象，意味萬物皆含道，眾生經過鍥而不捨的思慮，必能於象假中觀見實相。"神理"以其無所不在，因而心存精誠之感，則能與之靈應。此中之理，就成佛理念而言，同為妙極的"神理"。

---

① 沈約《寺剎佛塔諸銘頌・千佛頌》，《廣弘明集》卷16，頁219上。
② 沈約《神不滅論》，《廣弘明集》卷22，頁263上。
③ 沈約《齊竟陵王講疏》，《廣弘明集》卷19，頁240上。

第二節　"理"與"神理"在體道制作中的作用

　　"神理"不但徵向成聖之所方,在《文心雕龍》中,更重要的作用,是使聖人藉以發顯聖教,曉示衆生至道所在。《原道》謂先聖"莫不原道心以敷章,研神理以設教",足見中國傳統聖人立文,已自覺以體識幽微道心、研察"神理"爲成化天下之要務。誠如沈約"理冠群方"之言,"神理"在"動植皆文"的天地中,無處不在。蓋天地以順理成章之道,使萬物含章,凡自然而成之文,無不展現"神理"。

　　一、神理之數

　　劉勰認爲天地間形文、聲文以及情文,皆可含"神理",關鍵在於掌握神理之數。《情采》中列擧人文制作中"三文"的典範,莫不合五數而成文采之至極:

　　　　五色雜而成黼黻,五音比而成《韶》、《夏》,五性發而爲辭章,神理之數也。

以爲自然元素皆可一分爲五,總五爲一,來源有自。如前述羃與鵗五色皆備成章,是黼黻文章生成之數。劉勰認爲此五數之組合,乃聖人掌握"神理"而作用於人文之體現。在《麗辭》又認爲"造化賦形,支體必雙",同樣是"神理"之作用,以爲:

　　　　神理爲用,事不孤立。

劉勰以此自然界普遍存在的形態,説明駢體乃合乎天地造化的人文制作。由此透露出一種認識觀,就是自然物皆有"神理"在其中,指引成化的形態與組合。自然物之合神理,是本然的成就;而黼黻、《韶》、《夏》、辭章皆屬性靈所制作之文,這些由人文意志產生的制作,亦符合神理之數,説明在先聖之世,已自覺"神理"的存在,以及順理成文的原則,故能發展出合神理之數的形文、聲文與情文。據此觀之,《宗經》"致化歸一,分教斯五",亦是以爲經典之教合乎神理之數。此見自然之文,以至傳統人文,劉勰認爲皆藴藏"神理"於其中,待有心之器察識。其於《序志》自表立《文心雕龍》五十篇的原因,亦是遵從神理之數:

> 位理定名,彰乎《大易》之數,其爲文用,四十九篇而已。

《大易》之數即《繫辭》謂"大衍之數五十,其用四十有九",[①]出於揲卦占象之法,此數故亦出自"神理"。是以五十篇數,實爲會合"神理"而定立,乃自覺"神理"所存的反映。劉勰將《經》之五教,麗辭之章句駢對,視爲"神理"所作用而成,反映宇宙雖有宗極,而當中的存在形態,卻可以多種多樣。二數昭見於自然,五數取鑒乎前聖,神理之數實不止二五,而只是順理而成的反映。這是對宇宙中一切文,包括人文,皆肯定其存在之意義,而從意義開掘的角度,探索其内在合極之理。於是《五經》與麗辭,亦可賦予超越意義於其中,成爲與至道相契合、相呼應的文。

二、緯書中的神理

至若《正緯》中認爲"昊天休命,事以瑞聖"的緯書,同樣是以"神理"成體,亦以"神理"表現形貌,《原道》謂:

> 若迺《河圖》孕乎八卦,《洛書》韞乎九疇,玉版金鏤之實,丹文緑牒之華,誰其尸之?亦神理而已。

> 龍圖獻體,龜書呈貌。

---
① 《周易正義》卷7,頁328。

以"神理"爲緯書之尸。尸位原指不言不事而居高位。但究尸之本意,並無貶義,而是作爲神主之像。《儀禮·士虞禮》謂尸祭之中:

> 祝迎尸。一人衰絰奉篚,哭從尸。①

鄭玄疏曰:

> 尸,主也。孝子之祭,不見親之形象,心無所繫,立尸而主意焉。②

此知尸在禮祭中作爲神主的象徵,後引申出主持之意。《詩經·召南·采蘋》云:

> 誰其尸之？有齊季女。③

劉勰謂"神理"乃緯之尸,正認爲天地含章,皆順"神理"而成,緯書亦不例外。緯的符徵是沿順"神理"而成的呈現,顯示出道極的制作意志,故其文莫不切合於道,此順理而達道、因理而見文的關係,即《體性》所謂"理發而文見"、"沿隱以至顯"、"因內而符外"的立文方軌。"神理"在此關係中,故得作爲緯書之主。

"神理"顯示至道之所處,居高位而不以文字表彰,又如尸之無言,故取之爲喻。此説明緯書既由"神理"成就,雖不言明道之所在,卻實有透露神道之功。故《正緯》云:

> 夫神道闡幽,天命微顯,馬龍出而《大易》興,神龜見而《洪範》燿。

正指出緯書發揮闡幽之功,令幽微的神道與天命,得以顯現。緯瑞有明道之功,此想法或有得於宗炳《明佛論》,文云:

---

① 賈公彥《儀禮注疏》(北京:北京大學出版社,2000),卷42,頁927。
② 載《儀禮注疏》卷42,頁927。
③ 孔穎達《毛詩正義》(北京:北京大學出版社,2000),卷1,頁87。

若都無神明,唯人而已,則誰命玄鳥降而生商,孰遺巨迹感而生棄哉!漢魏晉宋咸有瑞命,知視聽之表神道炳焉。①

宗炳以瑞命爲證,辯說世間確有佛等神明存在,其認爲瑞徵遣發乎神明,固未爲劉勰所取,至若相信瑞徵皆有彰顯天命、炳耀神道的功能,則協合劉勰之意。劉勰認爲緯瑞之所以能顯發神道,便因其由"神理"所成。而以尸作喻,同時說明了"神理"雖導引文之所成,但其徵兆隱晦,又不托於文字,實不容易掌握"神理",蓋其本質"理隱文貴",決定了"神理"表現之隱微。"神理"之不易發現,反映了神道本來便處幽微的狀態,"道心惟微"正說明了縱然神道可以理尋,亦非容易之事。於是觀察神理之象,才有需要擴大至天地之文。

三、自然:結合神理與物情的合道原則

以緯書之曲隱,尚能闡示幽微神道,則天地間含神理之文,自必有神道可察。是故聖人不獨以《河》、《洛》爲則,亦觀察自然垂麗之象,循其理而尋索道心。《原道》謂自玄聖至孔子,聖人立文,皆不離以洞察"神理"爲務:

莫不原道心以敷章,研神理而設教,取象乎《河》、《洛》,問數乎蓍龜,觀天文以極變,察人文以成化。

研察"神理"的目的是爲設立性情之教,以人文爲世俗開示明理之途。聖人心羅天地,取納之文,不論顯隱,《河》、《洛》、蓍、龜,天文人文,皆爲察理之對象。蓋天文、人文,均順神理"自然"而成。"自然"的概念在《文心雕龍》中又稱爲"自然之道",乃指天地造化皆然其所以然地發展,既順神理,也合物情,是反乎道的本能。

---

① 《弘明集》卷2,頁15中。

373

自然的觀念在魏晉玄學得到重要開發，以後自然一詞的義涵不能全無當時的思想因子。是以王運熙先生與蔡鍾翔先生認爲"自然之道"的概念雖源出道家，迨至劉勰的理解，卻已是經歷魏晉玄學詮釋後的新概念。① 《文心雕龍》吸收玄學詮釋的自然思想，主要來自王弼。錢穆先生指出王弼用自然一詞尤爲突出：

> 王弼注《老子》，乃始承續《淮南》、《論衡》，而暢發自然義，後世遂謂莊老盛言自然，實由王弼之故也。……其説以道爲自然，以天地爲自然，以至理爲自然，以物性爲自然，此皆《老子》本書所未有也。然則雖謂道家思想之盛言自然，其事確立於王弼，亦不過甚矣。②

《文心雕龍》之自然義，乃在王弼述及"自然之性"時已發端。如第二章解釋，王弼雖認爲群生之性分殊，但皆來源於道，由是提出以自然其所以然之性，爲合乎道本之方法。③ 這一想法，源於王弼對萬物生成原理的解釋。王弼《周易略例·明象》有云：

> 物无妄然，必由其理。統之有宗，會之有元，故繁而不亂，衆而不惑。④

王弼的化物理念中，物之上復有理，用以條暢紛紜物情，是從理之本義"紋理"開發出的治物功能。章啓群先生認爲這是"事物本身

---

① 王運熙《〈文心雕龍·原道〉和玄學思想的關係》認爲劉勰將自然界日月山川與人工制作的文化和文學等量齊觀，"乃是當時玄學自然與名教合一思想的反映"。（《文心雕龍探索（增補本）》，頁 58）蔡鍾翔《論劉勰的"自然之道"》認爲劉勰"接受'自然之道'這個道家概念是通過了玄學的影響"（《文心雕龍學刊》，1983 年第 1 輯，頁 140—141）。
② 錢穆《錢賓四先生全集》（臺北：聯經事業出版股份有限公司，1998），第 7 册，《莊老通辨》，頁 511—516。
③ 唐君毅釋王弼"自然之性"意義謂："此所謂物之自然之性，即物之各自然其所然之個性獨性；而人之能任順物之此性，又正賴在於人之能體無致虛以合道，然後能容能公，以任順之也。"《中國哲學原論·原性篇》，頁 104。
④ 載《王弼集校釋》，頁 591。

第六章 徵聖體道精神下的"神理"與"理"義:由聖文展現的明理之術

內在必然性"以及內在規律,肯定了理存在於物之中,順其内在之理自然而然地生成。① 説明了在王弼的自然觀中,理從屬於主體,體道的因子不假外求,蓋内在之理已發揮其契合道元的作用。"宗"與"元"的終極性,揭示了理義歸向於總持進路,化解物界的惑亂。則理之作用,蓋是明物之所生所成之徵向,終始由乎至道。② 故湯用彤先生解説王弼之自然義,謂其"主萬象之本體貞一。故天地之運行雖繁,而有宗統",③宗統便是道極,指示道極者便是理,宰控天地的運行。

由此觀之,王弼所言自然義雖繁,然而在道體成化的範圍中,道本將物情與神理妥善結合而化育萬品群生的運作法則,謂爲自然。自然之性不僅含有分殊的物情,亦以其秉具反乎道本的功能,兼而含總持之至理。

王弼所言之理,固爲萬物自然合道提供内在的條件,然而玄學思想在開發出自然之道後,無法繼之貫徹於精神生命,原因正在於將自然之道專注於分殊一面,走向了後來自化的消極傾向,而消解了對指歸道極之理的追求。後來,竺道生大加開發理的體道成佛意義,以"理歸一極,三出物情",判别情、理的功能,將理歸諸合道之唯一徵向,同時又分理爲内外兩層,以内理爲有情衆生之體道智慧,使理成爲本體與個體共有的元素,建立内在的聯繫,如此方產生出上達的願力。先秦以來言理,多重視於物表文理,至王弼方突出主體内藴之理,這對於竺道生建立以理體道的系統,不無影響。

---

① 章啓群《論魏晉自然觀——中國藝術自覺的哲學考察》(北京:北京大學出版社,2000),頁51。章先生認爲王弼將理視作存在於事物本身之内的看法,是主張物之生化不受一種超自然、超現實力量的主宰,屬於純粹的哲學自然觀(頁52—53)。則由王弼至《文心雕龍》之間,理的義涵與作用尚需經歷體道理論的整合,方能發展出上達體道的追求,而不爲任性自化的想法封鎖成聖的出路。
② 王弼《老子道德經注》五十一章云:"凡物之所以生,功之所以成,皆有所由。有所由焉,則莫不由乎道也。"(載《王弼集校釋》,頁137)
③ 《魏晉玄學流别略論》,載《湯用彤學術論文集》,頁238。

自此理則成爲聖凡體道的共同條件，亦唯以群生共性、至道之總持性言理，方能重新建立師聖體道的意識。

竺道生以"理歸一極，三出物情"論，在釐清體道問題的同時，亦顯豁出器世界的構成原理，道體之下，有理總持，亦有物情展示，故然其所然，各生姿態而始終與道相連。① 這爲《文心雕龍》以神理建立"自然"義提供了基礎。在《文心雕龍》中，"自然"義包含兩大層次，一爲"物之所以生"，一爲"功之所以成"，是王弼解釋物之自然合道的原理。而劉勰將之區分本末，前者屬本然原理，後者爲應然追求，以此反映出神理既爲本然存在於至道，同時又爲人在世間、在立文中所努力尋索者。

"物之所以生"是指萬物存有自然其所以然之性，是物情合乎神理的呈現，此乃至道成物的本然原則。在《文心雕龍》上篇所用"自然"，不論言物與文，不出此本然義。在《原道》言物色與人文之所生時，劉勰皆用"自然"一詞。表明道生萬物，日月山川物情紛異而皆含神理，謂之自然：

> 龍鳳以藻繪呈瑞，虎豹以炳蔚凝姿；雲霞雕色，有踰畫工之妙；草木賁華，無待錦匠之奇；夫豈外飾，蓋自然耳。

此自然蓋是至道化生物貌之時，已賦予神理於其中，故萬物之體，包括人體，千姿百態，皆由神理而成，合乎至道的制作。

群品作爲道之文，體現道者，在於不以物情而違失神理，自然

---

① 論家故有神理即道、神理即自然的主張。鄧師國光先生《"神理"義探之一：詮釋歧義綜述》一文將學術界對神理一詞的不同詮解進行歸類整理，指出"神理"即"自然之道"的說法最爲流行，所舉列凡八家，諸家所以取"自然之道"爲解者，或以《易》文本證之，或以玄學思想爲理據，主要是就時代思潮和道的本然性爲觀察角度。（詳參鄧國光《〈文心雕龍〉文理研究：以孔子、屈原爲樞軸心的要義》〔上海：上海古籍出版社，2012〕，頁64—67）至於認爲"神理"即"道"者，鄧先生亦舉列六家，可知亦是主流説法。此説學者雖同以道釋神理，但解釋理路紛繁不一，並非陳陳相因。（見鄧國光《〈文心雕龍〉文理研究：以孔子、屈原爲樞軸心的要義》，頁70—72。）

第六章　徵聖體道精神下的"神理"與"理"義：由聖文展現的明理之術

一詞表現出在成全差異性時，也保存了源於至道的共性，未與道之根本相斷。在神理作用下，萬物自然其性，而皆合於道。人爲萬物之靈者，同樣含有獨特的自性，此獨特之性，便是發言與立文：

  心生而言立，言立而文明，自然之道也。

群品中惟人能發言立文，在於人爲有心之器。心是制作的工具，道因心而以理徵曲成萬物之文，人則因心而有言語文字以表情述志。是知發言立文爲人與生俱來的自然之性，源自心體而造就。《體性》在引介八種分殊體性之前，首先便顯豁出立文的自然共性：

  夫情動而言形，理發而文見，蓋沿隱以至顯，因內而符外者也。

沿隱至顯，因內符外，是指天道幽微的法則以及人內在的情志，皆是憑藉心之作用，以成文和立言表現出來，此是有心之器的自然之性。而基於道心與人心的差異，劉勰又將此自然之性從原初生發的狀態上，作出更加細緻的區分。

  情與理、言與文，在劉勰的文論中不乏互用的情況，但考察是處句意，謂無論人與道表現自然之性，呈現方式皆是沿隱至顯、因內符外，則二者蓋可理解爲分別描述人與道的情形，未必是互文，其中自然顯示徵向的作用。道與人雖然皆因有心而具相似的制作之性，然而卻不等同兩者的制作全然一致。道的自然之性，由神理直接化生萬物之文，不同於有情衆生，以情爲作用的根源。就文字發展而論，其初先有語言的產生，復演進成文字乃至完美的文章。言語的產生雖然合乎神理，但發言以至立文的動機，卻不同於至道以理徵直接化生萬物，而是來自於情受感動。這在《樂記》已明白揭示：

  凡音者，生人心者也。情動於中，故形於聲。聲成文，謂之音。①

是處所説的是聲音的産生與制作，情動而發聲，經由人功組合創作，方成爲音。這種聲文的産生原理，屬於人文制作之一。《情采》早已表明，聲文、形文與情文的制作原理，是一致的。韶夏、蕭韺以及辭章，皆是人文創作合乎神理的代表，則三者的産生，莫非情動。情初發時，表達的元素未經處理組合，故只是"表現"而未成爲加工後的"文"。

《樂記》言聲音的生成，提出了人由情動而制作的原理，同時也可放諸語言文字制作的解釋之上。"情動"乃爲人之一切制作的生發機制。制作代表動，代表有，道之理徵一動，天下萬有隨之化生。人之制作，亦必須以一種動性或有性來推助，這種動性，由是追溯於衆生内藴的情。《樂記》云：

> 人生而静，天之性也。感於物而動，性之欲也。②

南朝皇侃又據之提出性静情動説，以爲性與情皆是人生而有之，性主静，情主動：

> 性情之義，説者不同，且依一家。舊釋云：性者，生也。情者，成也。性是生而有之，故曰生也。情是起欲動彰事，故曰成也。③

是知情乃性之動者，主體受外緣感應，則性便動，也即情動的狀態。有情興動，文章的立意方能産生。羅宗强先生援引郭店楚墓竹簡《性自命出》的内容，指出情動而制作的觀念，來源甚早。楚簡中"凡人雖有性，待物而後作"以及"情生於性"的句子，説明性"須待

---

① 《禮記正義》卷37，頁1254。
② 《禮記正義》卷37，頁1262。
③ 載《論語集釋》卷34，頁1181。

物之引發","情的本然存在的狀態就是性,因外物之觸動而引發時,就是情"。① 皇侃的性靜情動觀念爲當時流行之顯説,楚簡的舉證更説明在思想史中有更早的淵源。《情采》謂"五性發而爲辭章",五性發動,便成爲情,故云"情文,五性是也",意指情出乎性之動。

在兩晉以來有關感物興情、緣情而作的觀念,已出現代表性之論著,西晉陸機的《文賦》提出"詩緣情"説,與劉勰同期的鍾嶸於《詩品》又云"氣之動物,物之感人,故搖蕩性情,形諸舞詠",②皆顯示出緣情立辭爲一種共同識見。是以羅先生推斷,"劉勰所論人禀七情、因物生感的論述,乃是東漢以來重情思潮的一種理論表述"。③ 在重情思潮下,劉勰將理與情判分於道與人,則"理發而文見"乃道的自然之性,至於"情動而言形",實爲人所專屬。《明詩》論人文制作,便指出情爲萌生作意的動力來源:

> 人禀七情,應物斯感,感物吟志,莫非自然。

之所以有制作的意念,在於人與物產生感動,而興引情志,這種由物興情、緣情制作的人文自然之性,可見於《物色》:

> 歲有其物,物有其容;情以物遷,辭以情發。

其後《知音》又一再重申發言立文的自然之性,乃源出於情受感動:

> 綴文者情動而辭發。

感應是萬物的本能,人將感應所會而宣發於言辭,則爲人獨有之

---

① 羅宗强先生引用郭店楚簡《性自命出》簡文有二,其一爲"凡人雖有性,待物而後作,待悦而後行,待習而後奠,喜怒哀悲之氣,性也,及其見於外,則物取之也"。其二爲"性自命出,命自天降,道始於情,情生於性。始者近情,終者近義"。本文只撷拾其中片言以援引論述,詳細的分析見解參羅宗强《讀文心雕龍手記》,《説"情"》,頁184—188。
② 楊明《文賦詩品譯注》(上海:上海古籍出版社,1987),頁29。
③ 羅宗强《讀文心雕龍手記》,頁188。

性,是以由感物而發言制作,乃出乎道的本然表現,故劉勰以爲出諸自然。

馮春田先生認爲劉勰將人與天地並列三才,充分肯定人類具有優於萬品的性靈,故認爲文學是人類情感或精神活動特有的自然,而且優於群品的自然。① 無疑心所具有獨特的生言立文功能,至於是否具優越性,也即更爲接近於道,則尚需講究此心是否有上達體道的願力。人心不同於圓融的道心,沿道心而發之文,自蘊神理;人心需要陶練,方其未得圓滿神理,既可作天堂,也可作地獄,是以心生文字制作雖爲本然性質的自然,但人有心念形成後,或淨或染,所言所作,則未必切合神理,也即未必爲自然。《情采》倡言文章制作,以述志爲本,是針對時文出現"爲文造情"的弊症,爲成文而刻意造作情志,言語文字因表現情志而出現,是人自然其獨性的原理。立文至此,卻倒行逆施,則本初的自然亦不復見,失本太甚。劉勰强調"人心惟危",正爲提醒文家立文明本。是以人雖自道而出,順神理而長養人身,但後天之制作,則必須自覺以心生理,以至合乎神理,方能勉力成就自然之文,還歸於道。此即"功之所以成"的應然層次之"自然"義。

是以在以創作論爲主的下篇中,劉勰藉由論述駢文制作的契機,再度申明領悟神理之用,對於成就自然的重要意義。《麗辭》云:

> 造化賦形,支體必雙;神理爲用,事不孤立。夫心生文辭,運裁百慮,高下相須,自然成對。

肢體成對生長,是人身順神理以然其性的自然表現。此本然而成的自然,雖出於道,亦難以保證神理皆能遍及於每一個體。是故天

---

① 馮春田《文心雕龍闡釋》(濟南:齊魯書社,2000),第三章"《文心雕龍》與魏晉玄學的'自然'與型範觀念",頁58—66。

下仍有"夔之一足,跂踔而行"。跂踔行走,失去人性的行走姿態,是違背道的表現,蓋無法暢任人性之故。人身尚且未必盡合神理而得自然,是以劉勰認爲制作文章,縱然只是合神理之一數,亦須"運裁百慮",方得自然。這種人文制作的自然,講求神理與情志的結合,理情相配,各不相奪,便是自然的表現。由此可見,對"自然"的要求,實際上反映了以文體道的理想追求。

在自然之道的表述中,神理雖有多種多樣之數,而神理之數的中心在於神理,數只是結合物情或物性的表現形態,指歸終在道本,可見神理之用在於顯示道之總持性,與物情表達萬物的分殊性分屬兩義。① 神理爲道之徵向,物情在道之末,沿神理則見道,任物情則失本,是以入道的關鍵,多從理上立說。

第三節 效聖與知聖:會理修德,沿理體文

一、澄心會理的成文原則

從化生角度看,萬物之文與人文一切有形之器,無論先天後天,皆憑藉神理方得以呈現自然。由是在人文制作中,理成爲體道

---

① 在關於神理義涵的研究中,以神理爲文理之分殊義者,先由黃侃提出。黃氏的理據本自《韓非子·解老篇》"理者,成物之文也;道者,萬物之所以成也。故曰:道,理之者也。……萬物各異理,而道盡稽萬物之理。"(黃侃《文心雕龍札記·原道第一》,頁5)而後范文瀾先生錄入註本,成爲主張神理分殊者之主要證據。按:韓非之言理,雖以道訓,但以爲萬物各異理,則是言萬物各異道,以分殊言道,是傾重於物義,非本體貞一的成化觀念。先秦言理,義涵繁雜,將理視之爲有本體意義之道者,可見於《莊子·繕性》:"道,理也。""道無不理,義也。"以及《秋水》:"知道者必達於理。"此理既與道通接,亦從修性上言道,具有可上達發展的性質。唐君毅先生於此已有詳論,並指出《莊子》的理義,是先秦言理者中有上達發展義,也即體道義的代表。見《中國哲學原論·導論篇》,頁11。觀乎魏晉六朝的體道思想發展,《莊子》皆是極重要的觀念發展對象,其理義之影響當過乎韓非,亦更貼合神理與道的緊密關係。

立文的重要元素。以會理爲體道成文的先決條件，並凌駕於技巧運用之上，顯示出以德性爲尚的立文觀。則理想的文章制作，其所生當發乎情，而其所成，則由自覺效法道體，以神理成就制作。神理是至道成有的生生之德，因而一切符合神理的人文制作，與作者德性息息相關。是以《原道》謂"文之爲德"與天地並生，人文制作爲神理的呈現，也是道之至德的體現。人文參法天地，實際上便是立德和體道，順循神理之徽向而反本歸元。

由此可知，劉勰注重性情陶養，要求主體之心開發德性智慧，以修性爲先，目的在於會理。道心、人心皆有理，理在道中是圓滿的狀態，故道之文亦呈現圓滿的神理。理在凡夫之心未爲圓滿，需端賴察識外在之理，以內化爲自心真理。要能够領悟神理，又發諸文表，便須參考聖人的經驗。聖人藉由觀察象假而見道，將所感應的神理領會於心，由此明白至道，便是"聖因文以明道"所描述的聖人體道經驗。

因文明道除卻意指觀察外在之文而察理體道，對於凡夫尚有另一重意義，即是以文字詮表和提煉所悟之理，可視爲增長成聖智慧的一種修行方式。此即竺道生以"言爲理筌"，在文字運用中不斷清晰和提煉心緒與智慧。聖人雖具天德，但其爲人，亦須學而體會道心，寄誠言筌的目的，便在於研察神理。以神理主導文之制作，則順理而立之文，自不可能與至道相違背，如同天地順理而成之物色，無一不合於道。故知順理立文，其文自然有會理澄心的作用。在有關神思的論述中，"物以貌求，心以理應"的運思之道，超越單純感物而動的本能反應，而追求精神運作提升到應理的層次，其中透露了兩晉以來重視應理以增長慧識的修行思想痕迹。

基此，以文會理修德的理念，乃可嘗試從修行觀上立論。劉勰論文要求心與理合，便是期望立文能達到智慧增長的目的。如《論説》指出論之爲體：

第六章 徵聖體道精神下的"神理"與"理"義：由聖文展現的明理之術

> 必使心與理合，彌縫莫見其隙。

心與理合的要求，有似於支遁《詠懷詩》中所謂的"心與理理密"，是專思靜慮中追求的會理境界。心能妙盡應理，則《神思》所謂"理在方寸，而求之域表"的阻隔之弊，自可避免。心與理合，是藉由會理使心澄明，令神思無漏，是即"彌縫莫見其隙"。此見心與理合的要求，來自於修行理論中神思無礙的意義引申，是聖人立文養正，開悟德性智慧的體極之方。

是故《文心雕龍》亦謂聖人之文有秉心會理的特性，《養氣》有云：

> 豈聖賢之素心，會文之直理哉。

劉勰言先聖立文之理的法式，以"直理"一詞概括箇中原理，表明聖人之理，純任自然，無須曲會。直理指自然會悟於心，毋以物色為隔閡。先聖立文的可貴處，在於其純粹與精毅，心直以應理為目的，不為物情所拖宕。

劉勰能夠超越時代高度講究文章技法的風氣，緣乎體道徵聖的立文理想，不為自炫與自悅。此是將修行心念融入於立文觀念之中。觀乎晉世之初，僧侶居於山林修行弘法，種種自然物色，對修行者而言，皆不是賞心悅目的工具。以物色取悅我心，喜惡之念便生，物色由是成為搖蕩性情、妨礙即理的屏障，反為罣礙。不追求物色之奪目奇巧，乃能於萬有中體悟神理之所在；物色的意義，乃為載現神理道心。顏淵居陋巷，一簞食、一瓢飲，而德性至高，是由於居處最簡單的環境中鑽仰天道，避開物累纏繞。自覺擺落物色困囿，於體物中力求保存心的純粹境界，已同乎體道的開端。在立文領域中，聖人便是存養純粹之心體物會理的先導人物。是故聖人秉存素心，乃為照理順暢自然，能直照神理，則無有罣礙。

聖人以素心會直理，展現出正大光明的成聖坦途。在《史傳》

中劉勰再一次提及素心,是面向史家制作的要求,文謂:

> 析理居正,唯素心乎。

要求史家秉素心以下史筆,是取法於聖賢以素心會直理的經驗,以爲史家之訓誡。惟其既與聖賢同秉素心會理,則是處"析理居正",實可作"直理"之訓解。"居正"意謂心執厥中,不偏不倚,是遵王道以立史,所立之理自能正直無私;不以私心喜惡,蒙蔽會理之方向,史筆故可正大而無枉曲。素心的要求實際上不限於史類文體,唯記史特別要強調居正無偏,不以個人喜惡心而任意揚抑,原理實通於體物,只是記史的喜惡心在於人事,體物之喜惡心在於物色。在會理過程中,無論何種喜惡心,皆足以造成干擾。

至若以文修行的虔誠信念,則可從其引用"修辭立誠"的論述中顯見。《祝盟》論析祭祀之祝文,故強調立誠之重要性:

> 凡群言務華,而降神務實,修辭立誠,在於無愧。

贊語又云:

> 立誠在肅,修辭必甘。季代彌飾,絢言朱藍。神之來格,所貴無慚。

祝禱之文,面對天地,立文必須無背於道,更不得與心悖違,是故對於立誠之心的要求,遠高於雕采之務;則凡立文有合道之自覺者,亦當秉此立誠之念,不獨爲祝文之要則。立誠觀念源自《繫辭》"修辭立其誠",而其修行意念則可追溯於慧遠的即像寄誠思想,是修行成聖心念的開端,意志堅定之始。以文爲修行法門,則對於立文亦必然寄之以誠。

立文循理,如同因順理徵成器,器便是由德陶成的制作,是以立文成德,無疑可視爲貴文之邦修行成聖之正軌。劉勰賦予立文崇聖的地位,其一因正以其具有陶養德性智慧的體道作用。以文

第六章　徵聖體道精神下的"神理"與"理"義：由聖文展現的明理之術

修德作爲自立的門階，體現在建言樹德的理想之上。《宗經》謂：

> 邁德樹聲，莫不師聖。

顯示建言樹德之功，當以聖人爲至高典範。究其原因，正是由於聖人以文實現和圓滿上達的精神意志，先聖以其立就之經典，表明了以文立德之可學可至。故《程器》提出立文修德是君子可勉力爲之的徵聖任務：

> 窮則獨善以垂文，達則奉時以騁績。

《序志》亦云：

> 君子處世，樹德建言。

二處皆明文之修德功用。《徵聖》所舉貴文之徵，其中政化貴文與修身貴文，皆是以先王施行德政、聖賢修身立德之例，樹立以文修德的典範，同時説明先聖之立德，循文可見可效：

> 是以遠稱唐世，則煥乎爲盛；近褒周代，則郁哉可從。此政化貴文之徵也。

三代聖王，政化布於方册，文教之隆盛，足爲以文明成化天下之表率。至若以文修德，則取孔子之格言：

> 褒美子産，則云"言以足志，文以足言"；泛論君子，則云"情欲信，辭欲巧"。此修身貴文之徵也。

志足而言文、情信而辭巧，乃孔子所開示的文以立身的修行方向，所重視的修身之道，悉本此開出。《情采》強調立文須明辨"邪正之路"，所謂正者，便是立文必因情志而發動，如同佛家認爲生命的出現必緣於情，既無有先命後情之理，則先文後志，自是邪路：

> 夫以草木之微，依情待實；況乎文章，述志爲本。

385

因述志而立文，符合人的自性，理自存焉；復敷以正采，則達文質相稱相美之功：

    正采耀乎朱藍，間色屏於紅紫，乃可謂雕琢其章，彬彬君子矣。

內順而外美，即《體性》所謂"因內而符外"，蓋是由內在之德性使然。點染成章，先講求明辨正間之色，此即以德性指引藝術朝合道方向發展。秉立德以志、清淨之情爲立文的動機，則文章雕琢，自然入於道域。因此劉勰以立文爲君子修德之要務，正本傳統以文修德的理念，指示立文之正軌。聖人由會理而開悟德性智慧，故所立之文亦緣理而廣宣文德，是知聖教之核心，亦在於垂示神理。

二、聖人沿理設教，知音會理應心

  道體沿道心使文呈現神理，乃宇宙本然的表現原理；聖人效法此原理，將體道所得之神理，寄寓於文字，使道更爲明白體現於世間，雖未同宗極，亦遺可效之體道經驗，此是"道沿聖以垂文"的聖人立文思想。蓋神道精微，非人生而可知，聖人透過自身對文的察識而會理體道，抒諸文字，是爲世人彰顯神理道心之所在，垂示體道之軌範，使有心之器能透過含理之文，開發自心之理，最終與聖人同體幽微的道心。

  取效聖人文章，立文不僅是一己體道之工具，也是設教的媒介。劉勰理解的合道之文，有修德與弘道兩重意義，其在內爲入聖體道之方，於外則有感化生民之義。修德爲立己，弘道爲立人，兩大面向皆以文爲介面，以理實現自度度衆的成聖弘願，由此將立文的體道理念圓滿實現。是以單純以文會理修德，雖未足入究極聖境，卻庶幾可與道無違，故劉勰只視樹德爲君子處世之功，成聖之文,尚需行遠以廣大文教,弘懿文德;對於諸子此類"入道見志之書",劉勰尚稱"立德何隱,含道必授",表明體道無論大小,文苟能含道修德,亦能淑世。故《原道》指出聖人立文之用心,不獨"原道心以敷章",尚需"研神理而設教",使其所會之神理道心,能因文廣懿,化澤有心之眾,成立大德。

以此知"道沿聖以垂文,聖因文以明道",其中之"聖",實有前聖、後聖之分別。"道沿聖以垂文"乃聖人取法於至道垂文之軌法,以文字演示順理體道之人文新式,此聖是遺留經驗聖迹的前聖。"聖因文以明道",則是劉勰將文由循理載道的本然功能,轉化為成聖理念下的應然軌範,以先聖之文而明神理道心,是後人超凡入聖之道。則後來之聖,一旦體會劉勰總結先聖經驗的用心,必有聖迹可效。是以《序志》謂"眇眇來世,倘塵彼觀",冀望知音識文,是在"去聖久遠"的時代,將體道理想寄託於未來的希望。

《知音》借屈原自惜之言"文質疎內,眾不知余之異采",慨嘆文章知音難得;屈原的文辭世所觸目,而暗示此間尚有"異采"未為察識,則意味世所仰慕屈原的文采,皆不是屈原所自矜者。宋玉之徒摹習屈原的,只是辭藻層面的共采,停留在表現技巧之上;未為人發現之異采,是蘊藉於文章深層的精神色彩,由屈原貞正之德、忠怨之情所散發。在佞臣奸黨充斥的世代,屈原文章中的美質,自成異采,且不得彰顯。《知音》下文續云"蓋蘭為國香,服媚彌芬",由蘭透露出自內散發的美質,方是觀文者所重,外表的美觀只是次要;《情采》謂"男子樹蘭而不芳,無其情也",同樣說明了蘭之珍貴處,在於其芬芳,而不在形表。蘭的芳香代表作者內在端正之情,與《離騷》的香草備含內外美質的取象,用意一轍。由蘭而及文,內在德性之美皆須有德之士覃繹細究,方能發現,這種對知音的要求與盼望,是放置於對有情眾生的淑世關懷之上,則無疑透露出一種更深層的知音。若進一步要成為聖人的知音,則所"知"者,在於能夠在聖文中與聖人精神冥契。由此解讀"見異唯知音耳",見異是謂摒卻一切浮淺俗見,乃至色相的吸引,而能獨發其中精義。劉勰發明聖人文章以道藝相契的特色,作爲文家體道之文用,正是見異的自證。

1. 體道知音:以孔子、顏淵爲典範

劉勰於《知音》呼應《序志》之自表,指正文苑"貴古賤今"、"文人相輕"的流弊,更在篇末贊語特別指出:

良書盈篋,妙鑒迺訂。流鄭淫人,無或失聽。

博觀是提升品鑒水平的基本功,以良書爲博觀的對象,避免"信僞迷真"而爲充盈時流的淺俗眼光所干擾迷惑,明顯有指向正道的意識。則閱文的客觀態度,雖然"無私於輕重,不偏於憎愛",卻有明辨雅俗正邪的大前提,所知者必爲有德之文。由此推斷,劉勰在提出廣義的文章知音之外,更須爲聖人文章的知音。

《徵聖》、《宗經》之旨鼓勵文家以聖文爲徵,反映出聖文必然可爲人所理解,則成爲聖人文章的知音,自非空言。劉勰以聖人爲立言之典範,同樣亦以聖人爲知音的表率。在《知音》的贊語中,劉勰採用了古之樂者爲知音的譬喻:

洪鍾萬鈞,夔曠所定。

夔與師曠皆是古之出衆樂師,夔善作樂,師曠甚知音律,使鼓瑟靡不中音,以此透露出色的知音,不但通音律,更善於調正和制作。樂師知音作樂是"知音"的譬喻,以說明文章的知音,不獨能知文,而且能制作正範之文,使天下文章皆循正道方向發展。"洪鍾萬鈞"顯示出力量之龐大,總調此龐大聲音者,惟上乘知音者方可駕馭。至於在文場之中,能總理文章並立正範者,非孔子莫屬。在《宗經》中,劉勰同樣以洪鍾萬鈞比喻孔子刊述先聖文章的偉大事業:

第六章 徵聖體道精神下的"神理"與"理"義:由聖文展現的明理之術

皇世《三墳》,帝代《五典》,重以《八索》,申以《九丘》,歲曆緜曖,條流紛糅,自夫子删述,而大寶咸耀。……義既挺乎性情,辭亦匠於文理,故能開學養正,昭明有融。然而道心惟微,聖謨卓絕,牆宇重峻,而吐納自深。譬萬鈞之洪鍾,無錚錚之細響矣。

先聖典謨蘊藏文明智慧,巨大不可估量,正如洪鍾萬鈞之象。孔子删述先聖典謨,治亂歸整,令條流總歸於養正之功,一方面顯示孔子領會先聖之文的教化意義,是謂聖人文章的知音。另一方面透過條理而進一步發揮聖教的作用,則有若夔與師曠調定正聲之功。如揚雄所謂"言不文,典謨不作經",聖人文章正是經由孔子的整理與提煉而成爲"經",發煌文明,孔子厥功甚偉。在《原道》中,劉勰盛讚孔子集聖文大成的事業,是"金聲而玉振",同樣採用了與音樂有關的譬喻:

至夫子繼聖,獨秀前哲,鎔鈞《六經》,必金聲而玉振。

劉勰以金聲玉振譬喻鎔鈞經典的工夫,相較於洪鍾萬鈞,含義更爲深遠。追溯金聲玉振的典出,《孟子·萬章下》正是用以稱善孔子刊述經誥的貢獻:

孔子之謂集大成。集大成也者,金聲而玉振之也。金聲也者,始條理也。玉振之也者,終條理也。始條理者,智之事也。終條理者,聖之事也。①

孟子運用金聲、玉振之意,明確集大成之關要工夫,是終始條理;以金聲和玉聲爲終始之綱紀,蓋取八音並奏之作樂原則爲喻。朱熹

---
① 《孟子注疏》卷10,頁316。

《集注》已詳爲解説樂理，①並詳解孟子之意：

> 此言孔子集三聖之事而爲一大聖之事，猶作樂者集衆音之小成，而爲一大成也。……(金聲)宣以始之，(玉振)收以終之，二者之間，脉絡貫通，無所不備，則合衆小成而爲一大成，猶孔子之知無不盡，而德無不全也。金聲玉振、始終條理，疑古樂經之言。②

孟子謂始條理乃智之事，故朱子歸因於孔子的才智。謂終條理乃聖之事，故朱子歸因於孔子的德性。始之以知，終之以德，然則始條理是知三聖之事，終條理便是鎔鈞《六經》之業。由此顯示知音務在博觀練知，而卓絶之知音，更重修德。孔子正是以其德智之圓滿，而爲先聖文章的知音。

作樂中能終始條理者，肩負總持的工作，必須要求對聲音與樂器有高深的認識和造詣，如夔與師曠之徒，定音之務，非尋常者可掌持。然而孟子以爲能終條理方稱得上是聖業，故明知音未必惟聖人方能稱就。"音實難知"，能知聖文之音更是難上加難，是以劉勰選取知音的典範，亦微妙轉向於未足稱聖而又深得孔子欣賞的顔回身上。顔子以德行居孔門衆子之首，其德性亦顯示於努力鑽仰孔子的精神智慧。顔子之聖與未聖，在魏晉六朝討論甚多，而佛徒則多稱頌其學力之精毅。顔子"聞一知十"，德性純粹，未足稱聖，關係於短暫的生命，限制進德修業的圓滿發展。因此，劉勰於《徵聖》謂"若徵聖立言，則文其庶矣"，乃化取於孔子"顔其庶矣"的句意，以爲顔子雖未足稱聖，而其體道徵聖之功，亦庶幾近乎聖人。

---

① 朱熹《四書集注·孟子》(臺北：世界書局，1956)卷5云："蓋樂有八音：金、石、絲、竹、匏、土、革、木，若獨奏一音，則一音自爲始終而爲一小成，猶三子之所知偏於一，而其所就亦偏於一也。八音之中，金石爲重，故特爲衆音之綱紀。又金始震，而玉終詘然也。故並奏八音，則於其未作，而先擊鎛鐘以宣其聲；俟其既闋，而後擊特磬以收其韻。"(頁347)

② 《四書集注·孟子》卷5，頁346—347。

第六章 徵聖體道精神下的"神理"與"理"義：由聖文展現的明理之術

顏子的知音身份，所顯示的並非"知"的天分，而是鑽仰不息的意志。劉勰以顏子的鑽仰精神黽勉後學，同時指示出研閱聖人文章的方向，在於了明天道。明道在乎修德，顏子的行實，足以為讀者曉示學效聖人文章的貞正方向：

> 天道難聞，猶或鑽仰；文章可見，胡寧勿思。

觀聖人文章在於識其鴻德，並尋究聖人透露天道的神理。此知超凡入聖的體道願景，是觀聖文的動機；能夠領會聖文開示的神理，自可擬迹聖門。是知鑽仰聖文的要求，便是對研閱者能成為聖人知音的企望。期盼世間有聖人的知音，乃弘道者永恆的信念。

基此，劉勰反復強調理與心為知文的關鍵，宣明聖人沿理立文的用心，正是在文中貫注聖凡所共有的元素，使讀者不困頓於聖凡之差別、時代之遠隔。心之作為聖凡相通的內在條件，是建基於以心感理的機制，此觀念可從《文心雕龍》的不同片段組織出來。《徵聖》篇末首先揭示了心是使文得到永恆的關鍵：

> 百齡影徂，千載心在。

文因為心之恆在而同樣不朽，作者將心寄之於文，故觀文能知者，便是文心，也即作者立文之心。故《知音》謂：

> 世遠莫見其面，覘文輒見其心。

同樣說明由文之所以能夠感人者，在於心；知音所知的，正是文心，也即讀者與作者兩心通接，從而明白作者立文之大義。而文心與讀者能夠兩心相通，緣於產生"照理"此感應作用：

> 心之照理，譬目之照形，目瞭則形無不分，心敏則理無不達。

照理的要求在它篇可見痕跡。《奏啓》謂"博見足以窮理"，便可與

《神思》要求"研閱以窮照"比合解讀。博見在於增識,使能窮照究竟之理,故《知音》乃指出見理之心,當恒患"識照之自淺"。照理定於深識的要求,反映出對於知音觀文,當有悟理入道之目的追求,此亦是立文者對知音的應然企盼。

《莊子·秋水》言北海若初見河伯望洋而自嘆淺陋,乃謂"將可以語大理矣",①而後北海若先責之"未明天地之理",②繼而向其"論萬物之理",③此皆以理之知與未知,爲入道與未入的關鍵,是蘊含知音以會理的機制意義在其中。唐君毅先生指出:

> 由莊子之言理,恒與天地萬物相連,故知其所謂大理,實即天地萬物之理,亦即無大異其所謂道。④

故知《秋水》所言之大理,近於至道之意。唐先生謂"莊子之言'知道者必達於理'""亦即爲循天之理,從天之理之意",⑤其理代表天之道,蓋知大理乃關乎精神生命的上達問題。河伯不知有北海之嘆,是自覺精神生命未有上達的心念反映。知與未知,嘆與未嘆,緣乎照理之深與淺所致。昔河伯望百川灌河時,未嘗無識無閱,卻以爲居天下之美,正是爲淺識所蔽。方其自知渺小,乃明窮理之難,知道極之廣闊無涯,窮理當無有自足之心,於是可以語大理。河伯之至北海,於北海若爲知音者,正因北海所載之大理,乃得來者所察識,是以欣然以授。此大理之承載與領會,便是立理與知音的機制關係。

2. 知音即知道:以會理體道爲目的之知音

故知音之與聖心相通,不止乎文章賞識的層面,也不單爲了悅己之心,其知文的重要意義,在於會通聖人開示的大理。河伯觀北

---

① 《定本莊子故》卷4,頁111。
② 《定本莊子故》卷4,頁114。
③ 《定本莊子故》卷4,頁115。
④ 唐君毅《中國哲學原論·導論篇》,頁11。
⑤ 唐君毅《中國哲學原論·導論篇》,頁11。

第六章 徵聖體道精神下的"神理"與"理"義：由聖文展現的明理之術

海知理之難窮，乃以"少仲尼之聞而輕伯夷之義"者爲戒，正揭示了淺陋之偏見與成心，緣於對聖人開示理義之涉足未深，亦無窮究之自覺所致。是以一旦學聖之自覺萌生，知學聖爲明理的重要途徑，從此自心便能打破往日的封閉態度。

劉勰對於鑽仰聖人文章的要求，是從明理體道的成聖願景上出發的。蓋聖人待知音以知其文的心意，是爲使知音能明理體道。此種對體道知音的追求，是在體道自覺萌生後，因世道精神層次未臻理想而產生的內在焦慮。這與當時佛學經典未爲深識與重視的時代問題有一定關係，在梁武帝的《注解大品序》中尤表重視。由於有感當時學佛之徒對《大品般若經》"罕有尊重，或時聞聽不得經味"，故梁武帝感慨經義之不彰，謂：

> 故唱愈高和愈寡，知愈希道愈貴，致使正經沉匱於世。①

此實顯豁出在經義之角度，知音之多寡乃象徵道運之盛衰。聖人立經，不患來者之不知己，惟患眾生不悟所示之道範。所謂知音，實同知道知理。從弘道淑世的角度來看，梁武帝與劉勰對知音難見之慨嘆，皆是對聖文弘道的困境所產生的憂患意識。劉勰在《知音》引曹丕"文人相輕"之說，借近世文人之己見自高、貴遠賤近的弊習，反映對以文弘道的憂慮。文人對同期同類麗文尚且輕視，況乎近世載道之文章，質重於文，則輕忽的態度固亦可知。另一方面，以明道知理爲知音的要求，說明知音所知之文，並非時俗或輕浮淺薄之體，故劉勰提出博觀文章，正透露了知文必須知有德之文。這類似於支遁之解逍遙義，即使能適自性便爲逍遙，亦當設立一德行規範爲前提。

《知音》雖未具體表明這種憂患意識，但其論知文尤爲強調見

---

① 《出三藏記集》卷8，頁294。

心,則是以晉來禪修觀中的心之照理原理爲發明,以此爲知音賴以觀見文心的關鍵,從中透露出對讀者感通神理的關懷,期望透過修行法門,使能意識文所含載之理,無以今古文質爲喜惡。《神思》謂"物以貌求,心以理應",透露出人心與文心通接,是緣於感應,觀文是兩心交互感應的過程,兩心能夠感應,正端賴理來通接。神道之理,是沿道心而生,人的理亦沿心而生,不單原理一致,而且人所窮照之極理,心所生之至理,亦必然與神理同一。蓋理一無別,作者之理,亦同知音之理,故觀作者文理,便能通乎己心之理,成全感應。

此一理應心通的知文原理,反映出《文心雕龍》所謂由文而通接之兩心,皆有共同的體道意志於其中。聖人除卻借助立文以理體道,更重要的是使讀者同樣能體識箇中神理,明其體達道心的睿智。是故聖文能"寫天地之輝光,曉生民之耳目",正說明聖人以文宣示正大光明的道路,也即神道之所在,由光明曉暢生民耳目,以至於自覺徵聖入道,是聖人透過文教將神道展示於眾生的成德關懷,也爲"文明"賦予神聖新義,代表著由文開示出超凡入聖的光明事業。以此觀知音之意,便不止於要求人之知我,更重要者是求人之知道。是以《文心雕龍》積極將立文體道之心傳遞,使讀者能由觀讀載理之文而感應神理,以至於體道。聖人研神理以立文,正爲使生民藉由理以明聖教。

從以心感理的修行觀念看,理於聖人立文尚具另一重要作用,是以理之恒存義,令文得以入恒。《總術》云:

  思無定契,理有恒存。

此明以理爲文術之主,制馭文思,免流於漫無宗極,甚至背離宗極的浮游,故神思貴乎應理於心,使文與心能因理而即道入恒,文亦由此行遠於世,度化將來的有心之器。文與心因理之超越性而得

以恆存,而此文此心之恆存意義,實已建立於會理入道的精神生命上達追求之中。故《知音》云:

> 夫志在山水,琴表其情,況形之筆端,理將焉匿。

是處將志與情統攝於理之下,乃以常人之情志爲即理之先備基礎,蓋凡人立文悟理,緣情而生,故《明詩》云:

> 人稟七情,應物斯感,感物吟志,莫非自然。

由情生感,進而感物會理,乃凡夫立文的共同機制。而伯牙之志與情,萌發於高竣之道德性情,故已得理之梳順,擺脫情累。是以琴音有其所表之理,而得以爲鍾子期會通感應。此知理在文藝中作爲通感的橋樑,緣於人心可賴感而生理,故不獨感物而通理,亦可即文而會悟作者"形之筆端"時所生之理,達至與作者心通理應的境界。正由於理具有此契心作用,故聖人之心,亦可透過文章神理,使讀者心領神會。感應機制由是發揮正面的作用。

第四節　聖文形範中的理與義

　　劉勰認爲聖人的文章能體現妙極,與其於《梁建安王造剡山石城寺石碑》中以爲形器之妙造可成靈證的想法是一致的,兩者共同體現出一種道藝結合的理想創作追求。當然,造像講求"迹以象真",與文章創作的藝術表現不盡契合,然而通過文或像而體現道,皆屬於一種沿藝至道的體道理想。造文者或造像者的創作,藝在其中,可依托於不同的表現介體,但制作之始,必須發誠於體道,方能達到始乎道、終乎道的結果。聖人文章是道藝圓滿結合的創作形範,《文心雕龍》以文爲聖人沿藝體道的表現工具,對於文術的掌握,除卻技巧,更重視開發一套上達超越的大原則。參法聖人成文的原理,"理"起着關鍵的作用,既表現道,又成就藝。

《知音》提出的文章六觀,主要爲"披文以入情"作準備,透過外在的文章鑑賞,以解讀作者立文之情。六觀由位體以至聲氣,是了解文章體貌建構的安排,剝解形制,目的爲知其然。劉勰認爲合乎自然原則而制作的文章,必然能夠因內而符外,由此可知,沿表及裏,文章六種方面之所由成,實綰繫於作者爲文之用心,也即文情。故由深探六觀成藝之術,乃能知作者立文之所以然,如牟世金先生所言:

> 要觀察的六個方面雖多屬表現形式,並非止於形式。……形式的運用是爲了表明情理。因此,他主張對"位體"、"置辭"等的察看,不是孤立地看其對"體"的安排、"辭"的運用等,而是觀其所表達的情理,和這些形式能否很好地表現情理。①

藝的表達依止於文情,由藝而入情,知六觀亦是了解"銜華而佩實"的聖人文章的觀法。《徵聖》謂:

> 夫子文章,可得而聞,則聖人之情,見乎文辭矣。

聖人之情與文辭表達相互連繫,由此披文入情,同時又是沿藝而明道。故夫子爲文之用心與體道之精理,亦可得見。畢竟聖人立文,本爲研神理以設教,曉生民之耳目,劉勰解析聖人文術,彰顯聖人道藝相融的文範,領會其用心,實即由文教而參悟聖文蘊藏的神理。

一、明理立體:以理爲建立文體的必要條件

從聖人"研神理而設教"的理念來看,文教之功,着重於立文中

---

① 牟世金《文心雕龍研究》,頁 447。

傳遞神理；聖人德智圓滿，於設教成化中，神理尚需加以研察，顯示出成文過程中彰顯的神理，乃經歷聖心的研慮、理解，方能完善詮述。此因聖人成文，既是體現道，同時也是體會道的過程。韓湖初先生考察《文心雕龍》諸篇，以爲劉勰的聖人觀是主張聖人非生而知之，由此指出聖人秉心制文，亦須學而知道：

> 《原道》篇說聖人體道—是靠"原道心"、"研神理"、"取象"、"問數"，即充分發揮心的思維作用。"原"、"研"、"取"云云，說明聖心之得道並非一躍而蹴，而是有一個艱苦的探索過程。……聖人是先觀察、分析了萬物的變化才能寫出體道之文的。①

韓先生揭示了聖人乃至作者制文，是不斷朝道的方向發展的體道過程，由此制作體道之文。過程中使德性智慧上達發展，乃是心識的作用：

> 在劉勰看來，"心"是個思維器官。……它是在感官感知外界所得的材料的基礎上才能進行分析思考、認識世界的。②

心經由與外界交感而提升體道的知能，即是兩晉禪修者顯豁的感物會理的修行活動，而體道立文的活動則起着將研察的神理加以内化與提煉的作用。由此觀之，聖人之文教，實兼及以立文自我完善内理，以及表達神理兩大方面。這是將立文視爲與精神生命相契發展的活動，文章中的理，是作者精神生命的體現。

人由神理領會至道，以己心體達道心，乃聖人親自垂示的體道原理；而此原理於《文心雕龍》而言，乃經由"文"來落實和具現。故聖人以其所悟之理立文，是使文載神理，指邁玄遠道極。聖人作爲

---

① 韓湖初《文心雕龍美學思想體系初探》，《論〈文心雕龍〉的"聖人"》，頁65。
② 韓湖初《文心雕龍美學思想體系初探》，《論〈文心雕龍〉的"聖人"》，頁64—65。

德智圓滿、與道同體的作者,立文不但出乎"情動而言形"的自然之性,更能合於"理發而文見"的道體成文境界。此中對於"理"的自覺掌握,是至爲關鍵的因素。爲此,劉勰於《徵聖》論析聖人文術,亦尤爲重視"理"在聖文中的份位與作用。

《徵聖》內文有兩處表現出"理"爲聖人文章的重要構成元素,分別是:"精理爲文"和"明理以立體"。前者所指的便是聖人將會通精妙之理投放入文章之中。不用神理一詞,說明聖人沿神理以成文設教的立文原則,可爲一切有心衆生所共同踐履,亦不必體道至極方可施展。衆生效法聖人研察神理,理緣心生,會理的進程不廢文字,縱然未成究竟之神理,亦可寄迹詮表,是聖人立文重理的要旨。

然而在"明理以立體"之術中,劉勰指稱"理"的含義,並沒有完全意指聖人心生之神理,而是以文的應然產生角度,言文之體由理成全,猶如謂"理發而文見"之意,視爲理所當然的客觀規律。這種規律由聖人發現並確立爲文術,是體道立文的關鍵觀念,以下詳爲解說。

"明理以立體"的觀念原本放置於《徵聖》有關文術的段落,屬於繁、略、隱、顯中的"顯"術:

> 或簡言以達旨,或博文以該情,或明理以立體,或隱義以藏用。……故知繁略殊形,隱顯異術。

顯的意義來自於順理成章的本然大法,理在天地成化的制式中,作爲成物與成文之徹,原本用以制成物之形體,此是言總法。體又因物性、種類等等因素不同而呈現分殊之貌,這是竺道生所指"物情"的作用,而劉勰則歸因於理數不同。因此,理在成物與成文的程序中,同時兼具支配體貌的作用。在《文心雕龍》所謂神理之數,作用便是決定文采合道而又表現分殊。劉勰認爲形文、聲文、情文,以

第六章 徵聖體道精神下的"神理"與"理"義：由聖文展現的明理之術

至《五經》與麗辭，皆是順循神理之作用而成，其體貌正是神理之數的顯現。這些文所蘊藏的神理之數，是道體"因內而符外"的成文原理。

立體所說的，便是聖人效法至道成物的法式，沿理制立文章之體與體貌。人有人之體，文亦有文的體。至道制作人身，人體便由神理化成，"支體必雙"顯示出神理投入運作；聖人制作文章，要使文能合道，文體亦必須有理作用，理越近道，則文所呈現的體貌，便越見道藝相融。由是產生以理立體的觀念。這是聖人開示立文的應然法則，能夠發現理的成文作用，是一種體道的自覺。有應然法則，便有本然共性。劉勰言立體，不獨謂以理制立，亦嘗稱"因情立體"（《定勢》）、"設情以位體"（《鎔裁》），所指的是立文的自然之性。情是制作文章的動機，因有情志的產生而發乎文辭，聖人立文，亦由於興發聖人之情而述作。是以《附會》謂"才童學文，宜正體製，必以情志爲神明"，因情志而有制作的意念產生，屬於自然之性，也即立文的本然原理。

聖人興情立體，能自內而外透現精理，則緣於深會妙極；未與道合的凡夫制立文章，若要成就含理的體貌，此"因內而符外"的表現，並不能自然而然、任情生發，而需要自覺精煉會理。情在佛學中有下墮之性，與上達體道的力量恰成相對。在儒家的觀念中，《樂記》謂"感於物而動，性之欲也"，情動則有欲，精神受欲念支配，容易情數詭雜，不如聖人"以情從理"，①這是凡夫之情的本然反應。由"情動而言形"，順情而表達者，亦只是"思無定契"時未加提煉的言語。引用道生"言爲理筌"的觀念，固知言亦有表理之功，惟一旦感理之自覺越深邃昭明，則對此詮理工具，亦必定倍加要求研慮與精煉。是以《徵聖》、《宗經》就聖人立文經驗上言理，乃爲表達

---

① "以情從理"的觀念是王弼所提出，此觀念原理將在第九章詳爲交代。

聖人所設立的應然制作範式。本然之性與應然之法，兩者合成聖人文章的產生機制，劉勰對於兩者並不含混。在《宗經》謂聖人之文"義既挺乎性情，辭亦匠於文理"，前者便是指聖人以情爲文立義，後者則是聖人法道而爲的明理繹辭文術。

故此《知音》提出"心之照理"的功能，又以爲"心敏則理無不達"，正是基於對心之會理活動越加精益求精，冀望精神生命能精進上達，於此可知劉勰注重雕琢性情之目的，在於提升心所詮理的層次。換言之，因爲心有上達之自覺，方有對言語表達層次的要求，故文所透現之理，即是心之上達自覺的體現。這在晉來中土僧侶漢譯佛典的經驗中，基於執重詮譯佛理之正解爲務，尤見重視文字之琢煉要求。

理之控引文表呈現的原理，劉勰在《徵聖》舉出二例以申明：

  書契斷決以象《夬》，文章昭晰以效《離》，此明理以立體也。

劉勰舉書契與文章以爲論證，蓋有兩重含義。就文章的體貌而言，書契與文章乃不同的文體，不同處在於各有體貌，而其體貌之所成，乃順乎其中之理，以此説明由知理而立不同的文體，此是第一重含義。表現體貌之理數不一，卻皆亙古常存，如神理恒在，其數卻表現多樣。《通變》謂：

  凡詩賦書記，名理相因，此有常之體也。……名理有常，體必資於故實。

此明不同文體必有相配的體貌，是因內而符外之理。如麗辭之體，表現"體植必兩"的神理，故而講究"辭動有配"，要求言對與事對之美感。《麗辭》舉唐虞至周世聖人之文，皆有順自然而成立的麗辭。如稱《易》之《繫辭》與《文言》云：

第六章 徵聖體道精神下的"神理"與"理"義：由聖文展現的明理之術

《易》之《文》、《繫》，聖人之妙思也。序《乾》四德，則句句相銜；龍虎類感，則字字相儷；乾坤易簡，則宛轉相承；日月往來，則隔行懸合：雖字句或殊，而偶意一也。

《易》以卦象詮釋天地萬化，多見相配之事物與象相，顯示聖人發明天地間"體植必兩"的神理之數；而《文言》與《繫辭》又間配以排偶句式表達，便是以偶體展明此神理之數。由此亦見體與理的相配關係。而在明理立體的概念中，理除卻指《文心雕龍》揭示的幾組神理形態之外，在神理之下，形而下之器物，各有分理，此即是《易》所曉示的種種"天下之理"。① 藉由窮究天下萬物之理，明萬物所出之由，而達至體會道本，是《易》提出的"窮理盡性"之道。這與研察神理之數，而會理歸極的體道法則，殊途而同歸。聖人研察諸方理數，植成文體，目的亦在於使文能體道。

《知音》"六觀"首重"位體"，用意即在檢示作者能否做到文體與文理相配，因應所表現之理數而選取相應的體。由體反映出文章表達的情志與功能，這在聖人制立經典以後，基本確立了各類的大體；換言之，成體的文理，已經爲聖人確定出常式，後來文章發展，不離其宗。是故文章各體之理，可於先聖創制之經典中尋索。

至於舉書契、文章解釋明理以立體的另一重含義，則在於從總持發展的角度觀察文的發展，書契與文章雖然以不同分理成就殊異體貌，卻體現出聖人制立文體秉持貫一的成體原理。以下將由揭示劉勰爲書契與文章宗源《易》義的深旨加以解釋。

1. 書契與文章：先王典謨與孔子經典

劉勰於《徵聖》指出聖人立文之術有四：

---

① 《繫辭》云："易則易知，簡則易從。易知則有親，易從則有功。有親則可久，有功則可大。可久則賢人之德，可大則賢人之業。易簡而天下之理得矣。天下之理得，而成位乎其中矣。"(《周易正義・繫辭上》卷7，頁305—306)

故《春秋》一字以褒貶,《喪服》舉輕以包重,此簡言以達旨也。《邠詩》聯章以積句,《儒行》縟説以繁辭,此博文以該情也。書契斷決以象《夬》,文章昭晰以效《離》,此明理以立體也。"四象"精義以曲隱,"五例"微辭以婉晦,此隱義以藏用也。

四術中除卻"明理以立體"外,其餘三術分別明確取孔子的《春秋》、《儒行》、"五例"和周公的《喪服》、《邠風》與"四象"爲例,換言之皆出於周、孔,明確爲聖人立文的典範。"明理以立體"則獨異乎三術,取例於書契與文章,此問題斯波六郎先生於八十年代經已提出,以爲三術的對句"各以不同的經典作對",唯有此術"以《易》對《易》";此外,三術皆"各就經書文體作概括的論述",唯此術則"具體地採用了《易傳》中的文章"。斯波先生認爲此用例"恐怕是受到駢文體制拘束不得已而產生的現象",①反映出對劉勰的取例用意依然有未通透處。吉川幸次郎先生亦認爲"簡言以達旨"、"博文以該情"及"隱義以藏用"三例所舉,"都是以周公爲中心的古經書文章與以孔子爲中心的新經書文章交叉排列的",②由此推測"明理以立體"的例子"恐怕也是舉新舊兩種經書來作對比的",③而推斷《正緯》中"《孝》、《論》昭晢"一句提及的《孝經》和《論語》的屬性有可能是重要綫索,惜未詳明。

按三術所取例子皆爲周、孔先聖之述作,份位明確。則徵聖文術援引書契與文章二體,亦信必出自聖人之制。《夬》、《離》二卦但釋卦爻之理,有關二體屬於聖人制作的具體説明,最先記叙於西漢

---

① 斯波六郎《〈文心雕龍〉札記》,收錄於王元化編選《日本研究〈文心雕龍〉論文集》,頁61。
② 吉川幸次郎《評斯波六郎〈文心雕龍原道、徵聖篇札記〉》,收錄於王元化編選《日本研究〈文心雕龍〉論文集》,頁36。
③ 吉川幸次郎《評斯波六郎〈文心雕龍原道、徵聖篇札記〉》,收錄於王元化編選《日本研究〈文心雕龍〉論文集》,頁36。

第六章　徵聖體道精神下的"神理"與"理"義：由聖文展現的明理之術

孔安國《尚書序》，其先記文字出現之起源：

> 古者伏犧氏之王天下也，始畫八卦，造書契，以代結繩之政，由是文籍生焉。①

是處書契也即文字，是文的最初形態，由此發展出文章書籍，則可見書契除卻代表契約文體外，追溯其原本的意思，更是先王制作文章的雛形。文發展至於春秋，則由孔子將先世之史籍繁文加以整理：

> 定《禮》、《樂》，明舊章，刪《詩》爲三百篇，約史記而修《春秋》，讚《易》道以黜《八索》，述《職方》以除《九丘》。②

由此令先世之文"足以垂世立教"，揭示文章達到完善的階段。孔安國的序與傳，歷來皆疑是後人偽托，原因在於《史記》與《漢書》皆沒有提及孔安國爲《尚書》作注。黃懷信先生以爲，"所謂的'孔安國傳'，很可能就是傳自孔安國的《尚書注》。最後寫定，可能是他的後人或門徒。題其始作，所以稱之爲'孔安國傳'"。③ 則《孔傳》中的內容，未必爲後世偽作。《漢書》雖無明言孔安國注《尚書》，但孔氏叙述的文章發明歷程，卻於《漢書·叙傳》得到接納，傳云：

> 虙羲畫卦，書契後作，虞夏商周，孔纂其業，纂《書》刪《詩》，綴《禮》正《樂》，象系大《易》，因史立法。④

後來《後漢書·祭祀志》又進一步説：

> 嘗聞儒言，三皇無文，結繩以治，自五帝始有書契。⑤

---

① 《尚書正義》卷1，頁2。
② 《尚書正義》卷1，頁10。
③ 《尚書正義》卷1，黃懷信序言，頁4。
④ 《漢書》卷100，頁4244。
⑤ 《後漢書·祭祀志》，頁3205。

《後漢書》總結三皇五帝與孔子的文明聖業,在始乎無文而迄至孔子將《六經》集大成的歷史進程裏,書契位列其中,作爲聖王繼結繩以治後發展出更爲文明的治理方法,由此足以定位爲聖王的制作。

書契代表自有文字而進入文明時代的開始,又在東漢許慎《說文解字》中再度提及,並加以補充:

> 及神農氏結繩爲治,而統其事,庶業其繁,飾僞萌生。黄帝史官倉頡,見鳥獸蹏迒之迹,知分理之可相別異也,初造書契。①

從有文字產生的時刻作爲文明歷史的開端,故許慎將書契推祖於倉頡所創制。劉勰在《文心雕龍》若干處透露其對於許慎説法的認識,其明顯者在《練字》:

> 夫文象列而結繩移,鳥迹明而書契作,斯乃言語之體貌,而文章之宅宇也。

是處代交了書契乃是文字產生以後,最早出現的文體,既將言語具現,亦爲文章制作的起源。劉勰於《書記》又分書與契爲兩義:

> 蓋聖賢言辭,總爲之書,書之爲體,主言者也。
> 契者,結也。上古純質,結繩執契。

將書與契區分,是由於《書記》是記載各種已成熟定型的書記類文體,與最初先王草創的書契並不相同,"契"在後來亦獨立成爲一體,至劉勰的時期,已作爲市販徵數之用。在有文字之初,書契的含意,概指先王所有聲教,作爲文章草創之文,包含言事物類一切文字記錄;故劉勰以"聖賢言辭"總括書記之體,並指出其特性在於"隨事立體"(《書記》),實質也是書契的義解。劉勰的解釋雖略異

---

① 段玉裁《説文解字注》(上海:上海古籍出版社,1981),經韵樓藏版,十五篇上,許慎《説文解字序》,頁753。

於先賢,但顯然認識結繩以治、書契後作的文明進程。劉勰在《原道》中敘述人文發迹的歷史,便因承了許慎的説法,同時又將文字的發展更往上推,以遞於三皇時代:

> 自鳥迹代繩,文字始炳,炎皞遺事,紀在《三墳》,而年世渺邈,聲采靡追。

《三墳》爲伏羲、神農與黄帝之典,與帝代《五典》合爲《宗經》所標揭最古老的典謨,皆是倉頡創造文字之初,聖王用以制作的書契,乃是文體産生的雛形。由此先明《徵聖》舉書契爲例,蓋是三皇五帝的典謨。

《宗經》稱"道心惟微,聖謨卓絶",知聖人所作典謨,已蘊藏神理。惟從文與質的層次分辨,典謨是制作的雛型,尚未發展成文質兼備的形態,雖然涵載神理,卻只限於體道的内容,而未呈露爲一種融合藝術的文學體貌。如《養氣》云:

> 三皇辭質,心絶於道華;帝世始文,言貴於敷奏。

這些出於政化之用的先聖典謨,貴在以文字辨别物類事理,故質勝於文,是文的早期發展形態,謂其"心絶於道華",是知尚未足稱"銜華佩實"。書契所代表的,便是以紀言爲主的聖賢言辭,與之相對者,便是繼典謨産生後,華采配附於文體,神理流露於辭表的"文章",《情采》謂:

> 聖人書辭,總稱文章,非采而何。

聖人書辭的文與質皆合乎神理的發展,達到與韶濩、《韶》、《夏》等量齊觀的發展狀態;由此呈現的體貌與組織,流露於形表,便有若五色集成之章,内外充盈神理,聖文至此方由典謨進入完善的歷程。以此推知"文章"的意思,乃指孔子的刊述,使典謨成爲"經",光耀先王垂立的理。書契與文章,由此可知代稱典謨與經,在聖人

405

以文字建立文明政化之中，分別位居本末。劉勰取二者以解釋明理立體之術，是爲說明在聖人開始有體之文，也即聯辭織句以成體之初，經已運用這種文術。至於徵引《易》二卦以説明，是由於《夬》、《離》二卦的經傳內容透露出先世聖人創制文明中的兩大重要階段。

2. 由《易》揭示的立體之理

聖王制作書契的目的，在《繫辭》已有明言，文云：

  上古結繩而治，後世聖人易之以書契，百官以治，萬民以察，蓋取諸《夬》。①

《藝文志》由此因順《夬》卦的經文而點染聖王文治政化之意思：

  "夬，揚於王庭"，言其宣揚於王者朝廷，其用最大也。②

書契在治理政事中之所以起着重大的功能，在於其基本功能爲人君聖賢用以記述事義，發揮辨別事物的號名與意義的作用，令百官秉書契以治事、萬民由書契以察識名物事類。此即明察天地萬殊之分理。聖王由此進行社會分工，發揮民用，建立起功能層面的社會秩序，是書契更進一步的作用。如《周禮·夏官·司馬》謂軍官指導軍隊芟除草莽，於野地宿息之法，便云：

  群吏撰車徒，讀書契，辨號名之用。……百官各象其事，以辨軍之夜事。③

軍官參考書契而行芟舍之法，是百官由辨識號名以治事的一例，它如《地官·司徒》載質人"掌稽市之書契，同其度量，壹其淳制，巡而

---

① 《周易正義》卷8，頁356。
② 《漢書》卷30，頁1720。
③ 《周禮注疏》卷29，頁904。

第六章 徵聖體道精神下的"神理"與"理"義：由聖文展現的明理之術

考之，犯禁者舉而罰之"，①亦是據書契而治理百姓的例子。是以許慎稱書契的功能：

> 百工以乂，萬品以察，蓋取諸《夬》。《夬》，揚于王庭，言文者宣教明化於王者朝廷。②

由辨別號名之功能以"宣教明化"，是爲明察萬品以判別分理，以開生民之知，國家由此得以邁進文明治理的階段。這種辨別分理的功能，是劉勰所謂斷決與明決之意，故《書記》稱書契：

> 舒布其言，陳之簡牘，取象於《夬》，貴在明決而已。

明決如明斷，是指明辨萬物之理，先王以之行政化。劉勰謂"先王聲教，布在方册"，便是指先王制作之書契乃"隨事立體"，也即就一事或一物而成一書契，以教化百姓明辨種種事物分理。至此認識的理，屬於本然義。而劉勰在《序志》自謂其爲《文心雕龍》五十篇"位理定名"，特意強調以篇名彰顯篇中所論文學義理，其用心正反映出對先聖初創文字以昭明天下群理的史識。

至若文章之體取諸《離》象，則申明聖人辨物明理的政化，乃參法於自然表象世界，從而發展起文明。在天地中，使萬品分明呈現的，便是普照天地的日月光明，《離·彖辭》謂：

> 離，麗也。日月麗乎天，百穀草木麗乎土。重明以麗乎正，乃化成天下。③

《說卦》云：

> 離也者，明也，萬物皆相見。④

---

① 《周禮注疏》卷15，頁443。
② 《說文解字注》，十五篇上，《說文解字序》，頁753—754。
③ 《周易正義》卷3，頁158。
④ 《周易正義》卷9，頁385。

天地以光明昭彰萬物紋理，聖人因之創設文明以條理群品，作書契以辨類，是參法自然之道的人文創設。由辨識群理的目的，以至因順種種分殊的物理，發明不同的工種與工具，如伏羲"作結繩而爲罔罟，以佃以漁"①，由此開始社會分工，進入關懷百姓生活的基礎階段。明理至此已不僅限於客觀事義的認識，而是聖人治理天下的應然方向。爲此，聖人效法天地明彰萬物的意義，在於完成辨物分理的階段後，進一步從分殊的事物之理以研察天下成物之大理，由此實現人文化成。則聖人由極深而研幾以發現並轉化於成化之用的大理，已配乎其應然的意志。

《易傳》所謂"窮理盡性，以至于命"，當中窮理的觀念顯豁了先王辨物分理的用心，不單爲將社會工種與事物無止境地分門別類，更在於從紛繁的表象世界中，尋找出總持萬事萬物所生所成的大理，由此一總持之大理，而體察至道之所在。此一總持天地成物之大理，隱藏於《繫辭》"天下之理"的概念之中：

> 易則易知，簡則易從。易知則有親，易從則有功。有親則可久，有功則可大。可久則賢人之德，可大則賢人之業。易簡而天下之理得矣！天下之理得，而成位乎其中矣。②

此天下之理，聖人賢者用以成化天下，強調簡易可從的治理原則，而非繁複的操作。是故《易》叙說天地之事，悉判於乾坤剛柔的簡易之途，如鄧師國光先生解釋"天下之理"是"以'易簡'之道實現豐功偉業"，③則此天下之理，便有總持天下衆理的含義，透露聖人其初辨物明理的體道本衷。用《禮記·大學》的語言解釋，即是試圖沿"物格而後知至"的方向，由察別分殊的理以體識大理，以此總持

---

① 《周易正義》卷8，頁351。
② 《周易正義》卷7，頁305—306。
③ 鄧國光《經學義理》，《"理"：核心經世觀念的源流》，頁14。

第六章 徵聖體道精神下的"神理"與"理"義:由聖文展現的明理之術

之理而明道,將道弘明於人間,實現"國治而後天下平"的願景。"窮理盡性"的觀念,表達出儒門先聖企盼以明理來體會道、體現道的理想。則聖人以理所建立的文體,實皆蘊含應然的制作意志。然而於先秦時期,窮理盡性的意識尚處於萌芽階段,對於將其中總持性的理義明確與道本建立關係,則迨至玄佛興起思辨之風後始得發隆。惟在《易》中所能見者,是這種將天道體現於人間的願念,透露在《離》卦的象傳之中。

聖人以其德性智慧體悟天道化生之德,由道的本然性轉化出一套應然性的人文化成理念,便是發揮理的總持功能,因此《離·象辭》謂:

明兩作,離。大人以繼明照于四方。[1]

《離》卦象徵重麗,是光明璀璨之象。天地以日光而顯明群品,聖人所以熠耀人間者,則以文明理,建立倫序,明分善惡,以化成天下,使歷史進入文明的進程,如同日月以其貞正而垂麗天下,化行生生之德。劉勰以《離》卦說明孔子刊述經典之功,是由於孔子刊述《五經》,使典謨因含文而成經典,既提煉人文化成的精神,亦沿天地之美,而得會萬物之理,進而體會至道成物的大理,又以之化成天下。此一理念孔子雖未言明,卻表現在其經驗世界之中。《論語·爲政》載孔子觀北辰變化,而會通天文樞紐與定立皇極之道,是發現聖王爲政與自然運律的共通點,此正是沿天文運作的現象,而體察"天下之理"的治道。是《原道》篇稱許孔子"觀天文以極變,察人文以成化"的意思。至此可知明理立體的理義,分別有兩層意思,其一是表象世界的事物之理,其二則是體現至道成化的理,也即劉勰

---

[1] 《周易正義》卷3,頁159。

所謂的神理。① 沿表象之理而領會神理之用,洞悉造化之大德,是聖人明理立體的本旨。

由"書契斷決"到"文章昭晰",是一段聖人發明文到完善文,以創設文明的歷史。書契與文章,分別代表文體生發過程中的初始與成熟階段,體貌的殊異,是由於發展的程度不同,也即文與質比例有別所致。《徵聖》謂:

> 先王聲教,布在方册;夫子風采,溢於格言。

在此已透露書契與經典的不同體貌。書契爲有體之文的雛形,其用主要在政化,故劉勰納爲"政化貴文之徵"。於《書記》稱書契之體:

> 並述理於心,著言於翰,雖藝文之末品,而政事之先務也。

書契講求政事功用,其辭質樸,故於重文辭的藝文中,居於末品,但卻是出自聖人爲政之心而明達;至於經過孔子刊述的經典,則是文質兼備,使先王聖訓融入辭采之美。由此顯示二者表現文質上的分別。

惟經典既是書契之集大成,則兩者體貌雖異,而内中表達的理卻是殊途同歸,同樣包蘊先聖的成化追求,隨着明理層次的提升而建立起更爲細緻具體的文明制式。從《夬》到《離》,是先聖明理體道的兩大進境。《夬》卦解釋了先王在社會發展越漸複雜的時代,創制書契,使百物皆得以位理定名,爲百官與萬民明辨天下之物理,將世界的紛繁表象整理和建立社會秩序(social order),《夬》所

---

① 門脇廣文先生在《關於〈文心雕龍〉中的"理"》一文中,已指出《文心雕龍》中與道有關聯的"理"義,一是"超越所有事物的、絶對的'神理'",一是"個別的、相對的、單個的'理'";又指出"理"是由"道"而落成到文章典範的"經書"之間的重要概念,實已點出聖人開發"理"義的兩大層次與關鍵作用。其觀點詳見中國《文心雕龍》學會編《文心雕龍研究》,第二輯,頁68。

展示的是本然的明理狀況,是先王其初認識理的方法。《離》卦則申明孔子刊述《五經》,使典謨駁雜之彝訓得以昭晰條暢,令先王治世之智慧發揮,如百穀草木在光照下表露無遺,而且順天地化生不息。由此建立的文明世界,已邁進富含倫理內涵的道德秩序(moral order)層次。

分析聖人爲明理而創制文用的歷程,從最初用以研察形而下的器物分理,進而自辨物而發揮立正言的功能,則此聖人觀察天下之理,實已會通於至道造化的德性層次。此辨別分理的用心,本諸聖人成化天下的關懷,是故無論體式繁縟還是要約,皆不失聖人之情志。

3. 明理立體之術的本源:先王制《禮》

《徵聖》所言的明理以立體文術,突顯聖人發明文字以至文章,莫不爲將抽象的理具現,實現人文化成。書契與文章在此中,與其說是具體的文體所指,則視之爲文明生發進程的符號,無疑更爲恰當。是故"明理以立體"雖取例《易》卦說明,卻實在出於聖人建立文明制作。聖人以文建設社會,不獨用《易》,尤其《宗經》明言"《易》唯談天,入神致用",已顯示《易》的功能,其本着重於體識幽微天道,至於依止於人間的文明創制,則以定立倫序的禮文擔當重任。

《宗經》言聖人制《禮》:

《禮》以立體,因事制範。

正好指出了立體之術,與《禮》有密切關係。是處所言的體,是由《禮》所興立,比照《徵聖》言"明理以立體",可發現理與《禮》在聖人制作文章的經驗中,皆有立體的作用。則聖人制《禮》採取"因事制範"的方式,亦屬於明理的體現。因事制範先講求分辨事物之理的層次,"隨事立體",將本然的理客觀呈現。在此基礎上建立尊卑敬愛的倫理，確定應然的軌範，聖人以此理長養生民德性，已達到體察天道厚德的層次。則劉勰所述明理立體的功能，在《五經》之中，實更爲具體地表現於《禮》上。是故以理立體之説，亦可解讀爲以《禮》立體。就禮文而言，禮是理的具現，理則是成立禮體的根本元素。

禮由理所成全的觀念，早見於《管子》與《孔子家語》。《管子·心術》云：

> 義者，謂各處其宜也。禮者，因人之情，緣義之理，而爲之節文者也。故禮者，謂有理也。理也者，明分以諭義之意也。故禮出乎義，義出乎理，理因乎宜者也。①

管子解釋禮的内涵，包蕴情與理，其中，"義之理"爲"因乎宜者"，透露出理秉具的應然性，是形成禮體的關鍵要素。蓋禮節約本然而發諸人情，在於控引情源於合道方向，而其能夠使情合於儒門聖軌，在於禮出乎"義之理"。是以禮的節文功能，端賴於理爲樞紐，言行舉止能合乎禮文，在於明理的自覺。而後《孔子家語·論禮》載孔子語，更直接以"理"解"禮"：

> 夫禮者，理也；樂者，節也。無理不動，無節不作。②

"無理不動"，即謂非理不動，如同後句"無節不作"，可以非節不作解釋。此是謂禮的體現，當循理而動，實脱胎於《易·大壯·象辭》"君子以非禮弗履"，③以及《論語·顏淵》"非禮勿視，非禮勿聽，非禮勿言，非禮勿動"二句。④ 正因理緣禮而具現，禮因理而立體，故

---

① 黎翔鳳《管子校注》(北京：中華書局，2004)，卷 13，頁 770。
② 載姜義華、張榮華、吴根梁編《孔子——周秦漢晉文獻集》(上海：復旦大學出版社，1990)，《孔子家語》，頁 646。
③ 《周易正義》卷 4，頁 174。
④ 《論語集釋》卷 24，頁 821。

第六章　徵聖體道精神下的"神理"與"理"義：由聖文展現的明理之術

重禮者必知理，明理者必合禮，兩者相即而見。是以後來孔穎達直言：

> 禮者，理也。①

這種發隆於先秦的禮文觀念，以理成人，以理節行的原則，建立的是内外充盈於理的君子。以此施展的文學制作，亦以合理爲度，放置於詩論之中，由明理而要求"發乎情，止乎禮義"的主張，成爲儒家詩論中的應然觀念。

《禮》之立體義，其本在於以理成人。人順理長養身體，是至道本然的化生作用；聖人明理以制禮義之儀文，使生民兼而開啓德性智慧，則是本諸應然的用心而爲。是故無論體與禮，在講求存養德性生命的意義下，須循理發展，使成禮同時成就應然之體。禮與體的密切關係，在先秦經已發展起來。《詩·碩鼠》言及禮，便謂：

> 相鼠有體，人而無禮。人而無禮，胡不遄死。②

已明確用肢體比喻君子應當將禮文呈現。而在《禮記·禮器》中更有直接的説明：

> 禮也者，猶體也。體不備，君子謂之不成人。③

此明聖人作禮，用以立德成人。以體喻禮，由此要求君子以明禮樹立其體，使内在充盈合乎義理的德性，外則彰顯合禮的儀文，内外合禮，方堪稱君子。是故君子之體，循禮而立。其後鄭玄爲《禮記》注本作序文，便留意到禮與體的密切關係，而直言：

> 禮者，體也。④

---

① 《禮記正義》卷1，頁1。
② 《毛詩正義》卷3，頁243。
③ 《禮記正義》卷23，頁863。
④ 見孔穎達引録於《禮記正義》卷1，頁4。

孔穎達因《禮記・禮器》之文而認定是鄭玄以體釋禮之内證，由此認爲"《禮記》既有此釋，故鄭依而用之"。①《禮記》在唐代始爲孔氏納入於"經"之列，則從更廣闊的範圍審察，《相鼠》之例無疑揭示了以體釋禮的例子，在先秦已存在於聖人刊述的經典之中。

《相鼠》以肢體比喻禮之例，又同時反映出立體的概念，兼具本然與應然兩種義涵，此認識觀至六朝已爲賀瑒發現。賀瑒在解釋《周禮》爲禮之體的觀念時，提及兩種性質的體：

> 一是物體，言萬物貴賤高下小大文質各有其體。二曰禮體，言聖人制法，體此萬物，使高下貴賤各得其宜也。②

賀瑒所言的物體與禮體，前者屬於道本的自然呈現，後者則是聖人以義理建構起秩序體系。體的兩種分別，實是沿兩層理義以確立，也同時昭彰兩種理。貴賤高下小大文質之體，呈現條判事物的分理，而在禮文中則推及至人倫秩序，也即倫理。前者確立社會分工，屬於社會秩序，後者構建社會倫序，屬於道德秩序；聖人據此兩種秩序，建立具應然性的發展圖式。倫理作爲聖人的建設之一，劉勰在《論説》便已透露：

> 倫理無爽，則聖意不墜。

聖人制立人倫的目的是爲定立社會結構，故此務求倫常有序不紊；此中雖有身份等位的分殊區別，而其目的究爲建立道德秩序，是爲民修德的制作。從德性上達的體道義而言，理自無二。可見立禮體以明理，同乎聖人立言的用心。是故"明理以立體"之術，實較早體現在聖人制禮的論述中，而將之推及於立言乃至立文的領域，則

---

① 《禮記正義》卷1，頁4。
② 載於《禮記正義》卷1，頁4。

是劉勰的洞見。

4. 因內而符外

明理是立體的先決基礎,《三墳》、《五典》歷久而"方冊紛綸,簡蠹帛裂"(《練字》),篇體散亂,不成片段,而孔子能重新組織以成經典,在於明理。體雖散亂而理可恆存,有理之文,方謂之文章。先聖書契亦是沿理立體的有理之文,但因條流紛糅,體統解散,神理爲碎亂之辭所掩埋遮蔽。孔子的刊述,便是重新將辭與理接合條暢。在劉勰的理解,孔子能使典謨成經,固然在於揚雄所謂敷之以"文",使書契成爲文章;但更重要者,在於掌握聖文之理,以重新建立有文理的體統。這種先明理而後成文體的程序,劉勰稱爲因內而符外。

先王聖人立文,體貌故有異,此是因內符外的特質之一。但因內符外,必須講究有理之生發,不論立體如何,亦不能違背明理然後立體的序次。故先明理,然後文之體貌乃可得見。此理雖非直與宗極之理相合,但其同樣與心相應,緣心所生,便符合"因內而符外"的神理成文原則。《宗經》舉《五經》爲文章範式,其中謂"《禮》以立體,據事制範;章條纖曲,執而後顯",此一沿纖曲而後顯的呈現法式,是依止於《禮》之文理觀念。

先秦講究禮文,禮文之理的特質正是以禮樂外在的禮文,表達內在之人倫、道德意志等,藉由訂定一套彰顯理之人文倫理,以建立道德秩序。其中荀子更是專門以"文理"一詞表達聖人所制作的禮義表儀,並指出其節情的功能,《禮論》篇云:

> 文理繁,情用省,是禮之隆也;文理省,情用繁,是禮之殺也。文理、情用相爲內外表裏,並行而雜,是禮之中流也。①

---

① 王先謙《荀子集解》卷13,頁357。

《性惡》篇又云：

> 今人之性……生而有耳目之欲,有好聲色焉,順是,故淫亂生而禮義文理亡焉。①

荀子以人情爲欲,故其理解的文理與情,傾向於此消彼長的關係,雖然如此,但其突出文理代表禮義的一方,將文理與禮義建立互見關係,由此明確禮義的應然作用,是沿理而發揮。唐君毅先生指出,這種禮義文理,是周世聖人創制文明的重要標志：

> 文理者禮文之理,社會人文之理。文理乃指人與人相交,發生關係,互相表現其活動態度,而成之禮樂社會政治制度之儀文之理而言。此禮樂之儀文,爲周代文化之所特重,抑爲後世之所不及。②

此知文理即禮樂之儀文,是由外禮顯現內在之理,包括內中之情態和心理活動。以文儀來表達內在的理,文由此配資德化以呈現,乃聖人建立道德秩序過程中的文明創造。劉勰於《章表》稱"周監二代,文理彌盛",文理的意思便是指具有義理的禮樂儀文,可知其對荀子文理觀念的認識。至於解釋"章表"之義,悉本禮文精神：

> 章者,明也。《詩》云："爲章於天",謂文明也。其在文物,赤白曰章。表者,標也。《禮》有《表記》,謂德見於儀。其在器式,揆景曰表。

此文理雖不直接顯現順理成章的關係,卻突出禮文表達內中之理的意思,也即"因內而符外"的原則。是以聖人順神理立文,正因其心契合神理,而表諸文章。明理而立之文,其理亦是與作者融而爲

---

① 王先謙《荀子集解》卷17,頁434。
② 唐君毅《中國哲學原論·導論篇》,頁16。

第六章　徵聖體道精神下的"神理"與"理"義：由聖文展現的明理之術

一，故理所立之體，能表達聖人立文淑世所投注的精神生命，依止於理之明確而表露。

是以劉勰在《徵聖》贊語中，乃點出精妙之理爲聖文不朽之關鍵：

> 精理爲文，秀氣成采。……百齡影徂，千載心在。

精理於聖文中的作用，是保存聖心不墜，這是由理之恒存意義而發展的立文設想。由理而確定的成文法則，爲文體帶來了不易變易的特性。從文之生成原理而論，理既爲恒式，體自亦呈現恒常穩定的形態，故《通變》所謂"設文之體有常"，乃是理有恒常以及明理立體兩觀念下的結論。

恒理之精微入極，是聖文保存不滅之原因。不滅之意義，無在於體骸，而在聖人文心之可以寄托。存寄於聖文中的精神與關懷，也即其文心，莫不緣其內在之理昭示。故會聖文即知聖人之神理、聖人之心，其淑世意志亦因此廣遠傳承。因此明理以立體之意，乃在使作者明白立文當先明己心己理，則所立之文，自能呈現其精神智慧與體貌。此"因內而符外"的原則，是要使作者自覺將文視作神聖而慎用的工具，當作者秉其心志、性情與精神立文，則其文自有精神生命貫注於中，圓融不分。以文樹德成己的觀念與自信，乃在沿理體道之意識中得到建立。

二、發義爲用

"隱義以藏用"是與"明理以立體"並見之聖人文術。劉勰以理與義，建立起文之體與用，由此反映出在體道立文觀念中，理是樹立文之體，義爲發揮文之用的思想。明體之目的爲達用，隋釋吉藏《法華義疏》便有云：

達用乃鑒於體。①

照理明體而立文,必有致用的志。《序志》稱《文心雕龍》以大衍之數"位理定名",並以四十九篇爲"文用",是明《文心雕龍》位理立體,同樣有發揮文用之旨以相配。

劉勰以爲聖人發義的產生原因,在於發明經用,遂本《易》與《春秋》二經在歷史中的發義歷程爲根據。《徵聖》闡釋"隱義以藏用"之術云:

四象精義以曲隱,五例辭微以婉晦。

二例以孔子之述功爲典範,解說聖人發揮經義以致用濟世的文術。

1. 四象:《易》的義用

劉勰對於《易》之形成與發展,沒有明確申述,而根據《繫辭》的說法:

易有太極,是生兩儀。兩儀生四象,四象生八卦。②

自太極至八卦,太極爲"人文之元",也是作《易》之始。《原道》稱《易》"庖犧畫其始,仲尼翼其終",表明由庖犧草創《易》,至孔子則按本經化演爲《十翼》,經體乃得完備。四象在此過程中,是《易》自創立到成形之間的其中演變階段。

由草創以至嚴密,自簡而繁,在於《易》用的需要不斷出現,以至不斷發展意義以敷應用。四象的產生,正是出於應用的需求:

天垂象,見吉凶,聖人象之。河出圖,洛出書,聖人則之。易有四象,所以示也。繫辭焉,所以告也。③

天象垂示吉凶,聖人象之,目的是爲"定天下之吉凶,成天下之亹

---

① 釋吉藏《法華義疏》卷8,《大正新修大藏經》第34冊,頁558中。
② 《周易正義》卷7,頁340。
③ 《周易正義》卷7,頁341。

第六章 徵聖體道精神下的"神理"與"理"義:由聖文展現的明理之術

賾",而天象幽微,故聖人法象,務必"探賾索隱,鉤深致遠",是以《繫辭》又云:

> 是故夫象,聖人有以見天下之賾,而擬諸其形容,象其物宜,是故謂之象。①

象是將幽微天道昭示的方法,立象盡意並非一蹴而就,其間經歷漫長的演化歷程。四象只是擬諸形容、象其物宜之初步體現。故有垂示之功,而義尚隱約,後來《易傳》進一步發揮《易》用,披露吉凶悔吝的複雜事義,其化成天下之大用,莫不源出於四象之義,是其"隱義以藏用"之意思。

《宗經》稱"《易》惟談天,入神致用",知庖犧作《易》本爲展現天道,至若發揮《易》之大用,則由孔子立傳成全。"入神致用"之意,據自《繫辭》"精義入神,以致用也",②其中的"精義"正表明孔子爲《易》研慮其中的精義,開立新義,使之發揮用世的功能。孔子所立之義,其意雖然本據《易》經卦象,其義卻匠心獨運,針對治世的用心而演發,反映了義之宗本而應世的質性。而早在孔子之前,文王實已開創爲《易》演發新義之先例,《事類》云:

> 昔文王繇《易》,剖判爻位,《既濟》九三,遠引高宗之伐;《明夷》六五,近書箕子之貞;斯略舉人事,以徵義者也。

此例補充了《文心雕龍》首三篇所展現的劉勰對《易》之發義歷程的理解,自伏羲創作以後,《易》的用世大義實經歷了文王與孔子相繼的人文義理創發。文王以事例説明,孔子則張演新義,二者皆以淑世精神,發明《易》之治世時用。此見立義之緣起,乃爲活潑《經》之淑世生命力,直面當世,並爲將來垂法。義既出乎經典,又以對治

---

① 《周易正義》卷7,頁344。
② 《周易正義》卷8,頁358。

時代爲旨趣,強調的是治用之發揮。

2. 五例:《春秋》的義用

《徵聖》指出立義之發用意義,可以《春秋》五例爲本,實亦取範於孔子,以其對魯《春秋》之刊述爲發義致用的説明。"五例"出於杜預《春秋左傳集解》,是概括孔子刊述《春秋》以發微言大義之五術。劉勰取"五例"以説明文義之用,蓋亦有得於杜預的觀點與體會。《史傳》稱《春秋》之作:

> 泊周命維新,姬公定法,紬三正以班歷,貫四時以聯事。

《春秋》紀人君動作之務,邦國四方之事,有德則褒善,失德則貶惡,是周公所訂立之憲制,用以令國史能行王道之教。至周季世,王道不行,《春秋》勸戒之功亦衰,是孔子修《春秋》之原因:

> 周德既衰,官失其守。上之人不能使《春秋》昭明,赴告策書,諸所記注,多違舊章。①

記注多違舊章,説明周公之舊制已不得昭彰,《春秋》的勸戒作用必然隨之更亡。《左氏》昭公三十一年傳曰:

> 《春秋》之稱,微而顯,婉而辨。上之人能使昭明。②

《春秋》記事雖微而能顯,雖婉而可辨,有心於治者,必能通曉周之所以王之正道。而周德既衰之世,《春秋》不能昭明,過失在於人心而非關文本。是以劉勰於《史傳》歸結孔子修《春秋》之因由,亦在於"閔王道之缺":

> 自平王微弱,政不及雅,憲章散紊,彝倫攸斁。

國史本載先聖之彝訓,教化不得彰顯,是由於昔日周公所訂之憲章

---

① 孔穎達《春秋左傳正義》(北京:北京大學出版社,2000),卷1,頁 12。
② 《春秋左傳正義》卷 53,頁 1751。

經已散亂;造成散亂的原因,正是王道不行,上下皆淪喪戒慎恐懼之心,後來孔穎達於此尤有點睛之論,疏云:

> 此明仲尼脩《春秋》之由,先論史策失宜之意。……賢德之人在天子諸侯之位,能使《春秋》褒貶勸戒昭明。周德既衰,主掌之官已失其守,在上之人又非賢聖,故不能使《春秋》褒貶勸戒昭明,致令赴告記注多違舊章也。①

孔子刊述《春秋》,乃爲重彰其中褒貶勸戒之旨,使之能因時勢以制宜,藉此再現周世隆盛之德。故杜預總結孔子之刊述,悉本周德,而面向將來:

> 仲尼因魯史策書成文,考其真僞,而志其典禮,上以遵周公之遺制,下以明將來之法。其教之所存,文之所害,則刊而正之,以示勸戒。……蓋周公之志,仲尼從而明之。②

杜預謂孔子從周公而明之,蓋指孔子深識周公之志,發揮《春秋》大用,此用從功中顯現,是在述中弘明用世大義。《徵聖》謂"述者曰明",正以孔子之刊述,表明述者之所以能爲聖,關鍵在於有弘明至道與聖化之功業。

3.《春秋》演示的正義與變義

孔子發《春秋》之用,既本乎周德,又直面時代問題,故上遵周公遺制,下開新義,通變之道,實存乎其中。孔子本周德遵舊制,在於能通理,這體現在"發凡以言例":

> 其發凡以言例,皆經國之常制,周公之垂法,史書之舊章。仲尼從而脩之,以成一經之通體。③

---

① 《春秋左傳正義》卷1,頁12。
② 《春秋左傳正義》卷1,頁12—14。
③ 《春秋左傳正義》卷1,頁16。

所謂發凡言例,是指恢復周公訂立之法。孔穎達疏云:

> 言發凡五十皆是周公舊法。……杜(預)所以知發凡言例是周公垂法、史書舊章者,以諸所發凡皆是國之大典,非獨經文之例。①

此知杜預以爲孔子之發凡言例,在於深明周公爲《春秋》建立憲制之本初精神,從而秉承周公之志,復原經教,存續《春秋》經世之用。

往昔主掌《春秋》經之史官因混亂舊章,使褒貶之旨無法彰顯,故孔子以深會周公之精神重加刊削,其淑世之心,同乎三世以來聖主之治道。孔子知《春秋》褒貶之用,明其"微辭以婉晦"之文理,由此因用見體,故能爲《春秋》確立爲經之通體,以褒貶勸戒爲《春秋》之義用。經體之能通達,是指其體能與道同入於常,《總術》即以常道稱經:

> 常道曰經。

稱經爲常道,是以爲經典之所成,循理而合道,當無復變易,與道入常。"通"之意義是透過明理來建立,理之永恒宗極力量,支持經典立體,且歷世長存。周公爲《春秋》定立的憲制,令國史能爲君民立正範、明勸戒,《春秋》正是以此合道之理,雖歷亂而一息尚存。孔子去亂存真,復明其理,故其所修,乃能煥然明理成體,使《春秋》得其爲經之常制,同時令後世觀《春秋》,莫不以發明深義爲目的。

至若變之道,則體現於爲將來垂法之心志當中。孔子之刊述,是藉由復原舊典來發揮微言大義,此一修經之舉措,必以不害經本爲關要。而能本經發義者,孔子乃生民以來第一人。蓋經由聖人所成,體現至道,其教深弘無墜,所定之文,由是亦不輕易爲後世所更改。故劉勰《宗經》爲經定義謂:

---

① 《春秋左傳正義》卷1,頁17。

> 經也者,恒久之至道,不刊之鴻教。

杜預稱左丘明受經於孔子,亦"以爲經者不刊之書也",①同樣有不敢擅改之心。如同佛門視經爲佛之聖言,承載佛心,亦不輕易改動,釋道安於《十二門經序》便云:

> 經無巨細,出自佛口,神心所制,言爲世寶。②

經是佛陀開示成佛道理的語言文字,以文字呈現德性智慧,故稱爲神心之制作,觀文輒見佛心,乃得以明至道宗極。文代表聖人之心,本無改動之理由。孔子能超越不刊之規限,正是以心會通《春秋》之理,秉持淑世之關懷,借經典以開變例,發微言大義:

> 其微顯闡幽,裁成義類者,皆據舊例而發義,指行事以正褒貶。諸稱"書"、"不書"、"先書"、"故書"、"不言"、"不稱"、"書曰"之類,皆所以起新舊,發大義,謂之變例。然亦有史所不書,即以爲義者,此蓋《春秋》新意,故傳不言"凡",曲而暢之也。③

杜預解讀孔子之刊述,莫不圍繞"義"。所謂"裁成義類"、"據舊例而發義"、"起新舊,發大義",皆以發義爲旨,是認爲《春秋》之用由義而見,此蓋沿微言大義的概念闡發。

大義出自孔子重建《春秋》經教之志,是爲明將來之用而發,因時而權變其用,不徒守舊發凡,故稱之爲"變例"與"新意"。此變與新,皆是孔子爲面向用世而立之教義,《宗經》稱其刊述《五經》是"義既挺乎性情",義之所立,蓋是孔子憑一己之性情,會通聖人作經之心意,而稟經發明。則義的概念,乃讀者之性情與經典內容的

---

① 《春秋左傳正義》卷1,頁14。
② 《出三藏記集》卷6,頁252。
③ 《春秋左傳正義》卷1,頁18—20。

複合產物,其中或通透原作者的精神與用心,唯皆是原文未嘗昭揭。義出於經成之後的想法,可取據於《詩》六義之概念。六義用以概括詩教,出自三百篇刊成之後。《明詩》云:

> 三百之蔽,義歸"無邪"。

此義是總結三百篇之訓教作用。而舜帝言詩教之功能爲"詩言志,歌永言",①亦是本既成之詩篇而立之教言,故劉勰謂此是:

> 聖謨所析,義已明矣。

先聖析詩之化民作用,爲之曉以大義,正顯示出義是依文析理而發。

義雖本據舊例而發,卻旨在爲將來垂法,是以應變爲目的,故杜預謂之變例。孔穎達亦認同變例所發者爲新義:

> 上既言據舊例而發義,故更指發義之條,諸傳之所稱"書""不書""先書""故書""不言""不稱"及"書曰"七者之類,皆所以起新舊之例,令人知發凡是舊,七者是新,發明經之大義,謂之變例。②

杜預以發凡與發義,申明孔子之刊述,有本有變,顯本在乎明理,所變在於發義,故以變例爲發義之方。孔子固本而開新的義理發揮,牟宗三先生已指出其有別於三代所建立的"道之本統",稱之爲"孔子傳統":

> 孔子如果只是做爲三代的驥尾,而又只是個檔案家,那麼孔子憑甚麼資格做聖人呢?夏商周三代這個道之本統到了春秋時代孔子出來,振撥了一下,另開一個新傳統,我們

---

① 《尚書正義》卷3,頁106。
② 《春秋左傳正義》卷1,頁19。

第六章　微聖體道精神下的"神理"與"理"義：由聖文展現的明理之術

可以叫它爲"孔子傳統"。這兩者要分別開來，孔子傳統固然有承於夏商周三代這個道之本統，但不是完全等於這個道之本統。①

爲三代經典別開新義，有益天下成化將來，乃是孔子之所以爲聖的原因。此見發義雖非作經，卻同樣有聖人之功。

至若洞見孔子明舊與發新之別者，孔穎達稱是杜預所先發：

> 自杜以前，不知有新舊之異，今言"謂之變例"，是杜自明之以曉人也。②

此知變例發義之觀念，其先出自杜預。劉勰乃在杜預之基礎上，補充"義既挺乎性情"的觀點。正因以《春秋》變例爲發義之説明，孔子變例特點是"微言大義"，故劉勰稱爲"隱義以藏用"。杜預概括孔子刊述《春秋》之例有五，是劉勰所謂之"五例"：

> 一曰"微而顯"，文見於此，而起義在彼。
> 二曰"志而晦"，約言示制，推以知例。
> 三曰"婉而成章"，曲從義訓，以示大順。
> 四曰"盡而不汙"，直書其事，具文見意。
> 五曰"懲惡而勸善"，求名而亡，欲蓋而章。③

刊述之關鍵在於宣明"王道之正，人倫之紀"，故例雖有五，而總歸褒貶勸戒之用；發義雖有因有革，而莫不爲昭明王道正式。五例之中，劉勰特取"微"、"婉"、"晦"三式，是爲配合"隱義以藏用"之術。"微而顯"與"婉而成章"，言發義之曲婉，"志而晦"則以"約言"表志，三例皆要求深察微言，其用正藏於隱義之中。

---

① 《中國哲學十九講》，頁42。
② 《春秋左傳正義》卷1，頁19。
③ 《春秋左傳正義》卷1，頁21—23。

4. 正言御心，成己成人

孔子秉用世之志敷演文術，雖變化多途，卻始終歸結於王道大義，是以無論發凡還是變例，所立皆是正言。孔穎達故稱《春秋》之變例，同於《詩》之正變：

> 以"凡"是正例，故謂此爲變例，猶《詩》之有變風變雅也。①

以《詩》之變風變雅來説明《春秋》變例，意在突顯所變乃是正言。慧遠《念佛三昧詩集序》有云：

> 御心惟正，動必入微。②

立文以正言爲宗，乃是御心之法門。也即透過正言，不單有益於教化，亦使自心趨近正念。言之正與不正，是從述作之心決定，作能循理，述能發義，皆是合於正道之言。《宗經》稱孔子刊述經典，"能開學養正，昭明有融"，明其立言之正大。《蒙·象辭》云：

> 蒙以養正，聖功也。③

養正是以文修德，功在自立；昭明則示人理義，功在立人。孔子刊述《五經》顯示的是聖人之教，其所以爲聖，正成就於以文成己成人之功德。因此，在有關成聖的作述要求中，理與義是重旨所在，在《徵聖》末段，強調正言和體要的表達，正説明徵聖立言之關鍵，是以理和義爲核心。

三、理與義的本變之別

從《徵聖》對理與義的解述，可發現兩者有内外之分別，並非同一概念。理在聖文之内，於立文之際已深植其中，代表作者體道的

---

① 《春秋左傳正義》卷1，頁19。
② 《廣弘明集》卷30，頁363下。
③ 《周易正義》卷1，頁46。

第六章 徵聖體道精神下的"神理"與"理"義：由聖文展現的明理之術

文心，如周公爲《春秋》立制定法，即是理以立體之先範。義自外發，是聖人的知音本經典之内容而再加發揮，以應時變之用，如孔子明《春秋》之理，乃發微言大義彰顯經用，撰《繫辭》則揭示《易》象包藏曲隱的事義：

> 其言曲而中，其事肆而隱，因貳以濟民行，以明失得之報。①

《易》以言中事隱之體，發明義用雖曲亦備，其"精義以曲隱"之術，與《春秋》共同建立隱義藏用之前式。

理與義在以文明道的制式上，有制經與明經之别，序次分明。故《原道》稱孔子之述訓"發揮事業，彪炳辭義"，是言其本經而别開應世之辭義，因而以"發揮"、"彪炳"言其修辭之功，重在弘明正義。除卻前舉《春秋》五例以申述"隱義以藏用"的例子外，《宗經》論《春秋》與《尚書》二經，亦見理和義謹慎運用：

> 《尚書》則覽文如詭，而尋理即暢；《春秋》則觀辭立曉，而訪義方隱。

《尚書》以尋理爲主，《春秋》以訪義爲務，乃基於作與述之分別。《春秋》經孔子刊述，以發用世之義，故觀《春秋》者莫不着重於領會微言大義。《尚書》以記録聖人施政治化之言爲主，其文理自爲恭行不二之訓典，據以立體，後世只存其本而不敢損益，故免於《春秋》"多違舊章"之害。是以察覽《尚書》，重在曉暢先世人君聖賢之理。《事類》論《尚書》之體，亦以明理爲其本式：

> 至若《胤征》義、和，陳政典之訓；《盤庚》誥民，叙遲任之言；此全引成辭，以明理者也。

---

① 《周易正義》卷8，頁367—368。

《尚書·夏書·胤征》載羲氏與和氏的失德敗政：

　　　　惟仲康肇位四海，胤侯命掌六師。羲、和廢厥職，酒荒于厥邑，胤后承王命徂征。①

羲氏、和氏作爲世掌天地四時之官，卻因"顛覆厥德，沈亂于酒，畔官離次，俶擾天紀"，②使天時亂、曆數廢，胤侯因此引夏后爲政之典籍以訓誡臣民。《商書·盤庚上》記載盤庚爲詔誥遷往殷地之重大政令，乃引古賢者遲任之言，向百姓解釋"人惟求舊；器非求舊，惟新"的道理，③表明遷地乃遵守先聖遺訓的政令。二者皆在明三代先聖賢者引成辭以施行政令。成辭便是引述先聖治理天下之訓令，即胤侯所謂：

　　　　聖有謨訓，明徵定保。④

《尚書》之體，在於記聖賢爲政之言辭，供後世明瞭與參法先聖治理天下之道。這相同於胤侯與盤庚引述先世聖訓執行政令的理念。故劉勰以《尚書》二例解釋"引成辭以明理"，在於説明覽閱《尚書》，與先王之引成辭，同樣是以明聖賢之理爲要旨；苟能由此明白先聖經世之心志，亦庶可爲其知音。

　　在成聖的層面，理是通向至道宗極的管道。在道之文中，理是本然的存在，與文相賴而自然成全；在追求至道、取範乎聖人文章的理念中，理顯現出爲文應有的責任。立文追求明理的自覺，在竺道生的言爲理筌觀念中已有體現。劉勰言理而並開義之作用，是將傳統聖人立文成化語境中，與理相近的核心概念納入於新的聖人體道範式之中。孔子的微言大義，在《春秋》論述語境中，已經定

---
① 《尚書正義》卷 7，頁 269。
② 《尚書正義》卷 7，頁 272。
③ 《尚書正義》卷 9，頁 345。
④ 《尚書正義》卷 7，頁 270。

第六章 徵聖體道精神下的"神理"與"理"義：由聖文展現的明理之術

性爲聖人淑世精神的體現，義指示天下現在與將來所當行的路，其由德所生，又與道相契，自是必然的進路。因此義與指向至道之理，具有同樣的人文關懷；在聖人之用心上言之，兩者有相同之處。此一融通的共法，唐君毅先生指出，在《墨子》、《荀子》中，具有應然意思的義，亦見以理表述，其引《墨子·非儒》謂：

> 仁人以其取舍是非之理相告。①

認爲當中"理"與"義"無別。《荀子》之義同例更多，《儒效》云：

> 言必當理，事必當務。②

《勸學》又云：

> 禮恭而後可與言道之方，辭順而後可與言道之理。③

此中理的義涵，皆是"指人心意志行爲所遵之當然之理，而略同於'義'者"④。而《荀子》它篇更明確以理訓義，《議兵》云：

> 仁者愛人，義者循理。⑤

《大略》云：

> 義，理也，故行。⑥

此皆顯示理與義在上達的人生實踐上有相同之處，共同指出應然朝向與所爲，此應然朝向最終又能使自身精神生命得以上進，並產生度衆的淑世作用。

劉勰刻意爲兩者明分外與内、本與變之別，是有意將義與理配

---

① 王焕鑣《墨子校釋》（杭州：浙江古籍出版社，1988），頁215。
② 《荀子集解》卷4，頁124。
③ 《荀子集解》卷1，頁17。
④ 唐君毅《中國哲學原論·導論篇》，頁8—9。
⑤ 《荀子集解》卷10，頁279。
⑥ 《荀子集解》卷19，頁491。

置於聖人之文的不同層面,配合以中國傳統聖人爲立文典範的叙述方式。理既在竺道生的論述中定性爲本,則義之位置,自當不能與理同一,否則佛有佛宗極之理,儒道有儒道體道之義,理歸一極之立論便由此攻破。是故,於立文徵聖、體極成化的觀念中,妥善處理義與理的位置與關係,乃無可回避的責任。在《指瑕》中,劉勰便明確交代義是從理而生,巧妙處理了理、義的概念糾纏不清的問題:

> 若夫立文之道,惟字與義。字以訓正,義以理宣。

"義以理宣"表明了兩者的本末位置,義沿理而生發,自心生理之文,故以理爲主;通乎既有經典而立之文,其義必從經典之本理上生發,如同孔子發《春秋》新義,亦是以體會周公之立意,明《春秋》之理爲基礎。此因理乃指向宗極本體之徵向,居本源之位,已爲佛門所確定。則文之大本,亦必然依止於理,方得謂"道之文"。《徵聖》最終在贊語中定調"精理"爲聖人立文之要素,已表達了從本源合極的意義上,肯定了"理"的中心而根本的位置。居體要之位,理故深植於文章之骨髓,支撐文章之體貌,同時使載理之文恒久不墜。文章不墜方可有待於來者,發義以活潑其用。故文之不滅源於本體,是即理之所歸;而文之用則端賴接受主體的精義開發。

理與義分別從本與變上建立成化之功,化澤之式雖有理有義,而所宗莫不合於道極,故俱屬聖人立文之大法,《事類》謂:

> 然則明理引乎成辭,徵義舉乎人事,迺聖賢之鴻謨,經籍之通矩也。

在劉勰有關聖人經籍的論述中,理與義分別代表文章之本理與變義兩大方面。二者俱受重視,而皆以正言爲指歸,顯示了體道思想下產生的明體達用的立文精神。理以立體,知經體則可明理;義發乎用,明聖人發揮之經用,又可知義。明理在於作者之心通理應,發義生自述者弘道用世之意志,如此無論理與義,皆可知正言,明聖道。此是聖人立文的相同歸向。

劉勰解析周公、孔子對於《易》與《春秋》的作述,顯示出領會聖人立文之術,必須貫注自身之精神、關懷與用心於其中,方能成就經典中的理與義。理與義作爲聖人所投放的精神睿智,又分別有創立與開發之功。理使文建立之體與道相契,成爲恒久之至道,超越時限;義在於發揮文用,令文教能行之久遠,變通適會。周公爲《春秋》訂立憲制,是沿理立體;孔子以刊述挽《春秋》於既墜,是發義濟用。如此立體與達用,皆投入精神生命來立文,不論述作,其文必然與其精神同濟於現世與將來,文的生命正是由此光明的牽引而不渝。

第五節　由理與義發展的聖人文術

劉勰視理與義爲聖人述作之重旨,繁、簡、顯、隱之術,故亦因順明理與發義之需要而適當表達,理之顯明與義之隱曲,蓋只屬聖人述作之先例,而非硬性規矩。聖人的文術本是以治心會理爲關鍵,因通透神理而不爲文法體式所阻,神思曉暢無礙,故《徵聖》方謂"妙極生知,睿哲惟宰",正説明聖人表達義理,繁簡顯隱,皆遊刃有餘。四術只是示範聖人通透文體的不同特性,而皆能銜華佩實,道藝兼美。

四術之重點皆在明理發義,明確以立德爲先務,亦以成德廣化爲願景。脱離此德性追求而言四術,則四術不能成爲實在可學的技法。是知聖人以才德兼善之智慧,駕馭文術。如孔子刊述《春秋》,能宗本又能新變,此通變之術,實源自其才力與德性。是以《徵聖》言文之四術後,特別提出通變之旨:

> 故知繁略殊形,隱顯異術,抑引隨時,變通適會。

變通適會、抑引隨時的文術,是順從於理義的表達爲旨要。孔子刊述《五經》,示範了聖文因變以趨時的應變策略。

這種因時應變的文術,道安在《摩訶鉢羅若波羅蜜經抄序》中提及漢譯《般若經》之困難時,亦認爲聖文的表達有因時而變的需要,方能弘揚聖業:

> 《般若經》三達之心,覆面所演,聖必因時,時俗有易,而刪雅古以適今時,一不易也。①

此是道安慨嘆將文辭雅古的經文改爲通俗化,乃極爲艱難的任務;其中卻反映出處理往聖創作的經典,有因時變動的需要。此即《通變》所謂"數必酌於新聲",使文章"能騁無窮之路"的立文理念。在宣揚經典內容的考量下,所更動者爲文辭。在面對世情事件的變化中,則更需要張發新義。以通明本經之理爲變更的繩度,則經雖歷裁褘,義雖新發,而其理實無改易。理之不改易,乃指合道體極如昔。故知辭變乃爲保存經典大理,是開立新義的過程中,無可避免要處理的問題。劉勰對孔子通變之術的解析,乃在譯經之時代際會下造就而成,觀乎孔子對《五經》的妥善處理,尤其刊削《春秋》、發揮微言大義的文術,可見孔子對聖人文章的保存與發展,既示範了文不害旨之大原則,又體現"言以文遠"的刊述功能。

孔子由會通周公之理,發義而不以言微爲累,所修《春秋》,能通能變,文章通變之述,故知以孔子爲表率。《通變》云:

> 文律運周,日新其業。變則堪久,通則不乏。

---

① 《出三藏記集》卷8,頁290。

植理於中,使文得以成常體,通貫古今,是爲"通";義隨性情而發,使文能任時應用,是爲"變"。聖人創制書契,發展至文章,一直貫徹以理立體的原則,借助理的永恒性,撑柱一切文體,理故是文運"堪久"不墜的樞紐。理作爲發義之大源,通明聖文之理,便可由此更張出無窮的新義,煥發文用,義是使立文生機"不乏"之力量。《徵聖》論聖人四種文術,其後言通變,乃明以理通經、以義應變之旨,而以孔子爲典範。其義雖爲天下之治道別開生面,卻同時是宗經立義之先例。

一、正言發義,樹體成辭

《徵聖》據此申論徵聖立言之道,以明理與發義爲本旨,立辭當以不傷本旨爲關鍵:

> 《易》稱"辨物正言,斷辭則備";《書》云"辭尚體要,不惟好異"。故知正言所以立辯,體要所以成辭,辭成無好異之尤,辯立有斷辭之美。雖精義曲隱,無傷其正言;微辭婉晦,不害其體要。

正言與體要,分別由義與理所構成。王運熙先生認爲劉勰徵引《周易》與《尚書》的句子,即是《序志》所稱的"先哲之誥",是先聖有關立言的告誡。[①] 這些留存於經典中的告誡,顯示了聖人所創設的可爲後世法的立文原則,劉勰苦心抽繹,目的不啻爲輔證,更因徵聖立言乃超乎凡夫的經驗與認知,聖人之遺訓,由此成爲學聖的重要依據。

1. 辨物正言:發義的方向

正言關乎發義之用,《易》稱"辨物正言,斷辭則備",六朝以前

---

① 王運熙《文心雕龍探索》,《〈文心雕龍·序志〉"先哲之誥"解》,頁 50—52。

433

曾爲之解説者,有韓康伯與干寶。韓注傾向解釋名物相當的意思,重在"辨物",是《文心雕龍》釋此《易》義者較多採用的注解:

> 開釋爻卦,使各當其名也,理類辨明,故曰斷辭也。①

韓注揭示各當其名的意思,實際上是就"辨物正言"的前句"開而當名"進行解釋,因側重以"開而當名"爲主導的解釋視角,"正言"與"斷辭"的含義亦相對模糊。按劉勰所徵引,未取"開而當名"一句,顯示出所要表達的意思,未必僅限於名物相稱。《易》由名物相稱而引發的進一步意義,可在干寶的解釋中探尋:

> 辨物,類也。正言,言正義也。斷辭,斷吉凶也。如此,則備於經矣。②

干寶將二句分成三層結構:第一層是分辨物類,第二層是顯豁物類之正確意義,第三層是按事義斷定吉凶,是爲呼應《繫辭》解釋聖人闡發《易》義以致用的三大步驟,文云:

> 河出《圖》,洛出《書》,聖人則之。易有四象,所以示也。繫辭焉,所以告也。定之以吉凶,所以斷也。③

聖人有見河圖洛書出世,乃作《易》以顯天道,明太極、判兩儀,是爲《易》之初制。而後發展的三大進程,即爲化成天下而敷演,有明確的用世目的。四象以示,即是分判事物類屬;《繫辭》以告,乃曉示事類之正確意思,正言作爲《繫辭》的指稱,可取據於本傳"《繫辭》以盡其言"句;定以吉凶,則爲判斷《繫辭》之釋義,以斷立卦象吉凶悔吝的文辭。三者共同構成聖人作《易》"定天下之吉凶,成天下之亹亹"的經用,經體與經用俱全,故《易》發展至有別物類、立正義,

---

① 載《周易正義》卷8,頁367。
② 李鼎祚《周易集解》(臺北:商務印書館,1996),卷16,頁384。
③ 《周易正義》卷7,頁341。

第六章 徵聖體道精神下的"神理"與"理"義：由聖文展現的明理之術

以至於斷吉凶的功能，便成完備的經典。

由此觀之，辨物正言的目的，蓋爲疏理事物的類屬，並建立相稱的文意，使聖人能準確判斷卦象吉凶。故干寶釋《繫辭》"物相雜，故曰文。文不當，故吉凶生焉"①句云：

> 其辭爲文也，動作云爲，必考其事，令與爻義相稱也。事不稱義，雖有吉凶，則非今日之吉凶也。②

文在《易》中的作用，在於盡稱事象的含義，以準確告示吉凶，此便是"正言"的要求。聖人爲卦象立義，必須精準無誤，爲卜卦用事提供可信的判斷；此即"精義入神，以致用也"的意思。是以作爲盡其言、立正義的《繫辭》，其作用乃爲準確連繫由象到用的關係，這是從貞正致用心態提出對言語精準的表達要求。

劉勰以《易》爲例，強調"正言"的重要性，指出"正言所以立辨"，稱義精準則使事象明確無誤，由此成文，所謂"有斷辭之美"，便是使《易》能發揮告示吉否正邪之用。如此明分"辨物"、"正言"與"斷辭"三層概念，突顯正言所含明象致用的功能，與干寶的意思較爲貼近。

推而論之，"辨物正言"之術最終指向"斷辭"的功能，說明這種聖人文術不只要求文字精確表達，事義相稱顯示出會理之深識，是以發揮經用爲最終目的。深識天下之理，使理事無礙，自能辨物清晰，表義精準。此即《附會》所言組織詞令之術。"附會"是劉勰將正言立辨的思想落實於普遍文章制作的文術，以改章造篇、易字代句之巧拙例子，論巧拙之別，謂拙者：

> 並事理之不明，而詞旨之失調也。

---

① 《周易正義》卷 8，頁 375。
② 《周易集解》卷 16，頁 396。

巧者則謂：

> 乃理得而事明，心敏而辭富也。

立詞是否得當，取決於體要以及所取之事義是否明確，以此爲組織辭令的先備工夫。

對於名物事義的精確理解與表達，之所以能爲聖人斷辭之用，則其所辨物正言者，便不止乎形下名器的認識層次。就《易》而言，聖人領會四象的精義，以中正爲吉亨，失正則凶吝，如此體法神道，化成天下，則正言實有指示貞正方向的含義。這種辨別意義，能爲先聖治理天下之用，則分別物類的功能實際不止於形物之理，由"辨物"確立起的"正言"，"正"的意義，除卻事義準確外，已延展爲判別是非之意。揚雄在《法言》有明示：

> 或曰：人各是其所是，而非其所非，將誰使正之？曰：萬物紛錯，則懸諸天；衆言淆亂，則折諸聖。或曰：惡覩乎聖而折諸？曰：在則人，亡則書，其統一也。①

"萬物紛錯，則懸諸天"，便是取諸《離》卦的意思，天的光明使萬物皆相見，百物之理由此分明；揚雄則以之比喻聖人及其文所具明辨是非的能力，此即《離》卦稱"大人繼明照於四方"，已非物理意義的明照，而是分別事義群言的是與非。

呼應上段言四象精義曲隱的文術，劉勰指出聖人作《易》的特點是"雖精義曲隱，無傷其正言"，意謂四象簡約，而沒有影響《繫辭》精準而暢盡地表意，此因"聖人立象以盡意"，四象已盡包天地之理。由此觀"正言共精義並用"的文術，正言與精義皆是聖人就《易》所發之義，四象之精義豐富淵深，《繫辭》之正義暢盡明白，皆爲了經用的發揮。

---

① 《法言注·吾子卷第二》，頁46。

2. 辭尚體要：以理立體的原則

"體要"取自《尚書·周書·畢命》，原句是在論述政化需要恆常穩定的前提下，要求立辭符合"不惟好異"的原則。體要是使身體能立的部位，《釋名·釋形體》云：

> 要，約也。在體之中，約結而小也。①

人所以能自立，有賴內在與生命共同成長的體要，"約結"乃約束之意，是管控身體活動的樞機，也即《釋名·釋形體》所謂"要髀股動，搖如樞機"之"要"。② 要雖約結而小，卻一直支撐身體端正直立、活動平衡；無要則肢離形解，不成體統。人身端正的肢體既由神理而成，按因內符外的原理審視，這種支持體骸樹立、繫結肢體運作的功能，實際上是神理自內發揮的作用，體要則是體現神理成體作用的元件。人身成立後，體要與心生之理，又共同作為成長自立過程的證明：體要無損，則身軀發育健全；理越淵深，心自然更臻道極。兩者顯示出一種自內發展而表現於外的作用，如同成物之徵，雖無實體，卻已作用在形迹之上。

由人體而及文體，要實現符合至道的追求，文亦需要具備體要。由人工制作之文，體要並非本然存有，而需要作者自覺依理建立。是故"明理以立體"之體，既是立文之整體，亦包含體要在其中。明立文之理，進一步便須沿理建立體統架構，總持篇體，將理完整表達成文。《序志》自表《文心雕龍》之架構，正是由理建立起全書尤其上篇的體統，其謂：

> 若乃論文敘筆，則囿別區分，原始以表末，釋名以章義，選文以定篇，敷理以舉統。

---

① 《釋名疏證補》卷2，頁75。
② 《釋名·釋形體》云："樞，機也，要髀股動搖如樞機也。"（《釋名疏證補》卷2，頁76）

自樞紐五篇以下的上篇內容，屬於"論文叙筆"的部分，旨在分判各種文體之名稱與文理。敷理舉統之理，是用以聯結《文心雕龍》二十篇論叙文體的文章，將選定論述的作家作品，統貫撐立成"文體論"的體統。除二十篇外，整部《文心雕龍》實際上也是沿理立體，劉勰自謂全書五十篇，"位理定名，彰乎《大易》之數"，則知全書亦據理制作，足見劉勰自覺爲《文心雕龍》立體要。將文章視作身體，文章的體要，便發揮支撐文章立體的作用。《文心雕龍》以理舉立弘道學聖的體統，顯示明理的自覺，緣其自覺以自心所生之理立文，故能以心命名，以理舉統，以序明志，是劉勰以理立體的實踐自證。其能敷理舉統，正取效乎聖文明理立體的制文範式。

孔子之刊述，義大而言微，聖旨隱婉辭中，深邃難得詣其用心之全體。而杜預能概括孔子"爲例之情有五"，正是以其深會淑世精神來把握"微言大義"，故能體察孔子爲《春秋》重立經旨、發揮經用之情，曉暢其發凡與變例。此見孔子宗經發義之文制，雖幽必顯，關鍵只在體會之深淺，故《宗經》云：

　　道心惟微，聖謨卓絕，牆宇重峻，而吐納自深。

孔子之明《易》，杜預之發五例，正是深會聖人之情的典範，故《徵聖》以《易》和《春秋》昭揭聖人之明理與發義，皆可沿聖文而知見：

　　夫子文章，可得而聞，則聖人之情，見乎文辭矣。

此即杜預深括孔子爲《春秋》立例之情，情沿文辭而見，以理與義探析文旨，自可會通聖人立文之心志：

　　體要與微辭偕通，正言共精義並用；聖人之文章，亦可見也。

聖人文章之所以感動與化成者，便在理與義，領會聖文之心，乃是受教之基本。而明其會通之術，知以理與義爲文心重旨，則繁、簡、顯、隱四術,乃可即體附會。

3. 辭匠於文理：反本之術

《宗經》概括孔子刊述《五經》的文術爲"義既挺乎性情,辭亦匠於文理",前者謂正言興發自聖人的性情；後者則謂文辭的雕琢,以至聯辭結采,由文理所總持。是處所謂文理,便是指立文的體要。

理之爲綱目,在技法層次的作用是條暢思理,組織文辭,只是"附辭會義,務總綱領"的附會之術；若提升至效法神理成文的體道層次,則是文章之内在精神,深植文中,如體骸之骨髓,支撐身體挺立成長。《風骨》謂"辭之待骨,如體之樹骸",樹體之骨,正指沿理而立之體要。理爲成辭之骨髓,文辭順理鋪張,有若肌膚附骨長養,是《徵聖》所謂"體要所以成辭"之意,義相通於以文理匠辭。匠之意思是決定文辭的取捨與組合,此見一篇之中,體要與結言成篇之辭采,關係極爲密切。《風骨》於贊語謂"辭共體並",便顯示兩者相依相成的關係。體的概念在篇中取譬爲形骸之骨,撐立肢體,突顯體要的功能,有關辭待骨成的論述,實即謂文辭成於體要：

　　沈吟鋪辭,莫先於骨。
　　練於骨者,析辭必精。

辭依附於體,體立乎理,兩者由理所發展與支配,構成文章,一併呈現理的作用。《風骨》稱文之無骨,正是由於立體而乏理。故無骨之體,亦類同於失理之狀：

　　若瘠義肥辭,繁雜失統,則無骨之徵也。

以骨言體要,蓋亦是沿理建立。文無體支持,則繁雜失統,無法彌綸辭采。體之所以不成體統,正因乏理,失卻統舉文章的能力。《情采》謂"經正而後緯成,理定而後辭暢",先經後緯,是《正緯》提

439

出的織綜布帛的道理,①由此指出立文之主次關係,以明理爲先務,辭自能順理而成,知體要乃指植於文中之理。

  先定理立體而後成辭,目的在於以理先爲文章確立有意義之體。《宗經》稱孔子刊述《五經》之辭,皆"匠於文理",能使"大寶咸耀",正因雕琢與組織,先明理以成體要,故刊述之辭,能通理發義。通理乃能自立,是養正之功;發義則爲成化,故能昭明於天下。此正是聖人明理立體之範式,以《五經》枝條的文體,亦宗於孔子"辭亦匠於文理"的制作原則。如《奏啓》所論:

    是以立節運衡,宜明體要。必使理有典刑,辭有風軌。

是處從理與辭兩方面解析奏啓之體要,實際上以理來支配。典刑意即既定之常法,理具典刑,是要求立體之理,宗於至道,使文體得以定立常式。文辭要確立正範,配合奏啓一類進上之文,杜絶詭譎奇巧之詞,關鍵在於配附典刑之理。換言之,文體成乎典刑之理,立辭自然成範,此蓋由心之理所使。若懷好異之心,以辭害理,則文體解散,亦是無可倖免。如《議對》指出政體之忌,在於以辭没理:

    若不達政體,而舞筆弄文,支離構辭,穿鑿會巧,空騁其華,固爲事實所擯;設得其理,亦爲遊辭所埋矣。

理爲游辭所埋没,是由於偏重好異之辭弊,追巧逐華,迷失理本,故亦不明體要。是以《文心雕龍》通篇往往指出救藥辭弊,是因辭患乃失本没理之致命處。

  劉勰提出藥治好異文弊的方法在於反本,理固是制異辭、明體要之本源。以好異爲弊,是患其最終導致離本失宗;異者有變於本,若再偏執於好異,則是變本加厲,去本益遠。用辭好異,落於新

---

① 《正緯》:"《緯》之成《經》,其猶織綜,絲麻不雜,布帛乃成。"

第六章 徵聖體道精神下的"神理"與"理"義：由聖文展現的明理之術

奇尖巧，則精神生命以至淑世之關懷，便淪次要，本末由此倒置。是以《序志》引孔子"惡乎異端"之訓誡，配《周書》"弗惟好異"，顯示反本的文論思想。好異失本之問題在六朝文壇固已覺察，如鍾嶸《詩品中·序》批評：

> 近任昉、王元長等，詞不貴奇，競須新事。爾來作者，寖以成俗。遂乃句無虛語，語無虛字，拘攣補衲，蠹文已甚。①

立辭取事以貴奇競新為時尚，形成重末而輕本的態度，是時文流弊。如蕭子顯於《南齊書·文學傳論》中謂鮑照之文"發唱驚挺，操調險急，雕藻淫豔，傾炫心魄。亦猶五色之有紅紫，八音之有鄭衛"。② 所指的便是文辭追求新奇特異而過於奪目，以致影響雅正的表現。在劉勰看來，便是主次失倫，損害了構成文章神理之本色與正音。

而在較早時期佛門弘法的情況中，亦有執末捨本的現象。僧肇的物不遷論認為動靜未始異，而俗見則以為不同，是由於：

> 緣使真言滯於競辯，宗途屈於好異，所以靜躁之極，未易言也。何者？夫談真則逆俗，順俗則違真。③

僧肇認為世俗對真理的認識，以至體識宗極之途，往往惑於好異之言，而在競辯之間喪失認識真諦的方向。從體極會理的目的言之，好異乃是大戒。欲徵聖體道立文，則當無好異之心，蓋因聖人之教，亦與異絕緣：

> 乘莫二之真心，吐不一之殊教，乖而不可異者，其唯聖言乎。④

---

① 《文賦詩品譯注》，頁59。
② 載《中國歷代文論選》第1冊，頁264。
③ 《物不遷論》，《肇論集解令模鈔校釋》卷上，頁59。
④ 《物不遷論》，《肇論集解令模鈔校釋》卷上，頁85。

聖人之教可以分殊,是爲乖,乖而不異,意謂聖教之途雖然有別,卻不離其宗。此即《宗經》所謂"致化歸一,分教斯五",教途雖衆而歸一無異,乃奉教者之共識。異者謂失正,此異乃呼應上段所謂"宗途屈於好異"之意。僧肇所指之競辯與好異,實晉來世俗談玄論佛之集體流弊。言語本可作爲理筌,卻因好異導致詮理工具的功能受到歪曲,最終使心與理隔,迷失會理明聖的坦途。這種由好異而損害正言的情況,是弘道者的共同憂慮。

此知辭雖有助於會理體道,惟其主要的作用是將理完善表達,一旦無會理體道之運用自覺,文采追新逐異,則去理益遠。如前引慧遠在廬山,乃身處黯寂黑夜、不見四野的時候得見佛影,由此開悟智慧,説明修行之本質,在於以心生理,一旦妙體宗極,則文字與物色之工具皆可摒棄。此即是竺道生提出"言爲理筌"後,尚要求"得魚忘筌"之意,以明示修行者擺脱對外在工具的過分依賴,甚至逐末而失本;此因發動修行之主機制,始終是由心與理所啓運。

《情采》論述興情立文的本然原理,於末段特爲補充以心與理爲內容的反本之道,提攝出立文的應然法則:

> 是以聯辭結采,將欲明理;采濫辭詭,則心理愈翳。……《賁》象窮白,貴乎反本。夫能設模以位理,擬地以置心,心定而後結音,理正而後摛藻,使文不滅質,博不溺心。

是處闡述的反本之道,要求作者心定而理正,心爲所表達的立文主旨,理正是要求會理清晰,使辭藻恰如其分表達心聲。心與理作爲與主體精神共同上達的元素,立文以顯豁二者爲依歸,表現出以修行明道爲先的想法。主體之心澄理確,表之於文,自然能以體要駕馭文辭。反之,辭采泛濫,不但蒙惑心與理,更反映出立文無主,所謂"心理愈翳",翳與溺同樣不見光明,便是迷亂失主之困境。是以主體明理澄心的修行,既爲增進精神境界,同時亦爲提升立文水平,毋使文辭成爲精神上達之障礙。劉勰以《賁》卦上九爻"白賁,无咎",①比喻反本,旨在申明聖人秉素心會直理以成《易》,則立文反本之方,貴在明心與循理,使文有體要,方合道法。

理爲道極之徵,指引本的方向,是以在反本的觀念上,理之本位尤爲明確。如《議對》云:

> 若文浮於理,末勝其本,則秦女楚珠,復存於茲矣。

理居本、文居末之定位甚爲分明,表達出文辭當配附於理的觀點。《章句》又進一步指出理與辭在立文中的主次份位:

> 理資配主,辭忌失朋。

理依心主而立,因其從屬於主體,故以理立文,文辭所結,必配附於理。此即辭爲肌膚,理爲體要之觀念。辭之失朋,則是形容無主提挈的境況。失朋一詞衍自《坤》卦原文:

> 君子有攸往,先迷後得主利。西南得朋。東北喪朋,安貞吉。②

《坤·彖傳》釋曰:

> 君子攸行,先迷失道,後順得常。"西南得朋",乃與類行。③

卦義中的得主是見道,能見道則知何去何從。坤卦主西南之方,在西南乃得曉明道之所在,故有貞吉之象。此知理以其明道之本質,爲馭辭之主,使辭從於理而往道。辭能附麗於理,與體共存而並生,也即有類同行。

---

① 《周易正義》卷3,頁127。
② 《周易正義》卷1,頁29。
③ 《周易正義》卷1,頁31。

論述賦體的制作，劉勰更以理本建立體要。舉如論立賦之體，謂：

> 文雖雜而有質，色雖糅而有本，此立賦之大體也。然逐末之儔，蔑棄其本，雖讀千賦，愈惑體要。

"蔑棄其本"則"愈惑體要"，顯示體要乃制立文章之根本，也即舉統之文理；一篇之中既有體要，一種文體之中亦備體要，後者則是大體。文辭與藻采，有各種表現，莫不附麗於體要，由理組織而成篇體。文辭處理若能合乎體要成辭的原則，則體貌必能顯現成文之理，此理既是本乎道的立文精神，也是依止於作者的精神生命。蓋文章因內而符外，明本的文章，必然產生自作者體道會理的德性自覺。如同周公爲《春秋》定憲制，《春秋》之理，包含周公對治理天下的關懷，是以其精神生命所領悟者，成全《春秋》之制作。

推而論之，賦之所立，同樣蘊藉着賦家的精神生命與關懷於其中，以成賦之體，便是明本之意。實者一切文學皆不悖此理，是故《明詩》亦有云：

> 春秋觀志，諷誦舊章，酬酢以爲賓榮，吐納而成身文。

詩之體爲言志，而春秋諸國朝聘，士皆於酬酢中以詩表志，故雖爲酬酢而作，無有委曲其心以誣君上，是作詩應然之精神。晉初支遁交往於會稽文士之間，亦是於蘭亭之類酬酢中賦詩以弘佛理，詩與心志相爲表裏，正是明白"吐納而成身文"之理。故明理而立文，自存作者之精神在其中，內外相符，文體自能因心生之理而充實堅固。是以明乎體道之願，循理立文，則無論立文環境如何，皆可貫注自身之精神意志在其中。

劉勰以理爲統舉篇體的體要，又取骨髓爲喻，反映出體要具貞一總持的特性，此蓋出於至理歸乎一極的宗道理念。由是劉勰將以理聯辭的立體原則，形象化爲以一總繁之法。如在《總術》中強

調以永恒之理,立體馭辭,稱作"乘一總萬,舉要治繁":

> 文場筆苑,有術有門。務先大體,鑒必窮源。乘一總萬,舉要治繁。思無定契,理有恒存。

以理治繁辭,調控文思,蓋因理之恒存質性,是由其歸極體道的徵向意義所賦予。劉勰據之而建立文章體統,是謂窮源立體。大體之源,便在於理。在組織辭令上,文辭附於貞一向道的體要,如此彌綸辭令,文章方賴理以入恒。此見"乘一總萬,舉要治繁",是以理立體、以體結辭的文術。此中"一"便是舉明體要之理。在《神思》中,劉勰復提出"博而能一"之法,便是試圖以窮理之方,以理總持文章大體:

> 是以臨篇綴慮,必有二患:理鬱者苦貧,辭溺者傷亂。然則博見爲饋貧之糧,貫一爲拯亂之藥,博而能一,亦有助乎心力矣。

貫一之道,是指清晰文章制作的體要,由此聯結辭藻。體要依止於理建立,以博見的方法補充對理的認識,實際上是《奏啓》所謂"博見足以窮理"之方法,是以作者明晰體道目的爲基礎的立體觀念。博見除了爲豐富識見,更爲鍛煉觀假知真,開通窮理盡性的自覺。以此總持文章的理,既孕生於作者的體道思想,亦顯示文章反本明道的水平。立體要之文術,實際未嘗離開明理體道的思維而立論。

二、義有顯隱,因用變通

劉勰指出聖人有隱義以藏用的文術,除卻由於選取孔子的微言大義、言中事隱爲例,更重要者,乃因義是據用而發,非出原經本旨,故由經所開發之義,實潛藏而不可計量,是以"隱"的另一意思,乃指發揮義用之潛能。《隱秀》對於此一"隱"義,復有更明確的解說:

　　　　隱也者，文外之重旨者也。……夫隱之爲體，義生文外，秘響傍通，伏采潛發，譬爻象之變互體，川瀆之韞珠玉也。故互體變爻，而化成四象；珠玉潛水，而瀾表方圓。

劉勰於此釋"隱"，重用四象精義以曲隱之例，指出互體變爻爲生成四象之大源，是爲四象隱含的精義，可見是延續説明隱義之術的思想。是處明確隱之意思，乃義生文外，意謂隱秀之文，能引發讀者由觀文而別開新義。其用"潛發"以言義之變化無盡，正表達出對於義之發揮，蓋如潛藏之大流，深不可測，亦不能當下了盡。如同孔子刊述《春秋》所發微言大義，亦非盡了《春秋》本經之義。

　　文義待發之思想，是有寄望於將來，深信經義活源不絕。此因義之發揮，緣聖人情志不同，治世用心不一，而有無窮之空間以待開發，《宗經》謂"義既挺乎性情"，便透露出文義由觀文者的性情所引發。如此，不同性情的知音審文，義亦有不同發揮，有情知音難以方期，義亦無有悉數顯豁之理，此是劉勰稱義以隱之緣由。聖人以性情發義立正言，因時而用，便能使經典之義取之不盡，用之不竭，故知經典能夠"日用而不匱"，是因知音"旁通而無滯"，曉暢通變之術使然。日用不匱者，正是從"用"上言無盡，由此對應"隱義以藏用"的觀念。《宗經》強調宗經立文，稟經制式，乃是指向"用"的發揮，"即山而鑄銅，煮海而爲鹽"，惟經典見用，方知其無有匱乏之時。

　　惟發義之爲用，未必盡如《易》與《春秋》，申義隱晦。故劉勰論聖，特謂"作者曰聖，述者曰明"，是肯定"明"者顯義之功。《原道》開篇即明確稱孔子爲"述"者，曰：

　　　　爰自風姓，暨於孔氏，玄聖創典，素王述訓。

《宗經》更舉孔子刊述《五經》之例，以示其有功於述訓：

　　　　歲曆縣暖，條流紛糅，自夫子刪述，而大寶咸耀。於是

《易》張十翼,《書》標七觀,《詩》列四始,《禮》正五經,《春秋》五例。

三世聖王,創典皆爲治世,然其用如杜預之言《春秋》披損,"諸所記注,多違舊章",故"條流紛糅",生民莫會其中神理。故孔子之刊述,乃刮垢磨光,爲經典辨理立義,重新活潑經世之用。是以孔子傳述先聖經典,雖稱其所制爲"述",而實有聖功。劉勰稱孔子立義"能開學養正,昭明有融",正指其所"述"之言既正,所立之義亦"光采玄聖,炳燿仁孝"。此見孔子昭明《五經》,以義而立正言,乃爲"宗經"之文先垂典範。

《宗經》不獨言經爲天下文體之範式,其立旨更在於表明孔子宗經明義之文術,是立文徵聖之表率。基此明義之理念,劉勰論析不同文體,亦舉出顯義的要求,如《議對》稱議事之制:

標以顯義,約以正辭,文以辨潔爲能,不以繁縟爲巧。

議體以顯義爲原則,緣於其所表達宜於辨潔,着重清楚要約,故發義當以顯術相配,是因體勢而擇其宜。又如《檄移》論檄體云:

露板以宣衆,不可使義隱。

露板即露布之文,劉勰釋之爲"露板不封,播諸視聽",正是以檄之體"必事昭而理辨",其用在於述休明、叙苛虐,彰明是非善惡,故不取隱術,使民直會其意。故知義之顯隱,尚須因用制宜。

第六節　立德明理爲主的立文觀念

一、體道明理的立文取向

無論是明理立體,還是發義見用,《徵聖》以至它篇有關聖人立

文的論述,皆存在重理的觀點。劉勰重理之文論思想,紀昀亦有察覺,在用"理"論述尤多的《論説》中,特謂:

> 彦和論文多主理,故其書歷久獨存。①

紀昀之意乃在提挈劉勰論文主理的匠心獨運之處,認爲此亮點是其文論得以受歷代文家重視之一因。就理的恒存性質分析,論文主理之所以能使《文心雕龍》"歷久獨存",不單在於新穎獨到,更重要的是掌握了因理入恒的關鍵。紀昀所言之理,只是論説文體意義中的立論之理以及理據,使文論穩固信實;而劉勰之重理,是指體道立文理念下的理義,因其從神理發展而來,是深識本源成化之理,由其成就無限物、無限文之體,顯示出無窮的開創力量。這種創造力源於領悟道體化生以及聖人成化之大德,是以德性爲本位的文學視角。劉勰體識聖人制經的要妙,是以淑世精神推動制作意願,緣理而發不盡之義,作用源源,是文章不因時代潮流淘汰,不斷存續文明的原因。此正是劉勰以理建構文論思想之要義,理因此能居文章體要之位置。這種使文章具超越意義的理,由主體秉心領會而得,使主體及作品,同時貫注充盈美善的精神生命。

劉勰將聖人明理立體的文術,分作成辭原理與立本原則兩方面,貫徹於《文心雕龍》的文學創作與評論之中,建立起以理宗道的立文理念。以聖文爲風軌,兼又牽繫精神生命的明理觀,所立文章追求道藝圓融、辭理無礙,實涵蘊以文修德與淑世的追求,由此實現體道之志。劉勰在《序志》開篇解釋《文心雕龍》之命名,以爲"心哉美矣",繼之指出立文的體道追求,兩段文意蓋有内在聯繫。據《易·坤·文言》云:

---

① 黄霖《文心雕龍彙評》(上海:上海古籍出版社,2005),頁68。

第六章　徵聖體道精神下的"神理"與"理"義：由聖文展現的明理之術

> 君子黃中通理，正位居體，美在其中而暢於四支，發於事業，美之至也。

心之美不單是文藝意象，更有實在的體道意向。《易》將美分作"暢於四支"與"發於事業"兩層，前者言樹德昭彰，後者言秉德成化。君子德美，無須掩藏，必表暢於外，故先流暢形表，繼而發揮事業。所謂"君子處世，樹德建言"，亦有發於事業之意。文章所立之德，唯發揮於事業，方是文章盡美之至，由此顯示淑世關懷。劉勰在《程器》更明確申述此志：

> 安有丈夫學文，而不達於政事哉。……是以君子藏器，待時而動。發揮事業，固宜蓄素以弸中，散采以彪外，楩柟其質，豫章其幹；摛文必在緯軍國，負重必在任棟樑，窮則獨善以垂文，達則奉時以騁績，若此文人，應梓材之士矣。

樹德建言，故爲制作《文心雕龍》的自白，也透露了劉勰立文的最高理想，是能發揮文德之用，此正是以聖人經典爲所宗的內在原因。孔子刊述《五經》各有其用，是因立體之理不盡相同，如萬物之分理，使成物之文各異。惟分理之究極本源，皆指歸於道極，故凡立體則必有成化生民的關懷。是以《文心雕龍》上篇論列各種文體由來，莫不出自先聖化民治世之理念，各文體實秉其分理，於不同場域發揮淑世的功能。是知明理立體的中心意義，即在揭示文體莫非沿德而成。由此明理之術，既是聖人立文的方軌，又是君子自立上進的方法。借助成己成人的文章，使精神有寄於將來，爲知音所遇，是劉勰效法孔子立文以實現的體道構想。至此劉勰對於立文成聖的判斷，已跳出傳統作經的規範，而轉求於文章中的精神與神理融和，並發揮弘化之德用，由此訂定聖人立文的意義，並於立文層面重新爲孔子定調聖名。

二、會理即聖的體道觀念

《文心雕龍》的徵聖立言觀念，無疑是以三代聖人之制作爲學效對象，即如明理立體之術的取例，便已囊括初始的書契以至完備的文章。然而在以銜華佩實爲理想文式的觀念下，則集經典之大成，使典謨重現神理，並披含文采，便是以孔子居功至大。是故聖人文術之徵取，離不開孔子的刊述經驗與立文精神。

關於孔子的刊述經驗，在兩漢以來便產生疑慮，即孔子是以"作"經還是以"述"經，在以作經爲成聖必要條件的前提下，孔子的文業是否可學，便成爲必須解決的思想困局。在此問題上，劉勰肯定孔子體會先聖之心的刊述同屬聖功，以爲聖人之文，無論作述，其所以爲聖者，關鍵在於能"陶鑄性情"。劉勰從孔子立文的淑世精神，化解了中國傳統對於成聖必須爲"作"者的要求，也化解了漢來就孔子自稱"述而不作"而引發的爭論。倘若因沿舊觀，將焦點落於立文的方式上，而非循夫子之心志以分別聖與非聖的份位，最後爭論只淪爲工具層面的辯駁，既無法根本確定孔子如何以立文爲聖，亦沒有爲將來開示成聖之路。

兩漢對於孔子爲作者以及作者爲聖的討論尤爲隆盛，如前文指出，此乃是治統對於道統在挑戰君權上的意識形態的限制，以及將實現成聖的條件從心志的要求轉移向技術層面的計算。將述者歸類爲賢者，又定《五經》爲官學，無疑乃杜絕聖王世出之可能。而士人在形成此一思維定勢下，或無敢存有上達成聖之意志，或制新經以效聖人之作志，如揚雄之作《太玄經》便是此類，兩種表現皆牽制於作經的硬性行爲，形成以物質條件爲主的判別思維。

然而晉來佛教在中國傳播成佛思想，以及弘法的活動，卻消弭了一貫的思維規限。眾生的佛性,是以通達聖人之心、會悟聖人之理而得到開發,而成聖的願景亦在此過程中得到實現。與聖人心通理應的立文工作,對東傳佛法的僧侶而言,並非自造新經,而是傳播佛陀經典中的思想。環顧當時佛徒的文字工作可發現,雖然如支遁、慧遠等高僧亦有發明佛義的文章廣泛流佈,而更多且不可量計者,卻是漢譯佛典的文字,其時所出的漢譯佛經,以及爲這些佛經作序作注的文字,其數遠過新造之文,這些"敷讚聖旨"的注經工作,屬於中國傳統所謂之"述"與"傳"。

在魏晉六朝負責這些注譯工作的高僧,雖然只是孜孜於確解經典之正義,從中會聞佛法,卻足以稟得神理,超凡入聖。蓋因佛門將之視爲弘明佛法之功德,開悟佛慧的通衢。故知佛門對於成佛的要求,不在於是否有"作經"之行爲,而在於心中是否開發出體道之理;苟明聖典中之道心神理,亦可入聖門。進一步說,即使另造新典,在理歸一極的觀念下,亦必須合乎歸極的標準,始可謂之經。此是從精神生命以及立文意志之會通聖心而論,則述者苟明聖心而述,弘明聖人之志,亦無有不可成聖之理由。

是故劉勰既知"作者曰聖,述者曰明"的傳統,而皆放諸《徵聖》篇內,已透露二者皆以"陶鑄性情"而同居聖功。復以孔子爲明經入聖親行示範,進一步化解了以"作者曰聖"爲唯一必要條件的學聖體道困境。由此,對於孔子之立文屬作屬述,便成爲非必要處理的問題;過往由"作者曰聖"所設置的桎梏,亦可迎刃化解。將作與述並視爲入聖之途,顯示出面向眾生超凡入聖的理想所展示的寬容態度,是東傳成佛思想折射於中國文論的影響。此見劉勰徵聖立文意識的產生,雖取源舉範於中國傳統之經與聖,而所表達的立文精神,實由極明顯的時代觀念所推動。

第七節　本章小結

　　本章以《文心雕龍》的理觀念爲主軸,顯豁劉勰將以理實現體道的成佛思想,移植於立文之中,由《原道》展開對至道成文原理的詮釋,揭示神理成文的妙用,以此建立"順理成章"的合道立文構想。誠如蔡鍾翔先生所言:

　　　　劉勰的哲學思想的高度決定了他的文學理論的深度。①

將文追源於本體,由此表明文以明道乃理所當然的責任,是紀昀顯豁《原道》的兩重意義:

　　　　文以載道,明其當然;文原於道,明其本然。②

本章從《文心雕龍》有關神理成文的內容分析,指出此本然與當然之理念,實有具體的闡發。情興而立言成文,乃人文與道之文相同的本然產生原理。至於明理而立體制文,則是人文反本合道的應然責任;前者出乎自然之性,後者出於體道自覺。從而揭示《文心雕龍》的神理,乃至由聖人明理立體之術啓發的文理,皆是依止於體道衷願,由此明確徵聖立言秉具的超越涵義。

　　《文心雕龍》論述的聖人之文,具有精神層面的超越意義,上會至道,下開世間文章之最高典範。劉勰解析聖人文章的成文原理,表明學聖立文,信而有徵,由此展現出學效聖人以文體道的信念。在析述聖人立辭的經驗中指出,理具有重要的作用,亦成爲文章制作不可或缺的要素。此思路乃據天地之文、聖人之文所透露的順

---

①　蔡鍾翔《論劉勰的"自然之道"》,《文心雕龍學刊》,第 1 輯,頁 155。
②　黃霖《文心雕龍彙評》,頁 13。

第六章　徵聖體道精神下的"神理"與"理"義：由聖文展現的明理之術

理成章法式而確立。從天地之文乃至人文，劉勰莫不以理本的觀念，說明其生成原理。萬物之文，順理而立，由此總結出"理發而文見"的成物原理；文之體要，沿理樹立，推論出"明理以立體"爲聖文軌範。劉勰認爲顯示神理乃聖文之重旨，聖人立文，亦提煉精理而成，此蓋因理在兩晉以來，已建立起宗極徵向的份位，故立文體道之方，自不可能不言理。

劉勰在《徵聖》中確立以理立文入聖的兩大法式，一是精理爲文，二是明理立體，兩者皆是將理視爲立文修行的關鍵內容。蓋因在禪修觀念中建立的理與心的緊密關係，使立文中的理，成爲主體驗證本體的關鍵要素。理自心生，既與主體同步成長；理歸一極，則爲指示本體之徵向，故能作爲實現成聖之核心概念。

理在《文心雕龍》中的概念有內有外，亦有總有分。總者爲歸極之理，用於言文心的超越意義；分者沿理之本源意義，用作爲文立體、駕馭文辭，一篇有一篇之體，則一篇亦有一篇之理。然而無論理一還是分理，理皆具恒常的質性，不受變易。無論分總，理皆是使文入常之關鍵。入常入恒是聖人之文的重要本質，此一入恒非因情累使神不滅所致，而是以體道入極的智慧自度。是以作者不單要有"情動而言形"的自然之性，更要達到"理發而文見"，方能使文章達到體道的境界。劉勰深究於神理成化萬物之總法，開示聖人明理立體以爲範式，因此由神理至明理立體，皆顯示《文心雕龍》的重理思想，朝向於體道理想。劉勰的立文體道觀，以傳統聖人爲典範，又兼取玄、佛的體道原理，構成其反本合道的想法，顯示出在思想豐富開發的時代背景中，不執一家、但取所宜的態度。《序志》謂：

> 有同乎舊談者，非雷同也，勢自不可異也。有異乎前論者，非苟異也，理自不可同也。

這既是其論文的主張，也反映出其體道理念的客觀而開明的取態。

第七章　徵聖體道精神下的樞紐範式：宗經與騷變

　　講究正與變，是《文心雕龍》論文的一大思想特色。《通變》謂"設文之體有常，變文之數無方"，爲文章正、變的基本義。順此義來說正與變，便能通接全書的義脈。常體沿理而立，來自永恒常法，變數則展現文章形態的無窮無盡。二者分別從本源與流衍變動，展現文的生命力和永恒法則。如此有正有變的生發過程，是劉勰從參法至道化生以及聖人立文的經驗智慧中，領悟出文章生生不息的恒存意義。前章指出明理的制作觀，是在聖世所發明的合乎至道的成文原理，乃聖人體道立文的表現。而劉勰在明理的基礎上論述正與變，表明聖人垂範，不僅在於顯示成文之本，更關注於成文中的變化。蓋文作爲道之末節，其存在不僅有賴恒久之至道與神理，更以變動的形態伸延發展，雖同出道徼，在歷史發展中的文，自然呈現不同的形態，本同而實末異。周照文之合道原理，便須視域擴闊，鑒周本末，方能會通聖人垂示的永恒之法，掌握其趨時與應變之文術機制，方是在有情世間圓融體道，乃至體道爲文的應然態度。

　　劉勰以文爲觀照世界的通孔，體道不惟空寂，更關注文的變動性與分殊性。變動是文的特性，文家在魏晉六朝視文爲賴以表現獨性的寄托，由超脫而求永恒，正是利用文以實現與別不同的獨性，文域發展由此翻騰不息。在這種各自展現才性的文學自覺時代下,劉勰融攝這種文的變動表現於體道實踐中,文章雖包含體道意志,卻没有重道而輕藝。反之,因表現道的功能,而講究藝的正向發展,保留貞正純粹的物情,使獨性翻騰之中,不與道違,是天地萬文順理表現物情帶出的成文啓示。

如前章指出,佛家造像與立文明理,從體道理想而言,制作目的殊途同歸,皆是藉藝以體道。惟造像只求擬真,但現神理;文章則含情志,留心於分殊表現。劉勰試圖爲追求超脱獨性的文家,提供上達體道的道路,將獨性與超越之性紐合爲兼容的文術,是其創見。超脱的行爲乃爲實現獨性,由變化而入玄門;超越的目的爲使上達,詣正理以體道,劉勰認爲兩種理念可共同實踐於文章當中,萬變不離宗道,是爲理想境界。

涵攝正與變的文學發展機制,由明本到開變,劉勰以爲起源尚早,自孔子迄至屈原作《騷》,格局基本大定,濃縮而爲五篇,是謂"文之樞紐"。在此樞紐之機制中,劉勰顯豁出超越與超脱的兩大端,孔子開啓的軸樞,而究竟以超越意義爲其得道之本性。屈原作爲壓軸之篇,顯示出文的發展,經歷道之文與聖人文章後,由展示神理的内容而逐漸發展出文學的變動分殊特性,屈原便是在文域中發展出獨性的開創者,也是成功的典型。劉勰所定樞紐五篇,納入主變的文學機制,孔子爲本,屈原爲變,本與變兩面俱全,是真正回應文章世界開發以後,爲世人展示出融體性於神理的範式。考索"樞紐"的命名意義,更藴含聖人所開示的以本制變的馭術理念,也是來自天道恒法的啓示,是以本章以樞紐藴涵的意義爲引子,以見劉勰制立文之樞紐,所流露參法天道聖範的立文用心。

第一節　文之樞紐的意義

一、樞紐"極"義探原

論文之樞紐意義之研究,乃《文心雕龍》的重要論題,研究觀點大體圍繞文的本源思想,以及《辨騷》意義等幾方面。諸如考慮劉勰將《正緯》與《辨騷》置於"文之樞紐"的原因以及恰當性,便於二十世紀成爲矚目問題。此論筆始於范文瀾先生以爲《辨騷》本應合於下篇《詮賦》,惟"以其影響甚大,故彥和於《詮賦篇》外別論之",①是以爲《辨騷》當歸於"文之樞紐"以外,由是引起學界對文之樞紐問題的討論。劉永濟先生認爲樞紐五篇之中,"前三篇揭示論文要旨,於義屬正。後二篇抉擇真僞同異,於義屬負。負者箴砭時俗,是曰破他。正者建立自説,是曰立己。而五篇義脈,仍相流貫",②如此五篇各有分工,是共同發揮樞紐之作用,由此肯定五篇綜合建立的綱領思想體系。惟後來學者卻據劉説認爲二篇不足與《原道》、《徵聖》、《宗經》三篇等量齊觀,未必是劉氏的本意。③

1. 天文樞紐的君位與君道：居中馭變

與文之樞紐對應的是《文心雕龍》綱領五篇,目前關於文之樞紐的討論,多集中於五篇的分析,有關"樞紐"義涵的解讀,亦多緊扣於原文進行釋義。劉勰以"樞紐"爲綱領五篇命名,綱領與樞紐之間並没有對等的意思,單憑綱領一詞來理解樞紐,不但將樞紐詞

---

① 《文心雕龍註》卷1,頁48。
② 劉永濟《文心雕龍校釋》,頁10。
③ 牟世金《文心雕龍研究》據劉永濟之説謂:"《正緯》和《辨騷》列'樞紐'之末,已明顯地説明這兩篇的樞紐意義是較爲次要的。"(頁185)

第七章　徵聖體道精神下的樞紐範式：宗經與騷變

義模糊化，亦使論家爲"文之樞紐"各自賦予想當然的解釋。此亦是造成論家爭辯《辨騷》是否適宜納入"文之樞紐"的原因之一。回溯"樞紐"在魏晉六朝所具有的内涵，誠有益於理解《文心雕龍》建立的核心文學構想。

由"樞紐"一詞的義涵爲基礎考察"文之樞紐"之意，徐復觀先生是較早的嘗試者，謂：

> 樞是户扉得以開閉的樞軸，紐是束帶得以連結的紐帶。劉彦和以道、聖、經、緯、騷是當時他所能概括的一切文學作品之所自出，也是一切作品所共同的紐帶，所以他便先寫下原道、徵聖、宗經、正緯、辨騷五篇，以標明中國文學發展的根源，因而得以把握中國文學在發展中的統貫與其趨歸及其大的規律。①

徐先生以樞軸和紐帶分别解釋"樞"、"紐"義涵，是根據《説文解字》取樞爲户樞、紐爲紐結之説明而提出，由此推演出綱領五篇具有文學根源和大規律的意思。以樞紐表達根源和規律之意，是徐先生獨到的察識。惟許慎的解釋只是針對造門結構而言，若樞紐義止於此，則難以進一步剖析根源的作用，以及大規律的具體内容。

東漢以後隨着新文明的刺激以及思想的解放，人文領域的新思維、新觀念得到迅猛發展，由此促使傳統詞彙醖釀新概念，甚至產生大批新造詞。例如興膳宏先生分析三國時期大量出現"清"字結構詞的產生情況，由人物評論中大量運用"清＋某"式的評語，反映新造詞的產生"隨着時代的發展越來越多彩而複雜"，②這不是專屬於個别字詞發展的特殊情況，在當時人文思想涵具活潑生命

---

① 徐復觀《中國文學論集》，《〈文心雕龍〉淺論之六：文之樞紐》，頁 425。
② 興膳宏《人物評論與文學評論中的"清"字》，載黄霖主編《中國文學研究》(上海：復旦大學出版社，2012)，第 19 輯，頁 6。

力之際,品評式詞彙因勢發旺,是普遍現象。這種創造評論詞彙的風尚更延伸至其後的文學評論領域,樞紐一詞正是典型。在三國時期,語彙的迅速發展令"樞"、"紐"二詞亦得到新義的貫注,鄧師國光先生考證"文之樞紐"的"樞紐"義,指出其本屬緯學的詞彙:

> 所謂"樞紐",屢見於緯書,實源自緯學的概念。[1]

緯學盛行於東漢,至六朝以後依然未絕,更重要的是,緯書記載大量天文與災異材料,新的合成詞"樞紐",便是指稱天文北極星。是以復原"樞紐"的時代義涵,可發現其形態與居中制變的"極"相似,且因之而產生密切的意義聯繫。

如上篇末章指出,極星又可稱作"樞星"、"紐星",其名皆在顯示作爲中主星運作衆星周流恒運,如同門戶樞軸,控制門開門闔。[2] 樞紐在天文載籍當中,是居中宮天神之名,稱爲"含樞紐",[3] 正是以居中作主的位置得名。天文樞紐一旦居中,便成天極,掌管天上衆星的運行。此見樞紐在天文星象中,有極的意思,由此伸延出主軸的形象涵義。姚秦時期姜岌著《渾天論》釋天體繞樞軸運行,已將樞與極互訓:

> 天體旁倚,故日道南高而北下,運轉之樞,南下而北高,二樞爲轂,日道爲輪,周回運移,終則復始。北樞謂之北極,南樞謂之南極。[4]

姜岌以車輪運行的結構況喻天體運移,輪中心的部分稱爲轂,爲作

---

[1] 鄧國光《文原——中國古代文學與文論研究》(澳門:澳門大學出版中心,1997),《〈文心雕龍〉假緯立義初探》,頁86—89。

[2] 樞原作爲門戶開闔中軸,《説文解字·木部》釋"樞"謂:"樞,戶樞也。"《漢書·五行志》記載建平年間出現的西王母讖緯,杜鄴解釋曰:"門,人之所由;樞,其要也。居人之所由,制持其要也。"(卷27,頁1476)已見樞代表中心作用之解。

[3] 如《詩含神霧》云:"黃帝座一星在太微中,含樞紐之神。"(《緯書集成》,頁466)《河圖》云:"中央黃帝,神名含樞紐。"(《緯書集成》,頁1247)

[4] 《全上古三代秦漢三國六朝文》,全晉文卷153,頁2347。

第七章 徵聖體道精神下的樞紐範式：宗經與騷變

用力點，也即起着樞紐一樣的運作功能，故稱轂爲樞，樞便是樞軸、樞紐之意。此樞軸居中之位，即極之所處，故極與樞，是天上大中處所同出而異名。

以樞表示極的作用，原因更在於天極被衆星環繞的形態，以及居中統衆的作用，皆與樞甚爲契合。在先秦兩漢，樞往往配皇極義理論述。《鬼谷子》則言"持樞"，即據樞動原理，突出中正制動之義：

> 持樞，謂春生、夏長、秋收、冬藏，天之正也。不可干而逆之。逆之者，雖成必敗。故人君亦有天樞，生養成藏，亦復不別干而逆之，逆之，雖盛必衰。此天道，人君之大綱也。[1]

不逆天之正道就是持樞，人君有天樞，而萬物之生長收藏能順成不逆，意指人君建極，尤如執樞以掌門户開闔，變化有道。樞之特性進一步湊合於天象人事變化之極，[2]後來《淮南子·主術訓》亦有言持樞的觀念：

> 事欲鮮者，執柄持術，得要以應衆，執約以治廣，處靜持中，運於璇樞，以一合萬，若合符者也。[3]

得要應衆、執約治廣、以一合萬，皆是以持中之法制馭周衆，故稱之爲"主術"，是明人主治理天下的道術。此治術貴乎以簡馭繁，故是針對"事欲鮮者"提出之法，以執要來簡化問題的複雜性。此一持中之術，亦取法乎天文北斗七星之象，斗口四星環繞居中的斗柄三

---

[1] 房立中編《鬼谷子全書》（北京：書目文獻出版社，1993），《持樞》，頁150。
[2] 《持樞》自明代正統《道藏》本已有篇題注釋云："樞者，居中以運外，處近而制遠，主於轉動者也。故天之北辰，謂'天樞'；門之運轉者，謂之'户樞'。然則，持樞者，動樞之柄以制物也。"（《鬼谷子全書》，頁128）此可證劉勰以樞替極而言立極制變之可能。
[3] 《淮南鴻烈集解》卷9，頁310。

星斡運,以喻人君執持斗柄調度星宿變動。① 以爲北斗星的斗柄有若極星之樞紐作用,旨在解釋持中之術,從居中馭衆的形態理解,淮南王之意,亦同於《鬼谷子》之持樞義,可總括於大中皇極觀念之下。以樞比喻人君執掌政事,顯示其爲控制天下運作之中心。

2. 中國傳統觀念中的本體成化圖式

樞其居中以馭四方的形態,除卻啓發與極相合的道術之外,亦成爲道家用以比況道的化物形態。《莊子·齊物論》開示的樞義,便用以顯示道的居無化有:

> 彼是莫得其偶,謂之道樞。樞始得其環中,以應無窮。②

這種樞居中而環轉無窮的描述,皆爲道家顯豁對於道的徵向性的機制,不出《老子》建立以無爲用的原理:

> 三十輻共一轂,當其无有,車之用。③

車轂是車輪運轉的作用力點,其作爲居中支持力的原理,與樞相似。《莊子》將樞動明確爲環中的機制,樞居環域之中,爲馭動之極,使環運轉無窮。

環轉無窮的觀念,在秦漢之際並不鮮見。《鬼谷子·本經陰符》所謂"圓轉者,無窮之計"④便同此意。而揚雄《太玄經》云:

> 植中樞,周無隅。⑤

其義更貼合《莊子》的觀念,所指的樞,乃是道;道生化不息,故天地亦無垠。揚雄以此言宇宙的形態,是從至道化物的角度來解釋

---

① 淮南王以爲斗柄居中靜處如樞轉,是將北極星的運作形態誤解爲北斗星,故有璿樞之語,實者斗柄三星環動,有指示方向的作用。
② 馬其昶《定本莊子故》(合肥:黃山書社,1989),頁12。
③ 朱謙之《老子校釋》(北京:中華書局,1987),頁43。
④ 《鬼谷子全書》,頁126。
⑤ 司馬光《太玄集注》(北京:中華書局,1998),卷1,頁8。

第七章 徵聖體道精神下的樞紐範式：宗經與騷變

此正衍自《老子》所謂"玄之又玄，衆妙之門"的觀念。牟宗三先生指出"玄"是道之有無二性的表達：

> 兩者指道之雙重性無與有，無與有同屬一個根源，發出來以後才有不同的名字，一個是無，一個是有。同出之同就是玄。
>
> 無有混在一起就是玄。"玄之又玄，衆妙之門"的玄就是創造萬物的根據。①

僧肇參透老莊之"道"義，在論述道體之過程中，亦化用其思想與詞義：

> 道無不洽，德無不施。窮化母之始物，極玄樞之妙用。②

玄樞即玄，是道創造萬物的徵向。以"樞"表達玄之成物妙用，是因成物之法式，猶如樞紐居中不斷運轉，以運化周緣衆物的形態。玄的成化方式，由道徵生成以至於變，變極又歸乎道，形成出圓周之轉的永恒定勢，故牟先生謂：

> 有不要脫離，它發自無的無限妙用，發出來又化掉而回到無，總是個圓圈在轉。③

意思是從無生有，從有反無的運化過程。緣此運化的圓周形態，道家乃以轂和樞來比喻道之運作機制。

這種環中圓轉、周圓極返的成化姿態，是道家沿極中概念所產生的宇宙成化圖式。至於以圓轉的活動態勢解釋至道成物的原理與狀態，則非道家所特有，中國傳統觀念向有以圓理解道體運作，此與天體的認識觀有密切關聯。是故不單道家文獻，在記載大量

---

① 《中國哲學十九講》，頁 79—80。
② 《九折十演》，《肇論集解令模鈔校釋》卷下，頁 335。
③ 《中國哲學十九講》，頁 79。

天文内容的緯書中,更見鮮明。在《春秋元命包》中稱之爲"圓法":

> 天生大列,爲中宫大極星。星其一明者,太一常居。傍兩星巨辰子位,故爲北辰,以起節度。亦爲紫微宫,紫之言此也,宫之中,天神圓法,陰陽開閉,皆在此中。①

所謂"陰陽開閉,皆在此中",意即一切變動皆於圓内,變極而返,萬變不離其極。《易緯》補充了這一變化的原理,《易緯乾鑿度》云易九變復爲一:

> 易變而爲一,一變而爲七,七變而爲九,九者氣變之究也,乃復變而爲一。②

究即究極,指易以九爲度,變至九而返歸於一,循環反復。此特性於《易緯乾坤鑿度》又有闡發,其釋"易"義云:

> 又"易",變易不定,輪轉交易,陰陽是爲交易,陰交於陽,陽交於陰。周圓反復,若圓不息。③

以輪轉喻《易》之變,"周圓反復,若圓不息",正是究於天圓之概念,順周圓而變,而以九變爲限度,窮變而不逾圓規,此即環中之理。牟宗三先生釋道之成物運律,有若圓周,極而反本,周而復始,是生生不息之道,故圓轉無窮終始皆是由道徹所成之運律態勢。明此理則會聖體道自無遠近。天樞圓轉運化天體,極星馭度衆星環周,便是源自至道所發揮的力量,以中主幹運而成環中變化之勢,是以圓法詮釋的結果,樞紐則是至道發揮作用的機制所在。

3. 文之樞紐:由天象而及文理

代表道徹成有的樞紐,其作用與神理相輔,同樣是至道成物的

---

① 《緯書集成》,頁649。
② 《緯書集成》,頁29—30。
③ 《緯書集成》,頁86—87。

第七章　徵聖體道精神下的樞紐範式：宗經與騷變

機制，起着支配文與物運化的功能。然而相較於神理這一後起之詞，在秦漢時期，樞又經已具有更形象的周圓轉運意思，由此建立起樞紐豐富的成化內涵。是以在道的徵向性而言，樞紐是將無形無聲的神理作用以機制運作的方式呈現出來。玄樞這種成化概念，解釋了劉勰"文之樞紐"的成立意念，構建起秉持玄的成有特性，出乎道本，歷至變而還反於道的文學生命。將文章制作與生態取配於至道運律，來自於對神理的察識，是體悟天道的證明，認爲文律上合天道，便是以文體道的一種構想，劉勰認爲此是效法聖人建立文明之舉。

　　以圓解釋宇宙運化既然爲傳統思維定勢，對照天象運行，人君治術皆可如是解讀。劉勰選擇以文爲通孔，觀照文明的演化，同樣繼順此思維定勢，以天象圓法解釋文律的發展。《原道》謂上哲"觀天文以極變，察人文以成化"，聖人參法天文的極變，正是指樞紐機制產生的天體與星象運作，周流變化而還反乎道。天象的運轉規律，原動力來源自神理，以樞紐的天象機制呈現；以神理爲制作原則的文章，其發展運律自然亦顯現出樞紐的周圓變動形態，故《通變》有"文律運周"之言。由道而有本，自本而化變，變極而反本，反本復又開新；如此周環本變的律動，便成文之樞紐。是以樞紐五篇，本變之道俱備：以道爲起始，聖人文章定本，而後復開文章新變。自《騷》變以後，又開麗辭的樞紐，十代文章，亦以屈原爲宗，極盡變化。此知樞紐的涵義，乃是神理在文學中呈現的運化規律。樞紐五篇言以道爲本開出的聖人文律，《麗辭》則開出以屈原爲本的辭家文律。二者皆有樞紐，反映神理始終貫注於一切文與物色之中。

　　由樞紐突顯本、變的特性，其蘊涵運作的動態意義非常突出。運化便是一種動態。文之樞紐，不單求變，更極爲重視宗本、反本的運動。考察天文樞紐的觀念來源自先秦極中思想，故具有居中

463

掌馭周變的質性。持樞的概念正是用以表示人君建極制變，因變而定極，顯現出以成有爲思想傾向，是樞紐的主要内容。以後道家與緯書沿用以詮釋道體與天體的運作圖式，雖義及於道本，卻但言自然態勢，樞紐雖爲作用之主，卻並未開展出以本爲應然所宗的思想，直至後來佛家提出宗本概念始得以完備。

二、樞紐觀下的宗本思想

極兼具道本之意，是佛學引入後，借用《莊子》"道樞"一詞，以闡明"宗極"思想，表達佛家從宇宙本源的方向所建立的宗本意念。由此可發現，傳統在成有的貢獻中言極。故人君可爲民立極，此極因世變而立，強調適時之用；佛家則以成佛來證驗佛是宗極，則極已非由人所建，而是作爲宇宙唯一本體，指示精神生命應然的朝向。此見極的涵義，在先秦兩漢主要從道統上建立，爲面對當世之變動而立中軸，故着重創制與成化；兩晉六朝的中土佛徒，則有宗本、宗極的觀念，如上篇末章指出，慧遠在《沙門不敬王者論》已表明佛徒當以反本求宗爲誠願，而極、宗極之詞彙已涵攝至道本體的意思。可見極義乃在新文明刺激中，爲佛家突出反本理念與宗極新義，而超過傳統義涵。

文之樞紐首重"本乎道"，並以聖人文章爲"本乎道"之立文宗範，明確其宗本的觀念。樞紐原顯示變而有主的律動機制，宗本作爲理所當然的矢向，是由劉勰賦予於文之樞紐，而非樞紐本身自有。如同孔子在觀天文樞紐中，賦予"極"義的先例一樣，將皇極化民的意義，融入天樞之中，使之引申出成化作用。是以文之樞紐不單具有居中馭變的制式，更追源道本，並以文之經典，作爲宗本的方向；令本同時作爲所宗，利導變化循正開新。劉勰於《序志》自謂所立的"文之樞紐，亦云極矣"，其中或有表達此文之樞紐，可合於道極之意思。這是時代宗極觀念下的思維定勢，顯示了劉勰利用佛學與傳統思想糅合的新興觀念,來把握對文的理解,並由此建立起由宗本而入聖的文明圖式。

1. 孔子爲天人建立宗本開變的樞紐

由此觀《原道》述説"觀天文以極變",尤見特別用心。是句源於《易傳》,劉勰將"時變"改爲"極變",正因極變涵蓋時變,並蘊涵更深刻的意義。時變是四時變化,屬於常態。《原道》"觀天文以極變,察人文以成化"二句,正本《賁·彖辭》"觀乎天文,以察時變;觀乎人文,以化成天下"而出,① 其中的時變,指日月運行之有度,天地四時的變化因而恒常體現。《恒·彖辭》云:

> 日月得天而能久照,四時變化而能久成,聖人久于其道而天下化成。②

日月與四時持恒之道,屬於天地自然變化,《易傳》謂聖人觀察時變的目的,在於了解天地孳育萬物之道,以化成天下。"化成"之意落實於天下,衍生出教化之意。如晉人干寶釋《賁》卦謂:

> 四時之變,縣乎日月。聖人之化,成乎文章。觀日月而要其會通,觀文明而化成天下。③

將化成天下的"人文"表現爲"文章",表明聖人立文,是普行德教之途,開啓人間教化文明。

日月有序運行,自然有律的運化,只是本然的現象;聖人既欲參法天文而開展化成的任務,便須將此本然的時變規律,創設成一套可用於治理天下的應然法則。由此觀照這些自然變化現象,便當相信背後有永恒的制宰成其變化。運用"極變"一詞,由"極"的宗極義涵,突出了對於道體及其作用的察覺,換言之,天文樞紐其

---

① 《周易正義》卷3,頁124。
② 《周易正義》卷4,頁169。
③ 《周易集解》卷5,頁120。

變動之宗宰,是聖人關懷之所在。而昭揭此天文樞紐律動機制與義理,爲天文時變提煉出極變的含意者,是由孔子開宗明義。

劉勰取孔子爲聖人觀天文而建立人文成化的代表,說明孔子所察的極變,尤於成化有深遠意義。如前指出,孔子察覺的天文變化,並非日月四時之常運,而是指出北辰如極,主宰周稟運度,開示出天文樞紐的形態。在《封禪》中,劉勰既透露了極爲天樞的時代概念,亦表明是傳統道術的方向:

> 夫正位北辰,嚮明南面,所以運天樞,毓黎獻者,何嘗不經道緯德,以勒皇迹者哉。

北辰居天極位,如同天樞,運作星辰,以此明極變如同道樞運化萬物的法式,非時變之常運形態可以概括。時變爲常,極變則尚隱含本的意義。孔子仰察天文之變,本意在宣示人君爲政的大中義理,卻由此敞開了天道成化的運律,啓迪劉勰引以爲宗本制變理念的依據。

極變暗示孔子鑒天文以原道成化,乃劉勰刻意爲北辰正位之義理賦予明道馭變的詮解義涵,由此闡釋孔子立文成化的聖人德業。孔子在有關北辰極義的論述中,雖然未有延伸出宗本開變的立文想法,但其文績卻實在地創設了先例,是劉勰取其刊述經典以爲立文宗範的原因。《原道》總括孔子刊述三代典謨的工夫,謂:

> 至夫子繼聖,獨秀前哲,鎔鈞《六經》,必金聲而玉振。

前文指出金聲玉振乃比喻孔子爲先聖典謨集大成,運用"鎔鈞"一詞,突出了加工的特性,鎔鈞是將金屬冶煉加工的程序,必先有金屬材料方能施展技術,並非從無到有的制作;由此反映孔子的經義,是明而非作。將刊述經誥視爲加工的看法,早見於揚雄《法言》:

第七章 徵聖體道精神下的樞紐範式：宗經與騷變

> 或曰：經可損益與？曰：《易》始八卦，而文王六十四，其益可知也。《詩》、《書》、《禮》、《春秋》，或因或作，而成於仲尼，其益可知也。故夫道非天然，應時而造者，損益可知也。①

"損益"便是加工的意思。揚雄所言損益，並非否定孔子的意義創造。其謂《五經》"或因或作而成於仲尼"，表明孔子的損益，乃屬因與作，是使帝代之典成爲經的靈魂人物。損益顯示"變"的加工作用，旨在提煉聖人的淑世精神，如此雖變而不但不失本，反而令本彌彰，且宗本之態度彌明。孔子爲經典終始條理的工夫，建立文明發展的極則，實際上便是爲人文建立宗本正變的樞紐。

朱熹《集注》解釋孟子以金聲玉振比喻孔子集大成之聖功，又引西漢兒寬的文字，指出孟子的深層用意在於指出孔子刊述經典，乃是建極之功，其云：

> 此言孔子集三聖之事而爲一大聖之事，猶作樂者集衆音之小成，而爲一大成也。……故倪寬（即兒寬）云："惟天子建中和之極，兼總條貫，金聲而玉振之。"亦此意也。②

兒寬本爲向漢武帝提出封禪禮制儀式的建議，《漢書》載曰：

> 及議欲放古巡狩封禪之事……寬對曰："……唯天子建中和之極，兼總條貫，金聲而玉振之，以順成天慶，垂萬世之基。"上然之，乃自制儀，采儒術以文焉。③

兒寬主張封禪的禮儀與祭品當由人君參酌先世聖主的經驗，而自行訂定，蓋以爲：

> 享薦之義，不著於經。……唯聖主所由，制定其當，非群

---

① 《法言注・問神卷第五》，頁102。
② 《四書集注》卷5，頁346—347。
③ 《漢書》卷58，頁2630—2631。

臣之所能列。①

享薦是向天供奉的祭祀食品，代表封禪禮祭的瑣碎事項，先王不記於典册，而群臣又不能爲君主制訂，正是由於聖主乃萬民之極，天下禮樂制度雖出自臣民，卻莫不由君主審定其宜，以作軌則。此"制定其當"的工夫，便如同孔子爲先聖典謨終始條貫，以立治世之正極。朱子認爲兒寬論人君建極之道，正好説明孔子立極之聖業，故引以輔論。

孔子所立的極，雖然不等同於人君立極以治萬民，卻是關懷於人文成化。金聲玉振所顯示的建極之道，是使衆音發揮，終始得其條理，美成雅樂。此終始條理之作樂制式，體現出正統禮樂遵行的立極思想。孔子以鎔鈞《六經》來建極，繼承並融取往聖之精神，用以損益經典的內在條理，由此建立文明發展導向之主脈，是其立極原則，爲人文確立起合乎永恒至道的正式，如同天文之有樞紐。

2. 取效孔子與天文建立的文之樞紐

劉勰認爲孔子領會天文樞紐隱藏的神理，從而宣示永恒的道術制式，是將神理應運於人間，《原道》贊語云"天文斯觀，民胥以傚"，突出學效的意向。贊語所指的是孔子由北辰而發明立極之偉業，然而事實上叙説劉勰由天文樞紐而立文之樞紐的經驗，其自身便是學效的證明。孔子以鎔鈞經典而建立起宗本開變的人文樞紐，劉勰所制作的文之樞紐，則以宗本制變爲立文的根本原理，此皆是其由天文極變及孔子刊述而領悟的成化原則，明至道所具的作用力爲制作的本源，便能擁持符合神理的文章，雖千變萬化，無偏宗道。宗極顯現的是對終極不變本體的肯定與追尋，天上人間之物色中，可明白呈現極之存在者，唯有北辰，是以觀天文樞紐之

---

① 《漢書》卷58，頁2630—2631。

第七章　徵聖體道精神下的樞紐範式：宗經與騷變

變式,方明宇宙終始恒存不易之本宗,此是劉勰將究變之法追本乎天上北辰的原因。

引入天極來開發制作思維,不外是傳統極義發展趨勢中的一脈。事實上,引用樞紐圖式的制作構想,早見於《史記》。司馬遷在《太史公自序》中解釋《史記》的制作意念時,便表明其中的架構,乃效北辰而立：

> 二十八宿環北辰,三十輻共一轂,運行無窮,輔拂股肱之臣配焉。忠信行道,以奉主上,作三十世家。①

根據北辰和車轂的運作原理,立三十世家之篇幅,將孔子勾勒出來的天文極變圖景,輻射於其敘述脈絡之中,運用天文之數,敷架篇章結構。劉勰運化立極之意念,參照司馬遷的構意,揭示此人文義理彰顯的大義。表明以天為共宗,則天文的極義覆蓋人文化成過程中的所有事業,皆能得其所向,並知悉其所歸。

從樞紐蘊含的極義分析,建立文之樞紐,是將三代聖王以及孔子皆注重的立極治術,移用於建立文學世界的秩序。立極制變之本意,在於治亂。天文與人文之極,皆秉此義。極的重要性,也因亂而顯現。樞紐顯示出以簡制繁的整治機制,極則隱藏着建極的目的。盤庚稱子民"罔有定極",②立極之用意,在於治亂歸整,使民知應然的歸向；箕子稱"皇建其有極",孔安國傳曰：

> 大中之道。大立其有中,謂行九疇之義。③

"大中"正是立極之義,孔穎達疏曰：

> 皇,大也。極,中也。施政教治下民,當使大得其中,無有

---

① 《史記會注考證》卷 130,頁 1347。
② 《尚書正義》卷 9,頁 360。
③ 《尚書正義》卷 11,頁 459。

邪僻，故演之云：大中者，人君爲民之主，當大自立其"有中"之道。①

大則立中，原因在於當社會發展成爲龐大的體系，邪僻之惡便生，則有需要立極的機制，以指示國政的運作方向，建立秩序，辨別正邪善惡，便是立極的作用。此即許慎謂上古發明結繩而治後，社會的發展越益複雜，由此亦興起掩飾作假之事：

庶業其繁，飾僞萌生。②

書契之作，亦爲"宣教明化"，配合人主立極之用心。

以此觀之，則劉勰認爲文有建立樞紐的需要，一方面在於顯示由天文而至人文的本變規律，另一方面則透露了文的發展，已到達龐雜混亂的狀態，必須以樞紐式的立極機制，來指引作文的應然方向。倘若文家立文無方，則文章散亂，便迷失於浮靡的文風，與上達的生命之途絕緣。《文心雕龍》兩提"辭尚體要，弗惟好異"，說明好異的態度並非立文應有的目的與宗尚。《序志》描述漢末以來由辭賦表現的迷失情況：

而去聖久遠，文體解散。辭人愛奇，言貴浮詭，飾羽尚畫，文繡鞶帨，離本彌甚，將遂訛濫。

這種離本以致訛濫的情況，是文學的歪變，由此顯見立極的必要性，是劉勰解釋其建立文之樞紐的原由。《時序》序列自陶唐至齊梁的文學歷程，卻沒有如《序志》的批評筆調，對於序列文家，雖述其不足，而歸之於世情促成的文理更迭。於贊語更一再總括文學歷史的盛貌，其中原因，是基於所叙述的文學史，以文之樞紐爲前提，所舉文章皆在樞紐之域，文云：

---

① 《尚書正義》卷11，頁459。
② 《說文解字注》，十五篇上，許慎《說文解字序》，頁753。

第七章 徵聖體道精神下的樞紐範式：宗經與騷變

> 蔚映十代，辭采九變。樞中所動，環流無倦。

前句敘述文學歷史的源遠流長，變化多樣，後句則闡明這種生命力，源於合乎樞紐的正變而發展。《通變》謂"文律運周，日新其業。變則堪久，通則不乏"，這種通變之道，是使世代文章的發展，雖有文理更替，而不出文的軌律。由孔子創制的通變之術可知，通變不離變而宗本的大原則。"運周"呈現延續的特性，道本便是永恒發展的原動力，也是文之樞軸。則歷代文理遁遞，雖去聖益遠，而樞紐的環動機制形態，形象地表達了在符合通變法則之下，文章的圖譜環繞着道本一直發旺，而明本通變者，則可賴神理以穿越時代制限，不爲流變所翻移。

由此推斷劉勰於《時序》敘寫文章歷代的更迭，目的爲彰顯變而有本的文之樞紐。文學的歷史雖龐大複雜，而且文體解散，卻可按樞紐的原則，抽繹出一段順理合道的文學發展進程，爲文學創作開示應然正範。此可知篇中所納入的文章，着重建構樞紐而非爲批評，故皆爲合乎樞紐者，至若離本太甚、背道而馳的作品，自然不見入列，"崇替在選"一句實透露了篩選的工夫。

文之樞紐出乎道本而至變反道，呈現出一套由宗本通變作爲體道方向的立文思維，從劉勰爲文之樞紐所賦予本的質性可見，宗本是文之樞紐的首要條件，以道爲本，亦以道爲依歸，推而論之，立文者制作過程必然依止於道、順循於神理，由此明理合道，是理想的立文願景。故"原道"、"徵聖"、"宗經"三組概念，皆着意於宗本合極。"正緯"、"辨騷"兩組概念，則爲端正開新的變化，體現由本正變、制變的想法。其中孔子開通變之先例，屈原成文變之典型。宗本之術，莫不體現在"經"上，此因劉勰認爲經是文章世界中實在而完善的本，落實具體的宗本文學理論，便須借助《五經》來建構。

471

第二節　依經立本的體道理念

劉勰取法天文極變而立文之樞紐,是將宗本開變之極義,視爲宇宙永恒之運律原則。既是原則,宗極雖然無二,而法道建極的原理,便不是人君所獨專。《文心雕龍》將文之本源上追於至道之大德,同樣爲文定立至極之本源,基於德性本位,定文極的角色便轉移於聖人,非衡量於勢位,由是開闢文學上達之途。

人主定極是治道之術,而劉勰揭示天文極變的特性,意在突出人文乃至文章的變化,皆不離道之理徽化成的機制,故萬變皆可宗乎道本,循理而動,是成文乃至成人之大法,這便將合極變動的本然之道,顯豁爲人文自覺而爲的應然使命。《文心雕龍》以理爲立文的應然原理,悉本此建構。聖人研神理以設教,正是自覺順理立文,爲眾生開示以明理體道爲目的之立文法式,這是淑世之道。是以劉勰謂"論文必徵於聖,窺聖必宗於《經》",強調文之樞紐,必須有聖人立範運衡,始得將立文體道的法式展示於人間。這種樞機理念,與慧遠在《大智論抄序》的見解頗爲相似:

夫宗極無爲以設位,而聖人成其能;昏明代謝以開運,而盛衰合其變。是故知嶮易相推,理有行藏;屈伸相感,數有往復。由之以觀,雖冥樞潛應,圓景無窮,不能均四象之推移,一其會通。①

慧遠提出理有行藏、數有往復的道理,表明宗極本體雖然恒存,但人身存在於形器世界,要體極入道,不可能直接與道相契,故雖道樞日

---

① 《出三藏記集》卷10,頁388。

第七章 徵聖體道精神下的樞紐範式：宗經與騷變

運,卻無法直接會通道極,由此突出在有名世間弘法的意義。是以在有世間傳達體道之教,便須端賴聖人,本聖人之德實踐親證宗極之存在,並彰顯順理成章的入極方向。而聖人制作的經典,便是劉勰徵聖立文理論的憑據。從立文上言徵聖體道,其樞紐必須以既成之人文制作來顯豁,故文之樞紐,其本雖在道,而宗本理論的發揮,則以經典爲中軸,"樞紐經典",展示出藉由經典而明理會道的取態。

一、慧遠"依經立本"之制作原則

從修行體道的精神追求看,宗經思想並非刻意將經納入文學維度,而是經典本來屬於以文淑世的觀念載體。尤其在佛學觀念中,經典更是佛之一切言説教化之所存。如僧祐所言:

> 祐竊尋經言,異論呪術,言語文字,皆是佛説。①

這代表了佛門將經視作佛陀言語的看法。是故宗經的觀念,在佛學譯典東傳之世經已出現。自晉以來,佛典之翻譯與注疏,莫不以詮釋經之本意爲要務。慧遠在其《大智度論抄》的序言中,更明確提出"依經立本"之原則,是爲宗經思想的淵藪。慧遠的《大智度論抄》是在鳩摩羅什漢譯龍樹《大智度論》的基礎上抽繹並整理,排比其中語句而成書,是有別於經注的文體。《大智度論抄》今雖不存,惟在序文中,可見慧遠解釋制作抄本的用意:

> 若開易進之路,則階藉有由;曉漸悟之方,則始涉有津。於是簡繁理穢,以詳其中,令質文有體,義無所越。輒依經立本,繫以《問論》,正其位分,使類各有屬。②

鳩摩羅什譯《大智度論》凡百卷,篇體龐大,慧遠爲方便學者入門,

---

① 《出三藏記集》卷1,《胡漢譯經文字音義同異記》,頁115。
② 《出三藏記集》卷10,頁391。

乃分別類屬,披揀聖訓精髓,使學者能從易進之路曉識經義,故稱"簡繁理穢"。是以所謂"依經立本",乃指抄本的所取與分類,皆宗於龍樹《大智度論》的經文,務求彰顯原經大義。慧遠作抄本的用意同樣在於彰顯原經,以明體道成佛之妙理。雖然不同於文學創作的宗經意思,但尋究宗經的根本目的,不止宗於特定一經,經承載的是聖人作經明道的文心,表達至道本體的義理,是以宗經乃爲實現體聖明道的精神追求。此是佛家恪守經本的用心,保存聖人制經之本意,實爲以文弘法之要則。例如釋道安在《道行經序》中稱許支讖保存《道行品》之全貌云:

抄經刪削,所害必多,委本從聖,乃佛之至誠也。[1]

道安所稱善處,正是傳抄者保存經典的原貌,也即依止於聖人載述神理的本心。以弘道度衆爲文業,委從於先聖文心,便是宗經的表現。

慧遠依經立本,是爲保存和彰顯聖人以文弘法的本願,依據經籍內容重現聖心,意義近於敷讚聖旨,卻又突出宗於聖心本意的體道精神。劉勰以經爲立文之本宗,所宗者首重聖人的立文體道精神。聖人立文之根本意義,是由文通理會道,並弘揚體道的經驗,以及所領悟的神理,實現與衆生共契道體的弘願。因此宗經思想體現的是晉來對於本體的肯定與追求,透過經可以會通聖人體極之經驗,作用如同借佛像、山水會悟聖心,即近神理的觀念一致,只是經所呈現的義理,更爲直接具體。

二、以經爲源及以經約文的文論

1. 顏延之:經爲文祖

《文心雕龍》樞紐的《徵聖》與《宗經》二篇,根源融攝漢來董仲

---

[1] 《出三藏記集》卷7,頁264。

第七章　徵聖體道精神下的樞紐範式：宗經與騷變

舒、徐幹等論籍中的學聖、讚學主張，並消化摯虞"宗經"的文章論。以《原道》冠首，將文學與學聖的問題上升至於本體成化的層面，則是劉勰基於對生命上達的精誠企盼，表現爲極高度的創見。

劉勰提出經爲文章衆體之本，並非第一人。依經立本的文論思想，在東漢班固與西晉摯虞在論述賦的起源中已初着痕迹。班固《兩都賦序》將賦的本源上推於古詩雅頌之體：

> 或曰：賦者，古詩之流也。……或以抒下情而通諷諭，或以宣上德而盡忠孝，雍容揄揚，著於後嗣，抑亦雅頌之亞也。①

謂漢賦爲"雅頌之亞"，蓋以古詩爲賦體的本源。而摯虞《文章流別集》亦見相同看法，以爲賦源出於古詩：

> 賦者，敷陳之稱，古詩之流也。②

古詩的具體所指，是《詩》的四言正體，也是雅的本式。摯虞認爲"古詩率以四言爲體"，③反映出所謂"古詩"，乃指《詩》的四言體式，爲本源亦爲正範。鄧師國光先生認爲"孟堅所謂'古詩'者，義同雅頌"，又考定"四言爲雅音之説，始倡於班固"，④知晉世在賦體類的論述上，已觸及溯源的問題，且歸宗於《詩經》的四言爲雅正之本。迄至劉宋顔延之論文章起源，又將文章導源於經，其作《庭誥》云：

> 詠歌之書，取其連類合章，比物集句，采風謠以達民志，《詩》爲之祖。褒貶之書，取其正言晦義，轉制衰王，微辭豈旨，貽意盛聖，以《春秋》爲上。⑤

---

① 《文選》卷 1，頁 1—3。
② 載《中國歷代文論選》第 1 册，頁 190。
③ 載《中國歷代文論選》第 1 册，頁 191。
④ 鄧國光《摯虞研究》(香港：學衡出版社，1990)，頁 232—236。
⑤ 載《全上古三代秦漢三國六朝文》，全宋文卷 36，頁 2637。

475

顏延之雖然將文體追源於經，實際上卻沒有將《五經》納入"文章"的概念，而只視之爲起源，這與其文筆觀念是一致的。劉勰於《總術》嘗記載顏延之的"經典非筆"説，並表達不同的看法：

> 顏延年（顏延之字）以爲"筆之爲體，言之文也；經典則言而非筆，傳記則筆而非言"。

按顏氏的文筆觀分析，言是指接近口語記錄之文，近於劉勰與揚雄所指的典謨，筆則代表文飾雕琢的加工。劉勰以爲此分判並不允當，認爲書諸文字的經乃至傳，皆屬於筆，此是相對言説而提出的義涵：

> 予以爲發口爲言，屬筆曰翰，常道曰經，述經曰傳。經傳之體，出言入筆，筆爲言使，可强可弱。

劉勰接受揚雄"言不文，典謨不作經"的觀念，認爲經已秉具"言之文"的修辭處理，而在顏延之的理解則不然，這是由於對筆的雕飾工序有高度講究。鍾嶸《詩品》評價其詩的特點是：

> 尚巧似。體裁綺密，情喻淵深。①

又引湯惠休對比其與謝靈運的詩作風格的評論：

> 謝詩如芙蓉出水，顏詩如錯采鏤金。②

此皆説明了顏延之對於用"筆"的精雕細琢，與質樸的經典有明顯的分別，因而認爲經典不同於文章。正如王運熙、楊明二位先生指出：

> 劉宋時期，即使是實用性文章，也更加講究用典和對偶，用語造往往避熟就新。此種情況自然容易促使顏延之產生

---

① 《文賦詩品譯注》，頁 76。
② 《文賦詩品譯注》，頁 76。

第七章 徵聖體道精神下的樞紐範式：宗經與騷變

"筆之爲體，言之文也"的結論。……正處於文體新變初期的顏延之，並不如晉代傅玄等人那樣，以典誥雅頌爲"文章之淵府"。①

是知顏延之所以審別聖文不合文章範屬，乃基於時代文學的雕琢文飾已發展至較爲成熟的程度使然。因而顏延之以經爲文祖的真正含意，乃揭示歷史發展的實然狀況：

那只是就文體發展的源流而言，並不是主張學習經書比較質樸的語言風格。②

在講究文章聲色之美的時期，宣示回歸於經典簡樸的風格，並非時代關注的文術。分析顏延之的文筆觀，可知其對文章的理解，傾重於"筆"的功能，也即雕琢的修辭工夫。

顏延之與劉勰不同的文筆觀，反映了對時代文學生態的回應態度。二人對文章的不同要求，透露出對於文章制作，各自有殊異的起點。顏延之雖認爲文章源出於經，卻只偏重雕飾之技，不單未遞體道之用，亦無曹丕倡言文章乃"經國之大業，不朽之盛事"的理念；故論文雖追源《五經》，未有進一步發展出理論，更無立文宗經與徵聖的思想。這是立足點相歧而出現的差異。

2. 裴子野與顏之推：止乎禮義、陶冶性靈

劉宋以後，文學思潮發旺以至於訛濫，論者追源於經典，便有藥治的作用，此誠爲劉勰提出宗經的目的之一。如歷經宋、齊、梁三祚的裴子野，於《雕蟲論》批評宋齊以來之文風說：

淫文破典，斐爾爲功。無被于管絃，無止乎禮義。深心主

---

① 王運熙、楊明《魏晉南北朝文學批評史》(上海：上海古籍出版社，1989)，第二章"南朝文學批評"，頁201。
② 《魏晉南北朝文學批評史》，第二章"南朝文學批評"，頁209。

> 卉木,遠致極風雲。其興浮,其志弱。巧而不要,隱而不深。①

裴子野批評南朝文風的浮淺不經與劉勰見解相近,饒宗頤先生顯豁裴氏批評的用意云:

> 若裴子野持論,無非欲其可被於絃歌,而止乎禮義。質言之,在阻止文學,使勿脱於經學之藩籬,俾文質相倚爲用。……彦和文心,力主宗經,與子野持論宗旨相符。②

借經義以約文,使文有筆有質,爲藥治當時文風之方。

又如稍後北齊顔之推提出文源於《五經》之論,意義便不同於顔延之,其於《顔氏家訓·文章》云:

> 夫文章者,原出《五經》:詔命策檄,生於《書》者也;序述論議,生於《易》者也;歌詠賦頌,生於《詩》者也;祭祀哀誄,生於《禮》者也;書奏箴銘,生於《春秋》者也。朝廷憲章,軍旅誓誥,敷顯仁義,發明功德,牧民建國,施用多途。至於陶冶性靈,從容諷諫,入其滋味,亦樂事也。行有餘力,則可習之。③

《顔氏家訓》出於《文心雕龍》之後,其推《五經》爲不同文體之大源,蓋有吸收劉勰的説法。顔之推所指的文章,包含文學創作與公牘應用等文書,是認爲文章的功用多途,由經國以至立身,皆有助益。所論列之文用,大抵可括納於《徵聖》所舉"政化"、"事迹"、"修身"三徵之中。然而顔之推所指的文章之用,非謂以文章成就此三方用途,而是認爲文章有輔助之功,是以應用雖廣,而終究只是"行有餘力,則可習之"的"術"。顔之推認爲文章乃爲成就立德與立功之

---

① 載《中國歷代文論選》第 1 册,頁 324。
② 饒宗頤《文轍——文學史論集》,《文心雕龍探源》,頁 347。
③ 王利器《顔氏家訓集解》(上海:上海古籍出版社,1980),卷 4,頁 221。

工具,是知其論述雖來源於《宗經》謂《五經》乃"性靈鎔匠,文章奧府",肯定文章源於《五經》,且因之而具有陶冶性靈之功,卻尚未觸及體道的意義。

觀乎劉勰舉三徵以爲聖人立言的例子,目的爲説明聖人之文可見,聖人之情可聞,由此提出徵聖立言以體天道的理想願景,所開示之文章義,不僅在於功能層面,更具有體會妙極精理的殊勝上達意義。顔之推在要求文風歸於雅正有質的思想下,强調文章當以經國、修德爲用,其義與裴子野冀望文章可止乎禮義的端正文風要求頗爲相近。

三、以經正本,道藝並融

若將劉勰的《宗經》篇獨立於《原道》與《徵聖》來看,其思想與南朝普遍倡言以經教扶翼浮文弱植風氣的想法並没有太大分別,同樣要求從内在的養正,以及外在酌《雅》富言之術,規範並充實文章的質,是偏重於對"藝"的正向指導。惟篇末以"正末歸本"一語,提挽起以樞紐反本體道的理念,透露了永恒而原本的道樞,是劉勰認爲對治時文流弊的力量;稟《經》與酌《雅》,代表聖人明道而開發的文之本式,此本不單作爲生命源頭,同時也使樞紐作用源源不絕。經典作爲呈現至道的介體,《宗經》謂"經也者,恒久之至道",經由於體現至道而驅動文明邁向不斷上達的進程;宗經的目的,則是在經中尋索道本,以施展立本開變的樞紐制式。

以正本爲最終要求,則不能分割與體道的關係。文之樞紐,既源出於道,亦以道爲本,由本顯示的是應然的歸向,也即反本的體道追求。"正末歸本"重新展現了由孔子開創華實相佩、道藝兼美的聖文世界。以經爲治亂之則,是效法先聖創立的通變之術,躬行其文道,而不單單只談仁義,只求雅正。文家要求脱離浮豔的特性,從新走向古,僅僅鎖限於對文章風尚的批評視角,倘若没有道作爲反本的歸向，便無法說明宗經之爲文章的應然性，則倡言恢復仁義內容的文體，亦不過爲一種好尚。新之於舊、豔之於樸，其正與非正的定位，是由道與聖的應然性所賦予。聖人所展示的文，除卻爲起源，更是道的體現，故立於文之正位。使藝與道絕，則神理終究隔絕於文章，由文以言徵聖、體道，便淪爲裝點工夫。樞紐之運作，本變一體，從缺了來源天道的本，則難以爲《文心雕龍》數言樞紐斡運不息的理論圓說。同時亦掩埋了《文心雕龍》解決以文同時實現文家獨性與體道理想的美好衷願。

是以探析劉勰的宗經思想，僅僅歸因於時代文學之狀況，無法透徹顯示劉勰蘊含體道之志的宗經理念。進而言之，文家對於文學的理想期望，蓋非全由時代文風所主導，論者自身爲文賦予的功能，亦是重要因素。劉勰的宗經觀念產生於文患日深的世道，既是指正藝之應然方向，亦是重挽先聖立文的明道精神。此必須有超凡入聖的意志、體經會聖的信念產生，方能長養出徵聖、宗經以爲文式。以聖爲對象，以經爲宗範的立文期望，並非只爲拯治文苑之弊，更重要在於對文有淑世擔負，文以明道，不分今古，體貌雖變，聖範無移，取鑒經典，悉本體道成聖的弘願。

以經作爲立文的軌法，劉勰依然是文論中的首倡者。劉勰的宗經思想，有提挽雅正文風的目的。至於選擇經作爲本源與軌則的代表，既與時代倡言經教的文論一拍即合，其中又有融合道藝的意圖，徐復觀先生認爲：

> 彥和的推崇六經，不僅與經生有同中之異，且亦與後來古文學，有同中之異。古文家宗經，多拘陷於道德的一方面；彥和當時亦有此意。但道德與文學之間，無必然的關係。彥和則直追入道德文章所同出的性靈，並注意到五經表現的藝術性；以此言宗經，對文學而言，始不至於腐，不至於迂，不至於

第七章　徵聖體道精神下的樞紐範式：宗經與騷變

硬將道德與文章，從外面來加以拼湊。①

道與藝各有其產生的緣起，亦各自有發展的流脈，道流關懷理的傳達，藝流重視情的抒發，各自不同的產生動機，是造成文化大源分流百川的原因。而劉勰將情與理皆視爲立文的基本元素，認爲二者同出乎道，又是主體先天禀具，故皆蘊藉於性靈。於制作中以情成全自然、以理實現應然，則成爲性靈的理想表現。徐先生認爲劉勰的宗經思想不能完全以復古式的崇經意思解釋，是由於《文心雕龍》始終站於文藝的立場觀照經典的作用；王更生先生於此亦有類同見解，認爲劉勰：

處處從文學的觀點，去透視《五經》，較之兩漢經生以名物訓詁説經的方式，自是大有不同。⋯⋯他處處釋經，卻處處言文。②

王先生之意正表明劉勰是爲文學發展的需要而釋經。劉勰由此發現經所涵載的藝術成分，③自覺交匯道藝二流，將聖人經典作爲規整文學發展的基綫，是其獨到的識見與貢獻。

從體道成聖的信念來觀照文的作用與發展，聖人所立的明道之文，方成爲應然的文章制作方向。劉勰在原道與徵聖的追求上言宗經，經成爲指示應然方向的模範，以此制宗經之文式，則不必失於趨時，反對時俗的好尚。劉勰宗經不爲拘守於經的形式，因此也沒有一概否定新興時文的風尚。所謂宗經，是重新恢復展現聖人立文體道的一片無垠世界，在此立文世界中，神理充盈，擺落表達形式爲導向的思想定勢掣肘，無論何種體性變化之文，皆可行

---

① 徐復觀《中國文學論集》，《文心雕龍淺論之六：文之樞紐》，頁 428—429。
② 王更生《文心雕龍研究》，頁 218。
③ 徐復觀先生謂劉勰："主要是站在文學的立場來説明五經的崇高價值"，因此能夠發現"五經表現之辭，也非常伎巧地合於其内容的文理，即是其表現也富於藝術性。"(《中國文學論集》，頁 428)

順理成章之道，取鑒聖人的通變經驗，以情爲起動，以理爲宗致，妙體道極。由精神上達的路向，實現寄心玄遠的時代終極追求。

四、以經定立文之本宗

以經對治文弊，立雅正古風的想法，在劉勰所處時代不乏主張者。至於發現經具有體現恒久至道的功能，並提出以經明體道入聖的思想，在文苑則尚未具見。反而在佛門卻有"宗經造論"的傳統。經爲佛說，論則造自菩薩大德，依經而制，有釋經與宗經兩種方法。《大乘論藏》中便有"釋經論"與"宗經論"，明確宗經與釋經分屬不同意義。"釋經論"近似注解，按經中文句條次解釋並加以論述，如龍樹所造《大智度論》便是將《般若經》逐句解釋，兼及論述經義，故歸入"釋經論"。"宗經論"則取整部經甚至諸經之義理，系統組織以爲論述，不必依句注解，僧肇的《肇論》便位列於"宗經論"之首。宗經論具言之即北宋遵式所謂"宗經造論"之意，遵式在《往生净土決疑行願二門》謂：

<blockquote>
古今諸師歸心净域者，或製疏解經，或宗經造論，或隨情釋難，或伽陀讚揚，雖殊途同歸而各陳所見。[1]
</blockquote>

遍考文獻，遵式"宗經造論"一詞是解釋宗經的基本語源，非常值得重視。從古以來，對待《文心雕龍》"宗經"的問題，儘管論述方式的層次有所不同，惟大體離不開望文生義式的直覺理解，對於"宗經"這一詞彙的生發過程，以及在生發過程中衍生的特殊意義，則鮮有所及，更未考慮這些意義是在何種學術語境中發展。

遵式提出的說法指向四種說經的方式，第一是製疏解經，此類似於中土學術的訓詁章句之學，以解釋經典爲主。第二是宗經造

---

[1] 遵式《往生净土決疑行願二門》，《大正新修大藏經》第 47 册，頁 145 上。

第七章 徵聖體道精神下的樞紐範式：宗經與騷變

論，此方式的關鍵詞語是"造論"，"造論"指撰文發揮經義，宗經造論是歸宗佛旨而發揮佛理，形式類似於魏晉時代的造論，但魏晉的論體是以事爲論、以理爲論，指向的是世俗的意氣世界，透過論辯互相爭持高下，是門閥士族較量的一種手段。但佛門中人提出的"宗經造論"，特別強調造論的意向性，直接指向宗經，不作他想，如此刻意強調造論的宗經意識，已經透露有意超越魏晉士人標榜個人才情的世俗做法。由此觀之，此一宗經觀念乃是在反思並摒棄魏晉這類瓦解正義的狀況下的思維重整，重新透過造論收拾精神世界的披離，而宗歸於佛論，便形成一股極強大的思維束力，這是表達策略上的一大飛躍。第三是"隨情釋難"，情可以指說者之情和外在的情態，"隨情釋難"是根據自己的情況及客觀的環境而進行策略式的解讀，其先設前提就是"隨情"。"隨情"表明這是一種權變方法，與"宗經造論"的正道立言互相配附。第四是"伽陀讚揚"，這是情理完全開豁的歡喜心，讚揚的動力來自於對佛理的悟解。

　　此四種說佛的方式既可視爲各自發展的途徑，也可有序地共同整合爲立文體道的開智策略：從文字訓詁到義理體系，到任情而思，說者得以充分理解佛經的義理，而達到全新的悟解，因爲經過這些工夫而獲得全新智慧的喜悅，於是透過衷心的讚揚以顯示頌讀佛書的圓滿階段。遵式這四法透露了從初讀佛經到完全領悟的過程，整個過程都需要讀者投入努力。其立說對於解讀劉勰宗經思想所強調的研治方式以及終極目的，明顯具有啓迪意義，反映了宗經不單表現爲詞彙與表達方向上的宗法，更深入於宗經的情態以及精神歷程。如此可得出一簡單結論：宗經不是平面地效法經典，而是投入生命的學習過程，學習的對象在過程中日趨清晰明白，就是經文的立意根源，在佛經是佛陀，在《五經》則是以孔子爲核心的三代聖人。

　　宗經思想既淵源有自，指向經典所表達的義理，以經爲本宗的取態,是佛家對中國文論思想發展所起的促進作用。中國文論以經爲本宗的思想一直處於朦朧階段,至此得到清晰顯豁,並明確爲一種宗乎原本的應然發展向度。

就以文實現體道理想的追求角度理解,在佛門中,出於弘明經義的需要,較早產生宗經、從聖等宗道體本的立文意識,這對於《文心雕龍》宗經立範的思想多少有所啓導。佛家視經爲佛説,既是一切佛典產生的本源,同時又是佛門所宗之文;這種爲起源又爲宗法,也即兼具本然與應然之總持位置,便帶有宗極的特殊性質。宗極是本體,既居本源,亦總一切法,此是魏晉六朝將本源義與極中義結合的新興概念。經本身固然不是至道宗極,但作爲"群言之祖",又是聖人之權教,無疑企居於文體的宗極之位,發揮總持的力量。劉勰的宗經觀提點着法聖體道的重要性,以此延展於文論場域,建構文之樞紐的制式,使文涵載超越性的體道作用,實有得益於佛學思維。

在《宗經》爲文體推源的論述中,可發現劉勰將《五經》標舉爲文宗的意圖,其一方面以《五經》爲文體發展的開端,顯現出文學史上的本源位置,另一方面又指出文章萬變不離於此本,突出總持文章發展的能力,由此確定《五經》在文的宗極份位。《宗經》云:

> 故論説辭序,則《易》統其首;詔策章奏,則《書》發其源;賦頌歌讚,則《詩》立其本;銘誄箴祝,則《禮》統其端;紀傳盟檄,則《春秋》爲根;並窮高以樹表,極遠以啓疆,所以百家騰躍,終入環内者也。

統首、發源、立本、總端、追根,皆爲標示"本"位;劉勰明確制定《五經》爲文章之根本大源,本的形態不但窮高極遠,而且支配着後來文章無出其右。由此反映此"本"位,不單是自然的歷史發展生態,而且具備主宰的特性,"終入環内"所顯豁的環中樞紐,提示了反本的必要。在此樞紐中,經既顯本,亦是立文之表率,宗本意識,乃至馭變的理念,皆不離與經的關係。樞紐所發揮的正是總持的功能。

劉勰之所以視《五經》爲文章本宗,是基於其呈現神理、指示道極的作用。單從文章發展歷程來解釋《五經》的群言始祖身份,只能説明其爲各種文章體式的因子;然而從聖人刊述《五經》的立文理念審視,則各經爲後來文章所留下的啓迪,當是聖人爲文之用心,也即曉示大道成化的淑世德性。五種文體,分別由五種經教的意義所滋養,而萬化最終歸於修性明道,使衆生皆可向慕超凡入聖的宏大願景。故《宗經》引揚雄爲據,謂:

> 揚子比雕玉以作器,謂《五經》之含文也。

《法言》原文謂:

> 或曰:良玉不彫,美言不文,何謂也?曰:玉不彫,璵璠不作器;言不文,典謨不作經。①

雕琢是使質有文的過程,文順理而動,如投玉於理徽,方成器物之體,發揮器物之用。典謨透過理徽而含"文",經體方能建立,發揮經用。揚雄所言之文,已不單純是立文的概念,而是對表達技巧的重視。雕玉比喻立人,真正能立人的,是含文之經典。劉勰借雕玉之喻以表達者,正是已含文之經典所發揮的雕琢性情功用,並指出此是聖人以文立教的體現。《原道》謂聖人以文"炳燿仁孝"、"曉生民之耳目",《徵聖》謂"陶鑄性情,功在上哲",皆是聖人立文之初衷。從此意義上言本,則《文心雕龍》強調的反本意識,便有明確的宗經體道意志在其中。是以兩晉六朝重視原始要終、②反本歸道

---

① 《法言注·寡見卷第七》,頁 152。
② 《出三藏記集》數載原始要終之説。如僧祐《胡漢譯經文字音義同異記》自表漢譯佛典的宗旨謂:"始緣興於西方,末譯行於東國,故原始要終,寓之記末云爾。"(卷 1,頁 15)原始要終之意,是指曉暢西域原典文字之本義,而以漢文盡力翻譯明白,用意在於通達佛所示現的神理道心。

的思想，正是爲人的生命找尋超越情累的精神寄托；而能建立永恒精神生命的典範，唯聖人能居之，此知宗經與反本理念，乃是在徵聖體道的立文願景下提出。此實是學聖思潮在文學場域的思想折射。

劉勰秉經立範，以總一切文變，這種信念正來源自宗極觀念，相信萬有的成化，來源自恒一不變的法則，由始至終，不偏不離，支持這種法則存在的力量，便是道之德。宗極觀念反映出追尋終極本體的時代精神，折射於文的世界，由道之文顯示順理而成章乃爲本體成德的自然流露，而以經顯示沿道垂文的本質。道體既爲始，亦爲宗，故參古定法、稟經制式，皆是自然不易之理，執正馭奇自是宗本意識下應盡之責任。《文心雕龍》論正變之術，莫不參古稟經，正是由宗極觀念發展出來。

第三節　制定文之樞紐的總持作用：反本正變

一、文之樞紐的本義與變義

《文心雕龍》以道爲本，以聖人作述之《五經》爲文宗，顯現出佛家宗極思想在人文成化中的實踐意義。在文之樞紐中，除本宗之外，尚需有變。本是從理上顯見，變則因應時用而產生。道體廓然空寂，由象假顯示其存在作用，觀假而即眞，因用而見體，是在既有之場中解讀宇宙運化的基本思理；《文心雕龍》以文爲通孔觀照宇宙，自然也是立足於假與用上實現體道追求。宇宙若只有本體而無義用，則成聖願景終究無由在有情世間實現，更無法從文上實踐。道體化生天地之文，是憑借創造以施展大用，由用而顯現道體所存。先聖創造文字書契，孔子繼之爲《春秋》發義，皆從創造上彰顯道用之恒久不息；道之用在於創造，神理便是道體發揮創造功能的徵向。

神理與本體同存恒有，不因物之有與無、化與不化而影響本然存在。但有情衆生要體察神理，便需要以道體成化之物，或是物色、文字爲介面。故僧祐有言：

> 夫神理無聲，因言辭以寫意；言辭無迹，緣文字以圖音。故字爲言蹄，言爲理筌，音義合符，不可偏失。①

神理需要憑藉文辭以圖寫存有，是佛門所謂之"言假"。言語文字之所以能爲假，在於其具有表詮神理的功能。推究文字的功能之所以由表意（人的思維活動）而提升至詮理（認識道、體現道），除卻吸收玄學中流行的"言不盡意"說以外，在劉勰的理解，則是由於自然物色可歸併於"文"的概念範圍之內，由"道之文"的體道功能，披及於聖人文章，乃至衆生之立文。道之文作爲道體順神理化成之制作，人文創作依止於神理，自是應然歸向。

神理作爲徵向，運轉無息，物相從往則成；徵有物則可發揮其用，不投物以化成，則終歸只是樞紐的形態表象。因此神理自身並不足以使樞紐成極，必須要有創造，方能將徵向的作用顯現與發揮。故《麗辭》稱：

> 造化賦形，支體必雙；神理爲用，事不孤立。

正說明神理因用而顯示其存有，"造化賦形，支體必雙"是其顯現之數，"事不孤立"則是其用。天地物色，乃至人身，皆是神理之用，用之意思便是創造；在文域之中，能夠秉順神理而創造之主體，便是聖人。先王立辭，孔子發義，都是利用了徵向發揮人文創造。故孔

---

① 《胡漢譯經文字音義同異記》，《出三藏記集》卷1，頁12。

子所發之微言大義,因用而變,是爲《春秋》之變義。

　　本以理立體,變以義發用,本變並存,體用則備。變化是無可避免的,兼重本、變,是並舉環、中,如此相輔相成,方是樞紐完整的圖式,也是文明律運的恒常形態。以樞紐建立會通當世文變之大法,則去聖雖遠,而餘影猶可觀照;如此取效先聖之典範,將來未嘗不可見聖人出世。《時序》列舉歷朝文章,表明文苑雖已九變,而其中菁英,未嘗離遠本宗;文的生命能悠然行健,正是因爲能夠順理而變。

　　文章辭變,宗本而動,形成環轉無倦的狀態,顯示出劉勰所理解的文章發展圖式,本變兼備,且相互作用。《通變》指出變乃文辭之本質,文辭因時變化,是自然運律:

　　　　文律運周,日新其業。變則堪久,通則不乏。

變使生命綿延不絕,故文學發展不可無變,如同星辰繞極而運,無有止竭;四時替變,周而復始,於變動運轉中顯現道之無窮作用。變有常有通,如前指出,自然界之文,屬於本然常變;至於人文領域,則須講求自覺通變,是以考慮如何使變化符合神理,方是建立文之樞紐所關注的問題。

　　"變"作爲文學發展的必然情態,文之樞紐故不只有《五經》,文的本與變雖以孔子刊述《五經》開立典範,惟其與後來文式存有的距離,已反映未足構成整個文之樞紐。是以從文域創造而言,除卻孔子光大《經》用,文用至六朝的持續發揮,尚須從辭人辭作的變化上論述。辭作爲文變自覺的開始,並至六朝變化極至,則言宗本的典範固爲《五經》,而窮變的代表,當以時文爲對象。文之樞紐尚須言變,蓋有明確的應世面向:超凡入聖的立文法式,是以現世辭人及流行文體爲主要對象。在此基礎上,文變的討論與處理成爲《文心雕龍》一大重旨,在體極徵聖的理念下,劉勰對於變的要求,重在不越環域,也即以合極爲原則,由此建立起反本宗經的理論。

二、佛學有關失本與好異的討論思潮

變動雖使至道發揮恒久作用,但變動亦有失於常道、迷而不反的情況,是謂訛變。如同星體因越離軌轍而失去主體作用力,於是散落成塵。出轍環域之文,同樣最終會在歷史的更替中消失,從立文體極的角度而言,文章最後無法超越,意味着個體精神生命無法藉由立文而上達,不免失卻意義。《序志》以爲"近代之論文者",皆未明宗源之理,是不明反本之道,故"並未能振葉以尋根,觀瀾而索源。不述先哲之誥,無益後生之慮"。是以《文心雕龍》順神理之數,立樞紐五篇,以顯豁反本之所宗。

1. 佛學與文學的共同時弊

劉勰之所以提出反本的要求,是有鑒於當時的文變,出現偏離本宗道極的危機,並且成爲一明顯流弊;反本觀念正是基於時代需要而提出。佛門在中土開展的弘法事業,亦有出現失本的情形。與劉勰相近時期的有梁武帝,其於《注解大品序》中提出對般若正道不彰的憂慮:

> 頃者學徒罕有尊重,或時聞聽不得經味。帝釋誠言,信而有徵。此實賢衆之百慮,菩薩之魔事。故唱愈高和愈寡,知愈希道愈貴,致使正經沉匱於世。[1]

梁武帝慨嘆《大品般若經》未能大行正道,世俗淺識之徒對於佛經正義之偏解與輕忽,並非鮮見,釋道朗在《大涅槃經序》同樣表達相似意見:

> 寡聞之士,偏執之流,不量愚見,敢評大聖無涯之典,遂使

---

[1] 《出三藏記集》卷8,頁294。

> 是非興於誵論,譏謗生于快心。先覺不能返其迷,衆聖莫能移其志,方將沉蔽八邪之網,長淪九流之淵。不亦哀哉!不亦哀哉!①

淺見偏執造成對經典與聖人的譏謗,是由於没有明白宗本的道理。離本越遠,則越益難以反本,先覺聖人皆愛莫能助。釋道朗思究造成對經典與聖人有如此深成見的原因,認爲癥結在於佛經傳譯出現失本的流弊:

> 如來去世後,後人不量愚淺,抄略此經(指《大涅槃經》),分作數分,隨意增損,雜以世語,緣使違失本正,如乳之投水。②

俗間對經典的任意損益,對弘揚正道勢必造成傷害。般若學與涅槃學在兩晉六朝爲中國佛學的重要學説,傳釋既廣且雜,必然良莠並見。淺陋之徒對佛典的妄意解説,自必成爲當時弘法的一大困難。釋道朗指出後人將《大涅槃經》隨意處理,使本正違失,本正所指者,便是聖人立經之本心與正道。

違失本正的原因,不出俗間淺見偏解,這在剛接受佛理思潮的背景下,尤易出現。晉初白衣士人以玄入佛的理解方式,便曾經遭到慧遠詬病。後來僧肇則直指形成淺見偏解的關鍵原因:

> 緣使真言滯於競辯,宗途屈於好異。③

"好異"之風是文士由文苑輻射至學佛場域,早於建安之世,阮籍已指出文家有"好異"的問題,其於《達生論》云:

---

① 《出三藏記集》卷8,頁314。
② 《出三藏記集》卷8,頁315。
③ 《物不遷論》,《肇論集解令模鈔校釋》卷上,頁59。

第七章　徵聖體道精神下的樞紐範式：宗經與騷變

　　　　後世之好異者，不顧其本，各言我而已矣。①

好異的風尚是造成棄宗失本的原因。三國以來，基於與西域文明的大量接觸，新文明的刺激同時帶動了好奇的風尚，而且有上行下效之狀。昔曹丕爲太子時，尚新好奇的性格已成爲臣下投機的方向。繁欽在《與魏太子書》中向曹丕推薦懂得"喉轉引聲"奇技的音樂藝人表演，當中便提到引介的原因在於新奇：

　　　　能識以來，耳目所見，僉曰詭異，未之聞也。竊惟聖體，兼愛好奇，是以因牋。②

繁欽因熟知曹丕好奇之性，故舉引詭異未聞之音樂表演，以投人主之所好。這種好異貪新的喜好在文苑中，亦成爲一時尚，究其原因，文家以奇異之體不單取悅人主，同時也是標榜獨性的一種方便。好異之途易於見"我"，一旦成功取巧，則不必苦尋宗本之途，此是其得以流行的原因。

　　這種文藝潮流之所以輻射於思想領域，與當時文藝和思想發展之主流皆由世族名士領導有關。黃錦鋐先生解釋魏晉文學風格受時代思潮影響的情況指出：

　　　　要説明魏晉文學的風格，必先了解其時代思潮的本質。魏晉是玄談的時代，而正始時代是玄談的代表時代，同時也是文學的代表時期。往往玄談的名士，也是文學的專家。所以玄談的內容，往往也影響文學的風格。③

玄談的名士同時也是文壇的領導者，是造成文學追求由思想追求帶動的原因之一。文學與思想的推動者既集中於相同的團體，文

---

① 載《全上古三代秦漢三國六朝文》，全三國文卷 45，頁 1311。
② 《文選》卷 40，頁 1822。
③ 《論魏晉詩歌風格的思想性》，載黃錦鋐《晚學齋文集》，頁 298。

學風格的形成便不單單處於被影響的狀態,實際上更反映主流者的氣性與追求。在魏晉玄學以後,世族名士繼續成爲接觸佛學的活躍對象,由是將好異的氣性,波及於佛義理解之上,造成佛門同樣出現好異失宗的問題。《文心雕龍》反覆援引《周書》"辭尚體要,弗惟好異",強調立文徵聖當以好異爲戒,正與僧肇所指同出一轍,足見好異之風不獨盛行文苑,亦流衍至佛理思辨場域。對治好異失本的問題,實際上屬於時代集體需求。

2. 佛門順理反本的宗經思潮

前章指出《文心雕龍》對治好異時弊的重要文術,在於以理突出反本的重要性。理指引道極所在,故順理乃宗本體極的關鍵。因此要明本正之所在,便須以通理爲首務。順理宗本的思想源自佛論開拓,在西晉時期亦早有用於對付競新好異的先例。

支遁在《大小品對比要抄序》論述讀經之旨歸,便提出合經宗本的觀念,以藥治背聖好異之患:

> 苟任胸懷之所得,背聖教之本旨,徒常於新聲,苟競於異常,異常未足以徵本,新聲不可以經宗,而遺異常之爲談,而莫知傷本之爲至。
>
> 夫物之資生,靡不有宗,事之所由,莫不有本。宗之與本,萬理之源矣。本喪則理絕,根朽則枝傾,此自然之數也,未紹不然矣。①

兩晉六朝佛門強調至道宗極的追求,與時文出現背離道本的情況有關。可知合經宗本的想法並非劉勰個人期許,而是針對一直以來好異競新、動輒評點聖人經典的風氣而提出,並且有所啓悟於佛徒的思想經驗。支遁是序的立意,是針對當時玄學家各以偏見解

---

① 《出三藏記集》卷 8,頁 302—303。

第七章 徵聖體道精神下的樞紐範式：宗經與騷變

釋佛經的情況，以求撥正當時的弊習。時《般若波羅蜜經》有大品與小品兩種版本，而俗見以爲大品先出，小品後出，故小品不如大品。支遁則從小品的來源化解俗説：

> 蓋聞出小品者，道士也。……嘗聞先學共傳云，佛去世後，從大品之中抄出小品。①

由此以爲"大、小品者，出於本品"、"小品雖抄，以大爲宗"，②故兩者皆源出正宗。至於導致小品有不如大品之説法產生，是由於有未詳二品淵源者，因"未見大品，覽其源流，明其理統，而欲寄懷小品，率意造義，欲寄其分得，標顯自然，希邈常流，徒尚名賓"。③ 支遁所批評的觀文者，乃是當時以玄入佛的玄談名士，玄談目的既爲追求玄遠，亦旨在標立卓然獨特的新見，由是借佛經率意造論，究其根本目的，並不在乎了明佛經本理，則新見難免陷於偏解，並且離本失宗。出於追求好異競新的心態，對於小品的解讀，由是出現"常於新聲"、"競於異常"一類離宗傷本的特質。則小品不如大品之由，不在先後，而在於讀者好異解經之過失，此是支遁提出宗本的原則，明示佛理爲本位的研經態度。經成爲談玄尚異的資借工具，是本末倒置的行爲，蓋經之爲本者，乃因彰顯至道之理，支遁稱本是"萬理之源"，傷本則折理，體極之宗途乃不得平坦。一切與本相違的思想行爲，皆是斷絕趨近聖門的障礙。傷本的癥結，便由於好異立新。

基於新聲好異的問題，支遁乃以明通聖教爲反本之策略，此正是《文心雕龍》論文弊的重要内容，由此可見宗經反本、沿根討葉的固本思想，其來源不獨在文學界域，而實際已形成一種時代共識。

---

① 《出三藏記集》卷8，頁299。
② 《出三藏記集》卷8，頁302。
③ 《出三藏記集》卷8，頁303。

此亦因當時討論佛理的玄學名士,同時亦爲主宰文壇風氣的階層,是以好異之弊,並不獨限於文苑。好異競新的心態既然萌生,則對待任何一種文明學理,亦自然對原典流露尖刻的解讀與批評,衝擊傳統義涵的穩定性。故此,以反本爲藥治競新好異之良方,非獨文家所尚,對於強調體道學佛,以聖人之言語爲萬變所宗的佛門,更是以反本合極爲有情衆生理所當然的追求與責任。支遁之所以奉經爲本宗,正是以爲經得聖教之本旨,這與劉勰稱經爲恒久至道、道安謂經爲神心所制,實爲同一意思。此見宗經反本的應變策略,與佛門宗本思想未嘗截然無關。及後竺道生提出反本之道,亦同樣以理爲中心。

竺道生既提出理歸一極的理論,復指出歸極是修行之正道。其解釋《涅槃經》便有言:

> 夫真理自然,悟亦冥符。真則無差,悟豈容易。不易之體,爲湛然常照。但從迷乖之,事未在我耳。苟能涉求,便反迷歸極,師極得本。①

竺道生所謂的本,是指與道極同體之精神生命本源。這不僅是在物之起源上追溯,更從道體制作生命之原初狀態上思究,生命本源既從道上說起,便當以反歸於道體爲反本正式。生命的形體由長生到死絕,從有復歸於無,未嘗真正反本,蓋神尚流連於形器世界,投寄於下一形骸。故真正意義的反本,必須藉由精神生命的超越,也即神的上達會極,濾盡情累,方可謂之得本。由此言之,使精神生命上達合道之理,便成爲反本的關鍵。是以竺道生在解釋佛性八德義,云:

---

① 竺道生解文載於《大般涅槃經集解》卷1,《大正新修大藏經》第37册,頁377中。

第七章 徵聖體道精神下的樞紐範式：宗經與騷變

> 善性者，理妙爲善，反本爲性也。①
> 涅槃惑滅，得本稱性。②

劉果宗先生釋"反本爲性"之意，謂：

> 蓋佛性本有，反本而得，故宗門所謂見性成佛者，即在本性之自發自顯。③

因理歸宗極，是入聖的至極境界。反本而佛性自見，是從人皆有佛性的基礎上，開示發現與發展佛性的方向；佛性是人與生俱來便有的成佛條件，故佛性居人之本。本不在外求，憑藉此與生俱來的成佛因子，便可邁進成佛的宗途，此便是反本而得佛性之意。是以反本即從自心開發既有之佛性，至若導引佛性自覺發揮者，便是理。將體道入聖反求於自心開覺，是禪修中要求徹理澄心的入聖法則，慧遠在《大智論抄序》中稱之爲反鑒求宗：

> 即之以成觀，反鑒以求宗。鑒明則塵累不止，而儀像可覩；觀深則悟徹入微，而名實俱玄。④

反鑒以求宗之意，是反歸本心，以澄心會理，由是便見宗極。此一發動佛性的修行工夫，正來源於在廬山鍛煉禪慮念佛的經驗而得。

慧遠與竺道生從修行會理的角度言反本，爲反本的概念建立起開發佛性、通理澄心的內容。由此建立的反本觀念，乃爲反乎本有之佛性，自發自顯，故知求宗之路雖有軌法，卻不假外得。衆生端賴佛性自行開發體道的願力，此居本之佛性，帶領精神生命會理入道，上達成聖，佛性實即體道之本性。運用本有的體道之性認識道心神理，乃能領會神理造物之數，也即道本成化的大法，如此順

---

① 載《大般涅槃經集解》卷51，《大正新修大藏經》第37册，頁531下。
② 載《大般涅槃經集解》卷51，《大正新修大藏經》第37册，頁532下。
③ 《竺道生之研究》，頁100。
④ 《出三藏記集》卷10，頁389。

理求宗,便是反本之宗途。聖人作爲反本宗道的典範,經典所凝固的,便是聖人會理合道的精神,由此確立宗經在立文體道中的意義。

宗經體道的構想,是試圖展示聖人將體道之性發揮於文的經驗,向衆生展示出開發自我體道之性的軌範。是以徵聖宗經作爲反本宗源的證據,並非要求文章反乎經典的形表體貌,畢竟在文體發展的歷程中,復古亦無法徹底再現經典的面貌,何況體貌是由分殊的體性造成。經典作爲文章的宗極,展現的是聖人立文體道的精神和經驗。則聖人文章之可學可至者,便是總持性的體道精神,以自我超越通達聖人制作文章的淑世用心。如此反歸聖人立文之本願,發體道之心學聖立文,便是以本宗應對萬變的立文方略。

劉勰以經爲宗本的立文觀,與同期佛門力求保存佛經原旨的思想,不無關係。但顯然《文心雕龍》所宗之經,乃中國聖人制作的《五經》,非與釋門經藏共同宗致。從終極本體而言,宗極必歸乎一,則儒、釋、道三教雖各有所宗,而其究極之宗源,亦必然相同,是以王元化先生認爲宗極是三教同源的理論根據。雖然會三歸一之論,既可解釋爲定於一尊,亦可解以至道爲總歸;《宗經》選取《五經》爲文之本宗,乃出於面向中土文明的考慮,是試圖從自身的文明與先聖經驗中,煥發適性的體道方向,故不必強調惟一教之經爲尊。聖人雖有分教,而致化歸一,沿《五經》反本,同樣可通達超凡入聖之宗途。

三、變化之理想方式:本與變的平衡

宗經的本意是爲顯示恒久不變之至道,但文辭的本質卻又以變爲常式,而時文更朝往訛濫的異變方向發展。既選擇文作爲顯示至道之一方,文變一旦無法入常,隨時間消逝,亦無法刊載至道,

第七章　徵聖體道精神下的樞紐範式：宗經與騷變

是以處理文變的問題，導引文辭反本歸正，使迷於辭表者能明所歸，動而得主，乃追求永恒至道願念下，對文自覺而爲的責任。佛門與文苑同樣面對好異失本的問題，由此提出反本歸道的要求，是回歸於至極純粹的本質。《文心雕龍》的反本理念，不無資取之思想痕迹。

僧肇在《物不遷論》中以"淡而無味"言本真：

　　夫談真則逆俗，順俗則違真，違真故迷性而莫返，逆俗故言淡而無味。①

淡而無味典出《老子》"道出言，淡无味"。② 入道不爲求味之甘美，故以淡爲尚，聖人文章，效其滋味，便如同清水之淡然，卻利益萬物。道之出口平淡無奇，説明以理徵成有之物，其本莫不以入常爲依歸。聖人會通神理之數，明道化之根本，以入常爲正式。入於平常是創造的根本，也是本正之所在，超凡入聖毋須由奇巧之裝點來顯現不凡。道本來平平無奇，聖王開示天下的治理方針，便是王道平平。平是入常的法式，能入常方是永恒的矢向。因此以文入聖，在於明理致用，不惟新奇好異。佛家謂人身難得，③歷經六道輪轉，方得入神理之徵，化身爲人。人身所貴，貴在合天地之常式。常以入恒，契合道本。故人支體必雙，心存五内，會合神理之數，是天地至爲靈妙的創造。故《序志》云人之性靈，乃從肢體稟性合乎神理而顯現：

　　夫肖貌天地，稟性五才，擬耳目於日月，方聲氣乎風雷，其

---

① 《物不遷論》，《肇論集解令模鈔校釋》卷上，頁59—60。
② 《老子校釋》，頁141。
③ 佛經中言"人身難得"的例子很多，如《大般涅槃經》卷20《高貴德王菩薩品之二》云："人身難得如優曇花。"（《大正新修大藏經》第12册，頁742中）又如西晉釋法炬譯《佛説灌洗佛形像經》卷1云："佛言'人身難得'，無爲道亦然，佛世難值。"（《大正新修大藏經》第16册，頁796下）

497

超出萬物,亦已靈矣。

人之所以性靈,緣於身心俱契合神理,體現自然;故上天創造人身,無有三頭六臂,三頭六臂是《山海經》所描繪的異獸,不屬人品。擁有這些異相的人身,都只出現在纖緯中,原意爲顯示聖王的神奇天得;以立異爲奇,最終爲人鄙棄,是因爲失於常道。

創造貴乎入恒,因能會通神理,循理徹之塑造,自會道極。人身便是典範。故立文不以新奇好異爲創造,以體道學聖爲目的之神思,更不能因新異之想像而與宗極背離。一旦好異之喜惡心萌動,情累便隨之產生,照理澄心的精神運作便受阻礙;是故越在新奇好異的環境中,越無法看到道、聖、經的存在及其意義。立文體道不從本心上建立,徒追逐於物色,忽卻對主體精神生命的了解與關懷,則設色形容,無濟於反歸道本。是以劉勰認爲後進雖文字益漸新巧,而無一可超越經典,亦無一可憑藉文章超凡入聖,其中原因正在於後世作者不明先聖經誥之精神所在。論家以爲劉勰反對浮麗文風,故以經典的簡樸爲治藥,從徵聖體道的角度看,無論中國傳統的修身立德,或是佛門清淨禪修,皆是以平凡踏實的態度,從生命中實踐精神的超越。

然而從有情世間上言立文體道,並不可能完全摒卻物色,劉勰在《情采》中,便已透露反本與物色之間,當取其平衡點。《情采》要求立文必須要有真宰存乎其中,真宰之意,相近於僧肇所謂的"真"與釋度朗所謂的"本正",是強調以明本爲大前提。聖人之所以能清晰本真,立文不爲物累,關鍵在於會理澄心的自覺。此澄明之心,劉勰稱作"素心"。前文已指出,《文心雕龍》兩度提及素心一詞,其一是在《史傳》:

析理居正,唯素心乎。

史臣無偏倚之私,是不以私心喜惡入文,所叙皆按理而立,是秉存素心的反映。提出立文之修養功夫的《養氣》，進一步指出，素心是聖人立文的首要條件：

> 豈聖賢之素心，會文之直理哉。

聖人能會直理，不受物累干擾，是緣素心所使。素心能會理無礙，是由於明確以體道爲立文所宗，故知素心可視爲體道之性。物累越繁，爲保存素心會理體極，劉勰提出"素氣資養"的衛氣之方，以素氣養素心，以素心會直理，素的質性相似於道微"淡然無味"，由此顯示出劉勰對存養體道之性的重視態度。

養本的修行要求是反本思想的實踐。反本不獨言本，同時注重處理本與變的銓衡表述，關鍵在於明辨立文的主次。從修行角度而言，物色作爲衆生產生感應以通理應心的介體，有其必要意義。但外在物色必須有極調配，如同其所生皆沿神理一樣，不違至道。立文作爲一種透過文字將物色重新創造的活動，並且以順理入道爲目標，則以向道的素心，作爲立文之本，使之成爲控馭文章表達的徵向，方是合乎反本宗道的制作。

經之所以作爲"群言之祖"，除卻以本源的身份顯示宗極恒存，更重要的是反映聖人沿心宗本、會理體極的經驗，故以經爲文宗，是有意從經典中總結聖人反本的法式。因而劉勰立稟經制式的反本通變之道，正是基於徵聖的目的而開設，其於《徵聖》謂：

> 是以論文必徵於聖，窺聖必宗於經。

宗經是以徵聖爲前提，沒有成聖的願景，則亦無須處理文變失本的問題，緣其體道之性尚未開覺。是以"稟經以製式"理念的提出，體現了劉勰對至道宗極存有的覺識，從而試圖從先聖經驗中，建立一套引導人心體道的立文法式，超越文辭之變，歸迷反道。故其所指不合常道之訛變，亦以乖離經典爲衡度，這是宗本意識的體現，旨在突出文有所變亦有所宗。

第四節　文之樞紐在藝文中的作用：
辨文體之本末奇正

《文心雕龍》提出的一套宗本稟經的立文制式，可用《議對》中的話語概括：

> 故其大體所資，必樞紐經典，採故實於前代，觀通變於當今。

前代故實，不出往聖經典，樞紐經典之意，是指以經典爲環中，作爲支配文章入恒的徵向。蓋經典之體，由聖人明察神理、妙契道心而樹立，故爲永恒之大源；而聖人變義發用，則立變化之先範，故又垂示通變之正式。稟經制式的根本意義，不獨是制馭文變之文章技術，在此之上，還應當對立文者的精神生命產生積極作用。具體言之，是指昭明聖人體道之性的開發範式，使作者藉由觀察聖人文章，於內能雕琢性情，建立養正的意識，於外則透過立文而會理入道，將內在的體道之性開發，並實踐於立文中，使文章充盈作者反本向道的慧命。以此爲立文之本旨，方是宗經的最重要意義。故《通變》強調宗經的反本作用：

> 夫青生於藍，絳生於蒨，雖踰本色，不能復化。……故練青濯絳，必歸藍蒨，矯訛翻淺，還宗經誥。

贊詞又云：

> 望今制奇，參古定法。

從有情世間上體道，不可無色，但即色的主要目的，在於體本。本色生自神理，比喻道之出口的狀態。青絳之所以不能再加變化，是

第七章　徵聖體道精神下的樞紐範式：宗經與騷變

因訛變忘返,弗存藍蒨之本色,淪爲異類。是故還反本色,當從會悟神理上實現。因此劉勰提出宗經誥、參古法,是以經典來曉示聖人會通神理之道,從而作爲制奇矯訛之方向；透過明了本正,使文變能順乎神理,合於道極。對於此通變之術,黃侃結合天文樞紐變化加以解釋,深得劉勰究極成化之心意,其謂《通變》之篇：

> 抽繹其意,蓋謂法必師古,而放言造辭,宜補苴古人之闕遺。究之美自我成,術由前授,以此求新,人不厭其新,以此率舊,人不厭其舊。天動星回,辰極無改,機旋輪轉,衡軸常中；振垂弛之文統,而常爲世師者,其在斯乎。①

黃侃以爲《通變》主張"法必師古",乃據宗經、參古之意見推斷。以經正變,經便有如天文樞紐圖式中的辰極,文域因經而明變有所宗、動有其極,這些觀念實孕育於宗極義理生發的背景中。劉勰由宗極開啓以道極總持文章的宗本之義理,是兩晉宗極思想所產生的影響。《原道》曉示道極成化之功,《徵聖》揭示反本體極的坦途,《宗經》依經正本,顯示了反本體極的入聖範式；宗經的總持作用,正是由通經而體會道極。

一、稟經與酌雅

以經宗本體極若不落入空言,必有成法可依。劉勰故從體與辭兩方面,分別制定"稟經以制式"及"酌雅以富言"的宗經法則。稟經與酌雅,是從聖人文章的內容中,萃取出立體與修辭兩組"樞紐經典"的原則。

1. 稟經與立體

稟經制式之概念,是指效法經典,制作出可以駕馭形表變化之

---

① 黃侃《文心雕龍札記·通變第二十九》,頁105。

文體。《書記》釋"式"義：

  式者，則也。陰陽盈虛，五行消息，變雖不常，而稽之有則也。

從文之樞紐的概念可知，劉勰認爲立文要解決應變的問題，是由居中本體的永恒性，來制馭外在的變動，即其所謂"乘一總萬"之文術。如此在情變之數無方的有情世間中立文，亦可透過反本之道，尋找出通變的法則。劉勰稱此法則爲"式"，指出了文章變化雖然千萬，仍然有其恒久不變的內在原理。《通變》謂"設文之體有常，變文之數無方"，文章制作的永恒法則，是關乎立體的問題。換言之，經典所啓示的文章恒式，乃沿經體而開發。稟經制式的觀念，實與《徵聖》提出以理爲核心的"變通適會"之術，相互契合。通變之術依止於理的恒存性而成立，"明理"是立體之法則，聖人明理方可樹立經之體要，則《徵聖》所開示的明理立體之術，乃宗經首義。

  劉勰重視"辭尚體要，弗唯好異"的古訓，體要代表由理樹立的體幹，以立體爲成篇的重旨，則立辭的要求，同樣依止於"明理立體"的原則。《徵聖》謂"辭成無好異之尤"，指出立辭得當，便可免於陷入好異的流弊；與好異相對的是宗本，以辭無好異爲聖文之徵，說明了聖人立辭意在明本顯道，是爲反本的立文軌範。

  聖人立辭，強調配附明理顯本的立體意義，由此推演出附辭會理的文術。辭在文苑之場中，雖然不完全作爲詮理的工具，但其表達卻同樣不能蓋越理，影響立體的效果。如顏之推嘗謂文章制作：

  文章當以理致爲心腎，氣調爲筋骨，事義爲皮膚，華麗爲冠冕。今世相承，趨本棄末（按：句意應爲"趨末棄本"），率多浮豔。①

---

① 《顏氏家訓集解》卷4，頁249。

將文章比作人體,理代表生命的根源,關乎生命存亡,辭只是容飾的配件;先有理而後有辭,理本辭末的觀念顯而易見。顏氏之論雖未完全與《文心雕龍》一致,但言理與辭,實有得於《文心雕龍》理解體與辭的關係。惟其突出辭的配附作用,卻又未逮劉勰提出"因內而符外"的立辭層次。

2. 崇雅與辨麗

劉勰認為聖人之情見乎文辭,聖人立辭不單作為容飾,同時亦表達情理,辭與理兩者達圓融,由此形成經典開創的特殊體貌,是謂雅。以雅為經典正言之體貌,在《徵聖》中有云:

> 然則聖文之雅麗,固銜華而佩實者也。

銜華佩實,是聖文的完美體貌。文章創作的體貌與體性有關,在八體之中,雅屬其中一體,是由作者之性表達的文章體貌。

若將八體視為風格,則八者俱置於水平之列,如萬物之理,但展現多元性,而不分高下。然而在關乎上達體道的制作問題上,則須以垂直的方式置列,聖文之雅麗,自然居本宗的位置。《明詩》論詩之正式,便以雅麗為宗尚:

> 若夫四言正體,則雅潤為本;五言流調,則清麗居宗,華實異用,惟才所安。

雅潤與清麗,各得聖文體貌的一部分。劉勰於此將雅麗分為兩種體貌,就四言與五言詩的發展先後判斷,雅潤與清麗,前者較質,後者較文。雅出乎《詩三百》的《雅》義;劉勰在《通變》述三代文章演變,指出至商周方發展出麗:

> 商周篇什,麗於夏年。……摧而論之:則黃唐淳而質,虞夏質而辨,商周麗而雅,楚漢侈而豔。

麗而雅是商周文章的體貌,實際上也屬於《五經》的共同特性,惟具

有代表性者,仍傾向於雅。《通變》續云:

> 矯訛翻淺,還宗經誥。斯斟酌乎質文之間,而櫽括乎雅俗之際,可與言通變矣。

劉勰以雅治俗,又取《經》爲酌雅之文宗,則聖人經典成熟而定型的體貌,便是雅。

至若麗質,雖發孕乎周代,實則暢發於屈原,《辨騷》謂"《騷經》、《九章》,朗麗以哀志",下啓"枚賈追風以入麗",故徐復觀先生認爲劉勰文學觀中,代表藝術特性的是"麗":

> 雅是實而麗是華,在他(指劉勰)認爲,麗是文章裏藝術性的成就。……因此,彥和實際是以五經爲雅的典型,以《離騷》爲麗的典型。①

"麗"不單是屈原文章的一大創作特色,更以《離騷》爲極致、爲典型。② 徐先生的觀點說明了雅與麗兩者在華與實的比配上有所不同。詩人篇什與《離騷》雖然皆非聖人之作,惟《詩》經過孔子的刪削,屈原則"去聖未遠",《離騷》"雖取鎔《經》旨,亦自鑄偉辭",是亦有宗於經典,故體貌可謂得聖人之一體。導引立文反乎本正,此是聖文所立之軌法,也即樞紐經典的應然體貌。

然而雅之於麗,其源更近經典,且辭家之崇麗,又廁雜豔、奇,開偏正流弊,至魏晉之世,雅體已出乎詩賦之外。曹丕《典論·論文》分文體爲四類,並言體性:

> 夫文本同而末異,蓋奏議宜雅,書論宜理,銘誄尚實,詩賦欲麗。此四科不同,故能之者偏也;唯通才能備其體。③

---

① 徐復觀《中國文學論集》,《〈文心雕龍〉淺論之六:文之樞紐》,頁434。
② 徐復觀《中國文學論集》,《〈文心雕龍〉淺論之六:文之樞紐》,頁435。
③ 載《中國歷代文論選》第1冊,頁158。

第七章　徵聖體道精神下的樞紐範式：宗經與騷變

曹丕的文論反映了雅基本保存於公牘文體，卻於詩賦中日漸淡薄，是故《文心雕龍》論文重雅，主要面向於恢復詩賦之本正體式。[①] 詩賦尚麗而不重雅，與當時新興的清商曲辭有關。清商屬於新聲俗樂，與雅樂分道揚鑣，用以配樂的樂府新辭，由是偏向接受辭賦之麗式，同樣與雅言日益分離。劉勰在《樂府》中，明確表示新樂府無論曲與辭，皆失雅正：

> 至於魏之三祖，氣爽才麗，宰割辭調，音靡節平。……雖三調之正聲，實《韶》、《夏》之鄭曲也。

循"俗聽飛馳，職競新異"之勢發展，樂府亦有流於"詩聲俱鄭"的弊況。同屬藝文之辭賦，雖脫胎於詩，惟劉勰稱其體"風歸麗則"（《詮賦》），知其發展偏向於競麗，自難免俗。是以《詮賦》論賦之爲體，重申體要的重要性：

> 麗詞雅義，符采相勝，如組織之品朱紫，畫繪之著玄黃，文雖雜而有質，色雖糅而有本，此立賦之大體也。然逐末之儔，蔑棄其本，雖讀千賦，愈惑體要。

立體要的目的在於反本，詩賦之本色爲雅，故設色鏤型之麗詞，必須配附雅義，充實文體，才能避免使麗色迷於鄭途。

劉勰認爲摹擬聖人經典來制立文章，由此蘊發的體性便是雅，《定勢》謂：

> 模經爲式者，自入典雅之懿。

雅正之體貌，其辭其體皆須相符表裏，經典之雅麗，源自聖人內在抒發的體性。由此言之，雅是先聖經典的獨特體性，以《五經》涵養立文之術，則體性必然襲染中國傳統聖人儒雅之性。《體性》指出，

[①] 王運熙、楊明《魏晉南北朝文學批評史》認爲"《文心雕龍》雖然論述多種文體，但仍以詩賦爲主"，又舉《辨騷》、《情采》、《時序》、《體性》等多篇加以證明（頁161）。

雅是屬於儒門聖人制作經典的特色,劉勰解釋典雅之由來:

> 典雅者,鎔式經誥,方軌儒門者也。

從眾生皆可超凡入聖的理念而言,固然非獨雅之體性能成聖。但中國先聖創立的經典以儒門爲大宗,藉由學習儒門經典以繕性體道,則立文自見儒雅體性,此是循中國成聖的進路實現立文體道的方向。

雅言本出《五經》,不離宗經的大原則。只是稟經制式是關乎立體的法式,酌雅富言則面向於修辭,兩者合爲《五經》的體貌。《文心雕龍》尊孔而崇雅,以典雅爲經體,是呼應《徵聖》以孔子爲宗的思想,強調在自身傳統文化中,尋找可發展成聖觀念的根源。於是宗經的概念,亦縈根於孔子刊述的經典,是"方軌儒門"透露的宗經取向。

二、辨《楚辭》之合經與變經

劉勰既以經式雅言作爲宗經之法,在審度歷朝文章是否合乎樞紐變化的問題上,由是以經式爲尺度。文之樞紐並重本變,其中以《離騷》爲變的典範,正因其變有合乎經之正式。《辨騷》一篇,並提《離騷》與《楚辭》,以論述合經與非經處,不免造成閱讀上的混淆。學者對於此問題,提出過不同的解釋。清初黃叔琳於《辨騷》題下注云:

> 《離騷》乃《楚辭》之一篇,統名《楚辭》爲"騷",相沿之誤也。[1]

按黃氏之意,是指《辨騷》的對象是《楚辭》,而不獨《離騷》一篇。吳林伯先生同意黃說,並經過查考,指出漢魏以來皆習慣稱《楚辭》諸

---

[1] 黃叔琳《文心雕龍輯注》(香港:中華書局,1973),卷1,頁49。

第七章 徵聖體道精神下的樞紐範式:宗經與騷變

篇爲《離騷》,至《文選》更將《楚辭》納入"《騷》"之門類,以此解釋《辨騷》之"騷",認爲是指《楚辭》:

> 劉勰亦乘之,本書《辨騷》,綜《楚辭》而"辨"之,或通曰《離騷》,或省曰《騷》。本書《物色》:"《騷》述秋蘭。""秋蘭"見屈原《九歌》之《少司命》,是以《九歌》爲《離騷》也。①

按《辨騷》上半部分主要言屈原之作品,其中尤以《離騷》爲重心。下半部分則兼提宋玉,而未作具體評述,篇題以《離騷》爲代表命名,雖涵蓋《楚辭》,而實以屈原《離騷》爲重心。蓋《離騷》乃屈原被放逐後初部變風變雅之作,既開創文章的新體貌,亦涵具經的特質,王逸故以之方經,吳林伯先生據此指出,《離騷》與其餘《楚辭》篇什,猶經之與傳、本之與末的關係:

> 王逸撰《章句》,以《離騷》乃原思想、藝術集中示現,猶之經也,餘篇自其派生,不翅於傳;經、傳一體,遂並謂之《離騷》。②

換言之,《離騷》蓋是開變之淵藪,《序志》稱文之樞紐"變乎《騷》",若推文變之兆始於《楚辭》,則主導《楚辭》開展變式之《離騷》,顯然包含了異乎經典的主要特色。

審察《楚辭》之變乎經,實宜從變風變雅的本初創作以爲分辨。《離騷》雖卓然成爲辭宗,卻不是面目全非於經,其過度於《詩》、辭之際,是《楚辭》中最能顯現文"變"之方向與準則的作品,是故《辨騷》雖涵蓋《楚辭》,而立辨的證明,主要取例於《離騷》。劉勰因此以《騷》作爲研究自經典至文章間變化的典型,條判其恰當與失當之變式,是辨《騷》之目的。《文心雕龍》以《離騷》說明樞紐中的變,

---

① 吳林伯《〈文心雕龍〉字義疏證》,頁341。
② 吳林伯《〈文心雕龍〉字義疏證》,頁341。

在於指出《五經》以後的文章時代,以《離騷》呈現的特殊體貌,顯示由屈原文章爲代表所開的文學變化方向。而《離騷》作爲文之樞紐中變的代表,則知其文雖變亦必然受體道精神所總持。

《離騷》反映的是屈原的立文特質,在它篇亦同樣不乏這些異乎經典的特點。是以《辨騷》雖然主要以《離騷》爲分析之例,卻並非獨指《離騷》一篇。篇中舉屈原的九篇作品作爲輔論,是論家認爲《離騷》代指《楚辭》的重要證明。屈原的創作反映的是經典以後的時代,由楚地文家所開創的新文體貌,因此論述屈原文章之正變處,實亦涵蓋宋玉等相近時期的辭家的楚辭特質。屈原與《離騷》構成《辨騷》的主體,就論述文體變化而言,是反映樞紐之變式,所言屈、《騷》之變,實際亦是辭人與《楚辭》的特性,一些失正之處,或遠過於《騷》,甚至爲《騷》之所無。蓋是訛變與騷變之分別。因此下文論述樞紐之變,其中訛變者爲《離騷》所無,則概用"《楚辭》"一詞表述。

1. 鎔取經式:體憲三代,因情立文

《辨騷》列舉漢以來四家論《離騷》方經之觀點,如班固以爲"崑崙懸圃,非《經》義所載"、王逸則認爲《離騷》"依《經》立義"、漢宣帝認爲"皆合《經》術"、揚雄以爲"體同詩雅",藉以說明《離騷》在合經與非經的問題上,一直存在爭議。對於這些爭論,劉勰嘗試以《宗經》提出的經式雅言進行平議,指出其合經之處:

> 觀其骨鯁所樹,肌膚所附,雖取鎔《經》旨,亦自鑄偉辭。

屈原因"去聖之未遠",有慕聖宗經之自覺,故劉勰稱其"取鎔《經》旨"以立《楚辭》之骨鯁,意謂效法聖人明理立體的樹體要之法,因而說:

> 固知《楚辭》者,體憲於三代。

立體之術,宗法乎三代先聖經典,是稟經制式之證明。效經立體要

第七章 徵聖體道精神下的樞紐範式：宗經與騷變

的關鍵，在於通理，以文開發體道之性，使精神生命能上達於至道，此有賴對個人乃至天下生命的關懷，故"取鎔經旨"之深層意思，乃指屈原的文章一定程度地保存了聖人文章的淑世願念。如《離騷》云：

> 彼堯舜之耿介兮，既遵道而得路。何桀紂之猖披兮，夫唯捷徑以窘步。①
> 依前聖以節中兮，喟憑心而歷茲。②

屈原一心遵循先王之道以濟治社稷，承繼自儒門聖人的經世用心。這種發生於先秦的明理體道精神，雖與日後玄佛之學的尋理體道有所分別，然而就立文的應然責任感而言，傳統聖人立文的淑世意志，便是聖文中的理；屈原樹辭以體要，實已證明劉勰肯定屈原其人其文所蘊涵的淑世關懷，是其立文的應然動機，也即支撐《楚辭》骨鯁之理。

此會理契道之志呈現的文章體貌，緣內在精神所挺立，故其辭自合於經典之雅式。是以《詮賦》稱《楚辭》之體貌有雅，且為賦體的典範：

> 殷人緝頌，楚人理賦，斯並鴻裁之寰域，雅文之樞轄也。

《楚辭》開賦體之先，其文合乎酌雅富言的法則，顯示去聖未遠而能體會聖文立意之結果，故文麗而含雅，符合經典的法式。

稟經制式，酌雅富言，屈原雖非聖人，卻能秉經法以樹體立辭，是以《楚辭》之文雖變乎經典，卻能會通合數，變而有宗。屈原能繼聖文而立體典雅，關鍵在於能由文章載其文心，且此心又發乎情、合乎理。尤其代表作《離騷》，更是因承載屈原的精神生命而通理

---

① 《楚辭補注・離騷》，頁8。
② 《楚辭補注・離騷》，頁20。

入恒,《辨騷》贊語謂：

> 不有屈原,豈見《離騷》。驚才風逸,壯志煙高。山川無極,情理實勞。

"不有屈原,豈見《離騷》"非獨說明作者與文的因果關係,更突顯心是立文的主宰,是神思的發動源。《離騷》能"軒翥詩人之後,奮飛辭家之前",體現詩賦原本之正範,既成就於才情,亦由精神生命所支撐。屈原之驚才固屬天賦,立辭以明志是發乎自然的制作行為,也即順就"因情立體"的本然動機。而衷情又兼蘊乎理,反映其壯志實由所會之理充盈與發揮;雖欲匡扶正道而未遂,卻流露了追尋正道的意志,合乎"明理立體"的應然立意。

由此制作《離騷》,故能超越文辭表象的出眾,透現其感動人心的精神生命。《離騷》乃至其他篇章,由於承載屈原所領會的情理,故《時序》稱其始終總攝後來辭家：

> 爰自漢室,迄至成哀,雖世漸百齡,辭人九變,而大抵所歸,祖述《楚辭》,靈均餘影,於是乎在。

屈原的餘影歷百載仍可見,經得起時間與時代潮流的考驗,正是由於立文所會所表的情理,使文心能因理入恒。《徵聖》稱聖人之文"百齡影徂,千載心在",說明聖人以其領會精理,故立文之心力能亙古不衰,有若佛影之能夠為用心通理者所感悟。此由理構築的文章,使聖人的精神生命能與後世會理者交感,體識入聖之道。

屈原文章能夠映蔚十代,仍存餘影,正是其文通理近道之結果。《楚辭》雖勞於情理,卻反映其中不失性情與樹體的文章精神,是合乎《宗經》所謂的"義既挺乎性情,辭亦匠於文理"的聖文軌範。但《宗經》提出的"文理"層次,並不單純言作家的精神生命,更流露着一種蘊於心且通乎道的理,在道之文的完美造物世界,是為神理;而聖人將之依托於禮容飾器以呈現,則為文理。劉勰所稱文

第七章　徵聖體道精神下的樞紐範式：宗經與騷變

理,便是聖人以文字詮寄其通透道心的理。是故文理不單是文章的體要理路,更包含強烈的立文應然感。這種以應然為向度的文理,帶有濃厚儒家禮義的色彩,是儒家經典中的特質,聖人藉此引導群生以具體的禮容和態度修性宗道。是故六朝文風積弱,文論家如裴子野即重提《毛詩序》"止乎禮義"的準則,批評時文"無被於管絃,非止乎禮義",①正為提振文學生命力。《毛詩序》謂"發乎情"是"民之性也","止乎禮義"則是"先王之澤也",②兩大原則看似皆是文家向所重視,然而禮義作為儒家文理的特徵之一,回顧魏晉之世,無論玄學還是文學皆處於標榜超脫的時代氣氛之下,所執重者只是"發乎情",以禮義為節度的主張始終未能入流,此方造就以後採禮義以制濫情的想法產生,這問題將於第九章詳為論析。而於此特作提引,旨在說明文理的體道內涵以禮義顯豁,自必以《五經》為正宗。在禮義文理的層次中,屈原的精神境界,雖未離經叛道,較之於與道同體的聖人,卻難以稱得上中節。

2. 異乎經典:任情尚奇,逐物傷體

"情理實勞"之評價,一方面肯定《楚辭》宗經立體,理植於中;另一方面,勞於情理的表達,則反映出屈原文章所發之情理,雖微向於道,卻始終有別於聖門。"勞"字反映出精神未獲安定的翻騰跌宕狀態,魏晉士人於追尋自我獨性的過程中,便陷入了這種困局。而屈原之與魏晉士人的相同問題,亦在於其文章的獨性。劉勰認為文理之數無窮,是由於"數必酌於新聲",創新便是文學生命綿長久遠的重要因素,"文律運周,日新其業","新"是文學變化發展得成規律的特性,於好尚新異的時代更加重視"新"的創作方向。

---

① 載《中國歷代文論選》第1冊,頁324。
② 《毛詩序》云:"故變風發乎情,止乎禮義。發乎情,民之性也;止乎禮義,先王之澤也。"(《毛詩正義》卷1,頁18)

楊明照先生由是指出《文心雕龍》的通變思想極重視作者的獨創性。① 屈原的作品以麗式企居辭家之祖，往後十代辭人，皆無出其右。

顯然屈原"自鑄偉辭"而成的奇麗之風，已成功建立起其獨一無二之自性。其能成功建立獨性，實有賴於借感物而孕發的獨特文思，在寫物與述情立體的表達中，傾側於寫物任情的方向，則是屈原文章的獨性最終無法使其心得到安頓的原因。《離騷》之命名含義，解説紛紜，惟學界普遍認同有"牢騷"的意思。② 愁緒借文章以排遣，當是屈原的作意之一。但屈原的忿懣顯然沒有隨着完成《離騷》而得到抒解，外在環境禮樂崩壞，國運危殆，内心愁悶湧動難遣，又不見出路，内外無極得以安寧，牢騷的抒發，反而透露了心靈的無法安定。可見以《離騷》爲代表所開展的感物世界，傾向於獨創性的追求以及情感的抒洩，由此忽略立文所具的安頓心靈的體道作用，作爲辭賦之大宗，對於後來文學之發展失卻安頓生命的功能，自然不無影響。

"自鑄偉辭"説明《楚辭》修辭有別於經典，這主要是在感物與興情、會理方面的分歧。感物是有心之器的本能，《物色》透露三代詩人，已懂得利用感物入文：

  是以詩人感物，聯類不窮；流連萬象之際，沈吟視聽之區；寫氣圖貌，既隨物以宛轉；屬采附聲，亦與心而徘徊。

詩人寫氣圖貌，是在感物過程中敷演情志，而屈原所鑄偉辭，正是

---

 ① 楊明照《增訂文心雕龍校注》，頁9。
 ② 姜亮夫《屈原賦校註》（香港：中華書局，1972）："韋昭以泮騷釋牢愁，泮騷亦即離騷聲轉，今常語也，謂心中不平之意。……倒言之則曰騷離，《楚語》伍舉曰：'德義不行，則邇者離騷，遠者距違。'伍舉亦楚人，則離騷、騷離皆楚之方言矣。"（《離騷第一》，頁2—3）范文瀾《文心雕龍註》説："離騷即伍舉所謂離騷，揚雄所謂牢愁，均即常語所謂牢騷耳，二字相接自成一詞，無待分訓也。"（卷1，頁48）無論以古音雙聲通轉釋"離騷"，還是以楚方言釋"離騷"，皆指向由不平而引發愁緒之言的意思。

第七章 徵聖體道精神下的樞紐範式：宗經與騷變

承接三代詩制之體物寫志方向進一步發展：

> 及《離騷》代興，觸類而長，物貌難盡，故重沓舒狀，於是嵯峨之類聚，葳蕤之群積矣。

此謂其修辭乃上承《詩三百》感物之方，由敷寫物色而興發情志。事實上，歷至兩晉六朝，詩賦辭家一直將物色安放於極其重要的位置。

由《詩》所開的感物述志傳統，一直綿延不絕。例如拓宇於《楚辭》的賦體，劉勰便認為是"鋪采摛文，體物寫志"（《詮賦》），換言之，文家不論述志抒情，皆依賴於自然物色來誘發。是知這種由物而觸發神思之文學慣術，對於性靈制作而言，有助於從感應而煥發情志，令文章合乎自然。屈原之偉辭能洞透三代詩人制作之情，正緣於體察此文術，《物色》謂：

> 然屈平所以能洞監《風》、《騷》之情者，抑亦江山之助乎！

謂其有江山之助，正是指屈原之辭，情志暢發。《風骨》明示"風"乃《詩》六義之首，也是述情之最要：

> 《詩》總六義，風冠其首，斯乃化感之本源，志氣之符契也。
> 是以怊悵述情，必始乎風。

此知屈原所以洞悉三代詩人之風義，於山林皋壤之間暢發情志，在於明白借感物而"怊悵述情"之風旨。

自《詩》、《騷》而開展的，是重視情志舒展的文章創作世界，《情采》謂：

> 蓋風雅之興，志思蓄憤，而吟詠情性，以諷其上，此為情而造文也。

正說明所開展的文學傳統，是以情為中心，也即立文的自然之性的層次。《情采》主要是論述以緣情爲立文的自然動機,是以全篇大部分着重論自然述情的問題。而此自然述情的立文傳統,以《詩》之風雅爲起源,至於深得風之諷意而能做到"吟諷者銜其山川"(《辨騷》)的屈原,則是緣情立文的另一典範。

屈原於江山中感物興情,其辭能有情貫徹終始,是合經體之本正處,然其失經處,亦在於對感物的放縱。自《楚辭》以後,中國文學在詩辭歌賦的發展,皆將物色置於極重要的位置,往往亦佔極大的篇幅。而感物作爲有情衆生的本能,是以自然情感的流露成就立文的本然動機,故《物色》極言情的重要作用,以"物色盡而情有餘"爲上品,在於對治失卻自然的文學創作。然而在體道理想中,立文體道便不能單憑情感興發而實現。要超凡入聖,尚須從感物中開發理,而不徒以文表現所感之物色,甚至由感產生的情累。南朝皇侃提出性靜情動説,説明感物而興情,是精神處於活躍運作的狀態,《物色》謂"物色相召,人誰獲安",正揭示感物活動同時帶動精神的遊走。生命的發展固然需要在動態中進行,然而最終的目的乃在於尋得安頓處。若心無理所住,翻騰於物色表達,則隨感而動,反而成爲精神生命的負累。

物色作爲工具,用於體道還是用於縱情,皆在乎立文者之意向。而《離騷》入"詭異之辭"、"譎怪之談"、"狷狹之志"、"荒淫之意",顯示取事擇物,有用於放縱情累,好奇立異,如此因情而立之體,不免有損體要之正理。這種體物的視角多少受到戰國時期的言語風氣所影響,諸子百家好言夸誕之辭、施詭雜之術,以求得諸侯的注意和信任,文風漸已遠去《六經》,《時序》云:

> 故知煒燁之奇意,出乎縱橫之詭俗也。

是知《楚辭》之偏正好奇,襲染於時代風氣,由此感物入文,便與魏晉以來憑藉山水會悟神理的修行觀,有所偏離,故文雖有同於

第七章　徵聖體道精神下的樞紐範式：宗經與騷變

《風》、《雅》之處，卻因立辭失諸偏正，而又與經典之風雅有別。

自從佛門開發出糅合中國修道傳統，又適合於有世情間悟道遇聖的修行法，山川物色對於禪修乃至立文修行而言，皆可作爲會理的工具。自然物色的功能不單在於興情抒懷，作爲道之文，是顯現神理的方便，有助於契合道本。因而觸物玄覽，成爲玄、佛、道皆重視的體道内容。在此新視角下，劉勰審察物色在文學中的作用，亦能超越過去的識見。

在體道自覺下，立文蓋有明理反本，以提升精神生命的目的；若只徘徊於象相之融取與描述，則是捨本逐末，銜華而不佩實。《樂府》評漢初樂府，雖或"以曼聲協律"，或"以《騷》體製歌"，卻"麗而不經"，是由於只效《離騷》之麗表，而忽略自内而外表現的雅正體性，自然偏離儒門先聖的性情。在江山之間追逐物色，而失卻開發體道之性的立文本旨，則"山川無極"（《辨騷》）、"物貌難盡"（《物色》），雖極盡敷寫之能事，卻無法達到宗炳所言的"暢神"境界，正緣於精神生命没有循理上達，反爲物色感召而迷於情累，文章制作翻騰於表象世界，既勞苦文思，無法安頓生命，此並非聖人立文的目的，亦有別於聖人即物神思的境界和理念。

至若聖人在天下，同樣有感而後應的本能，卻未嘗苦慮於情。僧肇嘗析聖人即物神遊之超然境界與原理，謂：

> 萬機頓赴而不撓其神，千難殊對而不干其慮。……去來不以象，故無器而不形。動静不以心，故無感而不應。然則心生於有心，象出於有象。象非我出，故金石流而爍。心非我生，故日用而不動。紜紜自彼，於我何爲。所以智周萬物而不勞，形充八極而無患。[①]

[①] 《九折十演》，《肇論集解令模鈔校釋》卷下，頁 366—369。

僧肇指出聖人神通無礙的根本原理，在於舍我心、非象物，摒卻一切有我與物色之負累。神思所謂"寂然凝慮，思接千載"，正因其神不受一切外象所干擾，明白物象並非本真實相。而"心非我生"之謂，是佛門對於有我之捨除，乃入智慧解脫的要務。

劉勰的立文觀，並不反對有我，但體道修行的中心，並不能只見我。道之所以爲宗極，在於總持萬品，亦化育群生；聖人之所以體道，除卻智慧具足，亦關乎功德圓滿。功德與智慧，皆不可能單方面實現，而當以並重布施，廣化文德，方能真正悲智雙運，福慧雙修。儒門謂聖人性與天道，其天德與聖智，亦必須透過人文化成來充實與顯示。是以文家接觸道之文，興情之際，尚須以理來駕馭所感應之一切情，才能入於正道，不受詭異譎怪的事物、狷狹荒淫的情念所桎梏。如此，則神思之遊運，便能暢神無阻，亦無有勞慮。此是由佛家要求人在有世間以神思修行所啓迪的反本理念，以爲極重物色描摹的時代文家，提供超越上達之通衢。是以《神思》謂：

秉心養術，無務苦慮；含章司契，不必勞情也。

苦慮勞情，皆是未明反本之道所致。秉心養術與含章司契，正是以回歸本正爲藥治之方。秉心養術突顯以心爲立文之首義，因立文而秉心養術，則修繕性情之功便在陶鈞文思的過程中得到發揮。含章司契指文章表達，反乎貞正之本旨，即使登山觀海，亦可以本正之心駕馭，無復迷失於寫物設色的營構之中。是以劉勰指出屈、宋以後的《楚辭》，之所以不如《離騷》者，正因未明物色對於反本之入聖作用，故而提出本的重要，《辨騷》謂：

憑軾以倚《雅》、《頌》，懸轡以馭楚篇，酌奇而不失其真，翫華而不墜其實。

徒效屈子立辭之奇偉，而不知其修辭之立誠，故必逐末失正。提挈《雅》、《頌》，是宗經反本的立體要求。

第七章　徵聖體道精神下的樞紐範式：宗經與騷變

劉勰所以發現江山有體道之助益功能，且能判斷《離騷》體物之情失諸放任，實由於魏晉興起山林禪修的活動，賦予物色開發體道之性的修行成聖作用，使修道以至修文，乃能在興情的基礎上，發展出以體察神理爲作者與文章生命的終極安頓處。

劉勰對於樞紐經典的觀點，明確以禀經制式和酌雅富言兩方面爲衡度。其分析《離騷》合經之處，以"取鎔經旨"爲理據，指出屈原既通聖人立體之術，爲文章樹立體要，又蓄發諷上的忠怨之情，通《詩》之風旨，就立體與言情兩方面而言，合乎《宗經》"禀經製式"的原則。至若失經處，則指向於奇偉的麗辭，《離騷》構建詭異譎怪的物色世界，緣乎作者本身的觀物態度，未能超越好異之性，令忠怨之情的抒發以及文章的體貌又異乎經典，立體未盡明理，是以雖明白風由情發之旨，卻未盡與風軌相合。屈原的文章世界充盈"驚采絕豔"的獨特氣象，令憲於三代的經體爲壯采所掩蓋，這不但影響後來辭家在接受方面偏於翫華，同時也反映屈原的自性發揮，的確遠過於明理徵聖，自然有別於聖人文章與經典所具有的繕性明理意義。

第五節　樞紐經典的實踐理念：
立德正言，體道反本

透過《文心雕龍》對屈原文辭有關合經與失經之處的分析，可見由宗經顯示樞紐環中的意義，在於使作者在創作實踐中能開掘體道之性，是關乎立文與立德並行實現的問題。因而劉勰所建立的修辭準則，不能完全視之爲一己之好惡，或是空言經教的理想標準，其中蓋有繕性明理的超凡入聖目的爲權衡。文字作爲述情詮理的工具，劉勰所闡明的，是駕馭文字工具的應有態度；如同感應物色,可流連失本,也可暢神會理,是累是助,皆由體道學聖的意志所決定。

一、爲文定極的宏願

《文心雕龍》提出對物色與文辭的駕馭,是從反本入聖的意義上開示正軌。學聖的思想,在中國傳統源遠流長,並非新見;但要求學聖人經典以超凡入聖,除卻有賴於文質的討論形成氣候,更必須待到下學上達的成聖觀念發展成熟方見權輿。此一着重於文字工具運用的體道入聖方法,自然以經爲說明的典範。由是劉勰於《宗經》總結中國的立文修德傳統,指出有漢以來,師聖與宗經並未圓融爲一的情況:

> 邁德樹聲,莫不師聖;而建言修辭,鮮克宗《經》。是以楚豔漢侈,流弊不還,正末歸本,不其懿歟!

立言樹德,是先聖教化所開設的道路,這與佛經的度化有情衆生,立意相近。但《五經》之後,立德的理念卻與立文分離,各自開展不同的定勢,便將原來一體的立文修德觀割裂,由是使文章與成聖體道的關係,自守於經以證聖、非聖不作經的限制之中。唯立德方言師聖,立文則徒入感物之區,自述志到緣情綺靡,以文立德步聖之自覺彌見疏淡。

劉勰從當時的文域發展,沿波討源,究析文章背道失本的原因,指出文家立文日益勞於情累,以至於不明反本之道,其勢乃自《楚辭》而開。屈原勞於追尋物色,雖作《騷》而未嘗使心得到安頓,正由於不見極之指引,其下辭家更是變本加厲。是以文之樞紐立道爲宗極,既爲本源亦作正式,目的便是爲後來文域立極。聖和經在樞紐中的作用便是顯豁文極的內容,師聖是立文之根本理念,宗經則指示處理之方法;師聖在於會理立德,宗經在於修辭立則,二者合之,便成爲人文之極,此極由聖人建立,亦代表至道之極。人君立極以安定天下秩序,人文有極,則立文者知道之所在、理之所住,由此興情動筆,不致惶惑無主、勞於江山設色,心靈自然得到安頓。《文心雕龍》以體道之聖和體道之經建立樞紐作用中的極,目的正爲重建文章的體道功用,使文章成爲精神的安頓處,並由文章德化,實現以孔子的立文精神來安頓生民的宏大願景。

二、重提禮文之理:辨正訛變,指示應然

《楚辭》開出的文域,既影蔚十代,又開變異之流弊。此一特殊意義,從樞紐的質性而言,說明了變既顯示極的存在需要,同時也是文的質性發展至完整開拓的局面,是步入常態的關鍵。《時序》謂《楚辭》"蔚映十代,辭采九變。樞中所動,環流無倦",正指出繼《經》以後辭家張開的源源不絕的變化活力,顯示文因變化而發展的常式。《楚辭》爲辭變之開端,又軒翥後來十代辭家,則其所開的新變,影響甚巨。孔子創立通變之術,顯示合乎神理的變化,令文的生命窮遠無涯。而《楚辭》之開新變,影響悠遠,但其中由於忘本失理而疏於通變之術,乃成訛變,是劉勰認爲導致文學制作遠去道本,喪失表現神理功能的因素。

從體道意義言之,文學涵載的神理,遠遠不比儒佛經籍,但文學的本質同樣來自於道,其體道功能的失落,是由於文學成爲後來文家任性與標榜的工具,選擇了令生命翻騰不定的應用方向。這種選擇,正是由於在新變之初,《楚辭》開任情、逐物、尚奇之勢所造成。劉勰由此辨《楚辭》之正訛,繼之揭示訛變的影響淵源,使文家能取《離騷》之正變爲典範,貴乎"酌奇而不失其真,翫華而不墜其實",由此通接三代之體、風雅之情,重邁聖文之正式,照見神理,領會聖人開設的精神安頓世界。是以爲文之樞紐依止於道而立永恒正式,必須釐清文變之正邪。

1. 正響與楚聲：對入樂之文的影響

作爲變之始，《楚辭》並開正訛二途。劉勰指其失諸偏雅不正者，多在於辭藻與聲律方面，如《聲律》評《楚辭》聲韻：

> 《楚辭》辭楚，故訛韻實繁。及張華論韻，謂士衡多楚，《文賦》亦稱取足不易，可謂銜靈鈞之餘聲，失黃鐘（鍾）之正響也。

謂楚韻失黃鍾正響，是以黃鍾爲聲律之宗，當中自有樂制淵源，《呂氏春秋》嘗論音之適中，云：

> 何謂適？衷音之適也。何謂衷？大不出鈞，重不過石，大小輕重之衷也。黃鐘（鍾）之宮，音之本也，清濁之衷也。①

黃鍾爲音之本，五音有清有濁，而黃鍾居清濁之中，作爲音聲變化之衡度，猶如極中，既爲本，亦居正。引申於文章聲韻，《楚辭》以一方之辭韻入文，自不合極而失正響。陸機爲吳郡人，吳楚兩地相鄰，愛用楚聲，正是受到訛變之影響。在各種文體中，樂府以其爲配樂之文，受楚聲影響由是至爲明顯。樂府失正處，皆是《楚辭》失經之波瀾。《離騷》的"詭異之辭"、"譎怪之談"、"荒淫之意"，是爲樂府之大戒，故《樂府》云：

> 若夫豔歌婉孌，怨志訣絕，淫辭在曲，正響焉生！然俗聽飛馳，職競新異，雅詠溫恭，必欠伸魚睨；奇辭切至，則拊髀雀躍；詩聲俱鄭，自此階矣。

豔歌淫辭，緣於放任對俗聽的好尚；新異好奇，則以詭異譎怪爲辭，這些構成失本的原因，自文章往辭采方向大加發展之初，便已出現。劉勰認爲《楚辭》對樂府變化的影響，在西漢早年已見端倪：

> 暨武帝崇禮，始立樂府，總趙代之音，撮齊楚之氣，延年以

---

① 陳奇猷《呂氏春秋校釋》（上海：學林出版社，1995），頁272—273。

第七章 徵聖體道精神下的樞紐範式：宗經與騷變

> 曼聲協律，朱馬以《騷》體製歌，《桂華》雜曲，麗而不經，《赤雁》群篇，靡而非典，河間薦雅而罕御，故汲黯致譏於《天馬》也。

此段言樂府自漢武帝以後變至"麗而不經"、"靡而非典"，是知只重麗而不尚雅，故雖麗而不得聖文之正式。非典失經，是始乎"以騷體製歌"，趨鶩於詭異譎怪、猥狹荒淫，徒取地方聲樂之曼妙，而不重視雕琢性情的功用，是故入樂文章，但見麗采而背離經典之雅制。

2. 執禮文以正聲情

漢武帝因崇禮而立樂府，表明人君要求制作樂府，本爲彰顯禮儀文理，恢復周世禮樂教化。則樂府之制，乃以識禮爲目的，而以彰顯禮文之理爲要務，是以劉勰於《樂府》贊語特別提振明禮之旨：

> 《韶》響難追，鄭聲易啓。豈惟觀樂，於焉識禮。

劉勰爲樂府一類可入樂之文定立禮文的規範，以識禮爲主要目的，正是試圖將文類納入於經域，恢復德教作用。樂與禮爲聖王之德教，乃三代創設的傳統：

> 夫樂本心術，故響浹肌髓，先王慎焉，務塞淫濫。

先王作樂必合於禮度，正因禮的本質是顯現自內而發的修養，規範爲禮儀文理，作用在於端正心性；聲發於外而入於心，以雅樂養冶性情，故謂"響浹肌髓"。臣民接受聲樂雅教，則情動於中，形諸言表行爲，便能止乎禮度，合於文理，是先秦以來治心之王制。故先王作樂府，以《韶》爲正響，澄淨心本，不徒趨尚於樂聲的享受，劉勰因取之爲宗經文章的聲韻規範。

楚聲失正，實是由於無識於王制之禮樂所致，《辨騷》故謂《離騷》：

> 士女雜坐，亂而不分，指以爲樂，娛酒不廢，沉湎日夜，舉

521

以爲懽,荒淫之意也。

以沉湎酒色爲樂,放肆情意揮發,樂聲樂辭自入鄭類,無禮矩度,所謂"訛韻實繁",就是指不取黃鍾正音以爲樂爲文,有違先聖所立禮文之理。不知禮度反映出楚地臣民暗昧於先王之大理大教,屈原雖因楚懷王昏信佞臣,而於《離騷》中表達規諷之旨、忠怨之情,但亦只自我困侷於楚國之日傾,而不復追求天下之皇極。故其文聲韻,因楚影鄭樂而損折貞正的心聲;對照孔子提倡國家的公共語"雅言",①更可知聲響與情志的內外相符關係。《樂府》謂"樂心在詩,君子宜正其文",由文而知樂,觀文而知人,正是劉勰強調的因內符外理念,屈原之情雖有諷上之志,卻失諸王道正響,是劉勰稱其"狷狹"之意。

《楚辭》之失本處,在於放任情累而無法解脫,故其文雖有理而滯於物累,未達聖人用心於世、委身傳道的精神。聖文雅麗緣其明理合極,平正入常,故能樂而不淫、哀而不傷。孔子生於周之季世,已知禮樂崩壞,但其立文無有入乎異端,及聞《韶》之雅音而三月不知肉味,是出於對王道禮文的誠心企盼與固守。相對於文的發展,音樂在更早時期便出現失正的情況,鄭衛之聲成爲諸侯的好尚,胡樂亦於先秦已滲入中土,是孔子尤爲珍惜雅樂的原因。自漢以後,黃鍾正響更加稀見,清商樂曲的興起以及西域音樂的流傳,都令新興樂曲更趨優遊轉化,尋變詭麗,並更廣泛流行於宴遊之中。配樂的曲辭受新興俗樂影響,不但辭句更繁,內容流於任情失雅的傾向,自是可想而見。劉勰提出以辭正樂的原則,或是出於面對時代俗樂普遍流行的折衷策略,由辭以正樂,避免時流俗樂破壞原本的禮文元素,《樂府》云:

---

① 《論語·述而》云:"子所雅言,《詩》、《書》、執禮,皆雅言也。"(《論語集釋》卷 14,頁 475)

第七章　徵聖體道精神下的樞紐範式：宗經與騷變

> 淫辭在曲，正響焉生。
> 聲來被辭，辭繁難節。

以文辭扶掖樂府歸於雅正，蓋因詩爲樂心，以文爲主，以聲爲輔，則作者表達的義理情志，方不至於爲俗聲所拖累。繁辭之所以產生，緣自心無所住，隨波逐流，任由聲色牽制情感發生的方向，以此製作樂府的曲辭，當然不見作者的文心，辭曲皆欠缺精神生命，便淪於"詩聲俱鄭"的境地。

3. 提振諸子的立德本願

如前指出，《楚辭》一些訛變的特質是由戰國晚年的諸子所影響，是知諸子較《楚辭》更早干犯"鮮克宗《經》"之疵。後來文章訛變之勢大開，以建立義理爲主的諸子文章，亦隨禮文傾壞而落入背道之態勢，《諸子》云諸子文章迄至魏晉：

> 繁辭雖積，而本體易總，述道言治，枝條《五經》。其純粹者入矩，踳駁者出規。

諸子"述道言治"的原則皆以《五經》爲宗，是以"條流殊述，若有區囿"（《諸子》）。然而一旦宗經不復自覺爲應然責任時，巧竭心力於壯言強辯之上，便容易變化出規。劉勰論列失墜於文之樞紐的諸子，皆病乎虛誕迂怪，妄顧正經，蒙蔽了文德彰顯至道之大義，同時也失落了經義應有的責任感與淑世關懷。

追聲逐色，辭變發展至極，則追求至道的立文精神往往爲之掩藏。《楚辭》之靡麗、諸子之"繁辭"，皆追逐於辭采變化，乃至駕馭繁辭縟藻，前者使文迷失其宗道本質，後者則成爲明道抒志的負累。劉勰謂兩漢以後諸子：

> 雖明乎坦途，而類多依採，此遠近之漸變也。

"志共道申"爲諸子立文之本旨，贊語提挽諸子"立德"與"含道"的

523

立文本衷,顯豁諸子之文乃繼聖人建言樹德的典型；然而採綴陳言以敷演其志,不免惑於文辭雕琢之中,故雖明原道立德之坦途,所失亦多。贊語提出"立德何隱,含道必授"的規誡,正表明受制於辭采變化的表演,體達至道的門徑亦變得迂迴曲折。《養氣》稱古之聖賢秉素心"會文之直理",膝理無滯,是明重采之表達,非是立文原道之本式。所謂循流忘返、彌近彌澹,正指偏遠於立文的根本宗旨,即《通變》"競今疎古"之意。故文理之數雖無有窮盡,而逾矩之文卻無法通理入恒。

　　由楚聲、鄭聲在辭賦中的發隆,以至立德意識的淡薄,緣於文章發展日漸析離於禮文之理,荒廢先聖立言的應然向度。重提立樂立文之崇禮傳統,不能簡單理解爲恢復古禮之制式。在禮樂崩壞,秦燬《樂經》以後,君主不無有意恢復禮樂,但始終事與願違,劉勰《樂府》評論漢代復原禮樂之事業,雖追摹於三代,卻難以竟成：

　　　　秦燔《樂經》,漢初紹複,制氏紀其鏗鏘,叔孫定其容典。……雖摹《韶》、《夏》,而頗襲秦舊,中和之響,闃其不還。
　　　　武帝崇禮,始立樂府,總趙代之音,撮齊楚之氣。
　　　　宣帝雅頌,詩效《鹿鳴》,邇及元成,稍廣淫樂,正音乖俗,其難也如此。
　　　　後漢郊廟,惟雜雅章,辭雖典文,而律非夔曠。

漢代君主所着力恢復的樂府,主要面向於國家禮祭祀事。後漢的郊廟歌辭,便用於人主奉天的禮祭之中。這些樂府,由於樂曲夾雜俗調,或因採用奇辭,顯然不可能企圖恢復古制來達到反本的目的。

　　則所謂禮樂之文的文理,不在於先古創立的一套已消亡的皇家程式,而是先王所開啓的德性智慧。樂與辭的制作,皆有雕琢性情的目的。漢高祖詔命叔孫通據殘存的《儀禮》制定儀品,《論衡·

第七章　徵聖體道精神下的樞紐範式：宗經與騷變

率性》便指出其目的在於重新建立禮治，使臣民受禮而修繕性情：

> 叔孫通制定禮儀，拔劍爭功之臣，奉禮拜伏，初驕倨而後遜順，教威德，變易性也。不患性惡，患其不服聖教，自遇而以生禍也。①

禮文之理是將內在德性教養與外在舉止行爲相配結合，是故雖爲程式，卻是由內理的上達發展，而通透禮文的原則，表現的不只是程式，而是德性智慧的水平。

禮文之理是自內修性爲實現方向，由此可以理解劉勰在《諸子》中提出立德與含道的意義，方是先秦諸子遵禮文之理而闡發的義理德性世界。先秦諸子無論入世出世，於亂代中所立之文，皆爲天下指示皇極，立文的目的不離淑世關懷，各自建構起令天下生命安頓的理想世界。

德性墮落，則禮文的表現自然隨之崩壞，不復原本。漢代制禮之所以無成，正是由於時代偏好新異與通俗，令樂府由變而及訛。禮樂之爲儒道建立皇極的表現，在於指示應然方向，而非時代好尚，是故人君有立極之意，卻終不能爲民定正極，換言之，在劉勰看來，漢制樂府，並沒有達到德化的作用，反而成爲個人情感與好尚的抒洩。雖是發乎情，合自然之旨，卻未重禮文之理。三國以來樂府發展爲個人的創作，任情更肆，曲辭隨心改易：

> 魏之三祖，氣爽才麗，宰割辭調，音靡節平。……雖三調之正聲，實《韶》、《夏》之鄭曲也。

> 逮於晉世，則傅玄曉音，創定雅歌，以詠祖宗；張華新篇，亦充庭萬。然杜夔調律，音奏舒雅，荀勗改懸，聲節哀急，故阮咸譏其離聲，後人驗其銅尺，和樂之精妙，固表裏而相資矣。

---

① 《論衡校釋》卷2，頁80。

樂府失去禮文之理，不僅僅是秦火之過，更是人心變訛所導致的發展定勢。是以辭人所好楚聲，所尚縟采，皆是內在性情的表現。禮文之難以恢復，正緣體道之性消弭，造成對道藝相融追求的忽略所致。劉勰重提禮文，目的在於以性情爲立文之基本工夫，重建體道的意識。唯有體道成爲一種意志，立文之論原道，方與主體生命聯繫起實在的意義。

三、由才性八體到宗經六義：重建文學安頓性命的體道功能

1. 秉才性會歸體道之性

奇變流弊一開，勢自難返，標揭文之宗本意識，撥亂反正，是使文恢復其顯現神理的本質，以實現徵聖體道的文章功能。宗經思想以稟經、酌雅爲正道，顯示雅正是導引立文朝往先聖合極軌範之基本方向，發揮反本的作用。是以劉勰雖認爲各家逞任不同才性以成文，但立文之基本功，必以雅正爲宗，《體性》謂：

> 故童子雕琢，必先雅製，沿根討葉，思轉自圓，八體雖殊，會通合數，得其環中，則輻輳相成。

以雅製爲習文基礎，是指以儒家聖人的經典來立心正本，所謂"沿根討葉"，便是宗經之意。經典揭示聖人通變之術，由神理的徹道性，駕馭種種文體依止於道，致化歸一，以此永恒之本源總持變化發展，文之樞紐便得以成立。經的作用是爲分殊體性提供體道的方軌。所謂思無定契，理有恒存，才性亦然。雖有八體，然理唯歸一極，才性若能會向神理，由文達道，便得以入樞紐之環中。

是以言才性不獨見其異，尚須肯定各種才性皆有體道入極的能力。才性是道徵制作之末節，呈現分殊的狀態，萬物質性各異，顯示神理之制作，變化無窮；而劉勰舉出文之八種體性，莫不可會

通合數,得其環中,意謂不論才性如何分殊呈現,其根本卻出同一源,也即能會神理之數,反本契道。此知各種才性,並非與體道之性對立,彼此只是本末關係,不同才性的作者,皆可發展出體道之性。秉樞紐之式以立文,不能離本,是故雖強調立文各有體性,卻不能只見體性;人各有才性,亦不能只發展才性。否則任性逞才,始終無法超凡入聖。

聖人在有情世間體道,亦不可能沒有才性,因而劉勰將儒門聖人所立之經典,歸類於八體之中;其餘七體同樣可由會通之道而得中,這是基於相信眾生皆有超凡入聖的可能。則知聖人入道,非獨憑藉才性,唯有將才性轉化出體道之作用,方能妙入宗途。體道之性既然皆備於眾生,說明眾生也可沿其才性之分別,選擇適合的聖教,開發體道之性。聖文之典雅,乃是近理入道的立文經驗,以雅製爲初化之功,意在從認識聖人的經驗中,先行開發徵聖體道的自覺。"才有天資,學慎始習",表明後天的性情陶鈞,乃導引各種才性趨向宗極的首務。

雅作爲聖文開發的體貌,是由聖人儒雅之質性自內而外暢然流露。因而以雅提挽文章尤其詩賦之任俗失本,其先務是要求調正內在質性。劉勰深信表相必配符於內質,故提倡以雅定質,使文家貞定學聖的願念。"稟經製式"的理念,是由內在文理樹立體貌,屈原文章的"金相玉式",亦有賴於內在貞正德性,沿內顯外。劉勰顯豁聖人經典中的六義,顯然是向各種才性的文家展示體道之文的共同法式,提示開發內在體道德性的重要意義。

2.《宗經》"六義"的提煉工夫

八體雖可總歸入道,惟其中有近古步聖者,亦有擯古競今、巧逐新奇之類,雖然皆可以發性體道,惟所步宗途,則有直有曲,直者豁然曉暢,曲者不免枉縱氣力於迷途。是以《宗經》特意昭明聖人以文體道之六項要義,爲一切才性開示徵聖宗經的原則:

>　　故文能宗《經》，體有六義：一則情深而不詭，二則風清而不雜，三則事信而不誕，四則義貞而不回，五則體約而不蕪，六則文麗而不淫。

六義是據聖人以文體道的經驗而開設。聖人以具足的才德對待萬事萬物，皆可從中體道，立文亦是自然體道的活動媒介。宇宙本是道的體現，天地莫不沿神理以成造化，但置身於被神理包圍的環境中，要清楚認識神理乃至道體，便須要講究體道的技巧。聖人經典之中的精理，便是提煉神理的成品。

理之所以需要提煉，是爲使接觸的神理道心，從混沌轉變爲顯豁清明，使得體察之道，由模糊而變爲清晰。如此立文，方有明道之功。劉勰顯豁六義，便是將聖人體道之文的精義提煉，以爲後世凡夫體道立文的提示。《宗經》謂：

>　　若稟《經》以製式，酌《雅》以富言，是即山而鑄銅，煮海而爲鹽也。

山之銅，海之鹽，有若天地蘊含的神理，登山觀海，近在咫尺，然而若無洞鑒之力、不講提煉方法，則難以取得一微。山與海雖然廣闊無垠，惟其精者卻非如海量之無窮。即山鑄銅是取王充之說以爲典，《論衡·超奇》云：

>　　故夫丘山以土石爲體，其有銅鐵，山之奇也。銅鐵既奇，或出金玉。然鴻儒，世之金玉也，奇而又奇矣。[1]

王充本意謂世間鴻儒稀有，故以山中的銅鐵金玉喻之。由王充的本意，可推知此一比喻，本身並不作無窮無盡解。劉勰雖不以山之銅爲少，然而從王充的比喻可知，銅所代指者，蓋爲極之珍稀的精

---

[1] 《論衡校釋》卷13，頁607。

第七章 徵聖體道精神下的樞紐範式：宗經與騷變

華，丘山之中，銅鐵遠不及泥石，金玉亦多埋土下，其多寡即使未可計量，然而並非唾手可得。要獲取山中銅、海中鹽，需要有洞識珍寶的卓見，並掌握提煉的方法。這些精華所代指者，正是聖人在天地所鑒識和凝煉的神理，凡夫閱讀經典，所得亦貴乎神理的領悟。

經典是聖人提煉神理的成品，六義則是劉勰提煉經典所得的體道立文要旨。《原道》使立文能知有道極，然而但知有道心神理，而不加提煉，則所謂知道者，終不能清明照哲。《徵聖》、《宗經》垂示聖人利用文字提煉神理的經驗世界，誠爲劉勰對於經典所載神理與辭令表達的一次提煉。唯聖人所重提煉神理，劉勰兼重提煉其中辭令表達，畢竟《文心雕龍》之面向爲講究辭藻雕琢的六朝文場。在體道自覺下，提煉文字的文章工夫，便滲透出超越的意味，文思創作由是可成爲作家提煉精理的活動。居《文心雕龍》創作論之首《神思》的上下兩部分，分別言醞釀思緒與梳理表達，若以體道明理的層次分析，則上部分所言之神思，實爲會理體道，將外理內化的過程；下部分之言組織辭令，便是提煉所會之理的活動。

六義本身並不盡然包籠聖人體道的文式，只是劉勰的提煉結果，是以論者一直有指出六義的未足處，例如知音六觀中的聲氣宮商，在六義中便沒有涉及。在體道的層次中，提煉的工夫是沒有窮盡的。聖人難以將天地的神理全然提煉，凡夫亦難以將經典中的體道立文之術輕易盡了。是以稟經、酌雅之術，方以即山鑄銅、煮海爲鹽爲喻，說明提煉工夫之無已。

3. 提煉的角度：聖人的六項立文經驗

六義緊接"稟經以制式，酌雅以富言"之後提出，說明是稟經及酌雅之具體細項。情、風、事、義、體、文是文章的構成元素，雖未完整涵蓋文章的組成部分，但六義的關鍵，在於顯示聖人文章明理立德的體道特點；提煉的角度，乃在按經而立文章之本正，並以之檢驗後來文章的合道層次。此六義所指示的建言修辭內容，以作者煥發的性情與文理爲根本，莫非因内以顯外，是講求修内以協外的表達。是以判斷文章是否能宗經以達於徵聖體道，便以六義爲檢驗準繩。

"文能宗《經》，體有六義"中的"體"，解作體現、體會之意，是兩晉六朝玄佛理論中的常用詞。如慧遠《沙門不敬王者論》中的《體極不兼應》之"體"，王弼的"聖人體無"之"體"，皆作體現、體會之意思運用。聖文但以理樹體植辭，至若立文成聖的意義，則是劉勰別出心裁之提煉，故稱之爲義。如孔子發《春秋》之微言大義，義乃是據經典之理而提煉的聖教。於此可見劉勰對此體經六義的徵聖之道，乃自信爲會通聖文神理而精心開掘的慧識。

六義的建立，是透過經典之本正處，顯示出徵效聖人經典的意念。具而論之，情、風、事三者，在《文心雕龍》皆有立篇專論，《情采》、《風骨》、《事類》又集中於關乎立文實踐的下篇之内，蔡宗陽先生認爲六義觀念皆可印證自《神思》以下多篇創作論之中，[1]與此三篇專論不無關係。三篇專論爲情、風、事所立之軌則，可發現乃以明理立體之旨爲發義基礎。至若義、體、文三義，本據明理立體之旨開出，總歸於《徵聖》四述之内，實皆是依止於理，也即道之德而建立的文章制作理念。從文章的組成結構觀之，六義實際分屬文章體制的三大部分，《附會》叙述結體成文的重要元素，云：

夫才童學文，宜正體製，必以情志爲神明，事義爲骨髓，辭采爲肌膚，宫商爲聲氣。

神明爲立命之本元，骨髓爲綜理血肉筋脈的支架，肌膚與聲氣組成生命的形貌，三者共同構成個體生命，以之比喻文章結體，則六義

---

[1] 蔡宗陽《劉勰文心雕龍與經學》，第六章"劉勰文原論與經典"，頁112—113。

第七章 徵聖體道精神下的樞紐範式：宗經與騷變

蓋可歸納於文章內外三大部分。按《附會》的分判，情屬神明，以風配附；事與義屬骨髓；文與體主文貌，固爲形表之屬。亦有學者據《鎔裁》篇的理論，同樣得出六義分爲情與風、事與義、體與文三組概念的結論，如劉永濟與王禮卿二位先生皆認爲篇中提出的"三準"，便是六義的骨幹，王禮卿先生謂：

> 六義蓋即鎔裁篇設情、酌事、撮辭之三準，益以風、義、體三者，析言之而爲六。觀其以情風、事義、體辭相次，其爲比類序列可見。①

劉永濟先生則進一步認爲六義提供的作法與鑒文之法，符合孔孟戒愼於"害辭"和"害志"二旨，故肯定三準之論，"固已默契聖心"，且"通夫衆體"。② 故於《風骨》篇重申"舍人論文，不出'三準'"，篇中諸多概念，實可分攝於三準之內。③ 言下之意，正透露劉勰對文章立體的理解，是以會通聖人文理爲原則，則這三組概念，是總持體道立文的要求。

《附會》與《鎔裁》之論承接《宗經》所建立之總法，可見六義的原則在《文心雕龍》中基本統一。下文分析六義本經而立的內涵，亦按三組分別析說。

情與風

《情采》論述爲情造文乃文家制作必須具備的本然動機，既端賴於興情，則情既動於中，更要求動之必正而不違至道。俗念之情，由於爲慾念所支配而下墜，但聖人之情則可上達無礙，是因通合神理之數。合於理之情，方可謂之深，這在《滅惑論》中早有透露，文云：

---

① 王禮卿《文心雕龍通解》卷1，頁46。
② 劉永濟《文心雕龍校釋》卷上，《宗經》，頁5。
③ 劉永濟《文心雕龍校釋》卷下，《風骨》，頁106—108。

> 至理定於深識，而流言惑於淺情。①

淺情是指對至道未經思究而隨意興動的意念，由於欠缺智慧的引導，故所動念與道相違。淺字用以表示情之無根，是未達道源的狀態。爲此要使情深乎道本，便須深識契道之神理；情源及本，則發動之情便可不違至道。由此可知，違道之情則淺，合理之情則深，這是劉勰對於情之深淺的理解。其採用"深"以表示近道，蓋又有先聖經典爲據。情深而發之成文，文章乃能彰顯聖人的德性教化。《樂記》有"情深而文明"之語，由情深而使文明，是言從性情的雕琢，到披文入情的符應：

> 是故君子反情以和其志，廣樂以成其教，樂行而民鄉方，可以觀德矣。德者，性之端也。樂者，德之華也。金石絲竹，樂之器也。詩，言其志也，歌，詠其聲也，舞，動其容也。三者本於心，然後樂氣從之。是故情深而文明，氣盛而化神，和順積中，而英華發外，唯樂不可以爲僞。②

是處主要言樂本於心，由德而顯。詩、歌、舞皆是配合樂而表現的文，呈現的基礎，俱來自心本。此心的具體內容，在《樂記》中，是指由君子"反情以和其志"所達到的至本至真之德性。情深是反本的修練，在佛學觀念中，反本緣乎照理以實現，理能深照，則情自深。心本藉由感理以圓滿性情的陶化，其文便能彰顯內在德性智慧，達到秉德成文之目的。

《樂記》要求緣德性之心而爲樂的思想，在《情采》便見痕迹：

> 心定而後結音，理正而後摛藻，使文不滅質，博不溺心。

劉勰根據秉心制樂的思想，在文域延展出正理摛藻的觀念，顯示立

---

① 《弘明集》卷8，頁50下。
② 《禮記正義》卷38，頁1295—1296。

第七章 徵聖體道精神下的樞紐範式：宗經與騷變

文之深情，乃爲使心得以澄明，照見至理。但"采濫辭詭，則心理愈翳"，則知使情趨於詭者，乃在辭采之詭濫，使體要無法得深理支持，則情自淺薄，是"流言惑於淺情"之意；情之詭者，正由辭詭所致。故《情采》強調"聯辭結采，將欲明理"，明理的目的不獨爲馭采，更重要在於使情轉深，情愈深則愈能反本明志，陶成聖德。此見"情深而不詭"，蓋取源於經典，而用以說明會理與馭辭的重理觀念。

風以清而不雜爲正式，在《風骨》可見解說。《風骨》之言風，是依止於情而論，可見兩者的密切關係：

> 是以怊悵述情，必始乎風；沈吟鋪辭，莫先於骨。
> 情之含風，猶形之包氣。

氣是支撐形體表現的力量，由此說明風有推動情的流露的作用，是即"述情"功能。情的表達既受風的推運，則要使情深而不詭，徵向神理，便須考慮風的配合。是故劉勰對於怊悵述情之風，亦要求必須有深識：

> 深乎風者，述情必顯。

"深乎風"與前句的"練於骨"相對照，可知深識乃是鍛煉而得的境界。文章之所以情深，緣乎作者識察至理，是内在的體道德性作用於文章的理想表現。

理想的情由識理而成，風既與情關係密切，其所以能推動情發於正向，亦由於先秦以來涵蘊德性的意義。《風骨》起筆提挈"風"義之本源，出於《詩》六義：

> 《詩》總六義，風冠其首：斯乃化感之本源，志氣之符契也。

風的作用在於興化感之教，是《毛詩序》所謂"風以動之，教以化之"[①]

[①] 載《毛詩正義》卷1，頁6。

的德化功能。由此可見,推運合乎至理之情的風,必然具有作者的道德精神。

《論語》嘗載孔子以風比喻君子德性的一段話:

> 君子之德風,小人之德草,草上之風,必偃。①

孔子以風喻貞正德性,主要在於宣示小人之志最終難以得逞;由於只是爲了製造比喻語境,孔子沒有演繹風的德性含意。然而風稟具清勁的特質,在比喻高潔品格時,亦有高風亮節一詞,則孔子將風與德聯繫,或許由於兩者有意象上的相關。風進一步涵具高尚德性的意義,是在與"清"的特質明確建立聯繫之後。宗炳在《明佛論》中稱許佛陀所立的經典,云:

> 高言實理,肅焉感神,其映如日,其清如風,非聖誰説乎。②

比喻經典如朗日與清風,意謂佛陀曉示的神理,足以洞照無遺,令衆生清醒,無妄無惑。宗炳的比喻反映了風爲天地間之至清者,則此清質,實有德性之意蘊,而來自於神理智慧。是知較早的佛論中,已萌發運用風清描述聖文特色的端倪,由此亦知風清反映作者理想的會理體道境界。

在《文心雕龍》中,劉勰用風品評文章之含作者德性,又進一步配以"清"表達,將君子之德的風義,轉化於文章的理想狀態,由此將"清而不雜"定形爲理想的文風,可見風清同樣來自於識理會道。張少康先生指出,《文心雕龍》運用"清風"或"風清"凡四處,皆指向作者的高尚人格理想,由是認爲風清乃"符合於儒家道德的思想感

---

① 《論語集釋》卷25,頁866。
② 《明佛論》,《弘明集》卷2,頁10上。

情所體現的一種精神氣貌特徵"。[①] 則劉勰稱經典之風清而不雜，或受宗炳的啟發，而進一步將義理上接於儒門《詩》學的風義，以德化感動的力量，將情推運於至理，使其深而不詭。由此觀之，風清與情深，實皆源出乎作者的德性智慧，順乎神理建立文章的神明。

《樂記》謂"情深而文明"，說明"文明"乃發乎深情而達到的境界，推而論之，風清支持情轉深而正，乃文明的基本條件。劉勰在《風骨》中亦認爲具備風骨之文，能實現"文明"之願景，使文可行健，日新其業，歷久不墜：

> 是以綴慮裁篇，務盈守氣，剛健既實，輝光乃新。
> 若能確乎正式，使文明以健，則風清骨峻，篇體光華。

實現文明以健，需風清與骨峻兼備。《樂記》認爲"文明"由情深而來，則使文能情深，只屬風的作用。而劉勰並重風骨，說明除卻述情需要以明理實現深而不詭外，在樹體的問題上，亦須要明理。是以《風骨》末段重申《周書》之文旨：

> 《周書》云："辭尚體要，弗惟好異。"蓋防文濫也。

以此加以強調立體要爲經典之正式。體要與正言的和諧調合，是聖人明理的文術。在《風骨》中，風與骨皆是支持立體結言的內在力量。風與情使神明充實，骨則植於體中，支撐肢骸，是以文章的精神與形體的成立，皆需要會理。此見經典中的情深與風清骨峻，實際上是聖人明理立體的文術效果。

事與義

情與風皆由作者之性情所煥發，而以明理立體爲正範，主要依據聖人經典中之文術。而"事信而不誕"則是主張立文所援引的事

[①] 張少康《劉勰及其〈文心雕龍〉研究》，《〈文心雕龍〉的風骨論——論文學的精神風貌與物質形式美》，頁 142。

例,以先世聖哲行迹,與經典的內容爲正式,以保證用事之可信。《左傳・昭公八年》載叔向語,云:

> 君子之言,信而有徵。①

這是對有德之士的言語表達要求。信而有徵突出求實,遠較於爲侃侃其談而誇誕事實來得重要。這不單是對言說的規範,也是作史的原則,《史傳》謂:

> 若夫追述遠代,代遠多僞,公羊高云:"傳聞異辭。"荀况稱:"錄遠略近。"蓋文疑則闕,貴信史也。然俗皆愛奇,莫顧實理。傳聞而欲偉其事,錄遠而欲詳其迹。

劉勰批評紀述前史者,爲枝蔓內容而誇張本事,由著史而及立言,背信棄實,已失君子之德。是以從信史的要求而知"事信而不誕"的觀念,是爲立文須徵事有信,從敘事信實的文品以提升人格,實現"樹德建言"的理想。徵引事例,目的在於闡述不違至道,而又開發新義。是故援事發義既以有信爲正式,爲慎資取,自然以聖哲經典爲首選,因而劉勰於《事類》主張:

> 夫山木爲良匠所度,經書爲文士所擇,木美而定於斧斤,事美而制於刀筆,研思之士,無慚匠石矣。

立文除了具備出色的表達能力,據事苟能資取經典,便有如運用良材以配合巧匠之妙藝,自能制作出契合神理的作品。

如此本據經典蘊藏的聖人才德而開發之正義,是以孔子刊述《春秋》五例爲典範,所發微言大義,皆信而有徵。劉勰認爲:

> 明理引乎成辭,徵義舉乎人事,乃聖賢之鴻謨,經籍之通矩。

---

① 《春秋左傳注疏》卷44,頁1449。

第七章 徵聖體道精神下的樞紐範式：宗經與騷變

表明無論明理立文，還是據聖人之理發義，皆有孔子爲先範可取據。所謂"據事以類義，援古以證今"，便是舉經典之事，以證可信之義。由此則知劉勰指陳《離騷》詭異與譎怪，其中原因在於其據引異乎經典之事：

> 至於託雲龍，說迂怪，豐隆求宓妃，鴆鳥媒娀女，詭異之辭也；康回傾地，夷羿斃日，木夫九首，土伯三目，譎怪之談也。

此類詭異之辭與譎怪之談，多出《山海經》與緯候書讖，無見乎聖人經誥，自遠於聖心道徵。此知據引事例，其基礎在於明通經理，然後開發益治之義，是聖人舉事徵義的目的所在。故宗經而取事發義，自當以"信而有徵"爲原則，使事有信，則發義不單無有詭誕，更可乘先聖之神理而騰聲飛實。

聖人文章舉事取類以徵義，說明據事有信之目的，乃爲發貞正之義。取事以發義，義之所以要求貞，在《乾·文言》可見啓示。《文言》釋乾卦"元亨，利貞"之"貞"義云：

> "貞"者，事之幹也。……貞固足以幹事。①

貞與元、亨、利合爲君子四德，乃修德入聖之方向。聖人以素心會文之直理，貞正是聖心的體現之一。劉勰於《比興》論述《關雎》以尸鳩象夫人之義，亦云"義取其貞"，是明聖人之文，能發義之貞正，即使以夷禽爲興，亦不例外。因此，能效聖人立德貞正，則發義亦依順直理，無惟好異；按之取事以類義，自然因貞正之心，使事能擇於有信之域。此皆因明會聖人直理，方得以明發義之貞正，徵事而能有信。由此可知，信事乃配於貞義，憑直理而發義，理不枉屈，則義固亦端正不回。兩者是在情、風的性情陶養的基礎上，進一步對

---
① 《周易正義》卷1，頁14。

文章立義取材的考慮。

體與文

至若"體約而不蕪"與"文麗而不淫"兩義，實皆依止於《徵聖》開示的立體要與正言的觀念。體與辭呈現文章的表述工具，共同構成外在形貌，相對於性情、取類、發義，歷時而產生之變化尤趨複雜新奇，端賴此種不斷變動的工具來表達文思，乃至於詮述恒理，會悟至道宗極，不免有累。是以劉勰反復強調"辭尚體要，弗惟好異"，乃爲使立文反歸順理成章這一源自道本的應然成化制式，令競新逐異的變動趨勢轉入正途。《風骨》便對於體與辭的變化提出正向的指引："鎔鑄經典之範，翔集子史之術"，經典顯示聖人神理之表達，子史則述明聖心，會通經理而立義。《史傳》稱立史若能"共日月而長存"、"並天地而久大"，其文術必有效聖之迹：

是立義選言，宜依經以樹則；勸戒與奪，必附聖以居宗。

永恒的追求，必端效乎聖心與聖文而得，蓋聖人由體神理而入恒，經典是其神理的呈現。而諸子之正統，莫不"述道言治，枝條《五經》"(《諸子》)，同樣是效聖明理體極之意。是以立體定辭，其宗經徵聖處，乃在研慮入恒之法式，《風骨》謂：

昭體故意新而不亂，曉變故辭奇而不黷。

昭體基於明理，據此立體要，便是要約而不亂。曉變是明《宗經》所謂"正末歸本"之道，效聖人文辭，則其麗自入聖文雅域，不因好奇而迷失體極之大旨。此藥治新奇之方，乃是使文能入於正式常域，變而有中。

經雅之式作爲立文本宗，在《文心雕龍》中，往往用"正"之名義概括。《定勢》提出"執正馭奇"之方，便是指出以經雅爲正式，制馭辭體在發展歷程中出現的新奇取巧、棄本逐末之訛變：

第七章 徵聖體道精神下的樞紐範式：宗經與騷變

舊練之才，則執正以馭奇；新學之銳，則逐奇而失正；勢流不反，則文體遂弊。

新學逐奇，旨在炫人耳目，變化徒逐新奇，無所適極，便淪訛變。這種追逐新奇的現象，緣乎立文心態的改變，由於失卻徵聖的自覺，故亦遠背宗經之道，則所變自然偏離文之樞紐。強調舊昔立文，以正爲極，"執正以馭奇"，顯示了執正之變乃合於本宗之大法，正變使文入於常式，能夠經歷時間的考驗，而恒居環內。所謂"正"者，從體與辭兩方面言之，《徵聖》早已強調先聖"辨物正言"之教誨，定立正言與精義並用的原則，是將言依止於理以爲正。

至若正體，則見《論說》引《白虎通》釋"正"謂：

述聖言通《經》，論家之正體也。

論之爲體，當"述經叙理"，明示以經爲宗。劉勰訓"論"爲"倫"，認爲"倫理無爽，則聖意不墜"，意即遵聖哲之彝訓，便合"正體"。聖哲彝訓之核心，在於彰明至道恒久之德，也即神理，故爲立文弘化的應然坦途。此見正變與訛變之別，在於正變能徵聖宗經，訛變則不倫不類，在競逐新色之間，失卻追求至道之自覺與責任。從徵聖立言的意義上看，有本有宗，皆是宗本觀念的透露。以六義確立依經反本，對治辭體之變易問題，是劉勰正末歸本的大方向。

4. 六義總歸於理：體道徵聖理念的反映

劉勰標舉聖文六義，是從通變的入恒理念上，開設通理宗本的具體法式。此六大原則，皆總圍於理下，由修德養性，到敷理弘化，是包蘊內外的宗經體極的立文方略。從內至外的立文構建過程看，情與風、事與義、體與辭三組概念，各有所司。情與風主性情，情由內而外涵養，風則發乎作者與文章，皆由感理而轉深，是效聖照理澄心的修行首務。事與義要求信而貞正，意指發義取證無違本失理；這是在自覺入聖的基礎上，以聖文爲誘發文思的主要內容，包括取材與義理兩大方面，以發揮聖文神理之德化作用。體與辭則是爲詮理發義，尋求完善的表達，而對於由自心所開照之義理文思，同樣以合本之道爲原則，以求漸臻聖文軌範，由體經而入雅。此三組概念，由調正自心，到審慎選材、正直思究，以至追求完備的表達，是明理制文的方法。由明理爲根本，到準確詮理表心，乃明聖文神理設教之大用與軌儀。可見發心明理、取類衡理、立文詮理，是深通聖文神理而開發。《文心雕龍》的立文理論，莫不在體極的理念下，以六義爲指導原則。

六義皆有經典或先世聖哲之言爲根據，這些在經典記載聖人對制作所提出的訓示，是以修文德、正性情的意義爲本旨，在劉勰糅合傳統思想與佛門修行入聖的角度理解，便爲了開發體道之性，換言之，先聖能由文體道，莫不據用此以修德爲本之六義，建構經典。是以劉勰顯豁六義，乃爲宗經體道建立一套以傳統爲本，以修行入聖爲宗的立文範式。如此爲文先定宗極反本之原則，文章制作，自然可契近道本，無有矯揉造作，則變動終不越度，是應對隨波逐流的對策，重新在體道之性的發展上，構建立文的意義。

第六節　本　章　小　結

劉勰對於神理之數的重視與講究，在前章已有論析。形文、聲文、情文，乃至聖人《五經》，莫不由五數構建，是因五爲神理之數。故其立《文心雕龍》、制樞紐之篇數，亦以五之數爲圓滿。而五篇又居《文心雕龍》之首以爲綱領，恪守以理舉統的聖人文術，從其處處合乎重理之原則可見，樞紐五篇之制，乃有彰顯神理、啓示至道所往之旨在其中。

本章闡述文之樞紐的觀念與發展來源，意在説明樞紐包蘊的

第七章　徵聖體道精神下的樞紐範式：宗經與騷變

宗本入聖的文學觀念，乃在新興的聖人學思想下孕育而成。其時對宗極恒存不變的理念，投射於樞紐星之上，是劉勰取樞紐以發揮文學宗本運作圖景的時代根據。劉勰生於齊梁之際，南朝梁代正值天文學說討論極爲蓬勃的時期，極星的位置與運動態勢，也得到新的發現。梁代天文學的新發現，極星距北極尚有一度多的距離，不單純是糾正傳統認知，更重要的是衝擊了極星居天上中宮的中正意義。但極星的偏移並沒有瓦解宗極的觀念，相反，對至道的恒存不變的信念，更超越表象的差異，環中與樞紐的概念，一直發揮宗極不變之義理，折射出時代共同的精誠願向。

考察天文樞紐變化的產生源流，可以發現，宗經與制變思想是以宗極本體的時代觀念作爲啓軔，並契合於依經立本的理念而出現。《文心雕龍》的觀念蘊含極密切的時代思想元素，觀念溯源的工作，乃爲揭示觀念之真義與內在理路，宗經與制變顯示的不單是兩者的思想關聯，更重要的是反映出一套完整的立文觀，《序志》以"本乎道，師乎聖，宗乎《經》，酌乎《緯》，變乎《騷》"來呈現文之究極樞紐，明本宗，定正變，正是立文場域的完整程序，合於樞紐環中的運作範式，故而既張根本，亦現究極，是顯示以宗極至道追求爲理想的圓滿制作圖式。以道爲反本之歸向，聖、經爲通變之師法，並確立神理爲徵向的文之樞紐，爲當時的文藝事業賦予了道本的應然歸向；立文承載實現體道意志的功能，使文家的精神由立文增長慧命而獲得恒久的安頓。

會理體道有明確的實踐意義，並非空中樓閣。反本明理首重開發作者的體道之性。《宗經》提煉聖文六義，是實在可學的。其可學者，在於以效聖立德爲基礎，六義的正式，莫非源出於內在的德性，發而爲應然合理的文字。故聖文之雅麗，本自聖人的體道之性所散發。是以文之樞紐繼《原道》開宗明義後，置《徵聖》於《宗經》之前，又強調"師乎聖"，正突出由人實踐的意義。人爲文章之制作者，具備制作之心，如道之有性成化萬物，是謂道心。心顯示出支配創造的作用。其能合極制作，是將文明的圖式真正落實的主體，這是以主體立文來驗證宗極至道的恒存。

正變是當時部分文家提出的應然方向，但時代並不只以求正爲主流，亦有主張放蕩、新異者，劉勰由聖、經而立正的理想，可見其標舉聖人與經典以發揮文的治亂功能，不單面向文苑，更置心天下。這是劉勰立身於動盪的時局中，借文而表達的理想，此理想一方面沿自傳統知識分子的經世擔負，另一方面滲透了時代蘊藉的宗教情懷。兩種思想皆以往古的永恒典範爲追求，共同化合爲文學的淑世之心。劉勰以體道爲立文的終極上達目標，又以徵聖、宗經爲大務，正顯現其理解的文學生命，是以淑世精神爲開端。此一意義下建立的文學歷史，是聚焦於應然的淑世視角來回望過往，反映劉勰建構的文學史，不單純是認識層面的鋪述，更爲建立一悠久長存的神聖主宰，這便是其制作意志。

第八章　徵聖體道精神下的神思與物色：融道入藝的文學觀念建構

《文心雕龍》在《徵聖》提出聖人文章銜華佩實，以爲文章的理想典範。落實於創作理論中，主要面對時代流行的詩賦，這些藝文在六朝已達到極高的藝術階段，甚至在更早時期的陸機，更爲藝文的撰作與發展進行論述總結。在藝方面發展至造極的狀態，提示了與道相融的創作契機，爲接續此藝文生命發展的新出路，由此造就了劉勰提出原道的立文理想，爲當時衷尚於自然一脈發展的藝文，補充了應然方向。

強調作者自我超脱，專注於抒發情志與揮灑才力，是以藝爲軸心的文學傳統；將原本爲教化的核心內容的神理道心融入藝中，使文學的發展由此賦涵上達體道的超越意義，且自覺從道藝兼融的追求上提出成熟創作理論，是《文心雕龍》的創見。

晉來文家對於詩賦的藝術總結，已構築極高的理論成就。陸機以"詩緣情而綺靡，賦體物而瀏亮"[1]賅括詩賦創作的特點，並提出文思的運作狀態，已包蓋《文心雕龍》的文與思、情與物等重要論題。唯《文心雕龍》繼之而作，其一大貢獻在於開示道的方向，將藝依止乎神理，歸本於道心，由是神思、體物等理論得以沿應然的方向發揮新意義，由此精神亮點而展現出劉勰爲文學理論開創的

---

[1]　張少康《文賦集釋》(北京：人民文學出版社，2002)，頁99。

方面。

畫像創作早於魏晉已引入像教藝術,開始發展由象真走向莊嚴向道的藝術道路;而在文學卻仍以緣情、體物大行其道。劉勰在此定勢中提出原道的反本意向,以及關注象真的體道意義,響應藝術的發展情勢,屬於先進前沿的思想表現。從體道思想下理解劉勰對於一些文學重要理論的處理,可以發現其所以參與此藝術思潮,重要的原因正在於與其體道徵聖的願念湊泊,能將道藝並融的理念落實於文學的場域。

第一節　神思義涵流變與體道精神的引入

《文心雕龍》以《神思》爲開展立文創作理論之第一篇,顯示了神思是關乎實踐的問題。前章論聖人文範,指出其順理成章之文術,取鑒乎天地之成化,而本自與有情衆生共涵之元素爲立文體道的基礎,說明劉勰倡言徵聖立文並非口號,而是指導當世文家將精神生命付諸道藝並融的制作方向,既張情旨,亦重會理,將自然動機與應然自覺統攝於聖人文章之中,建立成以文體道的表率。樞紐五篇的作用是張明綱領、曉示聖文宏範,有關更爲仔細的創作實踐討論,便透露於創作論篇章中。

前章既申明神理非神妙莫測之意,而明確神理本自天道,則神思在神妙之思的義涵之外,尚應指體道之精思,以呼應樞紐五篇所倡言的徵聖之志。本章闡釋劉勰的神思義有入聖體道的作用,關鍵在於正視"理"的存在與重要性。

從文論發展史中尋找神思的源流,陸機《文賦》便早已有相似的文思內容,其謂文思運發的情態:

其始也,皆收視反聽,耽思傍訊,精騖八極,心游萬仞。其

第八章 徵聖體道精神下的神思與物色：融道入藝的文學觀念建構

致也，情曈曨而彌鮮，物昭晰而互進。①

此言由寂而暢發的精神運思特性；至於謂文思發動之始是由"罄澄心以凝思"，亦透露虛靜爲入寂的先備要求。② 繼而是採言配韻，以至聯結成篇。陸機最後總結這種文思的特性是：

觀古今於須臾，撫四海於一瞬。③

這與神思由寂然凝慮而思接千載、視通萬理的情態極爲切合，用以形象描述文思超驗式的想像思維。

陸機指出發動文思的目的，在於遣情體物以至鋪藻設采，主要是爲情與才的自然抒發。而《文心雕龍》的神思義所別出的元素，便是會理，顯示其在理論上的發展。《神思》贊語上半段云"神用象通，情變所孕。物以貌求，心以理應"，前句宣示緣情的自然動機，後句則提攝會理的應然旨歸。將自然與應然賅括於時文創作的理論當中，正體現劉勰文論超越當時以自然緣情爲主軸的時見；正視情與理早爲樞紐篇應用於聖人立文的論述語境，則可知其中流露劉勰終始堅持徵聖體道的創作衷願。

理的補充既反映出劉勰着意的地方是文思所具的應然自覺，不完全放任才情；同時說明神思義源不止一脈。抽離文學範疇查考神思的淵源，可發現"神思"一詞在形成期間的義涵變化，正爲後來劉勰於神思補入會理體道的要求提供了綫索。

一、中國傳統"神思"的通神義涵

思想的活潑湧動，帶動了新造義的複合詞產生，"神思"一詞的產生正是以新文明刺激爲誘因。本章考索"神思"的義理源流變化，

---

① 《文賦集釋》，頁 36。
② 張少康先生指出"罄澄心以凝思"是虛靜的境界，見《文賦集釋》，頁 5。
③ 《文賦集釋》，頁 36。

指出神思一詞早於三國時期已屢見運用,而涵具通神之意義,爲晉初佛學東漸翻譯禪典時,移用於禪定神通的實修文化提供了義理相融的基礎。是以本書專立兩晉至劉勰之間禪學實修觀念發展的主題,指出禪修思想自晉初大規模傳入中土以來,一直注意神與思兩大精神運作概念,並據此開發禪修觀念的義涵,以及修行意義上的神思概念,這一思想發展,對於劉勰神思觀念,有直接的影響關係。

審察神思一詞從中土本義演變至具有禪修涵義,蓋經歷義理的移植與完善,以及會通本土文化兩大發展進程。期間觀念建構,從三國至齊梁,歷幾代人努力,可見經營漫長。因是之故,有必要分析神思從原義移用於禪學義之歷程,交代此中義理之生成與轉化,在佛典漢譯的背景下,"神思"一詞經歷了梵文華化過程中的義理變化。

另一方面,禪修因其以佛陀練得神通成佛爲典範,超凡入聖之修行目的,一直爲禪修在中土發展之至大願力,並以擬迹聖門爲終極弘願。此一強大願力下產生的修行成聖觀,對於學聖信念的復甦,乃至《文心雕龍》徵聖體道的理念生成,均有很大的推動作用。而禪修強調透過修行者自身的實修,以一己之入聖而肯定聖人之存在,此種強調實修的徵聖理念,不但爲中國對聖人的企盼提供了自證之新向思維,亦爲《文心雕龍》建立起以作者爲主體的立文修行,以作爲實現超凡入聖的立文願景的構想。

歷來關於神思淵源的研究,蓋分二途:一途上追於先秦文獻,以爲《莊子》與《荀子》是其啓蒙,屬於遠源。另一途則從修行的精神狀態描述尋索,集中於魏晉時期,屬於近源流脈,例如普慧先生將《神思》內容比照佛家文獻,以爲發軔於慧遠的《廬山出修行方便禪經統序》"練神達思"一語。[1] 張少康先生則上推孫綽《遊天台山

---

[1] 如普慧《南朝佛教與文學》便持此見,見書中章節"慧遠的禪智論與東晉南朝的審美虛靜說",頁280—281。

第八章　徵聖體道精神下的神思與物色：融道入藝的文學觀念建構

賦》中"馳神運思"爲美學與文藝理論中有"馳騁運思"之意的詞源，①至於"神思"一詞的完整出現，現時考證最早見於三國時期。三者皆循造藝運思的精神狀態的相似性，作爲考掘源流的綫索。若重視"神思"在《文心雕龍》已成爲一理論概念，這種馳騁運思的活動，是以情之自然孕發爲起動，以理之應會爲歸結，如此帶有修行原理與體道目的之內容，則這些早期描述精神遊運的文獻，除卻提供了神思在"藝"方面的義涵解釋外，對於由運思一直緊扣"道"的目的性，亦應有所啓導。

神思的義涵以《文心雕龍》爲結穴，令神思一詞定調爲文藝領域的概念，由此上推的近源神思，容易傾向於以藝爲主的義涵詮釋。倘若客觀審視近源中的神思語境，則可發現用例都具有體道的目的性，神遊天台山以及禪修固然如是，即使陳思王筆下的寶刀，也不離感通天神而獲得靈應的象徵，這些寫作背景，都反映出神思一詞在近源的應用中，並涵道與藝的思想內容。

體道的問題究屬儒門聖人之學，遊神則演化自老莊崇尚的哲人之境，在魏晉玄學中，體道雖解讀爲咫尺玄門的境界，但與遊神依然有別。西晉華譚已明分遊神與體道爲兩種狀態，其於《新論·辨道》云：

> 夫體道者聖，遊神者哲。體道然後寄意形骸之外，遊神然後窮變化之端。故寂然不動，而萬物爲我用；塊然元默，而眾機爲我運。②

華譚的體道觀屬於玄學的追求，是以精神寄寓玄遠而遺棄形骸之累，作爲體道之終極，其境表現爲寂然不動，感通天下；至於遊神的情狀則表現爲暢然無礙，能駕馭千變萬化。體道與遊神，在面對時

---

① 張少康《劉勰及其〈文心雕龍〉研究》，第五章"割情析采——文學創作論"，頁109。
② 《全上古三代秦漢三國六朝文》，全晉文卷79，頁1918。

空而言,前者表現爲超越上邁,後者表現爲乘機通變,分屬不同本質。遊神的明顯例子是列子禦風,這種駕馭變化而於時空中穿越自如的境界,意在超脱,與聖境無涉。聖人體道,同樣能跨邁時空,則是屬於《易傳》"不疾而速,不行而至"的聖境叙述,涵藴開物成務的責任感。兩者皆由主體的神以發動,表現狀態上雖然相似,卻判然二事。這種分别在晉代依然清楚,而劉勰於《神思》言"寂然凝慮,思接千載",於《通變》言"乘機無怯",知其對於體道與遊神二義,同樣未有混淆。

由此可見,神思的狀態,並不限於老莊哲遊的領域。將《神思》中"虚静"的内容配附解讀,自然會循哲人的角度理解文家的神思,突顯的是超脱獨有的智慧與能耐。然而,考諸魏晉以來佛學漢譯文本的湧現,格義風潮的波瀾,推動了中國傳統詞彙的義理開發與運用,神思亦在此歷史中爲緯學所吸收、復爲禪學義理所融攝,從而包含體道層面的新義,令兼修佛老之徒如孫綽所提出的神思雛形,同時藴藉了體道的因子。以下有關神思的源流考索,便主要補充讖緯以及佛家採用神思的兩方面内容,以令神思的考源研究,除卻過往重視的遊神一方,亦得體道之一面。

1. 三國史傳中的神思

"神思"以其顯用於中國文學理論,故從中國傳統文獻一脈尋找源頭,是慣性的研究傾向。詹鍈先生的《文心雕龍義證》,已羅列曹植、譙周、華覈、韋昭之文獻,證明"神思"一詞明確出現於三國時期。[①] 有探討"神思"來源的研究,以爲其中曹植《寶刀賦》的神思義,對《文心雕龍》尤有啓發,論者指出當中的"神思"乃自感夢通靈而來,是神啓而產生的幻象和思緒。[②] 事實上,神思一詞既已屢出

[①] 詹鍈《文心雕龍義證》卷6,頁973。
[②] 李健、薛艷《"神思"述源》,《江淮論壇》(合肥:安徽社會科學院),2006年第1期,頁155。

第八章 徵聖體道精神下的神思與物色：融道入藝的文學觀念建構

於三國史籍文獻，詞義的運用，實有查考之需要，以助確解神思的生發原義。

曹植於《寶刀賦》運用神思，並非特例，在向曹丕上陳審舉之義的奏疏中，便見遣用神思一詞：

> 植復上疏陳審舉之義，曰：……又聞豹尾已建，戎軒驚駕，陛下將復勞玉躬，擾挂神思。臣誠竦息，不遑寧處。①

此處言神思，指帝主之思慮，"神"字乃爲尊稱聖上身份而用。此寫法亦見於曹魏稍後的奏疏中，例如明帝時太子舍人張茂，在上諫帝王節儉勤政之奏本中寫道：

> ……如是，吳賊面縛，蜀虜輿櫬，不待誅而自服，太平之路可計日而待也。陛下可無勞神思於海表，軍師高枕，戰士備員。②

所謂"無勞神思"者，正與曹植"擾挂神思"相同，指帝王的思慮。孫吳華覈《乞赦樓玄疏》所用神思此義更爲明顯：

> 今海內未定，天下多事，事無大小，皆當關聞，動經御坐，勞損聖慮。陛下既垂意博古，綜極藝文，加勤心好道，隨節致氣，宜得閒靜以展神思，呼翕清淳，與天同極。③

華覈以君主因"天下多事"而"勞損聖慮"，勸說其"放優遊而自逸"，靜心養氣。於閑靜中展神思，與前"勞損聖慮"之意相對，是指舒展心神以令思緒暢旺不塞。以上三份奏疏的神思，神之用意不外爲襯托帝主尊貴份位。而神思在同期尚有另一使用情況，且具明確目的性。

---

① 《三國志》卷 19，頁 571—573。
② 《三國志·魏書·明帝紀》注引魚豢《魏略》文，頁 105。
③ 《三國志》卷 65，頁 1455。

在孫吳韋昭所制鼓吹曲中，有《從歷數》者，是歌頌孫吳政權的曲辭：

> 從歷數，於穆我皇帝。聖哲受之天，神明表奇異。建號創皇基，聰睿協神思。德澤浸及昆蟲，浩蕩越前代。三光顯精耀，陰陽稱至治。肉角步郊畛，鳳凰棲靈囿。神龜游沼池，圖讖摹文字。黃龍覿鱗，符祥日月記。覽往以察今，我皇多噲事。上欽昊天象，下副萬姓意。光被彌蒼生，家户蒙惠賚。風教肅以平，頌聲章嘉喜。大吳興隆，綽有餘裕。①

曲辭從"鳳凰棲靈囿"句至"符祥日月記"，皆連接出現讖緯符瑞的象徵，目的旨在歌頌"大吳興隆"，因帝主"聖哲受之天"，故吳地有"神明表奇異"。在這種讖緯筆法之中，神思乃指帝主聰睿，有洞識神明的特殊能力。將這種通達神意之思想稱爲神思，亦見於劉蜀史策。史載譙周向精通讖緯的杜瓊請教讖語的解釋，深得教益，觸類而長，後以宮中大樹自折而推斷蜀亡魏立，果如其言：

> 蜀既亡，咸以周言爲驗。周曰："此雖己所推尋，然有所因，由杜君（杜瓊）之辭而廣之耳，殊無神思獨至之異也。"②

譙周所謂神思者，乃指通乎神明而徵驗未來的能力，這能力在預見帝興敵亡的符瑞讖緯中，並不鮮聞。在漢魏鼓吹曲辭中，這類符瑞內容屢屢可見，主要是借天降瑞象爲據，以維護政權統治的身份。據《宋書》所載，於曲辭中引入符瑞的風氣，實始於漢武帝：

> 古者天子聽政，使公卿大夫獻詩，耆艾修之，而後王斟酌焉。秦、漢闕采詩之官，歌詠多因前代，與時事既不相應，且無以垂示後昆。漢武帝雖頗造新歌，然不光揚祖考、崇述正德爲

---

① 郭茂倩編《樂府詩集》（北京：中華書局，1979），卷18，頁273。
② 《三國志》卷42，頁1022。

第八章 徵聖體道精神下的神思與物色：融道入藝的文學觀念建構

先，但多詠祭祀見及其祥瑞而已。①

此段説明漢武帝新造之曲辭，並没遵從"光揚祖考"以示帝統的撰作傳統，而改爲於祭祀神明之曲辭中，爲與神接而加入祥瑞的内容，彰明天授君權的身份。這種不倚賴先祖德蔭，而轉向强調一己受命於天的撰作緣由，與表稱帝主有通神或感受神明意旨的能力，同樣不離造讖的本來目的。此可知神思的通神之思的含意，與東漢末年流行的讖緯書寫有關。神思在蜀吴兩國同樣出現這種義涵的用法，反映了在當時屬共知的概念，對於同樣爭奪正統的魏國，顯然不會敵取我棄。曹植《寶刀賦》中謂其父曹操因夢而得神思以鑄造寶刀，正是爲了突出帝王的特異通神感應，以神器作爲君權彰顯的象徵，與讖緯中的天授神物予王者，是相同的撰作目的。

2. 讖緯思想中孕發：秦漢以來的"通神"義

曹植爲表達曹操由感夢而得神妙思緒，因表通神之意而遣用"神"字，這種寫法與其兄長曹丕《答繁欽書》中出現"夢與神通"句，同樣是表述這種感夢奇遇：

> 頃守宮王孫世有女曰瑣，年始九歲，夢與神通，寤而悲吟，哀聲急切。②

此中所云"夢與神通"者，乃許守宮王孫世之女。曹丕在信中曾表示擬將瑣女"納之閑房"，表達傾慕之意。究其原因，除了因其"素顔玄髮，皓齒丹脣"，以及能歌善舞外，更重要者當是有"夢與神通"的超凡奇遇，一種非常人易達之奇境。

這種通神奇遇，自秦、漢以來，皆視作帝王與聖人所專屬，曹植所寫的因神思制寶刀，便爲證明其父攝居君權的合理天命；而此通

---
① 蘇晉仁、蕭煉子《宋書樂志校注》(山東：齊魯書社，1982)，卷1，頁72—73。
② 《全上古三代秦漢三國六朝文》，全三國文卷7，頁1088。

神奇遇又往往以相類於曹丕"夢與神通"之構句表達,以"神"、"通"並列見用。例如《呂氏春秋·審分》言人主:

> 神通乎六合,德耀乎海外。①

是處之"神"乃指君主之精神,與天地宇宙相通,與後句並觀,指其道德智能之卓越,超乎尋常。《史記·孝武本紀》亦出現"神"、"通"連用的情況,如孝武帝時所出之寶鼎上的文字:

> ……獨有此鼎書曰:"漢興復當黃帝之時,漢之聖者,在高祖之孫且曾孫也。寶鼎出,而與神通,封禪。"

公孫卿嘗解釋鼎文謂:

> 黄帝以上封禪,皆致怪物與神通。②

此例的"神"是指神靈,指人君緣"怪物"之出而與神靈產生感應,知道君位承乎天命。公孫卿稱歷代帝主封禪皆因"致怪物與神通",乃流行於兩漢的讖緯思想。所謂"怪物",實指天降之瑞徵。瑞徵的表現形式多種多樣,常見的是神獸或嘉物忽然出現,無論形式如何,皆是反映仁君治世的祥瑞,此觀念在兩漢已廣為接受。《論衡·指瑞》便記載此流行時論:

> 儒者說鳳皇、騏驎為聖王來,以為鳳皇、騏驎仁,聖禽也,思慮深,避害遠,中國有道則來,無道則隱。稱鳳皇、騏驎之仁知者,欲以褒聖人也,非聖人之德,不能致鳳皇、騏驎。③

因瑞徵在維護治統上的作用,兩漢有關君主獲瑞之讖緯,不計其數,目的皆為表明君主能與神明感應。漢武帝時出的鼎文,正是一

---

① 陳奇猷《呂氏春秋校釋》卷17,頁1031。
② 《史記會注考證》卷12,頁208—212。
③ 《論衡校釋》卷17,頁741—742。

第八章 徵聖體道精神下的神思與物色：融道入藝的文學觀念建構

段有關君主因通神而封禪報功的讖緯，寶鼎代表着神明之召應。《後漢書·祭祀志》注釋靈臺，亦引《禮含文嘉》語明言天子建靈臺以求通神的目的：

> 禮，天子靈臺，所以觀天人之際，陰陽之會也。揆星度之驗，徵六氣之瑞，應神明之變化。[1]

通神的意義不在表現能力超然，而在證明人君因聖德而獲上天受命與封禪。《春秋繁露·效語》便有唯聖人能通神明的說法：

> 天地神明之心，與人事成敗之真，固莫之能見也，唯聖人能見之。聖人者，見人之所不見者也。[2]

班固承董仲舒之說，於《白虎通德論·聖人》亦云：

> 聖人所以能獨見前覩，與神通精者，蓋皆天所生也。[3]

強調聖人能與神通精以及獨見前覩之目的，皆爲證明聖人之超凡天得，從這意義上看，與《呂氏春秋》所謂的神通六合無別。"神"與"通"於以上例子中雖未成爲合成詞，神之所指亦有歧異，卻莫不以稱頌人君具超乎常人、感通天地之特異處爲旨歸。

曹植與曹丕所寫之感應皆發生於夢中，這種感夢神通的特殊意義，早在東漢已見用於肯定帝統的讖緯策略之中。例如東漢初年，與光武對峙的公孫述，便是以感夢爲建立地方政權的理據：

> 述夢有人語之曰："八厶子系，十二爲期。"覺，謂其妻曰："雖貴而祚短，若何？"妻對曰："朝聞道，夕死尚可，況十二乎！"會有龍出其府殿中，夜有光耀，述以爲符瑞，因刻其掌，文曰"公孫帝"。建武元年四月，遂自立爲天子，號成家。色尚白。

---

[1] 《後漢書·祭祀志》，頁 3178。
[2] 《春秋繁露義證》卷 14，頁 397。
[3] 《白虎通疏證》卷 7，頁 341。

建元曰龍興元年。①

公孫述的夢感描述極爲簡單,甚至可視爲建立政權而假造的虛妄藉口。但從肯定帝統的目的而論,這種神遇與曹植言其父"神思"的用心並無分別。公孫述的感夢,更爲後來曹氏兄弟所寫的由夢而通神,提供了接壤的先例。

曹氏兄弟無論用神思或神通,所表達者實際上皆是中國傳統的神遇經驗,魏、蜀、吳三國史籍並見以神思表達通神之用,間接反映了這種觀念在漢末已廣爲人知,尤其爲政權核心人物所熟悉。二人巧合的運用,爲神思與神通提供了意義相接的空間。神思與神通日後得以演化爲成熟的觀念,二人於此歷程中的意義發揮,起了先備條件的作用。然而此時神思與神通畢竟只是通神觀念下的用語,各自並未得以發展爲獨立概念:其時的神通尚未成爲合成詞,而神思的內涵亦與後來《文心雕龍》中的神思義,存在一段距離。此中的觀念銜接,尚需端賴佛家在梵文華化的佛典翻譯工作中,於通神的基調上賦予更爲具體而成熟的禪學概念,方由此闡發出更多新義。

二、西晉漢譯禪典引入的禪修觀:超凡入聖的實踐理論

如前所述,漢魏六朝大批東來禪師譯出禪典,爲使漢人易於理解,漢譯典中亦借用中國傳統或慣用詞彙,也即"格義"的方法輔助表達。期間,西晉禪師竺法護在其所譯的大批禪典中,便曾經出現以"神思"一詞,譯述佛陀坐定禪思的神通修行。這種"神思",在表現形態上與神通六合有所類似,亦同樣作爲一種不思議的能力,非凡夫隨意可得。然而禪思修行中的神思,跟讖緯領域中作爲帝主先天異能的涵義並不相同,不但沒有天授神示的色彩,反而顯示一

---

① 《後漢書・公孫述列傳》卷13,頁535。

種精毅修煉而可達到的思緒狀態,更重要者,是以實現超凡入聖爲發動目的。

1.《普曜經》以"神思"表達禪定神通義

現存漢文佛傳經典中,"神思"一詞最早見於竺法護譯成的《普曜經》,所言者乃是佛陀禪修的經歷,屬於禪典之類,"神思"便應用在其中《坐樹下觀犁品》的一段譯文之内:

> 爾時太子年遂長大,啓其父王,與群臣俱行至村落;……爾時五百仙人(從南至北欲越藂樹不能得過)聞虚空天所可嘆詠,即下住地。觀見菩薩(太子)神思坐定,身不傾動,心不邪念,即大歡喜;……時王群臣及大衆人,各各馳走欲見太子今爲所在,遥見諸臣逐之隨後,見閻浮樹下禪思定意。①

是篇講述佛陀尚爲太子之時,爲得成佛之果而出離修行,途中於閻浮樹下坐定神思,正是修行的其中過程。是處遣用"神思"一詞,其義相同於佛學中的"神通",表現發動神通的精神狀態。

《普曜經》的漢文譯本是由竺法護"手執胡本,口宣晉言",並由沙門康殊與帛法巨記錄而成的。竺法護的翻譯水平較爲篤厚紮實,所謂"胡本",指用西域文字記錄梵本,或將梵本翻譯爲西域文的本子,其時胡域國家繁多,語言文字也不統一,竺法護爲求翻譯的暢達準確,嘗於西域學習三十多國語言,足見其對漢文有一定的掌握程度。以"神思"釋"神通",是留意到三國以來神思與神通二者有義涵相同的情況。

在《普曜經》乃至其他佛典中,以"神通"描述這些超越人力所限的修行狀態,比用"神思"更爲常見,在經文中有不少記錄佛陀及菩薩、羅漢發動神通的事迹,便使用神通一詞表述。例如《六年勤苦

---

① 《普曜經》卷3,《大正新修大藏經》第3册,頁499上—下。

行品》描述較簡單的神通慧力：

> 菩薩知之，即以神通慧力，還江水邊，忽然而度，隨其習俗示現入水而自洗浴。①

亦有描述複雜的神通變化，如《行道禪思品》：

> （菩薩）默坐樹下示現四禪，爲將來學顯道徑路；以縛諸我神通微妙……以曉三脫得三達智，去來今事無所罣礙。變化現法所欲如意，不復用思身能飛行；能分一身作百作千，至億萬無數，復令爲一。能徹入地石壁，皆過從一方現，俯沒仰出如出入水，能身中出水火，履水行虛身不陷墜；坐臥空中如鳥飛翔，坐能及天手捫日月，其身平立能至梵天，出沒自在；眼能徹視，耳能洞聽。②

神通的表現雖異乎尋常，但基於"衆生皆可成佛"的理念，學佛意義下的神通，並沒籠罩神秘色彩，反之，更是每位修道者皆可發動以自度度衆的能力，並由之邁進超凡入聖之路。佛陀在修行路上，以種種神通救度世人，從而令一身得成正果的經驗，便是先行之例。

"神通"的概念隨着佛學譯本的出現而引入中土，而集中記載於有關禪修的典籍中，其主要的傳播時期便在西晉。除卻上述的翻譯禪典外，西晉安息三藏安法欽譯的《佛説道神足無極變化經》，更是以修煉神足爲主要內容的佛説禪經。而神通故事的流衍，至南朝神通已成是廣爲人知的概念。南朝梁武帝年間撰集的《經律

---

① 《普曜經・六年勤苦行品》卷 5，頁 512 上。
② 《普曜經・行道禪思品》卷 6，頁 521 下—522 上。經中尚有羅漢發動神通的描述，內容亦相類，見《佛至摩竭國品》："佛言：'現汝羅漢神通。'輒受佛教踊在虛空，身上出火，身下出水；身上出水，雷雨其身而身不濕；身下出火，火無所傷；飛行虛空猶如飛鳥，七現七沒行於水上，猶如履地。不礙牆壁須彌山地，若如入水。從東方來，沒佛前地忽現西方；西來沒佛前，忽然現南；南沒北現，北沒南現。變化已訖，還在佛前長跪叉手，而白佛言：'我是佛弟子，佛是我師。'"（卷 8，頁 532 下—533 上）

異相》,便記載了大量神通的故事。如當中的《天人龍分舍利》便提到天眼通:

> 僧伽蜜多以神通力令王(阿育王)於宫城内遥見菩提樹來。①

此外,《經律異相》亦記載節錄目連救母的故事,提到目連爲佛陀座下"神足第一"的弟子。② 目連救母的故事同樣於西晉時期已有漢文譯本《佛説盂蘭盆經》,當中目連譯作目犍連。目犍連以神通度化父母出餓鬼道,即爲盂蘭盆會之故事由來。從目連的故事傳譯可知,神通觀念在西晉廣泛流播,於南朝中土已不陌生。

2. 神思與神通分途發展

格義的功能本在於援引漢語詞彙以解釋外文佛典中的觀念,然而格義之限制,亦在於漢語本身未能與所格之觀念準確或是完全對應。如此一方面造成翻譯的缺陷,另一方面,則影響用於格義的詞彙,其内容在格義前後出現分歧。"神通"一詞便出現這種情況,由於佛家將"神通"確定爲 abhijñā 的漢譯概念,其多種多樣的神變形態,以及六神通的内涵,使其表現形式遠超過於傳統"通神"概念的同時,逐漸發展出後來神思的内容。《文心雕龍》中的神思義,劉勰釋其特性時謂"寂然凝慮,思接千載;悄焉動容,視通萬里",這種超越外物之限與形骸之累的描述,實際上是狀寫精神運思的形態,其與神足通與天眼通甚爲相似,都是一種"神與物遊"的精神狀態。這一相類並非巧合,而是神思與神通的意義發展,實有融通相契之迹可尋,亦唯其義理融通,方合乎佛家格義的要求。

竺法護將神通與神思同用作禪定神通修行的漢譯詞彙,雖屬望文生義的語意開拓,卻使之脱離讖緯場域,不再服務於權力争奪

---

① 僧旻、釋寶唱《經律異相》(上海:上海古籍出版社,1988),卷6,頁27。
② 《經律異相》卷14,頁71。

之下，而朝往佛家理路重新發展。兩詞的互用，又體現二者有着相同意義，反映出在中國原義中，並非截然不同的概念。二曹分別以神思和神通共同表達夢感通神，巧合的同時，正爲竺法護的理解提供了先例。曹植借助通神觀念開創出神思一詞，以神授之思表達非比尋常的創造靈感，使之於創作理論中初發幽光，此一開創引用，爲後來神思具備佛家神通的内涵，提供了銜接的先軌。然而，從内在意義的拓展上看，曹丕的意義開發，實遠過於曹植。曹植所用的神思仍然是帝王之專有範屬，而其兄長曹丕卻已將神通用諸非帝王身份之女子之上。曹丕將神通經驗降及於民間女子，衝破舊有的身份局限，體現出超凡入聖的可能，這正爲中國的神通開創了前所未有的普及路向，是神通得以爲佛家取用的關鍵。亦正因神通的普世實現理念，令後來的神思觀念具有普遍存在的意義。

神思在《普曜經》中雖表達佛家神通修行的方式，與神通義相等，但從竺法護應用的情況經已顯示，神通一詞用於表達此修行觀念，至西晉已得到確認和流播，相比之下，神思卻只是曇花一現。這種分別，正影響了兩者日後的發展方向：神通成爲 abhijñā 的代名，以解釋佛學此源自印度的修行傳統爲終極責任，義理悉依原典傳播；神思由於没有嚴謹納入爲 abhijñā 的絕對解釋，因而能够不受印度傳統觀念之意義鎖限，而得以朝往中國傳統思想一路共融發展。

劉勰運用神思一詞，有來自於三國時期由文家於讖緯背景中運用神思的因素。迄今雖無文獻證明竺法護譯出"神思"一詞，爲中土文士所明確引用。然而，竺法護以神思對譯禪思，卻反映出契合的内在涵義。神思的體道徵聖目的，亦唯有在佛學思想下始形成，則竺法護先於西晉嘗試用神思表達佛陀修行中有目的之精神運思狀態，實爲三國讖緯話語演變至《文心雕龍》神思義之間的聯繫關節，使神思能超脱於讖緯的動機，而煥發出關乎自身立文修道的意義。

　　神通在佛學傳統中，是超凡入聖的一種修行方式，強調的是對佛學的確切理解與受認。惟引入中土之初，尚處於梵文華化的翻譯時期，神通之內容不免只存限於佛學經典故事之中。而且往往因其神變形態而令時俗產生偏解。劉勰在《滅惑論》中便有爲神通正義的文字：

> 夫佛法練神，道教練形。……慧業始於觀禪，禪練眞識，故精妙而泥洹可冀。藥駐偶器，故精思而翻騰無期。……假使形翻無際，神暗鳶飛戾天，寧免爲鳥？……若乃神仙小道，名爲五通，福極生天，體盡飛騰，神通而未免有漏。①

俗家因神通具足有"坐臥空中如鳥飛翔"的神遊無礙形態，而往往將之附會於道家服丹藥以翻騰天際的表象，忽略其修行以達涅槃（即《滅惑論》所言之"泥洹"）之終極目的。這種強調實踐與體驗的修行，最終必須轉化爲可實行的經驗，且爲中國文化所接納，才能得以紮根並廣化於中土。《滅惑論》的辨析正顯示了神通的觀念存在確解與實行的需要。這方面的工作，正是在西晉神通概念傳入後，中土僧侶一直努力的方向，而士人在接受佛學的同時，也嘗試於本土尋求適合修行的空間，雙方不約而同的努力，使神通的修行形式日漸融入於中國傳統文化中，同時又開發更具中國思想的義涵，跟神與物遊的概念接軌，是神思眞正成爲觀念的先導階段。

　　3. 神思蘊藉超凡入聖的內容

　　經歷禪修概念的融入，通神觀念在西晉已變爲修行可期的境界。孫綽在《遊天台山賦》云：

---

① 《弘明集》卷8，頁51上—52中。

非夫遠寄冥搜、篤信通神者,何肯遙想而存之?①

是處之言"通神",已跟漢魏時期爲人君專用的"通神"有所分別。與神明感通的目的,不在維護君權天授的身份,而轉向於禪修境界的追求。且通神能力的存在,不在於先天卓異之禀性,而在於"篤信",強調意志堅毅爲關鍵作用。

這種對於神之馳運的關注,顯示出晉代的通神觀,已超越於過往君主用作權力證明的工具層面,而轉向爲個人精神與神明接通的追求。通神不再是爲顯示王者的特殊天得,透過坐禪與神明相通的目的,是爲將個人的修行層次提升,以達與宇宙相感應、同運化的神遊狀態,也即神通發動的精神狀態,從而獲得智慧解脫,甚至成佛。這種追求轉向,比曹丕寫瑣女的"夢感神通"更具神聖目的;亦更明確將通神拉進禪修之中,成爲修行神通的一部分。

神通觀念的引入,不但令文學場域中的神思觀念得到清晰,也因之添上超凡入聖的精神理想,則衆生皆可成佛的願景,也成爲神思的重要觀念。神通的最高層次是漏盡通,這意味能發動漏盡通,乃證明修行具足聖人智慧,是成聖的證驗。此知神通是作爲通往聖境的方便,而非能發動神通即是成聖。以此推論由神通發展出來的神思觀念,同樣便是凡夫皆可學而禀具的奇妙感應,非獨聖人方可發動,這爲《文心雕龍》將《神思》安置於下篇關於凡衆創作理論,提供了合理的解釋。此見劉勰以神思擴闊實現於平凡衆生的可能性,實與神通一詞受東傳佛學傳統觀念的滲透有關。神思在往後發展中,一直蘊含着神通的内容與精神理想。這對於理解文學的神思理論,是極重要的問題。

沿此普及修行理念發展,宗炳所理解的神的性質,亦帶有了普遍意義,顯然不同於三國以前神的義涵,故其所說的神思,也有別

---

① 《文選》卷11,頁494。

於昔日只專屬於聖人帝王而渺茫不可知的觀念。

神思經由宗炳彰顯,揭示其於具現之際,已由成熟的西域禪修傳統所孕生,而在中國山水物貌的傳統場景中開拓理論空間。《畫山水序》所特重的神、心、理等概念,在《神思》中皆可得見,說明這些在禪思中一直存在的重要條件,在宗炳發揚以後,得以存續,並爲劉勰延展於山水時文的理論中。《神思》的論述集中於山水之文的形範,與晉來將自然山水爲本體之呈現的想法不無關係,皆是其時追求超世理想的思維下,對認識本體的方向探究。

究宗炳的神思義,主要指聖人發神道之思,由此觀之,劉勰神思的核心觀念,便有可能是藉由山水來開發另一徵聖體道之路,而不止於關乎文學創作的神妙之思的論題。畢竟如"寂然凝慮,思接千載;悄然動容,視通萬里"這種跨越時空的思想描述,在慧遠的寂照觀念中,只屬禪思歷程中由靜慮而見曠代之聖的階段狀態,在禪定神通的表現形態中,都可找到相似的影子,禪修既以超凡入聖爲目的,則此中的神,在禪思背景裏並非不可理喻,神妙莫測。如同宗炳透過山水圖感悟神思一樣,山水的再現物,從禪修角度理解,是可以作爲思慮通聖的介面。則再現山水的文,尤其再現蘊藉聖道的山水之文,同樣亦具感物禪思之功能。下文先解析《神思》所蘊含的禪修觀念因子,以顯本宗;明其思想理路,方得以考究劉勰開發得理知聖的徵聖立文構想。

第二節 《文心雕龍》"神思"理念對禪修觀念的承接與發展

《神思》內容與禪定神通的相類形態,透露劉勰的神思觀,有來自於晉來禪學思想的淵源,從時代背景看,乃是孕生於禪思觀念正值與中國傳統文化契合之大背景中。因此修禪觀念下的神思義，可視爲晉代新興的概念。宗炳在開發禪修觀念中遣用神思，是較爲明顯與劉勰的神思存在義涵聯繫者，比照二人理解神思與心、理、神的關係，亦可見思想之契合。劉勰的以心應理、即物運神的觀念論述，將神、情、物、理妥善地放置於精神修行的框架，由此構築起一套有成熟概念和完整理路的禪修模式，是爲立文前醞釀出體道層次的文思的準備工夫。如此組織成即物應理之思的動態精神運作，以神爲發動運思的主體，又以情與物爲重要內容，實啓發自神不滅的觀念，跟宗炳《畫山水序》所述，同出一理。

說明宗炳神思義涵的影響作用，並非標榜其爲義涵的源頭，事實上，考察神思的源流變化過程，已見宗炳的神思觀啓軔於東晉以來開拓的禪修思想，劉勰的神思理論，本來就在此思想源流中順勢發展。其間慧遠、支遁、僧肇等高僧大德的若干論述，無不參與義理的發展，使禪修體道的論述日益嚴密，且越益貼合中土的修行思想傳統，孕育成《文心雕龍》的徵聖體道觀念。

舉如《徵聖》贊語的"百齡俎影，千載心在"，劉勰相信聖文之可徵，信念便源自慧遠以心照見佛影的經驗而來。慧遠以精神生命的永恒性，確信佛影之可遇，爲秉持慕聖之心者，開示了典範。此處影與心的意義，無疑也揭示出《文心雕龍》徵聖思想與禪修觀念的一縷根源，抽繹端緒，可發現劉勰吸收的禪修經驗與觀念，乃凝聚於神思的概念中，不但支持着體道立文之信念，更有幫助於理論的構設。文作爲精神理想的呈現，解析神思的義涵，便不單着眼於如何建構文章，而當兼及考察如何透過神思立文來圓滿作者的精神生命；追溯神思的禪學義理，是爲顯豁出禪修所堅持的成佛弘願，乃神思抱持徵聖立言思想的根據。由是，解析劉勰的神思內容，以及延展於立文界域之實踐理念，是明其體道立文思想所必須處理之議題。

一、融入禪修觀念的文思原理：以神思會通聖凡

晉來的禪修觀念，環繞如何由禪定而得智慧的問題，此智慧的概念，是以自度度衆的淑世關懷、佛陀的善智爲核心，傳至中土，則慣於以"理"來概括表達。《高僧傳》載王謐修書向慧遠表露對生命流逝的慨嘆，慧遠回信謂苟能"履順而遊性，乘佛理以御心"，"復何羨於遐齡"，①以參悟永恒的道來超越對形體存限的追求。慧遠以"佛理"來指稱恒久不易之至道，也是成佛必須徹悟的智慧。佛徒選擇用理，是爲了令成佛智慧的概念不落入玄而又玄的印象中，並强調其可憑藉思慮而得的特性，這無疑有利於進一步發展衆生皆可成佛的信念。而劉勰神思觀最爲明顯帶有禪修觀念者，亦在於其論神之思，强調通心應理的條件。劉勰在《神思》贊語中點出的神思原理，便與觸像禪思的理路一致：

　　神用象通，情變所孕。物以貌求，心以理應。

主體之神，採取觸象而寄的方式馳運，發乎自然之情，應乎向道之理，顯然取鑒於禪修的體道模式。

1. 神思的會理體道目的

神與物遊一直被視爲神思觀念中的重要内容。與物同遊反映的是神的運思狀態，相似於修行者禪思的精神運作，至於神思的發動是否具有修行的意識，則尚須考究神遊的目的。此可與孫綽"馳神運思"和慧遠"練神達思"觀念進行比照理解。張少康先生指出，孫綽幽對天台山圖所發動的精神馳運，呈現出關乎創作與想像的精神形態，與神思一致：

　　孫綽所說的"馳神運思"，實際上即是指馳騁神思，開展藝

---

① 《高僧傳》卷6，頁315。

術創作的構思與想像活動。它所説的意思與劉勰所謂"神思方運"是完全一致的。這是最早從藝術創作角度對神思的論述。①

孫綽的馳神運思,開創了注重由精神層面發動的想像與創作,是與神思運發形態相契之處。由此顯現的是中土修行者嘗試借助禪定中的專思寂想,來開發以神發動文思想像的活動。葛兆光先生分析禪定與神思狀態的關係,指出當進入禪定狀態時:

> 這種摒絕干擾和散亂的凝神沉思,可以使心神由散亂而凝聚⋯⋯根據現代心理學的研究,這種凝神沉思的狀態,正是人的潛意識十分活躍的時候,往往能使人下意識地産生無數的奇幻的聯想。②

葛先生認爲禪定時候的静默觀照、沉思冥想活動,激活精神運作有如風發泉涌的狀態,産生出"大跨度跳躍式的聯想",③正有利於文藝想像與創作。這種使神愈寂而運思越活躍的修行特點,啓發神思運行中呈現的象,超越常態的規限,而且能夠豐富多樣。從《神思》的内容看,物象的活躍湧現,是神思初始發動的狀態:

> 夫神思方運,萬塗競萌,規矩虛位,刻鏤無形,登山則情滿於山,觀海則意溢於海。

葛先生正由此而肯定劉勰將禪定進入的活躍精神狀態,作爲促進神思藴發的工具,認爲神思的大跨度意象聯想:

> 也有了"悟對通神"、"遷想妙得"(顧愷之語)這樣强調直

---

① 張少康《劉勰及其〈文心雕龍〉研究》,《〈文心雕龍〉的神思論——論文學的構思與想像》,頁 111。
② 葛兆光《禪宗與中國文化》(上海:上海人民出版社,1988),頁 151。
③ 葛兆光《禪宗與中國文化》,頁 153。

第八章　徵聖體道精神下的神思與物色：融道入藝的文學觀念建構

覺觀照、沉思冥想的構思論。①

這是傾重於分析禪學對神思意象產生的功用。若要審察此想像與創作的根本目的，則神思由寂而產生動態意象的精神運作，尚須進一步考究其對於作者精神生命的影響。

程石泉先生論神思，以爲必須體現出圓融人格之文理，方具意義：

> "神思"（imagination）不是"胡思亂想"，也不是"憑空幻想"。神思必須在一"文理脈絡"（context）中行之。此一"文理脈絡"又必須出自於一全體和諧（智、情、意、欲之自在和諧）之人格，方有意義。②

程先生認爲神思以不離於文理脈絡爲要求，文合乎理，此理出自於全體和諧人格，乃指以高層次的精神生命，表達止於至善的精神境界和理想。此"文理"的要求，是以至道爲歸向，誠亦爲《宗經》"文理"所具之立文應然義涵。《宗經》稱聖人立經之原則，云：

> 義既挺乎性情，辭亦匠於文理。

作爲彰顯道心之聖典，聖人此中所發之性情，必然是至善至正；而所立之文辭，必爲配合聖心所陶鑄的貞正性情。

在聖之基礎上言文理，"至道宗極，理歸乎一"，理當具有歸乎至道的涵義。則由文理施展的雕琢辭藻的功能，便不單純是邏輯理路，而是遵循至道的軌向，刊述經典，使文表現聖人的性情，同樣合於道極。這種使文合乎表現聖心與道心的思想要求，便是文理，是本諸文以明道的精神所建立的理念。程先生在解讀《華嚴經》的佛國世界中，謂：

---

① 葛兆光《禪宗與中國文化》，頁157。
② 程石泉《中西哲學合論》，頁315。

讀《華嚴經》無異讀一"佛國演義",蓋出於龍樹菩薩虔誠恭敬之宗教熱忱,絲絲入扣之理性推論,多彩多姿之文字般若,創此奇幻境界。①

此段頌讚文字,與其另一段對失去和諧人格的畫家作家的批評正好形成對比:

　　如某詩人、某畫家、某小說家的人格已經分裂了,或者受了低級情欲的煎熬,而竟然把那突出的情欲,用了偽裝的動作、語言、顏色、形狀表達出來;怎能不使讀者、觀者作嘔,使無知者陷入五里霧中!②

批評緊接於論神思之文理脈絡而發揮,對二者截然不同的喜惡態度,顯然據諸弘道善業爲繩墨。

　　《華嚴經》之善者,由文字般若之觀念顯見。佛門將文看待爲佛陀智慧的呈現,修行者莫不由此明悉佛慧,"文字般若"觀念正顯豁出文的弘道性質。文字般若觀念是相信佛陀一切的語言、聲音和文字,可以利導衆生,令衆生由此而起智參,從中解悟佛法智慧,明確因文而能入淺層般若之境。如《大智度論·釋顧視品》云:

　　此中所說"般若波羅蜜"者,是十方諸佛所說、語言名字、書寫經卷,宣傳顯示實相智慧。何以故?般若波羅蜜,無諸觀語言相,而因語言、經卷,能得此般若波羅蜜,是故以名字、經卷,名爲般若波羅蜜。③

文字語言因其"宣傳顯示實相智慧",而得以使受衆從中認識般若的空理。衆生依此來進行體悟般若智慧的修行,正可將文字視作

---

① 程石泉《中西哲學合論》,頁384。
② 程石泉《中西哲學合論》,頁315—316。
③ 鳩摩羅什譯《大智度論》卷56,《大正新修大藏經》第25冊,頁458中。

第八章　徵聖體道精神下的神思與物色：融道入藝的文學觀念建構

明道的媒介、體道的方便。借由佛學對文字功能的肯定，立文得以重新建立起學聖與弘道的信念。程先生解釋文字之所以成爲般若的一種，亦由於"宇宙間萬事萬物、器世界，乃至語言文字，無非佛之化身"，①佛以度化衆生向善爲大業，龍樹敷演佛陀在佛國中演說高深教義，無疑體現以文弘法之心願，而《華嚴經》自是乘佛理而成之文字。至於無法超脫情欲的作者，惑於情景，種種想念與行爲，肆意妄動，其表達之文字畫作，自亦與消除衆生一切煩惱的佛理背道而馳，不得解脫。二者對照，顯豁出合理與背理之別；要求神思植理於中，乃因理爲通往至道宗極的徵向，指示至善至正之所在，若以神思來實現立文弘道的願景，則循理運發是必經之途。

程先生的觀點，傳達出佛門至善之念。文字作爲表意工具，其用端賴作者心識，既可沿理而上達，亦可任情慾而下墮，是以奉持體道的精誠，則立文也可視爲修行之方便。其以理爲提昇精神生命的想法，與郤超感理而通善的觀念並無異致，是回歸於神思觀念提出的時代，解讀佛門中理義的內涵。以此思路審度文章，指導立文，固然形成極明確的道德感，《徵聖》謂"論文必徵於聖，窺聖必宗於經"的主張，本身便透露出體道的意志，以合道之聖文爲典範，所取範之處，便是以體道反本爲目的之原道理念。樞紐篇中的體道立文理念，以至綱領篇章中屢見的神理，無疑是《文心雕龍》創作論篇章設定體道應理的引子，令馳放文思的想像具有體道師聖的依歸。蘇忠誠先生分析《文心雕龍》的神思觀，便注意到樞紐篇中的"神道"或"神理"對神思的指導作用，認爲樞紐五篇"確立'神思'不僅得致想像力之妙用，其最爲終極的表現是具有神學意蘊的'神理'或是'神道'；而'神理'或是'神道'的確立除了使'神思'不流於

---

① 程石泉《中西哲學合論》，頁384。

無意義的空想,同時也保證了生命之境界足以超越人生的困頓"。① 蘇先生所指神理與神道所含藏的神學意蘊,從魏晉六朝的體道思想解釋,便是超凡入聖的理想。當立文秉持體道的意志,神思的想像力便能夠盡其用於會尋神理的方向,從而超拔於以奇巧標榜文才的文學想像功能。

《神思》將文思分作兩大歷程,先是尋索撰作的理,然後講求詮理爲文的工夫,"物以貌求,心以理應"正是感物有應、尋理有得的文思,也即神思的前半部分。回顧孫綽的神遊,尚屬於逍遙解脫,諦聽梵音,而未達至以神遊鍛煉精神的層次,可知其觀想之種種佛教意象,並非明確作爲開發禪智、會理化神的功能,此亦是晉初佛老思想交結的情況,其先傾重於精神形態之倣效。而慧遠的練神達思觀念,以會通神理道心爲目的,故不以神之任意遊運爲終結,而講求借助介物以尋理,於思慮中運發禪智,屬於有目的之神遊。此正與劉勰的神思觀契合,顯豁出會理的重要目的。而"心與理應"所追求應會之理,即遇之初雖在物色之中,惟在與心應會的一刻,則爲主體所攝受,幫助開發主體的德性智慧境界,如此成聖因子便在此中萌發。修行者在陶鈞文思中由感物而應理愈深,使外在的神理最終成爲自心之理,以至與道同體;這種攝受外理以成契心之理的想法,是在竺道生提出悟發信謝的觀念後方才完整建立的會理體道認識。

神思雖然發乎自然之情,但會理則講求自覺尋索應然的方向,故暢運神思之前,尤要求積學,正因尋索應然的道,不論是否可至,皆強調下學的精神。秉持會理的目的以爲"神與物遊"的前提,正爲表明神思中的神,之所以要即物遊運,是爲了透過運思而達理境,體道心。贊語中強調通於象,求於貌,應於心,正補充了即象應

---

① 蘇忠誠《文心雕龍神思叢論》,臺灣玄奘大學碩士論文,2008。

第八章　徵聖體道精神下的神思與物色：融道入藝的文學觀念建構

理會心的條件,則此前提下之神與物遊,便顯示出以提升作者心靈境界,乃至精神生命爲願景,而自覺將此神之遊運視爲上達修行之另一途徑。

2. 由感而應的會理法則

基於理在體道中的重要意義,有關禪思悟理的方式,乃至思理機制運作,便納入於時代鑽探禪修思想的議題當中。慧遠稱感至理弗隔,表明感乃是使神會向理的關鍵,此一想法,明示精神與理之間,當以感爲導體。此想法在當時顯然非慧遠獨見,宗炳的"應感會神"、劉程之的"神者可以感涉"、"必感之有物"之觀念,莫不反映了感是將神會於理的關鍵。而所謂感者,具體而言即感物之意,是講究心物關係的時代思潮下重視的觀念。晉來論感物者,大體認同神理道心可承載於物象形相,因而要使神通向思理的境界,便須緣物貌以切理厭心;劉勰所謂的"神與物遊",實際上便是遵循感物尋理的原理發展而成。

物貌的作用,旨在使發動神思者產生感。程石泉先生以爲感是天下萬物的相互作用,不論有生命還是無生命,莫不有感：

> 談到"感"(Sensibilia),就連陰陽電極、磁石、原子分裂所產生之磁場中粒子皆有"感"。"感"者,相互作用也。是故能感之事物豈限於有生命之事物哉![1]

感是由交接而產生相互作用,緣乎宇宙運行而產生順成,四時變動,萬物因感而有生息;推而廣之,衆生對天地運化氣息的領受、形體之間的接觸,甚至是精神之間的契接,皆是相互作用,故非獨人有感,凡物亦有感,既存於天人,亦俱現於古今。正緣此相互作用無所不在,相契即能產生,故《繫辭》謂"感而遂通天下",以"通"表

---

[1] 程石泉《中西哲學合論》,頁314。

達相互的交接。玄佛學者承《易》此感通概念,而認定將心通向理的過程,必然是由於感發揮作用。如僧祐解述佛法之所以能傳播中土,便是由於感應之時機出現,由此開通接觸神理的宗途:

  夫神理本寂,感而後通,緣應中夏,始自漢代。①

昔孝明帝因夢遇金人,乃遣張騫使西域求得佛典,佛法由是傳入中土。僧祐以爲佛法"緣應中夏"的契機,正是由孝明帝感夢所致。僧祐用理緣感通的道理,解釋佛法傳播的緣會,此見小至個人,大至天下,要能認識神理,皆須由感所帶動。同理,有心之器要明感之所在,並有所通,便須端賴外物以產生相互作用,使感通理應。

  感對於明理而言,乃必然的存在要素。如前所述,慧遠、宗炳、劉程之,莫不強調感的作用。而此想法,並非只限於廬山一脈,與孫綽同時的郗超,亦強調理對於導心向善的重要性,是使心與理成爲體道修行必要元素的重要人物,其在《奉法要》中表明以十善爲修行之主要內容,如文云:

  何謂念天?十善四等爲應天行。又要當稱力所及,勉濟衆生。
  具十善則生天堂。
  説人之善善心便生。
  是以一善生巨億萬善。②

信衆修善行之理由是"善自獲福,惡自受殃",③此一道理,郗超認爲是"允心應理"。④ 所允之心,乃依止於理而言,正因合於至理,故能允於心。郗超的學佛經歷,大體與晉初士人相同,以會稽山水

---

① 《出三藏記集》卷第二序,卷2,頁22。
② 《弘明集》卷13,頁87下—88中。
③ 《弘明集》卷13,頁88下。
④ 《弘明集》卷13,頁88下。

第八章 徵聖體道精神下的神思與物色：融道入藝的文學觀念建構

爲共同修法的場地，亦曾與孫綽親聆支遁講解佛理。《奉法要》是郗超接受佛理後，提出導世勸善主張的文章。其中論述雖以推衆心向至善爲立文目的，惟其反復借用感與理的概念表述，反映出對這些時代概念的受認，並且爲推動概念發展者之一。重視由感通理的修行原則，是郗超與慧遠的相同之處，其謂：

> 器象雖陳於事用，感絶則理冥。①

所謂器象，乃奉法而尊對的法器神像。器象的設置，是爲奉佛者洗心净慧，藉以通悟神道。慧遠在《念佛三昧詩集序》所稱的"洗心法堂"，乃是於敬對佛像中念佛澄心之意。像是使感産生的介物，慧遠立像之旨，本爲寄誠而生感，由感而通理。而郗超將修佛所供奉的器象，視作通理的介物，同樣是相信理之尋獲，需要憑藉感物方能通達。因此，"感絶則理冥"乃是從尋理的追求上重視感的存在作用，與慧遠"感至理弗隔"之意無别。前文引述劉勰《梁建安王造剡山石城寺石像碑》"道源虛寂，冥機通其感；神理幽深，玄德司其契"②之句文，已指出其重視由感象而求遇神理的體道方法，爲造石城寺佛像提供了製作的緣由。

因理之居道本、化萬有，爲成聖之法則，故通理的要求，在魏晉六朝追尋聖人神道的潮流中成爲重要論題。郗超特重理對於入道的作用，便是沿時代思維定勢而發展的觀念：

> 夫理本於心，而報彰於事。猶形正則影直，聲和而響順，此自然玄應，孰有爲之者哉。然則契心神道，固宜期之通理。……此乃唐懷之關鍵，學者所宜思也。③

郗超所舉的形影與聲響關係，乃自然界不易之感應，佛家常引以説

---

① 《弘明集》卷13，頁90上。
② 收録於《文心雕龍校注拾遺》，附録，頁805。
③ 《弘明集》卷13，頁89上。

明果報,這種理是應諸心念之緣起,理隨心現,如影隨形,乃是郗超所理解的理。紀志昌先生指出郗超的《奉法要》"充分體現當時兩晉居士對信仰的普遍接受觀點與思維模式",①是兩晉士人解述修行理論與實踐體驗的代表作:

> 兩晉時代,特別針對在家居士修行而撰理論性著作,可以反映某一部分當世奉法士人之信仰理解與水平的,當以郗超的《奉法要》爲代表。②

可知郗超的修行觀,能代表當時普遍居士的修行思想與取向。而郗超在文中尤強調心與理的發揮及其作用,與後來宗炳的《畫山水序》同趣,正反映心與理爲時代修行觀念建構的主要元素。慧遠以心鏡照佛影的經驗,正體現理本於心、以心照現佛陀神理的觀念。而郗超究極於自然以析理,乃爲説明理之本質,與萬物而齊一,共天地而並生。對照支遁反復強調萬物自然之理爲生之本源,其理雖有總分之別,然皆於宗本追源上立論,以理爲化物之源,可見思想的承傳。

在重視感理作用的同時,郗超又認爲感物乃有心之器物皆能到達之境,通理的關鍵,尚在於有持之以恒的願力推動:

> 苟心非木石,理無不感,但患處之不恒,弘之不積耳。③

理有賴感而呈現,感既爲普遍之相互作用,理自然也是普遍存在於萬物之中。於器世界中,凡有心之器,莫不能夠以心應理。天地有心,故顯現天地之神理;聖人有心,故以心通神理,彰天地道心;凡人有心,故亦可以明世界之理。惟理之深淺,則緣感之持恒來決定。郗超所強調之恒,無異乎慧遠寄誠之意。以持恒的誠心,寄諸

---

① 紀志昌《兩晉佛教居士研究》,頁 77。
② 紀志昌《兩晉佛教居士研究》,頁 326。
③ 《弘明集》卷 13,頁 89 上。

第八章 徵聖體道精神下的神思與物色：融道入藝的文學觀念建構

物象，感方能有深刻的理可濟接，此見兩者所言感與理，乃至由感通理的原則，存在一致的理解。事實上，支遁在爲孫綽繪畫的禪思道人坐禪像所題的畫詩中，早已提出了寄誠的觀念：

> 孫長樂作道士坐禪之像，并而讚之，可謂因俯對以寄誠心。①

孫綽畫坐禪之像，本於像教修行的原理。支遁稱之爲俯對寄誠，正是與慧遠和宗炳的觸像而寄的想法一致，是源自觀想念佛的寄誠要求，寄誠方是使感持續深刻而能悟理的關鍵。孫綽面對天台山圖而入神遊之境，即透露出精誠所至的道理。是知寄誠觀念，非始創於慧遠，而實爲學佛體道者之共識。

3. 由即像起動的體道運思

慧遠之制佛影臺，宗炳之摹畫山水，以至劉勰融攝物色之文章，所取之象，雖各有不同，在像教觀念中，卻是殊途同歸；從禪修原理上看，皆是將顯現神理之象，視爲領會本體的修行媒介。佛影臺的修建，乃爲再現佛影之真實，使禪者能即像寄誠，由念佛、見佛而會通神理。同理，山水之於神思的作用，也是在接觸自然之間，了解真宰。這種藉由像教而發動的念佛活動，皆呈現出即物神遊，又超越於觀想形象，以領悟永恒神理爲終結的特點。此正是劉勰的神思觀，雖由山水所興，然即物玄覽之過程，思理卻能超越山水範圍的理念來源。

這種觀想玄覽以求獲感應的體道原則，正好爲《易·賁·象辭》"觀乎天文，以察其變；觀乎人文，以化成天下"②中的觀義，顯豁出弘道的動機。禪修中的觀義，經由慧遠的觸像感物思想顯豁，使之涵具感應物色的內容。感物是應理通聖的必要元素，當觀物

---

① 《詠禪思道人詩并序》，載《先秦漢魏晉南北朝詩》，晉詩卷 20，頁 1083。
② 《周易正義》卷 3，頁 124。

573

與感物建立起聯繫,傳統聖人因觀而制作的情況,如孔子觀天文而建立文明、伏羲觀象而演設八卦,乃至《原道》信奉聖人"觀天文以極變,察人文以成化",便會帶來觀照物色而悟理的體道意念解讀。禪修的觀物,講求透過感物而應理的程序,感物是其始,以心應理是其終。觀之所以能通理,是神之運思所起的轉化作用。神思在禪修中的通聖作用,顯示出其不單爲孕發文思所需,更是徵聖立言的基本要素。因此,在聖與道的層面言立文,便有發動神思之需要,宗炳深信聖人在山水間以神發道,遺神思於幽岫中,正基於神思的起動,有其弘道的需要;由此言觀,無論觀物還是觀文,亦是秉慧遠觸像寄誠之理,透過神思以澄心觀照,悟徹體道,以己之所成,實現成化之宏願。禪修中的寂照,入寂前先立願以觀想所緣佛,便是體道意念的具像化,將見遇所緣以爲修行進境之聖證,便端賴體道願力的精誠。是以要使神思玄遊暢覽,關鍵在於有體道精誠,從而形成強大的推動力。

　　《神思》描述思理運發的內容,明顯流露着慧遠禪思寂照觀念的影子,其依賴自然而又超乎自然的精神運作狀態,實爲證明以禪思內容解讀神思基礎之證據:

　　　　文之思也,其神遠矣。故寂然凝慮,思接千載;悄焉動容,視通萬里;吟詠之間,吐納珠玉之聲;眉睫之前,卷舒風雲之色:其思理之致乎。

劉勰釋文之神思,與禪思靜慮的相似處,在於具有禪定神通的精神狀態,也即以寂然凝慮爲運思前的準備,以躍然超邁遙遠的時空距離爲表現。這種抽繹自神通的超驗而奇特的感應,前文已有指出,而神通與神思的契合處,更在於其運發的原理。神通是依賴於物而發動的神奇感應,在華化後雖然剝落奇異的表象,而作爲感應,依然保留即物發動的原則,神思的"神用象通"特性,正顯示出神通

第八章 徵聖體道精神下的神思與物色：融道入藝的文學觀念建構

發動原理的觀念痕迹。在僧肇的文字中，也指出神通由即物發動的相似描述，《物不遷論》云：

> 苟能契神於即物，斯不遠而可知矣。①

不遠而知，便是由坐禪入寂，使神能與物同遊，藉以進入玄遠的世界。此精神遊運的竅妙，又惟與道同體之聖人能施展至極，《不真空論》云：

> 極耳目於視聽，聲所不能制者，豈不以其即萬物之自虛，故物不能累其神明者也。是以聖人乘真心而理順，則無滯而不通。②

僧肇理解聖人即物玄遊的特性，是由"物不能累其神明"以使"無滯而不通"，這相似於劉勰叙述文思中神與物遊的境界，也即思理之致的程度。唯不同之處是，劉勰所論的聖人，未至於要求明白萬物出於空寂的至極境界，這是基於在立文語境上言體道，不能逾越既有之場。

僧肇的神通觀，指出能够發動超越聲色阻限的特異能力，並且毋爲此奇妙的感應所滯累者，唯聖人而已。正反映出神思的關鍵問題，是既發動於物，又能超脱神奇之想像，不滯於物，妙契神理，神思方能使文發揮入聖的作用。則神思從内在的思理運作以至外在的表現，皆是學聖究極之專屬，非同一般漫無邊際的創思馳想。禪理之中，神通原本便不由肆意縱情所啓動，而是以發體道之誠心爲起始，亦必以慈悲濟俗之願力而顯現神通，經歷種種神變，最終獲得精神的超越。這是一種應然的精神運思，神思之所以"神"，不僅僅爲神妙，而是此運思專爲超凡入聖而起動，主體運神會理，是

---

① 《物不遷論》，《肇論集解令模鈔校釋》卷上，頁96。
② 《不真空論》，《肇論集解令模鈔校釋》卷上，頁101—102。

以見遇體道的神理,獲得生命的安頓爲歸結。

如同神通一樣,超驗奇幻的能力乃爲幫助度衆,在體道生命中只是過程而非結果;神思以超驗而奇特的想像,爲文學創作提供方便,在以"爭價一句之奇"(《明詩》)爲風尚的時代,有其重要的作用。但立文的目的,若只爲描述這些奇妙的想像,不免淪入"空結奇字"之困局,如練神通者執迷於神通表象,無益於超凡入聖。①是以在即物産生奇妙感應後,必須擺脫對物與奇象的依賴,進一步思悟神理,將片段之理透過文字組織,令想像轉化爲利益於精神生命的智慧,方是神思的意義。

4. 杼軸獻功的成文啓示:順神理成就黼黻文章

《神思》贊語結句,揭示了由發動神思而實現的立文目的,文云:

> 結慮思契,垂帷制勝。

不特立奇詭突兀之處,將文思周全組織成整體,由結慮以至垂帷成匹,説明立文必須能建立完善的篇體,方能發揮文用。垂帷代表布匹的完成品,《説苑·政理》有云:

> 順針縷者成帷幕,合升斗者實倉廩,並小流而成江海。②

本意謂聚少成多,就結製帷幕而言,便指布匹整體,比喻文章全局。可見劉勰重視文章篇體的完整表現,將神思有機地整合成篇,由條暢思理以至組織全幅,便是結慮思契的含意。

由結慮而垂帷,劉勰採用治絲織綜的過程比喻文章建構,用意匪淺。《神思》中所謂"馴致以繹辭","繹"的本義正是治絲。《説文·糸部》曰:

---

① 佛陀座下神通第一的羅漢目犍連,便反爲神通累身,最終死於鹿杖外道亂棒之下,是佛門對修練神通者的最大示誡。
② 盧元駿《説苑今註今譯》(臺北:商務印書館,1985),卷7,頁193。

第八章 徵聖體道精神下的神思與物色：融道入藝的文學觀念建構

> 繹，抽絲也。①

絲取廣義，泛指絲綫，將原材料縷縷抽繹理順，爲機杼所運，是織綜的方法。故抽絲又即治絲，《小爾雅・廣服》有云：

> 治絲曰織。②

《說文・糸部》又云：

> 綜，機縷也。③

綜是機杼中將經緯絲綫構結之零件。織綜之原理，是以機杼繹理絲綫，使之經緯有序地交織成布匹。故杼軸獻功者，便是比喻繹理思契文辭的工夫。

織綜之法，在它篇有所提及。《正緯》指出"先《緯》後《經》，體乖織綜"，《情采》謂"經正而後緯成"，皆透露出先經後緯之道。這種原則本於傳統的織綜經驗。自古織綜，先經後緯，早在徒手制作的時候已然。《淮南子・氾論訓》曰：

> 伯余之初作衣也，緂麻索縷，手經指掛，其成猶網羅。④

王煦注曰："此織之始也"。⑤ 及至發明機杼，亦遵先經後緯之道，《釋名・釋綵帛》曰：

> 布，布也，布列衆縷爲經，以緯橫成之也。⑥

先將所需經綫鋪列，然後以緯綫逐一錯綜，使麻絲有序交織，是經緯織綜以成布帛之法。王元化先生據《陔餘叢考》提出古時凡布皆

---

① 《說文解字注》，十三篇上，頁643。
② 遲鐸《小爾雅集釋》（北京：中華書局，2008），頁253。
③ 《說文解字注》，十三篇上，頁644。
④ 《淮南鴻烈集解・氾論訓》卷13，頁422。
⑤ 載《小爾雅集釋》，頁253。
⑥ 《釋名疏證補・釋采帛》卷4，頁149。

以麻絲爲治的考證,推斷劉勰於《正緯》所稱"絲麻不雜,布帛乃成",是言"布帛乃由絲麻杼軸而成",①按織綜之道可知,先經後卦,是使麻絲有條不紊整列的方法。王先生基於以布帛爲完成品、麻爲布的原材料的思路,指出《神思》"杼軸獻功"之意,是將麻比附作現實素材,而杼軸之獻功則是作者的想像活動,使素材成爲出色的文藝作品,也即煥然乃珍的布帛。② 王先生將杼軸獻功解讀爲想像活動,意在破解黃侃以來視杼軸獻功爲雕飾文辭的説法,強調解讀當依止於"神思"爲中心的篇章語境。神思的想像活動使原材料增色成器,顯豁了藝術表現功能。若注意到神思不止於想像,而以理爲結穴,則杼軸之功除卻包含作者別出心裁的創作意念外,尚講究先經後緯的應然法則。

劉勰認爲順循神理的重要性在織綜中尤爲明顯。杼軸是治絲的機器,織者固然可自行選擇材料配置於機器中,成就不同圖案的彩錦。但杼軸的形制卻規限了交織的方式,先排列經綫然後錯雜緯綫,是必須依循的制作程序,麻絲才能織綜成帛。"不雜"作爲制作關鍵,突顯了條暢材料的重要性,藝術創意一旦繞過先經後緯的杼軸制式,則已不成片斷。先王創設織綜之術,諳通於神理,織綜若違神理之治術,便無法彰顯功價。杼軸的比喻,若爲指出想像的重要性,則神理的作用,比想像更爲基本而必須。

是以運用杼軸的關鍵,在於織綜者是否察識神理之道。能識神理之數,則織綜之間,乃能制出黼黻文章,此是杼軸之大功。劉勰對於織綜之喻的深刻理解,淵源有自。早在《淮南子・説林訓》已有云:

---

① 王元化《文心雕龍講疏》(上海:上海古籍出版社,1992),《釋〈神思篇〉杼軸獻功説》,頁108。
② 王元化《文心雕龍講疏》,《釋〈神思篇〉杼軸獻功説》,頁108—109。

第八章 徵聖體道精神下的神思與物色:融道入藝的文學觀念建構

黼黻之美,在於杼軸。①

淮南王的話透露了人工亦可成就神理之色,但卻不是任心而成,對於一絲一縷的處理安排,色彩的羅置,皆是織工苦心經營。巧工通曉神理,則織綜有若庖丁解牛,順乎天道,最終可妙成帷幔。

《文心雕龍》多處見治絲織綜的比喻,強調的是先王創制織布方法乃至設色之初,已自覺順承神理而爲。《左傳》昭公二十八年記晉大夫成鱄語曰:

經緯天地曰文。②

經緯是關乎天造地設的大事,由經緯交錯構成的是宇宙萬法,而先王取法天地,乃成縱橫交錯的織布方法。治絲的技術,始乎抽繹端緒,復按經緯有序錯綜交織,配以五色,黼黻之章由此而成,顯示一套順乎神理之人文制作技術。

此織綜之道,既顯示出合乎神理的成文之道,劉勰以爲此原理沿至道之大法而來,故取之驗緯,而得出"先《緯》後《經》,體乖織綜"的結論,作爲鑒別緯書之一法。織綜之順理成章,與文章之順理而成,其道一揆。推而演之,則立文之道,亦可參酌織綜之法以究天道,《神思》言結慮思契,是將神思所得的理敷演於文章,順神理之法,經緯思契,則所成文章,神理自蘊其中。

以織綜之道,言文章制作,並非劉勰獨發先鳴。徐幹《中論》最初以機杼織綜比喻聖人成化天下:

位也者,立德之機也;勢也者,行義之杼也。聖人蹈機握杼,織成天地之化,使萬物順焉,人倫正焉,六合之内,各竟其願。③

---

① 《淮南鴻烈集解·說林訓》,卷 17,頁 576。
② 《春秋左傳注疏》卷 52,頁 1723。
③ 《中論·爵祿》,載《漢魏叢書》,頁 573 上。

以機杼爲喻，是取其理順絲綫的功能，以言聖人治理之功，使生民各適所安。治理的功能而後爲陸機用於言文思，《文賦》謂：

> 雖杼軸於予懷，怵佗人之我先。①

所指的是作者於胸臆中治理文思。則有關神思織綜成文之含意，不僅能指文家的組織辭章工夫，更可上取徐幹的文意，以聖人爲正範；織綜之道，乃本自聖人研察神理以成化的經驗。由此制作文章，所成之文，既是合乎神理，亦是體會聖人制作之成果。

　　劉勰以帷幔之垂布比喻由神思至繹辭而成的文章，隱喻圓滿體道的篇章，用心經營而成就，功價彌高。帷幔不單是由絲綫的理順與交織而成，能夠垂帷的關鍵，在於明"理"，使片段有組織、有方向，引申在文章制作中，理以其顯示聖門所在的本質，指示立文的應然制式。其所理解織綜之道，便是合乎神理的制作秩序，如此織綜，方能成就布帛。作僞識者則"先《緯》後《經》"，有乖乎織綜之原則，暴露了作假的端僞。《情采》謂"經正而後緯成，理定而後辭暢"，便是由《正緯》以神理爲辨析經緯之原則，延伸至以理爲條暢思緒與文字組織的關鍵。在"物以貌求，心以理應"之後，將即物神遊中的思緒，以道藝融和爲方向，圓滿、完整地組織成篇，發揮"敷理以舉統"的作用，方成文理相配的契道之文。

　　是故《神思》之兩大部分，先爲闡述神思的發動，後則強調文字表述的應有心態，便是突出提煉神思，以至開發義理的自覺意識。進而強調"言所不追，筆固知止"，是指導文家無困慮與執迷於神思之奇想表述，"空結奇字"的出奇制勝風尚，並非劉勰所稱善。奇字亦可來自作者出神入化的想像，但若然只有奇而無理，落於"空結"的狀態，背離先王創制機杼時發明的神理制式，則想像雖奇而終不

---

① 《文賦集釋》，頁145。

第八章 徵聖體道精神下的神思與物色:融道入藝的文學觀念建構

能成篇,有若圖案設計獨到卻無法穩結於布帛之上。結慮思契的最基本目的是要將神思演化成完整的篇體,"垂帷制勝"反映了劉勰的宗尚,使想像之藝合於神理制作,文章方能大展其用。劉勰篇末點出成匹的喻意,顯豁了其重視體要的主張,使神思的想像依止於理,創作的用心由此安置於契道之藝文創作上,以藥治巧而碎亂的時代文弊。

神思即遇之象,與竺道生所謂的語言觀念一樣,只是通往彼岸的舟楫。得魚則忘筌,得理則神思的種種感應亦可放下。在此基礎上,神思作爲立文中領悟神理聖心的方便門,並以會理爲通邁聖道的證明與追求。於是劉勰展示一系列有關神思的準備工夫,亦皆可發現有禪修的思想在其中。

二、虛靜:神靜照理的修養工夫

虛靜是發動神思前的精神狀態,其詞來源自《莊子·天道》,在魏晉流行莊老之學的時期,亦成爲修行觀念中頻常出現的術語。莊子的虛靜義,是道的存在狀態,聖人與聖王能體道,故亦得虛靜:

> 夫虛靜恬淡、寂漠無爲者,天地之平而道德之至,故帝王聖人休焉。
> 夫虛靜恬淡、寂寞無爲者,萬物之本也。①

莊子以虛靜表達無爲治世的態度。而將虛靜視爲體道修行的工夫,實際貼近《荀子·解蔽》虛一而靜的本意:

> 人何以知道?曰:心。心何以知?曰:虛壹而靜。⋯⋯知道察,知道行,體道者也。虛壹而靜,謂之大清明。萬物莫形而不見,莫見而不論,莫論而失位。坐於室而見四海,處於

---

① 《定本莊子故》卷4,頁91—92。

  今而論久遠。疏觀萬物而知其情,參稽治亂而通其度,經緯天地而材官萬物,制割大理,而宇宙裏矣。①

《荀子》所言的是由虛靜而察道,是以亦有學者主張虛靜源出《荀子》。而《荀子》在體道的前提下言虛一而靜,更明確了虛靜的目的。

  對於要求從靜慮開悟佛慧的禪修,由此自然而然接納與應用虛靜的觀念。惟禪修所求之靜,有明確的主體,如神思以神爲發動主體一樣,虛靜的主體,明確爲要求神的虛靜。僧肇論禪修便有言:

    智彌昧,照逾明;神彌靜,應逾動。②

神靜的目的在於使感應能徹會深理,神的觸物玄覽,速而不疾,是由其應物的深暢所顯現。在《維摩經注·觀衆生品》中,僧肇透露出神靜的要求,來源自水面照物的經驗,其謂:

    心猶水也,靜則有照,動則無鑒。③

此處言以心照理,實通於神靜之論,神心之靜,皆爲使修行者鑒理透徹。設神若水,水逾靜則所照逾明,緣乎神能靜,使心靜如鏡鑒明,則所照自無偏雜,故越靜而應物越暢,照理亦越深,此便是《神思》因"寂然凝慮"而反可以"思接千載"、"視通萬理"的發動原理。

  神之動從其靜所顯現,透露出典型佛學的相即思維。至北齊魏收《釋老志》言依從佛法以行修心之道,遂明確以"虛靜"一詞表達禪修靜慮之意:

    凡爲善惡,必有報應,漸積勝業,陶冶麤鄙,經無數形,藻

---

① 《荀子集釋》卷15,頁395—397。
② 《般若無知論》,《肇論集解令模鈔校釋》卷上,頁206。
③ 《注維摩詰經》卷6,《大正新修大藏經》第38册,頁386下。

第八章 微聖體道精神下的神思與物色：融道入藝的文學觀念建構

練神明，乃致無生而得佛道也。其間階次心行，等級非一，皆緣淺以至深，藉微而爲著，率在於積仁順、蠲嗜慾、習虛靜而成通照也。①

魏收明言積習虛靜的目的，乃爲通照。在神不滅的輪迴之中，精神生命藉由漸積照理，而實現"藻練神明"，乃至"得佛道"的解脱。由此可知虛靜以洗心練神爲務，是"疏瀹五臟，澡雪精神"前的準備。由虛靜而至心澄神靜，然後運思乃可入體道之宗途，正是根據慧遠練神達思的内容而來。②

虛靜的精神狀態要求一直持續於整個神思活動，乃至其後的立文活動之中。此因虛靜尚有止亂的功能，靜是坐禪修行的前期準備工夫，一則爲使禪思時候散亂不定的心念得以平伏，二則令主體在發動神通時雖歷遇種種神變，依然堅定意志，不陷溺於神變。③ 這種止亂的功能，顯然有益於濟治神思初發動時"萬途競萌"的混亂精神狀態，以及心猿意馬的思緒。蓋虛靜之使神靜，本來便是幫助主體應對外在物色之變化，避免神有遁心。《物色》謂"四時之動物深矣"，"物色相召，人誰獲安"，是言四時萬物變化的表象，使心隨物宛轉，精神無法自安。無法自安，則神反爲物表所帶動，乃去神理益遠，難得深旨。是故《物色》提出"入興貴閑"之道，興的作用，是將感物而興的情，超越附物之基本情感，而提煉成通達永恒本體之理。興作爲悟理的思想活動，端賴於虛靜中開發，"閑"的作用，便是使醖釀虛靜精神，爲神思的靜神、應物、會理，乃

----
① 《廣弘明集》卷 2，頁 104 上。
② 《神思》中的虛靜涵攝禪修靜慮的原理，已爲學術界所注意，論文在文獻疏理中已有提及。其中龔賢主張神思的虛靜説承接佛教禪觀入靜理論，惟龔先生認爲劉勰引入禪觀的目的，只是幫助神思達到精神自由，也即創作構思的理想狀態《佛典與南朝文論》，頁 359—360），而未嘗注意靜慮修行對於主體實踐體道理想的指引作用。
③ 關於禪靜有助止亂的問題，在袁了凡、蔣維喬《靜坐法輯要》（臺北：文津出版社，1998）"靜坐言後之調和工夫"一章中的"調心"一節便有論述。

至結慮成篇,提供環境。

由虛靜而達到洗心練神的境界,目的是爲修繕性情。其後提出的四項修養工夫:積學、富才、研閱與繹詞,是豐富才識與鍛煉遣詞能力;與"疏瀹五藏,澡雪精神"對照,可知虛靜關乎養性,積儲學識和繹詞在於練才。才性兼濟,是紮根於由文章實現體道理念而必須顧及的要求。此因以文體道,不單注重性情,亦須重視作者的才力。養性的目的在於使情之興發,必由乎衷;練才則使照理淵澈且行文無滯。如果將虛靜籠統視爲幫助進入神思的精神準備工夫,則在引介虛靜以後,便應緊接討論神思運發的問題,但劉勰卻提出了四項準備工夫;從行文理路看,自虛靜以至繹詞,皆屬先備的養練條件,兼及才性兩面。運發神思前講究四項準備工夫,反映出劉勰的立文觀,雖重視出乎自然之情,卻非縱意放蕩,反之更強調學養的重要,無論性情與才力,皆有涵養導正的需要。

三、神變內容的轉向:以神發動智慧德性之思理

神通雖屬禪修的重要內容,惟其神變觀念與內容在傳入中土之初,一直備受懷疑,隨着禪修形態的演化,六神通所具不可思議的神變內容,也逐漸剝落。然而,由於神不滅於形的觀念在爭辯中得到護持和注視,禪定神通中有關神的基本超越性,亦從而得以保存於禪修思想之中。在《神思》篇中,劉勰描寫文思之神的超越性,便是神通觀念保存和專向精神層面轉化的結果。這種轉向強調禪定得慧的理路,是佛家循另一種方向存續禪定神通的成佛理念,比神通更爲突出禪定智慧的詞彙神思,便在此進路中逐漸蘊藉成形。慧遠主張的洗心淨慧、擬迹聖門,便已呈現出強調以禪思達至成佛的弘願,原本着重六神通的禪定內容,在推動禪修本土化過程中,轉向精誠思慮、悟徹通理的智慧鍛煉之上;而所悟之佛慧,一經以神道、神理的概念訓解,禪定神通便洗卻神祕色彩,取而代之是才

第八章 徵聖體道精神下的神思與物色：融道入藝的文學觀念建構

德的上進修行，禪修由此而得以導引於神之思以及洗心照慧的方向上。宗炳的神思，便完全顯現出重神之運思，以及心之照智的通聖軌式。

劉勰提出"神與物遊"的精神運作特性，當中便見以神爲支配運思之主體。神在神思的觀念中，是實在的指稱，所謂"文之思也，其神遠矣"，此中的神顯然具有能動質性，蓋因其來自禪思中神遊無際的形態。禪思講求的是如何由禪定入思，劉勰的神思，是關於文之思的思理境界，端賴於神的悠遠馳運，明思之不可無神。神思之意，在於說明文之思亦需要有神作主宰，才能啓動立文的思理機制。此見思理蘊含着練神達思的大原則，是透過神與物遊，使立文者能有明道悟理的精神歷程，而以臻邁聖境爲目的。

以此觀劉勰所言的文之神思，仍保留着入寂與馳神的發動機制，是承接了慧遠所倡導的禪定入寂方式。用於文之神思，反映出劉勰以禪思修行的原理來駕馭文思訓練，既以神爲作用主體，也要求思慮有所上達，因而講究高度集中、心無雜念的精神訓練，以及性情的陶養。虛靜澄神的活動並不單單應用在文思方運的時刻，同時亦爲作者養練性情，萌發立德師聖的自覺與動力。因此文思中的神與物遊，並不止乎天馬行空的想像，而是具有明確的精神層次追求。惟有出於精誠的體道企盼，神思方要求才德皆需積學，以爲運思的準備，其中實貫徹了練神達思的下學上達精神。

神與物遊之所以能夠擬迹聖門，在於講求從思慮中領悟佛慧，達到洗心淨慧的開智境界。此智慧超越形器表象的認識，而通接於古聖先哲所發之神道，明其成聖之理。因而思之意義，乃在驅使神能朝向智慧之境不斷開發。如此，神的不滅性方有積極作用，透過不滅來延續智慧德性的開發，而非如微塵般漫無目的游離飄蕩。這種強調智慧德性之思，是基於禪修內容從神通變化轉向突出禪定智慧的需要。超凡入聖的理想，從原來習得超越人力所限的六神通，轉向透過人文精神、智慧德性的開發來實現，因而強調神道神理的尋遇，便成爲履邁聖門的標志。後來宗炳從幽對山水圖而悟得聖人神思，正是將慧遠開出的禪修新法門，在融合山水修行模式之中加以實現，更進一步將慧遠原本的接千載之聖、見千里外佛影的神遇經驗，轉向明乎聖人神道的睿智開發層面。

劉勰在《序志》中云時代已"去聖久遠"，卻堅持原道徵聖之意志，正是接受了宗炳對聖人神思之可感遇的信念，在不得不承認往聖已絕迹於隔代的同時，堅信可憑精誠而感會往聖神思。其謂"百齡影徂，千載心在"，正反映出聖心的永恒性。而承載聖心的文章尚存於世，"恒久之至道"即可透過會通聖文神思而領悟。故《徵聖》謂：

> 天道難聞，猶或鑽仰；文章可見，胡寧勿思。

此中強調以"思"聖文爲基本可行的體道方式，揭示出神思中思的重要性。含道之文，不論山水或是文章，皆只屬介物，神理道心尚需經過思，方能悟達。神思以積學爲基礎，而思則是配合學的條件。《論語・爲政》云"學而不思則罔，思而不學則殆"，[1]學與思一直存在於明道的傳統觀念中，而在復原聖人可學而至的趨勢下，思亦隨之得到重視與重提。慧遠所謂的静慮、思慮，便是靈應聖心的基本功。《神思》言發動神思之首要條件，在於積學儲寶，《徵聖》謂聖人"文章可見，胡寧勿思"，明確思乃是學聖的關鍵，而要煥發接通聖道之思，又必須以學爲基礎，可見學與思的互補關係，在徵聖明理中的重要作用。因而思無論在《徵聖》研閱聖人文章中，還是在《神思》的立文法門中，皆屬徵聖體道的關鍵。

劉勰在思的基礎上，特意表立神思的觀念，這種以神爲主體的

---

[1] 《論語集釋》卷 4，頁 103。

運思關鍵,反映出聖人之思的超越性,在於憑藉神的不滅質性,令所思能超越千載之限、萬理之隔,此即文思所達的思理之致。這是承接宗炳提出聖人以神發道的神思原理,而開發於文思領域的神思觀。宗炳相信聖人能以神發道,則聖人用以運發其思者,同樣是其神,故稱聖人之思為神思;因此,學習聖人運發神思,是明識天道的方法,也是學聖的門徑。從神思在禪修中具有的通感恒久至道的作用看,劉勰論文思之所以重神,正是將立文同樣視作徵聖明理之方軌。由此可見,宗炳神思觀對劉勰的影響,不單是以山水為煥發文之神思的介物,更重要者,在於確定了徵聖體道的原理,來自於神思尋理的構想。劉勰有關文思的內容描述,之所以類似寂照禪思,正是由於對思的解讀,是通向聖境之神思。宗炳秉持"萬趣融神思"的信念,於山水中尋找聖人的神思;而劉勰論述的神思,同樣藉由山水而煥發,是肯定宗炳認為山水含聖人神道的觀點,故此呈現相同的企盼,憑藉神的思慮,感遇超凡的神理道心,從而達到智慧開悟的境界。

四、資借佛學義理建立的心神離形義:主體超越能力的強化

關於劉勰神思觀念的淵源研究,過往多從"虛靜"一詞的起源上追溯,而以《莊子》和《荀子》為孕育神思之源頭。溯源在於尋索概念的生成到定型的過程,文表的相同或相似,未足以完全反映意義的發展是從一而終,還是吸取了新的養分。尤其在魏晉六朝的歷史環境,中原思想面對着前所未見的佛教文明時,新觀念借助傳統概念而融入中原思想生態,乃成普遍情形。在有關中土僧侶解讀與詮釋佛學的研究中,已顯示出中國的傳統語言,尤其當時流行的玄老之學,當中的詞彙在用作表述佛學概念、義理的同時,也受到新思想的滲透,而且數量龐大,是當時中土士人詮解佛理衍生的

普遍現象。如呂澂先生解説早期般若學傳入的情況時，指出兩晉與名士多所往來的名僧，採用以玄解佛的弘法策略，導致佛學玄學化的同時，玄學概念亦蘊含了佛學的新義在其中：

> 當時幾位名僧都與名士有往來，清談學問，……不僅用老、莊解佛，同時還以佛發展了老、莊。①

即便是批評六家七宗以玄解佛的僧肇，其佛論亦非完全摒棄老、莊的用語。許抗生先生研究《肇論》四篇，便指出其中援引老莊概念釋義的廣泛情況：

> 《肇論》的文字語言大量地援用了老莊的文字語言，從文字表達形式上看，僧肇的論文不僅是佛學論文，而且也是老莊玄學的論著。②

由此可見，以傳統語彙進行佛理詮釋，既爲促進佛理之解釋與傳布，另一方面，也使當時玄學與道學的思辨場域，開拓出更爲寬廣，且更上臻關懷生命終極歸向的體道討論層次。許先生還進一步統計《肇論》援引老莊文字處，凡七十七處之多，③足以顯示中土僧侶以傳統語彙輔助解釋的情況，在當時爲普遍習慣。

上文追溯神通與神思二詞的發展源流，便已指出二詞皆於此時因用以翻譯禪定、禪思的關係，轉向禪修界域之中。以傳統詞彙解釋禪學觀念，對於有關修行實踐的概念，自然注重尋求意義相近者，避免由釋義產生謬誤。而借用中國傳統的修行概念來表述禪修的實踐，便是方便法門，因而禪修中靜慮的觀念，也有可能資借於道家修行的專門術語。是以，禪修觀念下的虛靜義，難以單憑莊、荀之文而把探全脈。佛家借用虛靜之詞，但取意義之相似，而

---

① 呂澂《中國佛學源流略論》，頁68。
② 許抗生《僧肇評傳》（南京：南京大學出版社，1998），頁177。
③ 許抗生《僧肇評傳》，頁181—189。

終究只是用虛靜表達自身思想體系中的觀念,非原原本本之移植。這種由翻譯引起的義涵變化,顯示出佛學傳入後,一些傳統觀念與外來思想產生化學作用,在令詞義變化的同時,也爲其延伸到新的場域預備了條件。神通與神思的義涵聯繫,正是從禪修的世界中煥發出新意義。

《神思》秉具禪思的概念,透露了其思想同樣孕育於時代思潮之中,當中受禪修思想影響者,固亦不獨虛靜一詞。其篇首特別化用《莊子·雜篇·讓王》"身在江海之上,心居乎魏闕之下"句起筆,以"形在江海之上,心存魏闕之下"爲神思釋義,當中形與心的並對關係,便顯現出形神論的思想痕迹。心與物之聯繫,乃通過感應而產生,此觀念除卻見於《神思》外,在有關物色的"物色之動,心亦搖焉"的論述中,亦見形心的相待關係。劉勰理解形與心的關係,是身處江海之上,而心能越至魏闕之下,這與神通觀念中形神關係頗爲相似,范文瀾先生注文謂"彥和引之,以示人心之無遠不屆",①此心實即一種精神意念的超越性。心這一越超形物範限之特性,正與孫綽的馳神運思同出一理。羅宗強先生解説"神思"義,便直以"馳神運思"釋之。② 由此顯豁神思的神與心,乃共同指向心意活動之義涵。徐復觀先生釋《神思》篇旨謂:

> 《神思篇》的神,指的心靈;思即是心靈的活動。此篇主旨在説明心靈活動中之藝術性(徐自注云:今人僅以"想像"釋神思,但《神思篇》不僅包含想像),及如何培養此藝術性,以造成理想之文體。③

惟有將神與心視爲心意或心靈活動,方能解釋神思超越形骸的精

---

① 見范文瀾《文心雕龍註·神思》,頁496。
② 見羅宗強《魏晉南北朝文學思想史》,《劉勰的文學思想》,頁323。
③ 徐復觀《中國文學論集》,《文心雕龍的文體論》,頁42。

神運作。而形神擺脫依存必要的心意活動,便是神通修行的一大特色。馳神運思展示了神思的體道性一面,徐復觀先生則解釋其藝術性,二者正好說明了神思此心靈活動所實現的,乃是並涵道藝的理想文章。

范文瀾先生認爲劉勰引《莊子》此語爲《神思》開首,與神思本義無關,《莊子》之意,只是以心表示人的志向不因環境掣肘而轉移。然而,在兩晉融通佛老的風尚之下,借文生義以釋佛學觀念,本來並不罕見。經過引申釋義的過程,開出的新義與原義無有關聯,也是當時普遍的格義情形。孫昌武先生比對佛學東傳前後中國對於"心"觀念的理解,便指出:

> 中國人從佛教接受了"心作萬有,諸法皆空"觀念,在文學上才講"心生而言立,言立而文明"。……中國早期的禪觀就是把修持集中到主觀省察體悟之上。……魏晉以後,人們借鑒了佛家理論,涉及到文學創作中的心性問題也提出不少新認識。①

心在佛學的新義中,是指向於主宰意識,也即自我實現成聖的自覺願力。蓋心爲創造力的來源,不獨我之成聖,由我心以實現;天地之創造,亦是由我心所主宰。周慶華先生指出,佛家這種強調由心爲根本發動力的成佛思想,正帶動了魏晉六朝文學的創造自覺:

> 佛教所說的心頗爲複雜。……但對於心能起創造萬物、主宰萬物的作用,卻是佛教的獨特見解。這不免衝擊到中國原有的心性觀;而所表現在文學創作或批評觀念上的,就是心的主動創造或觀照力。②

---

① 孫昌武《佛教與中國文學》(上海:上海人民出版社,2007),《六朝佛教義學與文學創作新觀念》,頁257。
② 周慶華《佛教與文學的系譜》(臺北:里仁書局,1999),頁25。

第八章 徵聖體道精神下的神思與物色：融道入藝的文學觀念建構

此說明心或神的超越形骸作用，在佛學形神分離論的場域詮釋下，不但有別於傳統只作爲意志的義涵，心或神獨立於形的遊運，施展成創作意識的歷程，且以實現圓滿的精神修持活動爲目的。這種心與神所具的主宰意志和創造能動性，使神的概念脫離了漢末仍然保留的神明或與神通的特異能力，而進入自我實現的精神修行領域，並進一步延展於文學範圍，此精神創造和應理活動，便成爲立文的創造與觀照力。此見，心與神的概念發展，從傳統義到神思義之間的會通，乃經歷一段段意義轉化的步驟，在建構自我實現的成聖理念中，點滴完成其爲主體創造的新義涵。此中的義理詮解歷程不單多重而複雜，而且以朝往新觀念開展爲務，新義與原義之間，自見巨大的差別。

兩晉面對以傳統詞義詮解佛理之困局與憂慮，是基於中國與西域、天竺的詞語，本身無法直接對譯，在義涵上始終存有距離與偏差，使學者不得要領。然而，要使中土學衆準確把握外來文明，亦必然依賴於從自身的經驗世界和認知背景中掌握，在此限制下，即使是機械化的格義法，還是較重義理的合本法，皆有其無可避免的限制，其要求由是轉向於譯者對兩種文明的深度認識。

當然，傳統概念一旦用於對譯另一文明的概念，自身不免亦由此增添新義，帶有另一文明的意蘊或色彩。如竺法護以讖緯話語中的"神思"，對譯佛學的"神通"，於是中土的神思義，從此便向新的導向發展，其於日後成爲文學理論，實際上是在對譯時期種下了神通觀念的因子於其中。同理，六朝時期一些曾經用於格義的傳統觀念，亦有可能蘊藏着由格義帶來的佛學理念。是以，《文心雕龍》往往以《易》論文，其引用之《易》文辭，本身便非純粹先秦兩漢所闡釋的意義，在取《易》以敷演文心系統的同時，也是以佛理來支承"爲文之用心"理念之建構。如前論徵聖思想以顏回的精誠鑽仰爲學聖典範，表達堅信聖人之文可徵而成的信念，內中便是以當時深信佛可學可成的理念爲支持。此知義理的權宜資借所帶動的影響,不單是詞義的轉化,而當留意新思想、新義理在此過程的滲透作用。

從此觀之,劉勰借《莊子》的話語,以說明神能超越形骸,甚至超越外在環境的鎖限,未嘗不可。言心之越形,既與禪修觀念中神的超越性無異,則借心以言神,也可理解。畢竟神越於形的質性,在佛教東漸之前的中土並未具成觀念。即使《呂氏春秋》謂人主"神通乎六合,德耀乎四海",①亦只在誇頌其能通天地萬物,恩澤廣披,而未意識到神能具備出遊乎形外的特性。中國傳統對神的理解,依然與形有密不可分的關係,甚至是共存共滅的質性。宗炳《畫山水序》中屢言重視神之暢遊無際,而以理之應會於心,爲暢神的表現,顯示出神與心在當時的理解之中,有其相似和可互文的一面,尤其在與形對舉的情況下。是以,在傳統文獻中,較難尋求得到完全貼合的解釋,而將相類文句斷章取義,敷以新義,往往是佛家折衷的方法。劉勰以"形在江海之上,心存魏闕之下"解釋神思義,正是以心喻神,由心的越形無礙,況擬神與物遊的暢達運思。這種由神遠而開拓的文思,乃是思理之重要境界。從禪修觀念上追溯神思的意義源,旨在顯示神思內蘊的複雜思想形成歷程,禪修對於神的超越性質的解讀,是以修練來實現,並以超凡入聖之理念爲支持依據,其所表達的內容不單比《莊子》表達的形與心關係更爲豐富,也更能昭晰神思蘊藉的深層徵聖立文意義。

第三節　神思的藝文意義與理論開拓

《神思》的篇體結構,上半部分主要引介神遊會理的精神活動,

---

① 陳奇猷《呂氏春秋校釋》卷 17,頁 1031。

第八章 徵聖體道精神下的神思與物色:融道入藝的文學觀念建構

下半部分則論述思理的文字表達,可知劉勰的神思觀,包含了修行理論與文藝實踐兩部分。

神思在與神通分途發展後,在藝的領域成爲重要概念,將體道之要求融入於藝術領域,是嘗新的活動。以言道爲內容的藝文嘗試,可上追魏晉興起的玄言詩爲淵藪,但強意言理,削弱了藝術的興味,是劉勰詬病之處。《時序》謂:

> 自中朝貴玄,江左稱盛,因談餘氣,流成文體。是以世極迍邅而辭意夷泰,詩必柱下之旨歸,賦乃漆園之義疏。

周振甫先生認爲劉勰有反對用玄學來作詩賦之意。[①] 羅宗強先生指出,支遁是較早在玄談中論及佛理者,此是出於弘法之目的,[②] 是以在以佛理談玄的同時,也推動以佛理入玄言詩之風尚,孫昌武先生評支遁詩作謂:

> 支遁詩多説理,往往鋪排玄佛,枯燥無味,寫景也多堆砌雕飾之語。……但他融玄言佛理於山水之中,開摹山範水之風,功績是不可滅的。[③]

這意味以藝文言道的玄言詩乃屬失敗的嘗試,其中原因不免在於爲言道而將文辭物色牽強湊併。詩的特性在於感物興情,一方面,個體生命對於體道的領會,無法擺脫象假而空言玄遠;另一方面,體道的意向又必須發乎自然,也即緣情而制。而玄言詩一意於談玄,忽略了藝文世界中的興情要旨,羅宗強先生故認爲玄言詩反映的文學思想傾向,"是由情向理的偏斜"。[④] 加諸未善於糅合山水

[①] 周振甫《文哲散記——周振甫自選集》(濟南:山東教育出版社,1998),《劉勰〈原道〉獻疑》,頁111。
[②] 羅宗強《魏晉南北朝文學思想史》(北京:中華書局,1996),第四章"東晉的文學思想",頁142—143。
[③] 孫昌武《佛教與中國文學》,《兩晉南北朝的佛教與文人》,頁56。
[④] 羅宗強《魏晉南北朝文學思想史》,第四章"東晉的文學思想",頁150。

的象假以啓發理趣，道與藝的處理皆有缺失。是以《明詩》謂於"莊老告退，山水方滋"，詩人唯有擺脫重談玄而棄藝的執念，創作的眼界方能注意到山水之大美，視角向自然物色的轉移，是藝文見道的開始。

由是在藝文領域雖已建構精緻的理論，但要發展出與道相融、依止於理的藝術創作，理論的再加豐富顯然在所難免。是以如何將藝依止於道而開拓創作理論，是《文心雕龍》創作論中的一個重要貢獻。

一、以藝文弘道的傳統與新變

劉勰因文之明道功能，而視文爲實現徵聖弘道的途徑之一，是禪修擬聖的理念在中土發展與匯流的結果。如前文指出，以文弘道本身並非新概念，佛教傳入早期，已開展以文傳理的弘法活動，此中主要爲漢譯經典以及義理詮解兩方面。可知劉勰注意到立文弘道的方略，與當時以文弘道的意識萌芽，不無關係。惟劉勰之以文弘道，傾向時代流行的藝文，着重自然物色與神理的圓融整合，非是翻譯與純粹義理之文字。如《養氣》的衛氣之術，正是爲了"吐納文藝"而提出，這種以藝爲主要特性的文，當是指向時代主流的藝文。

這種以藝文爲主軸的體道方式，發端於佛門像教藝術，而以士人發明摹繪含藏聖人神思的山水圖爲過度，突出道藝相融的創造對於精神生命的開啟作用。則所謂以文弘道，是在佛門禪修活動的基礎上，將立文融會於修行詮理的活動中，使之成爲契合於練神上達的修行，爲劉勰別出心裁處。此一結合山水禪修理論而成的藝文制作觀念，是禪修觀念在中土流播與調適的進程中，多番將禪修融會於山水修行傳統，而最終形成的本土化紐結。

山水與文，因具有含靈載道的質性，故能作爲通達道心神理的

第八章 徵聖體道精神下的神思與物色：融道入藝的文學觀念建構

媒介。從道安的弘法策略中，便見釋門東傳不久，已自覺於山水之間傳播觀想念佛的修行法，一方面指派法和入蜀，以山水作爲閑修場地；①同時又重視翻譯佛典的文字工夫，由此並開二路弘道。二路雖本於西域傳統思想，卻恰好與中國的明道精神同氣相求，使中土受衆在接受西域弘法傳統的同時，亦加以融會和創設。其後慧遠與宗炳將特殊的禪修經歷付諸文字，正因此提供了將修行與文字糅合的基礎，帶動劉勰將神思修行括納於立言傳統，重新展現以文弘道的理念。這套理念面向的文，正是染乎世情變化，且特重山水物色的藝文。

劉勰於立文上言即物神思，顯示出將宗炳摹山水而尋神思的修行構想，往更爲廣闊的道路上伸展，也即以慕道山水的觀念爲平台，將禪修方式通接於同樣以山水爲主要對象的文學風尚之中，使山水之文，乃至一切文，均納入義理開發的體道系統當中。將山水與文章同樣列入文的概念，作爲弘道策略，此一納量極寬的意識，乃本自佛門對文的開放概念而來。佛以法爲宗統，故佛之一切文字言語，無非佛所弘道之文，歸屬於佛法的範疇，無有形式區限。

僧祐在《胡漢譯經文字音義同異記》中便就翻譯佛典的問題，提出"文畫誠異，傳理則同"②的觀點，其意本爲解釋不同文明所建立的語言文字，存在各自的體系與特性：

   梵、佉（佉樓）取法於淨天，蒼頡因華於鳥迹。③

僧祐所指的"畫"，便是指漢文造字中的象形制式，有別於域外文明之文字制式，然而一旦用於傳達永恒不易之佛理，則終究無有差别。僧祐説明了述理工具的不同，並不影響表達同一的至道神理；

---

① 見《道安法師傳》，《出三藏記集》卷15，頁562。
② 《出三藏記集》卷1，頁13。
③ 《出三藏記集》卷1，頁13。

推而論之,文畫之異的論述,正可用以解釋慧遠之作像、宗炳之圖畫,與劉勰的立文,表達制式雖異,亦不外是權假方便,最終皆可會向極一之至理。此知在詮理的功能下,文與象,莫非通接神理的介體。將文的概念進一步涵蓋各種傳達神理的言象,一經放寬至與物色相容,則宗炳輕描淡寫山水的神思,便可透過劉勰特重的文之神思,而得以從朦朧到昭著,乃至演化爲具體概念地出現。

二、辭:圓融詮理之工具

　　劉勰的神思觀有禪定神通的内容,在使禪修内容於中土持續承傳和發展的過程中,亦爲禪修的思理系統提供新元素,令神思從禪思範域延展至立文理論後,内容更臻細密完備,同時亦朝往着重實踐、掌握表述原理的方向發展。《神思》謂:

　　　　故思理爲妙,神與物遊。神居胸臆,而志氣統其關鍵;物沿耳目,而辭令管其樞機。樞機方通,則物無隱貌;關鍵將塞,則神有遯心。

將志氣與辭令引入於思理系統,並置於神思發動之關節位置,其意乃爲神思提供可行可學的機制。氣與辭在《文心雕龍》通篇皆爲重要的立文元素,顯示出有意將思理中的神與思,植根於立文活動,由此構建起落實的平臺。氣與辭本自中國傳統概念,從《孟子》的養氣與《易》的修辭兩組來源於先秦的觀念看,氣與辭的形成與發揮,以蓄養和修繕爲基礎,莫不呈現出由學、練而至的特點。如此正好爲神思開啓了衆生皆可積學而至的立文坦途。

　　從慧遠"練神達思"的擬聖要求看,劉勰刻意爲神與思安設氣與辭的前提,無疑是在秉承積學邁聖的思路下,於藝文的維度中,考慮如何練神達思而設計的修行策略。以藝文爲修行法,其不同於一般禪修之處,在於重視以精緻的文法表達神思所悟徹之理。

第八章 徵聖體道精神下的神思與物色：融道入藝的文學觀念建構

辭令於是顯示了設置的必要，而對於文字表現道本的功能，亦更爲講究。這是魏晉玄理家在覺識言語道的表意作用下，進一步發展出以言顯道的思想，如湯用彤先生所言：

> 於宇宙之本體（道），吾人能否用語言表達出來，又如何表達出來？此問題初視似不可能，但實非不可能。蓋因"道"雖絕言超象，而言象究竟出於"道"。……故於宇宙本體，要在是否善用語言表達，即用作一種表達之媒介。而表達宇宙本體之語言（媒介）有充足的、適當的及不充足的、不適當的，如能找到充足的、適當的語言（媒介），得宇宙本體亦非不可能。①

出於道本的言象，於《原道》已一併概括入"文"的範圍，是以不論物色還是文字，皆源出於宇宙本體。故以文表達道本，乃是湯先生所謂"就滴水而知大海，就一瓢而知弱水"②之道理。徐復觀先生以爲宗炳從山川的形質而了解道的思想，是相信由有限以通向無限，道可由其所顯之象，而沿波討源，③此與湯先生之言象觀念，實是一理。而以文字表達至道的思想發展至宗炳，對於山川形質的細緻觀察與摹狀，在體道的表現中又逐漸融會六朝細鏤刻劃式的藝術興味。

由是對文字表達的講究，包含詮理與提煉兩方面，非獨《聲律》所謂的表意功能所盡包，《聲律》謂：

> 故言語者，文章關鍵，神明樞機。

是處提及文的功能只關乎表意的層次，解釋言語最原初而基本的作用，乃出自《易》的説法。但在神思過程中運用的語言文字，所表之意，尤指神思過程對本體的認知，乃至充分而精緻的表達，目的

---

① 《魏晉玄學與文學理論》，載《儒學・佛學・玄學》，頁284。
② 《魏晉玄學與文學理論》，載《儒學・佛學・玄學》，頁284。
③ 徐復觀《中國藝術精神》，《魏晉玄學與山水畫的興起》，頁238—239。

是爲完善呈現所領會之理,並達到道藝相融的境界;如山川之蘊神道,盡善盡美。是以辭令之爲樞機,在"神思方運,萬塗競萌"之時,能幫助所思更臻明確,從而令神思暢順無礙;在理應心會之後,又成爲提煉文思的工具。這種高度的修辭水平,正解釋了繹辭的訓練需要。

言語有助思理表達,此觀點在竺道生的言意之辨中早有透露:

> 夫象以盡意,得意則象忘;言以詮理,入理則言息。自經典東流,譯人重阻,多守滯文,鮮見圓義。若忘筌取魚,始可與言道矣。①

竺道生之意,本在指出言語和物象在表達佛理中的限制,從而提出得魚忘筌,擺脫言象掣肘的體道途徑。此觀點無疑同於道安、慧遠的弘道原則,就是力求宗於佛理本義。然而,竺道生在提出超越言語的高層次體道方軌的同時,也透露出言語之詮理功能。詮理功能是指修行者在思慮之間,借助言語令思慮越加明晰,越轉成熟,則所思之理,自越益深刻透徹,心鏡自然越加澄明,達思之進路由此得到實現。修辭的動力,便由體道的精誠信念所驅使。

《神思》强調辭令的重要,正體現在曉暢思路與提煉精理二方面。而在超凡入聖的願力下,兩項功能的闡釋,莫不依止於修行入聖的神思理念,以配合立文徵聖的發動目的。是以"樞機方通,則物無隱貌",便非單純説明語言曉暢思路的作用。物既在目前,無所遁形。其所隱者,乃物色所藏之理,物色含理,以其皆沿理順成。觀物能具備會理的意識,則目沿之物,莫不可見神理;若無會理之自覺,物雖在目前,卻只落於繽紛色相。會理的動機明確,則以文辭寫物,自然能循理而動,是所謂"通"之意思。辭令表物之制限,

---

① 《高僧傳》卷 7,頁 256。

第八章 徵聖體道精神下的神思與物色：融道入藝的文學觀念建構

緣乎不明徹理之道,正是心有滯根所致。

觀夫晉來禪修,無論是孫綽的遊放山水,還是慧遠、宗炳的即象寄誠,莫不沿物貌以尋理,由理徹而使心通神道聖教,領悟佛慧,而未有爲辭害意者,不但由於修辭工夫的純熟駕馭,更在於修辭而能立誠,會理之願力純正而明確。禪修中的洗心觀念,着重以心體觀照物象包藏之理,洗心是精誠練歷的過程,澄心徹理,非一蹴而就。慧遠之見佛影,乃在經歷無數黯寂靜慮之長夜後,於一黎明將至之際,始恍然通達佛影承載之神理。其所對之物色,夜夜如是,而心智卻因思慮越照越澄。當其心未澄明,智未通徹之際,物色依舊,佛影之理雖存,卻無法得遇,是爲物貌有隱。此知物貌之無隱,在乎立誠的持恒以及修辭的煉達。體現神理的能力與體會神理的心志鍛煉,在制作合乎神理的文章而言,雖不至於等量齊觀,卻同是不可或缺的要素。

三、氣：支持神思運作的生命力量

至於練神方面,作爲思慮的原動力,劉勰要求由志氣作爲使神無遁心的關鍵,是將養氣作爲練神的修行法門。養氣的觀念源自《孟子》,而自曹丕以氣論文,文學論述中對氣的重視態度,亦成漢末以來之定勢。《風骨》謂曹丕"並重氣之旨",解釋了氣在《文心雕龍》的創作理論中佔列席位的歷史權威依據。而《養氣》開篇標舉王充"制《養氣》之篇",則是進一步於中國傳統中尋找養氣之思想淵源。劉勰將養氣論融入於立文場域,其氣論本身並沒有全盤接受曹丕之說,更多的是借其論氣之先例爲臺階,以申述養氣的觀點,以及氣與神的密切關係。

《神思》將氣視爲統神的關鍵,箇中原委可於《養氣》的論述中得到解答:

心慮言辭,神之用也。……鑽礪過分,則神疲而氣衰。

　　　　志盛者思銳以勝勞，氣衰者慮密以傷神。

從劉勰分析思慮原理的文字看，氣於神之重要意義，在於以文表述思慮的過程中，立文者需動氣損神。修行者在禪思中關注神與思的運作狀態，自晉初孫綽便有例可見，而氣則未多提及。劉勰提出氣與神兩者存在互相影響的關係，神疲可致氣衰，氣衰亦會傷神，是注意到中國的修行傳統中，一直重視氣，亦有養氣的修行方式，可融入於練神的理念。王充論氣，以為氣主宰生命強度：

　　　　人之稟氣，或充實而堅強，或虛劣而軟弱。充實堅強，其年壽；虛劣軟弱，失棄其身。……稟壽夭之命，以氣多少為主性也。①

王充認為氣自人生即稟自於天，強弱決定了壽夭之命。劉勰在《養氣》中，亦表達了氣有強弱的觀點：

　　　　童少鑒淺而志盛，長艾識堅而氣衰。

劉勰認為年少氣盛，年邁氣衰，乃"中人之常態，歲時之大較"（《養氣》），意指聖人以下之眾生，其氣大多由盛而轉衰。

　　由此觀之，劉勰理解的氣，接近生命力的意思，也即孔子所謂"血氣方剛"的血氣。《文心雕龍》兩度提及血氣一詞，皆表達自然而發的生命動力。《聲律》謂：

　　　　夫音律所始，本於人聲者也。聲合宮商，肇自血氣。

人自然發的是聲，而使聲合於宮商音律，則要調動氣力刻意而為，控馭聲音合乎人工的表達。此氣力也即血氣，血氣作為生命力量，既可自然而發，也可刻意支使而成五音，表達出合乎神理之數的樂章。是故《體性》言：

---

① 《論衡校箋》卷1，頁27。

第八章 徵聖體道精神下的神思與物色：融道入藝的文學觀念建構

>才力居中，肇自血氣。

文章制作必須調動血氣，發乎情的自然表述需要血氣；驅遣才力使文章合乎藝術表現，更須要力氣；若要使文章涵藝蘊道，配符神理之數，如聖文之銜華佩實，則所需要調動氣力之巨，自是超乎尋常。孔子刊述《五經》，開道藝並融之文範，端賴極大的才力，王充許譽爲"周世多力之人"，便是讚嘆孔子付出過人的生命勁力。是以無論自然還是應然，一旦要制作，要表達，便須調導此生命原動力，且自覺刻意而爲者，所須血氣更爲龐大，由是方有衛氣的需要。

劉勰提出養氣之目的，便爲使思想保持精銳的同時，生命力不受損耗。此思想亦啓發自王充的養氣觀點，《訂鬼篇》云：

>氣和者養生，不和者傷害。①

王充以爲使生命之氣和，是保元之法，而《養氣》中對於氣的保養追求，亦是以"和"爲貴，淵源可鑒：

>率志委和，則理融而情暢；鑽礪過分，則神疲而氣衰。
>若銷鑠精膽，蹙迫和氣，秉牘以驅齡，灑翰以伐性，豈聖賢之素心，會文之直理哉！

"率志委和"即養生之和氣，"鑽礪過分"便是氣之不和，以損傷精神氣息。但王充的養氣觀念與和氣概念，尚未明確使和氣從養氣的方法上實現，劉勰則是在此基礎上，試圖循實際的養練，使內在之氣能夠改善。而且強調立文過程"蹙迫和氣"，能即近聖人澄心會理之立文特性，則和氣的養練，在立文體道中，便確立起實際的需要。此雖未至爲修行法，卻指出了氣在修行中的位置，與神有所相類。故兩者同樣作爲支持思慮的力量，一旦鑽仰思慮過分，神、氣

---

① 《論衡校箋》卷22，頁934。

亦俱損耗。

四、養氣與練神：静慮結文的條件

神與氣之別，在於神的存有，據自神不滅以成佛的信念，可穿越形骸之腐朽，續存於新的形體之中。而氣的生命力，只表現於生命斷限之內，如王充謂：

諸生息之物，氣絕則死。①

氣絕則身亡，是由生命經驗的觀察與累積而得的看法。《風骨》云"情之含風，猶形之包氣"，亦透露出氣受形限的質性。由此推之，修行的精誠雖然依靠神的不滅性來接續，但在生命起滅的一世之中，能否使修行境界提升，則端賴於生命力的支持。倘氣軟弱不足，則有礙體道的進程。在此理解下，氣便決定了練神的進度，也決定了神馳運思之遠近。是故志氣之關鍵將塞，神便有遯心。尤其當修行一旦要以立文為實踐方向，則更需依止於生命限度，支配當世生命精神的氣，便顯得更為重要。

氣之持衛，旨在保持生命强度，除卻支持文思表達，更為使神能應付專思寂想，則養氣的養神作用，在神思中尤為重要。故其論養氣，在文章制作中，乃是以保神為目的，《養氣》篇末謂"玄神宜寶，素氣資養"，便是此意。養神在於達思，《神思》謂神之遠者，能寂然凝慮，思接千載，顯示出神之馳運，當經歷由凝慮到入思的過程。蓋凝慮是進入禪思的重要階段，如慧遠在《萬佛影銘》中便是夜夜静慮，使思理轉精，感理無隔。静慮精思要求高度集中的精神，劉勰認為需要生命氣力的支持；神之思慮一旦動用衆生皆有的生命元素，以氣作為使凡俗得以練神達思的基本力量，便表明了凡

---

① 《論衡校箋》卷5，頁233。

第八章 徵聖體道精神下的神思與物色：融道入藝的文學觀念建構

俗擬迹聖門的可實現性。而劉勰所言之養氣，實際上已融入了禪修擬聖的觀念於其中。《養氣》贊語云：

> 水停以鑒，火靜而朗。無擾文慮，鬱此精爽。

以禪修爲解說養氣的基礎，氣無論其本質屬清屬濁，是剛是柔，其養練之極致，皆是達至使神通無礙、思理澄明的境界。水火之喻，來源有自，僧叡於《關中出禪經序》便以水火比喻修習禪法之繩墨：

> 夫馳心縱想，則情念滯而惑愈深；繫意念明，則澄鑒朗照，而造極彌密。心如水火，擁之聚之，則其用彌全；決之散之，則其勢彌薄。①

馳心縱想是指禪修未入專思寂想，謝敷《安般守意經序》有謂：

> 若欲塵翳心，不常立者，乃假以安般，息其馳想，猶農夫之淨地，明鏡之瑩剗矣。②

謝敷提出的是乘慧入禪方法，馳想的狀態，是指禪修者思慮未專，其心易爲欲塵所惑，假安般以守意，使心無雜念，便是偃息馳想之意。安般是數息之法，由數息而入禪靜，是與虛靜同樣有止亂之功。注意到馳心縱想的問題，反映禪學觀念在中土發展越臻成熟，禪修的精神狀態，越加明確要求高度專注的禪定層次，比照晉初孫綽馳神運思的放懷態度，已迥然有異。

僧叡是處以水火譬喻禪修之思慮，便是提倡專精的要求。水決則斷，火散終滅，是馳心縱想之喻，藉以說明用思不專，終無法澄心應理。唯用志不紛，繫意念明，此集中之力，便有若水聚而成明鏡，火會而放大光明，禪修如此，便能洗鑒六府，圓照無礙，是即"澄鑒朗照"之謂。劉勰所謂水停與火靜，亦爲表達澄鑒與朗照之意，

---

① 《出三藏記集》卷 9，頁 342。
② 《出三藏記集》卷 6，頁 246。

以停、静爲澄照之條件,是本静慮的修行要求而提出。静、停而能
夠鑒照,是勢之蓄聚所致。水決則停極而不能鑒徹,火散則静極亦
無能朗照,惟蓄聚之力大,方能圓照無邊,如日方中;故静慮與繫意
念明,皆指歸於專精至極之義。僧叡澄鑒朗照之終極目的,乃爲使
心具足發動神通的力量:

   心無形故力無上,神通變化,八不思議,心之力也。①

禪修者發動神通變化,源自心力支持。心力之強大,在於不受形
累,不爲情滯。僧叡特取心爲發動力源,乃因心與四大外物相較之
下,顯現出無形而輕極的質性:

   地質重故勢不如水,水性重故力不如火,火不如風,風不
  如心。②

地、水、火、風是爲四大(Empedocles),佛門視之爲組成萬物的基本
元素,是物之基本組成單位。心力比四大之力要大,在於没有物的
負累。無所負累,其力故大。是以心若無法超越外物之負累,滯於
物而情念不息,則心之力量未足運變神通。故澄鑒朗照,乃爲消解
心之滯累,使達禪定神通之境界。復知劉勰謂水鑒火朗,則能"無
擾文慮",正反映出澄净無塵的心,不爲萬象所紛擾,不爲情念所壅
滯,是令文之神思得以馳運悠遠的關鍵。而從澄鑒朗照之精神要
求,可知養氣的作用,乃爲支持立文者之思慮能入專精。

  劉勰提出養氣觀念,顯示出爲文家提供養神之一方。其所要
求神能發揮足夠的力量,涵蓋積學與研閱等神思發動前的準備工
夫,以至立文時候的精神狀態,因而養氣實際上支持着神思的整體
發揮,從保神爲根本,而以静慮澄心之禪思境界爲實現理想。保神

---

 ① 《出三藏記集》卷9,頁342。
 ② 《出三藏記集》卷9,頁342。

第八章　徵聖體道精神下的神思與物色：融道入藝的文學觀念建構

不離養練,澄心靜慮不外師聖,其理實遙接慧遠的"練神達思,擬迹聖門"之弘願。是以秉心養氣之術,雖取自中國傳統經驗,惟用之於支援練神和靜慮,卻顯現出禪修思想中寂照澄心的追求。

劉勰以養氣解決文慮所需之精神虛耗,是嘗試將禪修洗心的法門,移用於對治陸雲所謂的"用思之困神"的立文困境當中。陸雲在與兄長陸機之信中嘗云:

> 兄文章已自行天下,多少無所在。且用思困人,亦不事復及以此自勞役。①

陸雲的本意是勸兄長多加珍攝,其中透露出制作文章於精神體力的虛耗。而劉勰特將"困人"改作"困神",更爲突出由思慮而致令人身疲乏者,不在於筋腱勞損,而是精神的疲憊困滯。藉由資養素氣,使神不受困,思能達用,則養氣使修行者透過洗心而調整思緒,使立文之思慮更爲清晰,存養精神,顯然是配合神思發動之根本工夫。在支持神思暢達的要求上,劉勰指出"素氣資養"的觀念,而在結慮成文的過程中,亦要求:

> 綴慮裁篇,務盈守氣。

守氣與養氣,皆透露立文乃屬極爲損耗生命力之精神活動。不同於使情的性質,情之感動,自然誘發,"一葉且或迎意,蟲聲有足引心"(《物色》),情之爲累,在於拖宕精神生命;而氣之使運,調動軀體血氣,對形體生命必然有所虛耗。是以立文過程中,若能保持使氣充足,避免氣竭之累,對於會理深明、組織辭令,有重要幫助。

劉勰補入氣、辭的養練層次,是從立文的範域提取元素,並且具有實踐上的考慮:氣與辭並非簡單的補入,而尚要求兩者比肩相濟。《神思》有謂:

---

① 陸雲《與兄平原書》,載《全上古三代秦漢三國六朝文》,全晉文卷 102,頁 2041。

> 方其搦翰，氣倍辭前；暨乎篇成，半折心始。何則？意翻空而易奇，言徵實而難巧也。

氣不足故有礙神之馳運，然而單是氣足亦未能使思理表達完整。同理，在文辭表達無礙的同時，還需考慮氣是否足以支持文慮之思。《神思》中便舉"王充氣竭於沈慮"，以明素氣資養於文慮中的重要性。兩者的相輔之功，於《風骨》一再重申：

> 結言端直，則文骨成焉；意氣駿爽，則文風清焉。若豐藻克贍，風骨不飛，則振采失鮮，負聲無力。是以綴慮裁篇，務盈守氣，剛健既實，輝光乃新。其爲文用，譬征鳥之使翼也。

以言辭爲骨，以意氣爲風，正是呼應《神思》辭與氣的概念。《風骨》以明夷使翼奮飛，表明文采與氣力兼善，方能發揮會通神理的最大力量：

> 夫翬翟備色而翾翥百步，肌豐而力沈也。鷹隼乏采而翰飛戾天，骨勁而氣猛也。

翬翟皆雉類，《爾雅·釋鳥》言雉：

> 雉絶有力，奮。①

《說文·奞部》又云：

> 奮，翬也。②

翬備色則能奮飛，蓋是傳統之意，而劉勰認爲單憑備色尚未能奮飛，是因氣力不足。《辨騷》謂屈原"奮飛辭家之前"，正因《楚辭》"氣往轢古，辭來切今"，辭氣備足，風骨相偕。氣力充盈而暢任於空際，是骨髓風道之狀態，以此知辭氣以充盈狀態相配，是使文章

---

① 《爾雅注疏》卷10，頁354。
② 《說文解字注》，四篇上，頁144。

充分表達神理的條件。

劉勰刻意爲練神與達思制訂掌握法門,而且以人生而秉有的元素:言和氣爲實踐關要,正是試圖資取禪修經驗於立文修行,發展出一套文士可遵循掌握的實踐程式。

第四節　體物與象真的體道意義

一、體物意義的提升:研察神理

漢以來藝文的發展一直尚情,陸機概括的文思,特重緣情與述情。物作爲抒情的媒介,體物的本質實際上也爲表情述志,《詮賦》稱賦體功能是"體物寫志",正是對以抒情爲基調的藝文創作的明白理解。因此由情動而興起的文思,亦特重感物活動,而表述的藝也益求精緻細膩。

《文賦》以"詩緣情而綺靡,賦體物而瀏亮"概括藝文創作的特性,皆是强調細膩刻劃的筆觸,這便是在尚情風氣下相應的寫作取向,對作者之衷情以及由感物而興之情,皆要求精緻的表達,體物的緻密亦是細膩述情的一種手法。周汝昌先生解"綺靡"一詞爲細密靡曼,①以爲綺靡乃細膩精微之意,不但恢復陸機的本義,亦反映了時代對緣情體物的正面態度,可見這種崇尚緣情之作本身並没有負面意思。故《情采》稱"爲情者要約而寫真",《明詩》稱宋初至近世的詩作"情必極貌以寫物","極貌"的描摹手法在於將作者興情感物的情狀寫得至真至切,講究興情之深切與自然,是尚情之

---

① 周汝昌《陸機〈文賦〉"緣情綺靡"説的意義》,載《文史哲》1963年第2期,頁60—61。是説已爲學術界所接納,如羅宗强先生與張少康先生皆認爲合符陸機的本意。(見羅宗强《讀文心雕龍手記》,《〈文賦〉義疏》,頁245。張少康《文賦集釋》,頁111。)

文發展極爲成熟的體現。

　　劉勰指出近代體物書寫,寫真的焦點從情轉向於物,故云"體情之製日疎",暗示了作者被工具支配而喪失了緣情立體的自然元素,是對藝文的傷害。其論時文之弊的要點,在於"爲文造情"和"採濫忽真",情的失卻與失真,是謂不自然。此實本乎傳統文論之說,不出《文賦》等文學理論的思維格套。是以從緣情的理路研察體物,較難突顯劉勰對於神思體物的開創意義。此因劉勰的神思觀補充了會理的精神獲得,這種想法並不來自緣情一脈,重理的思想,本自晉來體道方式與原理。神思乃至劉勰討論藝文創作的體物原則,都與時代累積的修行體道觀念脈脈相關。

　　原本體物的目的是爲述情,而在禪修觀的引入後,則延展出明理的方向,使體物除卻抒啓作者自然煥發之情志,更有研察神理的作用。在體道理念下理解文思中的體物活動,便含有研察神理的目的。同時,貫徹道藝並融的立文理想,則體物的藝術講究,亦補充了體道意義的解釋。

二、由體物而體道的上達原理

1. 以山水爲即像會理之媒介

　　在魏晉以來玄佛的體道修行文化中,物象作爲感通之中介物,體物一早已具有體道的作用,是領會神理的權假,由是產生多種多樣的體道介物與體道活動。在山林禪修活動的發展中,山水成爲至道在有世間的重要表現,修行者面對自然物色,所觀照的是彼此同出道徼的共性,而超越於由物情造成的物我之別,則徵聖立文觀念下的物色,實已不全作爲賞心悅目之用,而具明確的修行意義。感物的精神活動經由聖覺開悟之導引,使物色成爲修行成聖的魚筌。這種對神理尋索的觀物取向,必然是在明確意識到萬物皆藏神理的思想背景下,方能使物情朝向神理轉化。佛影與山水,便代

第八章 徵聖體道精神下的神思與物色：融道入藝的文學觀念建構

表着神理的具體呈現。佛影是佛陀得道的化身，山水則以形媚道，莫不是方象至道的形器，指引成聖的方向。如湯用彤先生所言：

> 文學與思想之關係不僅在於文之內容，而亦在文學所據之理論。①

自然物色的意義與作用轉變，是受到成聖思想滲透影響的結果。山林草木在魏晉六朝時期的思想與文學場域，均佔據一時無兩的地位，反映的不獨是對題材的共同取擷，更重要的是説明此共性，乃是在體道的時代衷願下的"特殊時代之新精神"：

> 此一時代之新表現不僅限於哲學理論，而其他文化活動均遵循此新理論之演進而各有新貢獻。②

所謂的新理論，正是由佛學帶動對體道問題的一系列探索，包括對本體的思究、詮釋，以及憑藉有限的形器工具體現本體的可能等等，一切圍繞本體展開的議題，實際上是人對於超越有形生命的永恒本源的關懷，對精神生命之開拓，視爲人至極之理想，是其時成佛思想在中土弘化的産物。

物色當其體道功能未成立前，乃爲觀者之心所使所用。老莊以遊仙態度看待物色，不外取悦與舒暢我心。如《世説新語・賞譽》劉孝標注記載謝安賞覽山水之緣故：

> 《續晉陽秋》曰："初，安（謝安）優遊山水，以敷文析理自娱。"③

謝安與孫綽數請益於支遁，遊放山水之間，皆不忘尋理修行，敷文析理，致趣相同。惟"自娱"一詞便透露出此際士人對於會理修行

---

① 《魏晉玄學與文學理論》，載《儒學・佛學・玄學》，頁281。
② 《魏晉玄學與文學理論》，載《儒學・佛學・玄學》，頁280。
③ 《世説新語校箋》劉孝標注，賞譽第八，頁260。

之旨，自足於表現一己所明之理，而未覺窮理盡性之持恒願力，則即物而會得之理，終未圓融至極，修道觀念仍不得通透。此感物徘徊在搖蕩性情之間，即使作爲修行之用，亦是由種種嘉物之會見，以堆砌成全得道之心志，雖說我與物可共融爲一，然會理之道尚未自覺，物我終是對立兩分的狀態。

　　禪學的傳入，爲道的成物過程鋪展出理路，由明白道之成有而了解神理化物的原理，開示物色在世間的體道意義，山水所蘊涵通情達理的修行性質，方才滋長出來。在即物以求本的思想下，採擷物色的內容，亦轉向於本真的描摹，以直探內蘊之本體。湯用彤先生認爲其時文家之所以能夠注意到山水呈現本體的意義，正是緣自東晉以來，中國人從"有"之角度解讀佛學之影響所致。先是東晉向秀、郭象等推行"崇有之學"，其後雖屬般若學隆盛而貴無之時代，期間卻又因《涅槃》與《成實》二經之出，使緣"有"以解佛之風盛行一時：

　　　　至晉之末葉、劉宋之初，《涅槃經》出，而爲"有"。
　　　　蕭齊之世而《成實》大盛，爲"有"。①

是以於宋、齊之際，中土佛學尤其涅槃學說，乃選擇循有的方向了解道本。對於法身的內涵：

　　　　不從無名無相方面說，而是積極地描述本體。②

所指正是文家竭力摹寫山水的本真面貌。事實上，毘曇學是比涅槃、成實兩宗更早傳入中國的有部學派，而且魏晉時期傳入的有部禪法皆來自毘曇學，因而解釋魏晉六朝佛學重視從萬法中領悟實相的宗派起源，可推於更早。而其時禪修學問不論有宗還是空宗，

---

① 《崇有之學與向郭學說》，載《儒學・佛學・玄學》，頁260。
② 《崇有之學與向郭學說》，載《儒學・佛學・玄學》，頁261。

第八章 徵聖體道精神下的神思與物色：融道入藝的文學觀念建構

皆流行觀假即真的思維，如僧肇的禪修觀，便是於萬有中領悟本真：

> 所遇而順適，故則觸物而一。如此則萬象雖殊，而不能自異。不能自異，故知象非真象。①

象非真象，是指本真非是即目所及之物色；然凡夫對於本真的認識，卻又需依賴萬象以會通唯一至道。在此循有體道的觀念下，物色便具有描述道體的作用。這是早期中土佛學崇有之風以及禪修思想於文學的折射影響。

物作為會理體道的中介，雖然已顯豁於兩晉禪修思想當中，然而，縱使支遁、僧肇等高僧已就即物無礙的觀物態度進行說明，但對於中土的白衣居士而言，卻未必完全領會。曾與釋道安和支遁有交往的郗超，為士人中虔誠奉佛的表率，在《奉法要》中既重視會理，同時又以物為體道的阻礙：

> 信心夭固，沮勸無以動其志；理根於中，外物不能干其慮。②

郗超之意，表明以精誠之心修持，兼以循理為務，則能使感應超越外物的干擾與阻隔，由此令精神狀態高度集中，感理體道。強調修行過程必須一直理植於中，是當其興情感物之始，已明確會理之目的，既而在發動感應，開發佛慧的過程，則能以理阻隔外物之干擾。

郗超理解的外物，傾重於負累的詮釋，是以感物為會理之大戒。觀乎《奉法要》的主旨，乃為表達尊奉佛像以寄誠修持的像教思想，知其所謂外物，並不包括佛像在內。這是佛理觀念尚未圓通的反映，在此理解下，強調興情感物的藝文，難與體道產生銜接點。

---

① 《不真空論》，《肇論集解令模鈔校釋》卷上，頁 103。
② 《弘明集》卷 13，頁 89 上。

以郗超一心奉佛且與名僧多所交流,尚有此困滯,可知以感物爲體道成聖的理念,實經歷漫長努力才能形成。嗣後慧遠、宗炳在即像觀想的修行中,覺察臨處於自然物色的禪修活動與像教的相同處,感物的意義才越加顯豁和受到重視。由慧遠擬像佛影,乃至宗炳摹描含神道的山水,感物活動已由純粹的搖蕩性情,轉向爲神理的尋遇,由此邁進體道入聖的路向。

2. 以會理爲目的之感物活動

六朝文論注重感物有"搖蕩性情"的作用,劉勰於《物色》謂"物色之動,心亦搖焉",是認同物色的自然功能。在立文體道上,緣情是本然的表達,明理則是後天學練而得的體道自覺,這種自覺既爲提升自我之精神生命,亦爲使衆生能由文而開覺,共同反本體道;故劉勰論立文之神思,尤重視積學與應理,使立文能自覺而覺他。此自覺的意識,可用詩論中"志"的觀念來詮解。志非限於詩,劉勰稱諸子之文,亦以爲"志共道申",惟詩之志,卻尤能表達聖覺之下作者看待物色的態度。志之異於情者,在於作者明其立文之淑世責任,包含超越自然感動的應然自覺,聖人之情懷抱成化天下之弘願,便是志的體現。志孕於自心,而合於道,以心通道,必循理徵,故知志亦必依止於理。

以此徵聖立文,當明自然任情之上,復有明理申志的意義。故純任物色動搖性情,隨無所定向之情變以感物,雖極盡胸臆之綺靡、物色之瀏亮,卻不免迷失於任情誤區。是以《詮賦》對於體物寫志之義,特指出感物興情雖出自然之性,然觸興致情、寫物圖貌,當以明理宗本爲大旨:

> 原夫登高之旨,蓋覩物興情。情以物興,故義必明雅;物以情觀,故詞必巧麗。麗詞雅義,符采相勝,如組織之品朱紫,畫繪之著玄黃。文雖雜而有質,色雖糅而有本,此立賦之大體也。然逐末之儔,蔑棄其本,雖讀千賦,愈惑體要。

第八章 徵聖體道精神下的神思與物色：融道入藝的文學觀念建構

物是情的體現，天地物種複雜，色彩斑駁，皆緣情所致。物色繽紛，正是觸引文家興起細膩的情感，登山而情滿於山的根源。故立文若緣起於感物而動，則設色附采，乃屬自然思想進路。惟心限於色采雕琢，物色雖賞心悅目，卻不免只作情累，成爲引發喜惡慾念的根源。物色本身無有好壞之性，人采於文而致令失本，歸因於對情思不能循理，故無法化理成爲文章體要。

是以一旦洞察循理之反本徵向，便明成聖體道爲有心之器的所歸，秉持反本之願力，立文自能效法道之文，順理以成章；起情感物，亦以會通神理爲目的，使情朝往德性方向轉化，則物色之作用便不僅爲通情，更爲使情達於至理。在性情搖蕩之間，若能使情朝上超越，觸物便能"感涉於理"。與理無隔，則一切起情的活動，包括立文修德，皆可提昇精神智慧，甚至體會至道。

至若物色之負面質性，則在會理活動中，實已不成累贅。此是在明辨象假與至理的本末位置以後，對於物色的工具定位與取態。蓋物在體道中只作爲通接神理與個體精神的媒介，工具意義極爲明確，感物亦非體道活動的終極，是故借助感物而領悟的深理，必然超過物色本身的涵義，不復泥迹於物。

劉勰在《神思》指出立文的活動包含興情感物與會理繹辭，對於會理便要求產生且延續至感物之後。《通變》提出的憑情會通原則，是以物色的功成身退來顯現，《物色》謂：

> 物色盡而情有餘者，曉會通也。

所謂"物色盡"，是指感物活動終結，而情蘊依然未止，意味此時作者之情，並非由物牽引，也即脫離了"情隨物遷"的狀態。情的存在不復依賴於物，是由於進入了從理化情的階段，情在理的提煉下，消弭了下墮性，而通向與至道成化之德的大情。蓋成物之道，以理總一，如三十輻，共成一轂，是所以邁向"會通"的進路。情能因理而通達於道,反歸造化之大源,則情的滋長已不受應物所限,而可憑理以會通道極,與聖人之情共同矢向,契神理而合一。

由此説明會通之道,是能超越感物過程中對物色的流連。物色在立文中的作用,是作爲通情達理的思想媒介,用以煥發作者起情與應理,在會理追求下對於物色之功能,已明確爲會理之假。竺道生將象假説到終極,視文字與物色皆爲表達心所會理的工具,一旦心生之理能明確領悟,則文字的作用便不復存在。劉勰在立文領域言體道,對於會理之假,則着重於適宜的處理,務使文字與物色不害文思的表達。是故當感物活動結束後,作者的文思應集中於煉情與繹辭,若依舊"流連萬象之際,沉吟視聽之區",則物色繽紛,卻反成軒輊。

三、神思的體物會理原則:即物與鑒真

劉勰言神思觸物神遊的原理,承接慧遠和宗炳的觸像禪思理路,精神狀態以應理爲終結,已流露其禪修意藴。沿體物的方向體道,神思故特重感物的精神運作,以登山觀海爲説明,是因自然物色,乃最普遍之神理呈現,亦是禪修中最常選擇用以追尋本體的媒介。

以此理解劉勰對待自然物色,尤其山林環境在立文中的作用,便不離於追尋至道,開發聖智神理,《物色》謂:

> 山林皋壤,實文思之奥府。

所謂"實文思"之功能,是在通情而契理的立文基礎上而論,所實之文思,乃是能助神與物遊、化情累而應理的神思。將應會山水的神理入於文章,立文所見之情與采,方才有神理在其中,也方才合乎聖人因文以明道的弘願。是以在體道的要求下,對於自然風物的仔細體察與精緻敷寫,務求"物無隱貌"的原則,便不復是自娛與炫

技的表達,亦非流連物色世界,而是具有求悟神理的意志總持其中。

1. 觀假即真的追求:超越工具層次的體物理念

看待極貌寫真的方式既以會理成聖爲目的,則同時亦要求觀物擬物,當有明確目的性。神思之感物態度,是以體道求真爲目的,在即物之間,持續精誠的願力,朝往至道之方向。禪學對於即物的處理態度,亦明確非常。早在晉初,支遁《逍遙論》已明言遊物之至極境界,是物物而不物於物:

> 至人乘天正而高興,遊無窮於放浪,物物而不物於物,則遙然不我得。①

支遁以爲至人之神與物遊,是與天地並存自在,而不以執持有象爲究極妙境。逍遙之境,故在神之暢遊,而不以佔據物象爲精神所得。物累越重,精神生命反而越益困滯。是以雖即物玄覽,卻未嘗取物強加於我心,方得謂爲安然自適的神遊。既不以得物爲我之所得,而神遊能使精神上達,卻又未嘗無所得,則聖者即物所祈求者,乃爲窮究至道真境,如僧肇所云:

> 萬物雖殊,然性本常一,不可而物,然非不物。可物於物,則名相異陳。不物於物,則物而即真。②

神理不能自生,故必須感物,然而僧肇強調的是由感物以領悟常一之道性,即其所謂"真"。此知狀物只是感理之工具,以文寫真,是基於會理之目的,非徒爲寫真而寫真。惟有用體道的心擬物,方能使精神上達於理境,而不停留在工具表達之上,超卻物色之限制,領悟本真。

---

① 《世説新語校箋》劉孝標注,文學第四,頁 120。
② 《僧肇答劉遺民書》,《筆論集解令模鈔校釋》卷下,頁 263。

無疑六朝擬物之風雖盛極一時，而深明其中追尋本體之務者，卻非衆所皆悉，如此衍生爲寫物而寫物之流弊，勢所必然。任何工具產生之初，乃爲實現目的與解決問題，一旦目的性消弭，工具便失去了原初的功能，甚至反而產生負面作用。魏晉六朝借物作爲體道感應的工具，敏於求道之心者，皆自覺不爲物累，而爲物化者，亦是體道意志淡薄使然；若全無體道追求，則體物遂流於一種好尚，體道之志反爲工具所瓦解。無體道之自覺，則擬狀形容，徒如工匠模仿複制，物雖極貌，而真宰弗存，以其神遊不在會理，故心終不能與神理相接。是以極貌寫真者，真非在物貌，而在神理，必待即物而後，超越物色的阻限，方能領悟。悟此可知劉勰論神思特重感物，乃因秉受了中土禪修觀念中的感物通理的意念。

　　神思的會理體道原則，是即物而不滯於物色，象真而只見其神理，盧盛江先生認爲劉勰以"規矩虛位，刻鏤無形"論神思，顯示出神思"在很多地方就不與具體物象相聯繫"：

> 神思有這樣一個虛無寂寞、無形無象中馳騁想象的過程。……在這裏，只有心神活動才是主宰，才獨往獨來，任意行動，不但支配有形之物，而且支配着物自無形無象而至有形有象。……神思活動的結果就常不是要求構成形象，而是要求形成意。①

所要形成的意，是相對於寫物圖貌的形象。神雖然由象而通運，與物而同遊，卻不是被動地接受物色。蓋神之虛靜，乃是爲沿寂而應理作準備，即物之所應會，在理而不在色，理是精神運作之最終結穴。因此，由物表而產生感應，進而超脫表象的支配，是神思必然的經歷。

---

① 盧盛江《魏晉玄學與文學思想》，頁242。

第八章 徵聖體道精神下的神思與物色：融道入藝的文學觀念建構

此由物及道的觀物與寫物之法，實是據自晉來僧侶稱述聖人即物神遊之至極妙法而來。聖人以其超越智慧而感物，顯現出感物會理的至高境界，是爲有情衆生感物之軌範。以會稽爲弘法場地的支遁，於《大小品對比要抄序》中強調理是通達聖人訓教的重要橋樑，蓋二者存在着永恒不易的相同質性。支遁的文字本身並未留下明確的以理入聖觀念，但其分析物、理、聖三者的質性，卻顯示出對當時禪修強調的感物通理觀的認識與個人見解：

> 夫至人也，攬通群妙，凝神玄冥，虛靈響應，感通無方。……故理非乎變，變非乎理，教非乎體，體非乎教，故千變萬化，莫非理外。何神動哉！以之不動，故應變無窮，無窮之變，非聖在物，物變非聖，聖未始於變。①

支遁認爲聖人之神乃凝寂玄虛，其所以能靈應四方萬物，只是應萬物之感，非其神遊以感物，此實貫徹其"萬物感聖，聖亦寂以應之"的想法。這與馳神感應的神思狀態略有不同，但其中指出器物具有變化多樣的質性，如同聖人之教亦非一途，雖作爲弘道的媒介，卻不是至道。要體識道的永恒不變本質，需要從理上尋索。支遁所謂的理雖然是物之分理，卻包含道體成物之徵向性，只是其理解的徵向仍停留於器物之上而已。以物的無窮之變與理的恒久不變質性對舉，兩者的迥異，是佛家分判道體與物色的共識。

物之千變萬化，説明了要接近於聖道，雖然端賴於感通理應，卻又必須超越感物的層次。蓋單純的感物並未能體識聖的本質，惟有超越物之外在形態變化，於感而上達至思，在不易之理中，方能體會至道，故其指出聖人之感應，乃超越器物與言教，謂：

> 聖人標域三才，玄定萬品，教非一途，應物萬方。……崇

---

① 《大小品對比要抄序》，《出三藏記集》卷8，頁299—300。

聖典爲世軌,則夫體道盡神者,不可詰之以言教;遊無蹈虛者,不可求之於形器,是以至人於物遂通而已。①

支遁之意並非要否定言與物的通介本體作用,而是在掌握工具傳達的基礎義理層次後,要不滯於言語與物色,此因物之所成由理,文之所詮亦爲理,至道並不在物與言的本身,言與物終究只是權假。支遁是處以聖人體道爲説明,知其所言之道,乃是關乎窮神盡化的宗極至道,同時曉示了體道的最高典範:聖人與道同體,擁有與道相同的質性,才是體道之至境。在支遁的理解,物性在於變化,理則從道秉具永恒不易之性,方是體道成聖的真正追求,得理則言物皆可遣落,這是王弼言意觀大行其道所帶動的體物思維。

支遁以變來展現理與聖的共同本質,其後的僧肇,更直接指出二者的相即關係:

> 無名曰:"夫至人空洞無象,而萬物無非我造。會萬物以成己者,其唯聖人乎。"何則?非理不聖,非聖不理。理而爲聖者,聖不異理。②

此言聖人"以虛無爲體",③一心寂滅,空洞無象,以此智慧而周照萬物,故同時能夠"會萬物以成己",意在解釋真空妙有之旨。此雖是從宗極義上立説,理總真如與萬法,聖人亦體包虛空與萬有,但其中卻表達了至道之中,唯理與聖。故理外無聖,聖外無理,理即是聖,聖即是理。僧肇所揭示的聖理同一關係,令理成爲了學聖内容的關鍵。

劉勰於《神思》贊語云"物以貌求,心以理應",表明了覺識感物之外,尚注意到心需要悟理開智,方合稱神思。神思之所以能思接

---

① 《大小品對比要抄序》,《出三藏記集》卷8,頁301。
② 《九折十演者·通古第十七》,《肇論集解令模鈔校釋》卷下,頁440—441。
③ 《般若無知論》,《肇論集解令模鈔校釋》卷上,頁197。

第八章 徵聖體道精神下的神思與物色：融道入藝的文學觀念建構

千載、視通萬里，關鍵不在耳目，耳目所能接收的是有限物色，物色駁雜無邊，徒追逐分別物色，自然應接不暇，心無所住。若明理爲物色之共同本源，則以理一而可總萬。縱然物色不在目前，亦能以理會通，此即"形在江海之上，心存魏闕之下"的形象解釋。這種憑理穿越一切空間隔閡的精神層次，在僧肇回復劉程之的信函中便有提及。其時劉程之在廬山從慧遠修行，只能以通信的方式向僧肇請益佛學，僧肇因此而勉曰：

> 江山雖緬，理契即鄰。①

僧肇之意本在說明兩心苟以真理會通，雖身處兩地，亦不成障礙。由此卻透露出理爲會通的關鍵。此會通之意，不單在人心之間，亦在心與物。蓋理爲萬化之本，以理把握物色，知其同出一本，則物色無論時空遠近隔阻，亦無差間。心明理一，物雖遠亦如在目前。故神思之神遠，是以通理於心的原理發動。心以理通的想法，至《知音》有更爲顯豁的論述，進一步表明秉承着此觀念的氣脈：

> 世遠莫見其面，覘文輒見其心。……故心之照理，譬目之照形，目瞭則形無不分，心敏則理無不達。

心秉具照理之功能，亦以達理爲目的，正由於理本於心，照理愈徹，則自心亦每鑒愈澄，原理與禪修無異。而劉勰謂"世遠莫見其面，覘文輒見其心"，是明以理會乎聖心，包括聖人立文所寄之心。此想法正來源自對理的重視，慧遠之見佛影，宗炳之會隔代聖人神思，皆是此意。足見劉勰論心與理之關係，乃在禪修論述語境之中發揮。其所重之以神通象，以心照理，是移植精神上達的禪修法門，於立文運思的理論中，可知神思的運發，乃是以鑒理澄心，使神

---

① 《論主復書釋答》，《肇論集解令模鈔校釋》卷下，頁 231。

净化的修行構想。

劉勰所創設的思想架構,展現出成佛觀念漢化後的融通程度,已從以禪修爲主體,轉向滲透於傳統文明之中,強調本土文明,自覺重提弘道的本願。從其刻意標舉《易傳》"修辭立其誠"爲徵聖立言的理念可發現,此一表現精誠作爲體道思想的關鍵文字,原本爲慧遠取用以發揚觸像寄誠的修行義,至《文心雕龍》則重新指歸於中國傳統之中,作爲指導徵聖立言的修行要求,與弘道傳統結合。這反映劉勰爲中土開發徵聖修行的新路向,已注意到從自身文化中提取養分,作爲支持觀念成立的根本力量,這一思想,正是決定其考慮素有"貴文之徵"的中國,以立文爲徵聖的介體,兼以周孔爲範的適宜性。此文化介體的轉變,可理解爲弘道策略的調整,而禪修的入聖理念,實潛藏於其中,支持成聖理想的復現。

禪修作爲提升精神生命的修行法,對於修行者的影響,亦當是由文及人的全面影響。換言之,精神生命的提升,不僅在禪修的層面得到呈現,而當在其活動之一切表現上得到顯現。於是,透過禪修方式而培養的神思,所立就之文心,亦與作者之精神生命圓融一體。以禪修實現聖境的理念,同樣融入於立文的世界中,透過立文表現徵聖的思理,便得到顯豁。

神思作爲創作實踐的關鍵思維,講究的是學思而至的上達工夫。將神思的思想源頭從慧遠的練神達思上推至孫綽的馳神運思,旨在顯示神與物遊的形態,在晉初已兼含着佛道二家的修行因子,而下學上達的心態,更隨着融入禪定神通的修行觀念而日益顯豁。至宗炳追求的聖人神思,爲上達提挈出明確的境界。這一思想演變過程,體現出以學爲主體,以超凡入聖爲願景,由此,即物神遊的中心已超乎想像力的開創問題,從禪定神通的根本意義上言之,乃以聖人出現爲期許。

第五節　本章小結

　　本章揭示佛家禪修中的神通觀，與劉勰神思的論述存在相通因子，目的正爲顯現神思的複雜形成歷程，既有傳統的思想元素，又以新思想的衝擊爲生成契機。思想概念的形成，往往經歷由模糊到具體的過程，此中轉變又端賴於條件的成熟或契機的出現。神通自借用於佛學禪修概念後，方得以跳出原來用於說明精神越於六合或接通鬼神的義涵，而轉出深層的精神超越意義，以及以理涵括德性才性、學思而達的成佛內容。

　　同理，神思的義涵雖說孕生於先秦，卻終究只屬模糊的概念。直至經歷魏晉思想躍動，仍未得以具現，說明其賴以清晰，甚至受到重視與發揮的元素，當與外來思想有關聯。而其新內容的產生，正是與佛學神通義糅合之結果。神通與神思在用於格義之初，皆爲發展中的概念，神思雖然只在《普曜經》中一閃而過，卻因神通在禪學中較早成熟的發展步伐，帶動了意義相容的神思概念朝向禪思義場開發。

　　魏晉以來的佛學修行，呈現出對聖人期許的時代精神和共同追求，劉勰的徵聖思想實際上是這種精神的總結與凝煉。而禪修的概念在文化交融中，逐漸隱藏於文化形象底下，進一步爲中國弘道與繼聖的傳統理念所渾化。因此，《文心雕龍》的修行意味雖然淡薄，但徵聖的理念實際卻是由禪修目的所轉化。而且在講究實踐之法的神思、養氣觀念中，多次透露出禪修的觀念內容，彰明神思所蘊含佛學禪修的上達原理，已顯示出以文爲中土文士體道修行的權假。

　　劉勰所提出的感物而動、以心通理，皆是人所共有的能力；憑藉本質能力通理立文，並提供氣與辭兩大實踐關鍵，目的正爲使心識藉由立文而得以由凡入聖，如此闡析神思的運作理路，乃向文家開示出一套共可徵聖的立文儀軌。

　　自慧遠以來的禪修理論發展，不斷嘗試尋求與中土文化融會，從山水修行的成佛理念，逐步延伸至山水描摹，乃至體物通理的藝文界域之中。是故解讀《文心雕龍》體道立文的主張，實不可忽略蘊藏成聖願景下的神思與體物觀念。劉勰在立文中的體物態度，是於婉轉附物之上，設定出不物於物的要求，反映出神與物遊以應理爲目的，落實在體物之中，神不能輕易爲物色帶動性情流宕和下墜，明確在聖覺之下的一切物色，作用皆爲悟理的媒介。從劉勰對神思在實踐理論上的完善，以及體物上達的精神追求，可發現立文神思的發動，是以澄心照理、追尋本體爲目的，這與禪修的理念並無異致，同樣透過精神生命的提升，實現擬迹聖門之弘願。

第九章　徵聖體道精神下的情與氣：
　　　　會通凡聖與世變的藝文理念

　　劉勰選擇立文爲徵聖體道方式，爲成聖之學創設可實踐的修行平台，使超凡入聖理念得以落實；是故在立文的問題上，亦秉持衆生皆可成佛的觀念，引入於論述當中，以尋求聖凡皆可體道的立論點。佛門以衆生皆有佛性，爲成佛廣開向善弘願，則知強調體道之性的存有，乃可爲立文乃至一切修行，提供上達之路。是以徵聖立言理念的落實，以至宗經六義的立文導向，都端賴體道之性的發揮來實現。然而"時運交移，質文代變"，"歌謠文理，與世推移"（《時序》），文章順時而變動發展，則身處去聖久遠之世，立文體道，亦不可能盡摹經典，由是便須考慮應變之方，以實踐體道理念。

　　基此，本章旨在分析劉勰在處理實踐問題時考慮的應變策略。要能超凡入聖，必須了解兩大方面，一是聖凡之隔別，明白凡夫異於聖人之處，是要知道聖之所以爲聖，以及自身的阻限；二是聖凡之共通，尋找出凡夫可上達成聖的因素，是在明白聖之所以爲聖的基礎上，超越有限的自身，通變入聖。劉勰將通變歸結在作者的情與氣之上，二者皆生而禀之，既是限制，也是通變上達的元素。此一體兩面的觀念，是魏晉以來修行觀的發展結果，最終折射在通變的思想上，而明確爲入聖的條件，由此爲徵聖立言建立起可學的具體構想。

第一節　去聖久遠背景中的通變需求

一、文體解散：體道意義的失落

體道成聖的前提是肯定學聖之可能，以徵聖宗經爲方向實現體道立文的理想，在"去聖久遠"的時空下，都不免成爲難題。《諸子》指出由時代距離所造成的文體發展差異：

> 夫自六國以前，去聖未遠，故能越世高談，自開户牖。西漢以後，體勢漫弱，雖明乎坦途，而類多依採。此遠近之漸變也。

劉勰理解文學形成的一個主要觀念是"因内而符外"，文章的明理會道層次，決定於作者的體道水平與自覺。在"去聖未遠"之世，文章發展有明道的覺識，先秦時期諸子爲文場的重要角色，劉勰認爲其時諸子能"自開户牖"，意指諸子之文能够彰顯自身的才性，又能不背聖道，是通明聖心的表現。諸子的"户牖"，雖亦有所依傍於藝，唯其呈現的主體精神，是以不同的治世懷抱，體現對世道的關懷，因此才性雖異，卻有着先聖傳續的經世用心。

隨着年代久遠，與聖世越益疏隔，時文與經典產生了差異和距離，這不單表現在文字表達方面；由於文的功能不斷擴展，撰作目的已不止於《五經》的明道經世理想。尤其在文學場域，更傾向於個人情志的抒述流露。在此發展趨勢下，文章的詮理修德作用，不免消弱，甚至背道而馳。劉勰謂諸子之文在西漢以後"體勢浸弱"，是指將文采的重要性凌駕於立德明道的責任感之上，在《諸子》中所歸究的，固然是爲攀附利祿而鬻聲釣世之士。但諸子的立文態

第九章 徵聖體道精神下的情與氣：會通凡聖與世變的藝文理念

度是時代共態的反映，劉勰於《夸飾》叙述自從宋玉、景差開始夸飾手法，文家的立文傾向已開始重視形下器物的造極形容，隨着漢末政權分崩析離，士人無法實現經世致用的理想，表達淑世關懷的立文理念也集體失落。其後文士各自以文章發揮獨特的才性，以尋求自我價值肯定，是形成"文體解散"(《序志》)的原因。

"文體解散"從詞義理解，是與凝聚相反的狀態，意味文學的發展失去了向心力，換言之，文學的發展變化越漸分散以至於瓦解。從自然界的生發態勢觀察，發展的進程往往是由單一而變化爲紛繁多樣，這是發展的常態，劉勰比《五經》作大海之源頭，衍生出數之不盡的文體支流，亦是此意。佛家解釋生命的繁衍，歸結於情；蓋情主變動，又變數多途，物貌紛繁以至不可計量，正是情數複雜的顯現。竺道生在《法華經疏》中對於天地萬物之所由成，提出了兩大關鍵：先是"理則常一"，爲一切成有之總法；然後是"三出物情"，爲物色差異的緣由。又舉例釋云：

> 如雲雨是一，而藥木萬殊。萬殊在乎藥木，豈雲雨然乎？①

成物之法出乎理，成物之形孕於情，總法而下，尚待會乎物情，體性形貌方得呈現。此明情主變動而理主恒存。雲雨藥木之道唯一，使物自道徵出，又循理反乎道；木葉萬殊之姿態，則功由情造。《通變》言論文之方：

> 譬諸草木，根幹麗土而同性，臭味晞陽而異品矣。

便是取自竺道生雲雨藥木的論述觀念，以爲根幹之麗土，如雲雨之藥木，彰顯和發揮道之有性；而臭味之所以異品，蓋由情變所孕。《通變》謂"變則堪久，通則不乏"，"通"意謂道在世間的永恒大法，

---

① 《法華經疏》卷 2，《卍新纂續藏經》第 27 册，頁 10 中。

終始如一,其爲本然存在,非由物所使;然而物顯現道之成有與恒存,則是以其綿延不絶的生命傳續,從生生之德來昭示道的偉大成化。而使萬物之生命不絶之方式,便在於"變",是謂"變則堪久"。不同領域的生命,皆是以變爲存續法則。在自然界如是,在文學領域亦如是。

劉勰亦認爲情乃造成文體產生衍變的元素,《文心雕龍》多次表達了情主變動的思想,如《時序》云:

文變染乎世情,興廢繫乎時序。

《明詩》云:

鋪觀列代,而情變之數可監。

此皆指出文章發展不離於情變。情之質性變動,物貌三千,文章九變,無窮無盡,皆緣情變所造就。情帶出生生不息的變化,是使文章發展枝繁葉茂的因素,這在主張緣情立文的時代,文學領域勢必呈現多種多樣的變化。然而變化的多樣性不等於"解散",解散是失去了生命力,也即變而失本,由此接續的變化,最終亦必然失去生命力,是謂變而不通。換言之,縱然任情立文,若不明有本,最終反而導致失情。

在文體解散的狀況下,宗經的提出尤見意義。聖人分經爲五,能有源源不絶的生氣,在於明本。《宗經》贊語謂:

致化歸一,分教斯五。

聖人制作,亦考慮到不同的成化功能而將文分成《五經》,但分殊的《五經》能夠有同一歸向,正是由於聖人立文的體道意志,令文章以道爲共同矢向,既明道爲大本,亦以道爲所宗;這種共同的體道矢向,便是凝聚文章的向心力。是以徵聖、宗經之學聖義,其所學之根本,在於恢復聖人立文的體道理想,以道爲總持,使解散的文體得以重焕凝聚的向上力量。這是由應然力量帶動的生命力。在自

第九章 徵聖體道精神下的情與氣：會通凡聖與世變的藝文理念

然生化的機制中，生長的力量來自於情，慧遠在闡明神不滅論之中，指出"化爲情感"、"情爲化之母"，①已明確這種自然性，順情長養的生命，雖流轉不滅，卻不一定會道。至若在應然的成佛理念裏，生的力量則來自於向道的理，竺道生謂"佛緣理生"，②由感理所實現的，是向上不息以至超凡入聖，提示了一種由體道帶來的超越意義的慧命。

緣情與緣理而獲得的生命，分屬本然與應然的階段。從慧遠與竺道生的佛論顯示，會理體道的自覺是越發明確而強烈的。劉勰以理提挽緣情爲尚的文學生命，使文學發展姿采繽紛的同時，又能總歸道極。情變雖是驅使文學生命自然延續的力量，但不一定能實現文明，此因情的力量存在下墜的危險，如《神思》謂"情數詭雜"、《附會》謂"情數稠疊"，皆指出情感變化的反復與不定，說明情變不一定有真正的定向。若文只有情變，没有由道總持的發展極則，徒爲自說自話的工具，便逐漸失去文明的功能。面向生命關懷的文學，必自覺於反本宗道，使生命在體現道、體會道中得到安頓。補充應然體道的立文方向，是劉勰針對當時文學發展的困境所提供的出路。

二、才性與體性的體道歸向

體道與興情並非對立的關係，即使在分殊發展的文學態勢中，亦可有反本宗道的歸向。在以論述分殊爲主的《體性》篇中，劉勰便表達了才性與體性皆可總其會歸的信念。

1. 對分殊才性自然發展的體道理念補充

《體性》提出文章概分八大體性，由人及文，造成文章體性分殊者，乃出自作者的才性，《體性》云：

---

① 《形盡神不滅論》，《弘明集》卷5，頁32中。
② 《法華經疏》卷1，《卍新纂續藏經》第27冊，頁5中。

627

才性異區,文體繁詭。

才性在劉勰的理解中,屬於分殊義。按照因内符外的立論,文章體性紛紜,在於作者的才性不一所致。由此解讀才性,便如萬物之自性,魏晉六朝的主流文學,取鑒玄學家主張萬物各自然其性的生長之道,而提出以自然爲尚的文學觀。因此將才性自然發揮,以淋漓表現各自的體性,是文家以爲合道的創作方向。劉勰接受當時文學的自然論,認同作家各自以體性表現自性之獨異。《體性》所謂"各師成心,其異如面",正指出作者憑内在分殊的才性制作,表現出不同體性的文章。在《體性》的前半部分,皆集中説明這種分殊的文學體性,而總括爲"自然之恆資,才氣之大略",表明才性的理想表達,當是自然而發。

這種從標榜"異"而妙體玄遠的原道方式,是由魏晉玄學體道思想衍生的文學追求,惟依賴永無止息的翻越以保持獨異之性,甚至回避聖人的才性,終究無法獲取真正的道。聖人是體道的證明,學聖之終極目的乃參法聖人體道的經驗,由《文心雕龍》提出徵聖的理念,足以顯示劉勰在接受時代自然説的同時,補充了沿學聖一路而獲得的體道方向,爲不同才性的文家,提供能夠安頓精神生命的立文體道方向。此爲劉勰的貢獻所在。

在體道成聖理念中,衆生既然皆可超凡入聖,則文章的各種體式、作者的不同體性,亦同樣可以妙契神理。將才性自然焕發,是文學創作的基本要求,此即自然緣情的時代主張;惟劉勰強調立文的八種體性,皆可"會通合數,得其環中",突出了立文的應然意義,顯示由各種才性形成的文章體性,皆可會向神理大徹,是恢復其反本歸極的覺識。所謂"得其環中",正是反本之意。

2. 以雅體攝受一衆體性

劉勰雖肯定衆體皆可會道,然而在文論中特別重雅,此因雅屬於聖人文章之體性,故《體性》尤爲強調以練雅爲基本功。於此聖

第九章 徵聖體道精神下的情與氣：會通凡聖與世變的藝文理念

文體性與其餘衆體的關係，雖皆本乎道，卻非等量齊觀。若練雅爲發展一切體性的基本功，則雅的位置，當爲最近本者。劉勰將雅放置於八體之內，又指示衆體環中之方向，對於雅的定位，顯然有別於傳統的雅俗對立觀念，是刻意爲應對文體審美衝突的需要而提出的策略，有必要細究。

《體性》言文章之八體，存在兩兩對舉的關係：

> 一曰典雅，二曰遠奧，三曰精約，四曰顯附，五曰繁縟，六曰壯麗，七曰新奇，八曰輕靡。……故雅與奇反，奧與顯殊，繁與約舛，壯與輕乖。

雅與奇相對，反映出古今文體的懸殊。雅是聖人經過琢煉的文章體性，早於經典制作時期，體性已發展成熟，相較於其他體性，明顯較爲接近神理，以後成爲詩賦之正體。相對而言，處於發展狀態的新體，既未成熟，亦追求於新奇而難以呈現穩定的狀態。雅與新體的差異除卻表現在形制上，更突顯時代作者與聖人在才性方面存在分歧，呈現出正與偏的對立狀態，從好尚層面言之，難有融合的空間。古雅與新俗被置於對立的狀態，是中國文學習慣的思路，將經與文章、雅與俗、傳統與新奇放置於對立且不相容的關係之中，便難以在《宗經》與《體性》等觀點相對的篇章之間尋找契合之紐結。然而劉勰以爲八體俱可會通神理，不必與體道理想背道而馳，打破了文學主流好尚造成的體道困局，由此言徵聖與宗經，便有落實的可能。

若了解劉勰有佛學的思想背景，則可分析其於《體性》中對八種關係相對的文體採取的包容態度，與其徵聖、宗經思想實存有內在相連的理路。《體性》強調八體屢遷，而會通合數，便可得其環中，已明白表示各體之上，有一合乎神理之數的宗極，可統攝八體。如此八體看似分殊，實有神理爲總持，可與聖人敷神理而立之經典一樣,施展順理成章之法。《體性》認爲統攝於八體者爲雅,雅既屬八體之一,卻又能攝受其餘七體,因其爲最早發展成接近聖人文章者。以最近聖文之體攝受餘下去聖文較遠之體性,此攝受的觀念誠非出自中國傳統思維,而實有資取於佛學的思維策略。佛家早在大小乘爭持的時期,大乘佛學便以攝受的方式,將小乘融攝於大乘之中,稱爲以大乘攝小乘。此一融攝的思想特點,是不鄙棄小乘佛學,但大乘是宗極,小乘只是方便,習小乘之目的,亦終爲邁向大乘佛法。呂澂先生在解釋西晉竺法護翻譯《法華經》的思想,便提到此問題:

> 竺法護自己特別注意和大力宣傳的,乃是《法華經》。……《法華經》的核心,就是以大攝小而以一乘爲究竟的思想。這一思想的產生,是因爲印度當時的小乘勢力相當大,不能簡單地加以排斥,所以就有此以大融小的説法。認爲二乘只是方便,大乘才是究竟;大乘不在二乘之外,而是包攝了二乘。所謂究竟,是在方便中包含着的究竟,即以一乘爲究竟。這些思想與《攝大乘論》把大乘與小乘對立起來的説法,完全不同,竺法護很重視這一思想,作了許多宣傳解釋,他的宣傳,對中國的大乘學説發生了實際影響。①

竺法護於西晉傳播此以大攝小思維,至六朝當爲顯説。梁武帝信奉佛法,其主張三教同宗,而實尊佛,也是運用了攝受的思想策略。② 以究竟與方便將原來對立的關係安置於同一架構,並消融

---

① 吕澂《中國佛學源流略論》,頁60。
② 王元化先生在《〈滅惑論〉與劉勰的前後思想變化》一文指出,梁正帝的三教同源説"主旨仍在尊佛,以佛爲中心。事實上,梁武帝調和三教仍沿襲前輩玄學家以老化孔或内道外儒之類老一套辦法,能夠利用的保留下來,不能利用的就干脆抛掉,或牽強附會地去加以改造,盡量使儒道向佛教湊合,爲佛教所兼併"(《讀文心雕龍》,頁40)。此即以佛爲極,統馭儒道思想。

對立的一方,此理路可以解釋《文心雕龍》的文論觀:在體道願景下,以先聖開發的神理文章體性為究竟,以時俗之文章體性為方便,則無論雅俗古今的文章制作,皆可通向神理,以神理之文為究竟目標。

這種以攝受來兼容小乘的思想策略,出自印度佛教對事理的理解,不採取對立的思維態度,而傾向運用"攝"的方法化解矛盾,這與中國思想各家之間互不相容、各據一理的情況並不相同。正由於佛教在東傳時期,大小乘並存的局面一再出現,大乘攝小乘的思維策略,復一再重現於中國,尤其在不同僧團的爭持之中,由此得以為中土所汲取。

此攝受的思維策略用於處理紛繁體性的文學生態,可將至近道體的體性作為總攝,如《文心雕龍》"文"的概念,囊括萬象乃至各類文體,其中惟聖人文章為其所特重,且用以為眾文體之大宗,避免了經與各體存在矛盾的關係。以聖人文章為一切文體之主,餘則為次,透露了《文心雕龍》所立之文學系統,以神理之文為終極,其餘文章體性皆為方便的想法。惟攝受的特點在於包攝,而非制造矛盾關係,是以不同體性皆有向道的可能,只是呈現的體貌,卻不一定為經雅之體性。是知體性非決定體道的要素,會道的關鍵在於提煉情,在向道之情的層面上,聖人與凡夫無異,只有深淺之差;一旦了解聖凡皆稟含共同的體道元素,則以不同的體性立文,皆可配合情來表達出體道之志。

三、尋找聖凡的共同本質、化解聖凡的差異

文學理論在自然論方面的發展,至六朝不僅成為定勢,而且已進入成熟階段;劉勰將體道思想融入於文學領域的策略,是在作者緣情而發之分殊才性與文章體性之上,設置體道之性,總持文章撰作的應然意向,闡發體道意義。將自然論中已發展的文學概念,補

充向道的理論演繹,才能將體道立文的理念落實於時文創作之中。其中劉勰尤爲注重的是情與氣兩大概念,前者是自然論的主要內容,後者是建安以來備受文苑重視的討論對象,兩者的共同點,是無論聖凡皆生而禀之。

按《通變》"憑情以會通,負氣以適變"的理念,情與氣二者,是作者用以通變的生命本質。劉勰以孔子爲通變之祖,孔子通變的目的在於使典謨煥發適用於世變的新義,使道的呈現不爲文變所窒礙;通變之術所以能令文章生命永恒不息,是由道所帶動的。是以指導文家的通變之術,不僅爲技法,更重要在於領會聖人創設通變之術的明道淑世用心。

文家所以能領悟聖人通變的意義與文術,正在於與聖人同禀先天共有的元素。惟凡夫之情與氣,卻又不同於聖人,一方面顯示出凡夫的制限,另一方面卻又是學聖體道的關鍵,這種特殊作用,顯現出一體兩面的觀念,此觀念模式尤多見於佛理思辨當中。換言之,劉勰的通變觀念,既以超凡入聖爲願景,而所取的通變元素,亦來源自當時佛風東扇下的聖人之學。是以考察情與氣在聖人觀念下的發展與定型,乃解讀通變入聖的立文思想的基礎。從中可以發現,佛學對傳統概念的重新演繹,是重要的轉折點。

第二節　聖凡之情的共性與限制

聖人之情在《文心雕龍》所處極其重要,《徵聖》開篇引《繫辭》"聖人之情見乎辭",[1]強調聖人之情可得聞見,由此說明徵聖立言的關鍵,在於會通聖人之情。《通變》"憑情以會通"所說明的,亦是

---

[1] 《周易正義》卷8,頁349。

第九章　徵聖體道精神下的情與氣：會通凡聖與世變的藝文理念

以情爲體識聖人通變之術與用心的關鍵。於此可見情在《文心雕龍》的體道作用，乃爲會通聖人之文心，使自然緣情的文章，能同時實現體道的衷願。情之爲會通的關鍵，是經歷了魏晉以來聖人之學的演繹，逐漸成爲玄佛論辯聖凡本質之別的主要根據。

一、漢魏聖人有情論之爭議

1. 由情的複雜含義到聖人是否有情

聖人之情之所以成爲聖人學之下的爭論議題，關鍵在於對情的理解各執歧見。關於情的概念，在先秦以前早有成熟的發展，至漢魏之世，情的內容已確立在兩方面。其一是根據《易》認爲聖人有感的觀點，《咸·彖辭》曰：

> 天地感而萬物化生，聖人感人心而天下和平。觀其所感，而天地萬物之情可見矣。①

此言聖人治理天下，如同天地化生萬物，賴感而行化成之大德。聖人能建立厚生之康莊大道，正由感知人心使然。而聖人之感，來自聖人之情，由此提挈情之感化作用。其二是以情爲精神負累之緣起，也即喜、怒、哀、樂、怨"五情"。兩種概念實皆由化生的層面解釋情的作用，卻因觀照角度的不同，而產生迥異的解讀態度。情以生感的作用，既說明天地生生之德的由來，但作爲慾念的起源，卻又兼有負面的意思。此正負兩面的概念，令情的解讀成爲複雜問題，尤其作爲無慾無累的聖人，是否亦緣情而生，情之於聖人該如何處置，都有清晰的必要，亦由是引發聖人是否有情之爭論。

湯用彤先生認爲關於聖人有情無情的討論，當是魏晉之際流行的學說，在《王弼聖人有情義釋》中指出其時聖人之情論：

---

① 《周易正義》卷4，頁164。

顯分二派，二方(指主張聖人有情與聖人無情之論家)均言聖人無累於物，但何(晏)、鍾(會)等以爲聖人無情，王弼以爲聖人有情。……聖人無情乃漢魏間流行學説應有之結論，而爲當時名士之通説(故王弼之説實爲立異)。①

從何劭《王弼傳》有關王弼論聖人之情的材料分析，其時關於聖人有情與無情的兩極觀點，以何晏、王弼二人爲核心人物。何劭載引王弼駁論何晏聖人無情説之文謂：

　　何晏以爲聖人無喜怒哀樂，其論甚精，鍾會等述之。弼與不同，以爲聖人茂於人者神明也，同於人者五情也，神明茂故能體沖和以通無，五情同故不能無哀樂以應物，然則聖人之情，應物而無累於物者也。今以其無累，便謂不復應物，失之多矣。②

是處透露聖人無情乃漢魏聖人學的主流觀點，而王弼之聖人有情論則屬特異新見。之所以出現分歧，關鍵在於理解聖人無累於物的成因不一致。湯用彤先生剖析兩者之歧異云：

　　何(晏)之無累因聖人純乎天理而無情(依王氏釋是不應物)。王(弼)之無累則因聖人性其情，動不違理(應物)。

　　何論凡聖之别，聖人無情，賢人動不違理(《論語集解》所謂之顏子怒必當理)。而小人當係違理任情。王論則謂聖人性其情，有情而動不違理，顏子以下則不能動均不違理(所謂不能久行其正也)。若推論之：小人則是情其性，爲情欲所累且不能自拔，而事必違理。③

---

① 《王弼聖人有情義釋》，載《湯用彤學術論文集》，頁 254—255。
② 《三國志》卷 28 裴松之注，頁 795。
③ 《王弼聖人有情義釋》，載《湯用彤學術論文集》，頁 259。

第九章　徵聖體道精神下的情與氣：會通凡聖與世變的藝文理念

凡應必先有感，感物興乎情，是故不應物之意，便是無情發揮感物功能所致。此知何、王二家是從聖人是否應物的分歧上，延展出聖人是否有情的辯題。二家之所以對於聖人是否應物的理解產生歧見，關鍵在於看待物的態度有異。何晏以爲物是累，故言聖人無應，旨在將聖人與物絕緣；則聖人的湛然純粹，來自於絕物無累，不受物所感，故產生感的情亦不應存在於聖體，由此得出聖人無情的結論。然而，《易・咸》卦本義便是言天地與聖人之"感"，即《繫辭》謂聖人感而遂通天下之志，[1]聖人不但有感，而且感而能通，是屬於圓滿的感應。若以爲聖人與物絕緣無感，則明顯與《易》的觀念相違。《易》言聖人與天下萬物有感的目的，在於厚生成化，彰顯自然之道，在爲天下創設文明的理念中，天地萬物之情並沒有負面的含義。王弼不同意何晏的聖人無情說，關鍵亦在於注意到物的存在，有顯現自然之道的功能，不一定爲累。因此聖人所以清净明哲，不關乎是否應物，而在於能應物而不累。

2. 以情從理的聖人之情

何晏視物爲有累，則與道同體的聖人，便純任自然至道，也即"純乎天理"，不存感應。由是聖人而下，愈疏天理者，則物累彌深。湯先生運用"理"輔助解說"情"，是引用王弼"以情從理"之語，與自然而發的情相對，理指向應然的道，是以物累的結果，爲放縱有慾之情，以致"違理而任情，爲喜怒所役使而不能自拔"。[2] 何晏理解的情有明確的下墮意思，因而有情即代表有物累，凡情之所應，皆違至理之矢向，故必主聖人無情。是傾重情之爲累，且不能轉化的負面作用。

---

[1] 《繫辭上》曰："易无思也，无爲也，寂然不動，感而遂通天下之故，非天下之至神，其孰能于此？"(《周易正義》卷7，頁334)是言天下之至感，能通於天下，此明聖人之感乃至感。又曰："是故聖人以通天下之志，以定天下之業。"(頁337)則知聖人感通者乃天下之志，以此實現成化天下的任務。

[2] 《王弼聖人有情義釋》，《湯用彤學術論文集》，頁255—256。

635

王弼則注意到情作爲感的根源，感應爲宇宙自然之作用，聖人故不能無感於物。情既爲感之發動源，則聖人亦不能無情。是以王弼認爲聖人與衆生"五情同，故不能無哀樂以應物"，乃基於感應本屬自然，故情亦當稟受於自然。是以王弼舉孔子爲例，反駁時論聖人無喜怒哀樂，也即無稟受五情之主流觀點：

> 夫明足以尋極幽微，而不能去自然之性。顏子之量，孔父之所預在，然遇之不能無樂，喪之不能無哀。又常狹斯人，以爲未能以情從理者也，而今乃知自然之不可革。①

孔子因知顏子"不遷怒，不貳過"②的體道自覺，故遇之而樂，喪之而哀，由此顯示孔子雖聖，亦有哀樂之情，此固因情乃是自然之本有。然而聖人有情卻又不累於物，則意味聖凡雖生而稟情，卻又存在差別，此差別處正是從理上昭示。

王弼肯定孔子能够"以情從理"，意謂聖人之情能循理而動，以理正情，故雖感物而無生情累。湯先生總結王弼的聖人有情論，指出：

> 聖賢與惡人之別固不在情之有無（因均感物而動），而在動之應理與否。
> 人性本靜，稟受天理，聖人有感於物循理而動，則情役於理，而全生無累。然究其無累之本在乎循理，循理在乎智慧之朗照。③

感物而動是本然的反應，動有上達或下墮，循理者乃上達之動。聖人能以理役情，則其情自入貞正之道，感物的過程亦由聖慧主導，動必應理。故感物之道，雖有樂而不淫，雖有哀而不傷。因而聖人

---

① 《三國志》卷 28 裴松之注，頁 796。
② 《論語集釋》卷 11，頁 365。
③ 《王弼聖人有情義釋》，載《湯用彤學術論文集》，頁 259—260。

第九章 徵聖體道精神下的情與氣：會通凡聖與世變的藝文理念

次第以下，越遠循理之道，情之發動，益無定向，便如《文心雕龍·史傳》所指史家"任情失正，文其殆哉"之弊。

王弼提出聖人"情役於理"、"以情從理"的觀點，從聖人之情的超越質性，感物而不累於物，以解釋其有情之論斷。這不獨爲情定性爲聖凡所共有，更以"理"來説明聖人之情何以超脱負累，這爲後來情在學聖中的作用，打開了理的徵向。

追溯以理役情的思想來源，可見於《荀子·解蔽》：

> 聖人縱其欲，兼其情，而制焉者理矣。①

荀子明言以理制情與欲，且上推於聖人爲典範，是明以理制情乃體道之法；而其所針對制化者，實以欲爲主，《正名》云：

> 心之所可中理，則欲雖多，奚傷於治！②

以理制欲爲荀子的治心策略，由欲帶動的情念，同樣由理制馭。荀子提出的制欲制情思想，是面向於普遍生民而言。但在强調聖凡異質的時代下，以情從理並非用於建立成聖理論，而是作爲加强聖凡有别的觀點。王弼所論的聖人之情，雖與凡夫同稟於既生之際，同時卻又有明確的先天制限，蓋其從理之情的德性智慧，並非由後天積學而至。王弼認爲聖人雖然"同於人者五情"，卻又"茂於人者神明"，"神明茂故能體沖和以通無"，是在玄學以無爲本的共識之下，嘗試以稟具得天獨厚的智慧，解釋聖人體無的獨性，此智慧之獨性，在於當其靜時能通於本無，當其感物而動，又能以智慧朗照神理。此徵向宗極本體之智慧，乃聖人生而有之。王弼更由此推演出聖人不可學的主張，注《老子》有云：

---

① 《荀子集解》卷15，頁404。
② 《荀子集解》卷16，頁428。

智慧自備,爲則僞也。①

後天積學而成,是爲僞。聖人性與天道,其情從順於理,亦是自然之性;循理之動既出自然而不可革易,則知智慧亦當自然具足,不假後學。故"茂於人者神明"的質性,蓋屬聖人獨具之一種不學而至的順理智慧。②

由此可知,在聖人不可學不可至的思想背景下,王弼雖從本體意識上肯定聖人有情,卻無法進一步超拔出學聖的理想,這顯然是在極強調聖凡有別的先設觀念下產生的論斷。但此一論斷,卻足以爲後來佛門在中土開發超凡入聖的禪修觀,提供聖凡共有的具體基礎。

二、以聖凡有情爲超凡入聖演論

從何劭記載王弼反對以何晏爲主的聖人無情論的資料顯示,聖人有情與無情論,誠爲流行一時的論辯主題,中土佛門人士對此不可能無悉。僧肇在《般若無知論》中,便引用王弼聖人有情論的文字,以申論聖人有知:

> 夫聖人功高二儀而不仁,明逾日月而彌昏。豈曰木石瞽其懷,其於無知而已哉?誠以異於人者神明,故不可以事相求之耳。③

僧肇於此强調聖人未嘗不有知,而特取王弼"聖人茂於人者神明"之語,解釋聖人之知,不類凡俗,如同其情自然合於天道,不學而

---

① 《老子道德經注》第二章,載《王弼集校釋》,頁6。
② 湯用彤《王弼聖人有情義釋》亦推斷:"'聖人茂於人者神明也'者,似謂聖明獨厚,非學而得,而其意則更爲深厚。……茂於神明乃謂人智慧自備。自備者謂不爲不造,順任自然,而常人之知,則殊類分析,有爲而僞。夫學者有爲,故聖人神明,亦可謂非學而得,出乎自然(此自然意即本有)。"(載《湯用彤學術論文集》,頁257—258)
③ 《般若無知論》,《肇論集解令模鈔校釋》卷上,頁167—169。

第九章 徵聖體道精神下的情與氣：會通凡聖與世變的藝文理念

知,故其知亦不可以凡俗之事相推究。僧肇雖未涉聖人有情論,卻反映出佛家融攝王弼的觀點來闡析佛理。而以聖凡有情説以論佛,則顯然更有益於闡述釋家引進的衆生皆有佛性,以及一切有情衆生皆可成佛的觀點。聖凡俱緣情生感之論,説明衆生皆可以情爲體道的基本。然而是處僧肇只是借用王弼的説法以説明般若智慧淵深,不可能滯於事相而尋究,並非否定超凡入聖的可能。僧肇的用例只是反映了當時王弼論辯内容廣泛流傳,至於聖人之情役於理,凡夫之情則爲累,如何將原本作爲精神生命下墜根源的凡情,轉向爲聖人從理之情,便成兩晉六朝佛家積極思究的問題,由此亦爲情開發出合於修行入聖的新義涵。

1. 後天積靡而至的聖人之情

佛家對於聖人之情的討論繁多,從其中較爲顯著的例子,是道安在《十法句義經序》自表積學弘法之不可以已,其中便舉引聖人由情積靡的時見：

> 安雖希高(安世高)迹,末由也已。然旋焉周焉,臧焉修焉,未墜地也。并一不惑,以成積習,移志蹈遠,移質緣以高尚,欲疲不能也。人亦有言曰："聖人也者,人情之積也。"聖由積靡,爐錘之間,惡可已乎！①

道安之引言,當頗爲流行於世,故特借以説明弘道之功不可竭,如聖人由人情所漸積,如爐錘之煉金,當其於積靡之際,尚未成聖,積靡之功決不可已。此本言聖業之不能稍廢,卻透露出認同聖人不可無情之論。此蓋因道安主張聖人同樣秉具有情衆生的本質,之所以能入聖,以其練神精毅,故能生彌深之智慧。

道安對於情的質性,並未作判斷,而在僧叡的禪修觀念中,則

---

① 《出三藏記集》卷10,頁370。

639

可發現視情爲累的看法。僧叡有關禪修的論述云：

> 夫馳心縱想，則情愈滯而惑愈深；繫意念明，則澄鑒朗照而造極彌密。①

因馳心縱想而令情累越深，是任情失正的後果。此中表明情累爲反本之戒，若要減免情滯，當效聖人以理化情，使神能明茂朗照。"繫意念明"意即神明茂，支遁有云：

> 質明則神朗，觸理則玄暢。②

質明神朗，蓋謂聖人之神明。聖人以神明天得，循理而動，故能遊於玄路而不爲情所滯。照理通徹，便是澄神朗照之境。理使情累化卻，神超暢於玄路，自入聖門。僧叡說明了聖凡之神皆可緣理朗照，聖人之情固動必循理，而凡夫之情滯，亦可由照理而化卻，流露超凡入聖的信念。

慧觀《修行地不淨觀經序》亦嘗表達相同的理念：

> 義之有本，本之有方，尋根傳訓，則冥一俱當。雖利鈍有殊，濟苦一量，若契會同趣，則聖性同照。聖性同照，則累患永遼。……凡聖異流，心行無邊。……偶變其津塗，昏遊長夜，永與理隔，不亦哀哉！③

因心行無邊，故雖非生而知理，卻能尋本而感會；亦因心行無邊，故一旦任情失正，便入累患之域，此上達與下墜的分別，便在會理之有無。由"變其津塗"而導致"永與理隔"的後果，顯示理乃指示宗途之所在，故會理是入聖的關鍵。慧觀故認爲聖凡根器雖有利鈍之差，但"心行無邊"，凡夫倘若應會有方，與聖同趣，亦可超凡入

---

① 《出三藏記集》卷9，頁342。
② 《出三藏記集》卷8，頁300。
③ 《出三藏記集》卷9，頁346—347。

第九章　微聖體道精神下的情與氣：會通凡聖與世變的藝文理念

聖。由此推重後天的會理自覺,藉以化解聖凡其先天優勢懸殊的困局。

道安的聖人之情觀,並未有闡發,卻表達了聖凡一切衆生,皆有與生俱來之情積漸;而僧叡的情觀,則明確表示情爲滯累,禪修的目的,則爲祛除情累。二者實皆承自漢魏之世的情觀念,既肯定情爲聖凡之本有,亦爲生感之自然力量;同時又認爲情乃神明入聖的負累。這是學聖思潮之下,佛門對於超凡入聖之路在中土建立理論的選擇。此見佛家面對情的兩極朝向,已逐漸摸索出以理作爲調節與轉化的思路。惟此構想的明確闡析,則在慧遠的神不滅思想與禪修觀念中,始見完整而成熟的表述。

2. 以理化情的練神成聖觀

前文論述慧遠的禪修觀念,指出其以"練神達思"、"洗心净慧"爲關要歷程,所建構的超凡入聖模式,是以神爲情的主體,又以情爲產生感物的根源,藉由感物而"洗心净慧"。洗心與净慧是相待成全的關係,心澄無垢,則能鑒照佛慧;而心之所以能澄澈,則緣於情累滌除。此中,化卻情累之清净慧力,實即神理。是知"擬迹聖門"的歷程,是以神發動禪修,在思悟神理之間,使情累泯滅,由此而令神無滯乎有情世間,沿理徹而入涅槃聖境,即其所謂:

> 不以情累其生,則生可滅;不以生累其神,則神可冥。冥神絶境,故謂之泥洹。①

此一面向凡夫之化情構想,既是融攝王弼以理役情的聖人觀念,同時又啓發後來藉由以神和情在理中的化練,實踐反本體道的修行理念。神與情皆是個體生命生而秉受的元素,在成佛的追求理念

---

① 《弘明集》卷 5,頁 31 中。

中，又是必須轉化與消解者。生命從道之有性而來，又化盡而回歸於道極，故入聖之學，不離反本的思考。在僧叡等佛徒開發出以鑒理爲澄神的思路上，理秉具化情之功的想法，自然成立。聖凡既然俱可會理，則知"練神達思，洗心淨慧，擬迹聖門"之功，乃聖凡皆可邁上之階藉。

慧遠借生命本有之神與情，來實踐反本修行，其中強調衆生皆可會理化情，練神入聖，使情在修行過程中，得以從下墜之質性轉化出上達澄神的作用，則情原本的兩極意義，得以共融爲超凡入聖的必備條件，由此確立情在入聖修行中的定位。此無疑爲衆生開設了後天"以理役情"的道路，其順理之情雖非天得，卻能在感物的活動中，因循理而達至聖人"樂而不淫，哀而不傷"的境界，無生情累。情以生感，理以化情，聖人與凡夫，既然同樣有情，凡夫之情苟能循理轉化，則不爲情累，皆可成聖。以理化情的練神達思成佛觀，在宗炳《畫山水序》中，進一步提煉出"神超理得"的概念。

宗炳藉由擬象山水，會聖人之神理，而得以澄神，此過程以摹畫山水爲應理之介物，既以感物爲基礎，則不可能無情。透過情之發生，感應宇宙神理，神便能化去情累，循神理而體道心。慧遠與宗炳對情的理解，乃視之爲感的發動源，至於感的上達或下墜的選擇，便不能依靠於情，任情會產生失正生累的問題。故佛家視情爲利害之根，是因情爲感之發動，卻不能決定應物會理之方向。因此，練神達思的主張，是爲情之發動指引上達所歸，使在會理彌深之間，將情逐漸消弭。則超凡入聖之境，其情已完全融化在至理之中。如此將情妥善放置於修行的必經程序，雖然對情的理解傾向於五情之累，但透過理的澄化，爲凡情開啓了轉化爲聖覺的可能。

第三節 《文心雕龍》以理化情的反本情旨

劉勰在《徵聖》中肯定《繫辭》"聖人之情見乎辭"的説法,認爲聖人之情,蘊藉於文辭之間,顯示出對於聖人有情説持肯定之態度。《明詩》云:

人稟七情,應物斯感,感物吟志,莫非自然。

有情則能感物,故一切有情衆生,會物便能產生感應,乃出乎自然的本能。此實與王弼論旨相同,肯定以情感物爲自然之性。既是有情衆生的自然之性,聖人立文固亦不離緣情而發的自然原則,是劉勰認同聖人不可無情的證明。

一、文情的最高標準:從理化累的聖人之情

聖人緣情制作出文章的典範,與凡夫緣情之制的不同處,亦關係於情的内涵。劉勰秉承兩晉佛學發展下的思想,肯定聖人有情,在於認同情可循理轉化。《滅惑論》云:

至理定於深識,而流言惑於淺情。①

劉勰認爲情之深煉,乃貞正而不詭,須憑會理以辨識道之正向,此是其要求情之發動須從理化累的另一憑證。情隨思想流轉,無有定數,故《神思》謂"登山則情滿於山",情隨物興,是未會理時,思無定契之表現。因變動無方,故情爲感物之根,既可爲利,亦可作害;要使情的變動不失宗極,唯歸乎恆常不變之理爲是。因此會通之道,在於使情能通理,神思之情能上達化累,以至於轉化爲神理,達

---

① 《弘明集》卷8,頁50下。

此境界者,可謂通乎聖人之情。以理化情,是佛門在成佛修行觀念下,對聖人概念的建構。聖人有情,故能感而遂通天下之志,是出於自然。聖人動不失理,因其以情從理,在玄學的理解,本屬於聖人之自性;及至在佛門成佛觀念中,則演繹爲應然的體道覺識。自慧遠打開情理轉化的通孔,劉勰爲凡夫之情,提供了同樣能循理轉化的機會,由此文家方有徵效聖人文術的可能。聖人之情可見於辭,其文章可與後世通感,正由於其情有理存乎其中,產生會通的作用。凡夫苟能自覺將情的發動依止於理,則在感應之間,便能有會通神理的可能。

於是反映作者文思想像活動的神思,所起動的情,正以"心以理應"爲終結,說明情最終會歸於理域,實是以情從理的精神境界,神思活動經已是邁進學聖體道的階段。而神思觀念下的情,便是使立文活動通向聖覺的内在條件。在至道自然化物的過程中,神是情之母,情爲生感之源,情不盡則神不滅,是衆生流轉不滅的本然狀況。然而從自覺反本的角度而言,生命可憑藉感理來卻累澄神,人在道之末,要還反道本,需賴情以感理,然後復爲理所化;如此,在練神達思的體道修行上,神便處於末位,需要由情起動感,在感應之中練神。故《神思》謂"神用象通,情變所孕",明確以情爲神與物遊的發動源,是從反本體道上論述,故知神思中的情變,要求符合順理反道的目的。

從神思活動中以情從理的反本目的看,《文心雕龍》徵聖觀念中的情,乃指向聖人之情爲至高實現的標準。情既以從理爲入聖之方向,則聖人之情,爲情之上達至極,便是從神理上顯現。《徵聖》強調聖文可爲作者所體察的是聖人之情,又謂聖人以"精理爲文",則藉由體察聖人之情而能領會聖人神理,情與神理實已相契爲一。《情采》起筆以五色、五音、五性合於神理之數,宣明所論述的立文之情,是以從理之情爲前提。面對時代種種體情之制,判斷

第九章 徵聖體道精神下的情與氣：會通凡聖與世變的藝文理念

其高下的準則,都與這種從理之情息息相關。

"爲情造文"與"爲文造情"兩種立文情況,無論先情後辭還是先辭後情,皆不失情,而前者爲優的原因,是由於掌握以情爲起動之始的化生原則,掌握自然成文之道,是體識神理之數的重要標志。若先辭後情,雖然尚可在制作間起動情念,再進行順理合道的提煉工夫,但後知後覺,制作動機既違自然之道;喪失先機,已明會理之功不遞神理層次,水平自見不如。惟無論先情後辭,還是先辭後情,同樣皆不失明理的機會。及至"真宰弗存"的境地,其卑下固然由於"無其情",但如果理解到一切化生必然緣於情念起動,則縱然是真宰弗存之篇,其初亦是有情使然。而造成無情的原因,是由於在立文中一直喪失會道之理的自覺,任情生累,以至於最後淪於只有辭而"無其情"的可憐結局;情最終瓦解夭折,是緣於背理失正所導致。

由此觀之,在體道立文的層面言情,已是爲理化累的層次。用竺道生"悟發信謝"之觀念解釋,情能夠爲理所化,運用的是作者的内理,也即德性智慧,而非由外在約束性的理規範可得。

在徵聖觀念下,劉勰極爲重視情的作用。衆生存在於有情世間,莫不緣情,要超凡入聖,亦不可無情,此因入聖之理,不假外得,皆緣主體生而具備之情轉化而至,理由自身之情所轉化,方可成爲内理,將生命徹底澄浄。由此觀之,情雖爲累,卻是成聖不可或缺的條件,唯有將情化浄濾盡方可成聖,在體道理論架構中,情有存在的必要。佛家看待累,往往一體兩面,是可以轉化爲上達的力量。例如"人身難得"的觀念,人身雖是形累,然而體道成聖的修行,卻又端賴人身來實行,是其珍貴處。因此,從利益的方面而言,情爲生命的根源,物緣情變而生,是萬物化生之本然原理,萬物唯情變而化生不息,文域能環流無倦,亦因情變在其中作爲泉源。是以體情的關鍵在於懂得將累轉化。劉勰秉《易》所言之聖人之情,爲有情衆生之緣情立文,提供了上達徵聖的通道。以聖人順理之情爲典範，情於衆生的作用，便非盡是滯累，而可以效聖人之情，會通合理，則文亦可上達恒久之境，不累於形，不勞於情。

二、建立煉情作用之文理義：從自我約束轉向内發之理

劉勰所宗尚之情是聖人之情，基於對情有化累的需求，文理作用的提出，不爲去情，而是使情復加提煉。換言之，《文心雕龍》因重情而尋索煉情之路，非揚理抑情，反之，是對情有更爲嚴格要求，務向端正上達，這是以聖人之情爲準的之緣情立文自覺。在重情旨之上，要求的情是由純然正氣的神理所包蘊。這是面對當時自然緣情爲主流的制作傾向，提挽傳統詩論的應然原則。《詩大序》言詩之作須"發乎情，止乎禮義"，①是爲兩大準則。"發乎情"成爲魏晉六朝文原性情的自然觀的思想基調，而"止乎禮義"則顯示出外在文理用於制馭德性的應然理想。禮義涵具的應然性，來源於先秦建立的禮文之理。

劉勰謂《五經》"義既挺乎性情，辭亦匠於文理"，正顯豁禮文之理是應然性的立文指引，並將聖人作詩的原則披及於整個制經維度之中，此中原因，在於劉勰爲"文理"演繹出體道的意義，代表禮義的文理，不特與情不對立，而且還起着化情入道的重要作用。

傳統的文理觀，基於濃厚的儒家禮教内涵，而爲魏晉名士所抗拒。抗拒文理的原因在於憂慮其約束作用，令作者之情由於"止乎禮義"的約束，不能自然其性地淋漓揮發。此是傳統詩教的功能，故文理强調的名教色彩，必然爲魏晉士人乃至六朝崇尚自然的文家所抵制。魏晉玄學與文學皆抗拒名教既開的禮義文理之門，而主張個性發揮，是故對《詩大序》的作旨，偏向以"發乎情"爲主視角，"止乎禮義"則旁落於文壇風尚之外。當時由反抗名教而興起

---

① 載《毛詩正義》卷1，頁18。

第九章 徵聖體道精神下的情與氣：會通凡聖與世變的藝文理念

的"自然"論調,引發出崇尚"自然"的寫作主張,便是專取"發乎情"以爲據。陸機言"詩緣情而綺靡",着重展現物情變化的文章世界,任自然之情而爲尚,成爲文學風氣的主流。至鍾嶸《詩品》則不復倡禮義,強調立文的動機爲"搖蕩性情"、[1]"感蕩心靈",[2]認爲藝文的功能爲"非陳詩何以展其義,非長歌何以騁其情",[3]復推舉"曹、劉殆文章之聖,陸、謝爲體貳之才",[4]以才力爲文章之最要條件,故推崇建安曹植與劉楨爲文章聖手,雖許以"聖"名,卻非是從德性層面考慮,無關體道之義;此亦見《詩品》重視情的自然抒發遠過於注意立文的應然性,是以與劉勰異轍。

文家向來重情立文,然而抗拒德性主導的情,在思想界域定性爲精神生命的負面元素,故王弼有聖人以情從理之說,佛家亦以情爲體道之累,由此文學與體道遂分途益遠。以明道爲核心的文章成爲往聖的經典,難與藝文融會爲一。而劉勰的文理觀,則使道與藝獲得重新糅合的機會,關鍵在於文理的概念越出禮義的鎖限,作用不在約束情,而是提煉情。文理義涵的轉變,在於將外在約束的禮義重心,轉移於內在的體道德性,更爲強調自內而外從理之情的暢發。換言之,《宗經》所謂"辭亦匠於文理"的"文理"義,是由作者內在合乎神理的性情發揮於外的表現,不獨格式的規範,故匠乎文理,是從內發德性的理義而得出的應然準則。一旦性情與理冥契,則自然而發以成文的情,同時不背離應然徵道的方向,相互成全。這種發乎情、契乎理的聖文範式,又較"止乎禮義"的涵義更廣更深,除卻先儒所立文理,更直詣神理道源。劉勰將文理歸源於道,也即視文理爲體要,不但支撐文章成立,也與作者的精神生命合

---

[1] 《文賦詩品譯注》,頁29。
[2] 《文賦詩品譯注》,頁38。
[3] 《文賦詩品譯注》,頁38。
[4] 《文賦詩品譯注》,頁87。

一。如此將理視爲作者內在不斷發展的體道精神,強調作者自內而發的德性,爲文章向道的本原力量,實有賴於佛門對於"理"義的體道詮釋,使理義具有可發展且可上達唯一至道的質性。

用竺道生"悟發信謝"的觀念解讀,理既有外教與內理的不同層次,文理的應然意義亦有內外之別。傳統的文理屬於外在約束,而以理爲自內與心共同長養的德性智慧,表現在文章中的文理,不但是自內而外的德性流露,更是作者體道會理精神層次的呈現。

風雅原本作爲詩教,在《文心雕龍》便區分爲外教與內化兩重意義。體性之言童子習雅,是爲外教;聖人文章散發雅麗,是爲內化。雅是聖文明理的一種範式,但在重情的準則下,傳統對雅的要求大體傾向於自我約束的解讀,即以外在的理規範作者之情,與劉勰所言因內而符外的情況不同。劉勰理解的雅制,是由作者內在發展的理所影響呈露的。從修行角度言之,以理化情有一從被動而至於自覺的過程,《體性》主張童子先立雅制,是被動接受約束的制範,其情或僞或淺,卻不陷於背道。方其開悟會理之自覺,胸臆所出之情便可從理而共同提煉,神思應理便是超越自我約束而提升爲自覺的緣情立文境界。作者性情經由童子時期接受雅制明理的雕琢,故自然而發者,莫不與理賅合。經由外教與內化的理雙管齊下,由此煉情而成的文章,方能夠同時符合自然生發以及應然反本的體道層次。

三、《文心雕龍》的煉情觀對於聖人之學的理論補足

《徵聖》以前,論籍開篇往往有讚學、勸學等學聖的篇章格套,如揚雄《法言》的《學行》、徐幹《中論》的《治學》、《潛夫論》的《讚學》等等,此皆秉承先秦儒門的編著格套,[①]冠學聖的命題爲首章。惟

---

① 《論語》首章爲《學而》,《荀子》首章爲《勸學》,皆從篇章排列上表現儒門重視"學"的思想。

第九章 徵聖體道精神下的情與氣：會通凡聖與世變的藝文理念

立意只在於以聖軌爲典範，終不以成聖爲願景，是故三國荀粲方有否定宗經學聖的論調，是聖不可至的學聖思維的發展結果。而《文心雕龍》徵聖的內在精神，實實在在以師聖入道爲理念，是劉勰相信聖人可成可學，而立意開發以文體道的宗途。學之所至，正是由情之合會神理，圓融表現於文字作爲證明。

以情爲基礎的制作理念，乃是以實現練神達思的成聖觀念爲開發目的。對情之從理要求，是借鑒於聖人之情，爲凡夫的情變無方提供徹的歸向，以導引其"感物而動，心亦搖蕩"的活動能自覺循理。這是試圖將成佛的修行觀念，重新銜接於自身的文化思想當中，同時也重新接續漢末中國聖人學未完的議題。在佛學引入人皆可成佛思想之前，正值聖人有情論展開爭議的時代，此間無論何晏主張聖人無情，還是王弼主張聖人有情，皆以聖人異乎凡俗爲前提。二家以情爲核心內容之辯論，主張情爲累者認爲聖人無情而凡夫有情，肯定情爲感通萬物者則認爲聖人之情恆由理帶動，與自然同體，其情異於凡俗；無論有情論還是無情論，皆旨在辨聖人先天的特異處，反映出聖人不可學的意識。嗣後佛學引入人皆可成佛的思想，打開了聖凡無礙的修行理念，由此啓示聖凡之情，皆可透過宗極之理的轉化，尋索出超越人身制限的體道出路。

惟此零碎的思想尚須重新銜接和組織於自身的傳統中，方能建構出完整而可行的實踐觀念，否則竺道生所謂心生之理，終究沒有"情"此一發動基點；而慧遠"練神達思"的化情觀念，亦直接從禪修上立論，而沒有專門解決漢末所遺留的聖凡之情有別的問題。因而《文心雕龍》一旦將聖凡俱可體道成聖的觀念，放置於中國自身聖人學之中，其以理化情和會通聖人之情的思想，雖參照禪修理論而來，卻必須回歸於聖凡之情的基本論調上，重新提挈聖凡俱有情而可會通的思想，此正是《徵聖》主張由聖人文章而見聖人之情，會通其神理的原因。由此方可進一步處理起情與化情、感物與會理的問題,以建構出一套聖凡皆以情體道入聖的思想體系。

第四節　由體道之志轉化寫真功能:化情從理的文術

　　劉勰認同聖人感物興情,以確定情爲聖凡所共有之質性,是實現徵聖體道理念所必須處理的問題。若將聖人完全神化,無情可通,則徵聖立言的理想無有提出之可能。《徵聖》肯定聖人之情見乎辭,是知聖人立文,亦必然經過興情感物的歷程。是以《物色》云:

　　　　情以物遷,辭以情發。

說明立文乃是起情感物的思想凝練。衆生一切活動與制作,皆始乎情之起動,化育生命如是,建立精神生命亦如是。若要使精神無復流轉於形體起敗之中,則起情感物,便須達以理化情之功,方爲入聖之道。蓋理作爲道體化有之徵向,天地因之成萬物,聖人因之定經緯;故在理上言文心,心是已開智、具有淑世自覺的心,在理上言立文之情,情便是可以上達的聖人之情。《樂府》指出先王以禮樂教化胄子,便是從情之感應上施行治心方法:

　　　　夫樂本心術,故響浹肌髓,先王慎焉,務塞淫濫。敷訓胄子,必歌九德;故能情感七始,化動八風。

此言先王制樂以興教,其情感之應與動,必然以明德養正爲方向,使情之感動,能够"樂而不淫,哀而不傷",[①]也即合乎聖人之情的境界。施禮樂以順民情的想法,相同於荀子以理制情制欲的觀念。

---

① 《論語集釋》卷6,頁198。

第九章 徵聖體道精神下的情與氣：會通凡聖與世變的藝文理念

從先王聖教之經驗可知，使胄子感樂而循理，乃化情入正的方法。此知要使情能朝理轉化，當從感應的活動上建立起循理的意識。

前章已指出劉勰爲體物賦予了體道的意義，體物的目的乃爲會理，是以理化情的觀念反映。由此對於六朝流行的寫真文術，過分講究對象的工筆刻劃的藝術傾向，已爲人所詬病，劉勰對於這一關係體物的再現手法，在信守即像會理的體道理念下，不能不作表態。象真在佛門中是像教藝術，這種象真風氣同時流衍於文域，但文家卻不一定深諳其旨趣，而但講究雕琢。劉勰爲此熔取佛教象真的本旨，賦予文學中的寫真藝術以積極和擬聖的發展方向。

一、由寫真而體道

物色功能的轉變，帶動觀物態度的變遷，由凡情觀物，不免流轉於物情的千差萬別；以聖覺即物，則專注於神理的尋索與會通。在體道理想下，體物的目的在於會理，緣於物可作爲化情的介體，且爲藝文的主要元素，則在立文中，物的再現手法亦可賦予以理化情的功能。六朝興起的山水寫真表現手法，正是經由劉勰重新賦予體道的意念，詮釋爲一種煉情會道的文術。

1. 像教帶動的寫真體道原理

正是由於山水在禪修者眼中，莫非神理，彼此同出道源，由物及人，神理皆可會通，因而透過自然物色領會隱藏的神理，成爲感物明理的導向，由此建立起循道之有性以體道的方法。於是對於物色的取態，便以描述至道爲務，爲寫真賦予即近道體的功能。由此劉勰爲藝文中的體物寫真技巧，補充了在體道目的下追求應理會心的解釋。陸機所謂"籠天地於形內，挫萬物於筆端"，[1]這種原

---

[1] 《文賦集釋》，頁 60。

本傾重於筆功描摹的藝術表現，至此具有與作者體道生命相依的存在功價。

晉初孫綽面對天台山圖以馳神運思，透露出早期援道入佛的士人，亦嘗試從道之文——山水中了解宇宙真象，但遊仙式的先設想像景觀，依然主導着整個精神運思的歷程。隨着應會神理的感物觀念出現，佛徒對於呈現神理的象相，便明確以描述道本爲再現目的。慧遠的《萬佛影銘》將心生所見的佛影以文字重現，不獨是經驗的傳遞，其所遇佛影的象相與天竺佛影的化身相契，更是以感會真象而通達神理真宰的親切驗證。這種象真的經驗，正爲宗炳仔細摹擬山水提供了徵聖的動機。

宗炳將名山秀水巧細摹擬，務求"以形寫形，以色貌色"，[1]這種寫物的追求，是以寫真來通徹真宰，也即透過如實描寫本真，從物色的真實本色上，體會道徵成物的大理，從道之有性認識道，是人在器世界爲察識本體而開設的方法，由此形成魏晉修道者對山水的執着追求。宗炳以外，謝靈運亦是其中代表。《宋書・謝靈運傳》記載其無幽不達的遊山追求，云：

尋山陟嶺，必造幽峻，巖嶂千重，莫不備盡。[2]

謝靈運爲求盡覽無遺，而竭力登躡峻嶺、翻越巖岫，徐復觀先生認爲"是在魏晉時代追尋山水之美的風氣下所形成的極端地例子"。[3] 細緻觀察山水之巨細形態，此審美觀念，是以道所化成之自然，也即純粹表現本體創造的姿態，爲美之極致，此審美觀，故又是尋究本體的時代思潮所產生的輻射。是以徐先生指出宗炳"以形寫形，以色貌色"的寫實要求，其旨趣實不在物貌，而在使心契合

---

[1] 《畫山水序》，《全上古三代秦漢三國六朝文》，全宋文卷20，頁2546。
[2] 沈約《宋書》(北京：中華書局，1983)，卷67，頁1775。
[3] 徐復觀《中國藝術精神》，頁231。

第九章　徵聖體道精神下的情與氣：會通凡聖與世變的藝文理念

象外之神理：

> 他所要表現的是由山水之形，以現出山水的"玄牝之靈"，以與其胸中之靈，融爲一體，不可隨便以一般地寫實主義稱之。①

靈之意思，相當於體道之性。體既指體會，也指體現。天地之靈與作者胸中之靈，皆本道而產生，天地萬物以其有限之形，能體現至道之無限，是由於有體道之性在其中。人能即物而會通神理，亦緣於有體道之性，方能體會至道。體道之性，本質既一，故胸中之靈與玄牝之靈一旦通契，便無二致，也意味道性契合之際，即是會道之時。

由此可知，內心苟能秉持上達體道的精神願向，則觀物擬物，便可成爲開發內在體道之性的活動。以本體爲大美，從體道願念上理解，正因人能由物色通契道本，實現超邁玄遠世界的願景。窮覽物色以周照神理，體大化之根本，明道極之徵向，開闢出由表象而及象外玄遠世界的方法。在以自然爲媒介實現體道追求的理念下，幽對山水而爲的寫真，不論是畫是文，皆能有會通先聖神理的作用，作者的創造，皆以順乎神理、呈現至道爲大原則，藉此以將自然本色轉化爲自心成全的神超理得境界。

在慧遠與宗炳的理論中，寫真成爲會通的方式之一，則劉勰稱宋初文咏"情必極貌以寫物"的擬物象真風尚，實有禪修入聖的理念爲發展基礎。周裕鍇先生分析晉、宋詩壇出現以山林爲主要題材的現象，亦指出同一道理，以爲當時僧俗：

> 以佛教禪理入詩，以佛教禪學的觀照方式作詩，促進了以

---

① 徐復觀《中國藝術精神》，頁240—241。

山水爲題材的詩歌的獨立和興盛。①

所謂禪學的觀照方式，便是當時以幽對山水來入文或入畫，從而領會神理的修行法。此中的代表者，固不出宗炳。周先生認爲以觀照法入於詩者，以謝靈運爲代表，入於畫之代表，便是宗炳：

> 宗炳則把早期禪學的直覺觀照方式移入山水畫，提出面對自然山水"澄懷味象"的觀道方法。②

詩、畫同時受到禪學觀照思想的啓迪，此巧合的現象，明顯是受到當時禪學掀起追求本體的思理風尚所影響。此見禪者透過山水了解自然造化，探尋宇宙生命的本源，所開發的哲思，不獨影響玄學的內容和風尚，同時亦折射向文藝領域。是以佛影與山水的再現，不論再現手法如何，皆強調物貌之寫真，以使心能會通真理正道。由自然之物、神聖之像而感會神理，是禪修者對通神體道之物象要求象真的原因。

宗炳對於山水寫真刻劃的藝術要求，固然受到其時像教藝術的啓發。但體道寫真的象相由佛而轉向山水，乃是將中國的體道藝術理念重新發揚與銜接。早於先秦時期，儒道的藝術觀已涉及體道的內容。《莊子・知北遊》本乎自然無爲的觀念透露了對美的最高理想：

> 天地有大美而不言，四時有明法而不議，萬物有成理而不說。聖人者，原天地之美，而達萬物之理。是故至人無爲，大聖不作，觀於天地之謂也。③

莊子是處提出的大美，是由自然之道純粹化成的造物之美，工由天

---

① 周裕鍇《中國禪宗與詩歌》(上海：上海人民出版社，1992)，頁241—242。
② 周裕鍇《中國禪宗與詩歌》，頁242。
③ 《定本莊子故》卷5，頁149。

第九章 徵聖體道精神下的情與氣：會通凡聖與世變的藝文理念

成,不緣人爲增飾。這種美之所以爲至尚,在於其爲至道所賜予。袁濟喜先生認爲這種審美觀推動了莊子提出"刻雕衆形而不爲巧"的自然創作方法。①《莊子・大宗師》提出"刻雕衆形而不爲巧"之說,②本意在説明造物主以自然無爲之道創作世界,成就天地之大美。

在體會自然之道的追求下,絕對表現萬物自然其性而發展之理,自是必然。從萬物的真色中觀察物理,進而體識天道,由形而下的物色紋理以達形而上的道境,故莊子要求表現純粹、不加人工的意志,這是屬於寫真以體道的理念,是以這種自然創作法,具體即成寫真的概念。莊子所體之道雖與六朝發展的道觀念不盡一致,但其緣自然物色以體道的意念,實諧合於魏晉六朝的體道共法。是故袁先生指出莊子提出的自然審美觀在魏晉南北朝儒學中衰之際,尤獲取納與欣賞,③這除卻推動與自然山水的靠近,更影響寫真藝術理念的產生,與像教藝術湊泊相成。宗炳對山水繪畫的象真,明顯與莊子的要求契合。

2. 指導藝文體物寫真的正軌：考察順循神理的物情

由追尋真宰而開發的寫真之法,不論書畫還是文章,皆存有明確的體道目的。是以文家採擷物色的取態,是透過物之真色,以呈現本體造化之永恒大法。《物色》所謂"巧言切狀,如印之印泥,不加雕削"、"瞻言而見貌,即字而知時",一字一墨的再現,皆爲洞察本體,以神理化卻情累。因此《情采》指出立文的正軌,無論是"爲情造文",還是"爲文造情",皆必須有情在其中；所指之情,又以領會真宰爲必然歸向。而後來文家不明體極之弘願,失情背理,則擬狀刻畫之功,亦喪失文其體現道極的意義。紀昀批評《物色》所指

---

① 袁濟喜《六朝美學》(北京：北京大學出版社,1989),頁137。
② 《定本莊子故》卷2,頁53。
③ 袁濟喜《六朝美學》,頁137。

的"體物爲妙,功在密附"之文風,爲六朝擬物形容之慣病,謂:

> 此刻畫之病,六朝多有。①

體物之目的,乃爲使"吟詠所發,志惟深遠",是借象真之物色,申體道之志,物貌越鮮明真確,則所悟亦越益清晰深邃,乃是象真之本旨。以刻畫爲病,是未從追尋本體的時代精神領會文家的意圖。然而可以理解的是,此象真體極的理念,雖經宋初爲禪修之文藝人士所創發,但修行真義顯然亦非爲世俗所共曉,因而寫真之法,同時出現捨本逐末的情況,自是可想而知。寫真是宗於追尋化情會理的修行目的,缺乏修行自覺的寫真,實質不見真宰,則物色如何相似,亦沒有以理化情的作用,是因没有情貫注於其中。

　　從物色之本真以探求神理,物色的真,在慧遠、宗炳的理解中,乃是神理的造化,用宗炳的話語,是"山水以形媚道";②劉勰在此基礎上,乃進一步指出顯現神理的媚道之處,在物的真姿,真姿顯現於自然的運律諧協。物色的真,在於"物有恒姿"(《物色》),其恒姿乃由恒存的神理所使然。萬物生長,動不失時,故能恒存不絕,可見得時乃是順理成章的一種呈現。故知呈現自然者,是明白神理創造之一種表現,因而劉勰對於物色的選擇,便以得時爲上,《物色》謂:

> 凡摛表五色,貴在時見,若青黄屢出,則繁而不珍。

物色採擷能合時宜,是知成物的神理,明造物之徽妙。故入物色於文章,不失其時,是合通變趨時之道,也是領會神理的反映。是以劉勰藉由屈原的立文經驗,指出深透自然物色背後的神理,乃是會通聖人緣情順理立文的方法:

---

① 載黃霖《文心雕龍彙評・物色》,頁 151。
② 《畫山水序》,《全上古三代秦漢三國六朝文》,全宋文卷 20,頁 2545—2546。

第九章　徵聖體道精神下的情與氣：會通凡聖與世變的藝文理念

然屈平所以能洞監《風》《騷》之情者,抑亦江山之助乎!

《樂記》謂人因感物而情動於中,①國風怨刺之情,端賴感物而起。而《詩》能"樂而不淫,哀而不傷",緣於詩人藉由物之恆姿,會悟神理,由此超越於個人喜怒哀懼愛惡欲之情累。天下常可見物之恆姿者,自然存在於山水之間,此亦是晉來禪修集中以山水爲修行場地的理由。屈原之辭所"洞監《風》《騷》之情"者,正是指其於楚地江山所起之情,同樣與江山中的理應會,如同聖人在觸物起興間化情爲理,因而能立"典誥之體"、"規諷之旨"、"比興之義"、"忠怨之辭",發揮由理所濾化的無累之情。

這些江山物色所給予詩人辭人的精神意義,正是由恆姿而反映的永恆至道。而與"恆姿"相對應的,是新異,則新異緣起不在物色,而是由觀者的追異好奇的體性與好尚所致。換言之,立文以體道爲目的,則起情擷采,不能將一己之體性,凌駕於體道之性的開發之上,否則神理之所在,便往往爲自身之好尚所障蔽。如同萬物各有其性,卻無一違逆於時序,正是以神理順化物情的自然之道。

領會神理的取物方法,除卻體現在知時之上,又在於對物情的察識。蓋物性之成,緣乎物情,物情從神理而出,故知曉物情亦是會理之一法。是以《情采》所舉的"失情"二例,均是指向不明物情、不察神理的問題:

男子樹蘭而不芳,無其情也。
翠綸桂餌,反所以失魚。

不通物情而求有得於物,無異於背道而馳。桂餌而不獲、植蘭而不芳,是由於不明物之本性所致。違反物之本性,蓋因不明神理造物

---

① 《禮記正義》卷 37 云:"人心之動,物使之然也。感於物而動,故形於聲。"(頁 1251)又云"情動於中,故形於聲"(頁 1254)。

的原理。之所以不察神理,是由於没有視之爲以理化情的活動,没有投放情感的基礎,自然無法產生會理的作用。故所作所行,既失神理,亦失物情。是以《情采》末以理爲情之銓衡,正指出將會理的自覺納入於起情的動機之中,則所施所作,乃能自覺探究當中的物情,自然動不違理。

　　劉勰對於物色的選取,莫不順乎神理,以及出自神理的物情。憑藉感物,由起情而化情,使人在有世間,能以自身既有的元素來會通神理,即近道極,是超凡入聖的立文方略。以理化情的體極策略,是在認識凡聖之共性與差異的基礎上,通過努力超越自身的限制,以邁向聖境,正是通變入聖的思想體現。通變觀念除卻"憑情以會通"外,尚要求"負氣以適變",説明劉勰選擇轉化成聖的元素,除了植根於精神生命中的情以外,還有支持個體生命運作的氣。是以起情化情的上達策略,同樣可以移置於氣之上,實現使氣養氣,是以生命力量支持精神上達的想法。

二、參法聖人藝文的寫真文理:比與興

　　在體道的時代精神追求下,文藝領域對物色的處理,產生了前所未有的仔細態度。在像教與山水繪畫的視覺藝術中,寫真的表現較爲直接,即要求直觀達到細緻確切。文學之藝術性在於想像,寫真的難度與精彩處,亦在於利用表達手法引起觀文者的想像,以至於通接所叙之物與事,乃至情與理之真境。誠如趙沛霖先生分析詩歌藝術的本質,由於詩歌的表現載體爲"非物質形態性",不同於音樂以旋律和節奏來塑造,亦並非如繪畫雕塑以綫條和色彩構成:

　　　　與這些以物質形態爲藝術手段和媒介並直接訴諸感官的藝術審美形式相比,詩歌完全不同,它以語言爲藝術手段和媒介來把主觀思想感情物化爲藝術形象。由於語言的非物質形

態性,使詩歌藝術根本不可能直接訴諸人們的感官,而只能訴諸人們的想像。所以在本質上,詩歌乃是一想像的藝術。①

趙先生指出詩歌以想像爲其藝術本質,實際披及一切以語言文字爲載體的藝文。作者要將情志與精神世界"寫真"呈現,不徒是"以形寫形,以色寫色"的白描技法。《莊子》藝術固然有寫真的旨趣,卻沒有進一步提出表現的方法,此亦緣其不求拈落形下器世界所導致。而宗炳的畫論專注於視覺效果的營構,亦未具體牽涉藝文寫真的內容。則立文之寫真問題,在六朝即物體道的理念之下,有亟待解決的需要。比興文術講求對物象的資取以說明情理,趙先生認爲唯有採取物象化或形象化的表達方式,才能令想像轉化出藝術呈現作用:

> 它(詩歌)只能通過以外物寫情志、以景語寫情語的方式來塑造詩歌藝術形象。因爲如果不通過外物和景語,而只是內心情態的直接說明,便無法引起真正的想像,因而也就不可能構成藝術形象。……只有當它們作爲某些形象的負載或符號的時候,才能引起人們的想像,才能飽含詩人的感情。②

借助物與景來承載作者抽象的情志與精神,是將情感具象化的手法,這種藝文中的寫真之術,便是比興。而《文心雕龍》以經爲宗法,在詩六義中,正留意到比興之擬象作用,透過"觸類而長"之法敷情狀物,爲文學寫真藝術提供了方法與本源。

1. 比興本存的淑世意義與劉勰的新解

比體是圍繞寫真的藝術手法。以比附的方法達到"切象"的效果,便是比,劉勰具分爲四種方式:

---

① 趙沛霖《興的源起——歷史積澱與詩歌藝術》(北京:中國社會科學出版社,1987),第六章"興與詩歌藝術",頁 181。
② 趙沛霖《興的源起——歷史積澱與詩歌藝術》,第六章"興與詩歌藝術",頁 181。

或喻於聲,或方於貌,或擬於心,或譬於事。

以上方式皆是借用種種物事乃至聲情進行方擬或譬喻,務求使對象表達切至熨帖,其謂兩漢五言詩之佳作能夠"婉轉附物,怊悵切情"(《明詩》),而近代詩賦則"體物爲妙,功在密附"(《物色》),皆是切象的方法之一,屬於以"附"的方式實現象真,前者更明確包含情感的真切表達。比法所密附者,主要在於理,《比興》云"附理故比例以生"。此理涵蓋總持與分殊兩域,上至物所體現至道成化的神理,下至物之分理,皆可用比法。如《麗辭》以"夔之一足,趻踔而行"比喻駢體的對偶美,便是以人體對稱結構以及活動形貌,比擬駢體的文理。

比體在辭賦發展中漸成賦家長技,用以鋪張物色,揚厲情志,至六朝成爲詩文流行的體物象真技法。在詩賦中,其爲藝的功能實遠過於體道。劉勰既爲擬象形容之藝術提供體道的方向,則詩人擬狀之術的用心,便有顯豁的必要。在經典中尋找象真的原因,可見於《繫辭》:

聖人有以見天下之賾,而擬諸其形容,象其物宜,是故謂之象。①

聖人用言象將幽微神道方擬形容,以呈現於天下,意義殊大。聖人言不虛發,用必開曉天道,以成化天下,故《繫辭》稱聖人用言:

擬之而後言,議之而後動,擬議以成其變化。②

所謂擬議,是以言語形象方擬天道,這種體現至道的方式,是謂立象盡意,意由象顯;立象盡意的原型是聖人體道而作的經卦,繼之取文字曉明經義,所作皆面向於成化天下的本念。

---

① 《周易正義》卷7,頁323。
② 《周易正義》卷7,頁324。

第九章　徵聖體道精神下的情與氣：會通凡聖與世變的藝文理念

此見聖人形象天道的文字，悉本建立文明的用心，延伸於詩道之上，便成爲興義。《論語·泰伯》謂"興於《詩》，立於禮，成於樂"，① 興義於此有抒發和端正情志之意。《論語集解》載包咸釋義：

> 興，起也，言修身當先學《詩》也。②

皇侃疏引江熙語曰：

> 覽古人之志，可起發其志也。③

此皆言學《詩》的修身與端正情志的作用，朱熹據此乃特明誦詩的遷善功能：

> 興，起也。《詩》本性情，有邪有正，其爲言既易知，而吟詠之間，抑揚反復，其感人又易入。故學者之初，所以興起其好善惡惡之心而不能自已者，必如此而得之。④

此明詩教爲創設禮文社會第一步的原因，在於其"立人"的功能甚爲明確。由此顯示詩道六義，皆繫於人文化成的衷願，詩人由此體現和發揮其內在德性、表達淑世關懷，這是儒門道藝並融的文學雛形。詩人以藝文之體敷寫繼聖之情志，成就出一種道藝兼美的文學模式。以體道意義解讀比義之藝，寫物附意的目的，在於闡明詩人貞正淑世之情志，但由於後世辭賦的比筆，擬容之法雖豐繁雲構，卻失落了關懷天下的原本精神，難見賦家體道之志。相較之下，興義同樣屬於以婉轉附物爲特點的象真書寫，而且保留原初的詩道精神，故爲劉勰所重。

---

① 《論語集釋》卷 15，頁 529—530。
② 載《論語集釋》卷 15，頁 529。
③ 載《論語集釋》卷 15，頁 529。
④ 朱熹《論語集注》，載《論語集釋》卷 15，頁 529。

興義原初的特點是寄托，鄭眾釋興謂：

> 興者，託事於物。①

鄭玄據此釋興義謂：

> 見今之失，不敢斥，言取比類以言之。興，見今之美，嫌於媚諛，取善事以喻勸之。②

二鄭所釋興義，概言之即托物喻意。借由聯類和托物以抒述情志，雖較比體轉折，但同樣不離立象盡意的格套。此是就表達功能而言。惟劉勰理解興體，已轉出新義，視之爲文思中的境界。羅宗強先生指出，劉勰所言的興義，繼承了二鄭的觀點，又吸收了摯虞《文章流別論》中以興爲"有感之辭"的重情解釋，而呈現出兩層意涵：第一層意涵爲"起情"，另一層則是對於寄情與喻象皆要求深曲隱微。③ 喻象之深曲隱微，一方面指刻劃，劉勰稱興的手法是"環譬以寄諷"，"環譬"反映了刻劃的周全精密，以求透徹書寫喻象與諷旨，興由此明確進入文學的寫真藝術範疇。另一方面，深微的筆功，除卻端賴對喻物的象真描繪外，更要求作者對於象的深入體會，所表之意方能與喻象相印無隙。

2. 從即象到萌興：煉情與煉意的作用

羅先生剖析《文心雕龍》之"興"的兩層意涵，說明起情與體物，乃構成興產生的思想活動，由此解釋了《物色》"入興貴閑"一語中"入興"之意，"就是睹物興情的開始"。④ 則興中的情，並非一成不變，終始如一，在睹物過程中，還當會向於深曲隱微的境界。文思

---

① 載《周禮·春官·宗伯·大師》"教六詩：曰風，曰賦，曰比，曰興，曰雅，曰頌。"句下鄭玄注引鄭眾語。(《周禮注疏》卷23，頁718)
② 《周禮注疏》卷23，頁717。
③ 羅宗強《讀文心雕龍手記》，《釋"入興貴閑"》，頁114。
④ 羅宗強《讀文心雕龍手記》，《釋"入興貴閑"》，頁115。

活動,有始則有終,入興既爲感物起情,則興如何圓滿終結,便不可不交代。

《神思》贊語謂"刻鏤聲律,萌芽比興","萌芽"一詞提示了神思必待體物後有比興產生,方可考慮表達成文;則比興的意思,便是作者對於起情感物的回應,在體道層面而言便是理的應會或領悟。以下加以說明。

由神思到下筆成文,是文旨從朦朧到明晰的過程,這關乎情的狀態變化。《物色》篇末謂"情往似贈,興來如答",透露了作者經歷起情感物的文思後,以興的出現爲圓滿終結,並且是以"答"的形態出現。答代表疑惑困頓得到解決,是處可解爲作者在起情之際,情處於朦朧混沌的狀態,經過觸物圓覽的精神活動,情得到了明晰和提煉。然而感物不一定對於煉情有幫助,要使情能夠獲得意義的轉化,端賴作者感物的視角與智慧。王禮卿先生分析取譬之象的問題時,便指出象蘊涵意義的多樣性:

> 興之象與情相接以起,而象之所涵,有著有微。
> 一物之象,可譬之義甚多,興則取其環旋之隱義,足譬深曲之情者爲諷詠。①

"觸類而長"的觀物取態,使詩人於觀象中融入聯想,由此產生的意義便包蘊甚豐。是以象之種種顯隱涵義,緣乎作者深淺不一的情而帶出。淺情者觀其色,深情者會其理,無論如何,作者在體物以前的情,只是初始形態,經由感物的過程,情便會產生變化。尤其以山水爲對象的感物活動,對情的境界更加有影響。羅先生解釋東晉以來士人醉心於山水中感悟人生,揭示了自然物色對於作者之情的提煉作用:

---

① 王禮卿《文心雕龍通解》,頁 688。

> 自東晉士人醉心於山水游樂之後,山水之美進入了士人的生活情趣之中。……山水之美與他們的人生感悟連在一起。……自然景物的變化與生命之感悟相通,是哲理的思索,亦情感之一境界。①

體物活動牽繫了士人對生命的關懷與感悟,進而上升至哲理的層次,則情在感物之中,乃可開發更爲深曲微隱的境界,此是在應會幽微神理之間,產生湛然澄净的變化。

在體物活動中,情得以昇華,超越起情時刻的境界,是感物而有應的結果,此即《物色》"興來如答"之意。起情於感物自然,是謂入興;體物而煉情,則是得興。感而有應,情始得深煉,才可成爲完整的興。起情而不迷失,則必會理,終入自反體道之寰域。由此觀之,興體雖緣起於情,但完整的興,尚須經歷感而會理,進入"依微以擬議"(《比興》)的階段。所謂依微擬議,便是作者之情在感物中得到深化提煉,這端賴於感物而有所應會,此應會便是得興。六義中的興體既爲先世王道興隆之時的詩道代表,則所得的應會便是詩人體識的聖道。而神思感物追求"心以理應",則應理自是興之一種,亦是劉勰最爲關注的興。由此觀之,詩人心物交感的文思,雖始於感物興情,亦必以"心以理應"方告圓滿。

是以興體由情起動,擬象的功能不僅爲盡意,更在於提煉作者抒述的情志,在"煉情"的同時,抒寫的初衷亦得以明確和深微,達到"煉意"的結果。《比興》釋興謂:

> 興者,起也。

又謂興體是"起情者依微以擬議",此皆突出"起情"乃興體的必要條件。起情的表層意義是緣情立文,這是主張發乎自然之情的時

---

① 羅宗强《讀文心雕龍手記》,《釋"入興貴閒"》,頁117。

第九章　徵聖體道精神下的情與氣：會通凡聖與世變的藝文理念

代共識；至於深層意義，則在於對所起之情，要求沿德性自覺而迸發。高橋和巳先生指出，早在鄭玄對於比興的詮釋，便已顯豁出興之產生動機沿自於詩人勸善懲惡的道義感，此因鄭玄已經視詩是道義的文學，在爲道服務的原則下，比興從一開始的修飾功能由是離不開詩人的道義感。① 此道義感便屬於一種應然之情。《比興》所以獨標《關雎》一例解釋興體，正在於其表達了應然之情：

> 觀夫興之託諭，婉而成章，稱名也小，取類也大。關雎有別，故后妃方德；尸鳩貞一，故夫人象義。義取其貞，無從於夷禽；德貴其別，不嫌於鷙鳥；明而未融，故發注而後見也。

《關雎》述后妃貞正之德，所起之情緣自明確的詩人道義感，故爲詩教之經典作品。關雎用以形象譬喻后妃之德，明白無誤；此中須申說的是，關雎不單象類作者的情，同時也將立文前的情加以提煉。於是，作者原先模糊而憒悱的立意，產生了沿隱至顯的變化，是謂"發注而後見"，使文意"昭明有融"（《宗經》）。

在崇尚自然的藝文創作思潮中，感物興情成爲主調，因而注重情隨物遷中的情與象的表達。劉勰對於這種自然緣情的時代宗尚，有極爲明白且深切的認識，《物色》正是圍繞此方面論述。學者對於興的研究，亦主要參酌是篇。惟劉勰此中指出"物色相召，人誰獲安"的普遍情況，提示了這種感物而起情的反應，詩人之情只是被動地煥發，故物色繽紛，情亦婉轉不定，聯類之思同樣無窮無止。要使感物而能安，關鍵在於興能夠達到"答"的作用，解決作者開始時的憒悱情志。確定立文的意，不背於神理與道義，則起情便有定向，在即物中化被動爲主動，物色便爲作者煉意所驅使。

---

① 高橋和巳《高橋和巳作品集・中國文學論集》，《劉勰"文心雕龍"文學論の基礎概念の檢討》，頁 450。

3. 寫真的體道追求：情含德旨，超越形似

能够達到煉意境界的情，實已隱含真正向道的要求。蓋情於感物中得到深煉，深煉則不獨見物的色相，更領會含藏的神理，象相有盡而神理無窮，情能會理，則體物便能達到"物色盡而情有餘"的境界。情有餘者，一則由於不爲追逐物色所放任耗盡，二則在乎通理向道，其環旋隱義，已遠過於象相。含德之情由依微而方擬顯豁，是體道境界更爲融煉的表現，在垂直上達的生命發展綫上，興的聯類作用，乃幫助德性智慧得到躍進，將原來向道的情，透過神思及體物的觸動啓發，推上更高的層次。如同劉勰以體道意志觀察駢體，方能從其獨特的對偶文理聯繫至造物對稱的神理義，這便是體道智慧的提升。藝文中這種寫真之法，由此超越了水平式的等量比附，也即"以形寫形，以色寫色"的象真畫論。寫真的對象，從物色本位轉向煉情體道爲理想的興義，顯示出劉勰爲興賦予的應然義蘊。

進而言之，應然之情對於興的產生是必須的。使詩作"昭明有融"的先決條件是作者"開學養正"，以端正含德之情進行神思，體物之結果方有理可以應會。劉勰以爲興義的精髓存在於《詩三百》中的怨刺之筆，而隨着諷刺之道淪喪，興義也幾近消亡。在整部《文心雕龍》中，劉勰唯明示屈原爲能够存經體的比興大義，《辨騷》論析《離騷》合經之處凡四，其中一項便是繼承詩的比興之義：

虬龍以喻君子，雲蜺以譬讒邪，比興之義也。

《離騷》筆下種種奇偉的聯想意象，皆包含怨刺的心意，無論是喻君子，還是譬讒邪，皆爲痛心大道之黯沉，而流露詩人諷刺的筆調。《辨騷》稱許屈原的比興之術"同於風雅"，正表明《比興》所謂"擬容取心"的文術運用於關懷家國之下。所入物色雖逾越真實，卻能切合其忠正疾惡之真情，取譬發興，已合《詩》"摛風裁興"（《宗經》）的

第九章 徵聖體道精神下的情與氣：會通凡聖與世變的藝文理念

大旨，由此而獲"壯志煙高"(《辨騷》)之美譽。則屈原由比興所傳達的情，與《詩三百》中詩人緣比興表述的情是一致的。

《情采》謂"風雅之興，志思蓄憤"，是知風雅之體中詩人的興筆，出於傳遞聖人成化天下的情志，若無貞正向道之情起動，亦無憤悱可發。憤悱的產生正來源自詩家欲以詩諷刺政道，也即對文明有所立，與聖人成化天下之用心一揆。《關雎》之作，說明了作者先有貞正的情以觀物，而後始能聯類關雎與后妃之德；否則情的發展，並不一定上達會理，甚至可能下陷於庸俗之區。從體道會理的要求而言，這是神思起動的原則，起情的德性自覺決定了神思體物的會理願力，是以程石泉先生強調神思不是無定向的想像，其中必有體道的意志支持。

由此可知，劉勰謂"起情故興體以立"中的情蓋有所指，擬容的本質植根於體道之義，起情必須朝向聖人淑世之貞正心念，這是詩所立的典範。故此藝文創作中的寫真之術，其始實已緊扣聖人之應然向道情志，無論是比體的"蓄憤以斥言"，還是興體的"環譬以寄諷"，皆爲提挽比興本存的淑世意義，以明聖人開創的寫真文術，立足於終始不易的成化責任，此便是以關懷天下生命爲重心的傳統體道方向。

興以其聯想作用使作者體道的層次得到飛躍式的進展，煉意之深淺、體道境界的提升可能因此無法計量，相較之下，比體的附密表達，將意盡露，是劉勰判斷"比顯而興隱"的內在原因。隱義蓋相通於《隱秀》所謂"秘響旁通，伏采潛發"之意，隱非謂無法彰顯，而是涵藏之意深微幽婉，難以盡探。

若注意魏晉玄學由寄心玄遠的體道追求而開拓出得意忘象的觀念，則體物寫志的象真之法，其重心便在意而不在象。這種思想追求不獨影響劉勰的文論，亦輻射於一向重視"象"的畫論領域，南齊謝赫《古畫品》在品鑒張墨與荀勖的評語中，便提出不黏滯於體物的鑑賞主張：

> 若拘以體物，則未見精粹；若取之象外，方厭膏腴。①

陳良運先生指出謝赫追求象外的品鑑態度，是受到東晉佛學尤其僧肇強調超越言象的體道宗旨所啓發，從而產生追求"象外"的旨趣。② 由此可知，體道理想融入於藝術鑑賞之中，象真的象，乃成爲必須超越的介體。文學中擬容的藝術，同樣作爲體道之權假。比興雖以象譬之法寫真，重在由象而盡意，象其物宜的焦點卻不在於物色的摹擬，所寫之"真"，實爲觸物圓覽後，由會理而提煉的情志。

劉勰對於興的起於情、又反照自心的作用，透露出立文中的情，雖起於自然，而在聖覺之下，終可化理反本。興的追求令感物而動的本性，得以朝往體道方向，如此情動，雖一往情深，卻非一往無前，而是遊必有方。起情而不累於情，感物而不滯於物，凡夫要達至聖人動必循理的境界，須調動本存之情以邁道極，情之化理、興之自反，莫不由明理體道的自覺爲開端，是憑情會通的意思所在。

第五節　養氣實志，負氣適變

有關超凡入聖的體道之學，以聖凡稟含共同本質爲"學"的前提，是專門從會通的方向化解限制，以上達聖人之情爲務。從大原則上而言，但須講究會通，以情從理是永恒不易的學聖追求。然而，若要憑藉制作的方式來實現體道，則尚須應付表現的要求，從

---

① 載《全上古三代秦漢三國六朝文》，全齊文卷 25，頁 2931。
② 陳良運《文與質・藝與道》（北京：中國人民大學出版社，1992），頁 274。

第九章　徵聖體道精神下的情與氣：會通凡聖與世變的藝文理念

應付形制變化的藝文而言，個體需要調動身體的力量將情志表現於藝文中，氣的運用便成爲關鍵。《文心雕龍》解釋氣的作用，一方面在於支持藝文的呈現，是《體性》所謂"氣以實志，志以定言"，是將情志抒發的根本能量；另一方面，氣作爲生命力，也是支持適應文變的力量，此即《通變》謂"負氣以適變"的功能。是以在藝文表現上言體道，不可能忽略氣的問題。

一、氣觀念的演變：從聖凡制限到共性養練的過程

前文剖析神思觀念已指出，氣是生命的力量，用以支持練神達思修行的發動。氣作爲充托形骸的要素，不獨凡夫賴氣存命，同樣將精神寄託於人身的聖人，氣也是不可或缺的條件，可見氣與情皆屬聖凡共有的元素，則在成聖實踐方面，效聖人之使氣，無疑成爲徵聖立言的方向之一。

1. 傳統禀氣說對聖凡之氣的理解：同源異質

氣支持個體生命的形成與精神長養，東漢以來關於氣的看法，認爲聖凡之氣與聖凡之情相似，同樣存在分別，並且是自先天決定。

漢來已認定聖凡皆禀氣，惟有高下之別。如《論衡》對於禀氣的問題，便進行頗多的探討。其中對於生命的形成，便歸因於元氣的禀受，《命義篇》云：

> 人禀氣而生，含氣而長。[1]

《狀留篇》又云：

> 元氣所在，在生不在枯。[2]

---

[1] 《論衡校釋》卷 2，頁 48。
[2] 《論衡校釋》卷 14，頁 625。

元氣爲成就生命之根本條件,天地生生不息,亦是由於元氣不絶不變,《齊世篇》云:

> 上世之民,下世之民也,俱禀元氣。元氣純和,古今不異,則禀以爲形體者,何故不同?
>
> 一天一地,並生萬物。萬物之生,俱得一氣。氣之薄渥,萬世若一。
>
> 上世之人,所懷五常也;下世之人,亦所懷五常也。俱懷五常之道,共禀一氣而生。①

"俱禀元氣"、"共禀一氣",所指者俱是道之出口的元氣,是從宇宙本體而來。後來王弼言萬物化生的原理,同樣以爲宗本於本體之元氣:

> 萬物之生,吾知其主,雖有萬形,沖氣一焉。②

此説明無論形骸之差異與優劣,其源出皆同本乎宇宙之元氣。以此論人之性命,聖凡亦皆出同源。而所禀之元氣,不單本質相同,而且分量如一。説明氣之禀受,屬於先天存有於個體生命的條件。

然而王充在元氣的觀念之外,卻以"和氣"突出聖人降生的特殊性,《氣壽篇》云:

> 聖人禀和氣,故年命得正數。氣和爲治平,故太平之世,多長壽人。③

《指瑞篇》又云:

> 和氣生聖人,聖人生於衰世。……衰世亦有和氣,和氣時

---

① 《論衡校釋》卷18,頁803—808。
② 《老子道德經注》四十二章王弼注,載《王弼集校釋》,頁117。
③ 《論衡校釋》卷1,頁33。

生聖人。①

《齊世篇》又云：

> 夫天地氣和，即生聖人，聖人之治，即立大功。和氣不獨在古先，則聖人何故獨優！②

王充認爲聖人的存在，是顯示和平治世的象徵，和氣在治平之世出現，故世有和氣，便出聖人。劉勰的養氣思想，亦借王充的和氣出聖人概念，提出"蹙迫和氣"是即近聖人立文的方法，《養氣》謂：

> 率志委和，則理融而情暢。

使精思能順隨和氣，志與氣方向一致，則所耗之力自然至少，神思亦能暢達，會理無滯，乃得聖文氣秀而理精之效果。此知由氣的養練，使趨近聖人生而稟具之和氣，則運氣立文，也能達聖境。和氣之由養練而成，故是從可學可至的思想開放的理念。回歸於王充原本的論述，卻是以和氣顯示了凡人先天的不足處。可見氣本是作爲聖凡先天限制而言。如情的概念一樣，在先秦兩漢，在聖人不可學不可至的思維之下，聖與凡所稟之氣，雖屬共有的元素，卻是同源異質。

牟宗三先生指出，先秦儒家亦有人皆可成聖的想法，如孟子相信"人皆可以爲堯舜"、③荀子認爲"塗之人可以爲禹"④，便是代表的説法，然而迄至兩漢，不論成聖還是成仙的觀念，皆極強調先天的限制，令人皆可成聖，僅僅限於理想上論述：

> 兩漢人認爲是否能成聖、成神仙，帶有先天性。……由理

---

① 《論衡校釋》卷 17，頁 747。
② 《論衡校釋》卷 18，頁 812。
③ 《孟子·告子篇》載："曹交問曰：'人皆可以爲堯舜，有諸？'孟子曰：'然。'"《孟子注疏》卷 12，頁 377）
④ 《荀子集解》卷 17，頁 442。

上講，人人皆可以爲聖人，這是理想的説法。但事實上並未人人皆是聖人，這是因爲現實上有個限制原則（principle of limitation），即"氣"。①

氣爲人皆可成聖的限制，正是以漢代的禀氣説爲根據。如前王充雖強調元氣世代無易，但各人之禀受，卻存有差別，《氣壽篇》云：

<blockquote>非天有長短之命，而人各有禀受也。②</blockquote>

此謂人禀氣有渥有薄，非緣天之氣有渥薄，而在於因人而異的"命"。及後曹丕《典論·論文》進一步言文氣有清濁之分，亦因人而異：

<blockquote>文以氣爲主，氣之清濁有體，不可力強而致。③</blockquote>

曹丕皆視氣爲内在生命力，惟文氣乃内在的原動力結合體性而外現於文，非純粹的元氣。王充之言氣，是同質而異階；曹丕之言氣，則惟見異質，這是由於其氣觀念主要關係於體性，用以説明文氣的異質性。曹丕以爲文氣之清濁，主要由作者本身之體氣所影響，體氣清則文氣自清，體氣濁則文氣也濁。惟存在於生命形骸之氣，無論是渥薄還是清濁，皆不可轉變。因此，禀氣之渥薄與清濁，在説明禀氣有高下的同時，亦反映出這是一種先天限制。

2. 由成佛信念轉化氣的作用

隨着成佛義帶動成聖信念的轉變，新興聖人觀的出現，時代對於聖凡内在元素的理解，亦勢必產生積極的視角。成佛理念啓示人可利用一切有限的工具，包括存在於短暫生命中的形與情，以開發無限的能量，接近道極以成聖。如情的觀念在成佛義廣泛流播

---

① 《中國哲學十九講》，頁190—191。
② 《論衡校釋》卷1，頁30。
③ 載《中國歷代文論選》第1册，頁158。

第九章 徵聖體道精神下的情與氣：會通凡聖與世變的藝文理念

以後，便從昔日的差異角度，一轉而強調其本質上的共有。作爲人生而具備的元素，人的情並没有改變，之所以從制限一轉而爲成聖條件，是由於審視情的態度，由消極轉向爲積極。牟先生釋氣之概念，亦指出其具備與情相同的兩種作用：

> "氣"有二個作用，一方面是消極的限制原則，另方面也有積極的作用，即它是實現理的工具。①

氣之消極限制與積極作用，皆體現在其爲聖凡先天所稟受。在傳統的先天概念中，氣是用於掣肘成聖的實踐理想；在成佛義中，卻理解爲聖凡先天相同的質性。僧肇在《不真空論》中，便表達了氣爲萬物之本的觀點：

> 審一氣以觀化，故所遇而順適。②

又云：

> 物我同根，是非一氣。③

宋朝沙門净源便以本、末提攝僧肇隱藏的宗本鑒源意識：

> 一氣物本，萬化物本。觀末遇本，所造皆順。④

僧肇指出氣爲物本的觀念，是以昭示宗極本體之唯一性，駕馭即目所見的紛紜表象，由鑒本而不滯於物。

超越對於限制的忌憚，便能出現成聖的轉機。湯用彤先生認爲魏晉六朝士人在深明"言不盡意"的文字工具制限性之下，没有因之而取消體道的理想，正是以精誠的立德願力，發揮最大的能量，而不計較自我的制限：

---

① 《中國哲學十九講》，頁 193。
② 《不真空論》，《筆論集解令模鈔校釋》卷上，頁 102。
③ 《不真空論》，《筆論集解令模鈔校釋》卷上，頁 104。
④ 《不真空論》，《筆論集解令模鈔校釋》卷上，頁 102。

雖媒介、語言爲有限的,但執着它是有限,則亦將爲形器所限。如能當其是無限(宇宙本體)之所現,而忘其有限,則可不爲形器所限,而通於超形器之域。如欲通於超形器之域,則須尋覓充足之媒介或語言,而善運用之。①

執着於自我的制限,無異於視所接觸的物色爲宇宙極微的表現,以其有限而放棄體道。人身有限,即物亦有限,在體道原理中,限制既有來自於工具的方面,亦有來自於本身的條件。然而成聖理想既是以精神生命的無窮上達來實現,則超越的關鍵,便在於不滅的精神。善用年壽有限的形體來修行,是爲使情累的聚積越漸減少,以至於無。如此經歷無盡的修行,最終亦可與無限的本體相契,由涅槃而實現成聖願景。魏晉六朝時期成聖信念之堅固,正是憑積極的態度,扭轉天地人身限制所帶來的阻力,不計較自身力量的渺小,是因爲有信心天固之精誠意志;從先天的差異性看到聖凡的共性,是由於認識到宗極本體爲一切萬有之歸宿,湯先生與牟先生,分別從情感與原理二脈,完整剖析其時超凡入聖的形成心態。

　　《文心雕龍》的通變觀,是以孔子爲《春秋》發微言大義爲先例,孔子變例的目的爲使經典煥發用世之義,使"往者雖舊,餘味日新";惟其所開通變之義,純任自然,刊削之工夫,與至道契合,是性與天道之聖性本質使然。凡夫若要效法聖人邁入"超形器之域",通變以會理,並兼顧文術的表達,則無論是意志還是本質的發揮,皆有更高的要求,亦須調動更大的氣力以衝破限制。從劉勰提出"憑情以會通,負氣以適變"的構想分析,對於通變入聖,是傾向積極態度,深信制限有轉化的可能。這些有限的條件與工具,隨着視野的轉換,亦可發揮其體道作用。形器工具可然,個體生命的條件固亦可然,如同凡情從理化爲聖人之情的原理,凡夫之氣亦可提升

---

① 《魏晉玄學與文學理論》,載《儒學・佛學・玄學》,頁 285。

第九章 徵聖體道精神下的情與氣：會通凡聖與世變的藝文理念

爲聖人之氣，稟具超凡入聖的作用；而且更與傳統養氣觀念一拍即合，以養練之方式，開闢養氣入聖之宗途。

劉勰的氣觀念亦有接受傳統思想的一面，承認氣有其先天的限制，於《體性》謂"氣有剛柔"，此氣雖不是道之出口的元氣，而是由稟受者的本質所決定，然而一旦成爲存在於生命個體中的氣，便同樣是"用氣爲性，性成命定"，①難以翻移。用於立文之上，亦如曹丕之清濁觀，不可力強而更易，故《體性》謂：

　　　　風趣剛柔，寧或改其氣。

氣之難以更易本質，是才性各異的表徵之一，由此而成不同的文章體性。然而體性雖異，"會通合數，得其環中，則輻輳相成"，則體道的成功與否，其中的決定因素便不在於氣之質性，而在於是否有會理體道的願力，以及是否了然理徹之方向。剛柔之氣，故不成爲體道的阻礙。

3. 以氣呈現文章中的道與藝

作爲成就生命的根本條件，劉勰於《養氣》已表示氣乃是可養練爲成聖的元素，"蟄迫和氣"，是效法聖人存素心以會理的基本工夫。而將氣驅使於文章制作之中，氣也是支持作者將才力與體性流露的原動力。氣爲生命力的呈現，才力需要依賴氣方能表現。王充稱孔子爲"多力之人"，孔子的氣力正表現在對經典的刊述與制作之上。是以劉勰於《養氣》特意標榜王充的養氣說，關鍵在於王充意識到氣的作用與建言樹德的關係，將養氣的目的，依止於體道意志之上。在藝術表現中較早體會到氣的內在作用者，可上溯於曹魏繁欽《與魏太子書》，繁欽在欣賞藝技薛訪車子的"喉囀引聲"音樂表演中，已關注到歌者對於氣的調度與運作，在表演中聲

---
① 《論衡校釋》卷 2，頁 59。

音的"曲折沈浮,尋變入節"、"悽入肝脾,哀感頑豔"①等等效果,完全出自歌者對於氣的控馭,繁欽揭示歌者表演的竅妙在於有"喉囀"的特殊技巧,能够"潛氣內轉,哀音外激",是將內在的氣視爲控制技藝表現的力量本源。

繁欽將生命本存的氣與藝術緊扣,只停留在純粹的表演上,氣的動用尚未關乎呈現體道的層次;惟結合孟子的養氣說,培養浩然之氣作爲君子立德的修養工夫,使氣從本然的動力,賦含應然的意志。推演在立文中,養浩然之正氣,便直接影響道與藝兩方面的表現。《體性》稱:

> 氣以實志,志以定言,吐納英華,莫非情性。

前句雖出自《左傳》,②但已別出新意,用以説明內在的氣,是將爲文的用心表現成文字的原動力,而且是發乎自然的行爲。此中用"志"代表蘊存在心的制作動機,具有應然而爲的詩人道義感。從實志到定言,是立誠到提煉轉化的過程,二者皆需以氣爲貫徹始終的力量,以願力支撑精誠,以氣力付諸行動,莫不以生命力量提升精神層次。用以充實應然之志的氣,由此從純粹的生命氣息,提升至浩然正氣的德化需求;由此定言,不單英華可現,亦有神理存焉。孟子的養氣包含儒門的體道弘願,至於能够存養充沛的浩然之氣以立體道之文,孔子便是大宗。是以由孔子刊述《五經》所流露的氣,誠爲當世作者之任氣使才提供啓示。

二、聖文之氣,以秀采雕龍

氣用以支持作者表達千變萬化的辭令,是聖凡立文的共同特

---

① 《文選》卷40,頁1821。
② 《左傳》昭公九年載叔語謂:"味以行氣,氣以實志,志以定言,言以出令。"(《春秋左傳注疏》卷45,頁1466—1467)

第九章 徵聖體道精神下的情與氣：會通凡聖與世變的藝文理念

質。《徵聖》謂聖人文章"秀氣成采"，早已透露聖人以其氣而煥發文采。劉勰指出秀氣非聖文所專屬，但卻是體道之文不可或缺者。

1. 秀氣與精理：辭理圓融的聖文境界

《隱秀》中所言的秀氣，已指出是配合義理而發。秀之意義，如花開盛貌，《論語·子罕》云：

> 子曰："苗而不秀者有矣夫！秀而不實者有矣夫！"①

秀指花開之意，苗而可秀，由於根柢深植而壯健。《禮記·禮運》謂人者，"五行之秀氣也"，②作爲萬物中具性靈之至者，蓋因具備至爲充沛的精神，故能迸發無限的生命力爲制作的泉源。秀氣代表剛健旺盛的生命力，不單支撐形骸的形成，亦充實人文精神的開發；草木鳥獸，故唯人能立於天地，並自覺創造提昇生存環境的種種條件，如人君之定法度、制禮樂，聖人之行教化、刊經典，皆是施展秀氣的表現。將秀氣用之於立文，則辭令可秀，便能達《風骨》所稱"文以明健"的強大精神境界。"剛健既實，輝光乃新"，惟健能使文章呈現神理真宰，是知秀氣乃存在和作用於辭與理，使達到沖和不失的狀態。這種對辭理圓融表達的追求，亦嘗見於晉來中土翻譯西域傳入佛典的經驗中，如《首楞嚴經後記》稱善龜茲王世子帛延翻譯的《首楞嚴經》"辭旨如本，不加文飾"，由此反映翻譯之難度，而能平衡辭理者，唯聖無二：

> 飾近俗，質近道，文質兼唯聖有之耳。③

佛典之質在其神理，翻譯過程中，若文飾太過，則犯以辭害理之弊，故帛延選擇"不加文飾"的手法翻譯。後記者認爲只有聖人能兼善文質的表達，譯出辭理並融的本子，尚屬一種理想的願景，以爲只

---
① 《論語集釋》卷 18，頁 614。
② 《禮記正義》卷 22，頁 804。
③ 《出三藏記集》卷 7，頁 271。

有才德俱備者,方能在深契佛理的同時,又能駕馭文字工具。至劉勰則將此文質兼備的表達具化爲理論,解釋了文質兼備的作用,在於以精理和秀氣,令聖文永恒不墜。

2. 龍德隱喻的剛健風骨

先聖經典是以聖人之精神力量和生命氣力成全,當中展現聖人充沛力量之元素,除卻秀氣,尚有精理,兩者發揮出至爲究極的狀態,是使立文能上達體道的原因。《風骨》以風和骨來比喻文章的體與氣,説明二者發揮至理想與圓融的境地,當是以剛健的態勢來呈現;翬翟備色而無法振翼,鷹隼沖天而乏於煥采,知二者之風與骨,未盡兼美。風骨俱健而能奮飛,唯龍具之。龍象取源於《易·乾卦》,言君子進德修業以達天德的過程。《乾·文言》更明言:

龍,德而隱者也。①

《辨騷》謂屈原取"虯龍以喻君子",知文家用龍作意象,皆以爲德行之正範。而劉勰之雕龍義,其深乎屈原者,在於由學而成聖之思想開出,展示立德立文皆有下學上達的程序。龍非一躍而上九天,期間歷練,便是學而爲聖的過程。自潛移以終日惕厲,復歷盤旋大地至於躍淵,最終成德而騰飛天際,通明不卑不亢之道,乃德性反覆陶煉的歷程,則知雕龍所暗示之辭采,其所以美者,是由通達精妙神理的德性所提領。

飛龍在天,便是君子秉德行化之至尚呈現;由此觀聖人立文所樹之體,所使之氣,展現出強大圓滿的面貌,正是以養練之聖德,爲支配立文之方向。這是呼應《徵聖》的明理立體文術,在認識聖文原理的基礎上,提出更具體的立文法式。《風骨》謂:

---

① 《周易正義》卷1,頁17。

第九章 徵聖體道精神下的情與氣：會通凡聖與世變的藝文理念

> 故辭之待骨，如體之樹骸；情之含風，猶形之包氣。

骨配合身體發育，不涉人工制作，是循順神理長成的自然支架。天下一切支撐的工具，莫有比骨更爲堅固。風是至爲壯盛之氣，能馳運於空中。在以形體況喻風骨的語境中，風不只是在外流動，亦可指爲形體中的氣。藏傳佛教的佛徒析述修持禪定，亦注意到其中存在的氣，可分爲兩種，一是外在流動的氣，二是體內關係精神活動的氣：

> "氣"有"粗略之氣（gross air）"，即我們所呼出及呼入的空氣；另外也有"精微或微妙之氣（subtle air）"，牽涉到身體的活動及念頭的活動。①

無論是粗略之氣還是精微之氣，皆同樣可稱爲"風"：

> 氣、風：vayū 在梵文及藏文中皆可指外面的"風"或吸入的"空氣"或"精微之氣或能量"。②

以此理解風在"形之包氣"中的意義，便知是爲人體中的精微之氣，是作爲支持精神運作的能量，與骨之支持形體動作，具有相同的支撐功能。在禪修中，練氣的最理想階段，可以風來擬容。風爲四大中至輕盈者，形骸的氣若風，能使氣力至爲強健。風力充足之徵，在禪修經驗中，可憑輕舉的經驗來體會；修行者之所以能發動神遊無礙的神通，正緣於練氣若風，將形累減至最低。是以劉勰所言由作者之氣煥發的風，以"風清而不雜"（《宗經》）爲貴，蓋清純無雜，是無累之徵，《風骨》云：

> 意氣駿爽，則文風清焉。

---

① 創古仁波切《止觀禪修》（臺北：衆生文化出版，1997），帕滇卓瑪譯，頁 45。
② 《止觀禪修》，頁 214。

表明氣力之強弱力量,是與累贅之多寡有關。無雜累之氣爲清氣,駁雜不純之氣則爲濁氣,清貴濁卑,一方面本據漢以來盛行的稟氣説,先天稟氣,以清爲尊,以濁爲下,由此決定夭壽貴賤之命運。後來曹丕引進以言文氣,文氣有清濁,用以判別高下,理同一焉。而劉勰將文風之清濁,結合作者個人之氣的養練,由清濁判辨強弱,亦以鍛煉控制文風之清濁,是結合禪修養氣的觀念而形成的想法。

3. 聖人使氣立文的經驗

聖人文章的精理與秀氣,乃是緣自本身的神理與和氣所透現。《徵聖》以秀來形容聖文剛健之氣,意在突出文之健貌,乃從作者的生命力量上顯現。《體性》指出作者雖才性各異,而才力之發揮,莫不同出一理,是生命的本能:

> 才力居中,肇自血氣。

文章氣貌由才性造就,而使才性迸發以成文者,便是作者自身的力量,也即血氣。氣力充足,使才性淋漓發揮,是文明剛健、風力久遠的關鍵。要使文章能呈現壯健之秀氣,在發動神思之始,便須自覺一直使氣,以貫徹於會理與立言之整個過程中。因而氣力的保養與驅遣,乃是發動自身力量以立文體道的必要環節。

除卻養氣外,劉勰探究聖人在立文中使氣之道,指出聖人所以不損耗血氣的關鍵,《養氣》謂:

> 豈聖賢之素心,會文之直理哉!

聖人使氣立文,一爲明理體道,二爲敷采成藝。三代聖人文章,"辭尚體要",純以明理爲務,故《養氣》稱:

> 三皇辭質,心絕於道華;帝世始文,言貴於敷奏。

上古聖文,重質輕采,故辭令尚簡,一本化民之心會理明道,無受辭章表達之干預,亦無障蔽於繁辭,是其文有"直理"之意。如孔子的

第九章　徵聖體道精神下的情與氣：會通凡聖與世變的藝文理念

立文原則,便是"辭達而已矣"。①

後世文章,隨着摹擬物色之風尚興起,辭令的藻飾表達成爲主流方向,則氣力之虛耗,莫大乎巧竭心意於繹辭。《程器》謂"近代詞人,務華棄實",棄實之原因,一方面由於缺乏循理而動的自覺,另一方面是耗氣於辭令。氣不足以實志,故亦不足以定言;緣氣之匱乏,未足應付會理,喧賓奪主,故華美有餘而理乏深識,自遠道極,偏落寰域。是變而不通的癥結。寫真之文術雖然可在描述物色中探尋道體,與先聖立文體道殊途同歸,然所使之氣,在會理之餘,尚需應付辭采變化,是後世立文需要"負氣以適變"的原因。在對於使氣的需求增加之下,劉勰提出養氣與守氣二法,正爲教作者保氣之壯盛,然後於會理體道與採綴辭令之間求取平衡。

三、負氣適變之形範

1. 以孔子奠定負氣適變的要義：在淑世精神下任氣使才

《徵聖》揭示通變之術,本出周孔先聖,則立文通變之式,便有實現成聖的深層意義。在分析孔子繼周公之志,爲《春秋》刊發大義的經驗中,劉勰總結出通變的法則,是立文徵聖的落足點。就孔子之處境而言,其時實已去周公先聖之世甚遠,投身於末祚,麟喪西郊,同樣是不見聖主治世的時代。孔子面對先聖遺留的典籍,會通其理,又闡發新義,重新煥發先聖典謨中經世致用的力量,因此咸耀大寶之功,證明由文可以超凡入聖。孔子爲應世變而煥發經典新義,使先聖之文,日新其業。以此推之,文家明通變之術,乃爲應對文章變遷,使明理之文,趨時而不墜。

劉勰推崇孔子爲通變之祖,除卻是從時序上立說,還在於其爲通變垂示了淑世的意義。孔子將才與性放諸經典刊述中,使文產

---

① 《論語集釋》卷 32,頁 1127。

生前所未見的光明,其爲通變之祖,所以啓導後世者,不在於技術的應變,而是將精神與生命力無私且全盤地投入於"文"的世界,展現了"負氣以適變"的應然方向。

《明詩》謂建安文士"慷慨以任氣,磊落以使才",提示了通變的要義。所謂慷慨,便是無私;所謂磊落,便是無僞。調動生命氣力與施展才力,是任何時代成就出色文章的兩大要素;但立文的目的若有私心,爲求獲取利祿名聲,則才力必矯易自性以討好流俗,下筆亦每計算付出,任氣自然難以慷慨。氣之足與不足,不止於作者本有的生命力,更關乎將生命力投放於文的多寡。

劉勰推尊孔子爲通變之大宗,其道藝兼融的文字,便涵負了慷慨任氣、磊落使才的通變特性。孔子調動充足的才力將典謨文飾而且敷發新義,抱持淑世關懷而任氣,故能慷慨無私;衷向於成就文明禮義,故使才開發之義理,乃能正大光明。這種慷慨磊落,純由體道的願力驅動,無私奉獻而能一往無前,足爲萬世文家之表率。

2. 屈原與司馬相如的任氣逞才

相對於質樸的聖文,繼聖而下,文進入重采的世界。辭令雕琢成爲不下於詮理明道的重要任務,是負氣適變的重要內容。劉勰對於歷代出色之文家,亦多稱美其力足或有風力,蓋因氣不但充實文思,在辭令表達中,亦需耗費力氣。《神思》謂:

> 神居胸臆,而志氣統其關鍵;物沿耳目,而辭令管其樞機。樞機方通,則物無隱貌;關鍵將塞,則神有遯心。

"氣以實志,志以定言",神思活動中,神與物遊以會理爲定向,便須講求神遊的堅定性。氣便是支持神遊向會理之方的力量,使立旨在神思中從朦朧步入明晰以至成爲"志",方產生制作辭令的需要。從神思的運作過程可以了解氣所以爲立辭的根本作用力。氣力充

足,成爲駕馭文字工具的重要基礎。《辨騷》稱《楚辭》"雖取鎔《經》旨,亦自鑄偉辭",正以爲是屈原馭辭之氣充足使然:

> 故能氣往轢古,辭來切今,驚采絕豔,難與並能矣。

屈原辭采豐美,又使文變新式,正是以矯健之氣力,使徘徊江山之間,能洞監《風》《騷》之情,實現神思"形在江海之上,心存魏闕之下"的暢達境界,精神既上通先聖之理,才性亦得以用新辭適當表達;能兼而應付會理與發揮才性,是由力量足以轢古切今的氣來支持。然而劉勰在篇末亦指出《楚辭》之缺憾,亦在於耗氣過甚:

> 驚才風逸,壯志煙高。山川無極,情理實勞。

屈原於江山之間興情應理,揚才述志,均需要使氣實現。《楚辭》將山川物色提煉成絕豔驚采,以成偉辭,所費氣力,更必然超乎尋常。《騷經》與《九章》的"朗麗以哀志"、《九歌》與《九辯》的"綺靡以傷情"、《遠遊》與《天問》的"瓌詭而惠巧"、《招魂》與《大招》的"耀豔而深華",顯現對物色和情志的鑽礪與表達,雖百世無匹,亦思慮過分。而興情會理的精神活動,無法超越形相,反而過於依賴任氣追逐道之末節的無限物色,必然使興情會理的工夫造成更大負擔,亦不能自拔於物色產生的情累,而犯"哀志"、"傷情"之失。

劉勰以"去聖未遠"和"楚人之多才",歸結出屈原之文能體式經典,而又發辭變極致的兩大原因。屈原於文章投放異常充沛的才力,使之能同時駕馭會理與辭變,故得"金相玉質,百世無匹"之美譽。而對照先聖與屈原在立文所用之氣力,則知聖人之氣集中於神理,屈原之氣傾重於辭采。故聖人會理既直,辭達而已,無耗氣之虞;屈原雖多才,然氣多耗於辭令,則理自不比聖人。是負氣適變有餘,而憑情會通未足之經典例子。在進入辭章的世代,文家氣力的運用,莫不循屈原的選擇。惟屈子之多才,世所罕見,故後繼踵者,氣力不逮,能暢達使才者,屈子而下,已鮮見其匹。

劉勰稱屈原才比風逸,志若煙高,是取風象爲四大至輕之徵,故使氣至爲慷慨有力,莫過於其力如風。以風飄揚逸之狀美稱屈原之才,正反映屈原力量之充足,能使才性之運發,辭令之遣調,皆輕靈自如,可知其神思之暢發。

屈原以下,劉勰盛稱文章有風力者,又以司馬相如爲宗。《風骨》云:

> 相如賦仙,氣號凌雲,蔚爲辭宗,迺其風力遒也。

劉勰稱氣力之至盛,是以風爲象徵。此處明言司馬相如之所以"蔚爲辭宗",乃因其氣力充足,能發揮如風遒健之才力。故表達辭采之關鍵,在於能以充足的力量遣使才性,由此顯現的氣雖有剛柔之別,卻同樣秀健有力。《書記》概括前漢出色書記,便謂:

> 觀史遷之《報任安》,東方朔之難公孫,楊惲之酬會宗,子雲之答劉歆,志氣盤桓,各含殊采;並杼軸乎尺素,抑揚乎寸心。

各家文采分殊,緣自以血氣支使獨蘊之才性所致;惟出采之因,皆由盤桓之氣所充實。盤桓形容風力遒健之貌,志氣盤桓,實際是由力足之氣,令存乎寸心之志,尺簡之文,能表現得淋漓盡致。

此知辭采豐寡之貌,是爲透露氣力盛衰之徵兆。《明詩》稱晉世之文:

> 采縟於正始,力柔於建安。

力之不逮,正緣於繁縟辭采造成了負擔。至宋世之文,"辭必窮力而追新",知文家氣力經已盡耗於辭令。辭宗之要義,在於立辭不迷失於物色,使氣能自覺有心生之情理在其中,不犯繁采寡情之失。在捨本逐末的發展趨勢下,即使寫真之術存在體道的功能,但隨着體道用心之不彰,則極貌寫真的結果,只徒然耗氣費力於文字表達的層次,神理之影迹,自聖文而下,固然彌近彌澹。

3. 負氣適變的原則：情與氣偕

由立文以體道的觀念,爲文家設置了安身立命的徵向,亦以生命之體驗,付諸文字來實踐體道的願景。要圓滿徵效聖人立文,發動生命之情與氣,既不可或缺,又是最大的困難。蓋力足而能適變歷久之文,任氣不獨爲使頤才性,更須用以會理化情,方能入通變之域。《雜文》便指出能日新其業的文章,當是情氣克諧：

> 智術之子,博雅之人,藻溢於辭,辭盈乎氣。苑囿文情,故日新殊致。

情、氣各有分工,氣以馭辭,情以入恒,無論立文重辭或重理,皆不可偏廢。在此會通適變之道中,氣必須與情秉具同樣的目標,沿相同的矢向運發,也即循理而動,方能發揮最大的體道力量,成徵聖之文。是以通變之術,要求的兩大法則：憑情以會通,負氣以適變,缺一不可。氣足而乏情,則迷而失主；情深而乏氣,則心有餘而力不足。因此,使氣必以會理爲目的,起情必以化理爲務,如劉勰謂"征鳥之使翼",骨骼乘風之力盡用以奮飛往光明的方向。是以《風骨》云：

> 情與氣偕,辭共體並。文明以健,珪璋乃聘。蔚彼風力,嚴此骨鯁。才鋒峻立,符采克炳。

情、氣之相輔相承,必須若辭之附體,注重力量的凝聚,明確循理而動的共同運作方向。在徵聖的理念中,使氣必須有明確的體道目的,方能發揮會理的作用。慷慨之氣,亦必須由體道目的帶領,與化理之情契合,方能入聖。

惟人身氣力有限,力所能及,固可兼美辭理；然體氣不足,情累未化,皆是三代而下,立文體道的常見桎梏。就情與氣偕的標準審度,屈原以氣支撐辭變的立文方式,純任自然天分,雖驚才若風,翾

685

囿十代辭家,尚不免犯情數詭雜之失;則後世文家之難以達標,亦可推想,此亦是劉勰未於後世文苑推崇徵聖典範之緣由。

四、關於建安文學的論述:提挽任氣使才之應然義

1. 建安文學之任氣使才:任情與標榜

屈原以後之辭人,變文之特性在於以氣駕馭辭采之變化表達,故負氣適變之變,是從任氣上體現。這是劉勰從"變"的觀點上看待建安文學的任氣特質,而視氣爲變的關鍵。結合變之久遠力量,則知劉勰視建安之任氣,是將文學生命挽於既倒之際的關鍵,《詔策》稱"建安之末,文理代興",《奏啓》謂"魏代名臣,文理迭興",是肯定以變來延續文學的生命,並往適應時代需求的新貌上開展。

建安文學以覺識文章氣力而著名,令氣成爲魏晉以來文論的重要概念。鄭毓瑜先生指出,開創以氣論文的《典論・論文》,受到"當時的才性品鑒中對於'氣'字的用法"的影響,而"以'氣'字代表文學表現的本質,又以之批評文學作品的風貌",則自人倫鑒藻中移置於文學的領域,《典論・論文》中氣的概念仍然集中於作者才性方面,直至《文心雕龍》發展出辭氣觀,始將作者個性與作品風格和文辭運用聯繫起來,[1]這說明了建安文士之任氣,只注重於個人氣性的張揚,而未發展至將氣引入"因內而符外"的立文原則之中。然而動用氣以表現個體之鮮明獨特,在劉勰的評價中,不單有奇高的藝術造境,更有值得尊重與佩服的精神境界,此因這種氣性的表現,已動用到作者的生命力量。《明詩》以"慷慨以任氣,磊落以使才"概括,顯示建安風骨,是文家因重視氣力之深,以樹骨髓而成時代經典。足見任氣之慷慨,使才力發揮至極,可謂空前而無兩。而

---

[1] 鄭毓瑜《六朝文氣論探究》(臺北:臺灣大學,1988),第二章"文氣的第一層涵義——作家才性論",頁85。

第九章　徵聖體道精神下的情與氣：會通凡聖與世變的藝文理念

劉勰並未肯定建安氣力足以使之遞入聖文途轍，原因在於建安文人尚未自覺認識與關注體道，是故物色在前，卻未有領會神理的動機，反之更任情於哀樂之域。《樂府》評價三曹之樂府制作，便由其內容指出任情失正之思想偏弊：

> 至於魏之三祖，氣爽才麗，宰割辭調，音靡節平。觀其《北上》眾引，《秋風》列篇，或述酣宴，或傷羈戍，志不出於淫蕩，辭不離於哀思，雖三調之正聲，實《韶》、《夏》之鄭曲也。

氣爽才麗，是慷慨任氣、磊落使才的結果。任氣之強弱，本是關乎個體生命的問題，劉勰於《養氣》亦謂：

> 童少鑒淺而志盛，長艾識堅而氣衰，志盛者思銳以勝勞，氣衰者慮密以傷神，斯實中人之常資，歲時之大較也。

年少血氣方剛，則任氣也盛；暮年體衰力弱，則有心無力，此因氣本是生命力的普遍體現。

然而在特殊情況下，將生命力發揮至極，以投入於創作之中，則亦可超越"中人之常資，歲時之大較"的制限，使任氣能達到慷慨淋漓的境界。建安時期的文學，正是由於漢末動亂的時局，在表現個性的意志追求下，導致個體生命甘願為藝文創作，迸發出超乎極限的生命力，《時序》謂：

> 觀其時文，雅好慷慨，良由世積亂離，風衰俗怨，並志深而筆長，故梗概而多氣也。

在佛學尚未流行的時代，聖凡有如天人之隔，於是面對"世積亂離"的環境，心靈的焦慮，以及憂患意識，都無法透過精神的超越，而得到安定與解脫。在困滯於變動之場域裏，凡夫所尋求者，乃轉向為身份與才力的認同。建安士人之文章能自矜本備之才性，又能張揚氣力，故能將真我的精神生命全情投放文章之中，在藝文中獲得

687

高度評價。由是文家在藝文創作中,乃極力放大個人的體性,露才揚己,以突現自身的存在意義,為其有限而無常的生命,尋找安身立命的精神寄托。

這種表現才性的風氣,又有其欣賞的團體,如曹丕《典論·論文》品評各家之才性,以顯示超卓的品鑒,促使文家願意拼盡其生命力,追求身份的肯定與接納,故能盡任其氣,令深志寄托於筆翰之上。這種竭盡氣力放大個人才性,將之淋漓盡致揮灑於文章之上的取向,成為建安文壇特有之風尚,也是學術界以此為"文學之自覺時代"的原因。由此觀之,標榜個性、出奇制勝,乃是魏晉六朝文藝發展中,與寫真同期出現的另一大風尚。寫真的原因,在於透過極近真實的象,以得象所隱藏之神理道心,或是聖人留下的神思。顯露個人特殊的才氣,以及追求新奇的要求,則是在外族文化衝擊的大背景下,以特異新奇為取寵之方法。這種以發揚個性、出奇制勝來建立個人成就的方式,固然有別於追求上達的玄遠世界為人生之價值。其以任氣使才方式開發的文變,最終離道本越甚,成為訛變。

2. 違背體道立文的方向

文家自覺以文露才揚己,一方面顯示表情述志成為表現個性的方法,同時卻又反映時代對道體共源的忽略。曹丕《典論·論文》以氣品評建安七子文章,評點各子之才性或文章體性,正是受到以差異為主的思維所支配。將文學視為表現才性的工具,也是着眼於突出個性差異的結果。從道之成有歷程看,道極居本,為總為一;才性為末,為變為多。故各家文章,以其才力,呈現不同體貌。如此,一旦專注放大自身的才性,則追尋永恒共源的意識,相對便受到障蔽。建安文士雖自覺以任氣為立辭之基本要義,唯其任氣使才,着重標榜自身獨特之才性,失諸任情疏理,是以文章獨性雖現,卻未契入體道的文字方域。此正是建安文家雖氣足而未入聖門的關鍵。

如前所述,徵聖立言强調的是從共性的開發上,效法聖人同體宗極,因此徵聖之使氣,要求與情偕合。而偏執於個性表現,縱然任氣慷慨,卻終與化情會理的體道矢向相違背。雖氣足而才高,憑才氣一變陳式,使文采變化玲瓏;但放任才性,不免失諸任情。起情任氣不爲理所化,則氣與情,未能達至偕合的境界,必然自封於變動之場,偏離道極。此無如諸子之徒"苟馳夸辭,鬻聲釣世"(《情采》),一旦文家的存在價值依賴外在的稱譽與祿位,則在極端放大個人才性之外,便往往走向嘩衆取寵的方向,甚至失去主體的意志,順應俗間之好尚,而有"心纏幾務,而虛述人外"(《情采》)的情況。言與志反、標榜才氣、競新逐異,所任之氣皆背離體道之途,正是情氣不偕的立文誤區。《通變》指出"望今制奇,參古定法",目的正爲突顯聖人立文的淑世用心,不爲言筌所支配,盡其氣力指示體道的方向,與擬物寫真的追尋道本方法,便可殊途而同歸。

第六節　化解文學之訛變

一、參古的作用

劉勰以爲文的生命源源不絕,是由於有《五經》爲文之大源,文道窮則可於經誥中尋找新變。而文窮不能變,以及新奇不足稱變,是因爲與經背道而馳,故有"還宗經誥"、"參古定法"以對治訛變的思想。

就體道的超越性而言,從經典中開發新變,是將文的發展視爲一道文明的命脈,無論如何開發,其本皆不可更易,萬變不離其宗,才能保持生命的總持性,其發展姿態猶如樹之長發新枝,推陳出新,煥發出不斷的生命力。這種參古的意圖,是屬於垂直式的上達發展形態,其本乎道,而所朝往的發展方向,亦同樣是道,一脈相傳。駢枝只是發展歷程中的一段,合神理之數的駢文,最終亦有發展的盡頭,而後又有另一合乎神理的文體繼之代興。由萌芽至枯竭,是必然的事,卻只是一種新陳代謝,用以延續生命;文學這種興替的歷程,便是文理。

將"參古"解釋爲"復古",視宗經法古乃對治文體尚奇好異的狀況,①這反映尚奇好異的發展,已到了困乏技窮的地步,"復古"乃是將舊體重新恢復,以求從當時一衆新體之體性中別開生面的策略。如此,"復古"無疑只是建立起另一種有別時俗的獨特文體,其生命力不在於體識經的恒久與本原意義,而不過爲顯示經體異乎新文所形成的獨特性,則所謂宗經,便只作爲與新體同列的一種文章體性。這是以追求獨性的心態將參法經典解讀爲建立文體獨性,在參古中所見者唯我,實與體道的聖文制作背離。

二、委獨性於體道之域

是以通變之術,其根本不關乎聖文與時文在形制上的參法,而在於聖凡作爲"五行之秀"所同稟的體道本質。是以個體生命在立文中達至情、氣偕合向道,使精神能通暢於時空場景,超越一切變動的力量,方是通變的要求。

在原道、徵聖爲立文首務下,劉勰雖認同作者體性之差異,卻更爲重視化卻對體性的執著與無限放大。蓋永恒的神理,是由聖凡之共同宗極所顯現,聖人不標榜特異個性,制作經典,以言立德,

---

① 認爲《通變》具有復古意圖的觀點在學術界較早已經提出,紀昀與黃侃皆持此見。紀昀明確指出復古乃爲齊梁文學"風氣綺靡"、"如出一手"的困窘狀態尋找出路:"蓋當代之新聲,既無非濫調,則古人之舊式,轉屬新聲,復古而名以通變,蓋以此爾。"(載黃霖《文心雕龍彙評》,頁102)黃侃則以爲是"通變之道,惟在師古,所謂變者,變世俗之文,非變古昔之法也"。(《文心雕龍札記》,頁102)是皆以爲取復古作變新的方法。

第九章　徵聖體道精神下的情與氣：會通凡聖與世變的藝文理念

而不立名字，開示出捨身成仁，以利益衆生來圓滿人格的康莊聖道。委本從聖，克服以我爲中心之成心成見，以聖迹爲是，乃徵聖之不二法門。釋道安言"委本從聖"、劉勰言"率志委和"，並用"委"字，透露此放棄自我的喜好追逐與才力表現，須付出極大的決心與力量，由此而明徵聖的活動，乃是自覺且用心而爲。

劉勰針對時文而提出起情任氣的正確要求，體現出爲以文會道而思考的應變策略。變是事物發展的必然程序，四時有常變，人事有異變，文章表達一直朝着越加細緻複雜的方向發展，也是一種變動趨勢。對應變動，乃是生命中不可繞過的歷程，也是使生命行之久遠的力量，故孔子發《春秋》之變義，令《春秋》之德化能澤被久遠。在體道理念下理解通變觀念，通則爲會理，變則爲趨時，使立文能適應變動，便可駕馭文字以循理體道，邁向立文修德的超凡入聖坦途。

通變觀念中情與氣的要求，體現了後天自覺的重要性，亦反映出劉勰將先天限制轉化合聖的信念。情與氣雖屬生而具備的條件，然而要超凡入聖，則氣尚需養練，情亦需化濾，共同循理而動，方才能會通適變。此通變之基本工夫，便是從個人精神體格的修行爲始，才能化染於文字之中。是以從神思以至結慮成篇，劉勰均注重起情與使氣的謹慎態度："言所不追，筆固知止。"（《神思》）起情則避免爲橫枝末節，諸如物色與技法所支配，使氣則"務在節宣"（《養氣》），以不損元氣爲原則，目的皆爲使文的道藝相融表現得到至爲完美的效果。

第七節　本章小結

本章集中討論通變之術中的情、氣問題，透過交代成聖觀念的發展歷程,以了解情、氣在超凡入聖思想中,由限制轉變爲共通基礎的緣由。從而說明《文心雕龍》關於情、氣的討論,不獨是文學創作的範圍,更是實踐立文體道理念的核心內容。凡夫調動與聖人共同具備的先天條件,令起情、使氣循理而動,是順變之勢而入聖的立文構想。

　　情、氣的調度與處理,是關乎創作實踐的問題。情、氣在《徵聖》只是一閃靈光,揭示效法聖人述作之關鍵要素。《文心雕龍》關於情氣處理的問題,更多是集中於時文風尚的討論中。例如對宋文摹擬物色的緣由,以及建安文學慷慨任氣的不足,皆透露出以體道成聖爲目的之審視目光,顯示徵聖立言並非停留於《五經》的理想,而是可實踐在以後的文域當中。

　　劉勰將留存經典中的聖人之情,以及聖文之秀氣,作爲面向世俗文學的通變考量,是通變之術所蘊藏的徵聖立言意識。選擇情與氣爲通變入聖之條件,是由於二者既是魏晉六朝文學的重要概念,同時也是佛門闡述成佛修行所運用者。劉勰融攝文學場域與佛學成佛義所共有的概念或詞彙,並重新糅合兩方的思想,使情、氣二者分別解決會通與適變的難題。通變之通與變,在使文擁有恒久生命力的功能上,各司所職。從劉勰爲文學創作概念賦予入聖的新方向,並提出養練與轉化內在條件的主張,可見其通變觀念,實已考慮到方便時人的理解和可行性,其爲時代藝文迷失情域的困境而提供向道的指引,不僅是對文學發展的關懷,同時體現出將文學會向於道的一番用心,這與時代蘊藉的體道衷願是同步前進的。

第十章　總　結

　　《文心雕龍》的立文觀，面向於文學藝術的創作，同時又以體道精神貫徹於立文的理想要求之中。綰合道與藝的文章理念，是劉勰回應時代對人生意義的追求。

　　魏晉六朝的人文思想特點，蘊生於對人生存在意義的更變。存在的意義依止於兩途，其一是體道，其二是才性。二者皆尋求對生命形骸受制的擺脱，惟在原初卻是分途發展。在體道方面，隨着政局動盪，士人建立事功的願景失落，遂萌生以體道爲依歸的新型人生觀，對接觸所及的種種文化活動，乃試圖開發其中可實現體道目的之可能。在即山臨水以及視覺藝術領域，已發展起體道的嘗試。但在文學的領域，卻因選擇了另一種存在肯定的方向，而傾向於個性的張揚表現。自曹操標舉起"唯才是用"的任賢口號，貴才輕德的社會取態，影響士人選擇以個性建立其存在價值，由獨異之才性彰顯身價。反映在文學中，制作體現個性與才氣的文章，成爲文士實現"不朽"的策略。德與才的追求，並非對立的兩極，惟直至《文心雕龍》的出現，方才明確將兩種人生意義，以立文爲介體，圓滿實現。

　　劉勰在《文心雕龍》詮釋"文"的理想世界，涵具自然與應然兩大層次。自然便是立文者緣情而使才，應然則是循理而體道。在《原道》開篇展示的"道之文"，是天地本然存在，屬於自然造化的層次。繼之叙述自有心之器出現後，聖人以文辭建立文明世界，效法至道創造之功而成化天下；聖人自覺法道而制立的文，同屬"道之文"，卻歸於應然義。嗣後有關文章的論述，亦在討論自然之情後，補充應然的理。劉勰爲文補充應然的發展方向，是其超越於時代習見的卓識。

在要求實現華實相佩、道藝並融的立文願景下，兩晉以來聖人之學中的禪修理論，爲修德的實踐方式建立了基礎。《文心雕龍》道藝並融的概念，尤其對立文的自然與應然、情與理兼顧處理，都吸取了時代有關成聖與修行的思想概念，由此建立其具有體道義涵的文藝創作的理論架構。

《文心雕龍》徵聖體道的立文觀念是產生於以超凡入聖爲終極追求的時代，是以上篇四章分別抽繹了漢魏六朝聖人之學中的體道思想，藉由顯豁超凡入聖信念的復興、修行活動形態與理論的建立，乃至分析核心體道概念的義涵，展現以體道成聖爲中心的觀念支架，在歷史中逐步由朦朧走向精密。分析與重現聖人之學的思想建構進程，以及解讀其中影響《文心雕龍》的觀念，是爲上篇的大旨。

魏晉六朝的體道思想資借佛學成佛義而重新發展，其間所吸取的佛學，既有般若學，又見阿毘曇學，大小乘雲集，不涉一門，致令體道觀念的發展極其複雜。加諸對超凡入聖的殊異理解，尤其在中土論者兼取儒、釋、道思想演繹，令聖人之學難以確立共識，更遑論建構一套公認的理論。唯撇開聖人形象與修行形式的細緻要求，對於凡夫能體道玄遠、超凡入聖的肯定，以及尋找聖凡共有的體道條件此兩方面，則屬於理論中的共識。在此基礎上建構實修理論與活動，便形成中土士人特有的禪修形態。

禪修強調從實踐意義上自證學聖的可能，隨着在中土得到精細的理論開展以及廣泛的認受，僧俗白衣開始嘗試在自身的環境與文化中，開發禪修的形式，也即在融和傳統文化之中，尋找幫助

第十章 總　　結

發動禪思的介體。在闡述禪修思想的過程中,本文同時追溯神思的禪修思想淵源,蓋以禪修本身強調修行實踐的成佛理念,是神思與徵聖體道思想得以接通的根本所在。一旦理解徵聖體道思想是在成佛議論的思潮下孕生,則可發現關於實踐理路和方法的探究,不但是當時超凡入聖論題中的重要項目,對徵聖思想而言,也是無法回避的問題。

抽繹禪修思想的發展脈絡,可以發現,爲完善超凡入聖的修行法,一些與心識有關的概念,一直在堅持入聖理念的思想流布中脈脈相傳,爲體道修行者所吸收和發揮。無論是慧遠的寂中照佛影,劉程之的定中見佛,或是宗炳以幽對山水圖而體會聖人神思,所見的聖人或神理,皆是自心而發,而且實際上也是本自一己開智而達之慧境,並各自摸索和開發出適合中國文化背景的修行環境、方式以至介體,流露出通變的智慧與寬容的態度。至於所建立的禪修理論,卻又是始終以心通理爲體道成聖的核心原理。劉勰的"神思"觀念,正是將禪定神通修行觀念重新化用於文學創作中,從而鄭重標舉起"神思"的概念,亦同時將關鍵的元素,如神、理、情、感、心等概念放置於理論系統之中。將禪修機制移置於文域,爲立文者提供體道的方軌,是將文視爲實現成聖之一途。從超凡入聖的意願上看,劉勰在體道思想下開示的神思機制,與此前的禪修者秉具一致的修行理念,只是彼此在此思想脈絡下各開門路,終究殊途同歸。自神通觀念華化而成神思,直至劉勰的理論化運用,期間實經歷了數代學人逾百年的努力經營。

種種修行活動的開發,闡明了魏晉六朝的體道思想,並非但言宗極,盡廢權假。超凡入聖之學的核心是德性的陶煉,終究繫根於器世界中由學上達。魏晉六朝中國的體道概況,所謂傾向於"理入",並非謂其開發佛學奧義,而是魏晉玄學之流所開的玄談風氣,追求思辨上領悟成佛的理路,較少將佛理踐履於現實生活中,如此則精神生命與佛法智慧終有所隔。如僧叡認爲但憑禪修,是不能領悟般若中眞正意義的空,便是此意。是以在貴無之風既謝後,體道理論最終依止於既有之場,思究借助權假體證成聖。山水及靈像的感應活動,由此成爲重要的探究内容。此體道觀念雖未協於空,卻能領會道的成化的神理大用,從有的一面掌握道之全體,是所謂觀假即眞的理念。晉以後體道方法的多方開掘,更爲劉勰以立文實現體道的構想創設了基礎。

新興的超凡入聖之學,是一套强調修行實踐的學問,其開發面不單在體道原理與模式上,也關注本體成化法則,令體道理論更趨精密圓融。此中,慧遠强調"情"的化生功能,與竺道生重視"理"的向道作用以及顯現至道制作的意義,對於《文心雕龍》以"理"兼濟緣情觀的文學理論取態,有非常重大的指導作用。

在聖人之學成熟的思想文化基礎上,《文心雕龍》於《徵聖》以學聖爲引子,爲文學世界提攝修德明道的責任。基此,下篇四章皆圍繞《文心雕龍》的内容,探析由體道意識所建構的文學觀念。劉勰熔取魏晉以還的神不滅思想,乃至像教與觀想念佛中的體道修行原理與概念,指出以神理爲應然依歸的宗本追求,爲崇尚自然論的時代文學風尚,補充了體道上達的方向。詩賦文辭在《文心雕龍》的創作理念中,不獨用於表現自矜之才氣,而更肩負以徵聖爲導向的修性立德的淑世責任,由此顯示劉勰的立文願景,既重現體道成聖的自覺,又將體道的内涵,重新坐落於傳統先聖早已萌發的明道成化理想之中。宗經、神思、通變等觀念由此明確秉持體道自覺的創作要求,同時亦彰顯劉勰在體道成聖宏願下所建立的,是一套道藝並融的文章理論。

成就道藝圓融的立文追求,非關劉勰個人的喜好,而是切實應對其時尋求生命安頓處的人生觀。尤其藝文因傾情任才而失諸離道離本之域,提出體道需要乃勢所必然。取聖人文章爲制作之徵

第十章 總　結

的最大原因,便是由於先聖之文的本質,離不開道。經典之所以能成爲文章的典範,正由於道藝兼美,華實相佩。在明確"理"爲體道入聖方向的體道理論下,劉勰將立文發展爲體道入聖的修行法,便是移用其時發展成熟的修行理論,置入立文理論當中。在藝文領域體道,在於效法聖人循理而動,使藝文能入應然方向。

在強調聖凡生命本質相同的觀念下,劉勰得以合理地將聖人循理的應然法則,移置於處理立文的不同層面。由此產生出以理總持起情、感物乃至整段神思活動,文思的結束亦以會理與煉情爲務。繼而在表達中,以情氣偕合於理,亦以理樹體聯辭爲準則。處理時文流行的寫真技術,亦一以體道精神貫之,融入"像教"的精誠目的於其中,爲中土文藝活動,提供反本模式的借鑒。而知音在體道追求下,亦具有會通聖文的超越意義。

劉勰將時代藝文融入於聖人之學的實踐中,重建起傳統聖人之學以文弘道的精神。往聖建立文明的大業,其始即依止於文字制作,直至刊述經典,聖業賴文以成就的往績,明明白白。《文心雕龍》道藝並融的立文觀,重繼先聖文明建設的精神,而以藝文的方向,用新的文體來接續聖人之學。這對於中土圓融體道成聖的學問,實有推動作用。而《文心雕龍》始終以文爲中心,非將文學問題置於聖人之學底下,而是從宇宙完整的生化形態釋之,道是生命的本元,文學健全的生命,也必須有道總持。這樣對於當時浸弱的文風,可謂直詣癥結之所在。補充體道一脈的創作理念,目的正爲使文的生命得以重現健壯,健則可見日月之麗天,文是所以能明。

劉勰爲當時藝文建構的體道理論,以反本和明理爲核心。反本是見道之大源,明理是知道之大德。在器世界中,道以成化之德顯示其存有。人所以能體道,亦是以德性的陶成來建立通衢。聖文展示天地種種創造,莫非道之大德,以德性爲明道的重心,是聖人文章的寶貴處。由此而了解徵聖與宗經的用意,便非謂效聖作

697

經的文章形制問題,而是明乎聖人以文體道之旨,在於彰顯大道成化之德。由此寫真風物的時文,亦可以演繹爲一套以描述天地之美的方式,呈現神理造化的體道書寫。使文家産生體道的願念,便可以循天地之美而體察造物之神理,弘明至道成物的大德,由此爲注重物色的時文創作提供了聖人立文的根本意圖。

《文心雕龍》並沒有否定"作",能"作"固然是聖,而描述天地之美,亦可作爲體道入聖之途。唯面向當世,就魏晉開發"描述本體"的道路觀之,則劉勰面對時代失落"作"的勇氣,而可轉向"描述"。"作"是無所依傍的創造,創業唯艱,故必須力足;孔子自稱"述而不作",蓋刊削經典,悉依前聖典謨。而"作"所代表的是先聖的體道典範,先聖之世,文明有待,故立體明道,唯選擇創造一途。後世文藝發隆,則體性非經者,沿時代流行的寫真文術,依傍物色,投放精神生命,亦可研察神理。無論是"作"還是寫真天地之美,體道關鍵在於"有德司契"。成體道之文,在於德性,至於文體的取捨,則關乎才力與體性,是聖凡立文形制之別。

此體道立文的理念,無論作與述,必須使立文之情會向理,與聖人之情同一,便能由權假而得真實;沿美而入善。秉持體道的願力,對待當世的藝文,亦可一以貫之,是體道信念下的通變理念。屈原倚藉江山物色而洞鑒的《風》《騷》之情,是指聖人緣文而發的從理之情。屈原之情能借體物而會通聖人之情,便是由天地之美而繕德邁道的辭賦形範。

劉勰將文的發生與發展歷程視爲生命,用佛學角度詮解,同樣是發乎情,而流轉於不同的文體之中。在含情而生的一路,文體得以迭興不絶;從體道上達的一路,要使文的生命得以原道和歸於道,便須依止於理而撰作,文由道而獲得的生命,便不是單含情的文,而是光明通徹的文明。情理並重的文論觀,透露應然與自然意義兼備的制作要求,也即一種道藝並融的文章理想。此不獨是擬

第十章　總　結

迹聖門的體道自證，更是秉承先聖以文成化的明道弘願。劉勰爲文學重塑高貴的生命形態，以成藝而見各家獨特的才性與風采，是昭彰文學生命的活力與高雅；因見道而明本，知文之大德在道，德爲道成有之顯現，生生不息，由此成就文學永恒的慧命。六朝流行的神不滅觀念雖是佛教的觀念，卻爲中國的立文精神帶出積極而光明的啓示。也即永恒慧命對於人文建設的恒久影響，卻是在中國的立文世界，由文來實現和傳承。

　　本文以《文心雕龍》爲中心，考掘出一種融超脫與超越意志於一體的制作理念和人生觀，研究的結果有助研探魏晉六朝體道精神與文學藝術之間的相互關係與狀況。就體道精神在中土廣泛興起的情況看，《文心雕龍》道藝並融的文學上達理念，屬於一種時代藝術精神。這種時代藝術精神的深度認識，一則依止於對體道問題的更深層開發，二則端賴進一步分析此精神在其他文化藝術中的狀況，將這種時代精神從更立體的角度全面鋪開。將魏晉六朝融貫道藝的人文精神重新恢復，是可待的期望。

參考文獻

中文部分

專著

一、經學文獻類

孔穎達《毛詩正義》(北京：北京大學出版社,2000)。
孔穎達《周易正義》(北京：北京大學出版社,2000)。
孔穎達《尚書正義》(上海：上海古籍出版社,2007)。
孔穎達《春秋左傳正義》(北京：北京大學出版社,2000)。
孔穎達《禮記正義》(北京：北京大學出版社,2000)。
賈公彥《周禮注疏》(北京：北京大學出版社,2000)。
賈公彥《儀禮注疏》(北京：北京大學出版社,2000)。
李鼎祚《周易集解》(臺北：商務印書館,1996)。
邢昺《爾雅注疏》(北京：北京大學出版社,2000)。
孫奭《孟子注疏》(北京：北京大學出版社,2000)。

二、史籍文獻類

瀧川龜太郎《史記會注考證》(臺北：宏業書局,1979)。
班固《漢書》(北京：中華書局,1975)。

范曄《後漢書》（北京：中華書局，1982）。
陳壽《三國志》（香港：中華書局，1970）。
房玄齡等撰《晉書》（北京：中華書局，1982）。
沈約《宋書》（北京：中華書局，1983）。
蘇晉仁、蕭煉子《宋書樂志校注》（山東：齊魯書社，1982）。

三、佛學典籍類
支謙（譯）《大明度經》，《大正新修大藏經》第8冊。
康僧鎧（譯）《佛說無量壽經》，《大正新修大藏經》第12冊。
無羅叉（譯）《放光般若經》，《大正新修大藏經》第8冊。
釋法炬（譯）《佛說灌洗佛形像經》，《大正新修大藏經》第16冊。
竺法護（譯）《普曜經》，《大正新修大藏經》第3冊。
竺法護（譯）《正法華經》，《大正新修大藏經》第9冊。
瞿曇僧伽提婆（譯）《增壹阿含經》，《大正新修大藏經》第2冊。
釋法顯（譯）《佛說大般泥洹經》，《大正新修大藏經》第12冊。
佛陀跋陀羅（譯）《達磨多羅禪經》，《大正新修大藏經》第15冊。
佛陀跋陀羅（譯）《佛說觀佛三昧海經》，《大正新修大藏經》第15冊。
佛陀跋陀羅（譯）《大方廣佛華嚴經》，《大正新修大藏經》第9冊。
僧伽提婆、慧遠（譯）《阿毘曇心論》，《大正新修大藏經》第28冊。
釋法顯《高僧法顯傳》，《大正新修大藏經》第51冊。
竺道生《法華經疏》，《卍新纂續藏經》第27冊。
釋僧肇《注維摩詰經》，《大正新修大藏經》第38冊。

慧達《肇論疏》,《卍新纂續藏經》第 54 册。

曇摩耶舍、曇摩崛多等(譯)《舍利弗阿毘曇論》,《大正新修大藏經》第 28 册。

鳩摩羅什(譯)《摩訶般若波羅蜜經》,《大正新修大藏經》第 8 册。

鳩摩羅什(譯)《大智度論》,《大正新修大藏經》第 25 册。

鳩摩羅什(譯)《中論·觀四諦品》,《大正新修大藏經》第 30 册。

鳩摩羅什、釋慧遠《鳩摩羅什法師大義·次問修三十二相並答》,《大正新修大藏經》第 45 册。

曇無讖(譯)《大般涅槃經》,《大正新修大藏經》第 12 册。

菩提達磨《菩提達磨大師略辨大乘入道四行觀》,《卍新纂續藏經》第 63 册。

釋寶誌等集撰《慈悲道場懺法》,《大正新修大藏經》第 45 册。

釋僧祐《出三藏記集》(北京：中華書局,2003)。

釋僧祐《弘明集》(上海：上海古籍出版社,1991)。

釋慧皎《高僧傳》(北京：中華書局,1992)。

釋寶亮《大般涅槃經集解》,《大正新修大藏經》第 37 册。

僧旻、釋寶唱《經律異相》(上海：上海古籍出版社,1988)。

釋慧遠《維摩義記》,《大正新修大藏經》第 38 册。

釋吉藏《法華義疏》,《大正新修大藏經》第 34 册。

釋道宣《廣弘明集》(上海：上海古籍出版社,1991)。

釋道宣《續高僧傳》,《大正新修大藏經》第 50 册。

釋澄觀《大方廣佛華嚴經隨疏演義鈔》卷 2,《大正新修大藏經》第 36 册。

釋般若(譯)《大方廣佛華嚴經》卷 38,《大正新修大藏經》第

10 冊。

本覺(編)《釋氏通鑑》,《卍新纂續藏經》第 76 冊。

遵式《往生淨土決疑行願二門》,《大正新修大藏經》第 47 冊。

夏樹芳(輯)《名公法喜志》,《卍新纂續藏經》第 88 冊。

心泰(編)《佛法金湯編》,《卍新纂續藏經》第 87 冊。

王謨(錄)《東林十八高賢傳》,《卍新纂續藏經》第 78 冊。

沈善登《報恩論》,《卍新纂續藏經》第 62 冊。

方廣錩(編纂)《般若心經譯注集成》(上海:上海古籍出版社,1994)。

伊藤隆壽、林鳴宇《肇論集解令模鈔校釋》(上海:上海古籍出版社,2008)

四、《文心雕龍》研究類

黃叔琳《文心雕龍輯注》(香港:中華書局,1973)。

范文瀾《文心雕龍註》(香港:商務印書館,1975)。

王久烈等譯註《文心雕龍新注新譯》(臺北:弘道文化事業有限公司,1976)。

王更生《文心雕龍研究》(臺北:文史哲出版社,1976)。

王元化《文心雕龍創作論》(上海:上海古籍出版社,1979)。

王利器《文心雕龍校證》(上海:上海古籍出版社,1980)。

劉永濟《文心雕龍校釋》(香港:中華書局,1980)。

周振甫《文心雕龍注釋》(北京:人民文學出版社,1981)。

李曰剛《文心雕龍斠詮》(臺北:編譯館中華叢書編審委員會,1982)。

馬宏山《文心雕龍散論》(烏魯木齊:新疆人民出版社,1982)。

楊明照《文心雕龍校注拾遺》(上海:上海古籍出版社,1982)。

王元化選編《日本研究〈文心雕龍〉論文集》(濟南：齊魯書社，1983)。

祖保泉《文心雕龍選析》(合肥：安徽教育出版社，1985)。

王禮卿《文心雕龍通解》(臺北：黎明文化事業股份有限公司，1986)。

方元珍《文心雕龍與佛教關係之考辨》(臺北：文史哲出版社，1987)。

繆俊傑《文心雕龍美學》(北京：文化藝術出版社，1987)。

牟世金《劉勰年譜匯考》(成都：巴蜀書社，1988)。

李慶甲《文心識隅集》(上海：上海古籍出版社，1989)。

中國文心雕龍學會編《文心雕龍研究論文集》(北京：人民文學出版社，1990)。

曹順慶編《文心同雕集》(成都：成都出版社，1990)。

楊明照《抱朴子外篇校箋》(北京：中華書局，1991)。

王元化《文心雕龍講疏》(上海：上海古籍出版社，1992)。

韓湖初《文心雕龍美學思想體系初探》(廣州：暨南大學出版社，1993)。

吳林伯《〈文心雕龍〉字義疏證》(武昌：武漢大學出版社，1994)。

詹鍈《文心雕龍義證》(上海：上海古籍出版社，1994)。

牟世金《文心雕龍研究》(北京：人民文學出版社，1995)。

牟世金、曾曉明、戚良德《文心雕龍學綜覽》(上海：上海書店，1995)。

紀昀《紀曉嵐評文心雕龍》(揚州：江蘇廣陵古籍刻印社，1998)。

袁了凡、蔣維喬《靜坐法輯要》(臺北：文津出版社，1998)。

王更生總編訂《臺灣近五十年〈文心雕龍〉研究論著摘要》(臺北：文史哲出版社，1999)。

馮春田《文心雕龍闡釋》(濟南：齊魯書社,2000)。

黃侃著,周勛初導讀《文心雕龍札記》(上海：上海古籍出版社,2000)。

楊明照《增訂文心雕龍校注》(北京：中華書局,2000)。

張少康、汪春泓、陳允鋒、陶禮天《文心雕龍研究史》(北京：北京大學出版社,2001)。

張文勛《文心雕龍研究史》(昆明：雲南大學出版社,2001)。

劉渼《台灣近五十年來"〈文心雕龍〉學"研究》(臺北：萬卷樓圖書有限公司,2001)。

張少康編《文心雕龍研究(二十世紀學術文存)》(武漢：湖北教育出版社,2002)。

王運熙《文心雕龍探索》(增補本)(上海：上海古籍出版社,2005)。

戚良德編《文心雕龍學分類索引》(上海：上海古籍出版社,2005)。

黃霖《文心雕龍彙評》(上海：上海古籍出版社,2005)。

朱文民《劉勰傳》(西安：三秦出版社,2006)。

王元化《讀文心雕龍》(北京：新星出版社,2007)。

邱世友《文心雕龍探原》(長沙：嶽麓書社,2007)。

蔡宗陽《劉勰文心雕龍與經學》(臺北：文史哲出版社,2007)。

羅宗強《讀文心雕龍手記》(北京：三聯書店,2007)。

蘇忠誠《文心雕龍神思覈論》(台灣玄奘大學碩士論文,2008)。

溫光華《文心雕龍"以駢著論"之研究》(臺北：文史哲出版社,2009)。

朱文民《齊魯諸子名家志：劉勰志》(濟南：山東人民出版社,2009)。

張少康《劉勰及其〈文心雕龍〉研究》(北京：北京大學出版社,

2010)。

錢基博《文心雕龍校讀記》(上海:上海古籍出版社,2011)。

鄧國光《〈文心雕龍〉文理研究:以孔子、屈原爲樞紐軸心的要義》(上海:上海古籍出版社,2012)。

五、其他中文文獻類

朱熹《四書集注・孟子》(臺北:世界書局,1956)。

姜亮夫《屈原賦校註》(香港:中華書局,1972)。

嚴可均《全上古三代秦漢三國六朝文》(京都:中文出版社,1975)。

徐復觀《中國文學論集》(臺北:學生書局,1976)。

郭茂倩編《樂府詩集》(北京:中華書局,1979)。

王利器《顏氏家訓集解》(上海:上海古籍出版社,1980)。

釋印順《中國禪宗史》(臺北:正聞出版社,1980)。

余英時《中國知識階層史論》(臺北:聯經出版事業公司,1980)。

杜松柏《禪與詩》(臺北:弘道書局,1980)。

許維遹《韓詩外傳集釋》(北京:中華書局,1980)。

樓宇烈《王弼集校釋》(北京:中華書局,1980)。

林聰舜《向郭莊學之研究》(臺北:文史哲出版社,1981)。

段玉裁《說文解字注》(上海:上海古籍出版社,1981)。

張少康《先秦諸子的文藝觀》(上海:上海文藝出版社,1981)。

羅夢冊《孔子未王而王論》(臺北:學生書局,1982)。

郭紹虞《滄浪詩話校釋》(北京:人民文學出版社,1983)。

郭紹虞編選《清詩話續編》(上海:上海古籍出版社,1983)。

湯用彤《湯用彤學術論文集》(北京:中華書局,1983)。

牟宗三《佛性與般若》(臺北:學生書局,1984)。

徐震堮《世說新語校箋》(北京：中華書局,1984)。

殷芸編纂,周楞伽輯注《殷芸小説》(上海：上海古籍出版社,1984)。

逯欽立輯校《先秦漢魏晉南北朝詩》(北京：中華書局,1984)。

蔡文輝《社會學理論》(臺北：三民書局,1984)。

牟宗三《圓善論》(臺北：學生書局,1985)。

皇侃《論語集解義疏》(北京：中華書局,1985)。

章巽《法顯傳校註》(上海：上海古籍出版社,1985)。

盧元駿《説苑今註今譯》(臺北：商務印書館,1985)。

錢穆《莊子纂箋》(臺北：東大圖書股份有限公司,1985)。

李善注《文選》(上海：上海古籍出版社,1986)。

陳伯君《阮籍集校注》(北京：中華書局,1986)。

王葆玹《正始玄學》(濟南：齊魯書社,1987)。

朱謙之《老子校釋》(北京：中華書局,1987)。

楊明《文賦詩品譯注》(上海：上海古籍出版社,1987)。

趙沛霖《興的源起——歷史積澱與詩歌藝術》(北京：中國社會科學出版社,1987)。

王先謙《荀子集解》(北京：中華書局,1988)。

王煥鑣《墨子校釋》(杭州：浙江古籍出版社,1988)。

周桂鈿《天地奧秘的探索歷程》(北京：中國社會科學出版社,1988)。

梁啓超《中國佛教研究史》(上海：三聯書店,1988)。

葛兆光《禪宗與中國文化》(上海：上海人民出版社,1988)。

鄭郁卿《鳩摩羅什研究》(臺北：文津出版社,1988)。

鄭毓瑜《六朝文氣論探究》(臺北：臺灣大學,1988)。

王運熙、楊明《魏晉南北朝文學批評史》(上海：上海古籍出版社,1989)。

牟宗三《才性與玄理》(臺北：學生書局,1989)。

袁濟喜《六朝美學》(北京：北京大學出版社,1989)。

馬其昶《定本莊子故》(合肥：黃山書社,1989)。

蔣維喬《中國佛教史》商務印書館 1935 年影印版,載《民國叢書》(上海：上海書店,1989)。

長澤和俊《絲綢之路史研究》(天津：天津古籍出版社,1990),鍾美珠譯。

姜義華、張榮華、吳根梁編《孔子——周秦漢晉文獻集》(上海：復旦大學出版社,1990)。

程樹德《論語集釋》(北京：中華書局,1990)。

黃暉《論衡校釋》(北京：中華書局,1990)。

鄧國光《摯虞研究》(香港：學衡出版社,1990)。

蕭登福《先秦兩漢冥界及神仙思想探原》(臺北：文津出版社,1990)。

釋印順《佛教史地考論》(臺北：正聞出版社,1991)。

余敦康《何晏王弼玄學新探》(濟南：齊魯書社,1991)。

吕澂《吕澂佛學論著選集》(濟南：齊魯書社,1991)。

莊耀嘉編譯《馬斯洛：人本心理學之父》(臺北：桂冠圖書股份有限公司,1991)。

湯用彤《漢魏兩晉南北朝佛教史》(臺北：商務印書館,1991)。

羅宗強《玄學與魏晉士人心態》(杭州：浙江人民出版社,1991)。

釋聖嚴《禪的體驗》(臺北,1991)。

饒宗頤《文轍——文學史論集》(臺北：學生書局,1991)。

王元化《思辨發微》(香港：三聯書店,1992)。

吳兆宜注《玉臺新詠箋注》(北京：中華書局,1992)。

李安德《超個人心理學》(臺北：桂冠出版社,1992),若水譯。

周裕鍇《中國禪宗與詩歌》(上海：上海人民出版社,1992)。

徐復觀《中國藝術精神》(臺北：學生書局,1992)。

陳良運《文與質・藝與道》(北京：中國人民大學出版社,1992)。

程榮纂輯《漢魏叢書》(長春：吉林大學出版社,1992)。

劉貴傑《東晉道安思想研究——魏晉時代中國佛教思想之形成》(臺北：文津出版社,1992)。

錢穆《中國思想史》(臺北：學生書局,1992)。

韓敬《法言注》(北京：中華書局,1992)。

蘇輿《春秋繁露義證》(北京：中華書局,1992)。

任繼愈《中國佛教史》(北京：中國社會科學出版社,1993)。

房立中編《鬼谷子全書》(北京：書目文獻出版社,1993)。

安居香山、中村璋八輯《緯書集成》(石家莊：河北人民出版社,1994)。

忽滑谷快天《中國禪學思想史》(上海：上海古籍出版社,1994),朱謙之譯。

陳立《白虎通疏證》(北京：中華書局,1994)。

黃錦鋐《晚學齋文集》(臺北：東大圖書公司,1994)。

盧盛江《魏晉玄學與文學思想》(天津：南開大學出版社,1994)。

張毅《宋代文學思想史》(北京：中華書局,1995)。

陳奇猷《呂氏春秋校釋》(上海：學林出版社,1995)。

王利器《新語校注》(北京：中華書局,1996)。

吳宗慈《廬山詩文金石廣存》(南昌：江西人民出版社,1996)。

黃懷信《〈逸周書〉校補注譯》(西安：西北大學出版社,1996)。

賴建誠《年鑑學派管窺》(臺北：麥田出版有限公司,1996)。

羅宗強《魏晉南北朝文學思想史》(北京：中華書局,1996)。

創古仁波切《止觀禪修》（臺北：眾生文化出版，1997），帕滇卓瑪譯。

鄧國光《文原——中國古代文學與文論研究》（澳門：澳門大學出版中心，1997）。

王先慎《韓非子集解》（北京：中華書局，1998）。

司馬光《太玄集注》（北京：中華書局，1998）。

成玄英疏《南華真經注疏》（北京：中華書局，1998）

周振甫《文哲散記——周振甫自選集》（濟南：山東教育出版社，1998）。

許抗生《僧肇評傳》（南京：南京大學出版社，1998）。

劉文典《淮南鴻烈集解》（合肥：安徽大學出版社、昆明：雲南大學出版社，1998）。

錢穆《錢賓四先生全集》（臺北：聯經事業出版股份有限公司，1998）。

周勛初《魏晉南北朝文學論叢》（南京：江蘇古籍出版社，1999）。

周慶華《佛教與文學的系譜》（臺北：里仁書局，1999）。

釋聖嚴《48個願望：無量壽經講記》（臺北：法鼓文化，1999）。

王利器《文子疏義》（北京：中華書局，2000）。

姜亮夫《楚辭通故》（昆明：雲南人民出版社，2000）。

章啓群《論魏晉自然觀——中國藝術自覺的哲學考察》（北京：北京大學出版社，2000）。

陳鼓應《老子今註今譯及評介》（臺北：商務印書館，2000）。

鈴木大拙《禅の諸問題》（東京：大東出版社，2000）。

李崇智《人物志校箋》（成都：巴蜀書社，2001）。

郭紹虞主編《中國歷代文論選》（上海：上海古籍出版社，2001）。

參考文獻

釋大寂《智慧與禪定作爲佛教神通的成立基礎》(臺北:水星文化事業出版社,2002)。

洪興祖《楚辭補注》(北京:中華書局,2002)。

張少康《文賦集釋》(北京:人民文學出版社,2002)。

普慧《南朝佛教與文學》(北京:中華書局,2002)。

盧桂珍《慧遠、僧肇聖人學研究》(臺北:臺灣大學出版委員會,2002)。

蘇文擢《儒學論稿》(香港:邃加室,2002)。

呂澂《中國佛學源流略論》(臺北:大千出版社,2003)。

劉果宗《竺道生之研究》(臺北:文津出版社有限公司,2003)。

趙杏根《佛教與文學的交會》(臺北:學生書局,2004)。

黎翔鳳《管子校注》(北京:中華書局,2004)。

賴建誠《布勞代爾的史學解析》(台北:桂冠圖書公司,2004)。

方光華《中國古代本體思想史稿》(北京:中國社會科學出版社,2005)。

牟宗三《中國哲學十九講》(上海:上海古籍出版社,2005)。

牟宗三《寂寞中的獨體》(北京:新星出版社,2005)。

唐君毅《中國哲學原論·原性篇》(北京:中國社會科學出版社,2005)。

唐君毅《中國哲學原論·導論篇》(北京:中國社會科學出版社,2005)。

蕭馳《佛法與詩境》(北京:中華書局,2005)。

涂艷秋《鳩摩羅什般若思想在中國》(臺北:里仁書局,2006)。

劉貴傑《佛教哲學》(臺北:五南圖書出版股份有限公司,2006)。

劉暢《史料還原與思辨索原——中國古代思想與文學叢稿》(天津:南開大學出版社,2006)。

羅宗強《魏晉南北朝文學思想史》(北京：中華書局,2006)。
紀志昌《兩晉佛教居士研究》(臺北：臺灣大學出版委員會,2007)。
孫昌武《佛教與中國文學》(上海：上海人民出版社,2007)。
程石泉《中西哲學合論》(上海：上海古籍出版社,2007)。
劉琅主編《精讀劉師培》(廈門：鷺江出版社,2007)。
戴之昂《法顯的海上絲路之旅》(臺北：商務印書館,2007)。
王先謙《釋名疏證補》(北京：中華書局,2008)。
瓦格納(Rudolf G. Wagner)《王弼〈老子注〉研究》(南京：江蘇人民出版社,2008),湯立華譯。
蔡奇林《巴利學引論：早期印度佛典語言與佛教文獻之研究》(臺北：學生書局,2008)。
遲鐸《小爾雅集釋》(北京：中華書局,2008)。
簡端良《聖境與佛境：康德與惠能的對話》(臺北：文津出版社,2008)。
龔賢《佛典與南朝文學》(南昌：江西人民出版社,2008)。
朱謙之《新輯本桓譚新論》(北京：中華書局,2009)。
洪鎌德《人本主義與人文學科》(臺北：五南圖書出版股份有限公司,2009)。
張可禮《東晉文藝綜合研究》(濟南：山東大學出版社,2009)。
曹樹明《〈肇論〉思想意旨及其歷史演變》(北京：中國社會科學出版社,2009)。
單正齊《佛教的涅槃思想》(北京：宗教文化出版社,2009)。
湯用彤《湯用彤佛學與哲學思想論集》(南京：南京大學出版社,2009)。
湯用彤《儒學‧佛學‧玄學》(南京：江蘇文藝出版社,2009)。
謝重光《中古佛教僧官制度和社會生活》(北京：商務印書館,

2009)。

彭鐸《潛夫論箋校正》(北京：中華書局,2010)。

楊曾文主編《東晉求法高僧法顯和〈佛國記〉》(北京：宗教文化出版社,2010)。

鄧國光《經學義理》(上海：上海古籍出版社,2011)。

論文期刊

周汝昌《陸機〈文賦〉"緣情綺靡"説的意義》,《文史哲》(濟南：山東大學《文史哲》編輯部),1963年第2期。

蔡鍾翔《論劉勰的"自然之道"》,《文心雕龍學刊》(濟南：齊魯書社),1983年第1輯。

楊明照《〈梁書·劉勰傳〉箋注》,朱東潤、朱俊民、羅竹風主編《中華文史論叢》(上海：上海古籍出版社,1979),總第9輯。

畢萬忱《論〈文心雕龍〉"徵聖"、"宗經"的基本思想》,《文藝理論研究》(上海：華東師範大學中文系、中國文藝理論學會),1980年第2期。

劉貴傑《竺道生思想之背景及其理論淵源》,《編譯館館刊》(臺北：編譯館)卷12,第1期,1983年6月。

蕭洪林、邵立均《劉勰與莒縣定林寺》,《文史哲》(濟南：山東大學《文史哲》編輯部),1984年第5期。

陳拱《〈文心雕龍·徵聖〉篇疏解》,東海大學中國文學系《東海中文學報》(臺中：東海大學中國文學系),1988年第8期。

劉新貴《東晉道安思想析論》,《中華佛學學報》(臺北：中華佛學研究所),1991年第4期。

涂光社《"文之樞紐"的創作主體論——有關〈徵聖〉的思考》,《文心雕龍學刊》(濟南：齊魯書社),1992年第6輯。

門脇廣文《關於〈文心雕龍〉中的"理"》,《文心雕龍研究》(北京：北京大學出版社），1996年第2輯。

賴鵬舉《北傳佛教"淨土學"的形成：西秦炳靈寺169窟無量壽佛龕造像的義學與禪法》，《圓光佛學學報》（臺北：圓光佛學研究所），2000年第5期。

李幸玲《廬山慧遠的禪觀》，《正觀雜誌》（南投：正觀雜誌社），2000年第12期。

李健、薛艷《"神思"述源》，《江淮論壇》（合肥：安徽社會科學院），2006年第1期。

蓮宏《〈文心雕龍〉中隱含之佛教思想——以方元珍、饒宗頤爲例比較説明之》上篇，海潮音月刊社主編《海潮音叢刊》（臺北：新文豐出版社）第88卷12期，2007年12月。

蓮宏《〈文心雕龍〉中隱含之佛教思想——以方元珍、饒宗頤爲例比較説明之》下篇，海潮音月刊社主編《海潮音叢刊》（臺北：新文豐出版社）第89卷1期，2008年1月。

賴欣陽《重讀〈文心雕龍·原道〉篇——一個形上學角度的解讀》，《淡江中文學報》（臺北：淡江大學），第19輯，2008年12月。

林顯庭《〈文心·原道篇〉哲學與美學課題探討》，《東海哲學研究集刊》（臺中：東海大學哲學系）第15輯，2010年7月。

興膳宏《人物評論與文學評論中的"清"字》，黄霖主編《中國文學研究》（上海：復旦大學出版社），第19輯，2012年4月。

外文部分

專著

William Edward Soothill, Lewis Hodous: *A Dictionary of*

參考文獻

Chinese Buddhist Terms: with Sanskrit and English equivalents and a Sanskrit-Pali index，London：Kegan Paul，Trench，Trubner & Co.，Ltd，1937.

Lim，Teong-Aik：*A Glossary of Buddhist Terms in Four Languages (Chinese, English, Pāli & Sanskrit)*，Taipei：Torch of Wisdom Press，1971.

Masao Abe：*Zen and Comparative Studies*，Steven Heine (ed.)，London：Macmillan Press，1997.

John M. Thompson：*Understanding Prajñā: Sengzhao's "Wild Words" and the Search for Wisdom*，New York：Peter Lang，2008.

高橋和巳《高橋和巳作品集・中国文学論集》(東京：河出書房新社，1973)。

小林正美《六朝佛教思想の研究》(東京：創文社，1993)。

鈴木大拙《禅と念仏の心理學的基礎》(東京：大東出版社，2000)。

論文期刊

Maslow, A. H. (1969)：Theory Z，*Journal of Transpersonal Psychology*，1(2)：31-47.

Maslow. A. H. (1970)：New introduction：Religions，Values，and peak-experiences (New edition)，*Journal of Transpersonal Psychology*，2(2)：89.

Braudel, F. (1978)：En guise de conclusion，*Review*，1(3-4)：245.

附録:專家評審意見

北京大學張少康教授評語

本文從分析漢魏六朝思想文化特點出發,論述了體道思想和《文心雕龍》中"徵聖立言"的關係,以及"徵聖立言"在《文心雕龍》的文學理論中的綱領性地位,研究了《文心雕龍》中的一些極爲重要的核心理論概念——聖、神、理等在思想史上的意義,及其歷史和現實淵源,很有新意,對《文心雕龍》研究的深入,提出了一個新的思考視野,在學術上具有開創意義,是一篇有較高水準的優秀博士論文。

文章對漢魏六朝思想文化的發展狀況,儒、道、釋三家以學聖、體道爲核心的思想特點分析,很見功力,有相當深度。文章進一步考察了它們和《文心雕龍》"徵聖立言"文學理論體系的關係,其中有比較突出理論新意的,有以下幾個方面:

1. 把《文心雕龍》中的"聖人"和"學聖",放到當時思想文化的背景下去考察,指出劉勰的"聖人"可學可至思想,來源於漢魏六朝的儒、道、釋三家。在分析學聖體道思想發展的過程中,充分吸收了當代新儒學的研究成果;詳細研究了玄學、佛學在"聖人"和"學聖"方面的重要理論思想及其演變,很有根據地説明了對《文心雕龍》中的"聖"和"經",不能局限於孔子和六經,而是具有更加寬廣的時代意義。特別是和佛學思想"學聖"、"體道"和"宗經"有不可分割的聯繫。

2. 關於六朝佛教思想對《文心雕龍》的影響,有了新的更爲深入的論述。它主要表現在以下幾點:

A. 系統闡述了佛學中學聖、成聖思想,對"文心"和"阿毗曇心"關係的論述,在饒宗頤先生論述的基礎上,作了更加具體細緻的分析。

B. 研究了"禪思"和"神思"之間的内在聯繫,指出慧遠和宗炳的禪修和文藝實踐結合思想理論對劉勰以"神思"爲中心的文學創作理論的明顯影響。

C. 詳細闡述了慧遠的《萬佛影銘》、《念佛三昧詩集序》以及宗炳的《明佛論》、《畫山水序》對《文心雕龍》文學理論形成的重要啓示和意義。

D. 分析了佛學中的"憑像通神"和《文心雕龍》"神思"、"物色"等重要思想的密切聯繫。

E. 正確地闡述了慧遠的"依經立本"和《文心雕龍》的宗經思想之聯繫(見下第 5 點)。

3. 梳理了"玄理"、"佛理"和《文心雕龍》中的"文理"之間深刻而複雜的聯繫,指出六朝玄、佛以理體道思想的發展對《文心雕龍》"原心循理以體道"、"窮理立言以成文"的文學理論體系形成有直接關係。

4. 對"神理"内涵的深入探索,是本文的重要成果之一。學界多釋"神理"爲"自然",其實不是很確切。本文從"緯書"的"神理",論到佛學的"神理",進一步闡明《文心雕龍》中的"神理爲道之徵向"、"沿神理則見道",由"神理"到"文理",指出其"體道明理"、"明理立體"的"立文取向",不僅對"神理"作出了較爲確切的解釋,而且對"神理"在《文心雕龍》文學理論體系中的意義與作用,作出了相當深刻論述,也是很有創造性的。

5.《文心雕龍》以"經"爲本源,具體指的是儒家"五經",歷來認爲是體現其儒家思想影響的基本方面,本文突破了這一傳統觀念，特別指出了它和佛學中的"依經立本"思想的内在聯繫，其"返本歸宗"思想顯然受到佛學之影響，這也是本文有突破性的重要成果。由此把《文心雕龍》的樞紐論引向更深入的研究層次，使我們對"宗經"有了新的認識，並對《文心雕龍》前五篇"文之樞紐"中的奇正通變思想，作了相當透徹的分析。

6. 闡明了《文心雕龍》在包融有儒、釋、道體道思想指引下形成的"道"與"文"關係，更深刻地闡明了"人文"與"天文"、"地文"、動植之文同爲"道之文"的深意，從而清楚地揭示了劉勰"融道入藝"、"以藝文弘道"的文學觀念，並由此說明《文心雕龍》創作理論的思想基礎，以及"養氣"和"練神"真正理論内涵。

7. 對《文心雕龍》中"情"的分析也有新意，論述了"情"在"體道"中的重要意義。指出"徵聖立文的關鍵，在於會通聖人之情"，"以情爲體識聖人通變之術與用心的關鍵。於此可見情在《文心雕龍》的體道作用，乃爲會通聖人之文心，使自然緣情的文章，能同時實現體道的衷願"。同時從玄學的"以情從理"、"情役於理"和佛學的"以理化情"、"以理役情"，闡明了《文心雕龍》的"以理化情的反本情旨"，亦具有獨創意義。

8. 對《文心雕龍》中"氣"的分析，具有新的角度。文章正確地指出"氣爲生命力的呈現"，並把它和"情"相聯繫，"說明《文心雕龍》關於情、氣的討論，不獨是文學創作的範圍，更是實踐立文體道理念的核心内容。凡夫調動與聖人共同具備的先天條件，令起情、使氣循理而動，是順變之勢而入聖的立文構想"。認爲"情"和"氣"是劉勰糅合文學和佛學，分別解決會通與適變，以便在創作中實現體道成聖之宗旨。

文章從思想文化說到《文心雕龍》，這對我們深入理解《文心雕龍》毫無疑問是有極大幫助的。

2013 年 6 月 27 日

附錄：專家評審意見

臺灣大學蕭麗華教授評語

這是一部體大慮周的巨構，是華語地區近年來最爲突出、成就最高的一部博士論文。不論在思想體系的建構與創發上或是論文的質與量上，都是值得特別嘉許與嘆賞的著作。

作者對於"體道"思想的體會精湛深刻，全文構思縝密，取精用宏，掌握樞紐，論述清晰，能夠充分呈現《文心雕龍》徵聖立言觀念的思想體系，同時彰顯魏晉南朝體道精神整體的面向。作爲博士論文來說，本文已具深刻的啓發性，能影響未來研究《文心雕龍》或文學思想的論著，誠當代難能可貴之作。

以下分別拈出幾大重心，以顯示本論文的鴻裁卓識：

1. 在《文心雕龍》研究上突出的貢獻：

《文心雕龍》的研究，自范文瀾在《序志篇》引慧遠《阿毗曇心序》之後，研究者已注意此重心，但佛學體系深廣，古典禪學文獻淹佚，少有學者能掌握此一必須博學審問、覃思精微的論題，除饒宗頤先生曾有《文心與阿毗曇心》之論外，零星散篇，不足以顯《文心》之奧義。本論文是此中翹楚，不但能體道精微，以心印心，也能博參百家，迥出創見，在玄學與古典禪毗曇學的龐大背景下，架構出從"聖凡才性之思辨：關於主體之超凡入聖論"到"體道精神下的精與氣：會通凡聖與世變的藝文理念"等十大章節的精彩見地。是一部以道貫文，以文溯道的文論要著。

2. 在古典禪方面的體驗深刻：

禪宗雖然起於隋唐，但魏晉南朝的古典禪已有由小乘禪法過渡到大乘禪法的體道路徑，學界稱之爲"古典禪"。這方面的禪觀，目前並無人加以開發。漢代佛教初傳時，大小乘並出，在魏晉時期，部派佛教毗曇之學也大爲流行，本論文能從毗曇學入手，而且能理出清晰的脈絡，真是發現之作。

3. 在聖言/道文方面能建構出清晰的體系：

本論文揭示徵聖立言是《文心雕龍》與其時代下共同的體道理想，在追求此理想之下，《文心雕龍》所建構的文學理論，這是以聖人立文爲典範所建構的藝文原則和制作觀念，由是實現聖凡入聖的文學觀，也就是文學是聖人言論的化現，文學是道之文。這正契合《文心雕龍·序志》篇所云："去聖久遠，文體解散，辭人愛奇，言貴浮詭，飾羽尚畫，文繡鞶帨，離本彌甚，遂將訛濫。"《原道》亦云："文之爲德也大矣，與天地並生者何哉？夫玄黃色雜，方圓體分；日月疊璧，以垂麗天之象；山川煥綺，以鋪理地之形：此蓋道之文也。"作者對體道、徵聖而後能文的見地，有完整的詮釋與文化脈絡的解析，深具啓發性。

2013年6月27日

倫敦大學傅熊（Bernhard Fuehrer）教授評語

This dissertation is of very high quality by any standard and the candidate shows ample and clear evidence of fully awareness of all relevant research skills. The highly contextualized discussion of key concepts is simply exemplary, rests on well-chosen text references that are fully explored in the interpretations submitted by the candidate.

I want to particularly draw attention to the candidate's outstanding discussions and contextualization of relevant concepts within a wide range of exegetical material from the Han to the Nanbeichao material, and chapter 1 and 7 which I found particularly instructive.

The dissertation is very well structured, and the candidate's train of thought is clear and well organized. The dissertation is well edited and well presented. This dissertation fulfills all criteria for award of the PhD, and I would rank it among the best dissertations I have seen for quite some time.

27 June, 2013.

後　　記

　　拙著是在博士學位論文基礎上修訂的研究成果，自二〇〇七年起修讀博士學位即開展研究，至二〇一三年通過論文答辯，歷六寒暑乃粗成研究的大體。其後接受諸位考試評委的意見，在論文的基礎上陸續補充一些觀點，唯愚魯笨拙，誠難盡去淺薄，但求不辱師門。

　　研探《文心雕龍》徵聖立言的觀念，是一個自覺修身立德的過程。劉勰的徵聖體道文論，付諸實踐，關鍵在於心中有聖。知聖是所依止，可以明本而不迷失；信聖道可庶幾，乃能立誠而不存疑。存聖道以立文，是中國所以有貴文的傳統精神。儒道貴文，莫不如此。知易行難，自當惕厲無怠。

　　攻讀博士的六年間，遊心於《文心雕龍》的天地，稟受儒、釋、道聖賢智慧的沾溉，涵泳日久，發現劉勰對"文"的尊重，悉本自其文明關懷與德性自覺，體現了中國古代文人融貫文學與思想的精神生命。其爲文定立"道"、"聖"、"經"的宗源，端莊明正，一合六朝名士文家對道與聖的關注，亦流露一生自覺追求正人體道的理想。從《程器》篇透露"窮則獨善以垂文，達則奉時以騁績"的光國之志，以至於出世入佛，協助編纂佛典，無論入世出世所留下的文字事業軌跡，皆顯示其一生都在不斷尋索精神上達的道路。帶着原道徵聖的體道追求，看待人生任何活動，出世可以奉法，入世亦可原道。劉勰本此以莊嚴雅正的態度要求文學，因此文章撰作可以用心經營爲一門含章邁德，徵聖體道的殊勝事業。秉此體道精神建立文學觀念，雖面向中國文學領域，卻可開放胸懷，吸納名教與玄學的義理概念，資借佛門的體道經驗，經營一套可實踐的立文理論，這種應機通變的態度，切合六朝文士的思維。對照同期文家如顏延之、鮑照的文章，劉勰處處流露時代共同的文學與思想痕跡；惟其文論思想既參與時代，而精神境界則已超越時代，這是值得表彰之處。

二〇〇七年正逢澳門旅遊博彩事業大力發展的年頭，當此際能够在生於斯長於斯的地方攻讀博士學位，潛心探究劉勰《文心雕龍》的思想與魏晉六朝時代精神的互動，實在是極爲難得的機緣。必須感謝鄧師國光教授的提攜，不但開示"龍學"的研究方向，時刻提點學術道義，更努力爲我在大學争取條件以支援學術研究的進行。自千禧年入讀澳門大學教育學院以來，有幸獲得升讀碩博的機會，並一直遇到良師益友，尤其在修讀教育學士期間，承蒙諸位啓蒙老師的關愛與策勵，令我接受基礎學術訓練，受用至今，感激之情，長存五内。尤爲感謝擔任校外論文評審的張少康教授、蕭麗華教授以及傅熊教授，諸位長輩勉勵有加，提出寶貴的建議。此外也向擔當論文開題校外評審的鄭毓瑜教授一併致謝。在讀博期間，感恩能接觸佛法，明白清净與澹泊對於爲學的重要意義。這段期間能與龍學、佛學和儒學的前輩專家結緣，問道請益，也爲人生歷程留下彌足珍貴的回憶。

衷心感謝上海古籍出版社接受審定並允予出版。最後必須叩謝嚴慈長我育我，教我誨我，長年累月不辭勞苦的撐柱與照顧，是論文得以完成的最大原因。謹以論文的出版，報答父母劬勞與諸位師長的大德。意難言盡，唯恩義永誌。

歐陽艷華
二〇一四年九月謹誌於澳門

圖書在版編目(CIP)數據

徵聖立言——《文心雕龍》體道思想研究／歐陽艷華著.—上海：上海古籍出版社，2015.2
ISBN 978-7-5325-7470-4

Ⅰ.①徵… Ⅱ.①歐… Ⅲ.①《文心雕龍》—古典文學研究 Ⅳ.①I206.2

中國版本圖書館 CIP 數據核字(2014)第 258032 號

徵聖立言——《文心雕龍》體道思想研究
歐陽艷華 著

上海世紀出版股份有限公司 出版
上 海 古 籍 出 版 社
（上海瑞金二路 272 號 郵政編碼 200020）

(1) 網址：www.guji.com.cn
(2) E-mail：guji1@guji.com.cn
(3) 易文網網址：www.ewen.co

上海世紀出版股份有限公司發行中心發行經銷
常熟人民印刷有限公司印刷

開本 890×1240 1/32 印張 23 插頁 5 字數 556,000
2015 年 2 月第 1 版 2015 年 2 月第 1 次印刷
印數：1—1,300
ISBN 978-7-5325-7470-4
Ⅰ·2882 定價：98.00 元

如有質量問題，請與承印公司聯繫